In den abgelegenen Regionen des Pamirgebirges – so erzählt die Saga – züchten die Sakas ihre fliegenden Hengste, die von den Himmelsreitern vor dem Sonnenwagen abstammen. Zu Füßen dieser Berge, angrenzend an die endlosen Steppen Zentralasiens, liegt das Königreich Ferghana. Alexander der Große ist schon mehr als hundert Jahre tot, und König Mauakes möchte endlich die kriegerischen Stammesfehden mit dem benachbarten Baktrien, dem Reich der Herren der Elefanten, befrieden. So geht er die Ehe mit der schönen, jungen Baktrierprinzessin Heliokleia ein. Doch Mauakes und Heliokleia sind ein ungleiches Paar. Mauakes, Herrscher über ein ungebildetes Reitervolk, kennt nur Frauen, die dienen und gehorchen. Heliokleia dagegen wurde in einem buddhistischen Kloster zu freigeistigem Denken und Handeln erzogen. Die rohen Annäherungsversuche des Königs stoßen sie ab. Unvermeidbar fühlt sich die Prinzessin daher zu dem einfühlsamen Itaz, Mauakes' Sohn aus erster Ehe, hingezogen. Aus einer glücklichen Seelenfreundschaft entwickelt sich bald eine leidenschaftliche Bindung. Sollte allerdings die verbotene Liebe bei Hofe entdeckt werden, müßten beide mit dem Leben bezahlen.

Mit dem Schicksal der schönen Heliokleia schildert Gillian Bradshaw in prächtigen Farben das Leben im Mittleren Osten im zweiten Jahrhundert vor unserer Zeitrechnung. Eine Zeit, in der dort hellenistisches Kulturerbe auf primitive Reitervölker traf und der Handel entlang der Seidenstraße asiatische Einflüsse bis ins Abendland brachte.

Autorin

Gillian Bradshaw wurde in Falls Church, Virginia, geboren, wuchs in Chile auf und studierte in Michigan und Cambridge Englische Literatur. Mit ihrer Artus-Trilogie gelang ihr auf Anhieb der internationale Durchbruch. Seither ist sie ihrem Ruf treu geblieben. Ihre Werke wurden mit zahlreichen Literaturpreisen ausgezeichnet. Gillian Bradshaw lebt mit ihrer Familie in England.

Als Goldmann Taschenbuch sind bereits lieferbar:

Die Artus-Trilogie:
Ein Königreich des Sommers (9871)
Der Falke des Lichts (9872)
Die Krone von Camelot (9869)

Der Leuchtturm von Alexandria (41285)
Die Tochter des Bärenzähmers (41019)
Die Reiter der Sarmaten (42429)
Die Seidenweberin (41372)

GILLIAN BRADSHAW

HIMMELS REITER

ROMAN

Aus dem Amerikanischen
von Elke vom Scheidt

GOLDMANN VERLAG

Die amerikanische Originalausgabe erschien unter dem Titel
»Horses of Heaven« bei Doubleday, New York

Umwelthinweis:
Alle bedruckten Materialien dieses Taschenbuches
sind chlorfrei und umweltschonend.
Das Papier enthält Recycling-Anteile.

Der Goldmann Verlag
ist ein Unternehmen der Verlagsgruppe Bertelsmann

Genehmigte Taschenbuchausgabe

Umschlaggestaltung: Design Team München
Umschlagillustration: Kinuko Y. Craft
Druck: Elsnerdruck, Berlin
Verlagsnummer: 42601
UK · Herstellung: Heidrun Nawrot
Made in Germany
ISBN 3-442-42601-4

1 3 5 7 9 10 8 6 4 2

Für meinen Vater

Ich wünschte, ich könnte Dir ein Denkmal setzen, »dauerhafter als Bronze«. Statt dessen widme ich Dir dies, zusammen mit meiner (vielleicht dauerhafteren) Liebe.

Zentralasien

im Zweiten Jahrhundert v. Chr.
(heutige Ortsnamen stehen in Klammern)

Vorwort

Dies ist ein Phantasieroman, der in einer realen Zeit und an einem realen Ort spielt. Die Zeit, das Jahr 172 der seleukidischen Ära, ist das schöne, runde Datum 140 v. Chr.; der Ort ist Zentralasien. Das hellenistische griechische Königreich Baktrien blühte dort, wo heute Afghanistan liegt, und zwar von der Eroberung durch Alexander den Großen bis ungefähr zu dieser Zeit. Seine Geschichte jedoch ist ein Flickenteppich aus Unwissenheit und Streitereien, und sehr oft weiß man von einem baktrischen Herrscher nicht mehr als seinen Namen. Antimachos der Gott, Heliokles der Gerechte, Demetrios der Unbesiegbare – wir wissen, daß sie existierten, weil sie Münzen prägen ließen, doch was sie Gottähnliches, Gerechtes oder Unbesiegbares taten, kann niemand sagen. Ich bin kein Historiker, und dieses Buch verdankt der Phantasie mehr als den Geschichtsbüchern. Ich hätte diese Geschichte sogar in einer imaginären Welt ansiedeln können – aber ich finde wirkliche Welten überraschender und interessanter.

Weiter habe ich nichts hinzuzufügen, außer meinem Dank an das Department of Coins and Medals des Fitzwilliam-Museums in Cambridge für die Erlaubnis, die dortige Sammlung baktrischer Münzen zu einem so frivolen Zweck wie der Niederschrift dieses Romans zu untersuchen.

1. Kapitel

Als ich zum ersten Mal von Königin Heliokleia hörte, war ich achtzehn: Mein Vater kam in diesem Frühjahr aus Eskati zurück und sagte mir, er habe mich als eine ihrer Hofdamen vorgeschlagen.

Vater war sehr früh im Frühjahr nach Eskati gereist, der Königsstadt am Jaxartes, die zehn oder zwölf Tagesritte von unserem Familienanwesen am Fluß Terek entfernt ist. Unsere Familie ist adelig, eine der siebzig großen Familien des Königreiches von Ferghana, und Vater wollte, wie es ihm zustand, am Frühlingstreffen des Stammesrates teilnehmen. Nach dem Ratstreffen blieb er in Eskati, um die dortigen Ereignisse im Auge zu behalten und um einige Geschäfte abzuwickeln. Er sandte meine beiden älteren Brüder abwechselnd hin und her, um Nachrichten, Anordnungen und Gesuche um Geld oder Handelswaren zu überbringen. Erst im späten Frühjahr kam er wieder durch das Tor in der Ziegelmauer um unser Dorf geritten und stieg im Hof vor unserem Haus vom Pferd.

Ich hörte den Lärm seiner Ankunft – die Hunde bellten, Pferde wieherten, Menschen riefen und lachten –, aber ich ging nicht gleich hinaus, um ihn zu begrüßen; ich half gerade in dem Fohlschuppen, und wie Vater selbst immer sagte, soll man sich zuerst um die Pferde kümmern und dann erst um die Menschen, sonst würden man selbst und die Menschen es hinterher bereuen. Es war spät im Jahr für ein Fohlen, doch der kleine Hengst kam ohne Schwierigkeiten zur Welt; der Pferdeknecht und ich schauten grinsend dabei zu, wie die Stute ihn sauber ableckte, als mein Bruder Havani in den Schuppen gestürzt kam.

»Tomyris!« schrie er. »Vater will dich sehen!«

Die Stute schnaubte und legte die Ohren an, und ich packte Havani am Arm und schob ihn aus dem Schuppen. »Was fällt dir ein, so in einem Fohlschuppen herumzuschreien?« herrschte ich ihn an. »Gnädige Anahita!« Dann umarmte ich ihn, denn er war mit Vater in Eskati gewesen, und ich hatte ihn seit seiner letzten Besorgung zu Hause nicht mehr gesehen. Von meinen beiden Brüdern stand er mir im Alter näher, und wir hatten uns immer sehr gern gehabt.

»Paß doch auf!« sagte er entrüstet. »Jetzt hast du meinen Mantel mit Stutenblut beschmutzt. Hör auf, dir über die Tiere den Kopf zu zerbrechen, und beeil dich; es gibt große Neuigkeiten aus der Stadt.«

Ich sah Havani beunruhigt an. Dies war der Frühling im zweiunddreißigsten Jahr der Ära des Königs Mauakes – für euch, griechische Leser, das hundertzweiundsiebzigste Jahr der seleukidischen Ära –, im Jahr nach der ersten Invasion der Tochari, und das ganze Königreich Ferghana war rastlos wie eine Herde von Pferden, die den Tiger wittert. Mein Vater und meine Brüder hatten im vorigen Sommer am Krieg teilgenommen, um die Invasoren zurückzuschlagen; zwei meiner Vettern und ein halbes Dutzend Pächter meiner Familie waren bei der Schlacht umgekommen. Und wir alle wußten nur allzu gut, daß dies erst der Anfang war. Wir hatten nur einen Stamm getroffen, den kleinsten Stamm aus einem großen Bund von Nomaden. Sie alle hatten ihre Weidegründe im Norden an einen anderen Bund verloren, und nun hielten sie nach neuem Land Ausschau. Das Ratstreffen, das mein Vater besucht hatte, hatte sich im wesentlichen um die Frage gedreht, wie wir uns gegen die Eindringlinge verteidigen könnten.

»Sind die Tochari schon zurückgekommen?« fragte ich Havani.

»Noch nicht«, sagte er ungeduldig. »Vater wird dir die Neuigkeiten erzählen. Aber jetzt mach schnell!«

Ich wusch mir an der Zisterne im Hof die Hände und eilte dann mit Havani ins Haus.

Vater saß auf einem Lederpolster im Empfangsraum und

spülte sich mit einer Schale Wein den Staub aus der Kehle, während meine Mutter an der Tür stand und den Dienern Befehle erteilte. Vater grinste und winkte mich zu sich, als ich hereinkam, und als ich neben ihm niederkniete, umarmte er mich rauh. »Tomyris«, sagte er und zog kurz an meinem Zopf, »vielleicht haben wir dein Glück gemacht.«

Meine Mutter kam zu uns und ließ sich anmutig meinem Vater gegenüber nieder; mir schenkte sie ein zufriedenes und erwartungsvolles Lächeln. Ich schluckte. Dies sah nicht nach Neuigkeiten über Staatsgeschäfte aus. Ich fragte mich, ob sie eine Ehe für mich arrangiert hatten. Mit einem nervösen Schauder überlegte ich, wer es sein könnte.

»Du weißt, daß unser König beschlossen hat, ein Bündnis mit den Yavanas von Baktrien einzugehen, um uns vor den Tochari zu schützen«, sagte mein Vater rasch zur Erklärung. (In meiner Muttersprache verwenden wir immer »Yavana«, das östliche Wort für die Leute, die sich selbst »Hellenen« oder »Griechen« nennen.)

Ich nickte. Das war das wichtigste Ergebnis des Ratstreffens gewesen, und mein Vater hatte uns diese Nachricht schon vor Wochen zukommen lassen. Wie die meisten Leute im Tal haßte ich die Vorstellung, daß wir uns mit Baktrien verbünden sollten, wenn ich auch widerstrebend akzeptierte, daß es notwendig war. »Traue nie einem sonnigen Tag im Winter oder dem Eid eines Yavana«, sagte man, aber jetzt würden wir den Eiden der Yavanas trauen müssen. Ich weiß, die Griechen Baktriens finden unseren Argwohn unvernünftig und lächerlich. »Schließlich«, sagen sie, »hat König Alexander der Große, der unser Königreich gegründet hat, auch eure Hauptstadt gegründet. Wir haben euch generationenlang regiert; einige von uns leben noch immer in Ferghana. Wir bauten Kanäle und Bewässerungssysteme, die euer Land reicher machten, und gepflasterte Straßen, die euch das Reisen erleichtern; wir brachten euch bei, wie man Wein anbaut, wie man Geld benutzt, wie man schreibt. Vor uns wart ihr nur ein Bündnis kriegerischer Stämme, kaum zivilisierter als die Nomaden der Steppen. Euer König benutzt bis auf den heutigen Tag ein griechisches Verwaltungssystem, läßt es von Griechen aus Ferghana leiten, und eure Münzen tragen die Bilder unserer Könige. Wir sind bereit, euch den Gefallen zu tun, in eine Allianz einzuwilligen; warum also solltet ihr so dumm sein, euch zu widersetzen?«

Ja, die Griechen regierten uns ungefähr vierzig Jahre lang, und wir haben davon profitiert. Aber sie trieben auch unseren ganzen Adel ins Exil und behandelten den Rest von uns wie Sklaven. Denkt einen Augenblick nach, Yavanas von Baktrien: Denkt an eure eigenen Untertanen, die eingeborenen Baktrier. Behandelt ihr sie wie Gleichgestellte? Natürlich tut ihr das nicht. Ihr haltet sie als Pächter auf euren Ländereien und als Sklaven in euren Häusern, damit sie für euch das Land bebauen und euch bedienen. Wäret ihr zufrieden, wenn die Positionen umgekehrt wären? Ich weiß, ihr werdet sagen: »Die Baktrier sind daran gewöhnt; vor uns wurden sie von den Persern genauso behandelt. Sie kennen nichts anderes. Sie beklagen sich nicht.« Das stimmt. Doch als ihr uns erobertet, behandeltet ihr uns, die Sakas von Ferghana, als wären wir Baktrier – und wir waren ein freies Volk, das keinen Herrn auf Erden hatte, nicht einmal einen König. Es war bitter für uns, plötzlich fremden Herrschern unterworfen zu sein, keine Waffen tragen zu dürfen und Steuern zahlen zu müssen. Wäre der erste Yavana-König ein gewöhnlicher Mann gewesen, hätten wir wohl immer wieder rebelliert, bis das Tal in Blut geschwommen hätte. Und obwohl er von den Göttern berührt worden war und es verstand, das Joch leicht zu machen, sehnten wir uns doch während der ganzen Regierungszeit der Griechen nach Freiheit. Es war unser König Mauakes, der sie für uns zurückgewann, und er bewahrte sie nur durch seine Stärke und Geschicklichkeit. Die Yavanas Baktriens und die mit ihnen rivalisierende Dynastie in Indien versuchten, ihn gewaltsam zu stürzen; sie bestachen die in Ferghana lebenden Yavanas, es mit Verrat zu versuchen. Die baktrische Eukratidendynastie war geübt in der Kunst des Verrats: ihm verdankte sie ihr Königtum. Die meisten Familien im Tal hatten Söhne oder Väter, Onkel oder Vettern, die in den

Yavana-Kriegen gefallen waren. Natürlich hatten wir Angst, mit so mächtigen und verräterischen Feinden Frieden zu schließen. Als König Mauakes den Stammesrat einberief und verkündete, was er vorhatte, stand ein Ratsmitglied nach dem anderen auf und sprach sich gegen den Plan aus. Niemand außer dem König war dafür. Doch als der König sanft, aber bestimmt alle ihre Argumente zurückwies und um Abstimmung bat, stimmten sie alle dafür – so groß war die Autorität des Königs. Wie es sich gehörte, waren Gesandte nach Süden in die Stadt Baktra geschickt worden, wo der baktrische König Heliokles residierte, und wir alle warteten darauf, seine Bedingungen zu hören.

»König Heliokles hat der Allianz zugestimmt«, fuhr mein Vater sachlich fort. Nun, das war keine Überraschung. Die Tochari bedrohten ihn genauso wie uns. »Außerdem hat er, um die Königreiche fester aneinander zu binden, unserem König die Hand seiner Schwester Heliokleia angeboten. König Mauakes hat den Vorschlag angenommen. Wegen der drohenden Invasion soll die Heirat so bald wie möglich erfolgen; vielleicht ist die neue Königin aus Baktra schon unterwegs.«

Ich starrte meinen Vater entsetzt an. Mir hatte die Idee der Allianz mit Baktrien nicht gefallen, und der Gedanke an eine baktrische Königin gefiel mir noch weniger. Wir Sakas sind nicht wie die Perser oder die Parther, die ihre Frauen zu Hause einsperren: Saka-Frauen reiten im Land umher wie Männer, und unsere Königinnen sind es gewohnt, wirkliche Macht zu besitzen. Niemand im Tal würde eine baktrische Yavana-Frau zur Königin haben wollen.

»Der König hat dem zugestimmt?« rief ich aus. »Was ist mit seinem Enkel? Ich dachte, sein Enkel sei sein Erbe!« König Mauakes hatte schon vor langer Zeit seinen ältesten Sohn Goar zum Erben bestellt. Als Goar in der Schlacht gegen die Tochari fiel, hatte er statt dessen Goars Sohn bestimmt. Der kleine Junge war damals sieben und hieß nach seinem Großvater Mauakes.

Mein Vater zuckte mit den Schultern. »Das ist er auch. Die Yavanas haben eingewilligt, daß unser König seine Nachfolge regeln kann, wie er es wünscht, und daß seine Heirat keinen

Einfluß darauf haben wird. Aber ich bin noch nicht zum Wichtigsten gekommen, Tomyris. König Mauakes möchte vier junge Frauen verpflichten, Jungfrauen aus den edelsten Familien des Reiches, Hofdamen der neuen Königin zu werden. Deinem Onkel Kanit und mir ist es gelungen, dich vorzuschlagen; der König hat uns gebeten, dich ihm vorzustellen, damit er sehen kann, ob du geeignet bist. Denke doch nur, Mädchen!« Mein Vater taute auf. »Denke nur, was es bedeutet, wenn er dich verpflichtet! Ehre, Reichtümer – und, wenn es soweit ist, auch eine prachtvolle Heirat, denn bei Hofe wirst du dich unter den feinsten jungen Edelleuten des Königreiches bewegen! Ich bin also sofort nach Hause gekommen, um dich zu holen, und wenn du willst, können wir morgen nach Eskati aufbrechen.«

Zuerst war ich erschrocken, dann entsetzt, dann wütend. Ich starrte meinen Vater an. Mich empörte, daß er es für eine Ehre hielt, einer Yavana-Königin zu dienen. Unvernünftig, ich weiß; was immer sie sonst noch waren, die Könige von Baktrien wurden von den Göttern mit weit größerer Glorie und Pracht beschenkt als die Regenten unseres eigenen Königreiches. Unser König würde geschmeichelt sein, eine baktrische Prinzessin zu heiraten, und ich hätte geschmeichelt sein sollen, ihr dienen zu dürfen. Daß ich statt dessen etwas ganz anderes fühlte, kann ich mir nur damit erklären, daß ich um meine eigene Ehre fürchtete. Das klingt unnatürlich, wenn ich es jetzt, da es nicht anders geht, auf griechisch aufschreibe. (Wie sehr wünschte ich mir, Sakan wäre eine Schriftsprache! Die Gedanken der Griechen sind wie königliche Straßen angelegt, unsere eigenen Überzeugungen dagegen sind wie die Bahnen, die die Vögel am Himmel ziehen; sie hinterlassen keine Spuren.) Die Yavanas scheren sich nicht viel um Ehre; und die Parther und Perser, die so großen Wert darauf legen, gestehen den Frauen keine Ehre zu, außer in dem Punkt, daß sie mit keinem Mann außer ihrem angetrauten Ehegemahl schlafen dürfen. Mein eigenes Volk sieht die Dinge anders. Wenn man bei einem Herrn oder einer Herrin im Dienst steht, so ist die eigene Ehre an deren Ehre gebunden, da man treu und gehorsam sein muß. Was würde eine eukratidische Königin von mir erwarten? Was, wenn sie mir befahl, etwas Unrechtes zu tun? Ich würde nicht gehorchen; ich würde ganz bestimmt meinem eigenen Volk und meinen eigenen Sitten treu bleiben – und damit würde ich ihr gegenüber zur Verräterin. Aber ich konnte diese Furcht nicht in kühle Worte fassen, nicht sofort. Statt dessen konzentrierte sich mein Zorn auf einen anderen Aspekt dieses Vorhabens, der mir in meiner Jugend und Unerfahrenheit mindestens ebenso mißfiel. Ich sollte durch einen Palast trippeln, mir um die Kleider meiner Herrin und ihre Frisur Sorgen machen oder Sklavenmädchen schelten, wenn das Badewasser kalt war? Meine Eltern hatten mich Tomyris genannt, nach der berühmten Königin der Massagetai, die ihr Volk zum Sieg gegen den König von Persien führte: das war eine Königin nach meinem Geschmack.

»Wie konntest du mich zur Hofdame vorschlagen?« fragte ich. »Welche Art von Gesellschaft wäre ich für eine baktrische Königin? Diese Yavana-Frau weiß vermutlich nicht einmal, wie man ein Pferd reitet! Yavana-Mädchen tragen dauernd Kleider, bemalen sich die Gesichter, kichern, lesen Gedichte und bedekken in der Öffentlichkeit ihren Kopf. Ich würde verrückt werden, wenn ich eingesperrt in einem Palast versuchen müßte, einer solchen Königin zu gefallen!«

Mein Vater sah gekränkt aus, und meine Mutter war verärgert. »Es würde dir nicht schaden, gelegentlich ein Kleid zu tragen«, sagte sie und schaute betont auf meine Hosen. Ich trug eine der abgelegten Hosen meines Bruders, sehr abgetragen, schmutzig und blutig vom Fohlen, und nur eine kurze Männertunika statt der langen Frauentunika, die ich eigentlich tragen sollte.

»Ich habe gearbeitet«, sagte ich mürrisch zu ihr.

»Aber du hättest dich umziehen sollen, um deinen Vater bei seiner Heimkehr zu begrüßen. Du bist jetzt achtzehn und von Adel. Du solltest sorgfältiger auf deine Würde achten. Und was dieses Yavana-Kichern betrifft – deine Herrin wird eine Königin sein und keine Krämerstochter.«

»Nun, das ist ja noch schlimmer oder nicht?« erwiderte ich

scharf und kam damit zum wirklichen Problem. »Yavana-Königinnen tun nichts anderes, als Ränke zu schmieden und Leute zu vergiften.«

»Dazu wird sie hier keine Gelegenheit haben«, sagte mein Vater zuversichtlich. »Dafür wird der König schon sorgen.«

»Sie wird überhaupt keine richtige Königin sein; sie wird eine Gefangene sein und ich eine ihrer Wärterinnen. Nein Danke!«

»Tomyris«, sagte mein Vater in einem Ton, der keinen Widerspruch duldete, »du hast Vereinbarungen, die deine Mutter und ich zu deinem Besten treffen, nicht zu verweigern. Deine Mutter hat recht. Wir haben dich hier zu lange verwildern lassen. Du mußt mehr mit Mädchen deiner eigenen Klasse zusammensein und etwas über die Welt erfahren. In ein paar Jahren wird es Zeit, dich zu verheiraten, und du mußt lernen, wie eine Dame sich zu benehmen hat.«

»Was habe ich Undamenhaftes getan?« protestierte ich. »Die meisten Männer bevorzugen eine Frau, die einen Hof leiten kann. Sie sind entzückt, wenn sie geschickt mit Vieh umgehen kann. Sie können sicher sein, daß ihr Anwesen in guten Händen ist, wenn sie in den Krieg ziehen müssen.«

»Eine Dame zu sein bedeutet mehr, als mit Vieh umzugehen«, sagte meine Mutter trocken. »Wenn du so, wie du aussiehst und redest, zu einem Ratstreffen gehen würdest, würdest du der ganzen Familie Schande machen. Ein bißchen Erfahrung in einem Palast täte dir gut. Und es ist eine große Ehre, Hofdame der Königin zu sein. Wenn der König dich akzeptiert, werden wir alle Nutzen davon haben.«

Natürlich würde es der ganzen Familie guttun, jemanden in königlichen Diensten zu haben, jemanden mit Zugang zu den Herrschenden, der ein gutes Wort für die übrigen einlegen konnte, wenn Posten frei wurden oder Ehren zu vergeben waren. Das leuchtete mir ein, aber trotzdem war ich entsetzt bei dem Gedanken, in einem Palast zu leben und einer Yavana-Königin zu dienen.

»Ich bin nicht die Richtige«, sagte ich.

»Du sprichst Griechisch«, sagte meine Mutter sofort. »Und du kannst lesen.«

Das stimmte. Natürlich konnte ich lesen. Diese Fähigkeit ist unter den Saka selten, deshalb sollte ich das erklären. Meine Familie war mit Kanit verwandt, dem Hohepriester des Sonnengottes und König Mauakes' Lieblingsvetter. Es war keine nahe Verwandtschaft – er heiratete die Schwester des Vaters meiner Mutter –, aber doch so nahe, daß Onkel Kanit sich für uns interessierte und uns immer besuchte, wenn er an unser Ende des Tals kam. Einmal, als ich zwölf war, brachte Kanit seinen Yavana-Sekretär mit. Ich war immer ein neugieriges Kind gewesen, und mich faszinierten die geheimnivollen Zeichen, die der Sekretär in seine Wachstäfelchen ritzte. Ich bat ihn also, sie mir zu erklären. Der Sekretär war ein netter alter Mann, den die Aufmerksamkeit dieses linkischen Mädchens amüsierte. Er zeigte mir die Buchstaben und brachte mir bei, meinen Namen zu schreiben. Kaum hatte ich ihn gekritzelt, da eilte ich davon, um ihn den Erwachsenen zu zeigen und um mich für meine Klugheit bewundern zu lassen. Sie bewunderten mich zu sehr: Zu meinem Entsetzen schlug Kanit vor, ich solle im Winter, wenn Zeit zum Studieren wäre, auf sein Landgut kommen und dort weiter lesen und schreiben lernen. »Wir haben nicht genug Sakas, die lesen können«, sagte er. »Es ist nicht gut, daß wir darin von den Yavanas abhängig sind. Ein Yavana betrügt, wann immer er kann. Wenn Tomyris lesen lernt, kann sie die Leute ihres Gatten überwachen, wenn sie verheiratet ist.«

Mein Vater war entzückt. Er stimmte Onkel Kanits Vorschlag sofort zu. Während der nächsten fünf Jahre brachte er mich also jeden Spätherbst auf Kanits Gut, zwei Tagesritte von Eskati entfernt; dort blieb ich bis zum Frühling, mit Kanits Sekretär über einen Stapel Wachstäfelchen gebeugt. Meine Mitschülerinnen waren drei Enkelinnen Kanits. Er dachte, auch ihnen täte der Unterricht gut, und seine Enkel waren zu sehr damit beschäftigt, wichtigere Dinge zu lernen: etwa wie man ein Bewässerungsgatter repariert oder einen Pfeil befiedert. Zuerst kam ich gut mit Kanits Enkelinnen aus, aber als ich schneller lernte als sie, wandten sie sich gegen mich – sobald eine von ihnen einen Fehler machte, fragte ihr Großvater sie, warum sie sich kein Beispiel an Tomyris nehme; ich glaube, unter diesen Umständen hätte ich mich auch nicht mehr gemocht. Noch später, als wir älter wurden, wurden wir wieder Freundinnen, aber inzwischen hatte ich alles bei Kanit zu hassen gelernt, einschließlich des Griechischen. Obwohl ich den alten Sekretär mochte, war ich erleichtert, als er starb und der Unterricht aufhörte. Aber er lebte lange genug, um mich vom Alphabet bis zum ersten Buch der *Ilias* zu bringen. Daher konnte ich, als meine Mutter sagte, ich spräche Griechisch, nur ein verdrießliches Gesicht machen.

»Wenn du Hofdame bist«, sagte mein Vater listig, »darfst du die königlichen Pferde reiten. Vielleicht bekommst du, wenn du heiratest, sogar ein paar königliche Stuten.«

Das brachte mich ins Wanken. Die königlichen Pferde haben nicht ihresgleichen, sie sind geheiligt, unbezahlbar. Sie sind der Grund, warum wir in Ferghana leben und ein seßhaftes Volk sind, während unsere Vettern, die nomadischen Sakas, noch immer über die Steppen streifen. Unser Herr, der Sonnengott, weidet seine Pferde in den Bergen im Süden und Osten des Tales, jenen Bergen, die von den Griechen als Imaos-Gebirge bezeichnet werden, die wir Sakas aber Sonnenberge nennen. Manchmal haben Reisende, die zwischen den hohen Bergen dahinwanderten, in unerreichbarer Ferne ein Tal zwischen den Schneegipfeln gesehen, wo die Eiskristalle zu Blumen werden und die Luft warm ist und süßer duftet als Jasmin. Dort weiden die Sonnenpferde, unsterbliche Tiere mit Schwingen aus Licht, und ruhen sich von ihrer Aufgabe aus, den Wagen des Gottes über den Himmel zu ziehen. Doch einmal lief eines dieser Pferde, ein Hengst, der stolzeste und flinkste von allen, aus den Bergen westwärts über den Himmel, bis er nach Ferghana kam. Eine Horde von Nomaden, mit den Massagetai verwandte Sakas, weideten ihre eigenen Herden auf dem üppigen Gras am Fluß. Der unsterbliche Hengst stieg zu ihnen nieder und besprang die irdischen Stuten. Dann sah der Sonnengott, als er nach unten schaute, sein Pferd wie einen Blitz durch das Tal fahren, und er kam herab, um ihn zurückzuholen. Die Erde wurde versengt von den Rädern seines Wagens, und die Nomaden bedeckten ihre Augen vor seiner Helligkeit. Rasch liefen sie, um dem Gott Opfer zu bringen, und warfen sich vor ihm in den Staub. Er war erfreut über ihre Frömmigkeit, und ehe er sein Pferd nahm und verschwand, segnete er sie und sagte ihnen, wenn sie im Tal blieben, würden sie gedeihen und stark werden. Sie hielten seine Worte in Ehren, ließen sich in Ferghana nieder, und wie er versprochen hatte, ging es ihnen gut, und ihre Stuten brachten Fohlen zur Welt, die besser waren als alle anderen Pferde der Erde, blutschwitzende Abkömmlinge des Himmels. Nur die Bediensteten des Königs haben das Recht, sie zu reiten, und nur die Königsfamilie darf die Hengste halten. Manchmal dürfen königliche Wachen und Hofbedienstete jedoch die Stuten behalten, und diese können mit gewöhnlichen Pferden gepaart werden; die halb königlichen Nachkommen sind normalen Zuchttieren noch immer so überlegen wie ein Bergadler einem stumpfflügeligen Falken. Ich bin wie alle aus meinem Volk: Ich würde viel auf mich nehmen, um in den Besitz einiger königlicher Stuten zu gelangen, und das wußten meine Eltern.

»Nun«, sagte ich nach einer Pause, »vielleicht könnten wir nach Esktati gehen und sehen, ob ich dem König gefalle.« Wahrscheinlich eher nicht, tröstete ich mich, während meine Eltern ihrer Zufriedenheit Ausdruck gaben. Es gab niemanden, der sich weniger zum Höfling geeignet hätte als ich.

An diesem Abend ging ich sehr ängstlich und unruhig zu Bett. Ich wußte nicht recht, was ich erhoffen sollte. Als ich endlich einschlafen konnte, hatte ich einen Traum.

In diesem Traum stolperte ich in einem Land kahler Felsen durch ein trockenes Flußbett bergauf. Ich keuchte und war schweißnaß, aber ich konnte nicht stehenbleiben. Ich suchte etwas, suchte es verzweifelt. Ich kam zu einem ausgetrockneten Tümpel und hielt inne. Ich blickte auf; über mir zu meiner Rechten kam der Himmel herunter wie ein Laken aus blauem

Eis, eine Wand zwischen einem Spalt in den Bergen. Plötzlich wußte ich mit der geheimnisvollen Sicherheit des Traumes, daß ich durch den Fluß Terek zu dem Bergpaß gekommen war, der ostwärts durch die Sonnenberge führte – es war der geschlossene Paß, der von irgendeinem namenlosen Schrecken aus dem Dunkel gejagt worden und von dem niemals jemand zurückgekehrt war. Ich stand da, vor Schrecken starr, und schaute auf zu diesem Ort des Todes. Es war sehr still, ringsum gab es nur nackten Fels, und es war sehr kalt. Da sagte hinter mir eine Stimme: »Schwester, du mußt dich bewegen; das Wasser wird dich ertränken!« Ich drehte mich um und sah meine kleine Schwester Tistrya am Rande des trockenen Tümpels stehen. Sie starb am Fieber, die kleine Tistrya, ehe sie zwei Jahre alt war. Ich war damals sieben, und sie starb, obwohl ich meine Lieblingsspielzeuge als Gabe an die Göttin Anahita in den Fluß warf und um ihr Leben betete. Ich rannte auf sie zu, sprang aus dem Tümpel und fiel auf die Knie, um sie zu umarmen. Tistrya war in meinen Armen warm und lebendig, und ihr Haar roch nach Flußwasser und Balsam. Sie lachte, und hinter mir ertönte ein Rauschen, und der Fluß und der Tümpel waren voll mit blaugrünem Wasser. Es war sehr hell, und ich wachte auf, in schmerzlicher Freude lachend.

Nicht alle Träume kommen von den Göttern. Doch dieser so lebhafte und machtvolle Traum schien mir wie ein vom Himmel geöffnetes Fenster. Er beunruhigte mich, und als ich ihn meinen Eltern erzählte, beunruhigte er auch sie. Es bringt Unglück, von den Toten zu träumen, und von diesem Ort zu träumen, an den niemand geht, ist noch schlimmer.

»Aber von einem trockenen Ort zu träumen, an den Wasser kommt, muß ein Zeichen von Reichtum und Glück sein«, sagte mein Vater grübelnd. »Und Tistrya ist dir erschienen, um dich zu retten. Sie hat dich immer geliebt. Vielleicht ist er ein gutes Omen.«

»Wir werden Onkel Kanit danach fragen«, erklärte meine Mutter und entschied damit die Angelegenheit. »Wir lassen ihn die Omen überprüfen. Wir werden auch Anahita Opfer darbringen: Wasser ist ihr Bereich. Wenn die Omen schlecht sind, werden wir einen Grund finden, warum Tomyris nicht Hofdame werden kann. Jetzt müssen wir gehen.«

An diesem Morgen brachen wir nach Eskati auf – mein Vater, meine Mutter, meine beiden älteren Brüder, zwei Bogenschützen meines Vaters und ich. Ich war nie zuvor in der Hauptstadt gewesen – wenn ich bei Onkel Kanit war, war das Wetter immer zu schlecht, um nur für eine Besichtigungstour den zweitägigen Ritt auf sich zu nehmen. Es war Frühling, und auf den Feldern am Fluß pflanzten Leute Reis; sie bückten sich unter einem Himmel wie aus Lapislazuli. Die Berge dahinter waren von einem weichen Blau, und auf den Gipfeln glitzerte noch der schmelzende Schnee. Elf Tage lang ritten wir in westlicher Richtung am Jaxartes entlang, und die Städte lagen immer dichter beieinander. Kaum hatten wir die Lehmziegelmauern einer Stadt hinter uns, erschien schon die nächste am Horizont. Als wir die Seen am anderen Ende des Tals erreichten, war das blaue Wasser hell von Kranichen, und an den seichten Stellen wuchsen Lotusblüten.

Am Kleineren See, der nahe bei der Stadt liegt, machten wir bei einem alten Schrein der Wassergöttin Anahita halt, der Reinen und Vollfließenden. Wir brachten ihr Blumen dar, um sie unserer Mission geneigt zu machen. Die Statue der Göttin hinter dem Hauptaltar war die schönste Skulptur, die ich je gesehen hatte: gebrannter Ton, so zart geformt und gemalt, daß man hätte schwören können, Anahita selbst stünde da, das schwarze Haar auf dem Rücken geflochten, doch in Mondsichelsträhnen in die breite Stirn frisiert; in den weißen Händen hielt sie eine Wasserlilie. Es war fast, als werde sie heraustreten und sprechen. Die Statue war eine Yavana-Arbeit, aufgestellt während der Tage der griechischen Herrschaft. Ich fand die Statue verwirrend: Ich war an die sakanischen Skulpturen der Göttin gewöhnt, steife, klobige Puppen mit großen schwarzen Augen. Ich wußte nicht, was ich dieser fremden Gottheit sagen sollte, und stand stumm da, während meine Eltern die Gaben darbrachten. Als wir wieder draußen vor dem Tempel waren, reichten meine Eltern mir die Ringtaube, die ebenfalls der Göttin geopfert werden sollte. Wir Sakas töten keine Tiere als Opfer für Anahita; sie bevorzugt lebende Gaben und freigelassene Vögel. Ich hielt die Taube einen Augenblick, fühlte die weichen Federn in meinen Händen und den raschen Herzschlag. Ich erinnerte mich, wie ich meine Spielsachen über den Fluß gehalten hatte, als Tistrya krank war: meine kleine Tonpuppe mit ihrem scheckigen Pferd; das Goldarmband, das mein Vater mir zum Geburtstag geschenkt hatte; den kleinen Holztiger, mit gelbem Ocker und Holzkohle bemalt. Alles hatte die rasche, tosende Strömung davongetragen, und Tistrya war doch gestorben. »Erhabene Anahita«, sprach ich laut, so wie ich damals gesprochen hatte, »du Gnädige, Reine, Vollfließende, höre mich! Zeige uns, ob du unsere Mission begünstigst!« Dann warf ich den Vogel in die Luft.

Er breitete rasch die Flügel aus und flog zur Sonne empor, dann nach rechts, stieg höher und höher, bis man ihn nicht mehr sehen konnte. Fort, wie die Geschenke, wie Tistrya. Ich merkte, daß ich lächelte. Ich hatte keinen Grund zur Bitterkeit.

Mein Vater stieß einen Jauchzer aus und klopfte mir auf den Rücken. Der Vogel war nach rechts und geradewegs auf die Sonne zugeflogen: Das Omen hätte nicht besser sein können. Wir alle fühlten uns viel glücklicher, als wir unseren Weg nach Eskati fortsetzten.

Das Tal von Ferghana ist geformt wie eine Birne; das schmale Ende zeigt nach Westen, und Eskati liegt da, wo der Stengel wäre. Alexander der Große persönlich legte die Fundamente am Jaxartes, und er nannte die Stadt nach sich selbst Alexandria; Eschate, »das Fernste«, fügte er hinzu, um es von all den anderen Alexandrias zu unterscheiden, die er bereits gegründet hatte. Die Yavanas hier im Tal nennen es einfach Eschate, Fernstes, und wir Sakas nennen es Eskati. Das erste, was ich davon sah, war eine Klippe in der Ferne, die sich weiß und bloß aus der Mitte des Sees zu erheben schien; als die Straße eine Biegung machte, sah ich jedoch, daß die Klippe nicht im See stand, sondern auf einer Ebene dahinter. Dann, als wir näher kamen, erkannte ich, daß es keine Klippe war, sondern eine Mauer, und was ich für eine steile Felsspitze dahinter gehalten hatte, war ein Gebäude, ein weißes Bauwerk, das in der Nachmittagssonne glänzte wie ein Turm aus Licht.

Die Mauern bestanden ganz aus großen Steinblöcken, waren dreißig Fuß hoch und wurden von runden Türmen bewacht. Oft geben wir den Mauern unserer Saka-Städte Fundamente aus Stein, aber hohe Mauern zu bauen, ist schwierig. Die Steine rutschen übereinander und fallen herab; Lehmziegel, gegen den Regen überdacht, sind sicherer. Aber Steinbauten sind für die Griechen kein Problem; Aquädukte, wie wir sie über die Felder gespannt sahen, sind für sie kein Problem; alle raffinierten komplizierten Dinge liegen innen. Als wir die Tore erreichten, sperrte ich den Mund auf, während mein Vater die Wachen grüßte. Die Tore waren so hoch wie eineinhalb Männer und mit Eisen beschlagen. Einer der Wachleute grinste mich an und tippte mit einer Hand gegen das massive Ding. Es schwang so leicht zurück wie ein Fensterladen. Wie machten sie das? Ich staunte – und dieses Staunen füllte meinen Kopf wie der Refrain eines Liedes, je mehr ich von der Stadt sah.

Eskati ist quadratisch und viertorig angelegt wie alle Yavana-Städte. Die Häuser sind aus Ziegeln oder Stein und zwei oder sogar drei Stockwerke hoch, so daß die beschatteten Straßen wie Hohlwege in den Bergen wirken. Alle Straßen verlaufen in ostwestlicher oder nordsüdlicher Richtung und berücksichtigen in keiner Weise das Gelände, sondern sind vollkommen gerade. Jede Erhöhung und jeden Abhang nehmen sie mit steingepflasterten Stufen. Die meisten Straßen sind schmal, kaum breit genug, daß zwei Reiter einander passieren können, aber die vier Hauptstraßen sind breit und von Säulenvorbauten gesäumt – langen Säulenreihen, kanneliert und gemeißelt wie die Blätter des Bärenklau, alle gleich und unter roten Ziegeldächern stehend, die Schutz vor der Sommersonne und den Schneefällen des Winters bieten. Die meisten der Gebäude hinter den Säulenreihen sind Läden. Im größten Teil dieser Läden wurden gängige Waren verkauft, wie man sie zu Hause am Markttag auch finden konnte – Früchte und Gemüse, frisches Brot, Eimer und Spaten und Pflugscharen, Zaumzeug und Lederwaren – , aber in einigen gab es Sachen, die ich kaum je gesehen hatte, und dauernd drehte ich mich staunend im Sattel um, während ich vorbeiritt. Es gab einen Laden, den man roch, ehe man ihn sah. Dort wurden Kräuter und Räucherwerk in Schachteln aus poliertem Holz und Öl in Gefäßen aus glänzendem Glas verkauft; in einem anderen Geschäft glitzerte mehr Gold, als ich in meinem ganzen Leben gesehen hatte; wieder in einem anderen glänzten die Umrisse von Schwertern und Rüstungen, die einem Helden angestanden hätten; in einem Laden leuchteten Baumwollstoffe aus Indien in allen Farben des Regenbogens, und ein anderer war voller großer und kleiner, aus Ton modellierter Götter. Als wir das Stadtzentrum erreicht hatten, war ich ganz benommen. Das Zentrum ist ein Marktplatz mit weiteren Ladengalerien auf der östlichen und westlichen Seite; ein riesiges öffentliches Rathaus, rund und mit einer Kuppel versehen, steht auf der Nordseite, umgeben von zahlreichen Statuen, Inschriften und Mitteilungstafeln. Auf der südlichen Seite des Marktes, am Fluß, befindet sich ein Tempel. Die goldene Sonnenscheibe ist in das Giebeldreieck über so lebendigen griechischen Götterskulpturen eingelassen, daß sie sich fast zu bewegen scheinen. In der Mitte sitzt eine Gottheit auf einem Thron, ein Mann, dessen vergoldetes Haar und Bart in einem unsichtbaren Wind nach hinten fliegen und der mit feierlicher Majestät und Gerechtigkeit auf die winzigen Sterblichen unter ihm niederschaut. Sein Gesicht ist gleichzeitig uralt und alterslos und wunderschön. Hier, dachte ich, ist das Gesicht des Sonnengottes selbst. Ich stieg vom Pferd und verbeugte mich vor ihm, und meine Beine zitterten vor Ehrfurcht.

Später erfuhr ich, daß es sich bei diesem Gott in Wirklichkeit um den griechischen Zeus Olympios handelte, dem Alexander der Große den Tempel geweiht hatte. Wenn die Yavanas den Sonnengott darstellen, zeigen sie ihn immer als jungen Mann, bartlos, gekrönt und seinen Wagen fahrend – und, wie ich finde, viel hübscher, als es dem allsehenden Herrn der Welt ansteht. Doch unser König Mauakes hatte den Schrein wieder unserem eigenen obersten Gott geweiht, daher war hier das Haar des Zeus vergoldet, und er saß unter der Sonnenscheibe. Den Griechen der Stadt machte die Umwidmung nichts aus; sie identifizieren ohnehin alle ihre Götter mit anderen Göttern, und der Sonnengott, der im Tempel des Zeus verehrt wurde, wurde zu Zeus Helios, Zeus der Sonne, ohne daß sich ein Murren erhoben hätte. Anfangs fand ich es peinlich, als ich von meinem Irrtum erfuhr, aber später hielt ich ihn für sehr passend.

Hinter den Tempelstufen erhob sich das hoch aufragende Gebäude, das ich aus der Ferne gesehen hatte – es war nicht ganz aus Stein, wie ich jetzt sah, sondern ein Hügel, bedeckt mit Ställen und Baracken, Waffenkammern und Lagerhäusern, und ganz oben stand, weiß und leuchtend im goldenen Abendlicht, der königliche Palast. Ich schluckte mehrmals, während ich ihn anstarrte, und meine Mutter, die neben mir abgesessen war, tätschelte meinen Arm.

Wir verbrachten diese Nacht bei Onkel Kanit, der das Priesterhaus neben dem Tempel zu seiner Verfügung hatte und uns gastfreundlich willkommen hieß. Er erzählte uns, der König habe schon drei Hofdamen ausgewählt und warte nur noch darauf, mich zu sehen, ehe er die letzte ernenne. »Er wartet aus Höflichkeit mir gegenüber«, sagte Kanit zu uns. »Er hat mir gesagt, er würde gerne eine Verwandte von mir wählen, und meine Enkelin Ardvisura hat er bereits abgelehnt.«

»Warum?« fragte ich nervös. Ardvisura war eine meiner Mitschülerinnen beim Griechischunterricht gewesen. Die beiden anderen waren verheiratet beziehungsweise verlobt und daher als königliche Hofdamen nicht verfügbar.

»Das hat er nicht gesagt«, antwortete Kanit unschuldig. »Wenn er es nicht sagt, hat es keinen Zweck, ihn zu fragen. Aber ich glaube« – dabei lächelte er gutmütig und reuig –, »es lag an ihren Pickeln. Armes Mädchen, sie sieht aus, als sei sie von Flöhen gebissen worden. Ich hoffe, dir ergeht es besser, meine Liebe.«

Es war unmöglich, Onkel Kanit nicht zu mögen. Er hatte in seinem ganzen Leben nie einen niederträchtigen oder neidischen Gedanken gehabt.

Ich erzählte ihm meinen Traum, und er runzelte die Stirn darüber; dann lächelte er und sagte, er sei keine Warnung, sondern verheiße Glück, da ich von einem Entkommen aus Gefahr und von Wasser geträumt habe, das einen trockenen Ort näßt. »Und in Gefahr sind wir alle«, sagte er und runzelte erneut die Stirn. »Die Tochari sind für uns alle schrecklich gefährlich. Aber ich werde für dich unseren Herrn, den Sonnengott, befragen.«

Am nächsten Morgen standen wir vor Sonnenaufgang auf und gingen zum Tempel. Davor befand sich eine Terrasse mit einem Feueraltar. Wir opferten der aufgehenden Sonne ein weißes Lamm und beteten um Glück für unser und für Kanits Haus. Danach zählte Kanit für mich die Deutungsstäbe aus. Ich glaube, die Yavanas benutzen diese Methode der Weissagung nicht, aber wir Sakas prüfen so immer die Vorzeichen, ehe wir eine wichtige Unternehmung angehen. Die Weidenstäbe sind etwa so lang wie der Unterarm eines Mannes und mit Holzkohle und Kreide gezeichnet; ein Priester zählt sie aus einem Bündel und kann nach den Mustern, die sie bilden, die Zukunft vorhersagen. Ich sah zu, wie Kanit sie auszählte, einen nach dem anderen, schwarz und weiß auf dem blassen Stein der Terrasse, während die eben aufgegangene Sonne die Schatten der fallenden Stäbe lang und schwarz nach rechts warf. Die Freude, die ich am Ende des Traums empfunden hatte, schien jetzt weit weg, genau wie die Erleichterung, die ich in Anahitas Tempel verspürt hatte, und ich entsann mich höchst lebhaft der Stille und Kälte unter den kahlen Felsen; mir wurde schwer ums Herz vor Furcht. Doch die Vorzeichen für mich waren gut: Die Zeichen für »langes Leben« erschienen, die für »Reichtum«, und zuletzt ergab sich die Kombination, die »Königtum« bedeutet. »Du wirst ein langes Leben und Glück im königlichen Haus haben«, sagte Kanit mit echter Freude, dann schob er die Stäbe wieder in das Bündel zurück und geleitete uns zum Palast hinauf.

Ich hatte Angst. Mein Mund war trocken, und meine Handflächen waren naß, als wir die Wachen passierten und den Hügel hinauf zu der mit Marmorsäulen versehenen Front des Königspalasts gingen. König Mauakes regierte schon, seit meine Eltern Kinder gewesen waren. Er war der erste, der einzige Saka-König. Er war nie geliebt worden, aber die Menschen sprachen von ihm, als sei er ein Gott. Ich war mit Geschichten über ihn aufgewachsen – wie er als junger Mann eine kleine Gruppe von Ferghanern aus dem Exil nach Eskati geführt und die Yavana-Garnison mit einem Trick dazu gebracht hatte, sie in die Zitadelle zu lassen; wie er die Soldaten überwältigt und Zitadelle und Stadt dann gegen alle Angreifer gehalten hatte; wie er sich selbst zum König gemacht und seine eigenen Gefolgsleute überlistet hatte, die dachten, der Stammesrat werde, wie vor der Ankunft der Yavanas, das Tal wieder regieren; wie er gegen die Yavanas gekämpft und sogar Demetrios, den Unbesiegbaren, geschlagen hatte, den Eroberer Indiens, als dieser nach Ferghana gekommen war, um sich das Territorium seines Vaters wieder anzueignen. Und alle, die gegen ihn intrigiert hatten – Sakas, um die Macht des Rates wiederherzustellen, Yavanas, um wieder griechisches Recht einzuführen –, waren überlistet, entdeckt und vernichtet worden. Kurz, für mich war er weniger ein lebendiger Mensch als vielmehr ein König aus einer Heldenerzählung; ich stellte ihn mir neun Ellen groß, adlergesichtig, mit langem weißen Bart und in einem goldenen Gewand vor. Nun sollte ich ihn kennenlernen; was sollte ich ihm sagen? Dazu kam noch, daß der Palast für einen der Yavana-Könige erbaut und das prächtigste Gebäude war, in das ich je einen Fuß gesetzt hatte. Die Wände waren bemalt und die Böden poliert, und überall lagen so üppige und schöne Teppiche, daß ich nicht wußte, wohin ich meine Füße stellen sollte. In meinem ganzen Leben war ich mir noch nie so unbeholfen und dumm vorgekommen.

Der König beendete gerade sein Frühstück, als wir zu ihm vorgelassen wurden. Das Speisezimmer war ein großer Raum mit hoher Decke, aus dem man auf einen säulenumrahmten

Hof mit einem Brunnen blickte; der König saß an einem Tisch aus Zitronenholz, hatte ein Brotstück in einer Hand und hörte seinem Sekretär zu, der eine Liste verlas. Er war natürlich nicht neun Ellen groß, aber er trug eine Menge Gold – überall auf seiner Tunika waren goldene Stickereien verteilt, und die dikken Finger, die das Brot hielten, glänzten von Ringen. Er schluckte den Bissen hinunter, den er aß, und begrüßte Kanit herzlich. Kanit verbeugte sich vor ihm und ergriff seine freie Hand; dann stellte er uns vor.

Mauakes betrachtete mich eine Minute lang aufmerksam. Ich sah, daß er kein großer Mann und mit dem Alter beleibt geworden war; er hatte ein flaches Gesicht, und sein grauer Bart war kurz und rund geschnitten, so daß sein Kopf mondartig rund wirkte. Seine Miene war schwer zu deuten. Seine Augen glichen Achaten. Ich trug meine besten Kleider – weite Hosen aus weißer Wolle, rot bestickte Stiefel und ein weiß-rotes, mit einer Goldfibel befestigtes Kleid; meine Mutter hatte ein rotes Band in meinen Zopf geflochten und meine Augenlider blau angemalt. An diesem Morgen hatte ich mich sehr prächtig gefunden. Jetzt allerdings war mir, als trüge ich wieder die abgelegten, vom Fohlen verdreckten Kleider meines Bruders. Ich ertappte mich dabei, daß ich die Schultern einzog, um kleiner zu wirken. Ein großgewachsenes Mädchen zu sein, ist schrecklich: man hat viel mehr, was angestarrt werden kann.

»Tomyris«, sagte der König nachdenklich, »dein Onkel sagt, daß du Griechisch sprechen und lesen kannst.«

»Ja, Herr«, sagte ich.

»Dann wollen wir Griechisch sprechen«, sagte er, die Sprache wechselnd. »Magst du die Griechen, Tomyris?«

»Ich kenne keine Griechen, mit denen ich reden könnte, o König«, erwiderte ich nach einem Moment. »Ich habe vom Sekretär meines Onkels Griechisch gelernt, aber er ist inzwischen gestorben.«

»Aha. Du kommst aus dem Osten des Tales, nicht wahr? Aus dem Gebiet am Terek. Es gibt nicht viele Yavanas dort. Warum hast du Griechisch gelernt?«

Ich erklärte, Kanit und meine Eltern hätten gemeint, es sei vielleicht nützlich. Der König nickte und fragte: »Und du kannst lesen? Wenn meine neue Königin einen Brief schreiben sollte, könntest du ihn lesen?«

»Ja, Herr.«

»Kannst du dies lesen?« Er nahm seinem Sekretär die Liste ab und hielt sie mir hin; ich wischte mir die feuchte Hand an meiner Tunika ab und nahm sie. Es war eine Liste der Kontributionen zu den Hochzeitsfeierlichkeiten: Soundso erbot sich, soundso viele Ochsen zu geben; soundso stiftete soundso viele Pikul Wein. Mit leichtem Stottern las ich die Liste vor, bis der König nickte und sie wieder an sich nahm. »Bist du meine getreue Untertanin, Tomyris?« fragte er und sah mich scharf an.

»Das hoffe ich sehr, Herr!« rief ich überrascht aus. »Jeder im Tal weiß, wieviel wir dir verdanken, und wir wären Narren, wenn wir einem König nicht treu wären, der uns so gut regiert.«

Darüber lächelte er. »Würde es dir gefallen, einer Yavana-Königin zu dienen?«

Ich zögerte wieder. »Es würde mir gefallen, dir zu dienen, Herr«, sagte ich schließlich. »Wenn du wünschst, daß ich Hofdame deiner Gemahlin werde ... das heißt ... ich meine ...« Ich wußte nicht, was ich meinte, aber es schien dem König zu gefallen, denn er lächelte wieder.

»Ausgezeichnet«, sagte er und stellte mir dann einige weitere Fragen über mich und darüber, was ich von Räten und Palästen wisse. Das war nicht viel, und ich kam mir von Minute zu Minute unbeholfener und törichter vor. Als er uns entließ, ging ich etwas enttäuscht, aber auch sehr erleichtert, die Stufen des Palasts hinunter, weil ich sicher war, daß er jemand Tüchtigeren wählen würde. Ich war erstaunt, als er am gleichen Nachmittag einen Sklaven nach unten schickte und ausrichten ließ, er gäbe mir die Stellung.

Weil mein Vater und ich eine Weile gebraucht hatten, um das Tal hinauf- und hinunterzureiten, waren die anderen Hofdamen, die alle näher bei Eskati lebten, schon vor einiger Zeit ausgewählt worden. Aus Baktra waren Boten mit der Nachricht gekommen, die neue Königin habe sich auf den Weg gemacht, und es seien nur noch etwa sieben Tage bis zu ihrer erwarteten Ankunft. Ich sollte am gleichen Nachmittag in den Palast hinaufgehen, damit sich der Haushalt der Königin wenigstens in den Grundzügen auf seine Aufgabe vorbereiten konnte, ehe die Königin erschien. Meine Eltern blieben bei Kanit. Es war nicht nötig, vor der Hochzeit abzureisen, und tatsächlich begannen Menschen aus allen Teilen des Tales zu den Feierlichkeiten nach Eskati zu strömen. Ich war froh, daß meine Mutter und mein Vater während der ersten Wochen in der Nähe waren. Es war nicht so einfach, sich an den Palast zu gewöhnen.

Die Gemächer der Königin bestanden aus vier Zimmern. Sie lagen in der Mitte des Palastes im ersten Stock mit Blick auf den Innenhof und gleich über den Räumen des Königs. Ein Raum auf der hinteren Seite war der Schlafraum der vier Sklavinnen; zwei andere Räume an den Seiten waren für die Hofdamen der Königin, ein großes Zimmer in der Mitte für die Königin gedacht. Das schien eine Verschwendung zu sein, da sie ja nicht wirklich dort schlafen würde, denn der König erwartete von ihr, daß sie sein Bett teilte. »Aber sie wird natürlich Platz für ihre Kleider brauchen«, sagte Inisme. »Sicher hat sie eine Menge schöner Sachen. Die Yavanas können so wunderbar weben.«

Inisme schien die oberste der Hofdamen zu sein. Sie war Tochter des Verwalters eines der königlichen Güter, und sie wußte viel mehr über das Leben am Hof als wir übrigen. Sie war im gleichen Monat geboren wie ich, aber sonst hatten wir nichts gemeinsam. Inisme war klein, blaß und hatte ein Gesicht wie eine weiße Rose und kleine, hübsche Hände mit Fingernägeln wie Onyx. Ihre Kleider waren immer makellos, und jedes glänzende Haar auf ihrem Kopf blieb an seinem Platz. Sie wußte alles darüber, wer mit wem verwandt war, was man wozu tragen sollte, wie man Parfüm süß erhält und den Lidschatten haltbar macht und was man wann jedem in einem Palast gegenüber zu sagen und zu tun hatte. Als ich meine Kleider in die Truhe in meinem Zimmer räumte, begeisterte sie sich über meinen mit Schneeleopardenpelz gefütterten Mantel, doch als sie erfuhr, daß ich den Leoparden bei einem Jagdausflug selbst erlegt hatte, war sie entsetzt. »Wie konntest du?« fragte sie.

»Nun, oben an meinem Ende des Tals sind sie eine Plage«, sagte ich. »Er hätte unsere Schafe gerissen, wenn wir ihn nicht erschossen hätten.«

»Aber zu einem Jagdausflug auszureiten!« rief Inisme angewidert. »In die Wildnis irgendeines Gebirges, wo man mit einer Horde schmutziger Hirten getrocknetes Ziegenfleisch ißt! Und Bogenschießen! Das ist undamenhaft.«

»Hätten deine Brüder das nicht machen können?« pflichtete Jahika bei, eine der anderen Hofdamen und die Nichte des Hauptmanns der königlichen Garde.

»Ich jage gern«, sagte ich. Jahika und Inisme sahen einander erstaunt an. Für sie war ich ein für alle Male eine Wilde aus den Bergen.

Die vierte Hofdame, Armaiti, war verständnisvoller. Sie war mit dem Schwiegersohn des Königs verwandt und auf einem Gut nicht weit von dem Kanits aufgewachsen; sie kannte Ardvisura und die anderen, und wir wurden Freundinnen, sobald wir das festgestellt hatten.

Zu meiner Überraschung merkte ich, daß keine der anderen lesen konnte. Armaiti sprach ganz ordentlich Griechisch, doch Jahika und Inisme konnten gerade so viel, daß sie Kleider kaufen konnten. Jeder weiß, daß die Yavanas es für unter ihrer Würde halten, fremde Sprachen zu erlernen. Viele der griechischen Bürger von Eskati, die im Tal geboren waren, konnten gerade genug Sakan, um auf dem Markt Gemüse einzukaufen; wie wahrscheinlich war es also, daß eine baktrische Prinzessin ein Wort unserer Sprache sprechen würde? Und was ist man für eine Hofdame, wenn man die Befehle seiner Herrin nicht verstehen kann? Dann hatte ich das unbehagliche Gefühl, die Antwort auf diese Fragen zu kennen: Ein Gefängniswärter braucht die Beschwerden eines Gefangenen nicht zu verstehen. Ich dachte über mich und meine Gefährtinnen nach. Wir stammten alle aus Familien, die in irgendeiner Weise von der des Königs abhängig waren; ich erinnerte mich an die Fragen des Königs (»Bist du meine getreue Untertanin?«), und mein Unbehagen wurde stärker. Ich war eine getreue Untertanin. Aber ich wollte keine Gefängnisaufseherin sein.

Doch die Vorbereitungen für den Empfang der Königin machten wirklich einen königlichen Eindruck. Vermutlich, so sagte ich mir, hatte der König die Hofdamen seiner Braut nur als Vorsichtsmaßnahme ausgewählt. Ich hoffte es jedenfalls. Ich sah bereits, daß die Arbeit auch ohne die Pflichten einer Wärterin schwer genug werden würde.

Meine Pflichten schienen im wesentlichen darin zu bestehen, stillzusitzen und stillzustehen. Die vier Sklavinnen – zwei alte und zwei junge Frauen, die alle im Palast geboren waren – sollten die Zimmer sauberhalten, Essen und Wasser holen und Kleider waschen. Wir königlichen Hofdamen sollten Dinge für die Königin holen, bei ihr sitzen, mit ihr spinnen oder malerisch herumstehen, wenn sie mit Leuten sprach. Ich langweilte mich schon, noch ehe sie eingetroffen war, und verbrachte viel Zeit damit, mir zu überlegen, wie diese Frau sein würde. Ich sah mir die baktrischen Silbermünzen an, die ich als Abzahlung auf meinen ersten Lohn erhalten hatte: die meisten trugen das Abbild des Heliokles, einige auch das seines Vaters Eukratides. Beide Könige hatten eine große Nase, ein schlaffes, fleischiges Kinn und scharfe, gefährliche Augen: auffallend häßliche und unangenehme Gesichter.

»Glaubst du, daß sie auch so schweineähnlich aussehen wird wie ihr Vater?« fragte ich Armaiti und zeigte ihr die Münzen.

Armaiti kicherte und flüsterte dann vertraulich: »Vielleicht, vielleicht auch nicht. Sie ist nur von der Seite ihres Vaters eine Eukratide, weißt du?«

»Wer war ihre Mutter?« fragte ich.

Armaitis Gesicht hellte sich auf, als sie merkte, daß ich diese delikate Neuigkeit noch nicht gehört hatte. »Ihre Mutter war die Schwester von König Menander von Indien, die Tochter von Demetrios dem Unbesiegbaren.«

»Was?« sagte ich schockiert. »Sie ist ein Abkömmling von Antimachos?«

Armaiti nickte. »Niemand wußte das, bevor der König in die Heirat einwilligte«, sagte sie, um mir zu erklären, wieso ich das nicht eher gehört hatte, »aber seit letzter Woche redet die ganze Stadt davon.«

Als Ferghana zum ersten Mal von einem König regiert wurde, handelte es sich bei diesem König um Antimachos: vor ihm gab es nur Priester und den Stammesrat. Wie ich schon sagte, regierte er das Tal weise und versöhnte die Sakas mit dem Königtum, wie es vielleicht kein anderer Mann auf Erden gekonnt hätte. Er gab die Bewässerungssysteme in Auftrag, durch die sich die Fläche des bebaubaren Landes im Tal verdoppelte; er ließ die Straßen bauen; er führte den Anbau von Wein, Äpfeln und Birnen, Mandeln, Granatäpfeln und den Gebrauch von Geld ein. Er lehrte uns die ganze Yavana-Zivilisation. Er wurde verehrt, obwohl er ein Fremder und unser Herr war. Ich sagte vorhin, daß die Leute über Mauakes sprachen, als sei er ein Gott, aber wenn sie ebenso von Antimachos sprachen, dann glaubten sie das – und er hatte das ausgenutzt. Antimachos der Gott, nannte er sich, und in vielen Teilen Ferghanas wird er noch immer als solcher verehrt. Von meiner Familie niemals – wie mein Vater sagte, konnten wir kaum einem Mann göttliche Ehren erweisen, der unsere Vorfahren ins Exil geschickt hatte –, doch auf unseren Ländereien gibt es Bauern, die für ihn Weihrauch verbrennen, wann immer sie die Bewässerungsgräben reparieren. Während seiner Regierungszeit hatte es keine Rebellionen gegeben, nicht eine einzige. Erst sein Sohn, Demetrios der Unbesiegbare, verlor Ferghana an Mauakes, und auch das nur, weil er nicht im Lande war. Er hatte auf die Ergebenheit der Menschen seinem Haus gegenüber vertraut und nur eine leichte Garnison im Tal zurückgelassen, als er sich aufmachte, um in Indien ein riesiges Königreich zu erobern. Nachdem Mauakes das Tal für die Sakas erobert hatte, unternahm Demetrios einen Versuch, es wiederzugewinnen, und beinahe wäre ihm das auch gelungen, denn es gab Sakas und auch

Yavanas, die bereit waren, für ihn zu kämpfen. Wenn er härter gekämpft hätte, hätte Demetrios vielleicht wieder König von Ferghana werden können. Doch sein Versuch war halbherzig gewesen: Indien erforderte seine volle Aufmerksamkeit. Seither hatte die Dynastie der Antimachiden wenig mit uns zu tun. Aber halb gegen unseren Willen waren wir immer noch gebannt von ihrem strahlenden Ruhm, der jede andere Macht oder militärische Ehre verblassen ließ. Demetrios' Sohn Menander wurde von seinen indischen Untertanen als »König des Rades« bezeichnet, dessen Feinde von der bloßen Macht seines Blickes unterworfen werden. Sie sagten, er sei ein Arhat, ein Heiliger, der alle weltlichen Beschränkungen überwunden hat und wie ein Fels ist, den kein Wind erschüttern kann. Die Eukratiden waren, wie ich schon sagte, unsere vertrauten Feinde, unsere Nachbarn jenseits des Oxus, eine arrogante und verräterische Dynastie, die wir mit einem Anflug von Verachtung haßten. Mit den Antimachiden verhielt es sich ganz anders. Die Aussicht auf eine antimachidische Herrscherin, Menanders Nichte, war weit weniger unangenehm, weniger deprimierend und viel erschreckender als die Vorstellung, eine eukratidische Herrscherin zu bekommen. Ich dachte an das Gesicht, das ich auf einer alten Münze gesehen hatte – ein zartes Gesicht mit langer Nase und schönen Augen und einem besonderen Lächeln, als lache es über sich selbst und darüber, sich überhaupt auf einer Münze zu befinden. König Antimachos der Gott, hatte unter dem Gesicht gestanden. Auf der Rückseite der Münze befand sich ein geflügelter Blitz. Mir fiel der Bewässerungskanal ein, der die Hügel unseres Landes durchquerte, und die Inschrift, die in einen Markierungsstein gemeißelt war: »Antimachos schuf mich.« Die klaren, stolzen Buchstaben waren gewöhnlich halb unter den Wiesenblumen verborgen, die die Bauern aus Dankbarkeit für das lebensspendende Wasser dort niederlegten.

»Vermutlich ähnelt sie ihrem Vater«, sagte ich, um mich zu beruhigen.

»Ihre Mutter starb, als sie noch klein war«, stimmte Armaiti zu. »Sie wurde am eukratidischen Hof großgezogen.«

»Nun, da hast du's«, sagte ich. Aber noch immer fühlte ich mich unbehaglicher denn je und wünschte mir, ich wäre nicht nach Eskati gekommen oder der König hätte mich nicht akzeptiert.

Hier muß ich innehalten. Ich begann diesen Bericht, weil ich den Eindruck hatte, die Ereignisse des ersten Jahres nach der Ankunft der Königin bräuchten ein Denkmal, einen festgelegten griechischen Bericht, denn die geflügelten Worte meines eigenen Volkes haben sie schon in eine Legende verwandelt. Seit dem Tod der Königin Heliokleia sagen die Menschen, sie sei eine Göttin gewesen. Ich habe selbst ihr Grab besucht und alte Landfrauen gesehen, die Blumen darauflegten und murmelnd um eine gute Lämmersaison oder die Heilung der Koliken ihrer Enkelin beteten. Jetzt haben der gegenwärtige König und seine Königin einen Schalenaltar in Auftrag gegeben, in dem ständig rauchende Kohlen liegen sollen, und Besucher können auch Weihrauch verbrennen. Sie hätte das lächerlich gefunden – ein bißchen geschmacklos, völlig sinnlos, aber vor allem lächerlich. Sie war keine Göttin; sie war nicht einmal fromm in irgendeinem üblichen Sinn des Wortes. Was sie statt dessen war, ist schwer zu sagen. Ich beschloß zu schreiben, weil ich, wie mir alle sagen, mehr über die Geschehnisse weiß als jeder andere Lebende. Vieles habe ich selbst miterlebt, und was ich nicht aus eigener Erfahrung weiß, erfuhr ich aus zweiter Hand, manchmal von der Königin selbst, manchmal von ihrer Familie und den Palastdienern oder von meinem Bruder und seinen Freunden in der Armee und unter den königlichen Garden. Philomela hat mir viel erzählt. Vor langer Zeit habe ich mir überlegt, wie es gewesen sein muß, habe Vermutungen angestellt und mir zusammengereimt, was ich nicht wußte – nicht, weil ich Klatschgeschichten liebte, sondern weil ich in vielem, was ich sah, ein Geheimnis spürte, das ich unbedingt verstehen wollte. Doch ich bin keine Künstlerin, und je mehr ich darüber nachdenke, desto schwerer ist es, die Worte den Bildern in meinem Kopf anzupassen. Wie wird es für diejenigen aussehen, die nicht meine Erinnerungen besitzen – an die Hitze des Sommers, an die Fliegen, den Duft von Nardensalbe und Jasmin in den Frauengemächern des Palasts; oder an das laute Rauschen der Bäche in den Bergen und den Geruch von Pferden und Schnee? Bis jetzt habe ich offen gesprochen, habe das berichtet, was ich selbst tat und dachte – und ich habe festgestellt, daß es auch so schwer genug ist, die Wahrheit zu sagen. Es ist schwer, sich daran zu erinnern, wie es *damals* war, als ich ein ungeschliffenes Landmädchen war und nichts vom Hof wußte, daß es schwer ist, meine Worte nicht von all den Jahren färben zu lassen, die zwischen diesem Mädchen und der alten Frau liegen, die ich jetzt bin. Und jetzt muß ich noch weiter gehen, muß berichten, was andere taten und wie sie fühlten, Dinge, die ich nicht einmal damals mit Sicherheit wußte. Sollte ich nur die nackten Tatsachen wiederholen? Das wäre, als würde man eine Sammlung von Knochen auslegen und sagen: »Dies ist ein Tiger« – es wäre eine Lüge. Die Knochen sind vielleicht von einem Tiger, aber ein Tiger ist ein lebendes Geschöpf aus Fleisch und Blut, sonnenfarben und schrecklich – keine Anhäufung von Knochen. Ich muß mich darauf konzentrieren, die Geschichte zu erzählen, wie ich sie verstand, so einfach wie möglich, und hoffen, daß die Wahrheit alle Dinge klären wird.

König Mauakes' einziger überlebender Sohn, Itaz, war nicht in Eskati, als ich dort ankam. Er war das jüngste Kind des Königs – die Tochter Amage war zehn Jahre älter, und die beiden älteren Prinzen waren gestorben, der älteste, wie ich schon sagte, in der Schlacht gegen die Tochari, der zweite Jahre zuvor in einem Yavana-Krieg. Itaz war in gewisser Weise ein Fremder in Ferghana. Früh in seiner Regentschaft hatte König Mauakes eine Allianz mit dem Partherreich im Westen geschlossen, das traditionell mit den Baktriern verfeindet war. Als sein jüngster Sohn acht Jahre alt war, hatte Mauakes ihn bei einer adeligen Partherfamilie in Pflege gegeben, um die Allianz zu stärken; er hatte ihn erst nach Ferghana zurückgerufen, als er sich auf die Invasion der Tochari vorbereitete. Itaz war im Alter von zweiundzwanzig Jahren aus Parthien zurückgekommen und selbst ein halber Parther. Er rasierte sein Kinn, trug das kurze Schwert und sprach mit dem holprigen Akzent der Parther, die *d* statt *l* sagen und dergleichen. Auch hatte er sich der Mazda-Religion zugewandt und schwor bei dem Weisen Herrn, Ahura Mazda, statt beim alles sehenden Sonnengott wie die meisten Leute im Tal. Trotzdem war er bei den jüngeren Edelleuten beliebt. Er war ein guter Reiter, ein ausgezeichneter Bogenschütze, ein tapferer Krieger und in jeder Kunst bewandert, die wir Sakas bewundern; dank seinem großzügigen und offenen Wesen gewann er leicht Freunde. Er war ein großer, schlanker junger Mann mit dunklem, dünnem, eifrigem Gesicht und klaren Augen, und er war so leicht zu durchschauen wie Wasser: hell vor Begeisterung, düster vor Zorn, völlig unfähig zu jeder Täuschung. Er bewunderte seinen Vater ungemein – Mauakes war schließlich der Begründer eines Königreichs, ein Mann, von dem die Parther mit Ehrfurcht und die Yavanas mit Haß und Respekt sprachen, ein Vater, auf den jeder junge Krieger stolz gewesen wäre. Seit seiner Rückkehr hatte sich Itaz die größte Mühe gegeben, dem König zu gefallen. Nachdem aber der Rat dem König seine Zustimmung zur Allianz mit Baktrien gegeben hatte und der Bote zu König Heliokles geschickt worden war, ging Itaz in das Privatzimmer seines Vaters im Palast, schloß die Tür hinter sich und sagte: »Ich weiß, daß wir Verbündete gegen die Tochari brauchen, aber warum sollen wir mit bösen Geistern einen Vertrag schließen? Verbünde dich statt dessen lieber mit den Parthern!«

Mauakes sah seinen Sohn liebevoll an. Der König war ein kluger Mann, von Natur aus subtil und indirekt, und durch lange Erfahrung und vielfachen Verrat argwöhnisch geworden. Die offensichtliche Aufrichtigkeit seines Sohnes entzückte ihn. Doch da er auf Widerspruch stieß, warf er Itaz den milden, nachsichtigen Blick zu, den er seinen Gegnern vorbehielt und mit dem er diese stets aus der Fassung brachte. »Wir haben schon eine Allianz mit den Parthern«, sagte er sanft.

Itaz nickte ungeduldig. »Ich meinte, du solltest die Allianz stärken«, sagte er.

Mauakes seufzte, noch immer mit dem nachsichtigen Ausdruck, und schüttelte den Kopf. »Glaubst du, das würde helfen?« fragte er. »Sie haben schon eingewilligt, eine berittene Truppe zu schicken, wenn wir darum bitten – aber wer weiß, ob sie das auch tun werden, wenn wir nicht gegen die Yavanas kämpfen wollen? Wenn die Tochari kommen, behalten sie ihre Reiterei vielleicht lieber in ihrem Land.«

»Das würden sie niemals tun!« erklärte Itaz hitzig. »Herr Suren lebt für seine Ehre, und er würde eher seine Frauen und Kinder in die Sklaverei verkaufen, als einen Eid zu brechen. Wenn wir sie um Hilfe bitten, werden wir sie bekommen.« Die Surens waren die Familie, die ihn großgezogen hatte.

»Frauen und Kinder zu verkaufen, bedeutet einem Parther nicht viel«, sagte Mauakes trocken. »Kein parthischer Adeliger hat viel Achtung vor Frauen, sonst würde er nicht versuchen, ein Dutzend Damen in einem einzigen Haus zu halten. Wenn dein Herr Suren eher einige seiner Ländereien aufgeben würde als einen Eid brechen, wäre ich glücklicher. Nein, nein, ich will ihn nicht beleidigen; ich gestehe ihm zu, daß er ein ehrenwerter Mann ist. Aber darum geht es nicht. Die Parther sind entzückt, uns gegen die Yavanas zu helfen, ihre alten Feinde. Aber die Tocharis stellen für sie keine Bedrohung dar – solange sie nicht den Oxus überschreiten. Und wenn sie den Oxus überschritten, wären die Parther erfreut: es würde bedeuten, daß die Yavanas ein für alle Male geschlagen sind. Warum sollten die Parther uns helfen, wenn sie das dadurch verhindern würden? Und wenn Herr Suren uns die Treue halten würde, würden die Arsaces das auch tun?« Die Arsaces sind das, was die Parther ihren König nennen. »Aber lassen wir das beiseite, nehmen wir an, sie würden die berittene Truppe schicken, wenn ich darum bäte. Wenn wir die Allianz stärkten, würden sie vielleicht zwei Reitertruppen senden. Aber ich könnte diese ganze Reiterei hier nicht halten; ich habe gerade genug Nahrung und Futter für meine eigene Armee.«

»Du könntest mehr Steuern erheben«, unterbrach Itaz ihn.

Mauakes zog die Augenbrauen hoch. »Ich habe angefangen, mehr Steuern zu erheben, als ich zum erstenmal von den Tochari hörte. Jetzt erheben auch die Ratsherren mehr – für ihre eigenen Leute. Das Land kann nicht beliebig viele Pferde ernähren, Itaz, mein Lieber, und die Bauern können nicht beliebig viel Nahrung anbauen. Nein, ich könnte eine Partherarmee nicht ernähren. Ich müßte also nach ihr schicken, wenn die Tochari kommen, und die Parther müßten sie zusammenstellen; dann würde sie herkommen müssen – nicht zu schnell, sonst wären die Pferde im Kampf nicht einsatzfähig –, und in der Zwischenzeit hätten wir den Krieg verloren. Und außerdem, was nützt uns eine Reitertruppe? Wir haben bereits genug Reiter, eine bessere Reiterei als die Parther. Doch die haben die Tochari auch, und ihre ist noch größer. Was ich brauche, sind Elefanten. Elefanten und ein paar Yavana-Katapulte. Das würde die Tochari aufhalten.«

»Aber ein Vertrag mit den Yavanas!« rief Itaz aus. »Und nicht einmal mit dem König von Indien, der ein ehrenwerter Mann ist, sondern mit Heliokles von Baktrien, dem Sohn eines Mörders und Bruder eines Vatermörders! Wie können wir ihm vertrauen?«

Mauakes lächelte über diese Worte. Er hatte nie in seinem Leben jemandem vertraut. »Wenn ich ein Feuer brauche und kein Holz finden kann, verbrenne ich Dung«, sagte er. »Heliokles will, daß wir die Tochari schwächen und sie von seinem Land fernhalten; *darauf* können wir vollkommen vertrauen. Indien ist zu weit entfernt, um uns eine Hilfe zu sein. Nein, nein, wir müssen nun unseren Verbündeten Heliokles beim Wort nehmen und ihn einen ehrenwerten Mann nennen. Sein Vater Eukratides ermordete seinen Herrn, um den Tod seines Großvaters zu rächen. Und was den Vatermörder betrifft – nun, Heliokles ließ ihn doch hinrichten, nicht?«

»In der Tat. Er ließ seinen eigenen Bruder, den Mörder seines Vaters, hinrichten – und gewann dadurch ein Königreich.«

»Siehst du?« sagte Mauakes. »Er stellte seine Treue als Sohn über seine Gefühle als Bruder. Er nennt sich selbst Heliokles Diaios, Heliokles der Gerechte.«

»Er ist nichtswürdig«, verkündete Itaz. »Ein Sohn von Angra Mainyu und ein Anhänger der Lüge. Ich würde ihn nicht anrühren.« Angra Mainyu, sagen die Verehrer von Ahura Mazda, ist der Fürst der Dämonen, der Geist der Lüge, der gegen die Rechtschaffenheit und das Licht kämpft und dies seit Anbeginn der Welt getan hat.

»Pah«, sagte Mauakes, »ich habe dich nicht nach Parthien geschickt, damit du ein Priester wirst. Ein Bündnis mit den Yavanas ist die beste Möglichkeit, unser Königreich zu sichern, und das ist, wenn du mich fragst, der beste Weg, den Göttern zu gefallen. Wir brauchen König Heliokles deswegen nicht zu lieben. Wahrscheinlich werden wir ihn nicht einmal sehen. Vielleicht will er gar keine Allianz mit uns – wenn das so ist, ist er dümmer, als ich gedacht hatte. Doch was immer geschieht, ich erwarte von dir, daß du mir wie ein guter Sohn gehorchst und dem Stammesrat nichts über all dies sagst, sonst würden die Ratsherren auf die Idee kommen, mich durch dich zu ersetzen.« Mauakes blickte Itaz fest und nicht mehr ganz so verzeihend in die Augen. Er betete seinen Sohn an – doch von Natur aus mißtraute er denen, die er liebte, nur um so mehr.

»Mögen die Götter es verhindern!« rief Itaz so entsetzt aus, daß sogar sein Vater ihm glaubte. »Aber...«

»Aber?«

Itaz seufzte und zuckte mit den Schultern. »Aber ich ziehe die Parther vor«, sagte er bedauernd. »Wenn ich auch annehme, daß du recht hast. Wenn wir unsere Rolle in dem Bündnis ehrenhaft spielen, dann können wir uns keine Schande machen.«

»Das ist mein Sohn«, sagte Mauakes herzlich; der junge Mann ging davon. Itaz hatte noch immer das nagende Gefühl, das Bündnis sei unehrenhaft, aber er war entschlossen, seinem Vater gegenüber loyal zu sein und nichts in der Öffentlichkeit zu sagen. Doch wie ich schon sagte, hatte er ein offenes Wesen und viele Freunde, meist junge Edelleute aus der Garde des Königs, und denen gegenüber hatte er sich schon gegen das Bündnis ausgesprochen und angekündigt, er wolle mit seinem Vater darüber reden; natürlich fragten sie ihn, wie das Gespräch ausgegangen sei. Er wußte nicht, wie man einer Frage ausweicht, und so antwortete er ihnen streng vertraulich, was sein Vater gesagt hatte, und natürlich hatte sich das binnen einer Woche im ganzen Tal herumgesprochen. Ich selbst hatte die Geschichte schon lange vor meiner Abreise von zu Hause gehört; die Bauern auf den Feldern kicherten über das barsche Wort des Königs: »Wenn ich kein Holz finden kann, verbrenne ich Dung.« Die Herren des Stammesrats flüsterten einander erfreut ins Ohr. Itaz war das schrecklich peinlich. Der König sagte nichts über die Angelegenheit, doch er ließ heimlich Nachforschungen unter seinen Gardesoldaten anstellen und seinen Sohn beobachten. Ein beliebter junger Prinz, der sich öffentlich dem überaus unpopulären neuen Bündnis seines Vaters widersetzt, war eine potentielle Gefahr, die zu übersehen ein alternder König sich nicht leisten konnte.

Natürlich hatte König Heliokles das Angebot einer Allianz erfreut angenommen und sofort Gesandte nach Ferghana geschickt, um einen Friedens- und Freundschaftsvertrag aufzusetzen. Die Gesandten Baktriens unterbreiteten folgende Vorschläge: Heliokles und Mauakes sollten aufhören, in das Land des jeweils anderen einzufallen und dessen Untertanen zu drangsalieren; keiner sollte Bündnisse mit Feinden des anderen schließen – abgesehen von der alten Saka-Allianz mit den Parthern; der Witwer Mauakes sollte Heliokles' Schwester Heliokleia heiraten. Sie würde nach Ferghana geschickt werden. Ihre Mitgift sollte aus fünf Elefanten und deren Treibern und etwa zwanzig Katapulten sowie einem Techniker bestehen, der damit umzugehen wußte.

Dieser letzte Vorschlag war eine Überraschung, und Mauakes bedachte ihn mit einigem Argwohn. Das zusätzliche Band einer solchen Ehe, die das Bündnis weiter festigen würde, durfte man nicht leichtfertig abtun. Aber Mauakes war ein scharfsinniger Mann und wußte genau, wie unpopulär diese Ehe sein würde. Außerdem hatte er nicht die Absicht, seinen Enkel zugunsten möglicher Kinder, die er mit Heliokleia haben könnte, zu enterben, und ihm war klar, daß dies für den arroganten Yavana-König unannehmbar sein würde. Also lächelte er den Gesandten zu und machte eine hilflose Geste. »König Heliokles schmeichelt mir«, sagte er zu ihnen, »und ich danke ihm für dieses königliche und großzügige Angebot. Und doch, beste Herren, muß ich zögern, es anzunehmen. Ihr wißt vielleicht, daß mein Sohn Goar letzten Sommer bei der Schlacht gegen die Tochari gefallen ist. Er ist also tot, doch sein Sohn lebt, und ich und das ganze Volk von Ferghana erwarten, daß er mein Erbe wird. Wie könnte ich die Hoffnungen enttäuschen, die man in ihn setzt? Selbst wenn ich das tun wollte, würde das ganze Volk des Tales gegen mich aufstehen und mit Recht auf die Verdienste und das Opfer seines Vaters hinweisen.«

Er rechnete damit, daß die Angelegenheit damit erledigt wäre, doch nach einigem Geflüster schluckten die Gesandten ihre Enttäuschung und sagten: »König Heliokles hat größten Respekt vor dir, o König, und er möchte sich in dieser Krise auf dich als Verwandten verlassen können. Fragen der Nachfolge gehören einer ungewissen Zukunft an: die Tochari bedrohen zur Zeit uns alle. Wir verstehen, daß du deinen Enkel als deinen Nachfolger wünschst; warum sollte das ein Hindernis für eine Ehe sein, die unsere Königreiche einen und die langen Kriege zwischen uns beenden wird?«

Mauakes studierte sie eine Minute mit leerem Lächeln und ausdruckslosen Augen, während er versuchte, hinter ihre Motive zu kommen. Er wußte, daß Heliokles ihn als furchtbaren Feind betrachtete, aber er kannte die Baktrier besser als die meisten Leute im Tal. Es war zu bezweifeln, daß er als furchtbar genug galt, um Heliokles' Schwester zu verdienen, wenn sie ihn nicht beerben würde. Plante Heliokles einen neuen Krieg gegen die Parther oder Indien und versuchte, sich Mauakes' Unterstützung zu sichern? Das schien vorschnell und unwahrscheinlich, da die Invasion der Tochari sie beide bedrohte. Fürchtete der König von Baktrien eine interne Bedrohung und wollte deshalb dafür sorgen, daß dieses neue Bündnis nur mit ihm allein und nicht mit dem baktrischen Staat geschlossen wurde?

Oder stimmte mit der Schwester etwas nicht? Sie war nicht alt: Heliokles selbst war kaum dreißig, und das Mädchen, dachte Mauakes, mußte viel jünger sein. War sie furchtbar häßlich, schwachsinnig, schwanger? Hatte sie sich bei Hofe Feinde gemacht? Es hatte keinen Zweck, die Gesandten zu fragen. Zweifellos würden sie ihm versichern, sie sei schön, tugendhaft und weise, so wie alle heiratsfähigen Prinzessinnen.

Mauakes sagte den Gesandten, er müsse über diesen Vorschlag gründlich nachdenken und ging, um unter ihren Sklaven und Yavana-Händlern, die kürzlich aus Baktrien zurückgekehrt waren, Nachforschungen anstellen zu lassen. Am folgenden Morgen bat er die Gesandten wieder zu sich und nahm die Vorschläge für das Bündnis huldvoll an.

Unter den Adeligen, die dem König während der Verhandlungen beigestanden hatten, löste dieser Schritt nur leises Murren aus; schließlich war es ein Zeichen von größtem Respekt, daß Heliokles bereit war, Mauakes, einem Barbaren, die Hand seiner Schwester anzubieten. Itaz jedoch war entsetzt. Wieder ging er in das Gemach seines Vaters im Palast und schloß die Tür hinter sich. »Wie kannst du das tun?« fragte er und hatte Mühe, seine Stimme zu beherrschen.

Mauakes zuckte mit den Schultern. Er hatte der Heirat zugestimmt, doch jetzt machte ihn der Vorwurf seines Sohnes verlegen. Da er jedoch der war, der er war, zeigte er das nicht, sondern arbeitete statt dessen weiter und zählte Steuermarken. »Hm? Was tun?« fragte er.

»Du weißt, was!« sagte Itaz zornig. Er ließ sich von dem beiläufigen Ton nicht täuschen. »Eukratides' Tochter heiraten und Heliokles zu deinem Bruder machen. Das!«

Mauakes zuckte mit den Schultern und zählte weiter Steuermarken. »Wir brauchen die Elefanten. Ich dachte, dem hättest du zugestimmt.«

»Elefanten!« rief Itaz angewidert aus. »Wie kannst du eine Eukratide, eine Yavana-Hure, in das Bett meiner Mutter legen? Was würden meine Brüder sagen, wenn sie noch lebten und das sehen könnten? Fünf Elefanten!«

»Sie ist eine Yavana-Königin!« schrie Mauakes, sprang auf die Füße und warf den Tisch um. Wenn er die Beherrschung verlor, geschah das immer plötzlich und ohne Vorwarnung. »Und warum bist du dagegen? Jammere mir bloß nichts von deinen Brüdern vor! Du bist froh, daß sie tot sind! Da sie aus dem Weg sind, steigen deine Hoffnungen, nicht wahr? Du hast dich gegen das Bündnis gestellt, um die Unterstützung der Räte zu gewinnen. Du weißt, wenn ich morgen stürbe, würden sie dich statt des Jungen zum König machen, und jetzt hast du Angst, daß die Yavana-Frau Söhne haben könnte, die dich ersetzen, Söhne mit mächtigen Verbündeten. Du würdest mich am liebsten ebenso tot sehen wie Goar!«

Itaz sagte einen Augenblick lang nichts und schaute seinen Vater an. Diesmal war er nicht schockiert. Er war nun schon länger zu Hause und hatte sich an den plötzlichen Argwohn des Königs gewöhnt. Doch noch immer verletzte er ihn, und diesen Schmerz konnte man sehen. »Ich habe meine Brüder geliebt«, sagte er endlich. »Und ich bete zu allen Göttern, daß du keinen Nachfolger haben wirst, bis dein Enkel alt ist. Und, Vater, es tut mir leid, daß ich meine Bedenken letztes Mal nicht für mich behalten habe. Ich war tolpatschig und dumm und habe geredet, wo ich hätte schweigen sollen. Aber ich habe dich nicht verraten; ich würde dich aus freiem Willen niemals verraten. Bitte, glaube mir.«

»Nun«, sagte Mauakes nach einem Augenblick. »Nun ja.« Er setzte sich wieder. »Es war falsch, das zu dir zu sagen«, sagte er nach einer weiteren Minute. »Doch du solltest nicht versuchen, deinem eigenen Vater vorzuschreiben, wen er heiraten soll.«

»Aber Vater«, sagte Itaz, ging zu ihm und berührte seine Schulter. »Wie kannst du erwarten, daß ich dich liebe und zugleich schweige, wenn ich sehe, daß du etwas tust, das Schande über dich bringen und dir Kummer machen wird?«

Mauakes seufzte: die Hand auf seiner Schulter, diese offensichtliche Liebe, war schrecklich süß. Sie machte ihn schwach. Er hatte nie gewußt, wie man um Liebe bittet oder sie anerkennt, doch er wünschte sie sich, und weil er so mißtrauisch war, wünschte er sie sich um so verzweifelter. »Warum glaubst du, daß diese Frau mir Schande machen wird?« fragte er ängstlich. Sein Argwohn ging sofort in eine andere Richtung. »Man sagte mir, sie sei jung, still und zurückhaltend und eine Jungfrau. Gibt es Geschichten, die andere erzählen? Weißt du irgend etwas über sie?«

»Nur die Namen ihres Vaters und ihres Bruders. Das sollte ausreichen«, sagte Itaz heftig. »Sie kommt aus einem Volk, das immer unser Feind war, und aus einer Familie ohne Ehre oder Ergebenheit.«

Mauakes schnaubte. Er hatte kein großes Vertrauen zu der Ehre oder Ergebenheit irgendeiner Familie. »Wenn die Frau mich betrügt, kann ich sie hinrichten lassen«, sagte er. »Aber ich habe nie gehört, daß eine Yavana-Königin die Hure gespielt hätte. Die Tyrannin, ja, aber nicht die Hure – und sie wird hier keine Gelegenheit haben, die Tyrannin zu spielen, selbst wenn sie alt genug dazu wäre. Ich wäre ein erbärmlicher König, wenn ich nicht mit einem einzigen kleinen Yavana-Mädchen fertig würde.«

»Wie alt ist sie?« fragte Itaz argwöhnisch.

Mauakes zuckte mit den Schultern und schüttelte Itaz' Arm ab. »Neunzehn? Zwanzig? Jünger als du. Heliokles selbst ist erst dreißig, und das Mädchen war Eukratides' jüngstes Kind. Man sagte mir, sie sei religiös und belesen.«

»Mit zwanzig ist sie kein Kind mehr«, sagte Itaz. »Und die Yavanas wissen nichts von den Göttern; selbst wenn sie glauben, religiös zu sein, sind sie voller Blasphemie. Und ihre Bücher sind voll von unfrommen Gedanken. Wenn sie gelehrt ist, wird sie uns verachten und für ungebildet halten. Wenn sie kann, wird sie uns ausnutzen und mit den Yavanas der Stadt Ränke schmieden, um uns an ihren Bruder zu verraten.«

Mauakes schnaubte erneut. »Hat irgend jemand, Saka oder Yavana, mich jemals durch Ränke übervorteilt?«

Itaz zögerte. Das war noch keinem gelungen. »Aber eine junge Frau...«, sagte er. »Wenn sie schön ist...«

Mauakes lachte. »Glaubst du, ein Mitglied von Heliokles' Familie könne schön sein?« fragte er. »Ich habe nicht einmal danach gefragt; ich dachte, es genüge, wenn ich die schlechten Neuigkeiten erst bei ihrer Ankunft erfahre. Doch selbst wenn sie schön wäre, glaubst du, ich würde sie wie ein alberner Greis verhätscheln, meinen alten Kopf ausruhen und ihr meine Geschäfte anvertrauen? Hältst du mich für einen törichten alten Mann, hm?«

Itaz sah seinem Vater in die Augen und erkannte traurig, daß der durchdringende Blick zurückgekehrt war, ein weiterer Argwohn, noch nicht ganz geformt, machte sich bemerkbar.

»Nein«, sagte er. »Ich bin jung, aber so dumm bin ich nicht.«

Mauakes lehnte sich zufrieden zurück. »Also, wieviel Schaden kann eine jugendliche Jungfrau anrichten?«

»Viel«, sagte Itaz kurz, »wenn sie Heliokles zu deinem Bruder macht.«

»Aber ich möchte, daß er mein Bruder wird; ich möchte ihn an mich binden, und er soll verpflichtet sein, sein Wort auch dann zu halten, wenn die Tochari nicht wieder eindringen.«

»Er hat seinen wirklichen Bruder umbringen lassen.«

»Pfff.« Wieder zog sich der König hinter den ausdruckslosen Blick zurück. »Er hat auch versucht, mich töten zu lassen, und ist gescheitert. Aber jetzt will er, daß ich lebe, damit ich ihn vor den Tochari beschütze. Und das Mädchen ist eine Königin; es ist eine ehrenwerte Ehe. Sie wird für uns alle wertvoll sein.«

»Sie ist fünf Elefanten wert«, sagte Itaz bitter. »Tu es nicht, Vater. Schicke einen Boten nach Baktra und sage, du hättest die Vorzeichen geprüft, und sie verhießen Unheil, wenn es zu dieser Ehe käme. Wird Heliokles die Elefanten nicht ohnehin schicken, wenn er sich vor den Tochari fürchtet?«

»Nicht, wenn ich ihn so beleidige«, versetzte Mauakes, der die Geduld verlor. »Ich werde die Frau heiraten, und von dir lasse ich mir nichts befehlen. Du kannst gehen – und diesmal sag keinem, was du mir gesagt hast; der Rat wird mir ohnehin genug Schwierigkeiten wegen dieser Ehe machen, auch ohne daß du die Erinnerung an deine Mutter aufrührst. Sie ist seit zehn Jahren tot, und ich kann heiraten, wen immer ich will.«

Itaz erbleichte, öffnete und schloß den Mund und stapfte endlich wütend aus dem Zimmer.

Diesmal gehorchte er seinem Vater und sprach mit niemandem über die Heirat. Er war jedoch zu aufrichtig, um so zu tun, als gefiele sie ihm; also nahm er einige seiner Freunde aus der königlichen Garde mit auf einen ausgedehnten Jagdausflug in die Berge und kam erst einen Tag vor der erwarteten Ankunft der Braut nach Eskati zurück.

Inzwischen war später Frühling, und die Nächte waren warm. Die Reisegesellschaft der Braut hatte mit den Elefanten kurz vor der Stadt ihr Lager aufgeschlagen; am Morgen sollten sie durch das Westtor einreiten und die Vermählung gefeiert werden. Im Osten lagerten die Sakas entlang dem Seeufer. Sie waren inzwischen zu zahlreich, um sich innerhalb der Stadtmauern niederzulassen; rings um die Stadt dehnten sich meilenweit ihre Lagerstätten aus. Als Itaz durch das Südtor einritt, brodelte ganz Eskati vor Geschäftigkeit und feierlicher Stimmung. Mauakes hatte die Stadt für die Hochzeit prächtiger denn je herrichten lassen; er hatte vor, das gewöhnliche Volk durch ein prunkvolles Schauspiel zu gewinnen. Die Bürger von Eskati selbst brauchten, wie ich inzwischen erfahren hatte, diese Art von Überredung nicht. Trotz mehr als dreißig Jahren Saka-Herrschaft waren sie noch immer griechisch bis in die Fingerspitzen und taten, was sie nur konnten, um eine Königin ihres eigenen Blutes willkommen zu heißen. Die Statuen waren mit Blumen bekränzt, die Säulengänge mit Fahnen geschmückt, die Tempel frisch gestrichen, und als Itaz einritt, wurden gerade die Brunnen mit Wein gefüllt. Feuer wurden entzündet, um Ziegen und Ochsen für das Fest am nächsten Tag zu braten, und die Luft war erfüllt vom Duft backender Brote und Honigkuchen. Der Sohn des Königs schickte einen Diener zum Palast, der verkünden sollte, er habe den Anordnungen seines Vaters gehorcht und sei zurückgekehrt. Dann schickte er einige der Wächter mit den Pferden zum Palast und ging geradewegs in ein Bordell.

Es gibt in Eskati ein Haus, das von allen jungen Adeligen besucht wird. Es ist so berühmt, daß sogar ich davon gehört hatte – nun ja, ich hatte gelauscht, als meine Brüder einmal darüber sprachen. Dieses Haus hat Böden aus feinen Mosaiken, golddurchwirkte Markisen, Teppiche mit Bildern von Liebesszenen aus der Götterwelt. Die Betten sind mit feinem Leinen bezogen, mit Blüten parfümiert, und die Bettspreiten sind mit Purpur, Indigo und Karmin gefärbt. Die Dirnen tragen Tuniken aus indischer Baumwolle, die so fein gesponnen ist, daß man durch sie hindurch die Farbe ihrer Brustwarzen sehen kann; sie tanzen zu den Zimbeln, verstehen die Kithara und die Flöte zu spielen und singen Liebeslieder auf Griechisch und Sakan. Es ist, wie nicht anders zu erwarten, ein Haus der Yavana: nur die Yavanas verfügen selbst in der Verderbtheit über solchen Glanz und Einfallsreichtum. Obwohl Itaz gewöhnlich ein so hingebungsvoller Mazda-Anhänger war, daß er Bordelle mied, ging er diesmal schnurstracks dorthin.

Er stieß die Türen auf und trat ein, noch in Jagdkleidung, gefolgt von fünf oder sechs seiner Freunde, jungen Adeligen der königlichen Garde, die alle etwas zu trinken verlangten. Es war erst um die Mitte des Nachmittags, und eigentlich hätte das Bordell geschlossen sein sollen, aber für den Sohn des Königs kam die Bordellmutter in ihren Pantoffeln gelaufen und rief nach den Dienern und den Mädchen. Sie brachte Itaz und seine Freunde im Badehaus unter und versorgte jeden mit einem Krug Wein und einem Mädchen. Sie leerten den Wein und schritten zum Abendessen. Dazu saß man in diesem Haus nicht; man lag nach Yavana-Art auf gepolsterten Sofas. Itaz trank drei oder vier weitere Schalen Wein, aß danach etwas, trank weiter und legte schließlich seinen Kopf in den Schoß eines der Mädchen, während ein anderes Mädchen Kithara spielte und dazu sang.

»Gib mir einen Kuß«, sagte er zu dem Mädchen, als sie ihr Lied beendet hatte; sie kam zu ihm und gab ihm einen. »Genau das wird mein Vater morgen tun«, sagte er und nahm ihre Hand. »Er wird sich eine Yavana-Dirne nehmen. Aber nicht er muß sie bezahlen, sondern sie muß ihm fünf Elefanten bezahlen.«

Seine Freunde wieherten vor Lachen. »Nun ja, sie ist nicht so hübsch wie Philomela«, sagte einer von ihnen, ein Bursche namens Azilises, dessen Familie noch immer die Ländereien oben im Nordwesten des Tales besitzt. Er war ein gutaussehender junger Mann, klug, witzig und respektlos, und er gehörte zu Itaz' liebsten Gefährten.

Sie hätten sich damit begnügen können, die Yavanas voreinander schlechtzumachen, doch zufällig war das singende Mädchen, Philomela, enttäuscht über die Aussicht, die neue Königin könne häßlich sein. Sie liebte die Stadt in Feiertagsatmosphäre, und sie war eine echte Yavana und entzückt über die Aussicht auf eine Königin ihrer eigenen Rasse. »Oh«, sagte sie, »die Leute sagten, sie sei so schön wie die goldene Aphrodite. Wie sieht sie denn aus?«

»Das ist ihr Bruder«, sagte Azilises und ließ eine baktrische Kupfermünze in ihre Richtung rollen.

»Und das ist ihr Vater«, fügte Itaz hinzu und reichte ihr eine andere Münze, eine silberne Drachme gleich jener, die ich selbst betrachtet hatte, mit dem Porträt des Eukratides.

»Aber ihr Großvater war Antimachos«, sagte Philomela, »und ihr Onkel ist König Menander von Indien. Sie sind gutaussehende Männer.«

Itaz war natürlich auf seinem Jagdausflug gewesen, als sich diese Nachricht herumgesprochen hatte. Er starrte das Mädchen an; dann kramte er in seiner Börse und fand eine Münze, eine goldene Tetradrachme von Menander, dem König von Indien. Er drehte die Münze unter der Lampe und betrachtete das zarte, spöttische, gefährliche Gesicht. Dann schaute er wieder zu der Dirne auf und fragte ungeduldig: »Wie kann sie eine Nachfahrin von Antimachos sein? Sie haben jahrelang mit den Eukratiden Krieg geführt.«

»Aber am Ende eines Krieges haben sie einen Waffenstillstand geschlossen«, sagte Philomela, »und Menanders Schwester heiratete Eukratides. Wußtest du das nicht, Herr?«

»Ich habe davon gehört. Aber die Dame starb ohne Erben, schon wenige Jahre nach der Eheschließung, und nach Eukratides' Tod brach der Krieg wieder aus. Ich bin sicher, daß Eukratides' Kinder aus einer früheren Ehe stammen.«

»Seine Söhne schon«, sagte die Dirne, »aber seine Tochter Heliokleia stammt aus der zweiten Ehe.«

»Bist du sicher?« wollte Itaz wissen.

»Natürlich«, sagte Philomela. »Wir haben den ganzen Tag darüber gesprochen – wie aufregend es ist, daß eine Nachfahrin von Antimachos zurückkommt, um Ferghana zu regieren.«

Itaz starrte sie eine lange Minute an; dann lachte er laut und betrunken. »Beim Sonnengott!« sagte er. »Es ist schlimmer, als ich dachte! Eine Nachfahrin von Antimachos dem Gott! Es wird keinen Yavana im Tal mehr geben, der den Befehlen meines Vaters gehorcht, sollte sie sich entschließen, ihm zu widersprechen. Ich frage mich, ob mein Vater das weiß.«

Dann wurde ihm klar, daß sein Vater das natürlich wußte; sein Vater verließ sich darauf, daß dies die Yavanas endlich mit seiner Regentschaft versöhnen würde, so daß er den Tochari mit dem geeinten Land im Rücken gegenübertreten konnte. Doch Mauakes hatte das ihm gegenüber nicht erwähnt, nicht einmal als Erklärung. Der junge Mann erkannte plötzlich, wie wenig man ihm traute, wie weit man ihn von jeder wirklichen Macht im Land fernhielt. Er hatte natürlich bemerkt, daß er keinen wirklichen Rang und keine Stellung erhalten hatte, seit er im vergangenen Jahr aus Parthien zurückgekehrt war, aber er hatte gedacht, das liege an seiner Jugend und daran, daß er Zeit brauchte, sich wieder an die Bräuche seines eigenen Landes zu gewöhnen. Er liebte und bewunderte seinen Vater ungemein; er wußte, daß Mauakes ihn liebte. Er hatte darauf vertraut, daß sein Vater das tat, was für ihn am besten war. Er hatte, wie wir alle, gedacht, sein Vater habe ihn aus Parthien zurückgerufen, um ihn an seiner Seite zu haben, damit er in einer Zeit der Gefahr eine Hilfe sei. Er hatte den Argwohn nie verstanden und nie wirklich geglaubt, er sei ernstzunehmen. Jetzt fiel ihm siedend heiß auf, wie ernst er war; mit einem Schlag wurde ihm klar, daß er gerufen worden war, weil man ihm da draußen in Parthien nicht traute, solange der König bedroht war. Mauakes fürchtete, er könnte in Parthien Hilfe beim Kampf um die Nachfolge seines eigenen Hauses anwerben, und wollte ihn bei der Hand und unter Aufsicht haben. Er erfuhr nichts von den Plänen seines Vaters, weil er in ihnen keine Rolle spielte.

Wenn er ehrgeizig gewesen wäre, hätte ihn das zornig gemacht. Aber er war ein loyaler, warmherziger Mensch, der seiner ganzen Familie ergeben war. Er war verletzt und verwirrt; er erinnerte sich an seine kühnen Versuche, mit dem König zu streiten, und schämte sich seiner eigenen naiven Einfachheit. Doch gleichzeitig tat ihm sein Vater leid, der so argwöhnisch und so allein war. Er verstummte plötzlich und versuchte in seiner Trunkenheit, mit der Verwirrung seiner eigenen Gefühle zurechtzukommen.

»Vermutlich hofft der König, damit die einheimischen Yavanas zufriedenzustellen«, sagte einer der jungen Adeligen säuerlich, ohne das plötzliche Schweigen seines Freundes zu bemerken. »Er versucht immer, ihnen zu gefallen.«

Azilises grunzte. »Ein Yavana-Verräter wird mit der Hand in der Privatschatulle erwischt«, meinte er, »und der König sagt: ›Na, na, tu das nicht wieder.‹ Aber wenn ein Saka-Herr etwas von den Steuern des Königs für seine eigenen Leute einbehält, ist das eine Unverschämtheit, und es heißt: ›Nächstes Mal wirst du dafür sterben.‹«

Er war betrunken, sonst hätte er vor dem Sohn des Königs nicht so offen gesprochen. Seine Freunde rückten unbehaglich hin und her. »Die Yavanas sind alle Diebe und Huren«, stimmte einer von ihnen zu, als sei sonst nichts gesagt worden.

Die Yavana-Dirne beobachtete noch immer Itaz und das goldene Vier-Drachmen-Stück. »Darf ich die Münze sehen?« fragte sie schüchtern. Zerstreut reichte Itaz sie ihr. »Oooh«, sagte sie und lächelte über König Menanders Gesicht, »wenn die neue Königin ihm ähnelt, wird sie hübsch sein.«

»Sie wird nicht ihrem Onkel gleichen«, sagte Azilises grob. »Sie wird aussehen wie ihr Vater, Kehllappen wie ein Frosch und einen Storchenschnabel als Nase haben, und der König wird die Lichter löschen und beten, bevor er sich zu ihr ins Bett legt.« Er lachte und nahm noch einen Schluck Wein.

»Ihr wollt, daß sie häßlich ist, damit ihr über die Yavanas lachen könnt«, sagte Philomela ärgerlich.

»Wenn sie häßlich ist, könnte sie ehrlich sein«, erwiderte Azilises. »Eine hübsche Yavana-Frau ist bestimmt eine diebische Hure wie du. Hier, gib Herrn Azilises seine Münze zurück. Goldene Vier-Drachmen-Stücke sind mehr wert als eine kleine Schlampe wie du, sogar hier: ein Silberstück pro Nacht, das kostest du, du Singvogel. Und das hast du schon bekommen – und eine Kupfermünze von mir. Sag danke dafür.«

Das Mädchen war an Beschimpfungen gewöhnt. Sie wurde nur rot, blinzelte und hielt Itaz die goldene Münze hin. »Danke«, flüsterte sie. Seine Finger streiften ihre, als er die Hand ausstreckte, um sein Geld zu nehmen, und er sah, daß das Blinzeln durch Tränen hervorgerufen war. Plötzlich vergaß er seine Verwirrung, weil er etwas für sie empfand. Er ließ die Hand fallen.

»Behalte sie«, sagte er. »Azilises hat keinen Blick für Wertvolles. Gold für eine Nacht mit dir, Nachtigall, ist kein zu hoher Preis. Komm, sing mir noch ein Lied, und dann gehen wir zu Bett.«

2. Kapitel

Der nächste Morgen war der Beginn des königlichen Hochzeitstages, des Tages, an dem die neue Königin zum ersten Mal die Stadt betreten sollte. Ich schlief sehr wenig in dieser Nacht; ich lag wach und lauschte den Geräuschen. In meiner Heimat stammten die nächtlichen Laute größtenteils von Tieren – das zögernde Bellen eines Hundes, der eine Witterung im Wind erhascht hatte; das Schreien einer Eule; das Trappeln eines Pferdes im Stall, gleich auf der anderen Seite der Hauswand. Im Palast war das anders: dort hörte man nur das Plätschern des Brunnens unten im Hof, den Gesang der Grillen und in der Ferne das Stampfen von Stiefeln und Speeren, wenn die Wache an den Palasttoren wechselte. Selbst der weiche Laut des Windes war anders; er zischte an Steinen und Ziegeln vorbei, statt im Stroh und in den Zweigen zu rascheln. Wie lange würde es dauern, fragte ich mich, bis ich wieder nach Hause gehen könnte?

Endlich ertönte in der Ferne ein Geräusch, das sich überall gleicht: der erste heisere, unsichere Schrei eines Hahns, der die unsichtbare Morgendämmerung anrief. Sofort hörte man überall im Palast Geräusche, die gedämpften Laute von Menschen, die aufstehen und sich ankleiden. Ich rollte meine Schlafmatte zusammen, stand auf und zog meine Decke hinter mir her, während ich im Dunkeln nach meinen Kleidern suchte. Als die jüngste der vier Sklavinnen mit einer Kerze hereinkam, um die Lampen anzuzünden, war ich angezogen.

Überall im Palast waren Sklaven damit beschäftigt, zu polieren, zu putzen, zu backen und die Räume mit Blumen zu schmücken; die königlichen Gardesoldaten striegelten ihre Pferde, legten ihre frisch gewienerten Rüstungen an und rieben sich Duftöl in die Bärte. In den Gemächern der Königin verbrannten wir Weihrauch, um die Luft zu parfümieren, während wir uns für den königlichen Empfang ankleideten und schminkten. Der König hatte dem gesamten Haushalt der Königin, einschließlich der Sklavinnen, neue Kleider geschenkt. Alle Kleidungsstücke ähnelten sich, wahrscheinlich, um uns als Dienerinnen der Königin zu kennzeichnen; das gefiel mir nicht. Die vier Sklavinnen hatten Gewänder aus blauer und weißer Baumwolle mit Gürteln aus geprägtem Leder. Parendi, die älteste, eine müde, graue Frau, errötete wie ein junges Mädchen, als sie ihr Gewand erhielt, und umklammerte es so fest, als fürchte sie, jemand könne es ihr wegnehmen. Wir vier Hofdamen hatten ähnliche, aber viel prächtigere Gewänder: sie waren knöchellang und aus blauweißer Baumwolle wie die der Sklavinnen, aber Ärmel und Säume waren mit purpurroter Seide bestickt, und die ganze Vorderseite war mit Gold besetzt, das bei jeder Bewegung tanzte und funkelte; außerdem bekamen wir goldverzierte Gürtel. Inisme befestigte ihr Gewand mit zwei Broschen und legte drei Halsketten sowie Ohrringe an, die so lang waren, daß sie ihre Schultern streiften; zufrieden betrachtete sie ihr Abbild in ihrem Yavana-Silberspiegel.

»Hast du nicht mehr Schmuck?« fragte sie mich mitleidig. Ich hatte nur eine Brosche und eine Halskette und ein Paar einfacher goldener Ohrringe. »Du solltest wirklich alles anlegen; die Königin hat gewiß prachtvolle Juwelen, und wir wollen doch nicht arm aussehen.«

»Ich habe mir nie viel Schmuck gewünscht«, sagte ich. Einmal hatte ich ein goldenes Halsband, das mein Vater mir geschenkt hatte, gegen ein Pferd eingetauscht. »Ich werde ohnehin im Hintergrund stehen, und keiner wird es bemerken.« Das ist der Vorteil, wenn man ein großgewachsenes Mädchen ist: Man steht immer im Hintergrund.

Ich wünschte, wir hätten mit dem König und der königlichen Wache hinausreiten können, um die Königin zu begrüßen, aber wir sollten neben der Tempelterrasse warten, wo die

Hochzeitszeremonie stattfinden würde. Stillstehen und stillsitzen. Was außerhalb der Stadt geschah, erfuhr ich erst hinterher.

Itaz kehrte in den Palast zurück, als die letzten Sterne noch am heller werdenden Himmel standen. Die Straßen der Stadt waren leer, die bunten Dekorationen wirkten fahl in der grauen Stunde vor der Dämmerung. Es war so still, daß man den Wind auf den Dachziegeln hörte; die Brunnen waren abgestellt. Doch im Palast fand Itaz brennende Lampen und geschäftige Diener vor. Sein Vater war gerade aus dem Bad gestiegen und ließ sich das Haar schneiden. Der König badete ungern, tat es sehr selten, und war reizbar, wenn er es tat. In den alten Zeiten wuschen sich die Sakas nie mit Wasser, sondern nur in Dampfzelten, wie es die Nomaden bis auf den heutigen Tag tun; das Baden in Wasser haben wir von den Yavanas gelernt, und einige der alten Männer und Frauen schwören noch immer, es sei schädlich.

»Da bist du ja«, sagte Mauakes ärgerlich, als sein Sohn erschien, zerzaust vom Gelage der Nacht und in seinen abgetragenen Jagdkleidern. »Bist du schließlich also doch gekommen? Wo warst du letzte Nacht – und letzte Woche?«

Der König war nur in ein Handtuch gehüllt. Nackt wirkten seine Arme und Beine dünn und sein Körper aufgedunsen; sein Alter zeigte sich so deutlich wie in bekleidetem Zustand nie. Selbst seine Miene verheimlichte nichts und spiegelte Müdigkeit, Angst und Zweifel, als habe er gerade erst erkannt, was die Jahre ihm angetan hatten. Itaz spürte, wie seine Verwirrung sich plötzlich in ein zärtliches Gefühl wandelte; es überraschte ihn, daß er jemanden beschützen wollte, der immer so stark gewesen war. Er kniete neben dem Stuhl seines Vaters nieder und küßte ihm die Hand.

»Letzte Woche war ich auf der Jagd«, sagte er. »Ich wußte nicht, was ich sonst tun sollte. Du hast mich angewiesen, nicht mit den Räten zu sprechen. Und letzte Nacht, nun ja, es tut mir leid. Ich bin ausgegangen und habe mich betrunken. Aber jetzt bin ich hier.«

Mauakes schnaubte und entzog ihm unsanft seine Hand. »Du hättest deine Mißbilligung nicht deutlicher ausdrücken können, wenn du im Rat eine Rede gegen die Heirat gehalten hättest! Seit

Wochen flüstert man darüber: Der eigene Sohn des Königs geht auf die Jagd, weil er es nicht ertragen kann, daß sein Vater eine Yavana-Königin heiratet! Jetzt werden sie noch hinzufügen: Herr Itaz betrank sich in der Nacht vor der Hochzeit seines Vaters vor Kummer bis zur Bewußtlosigkeit. Wozu bist du hier? Willst du noch immer, daß ich das Mädchen nach Hause schicke?«

Itaz lehnte sich auf die Fersen zurück und sah seinen Vater an. »Es tut mir leid«, sagte er schließlich noch einmal. »Ich wünschte zu unserem Besten, du hättest diese Heirat nicht arrangiert, ich fürchte mich vor dem, was sie bringen mag, und ich verstehe nicht zu lügen – aber jetzt ist alles entschieden, nicht wahr? Wir können nicht mehr zurück, da die Braut vor unseren Toren lagert, ich bin kein solcher Narr, das nicht zu begreifen. Ich bin gekommen, um zu helfen – um hinter dir zu stehen, wenn du es erlaubst, und um allen zu zeigen, daß sie sich irren, wenn sie denken, ich widersetzte mich meinem Vater. Und die Frau und alle Yavanas Baktriens sollen sehen, daß sie einen großen König heiratet, den einzigen Herrn eines großen Reiches. Sie sollte stolz sein.«

Mauakes starrte seinen Sohn einen Augenblick lang überrascht an, weil er eine Doppelsinnigkeit argwöhnte. Dann, langsam und unsicher, erschien ein eigenartig nervöses Lächeln auf seinem Gesicht, das überhaupt nicht zu seiner sonst immer zuversichtlichen Miene paßte. Er war ungeheuer gerührt, gerührter, als er zugeben konnte. Er faßte Itaz' Hand und drückte sie. »Nun, denn«, sagte er beinahe wild. »Gut. Du kannst zu meiner Linken stehen.«

»Wie soll ich die Frau anreden, wenn ich sie kennenlerne?« fragte Itaz. »Nicht mit ›Mutter‹!«

»Du solltest sie ›Königin‹ nennen«, sagte Mauakes. Tatsächlich wird die Tochter eines Yavana-Königs aus eigenem Recht als Königin bezeichnet. Wir Sakas räumen den Frauen viel Autorität ein, aber die Yavanas stehen uns darin kaum nach. »Königin Heliokleia, Tochter des Königs Eukratides von Baktrien.«

»Und Enkelin von Antimachos dem Gott.«

Mauakes warf seinem Sohn wieder einen Blick argwöhnischer Überraschung zu. Itaz erwiderte ihn ungerührt. »Urenkelin«, korrigierte der König. »Geh und kleide dich für die Hochzeit um.«

Mauakes hatte Risiken und Nutzen gegeneinander abgewogen und eine einsame Entscheidung getroffen; auch nachträglich duldete er darin keine Gesellschaft. Itaz neigte den Kopf und küßte seinem Vater noch einmal die Hand, ehe er ging.

Einige Stunden später wartete er neben seinem Vater am Westtor der Stadt. Hinter ihnen an der Mauer entlang waren in Fünferreihen dreihundert Mann der königlichen Garde postiert; ihre Schuppenpanzer waren so blank poliert, daß sie wie Glas in der Sonne funkelten. Sie saßen auf armierten Pferden aus der königlichen Zucht, und von ihren langen Lanzen flatterten Banner in Rot und Weiß und Gold. Vielleicht haben wir wirklich weniger Männer und Pferde als die Tochari oder die Parther, aber unsere haben auf der Welt nicht ihresgleichen. Die königliche Garde ist unvergleichlich unter Unvergleichlichen, eine in der Schlacht fast unbesiegbare Macht, und sie hielt sich stolz. Normalerweise trug der König, wenn er an ihrer Spitze ritt, die gleiche Rüstung, nicht aber heute, da er in seinem Königreich eine friedliche Allianz und eine junge Braut willkommen hieß. Er hatte goldbestickte Hosen aus purpurnem Leinen an und eine Tunika aus golddurchwirkter Seide, dazu den purpurnen Umhang der Yavana-Könige und die goldene Tiara der Parther. Sein Pferd Griffin, ein Brauner, war gestriegelt und gesalbt worden, bis sein Fell wie Bronze glänzte, und anstelle der Armierungsdecke trug er schweres goldenes Zaumzeug. Dem Prinzen, der auf seinem eigenen Pferd gleich links hinter dem König saß, erschien Mauakes gottähnlich in seiner königlichen Aufmachung. Itaz lauschte den aufgeregten Hochrufen der Stadtbewohner, die von den Mauern aus auf seinen Vater deuteten, und sein Herz war heiß vor Stolz.

Die Reisegesellschaft der Braut kam den gegenüberliegenden Hügel hinunter: zuerst eine Abteilung baktrischer Reiterei, die leichter armiert war als die Sakas; dann einige Wagen, auf denen sichtbar die versprochenen Katapulte transportiert wurden; dann die Elefanten und dahinter einige Versorgungswagen. Die großen Tiere sahen wie riesige Felsbrocken aus, die sich hügelabwärts wälzten; hinter den Steinen, die die Straße säumten, waren nur ihre Rücken sichtbar. Doch als sie näher kamen, konnte man die schweren Schritte ihrer rot bemalten Füße, die mit Eisen und Gold umwickelten Stoßzähne und die kühn auf Flanken und Stirn gemalten rot-weißen Muster erkennen. Die letzten drei Tiere waren mit Vorräten beladen, doch die beiden ersten trugen gedeckte Sitze – der zweite war vergoldet, so daß er auf dem Rücken des Elefanten glänzte wie die Sonne.

Kurz vor ihnen ließen die Baktrier ihre Pferde in leichtem Galopp gehen und nahmen fächerförmig den Sakas gegenüber Aufstellung; die Reiter, die rechts in der Kolonne gewesen waren, schwenkten nach links aus, die von links bewegten sich nach rechts, so daß sich die Truppe wie in einem Tanz durchwebte. Es war ein sehr schön anzusehendes Manöver. Es waren hundert Reiter an der Zahl, und sie formierten sich sauber zu einer einzigen Reihe, etwa einen Steinwurf entfernt den Sakas gegenüber. In der Mitte zwischen den beiden Truppen blieb ein freier Streifen. Ganz plötzlich berührten sie ihre Pferde, die sich alle gleichzeitig schnaubend und tänzelnd aufrichteten und dann wieder stillstanden. Nun marschierten Elefanten in die Lücke. Sie blieben stehen, tappten rastlos vorwärts und rückwärts. Die Führer riefen ihnen Befehle zu und tätschelten ihre Hälse. Dann legten alle fünf Tiere die Rüssel an die Stirn und trompeteten.

Es war ein erschreckendes, furchtbares Geräusch wie von hundert eisernen Hörnern, die gleichzeitig geblasen werden. Selbst die Pferde der Baktrier, die daran gewöhnt waren, wurden unruhig und wieherten. Die Saka-Pferde gingen hoch, traten und stießen gegeneinander, obwohl sie aus königlicher Zucht und schlachterfahren waren. Binnen eines Augenblicks war die ganze königliche Garde ein Durcheinander von zappelnden Männern und erschrockenen Pferden, und der König mußte sich wie alle anderen Mühe geben, nicht zu stürzen.

Selbst nachdem das Trompeten endlich verstummt war, mußte er absitzen, um sein Pferd zu beruhigen. Leise fluchend hielt er seinen Kopf und streichelte seinen Hals. »Das haben sie getan, um uns vor der ganzen Stadt zum Narren zu machen«, murmelte er. »Verdammt sei Heliokles, verdammt sei die Frau!«

Auch Itaz saß ab, obwohl er im Sattel hätte bleiben können. »Nun«, sagte er zu seinem Vater, »wir wollten die Elefanten ja haben, um der Reiterei Angst zu machen.«

Mauakes schnaubte, lächelte aber dabei. »Und jetzt sind sie *meine* Elefanten«, sagte er. »Das muß man bedenken.«

Als die Pferde sich beruhigt hatten, saß der König wieder auf und ritt den Yavanas entgegen. Sein Pferd weigerte sich, in die Nähe der Elefanten zu gehen; daher hielt er an und hob die Hand als Signal, daß auch die Garde stehenbleiben sollte. Der Reiterhauptmann der Yavanas ritt zu ihm hinüber.

»Freue dich, o König«, sagte er auf griechisch, sich im Sattel verbeugend. Die Yavanas sagen »Freue dich« oder manchmal auch »Gute Gesundheit« als Grußformel. »Wir haben dir deine Braut gebracht, Königin Heliokleia, die Tochter des Eukratides. Dürfen wir mit ihr in die Stadt einreiten?«

Mauakes lächelte höflich. »Vielen Dank«, sagte er auf sakan. »Ihr seid höchst willkommen, du und Königin Heliokleia – und die Elefanten. Ich danke dir, daß du sie uns vorgeführt hast. Ich bitte nur darum, daß du und deine Männer am Tor die Waffen abgeben.«

Der Hauptmann starrte ihn verständnislos an. »Ich spreche keine barbarischen Sprachen«, sagte er.

Mauakes betrachtete ihn ausdruckslos und winkte dann Itaz. »Übersetze«, befahl er.

»Aber du sprichst besser Griechisch als ich!« protestierte sein Sohn flüsternd.

»Er ist sich zu fein, fremde Sprachen zu sprechen, also bin ich das auch«, flüsterte Mauakes ungeduldig.

Holperig übersetzte Itaz. Die Bedingungen für das Einreiten der Yavanas waren am Vorabend durch Boten vereinbart worden, und obwohl der Hauptmann darüber nicht gerade glücklich war, akzeptierte er sie jetzt so elegant, wie er konnte, und verbeugte sich ein weiteres Mal.

»Aber wo ist Königin Heliokleia?« fragte Mauakes und schaute erwartungsvoll auf den vergoldeten Elefantensitz. Er war gedeckt und hatte rote, golddurchwirkte Vorhänge. Der König konnte sehen, daß einer dieser Vorhänge von innen einen Spaltbreit offengehalten wurde. Wieder übersetzte Itaz.

Der Hauptmann wies, wie erwartet, auf den Elefantensitz. »Sie reitet, wie es sich für die Tochter eines Königs schickt, auf einem Elefanten.«

Mauakes schätzte die Größe des Tieres ab. Er hatte vorgehabt, an der Seite seiner neuen Braut in Eskati einzureiten, geleitet und gefolgt von seiner Garde, und so seinem Volk sowohl die Pracht des neuen Bündnisses als auch seine führende Rolle dabei zu demonstrieren. Zu seinem Ärger erkannte er, daß er dabei nicht berücksichtigt hatte, welche Probleme sich aus dem Elefanten ergaben. Selbst wenn er sein Pferd dazu bringen könnte, sich ihm zu nähern, würde er daneben klein und lächerlich wirken. Er konnte auch vor dem Elefanten herreiten und die Tiere folgen lassen – doch dann würden alle die Hälse recken, um einen Blick auf die Elefanten zu erhaschen, und er und seine Garde würden bedeutungslos. Man hatte sie bereits vor der ganzen Stadt zum Narren gemacht; noch so ein Auftritt, und die Leute würden über ihn lachen. »Sie soll absteigen«, befahl er rasch entschlossen; um einen vernünftigen Vorwand für diesen Befehl zu liefern, fügte er hinzu: »Die Straßen sind geschmückt, und die Elefanten sind zu groß, um unter den Bannern durchzugehen. Ihr könnt sie durch das Nordtor hereinbringen. Einer meiner Männer wird der Königin sein Pferd geben.«

»Die Königin ist eine griechische Adelige und kann nicht reiten«, sagte der Hauptmann stirnrunzelnd, nachdem Itaz übersetzt hatte.

»Sie kann ein wenig reiten, wenn jemand sie stützt«, beharrte Mauakes. »Sie soll absteigen. Meine Männer werden dir zeigen, wohin du die Elefanten bringen sollst.«

Der Hauptmann wollte gerade protestieren, als er von dem Elefantensitz aus gerufen wurde. Er ging hinüber; eine kurze Diskussion folgte, dann kniete der Elefant nieder. Der Treiber sprang von seinem Hals und zog eine kurze Strickleiter unter dem Sitz hervor; der Hauptmann streckte die Hand aus, die Königin ergriff sie und stieg vorsichtig ab, mit einer Hand ihre langen Röcke raffend. Die Zuschauer bemerkten, daß die lange, ärmellose Tunika und der drapierte, schalähnliche Umhang, die übliche Kleidung der Yavana-Frauen, mit Safran goldorange gefärbt waren – die Farbe, die die Yavanas zu Hochzeiten anlegen, mit der aber die indischen Buddhisten der Welt entsagen. Die Königin ging mit stetigem, gelassenem Schritt auf Mauakes zu, und während sie das tat, sah man, daß sie schön war – schön genug, um einen Mann auf der Straße innehalten zu lassen. Sie trug keinen Schmuck, und ihr Haar war schlicht auf dem Oberkopf zusammengefaßt und mit einem purpurnen Leinenband befestigt, dessen Enden hinter ihr herflatterten – eine Zierde, die sich die reichsten Bürger im Königreich der Yavanas nicht leisten können, da dort das Diadem das Kennzeichen der Könige ist. Itaz spürte plötzlich, wie protzig und wild die Sakas neben ihrer königlichen Schlichtheit wirken mußten, und er haßte die Subtilität der Yavana, die diesen Kontrast hervorgebracht hatte. Mauakes starrte sie einfach mit offenem Mund an.

Sie blieb ein paar Schritte von ihm entfernt stehen und lehnte den Kopf zurück, um zu ihm auf seinem hochgewachsenen Pferd aufzusehen. »Freue dich, o König«, sagte sie auf griechisch. Ihre Stimme war leise, klar und weittragend. Auf sakan fuhr sie fort: »Sie sagen, die Straßen seien geschmückt und zu niedrig für die Elefanten.«

Mauakes machte den Mund zu. »Freue dich, o Königin«, sagte er. »So ist es. Mein Sohn wird dir sein Pferd leihen.«

»Nein!« protestierte Itaz laut in plötzlichem und unerklärlichem Schrecken.

Mauakes sah ihn an. Bei uns ist es nicht üblich, einen anderen auf unseren Schlachtrössern reiten zu lassen, doch ein König kann tun, was ihm beliebt. Er hatte aus einem plötzlichen Impuls heraus das Pferd seines Sohnes angeboten; wie kam dieser dazu, es zu verweigern? Tatsächlich war es das beste Pferd, das er hätte anbieten können; es wäre die deutlichste Geste der Unterstützung gewesen, die Itaz hätte machen können, der schlüssige Beweis dafür, daß er seinem Vater ergeben war. Wenn er ergeben war. »Nein?« fragte der König leise.

»Ich ... ich meine, das Pferd ist ein Schlachtroß, ein Hengst«, stammelte Itaz, der merkte, daß der König ihm wieder mißtraute, und der seine intensive Angst bei dem Gedanken, die Königin könne, von ihm gestützt, in seinem eigenen Sattel sitzen, nicht zu erklären vermochte. »Wenn die Königin das Reiten nicht gewohnt ist, ist sie sicher glücklicher mit einem sanfteren Tier ...«

»Keine Umstände«, sagte Königin Heliokleia höflich und warf ihm einen Blick zu; er sah, wie die Wimpern sich kurz über das tiefe Blaugrün ihrer Augen senkten. »Ich kann nicht reiten. Hauptmann« – sie wechselte ins Griechische über –, »wenn deine Männer den Dreißigpfünder bewegen können, werde ich auf dem Wagen fahren.«

»Das ist wirklich nicht erforderlich«, unterbrach Mauakes sie schnell. »Es würde deinem Rang und deiner Würde nicht entsprechen. Du kannst auf dem Pferd meines Sohnes reiten. Es ist ein gut trainiertes Tier und wird lammfromm sein, wenn sein Herr es führt.«

Itaz wurde feuerrot und sagte nichts. Er tätschelte den Hals des Pferdes, eines jettschwarzen Hengstes aus königlicher Zucht. Königin Heliokleia sah wieder zu dem großen Pferd und seinen karminroten Nüstern und zu dem zornigen jungen Mann auf, der es ritt. Itaz trug seine besten Kleider im parthischen Stil – goldgeprägte Lederbeinschienen über dunkelroten Hosen, eine bestickte Tunika, einen rotgoldenen Helm mit runder Spitze und das Kurzschwert mit goldenem Griff. Sie schaute wieder den König an. Sie lächelte nicht, nicht ganz, aber plötzlich sah ihr Gesicht aus wie das ihres Onkels auf der Goldmünze. Es hatte nicht seine Form, aber denselben Ausdruck leisen Spotts. »Ist es so viele Erörterungen wert«, fragte sie, »ob ich die

Stadt auf einem Pferd, einem Elefanten, einem Wagen betrete... oder zu Fuß? Ich werde das tun, wenn ich dort ankomme, ganz gleich, wie ich hineingelange. Ich habe gehört, o König, daß dein Volk – und die Parther – ihren Pferden großen Wert beimessen und ungern Fremde darauf sitzen lassen. Bitte, streite meinetwegen nicht mit deinem Sohn.«

Itaz errötete noch mehr und sprang von seinem Pferd. Jetzt hatte die Frau erreicht, daß er kindisch und lächerlich erschien. »Ich dachte nur, ein Schlachtroß wie meines könne dich erschrecken, o Königin«, sagte er. »Wenn du keine Angst hast, bin ich vollkommen damit einverstanden, daß du es reitest.« Er schnalzte dem Hengst mit der Zunge zu und tippte gegen seine Knie; das gut trainierte Tier kniete nieder. Die Königin sah den Sattel und dann ihre langen Röcke an.

Mauakes sprang von seinem eigenen Pferd. »Ich werde dir helfen«, sagte er, faßte sie um die Taille, hob sie hoch und setzte sie seitlich in den Sattel. Der safranfarbige Saum ihres Umhangs breitete sich über den Rumpf des Pferdes. Im Unterschied zu den Yavanas benutzen wir hohe Sättel mit hölzernem Rahmen, da ein Mann in schwerer Rüstung Stützen braucht. Es bestand kaum die Gefahr, daß die Königin herunterfiel, vor allem, da sie sofort Sattelknopf und Hinterpausche ergriff. Doch Mauakes blieb einen Augenblick stehen, die Hände noch um ihre Taille, und strich dann über ihre Beine, um ihre Röcke zu glätten. Sie wandte das Gesicht ab. Er grinste und ging zu seinem eigenen Pferd zurück. Itaz zog am Zaumzeug seines Pferdes und ließ es wieder aufstehen.

»Wirst du sicher sein, o Königin?« fragte der baktrische Hauptmann besorgt.

»Schlimmstenfalls falle ich herunter«, antwortete sie. »Demetrios, sorge dafür, daß meine Frauen... das heißt...« Sie hielt inne, wandte sich an Mauakes und sagte: »Ich habe zwei Frauen, Herr, meine persönlichen Zofen, die auf dem anderen Elefanten sitzen. Sie sind frei geboren und adelig, und sie werden bei mir bleiben wollen. Da dein Sohn zu Fuß geht, dürfen sie neben mir gehen?«

»Natürlich«, sagte Mauakes; der Hauptmann ging zu dem zweiten Elefantensitz und half den beiden Damen heraus. Sie waren beide in mittlerem Alter, prachtvoll und elegant gekleidet und trugen viel Schmuck. Eine war eine braunhaarige Yavana, die andere eine sehr dunkle Inderin. Beide wirkten wütend, weil man von ihnen erwartete, hinter einem Pferd herzugehen, statt wie erwartet auf dem Elefanten zu reiten. Sie schauten auf die staubige Straße und dann auf die Sohlen ihrer bestickten Pantoffeln und warfen den Sakas giftige Blicke zu. Doch sie sagten nichts, sondern stellten sich so gewandt zu beiden Seiten der Königin auf, als hätten sie das geübt. Auf ein Zeichen des Königs setzte sich der ganze Zug in Bewegung und betrat Eskati.

Die Leute jubelten wie verrückt, als die Königin durch das Stadttor kam, und bewarfen sie mit Rosen, Tulpen und Rhododendronblüten. Sie saß sehr gerade, hielt den Sattel so fest, daß ihre Knöchel weiß waren, und nickte den Jubelnden gelegentlich zu. Auch Itaz, der das Pferd führte, hielt sich sehr gerade. Er war steif vor Zorn. Zuerst hatte die Frau mit ihren Elefanten die Elite der Saka-Reiterei zum Narren gemacht; dann hatte sie ihn vor seinem Vater verdächtig und dumm aussehen lassen; und jetzt saß sie ruhig da und verneigte sich vor der Anbetung ihres Volkes wie eine triumphierend zurückkehrende Yavana-Herrscherin. Und sie war so schön. Er hatte gefürchtet, sie könne schön sein, aber nicht ernstlich damit gerechnet. Schon grinste sein Vater vor Vergnügen, wann immer er sie ansah, und die Leute stießen entzückte Rufe aus. Itaz schaute sich wieder und wieder nach ihr um und nahm die Kurve ihres Halses in sich auf; ihre weißen, geraden Arme umklammerten den Sattel; der schlanke Körper versteifte sich gegen die ungewohnten Bewegungen des Pferdes; der hochgezogene Fuß in der safrangefärbten Ledersandale war, um das Gleichgewicht zu halten, fest gegen die Satteldecke gepreßt. Wie alt war sie? Älter als die von seinem Vater geschätzten neunzehn Jahre. Aber nicht viel älter, obwohl die ruhige, spöttische Selbstsicherheit sie so wirken ließ. Sie war an ihre Königswürde gewöhnt, und sie war gewohnt zu befehlen. Sie hatte sich beherrschen müssen, um keine Anordnungen zu geben, welchen Platz in der Prozession ihre Frauen einnehmen sollten. Höflichkeit, nicht Unentschlossenheit hatte sie veranlaßt, sich an den König zu wenden. Und sie war intelligent, konnte eine Situation schnell erfassen. Und sie war gelehrt, hatte es geheißen. Gefährlich, zehnmal, hundertmal gefährlicher, als er befürchtet hatte. Und so *schön,* daß es ihn schmerzte. Wie ein Stich von den Backenzähnen bis ins Herz durchfuhr ihn das Verlangen, wenigstens die angespannten Füße mit ihren zarten, rosigen Nägeln zu berühren; wenigstens die Hände mit den weißen Knöcheln, die den verzierten Sattelknopf umklammerten. Er bemerkte die Menschenmenge, die Banner und die Blumen nicht, er hörte den Jubel und die Musik nicht; er schritt dahin, steif sein Pferd haltend, und sah nur die Braut seines Vaters.

Ich wartete mit den anderen Hofdamen auf der Terrasse vor dem Sonnentempel; wir standen Onkel Kanit und den Priestern gegenüber. Der Marktplatz war voller Menschen. Jeder, der konnte – Saka-Besucher oder Yavana-Bürger –, war gekommen, um die Hochzeit zu sehen, und man roch die Menge trotz des Räucherwerks, das im heiligen Feuer verbrannt wurde. Auch die Straßen waren überfüllt. Wir hörten den einsetzenden Jubel, als die Königin die Stadt betrat, doch es schien Wochen zu dauern, bis die Hochzeitsgesellschaft den Marktplatz erreichte. Die königliche Garde mußte den Weg freimachen; alle paar Schritte blieb ein Soldat stehen, um die Menschen zurückzudrängen, bis der ganze Platz von einer Linie von Reitern und Pferden in bunter Montur durchzogen war, die eine Schneise freihielten. Durch diese ritt der König auf seinem goldbraunen Pferd, und neben ihm führte Itaz den schwarzen Hengst mit seiner safranfarben gekleideten Reiterin. Ein Chor aus Knaben und Mädchen der Yavana-Bürgerschaft stand auf den Tempelstufen und begann, die sich nähernde Gesellschaft mit einer Hochzeitshymne willkommen zu heißen. Als die neue Königin nahe genug gekommen war, erkannten wir allmählich, daß sie unglaublich schön war und daß wir uns alle zu protzig herausgeputzt hatten. Ich merkte, wie Inisme vor mir vor Verlegenheit steif wurde, und ich war jung und albern genug, um mich darüber zu freuen.

Mauakes hielt sein Pferd vor der Altarterrasse an und wartete auf das Ende des Liedes; dann saß er ab und gab sein Pferd einem Palastdiener, der zu diesem Zweck dort wartete. Itaz blieb steif stehen und schaute, noch immer wütend, zu Boden; er vergaß, seinem Pferd das Zeichen zum Niederknien zu geben, und sein Vater mußte ihn scharf daran erinnern. Der König trat vor, um die Königin vom Pferd zu heben, so wie er sie in den Sattel gehoben hatte, doch sie glitt allein hinunter, ehe er sie erreicht hatte, und Mauakes mußte zurücktreten und so tun, als habe er warten wollen. Die beiden Damen der Königin strichen den Faltenwurf ihres Umhangs zurecht, und der König reichte der Braut seine Hand und führte sie zum Altar hinauf.

Wir Sakas legen bei der Heirat Eide ab und versprechen vor dem allsehenden Sonnengott, einander zu ehren und treu zu sein. Die Yavanas haben keinen solchen Brauch; sie tragen ihre Bräute einfach in das Haus des Bräutigams und tun dabei so, als entführten sie sie. Dazu singen sie laute Lieder und trinken Wein. Ich glaube, unser Brauch ist besser – und dies war eine Saka-Hochzeit. König und Königin standen vor dem Altar, die Hände vor dem heiligen Feuer verschränkt, und schworen die Eide. Mauakes sprach die übliche Eidesformel, die lautet »Ich« – dann folgt der Name – »Sohn des« – wer auch immer – »schwöre vor allem Volk bei unserem Herrn, dem Sonnengott, diese Frau zu meinem alleinigen Eheweib zu nehmen, sie zu ehren und getreu zu hüten; wenn ich gegen meinen Eid verstoße, möge mich der allsehende Sonnengott bestrafen.«

Heliokleia benutzte, obwohl man ihr die übliche Formel mitgeteilt haben mußte, einen anderen Eid: »Ich, Heliokleia, Tochter des Eukratides, schwöre bei der Sonne, bei Zeus Olympios, Artemis-Anahita und allen Göttern, mich mit diesem Mann als meinem alleinigen Ehemann zu verbinden, ihn zu ehren und getreu zu hüten; wenn ich gegen meinen Eid verstoße, möge ich nie Erlösung erlangen.« Alle Menschen auf dem Marktplatz hörten das, begriffen, daß sie bei ihren eigenen Göttern geschworen hatte, und klatschten jubelnd Beifall. »Erlösung« – niemand fragte, was sie damit meinte. Selbst Mauakes beachtete es nicht. Nur Itaz verstand es, und er starrte sie mit schockiertem Argwohn an. Plötzlich begriff er die Zweideutigkeit der safranfarbenen Gewänder, die sie so schlicht und ohne das Gold und die Juwelen trug, welche eine Königin bei ihrer Hochzeit hätten schmücken sollen. Er hatte in Parthien einmal einen buddhistischen Mönch getroffen, einen Missionar. Er und seine mazdaistischen Freunde hatten die Lehren des Mannes unfromm gefunden und ihm befohlen, die Gegend zu verlassen. »Erlösung« ist das Ziel der Buddhisten. Sie sagen, der Tod sei keine Erlösung, sondern nur der Beginn einer Wiedergeburt in ein anderes Leben, und die Seele sei an die Welt gebunden wie an ein Rad der Qualen und müsse durch Meditation und Entsagung befreit werden. Die Mazdaisten dagegen glauben, daß die Welt gut ist, wenn auch vom Bösen durchsetzt, und halten es für verworfen, die Welt abzulehnen. Itaz wandte den Blick von der Königin ab. Er war jetzt noch entsetzter über das, was sein Vater getan hatte. Nun war es zu spät, auch nur zu protestieren; die Eide waren geschworen, und dem Gott mußte nur noch das Opfer gebracht werden, ehe die Zeremonie beendet war und das Fest begann.

Wir opfern dem Sonnengott Pferde – das schnellste der Tiere dem schnellsten der Götter –, obwohl wir uns manchmal mit geringeren Tieren beschränken. Dies jedoch war nicht die Gelegenheit zur Beschränkung. Mauakes selbst hatte das Opfertier ausgewählt: eine schneeweiße Stute aus königlicher Zucht, eine echte Tochter des Sonnengottes, zwei Jahre alt und jungfräulich. Als Heliokleia ihren Eid zu Ende gesprochen hatte, nickte er Kanit zu, und die Stute wurde auf die Terrasse geführt. Im Sonnenlicht schien sie selbst Strahlen auszusenden. Ihre Schritte waren so zart wie die eines Reihers im Fluß; ihre Hufe waren vergoldet, ihr Zaumzeug goldverziert, und sie trug den Kopf hoch und rollte angesichts der Menschenmenge nervös die strahlenden Augen. Sie war ein wunderschönes Geschöpf, und ich spürte einen schmerzlichen Stich, daß ein so prachtvolles Tier geopfert werden sollte – obwohl für ein Pferd, das vom Sonnengott abstammt, die Rückkehr zu ihm keine Strafe sein sollte. Kanit befestigte den Strick um die Vorderläufe des Pferdes, trat, den Strick haltend, zurück, und Mauakes nahm das Opfermesser vom Altar neben dem Feuer. Er schnitt die Stirnlocke der Stute ab und warf sie ins Feuer, das im hellen Sonnenschein fast unsichtbar brannte; dann tauchte er den Daumen in die Schale mit Ocker und zeichnete die Sonnenscheibe auf ihre Stirn. Er wandte sich nach Osten, hob die Hände und betete mit lauter Stimme, damit alle ihn hören konnten: »Herr der Welt, allsehend und schnell, schaue mit Wohlwollen auf uns, Sonnengott! Sieh und segne das Bündnis, das wir geschlossen haben und das Saka und Yavana vereint, wie ich mich durch die Ehe mit dieser Frau vereine. Nimm unsere Gabe an, Herr!«

In diesem Moment zog Kanit den Strick scharf an. Das Pferd hätte stürzen, Mauakes seinen Kopf fassen und ihm den Hals durchschneiden sollen, während es aufzustehen versuchte. Doch die Stute scheute, von irgendeinem Impuls aus dem Himmel angetrieben, genau in diesem Augenblick. Ein Vorderlauf glitt aus der Schlinge. Der andere verfing sich darin, und sie erschrak, stürzte aber nicht. Mauakes hatte bereits ihren Kopf gefaßt, als sie strauchelte. Er merkte nicht, was geschehen war, beugte sich nieder und stieß rasch mit dem Messer zu. Aber das Opfer lag nicht hilflos auf den Knien. Wieder scheute es, und das Messer traf nicht die Kehle, sondern fuhr seitlich am Hals hinunter, prallte auf das Schultergelenk und zerbrach. Die Stute wieherte vor Schmerz laut auf und ging hoch, schlug mit den Hufen aus und traf den König heftig am Kopf. Er stürzte, und die Hufe des verängstigten Tieres trafen ihn erneut.

Kanit kreischte wortlos; jemand in der Nähe schrie. Auf unserer Seite der Terrasse sprang ich vor, weil ich vage daran dachte zu helfen; im gleichen Augenblick fuhr Jahika herum und wich zurück, ihre Augen bedeckend. Wir prallten gegeneinander und fielen auf den harten Steinboden. Ich hörte Itaz entsetzt aufschreien. Als ich aufschaute, sah ich ihn auf die Terrasse springen und sein Schwert ziehen. Die Stute stolperte wieder, als das noch immer gespannte Seil an ihrem Bein zog, dann riß sie sich los und zerrte Kanit das Seil aus den Händen. Eine Blutspur legend, wandte sie sich dem Rand der Terrasse zu, fuhr aber gleich wieder herum, als sie in die Tiefe sah. Sie drehte sich zum Tempel zurück – und direkt in ihrem Weg kniete Itaz über dem König. Er erhob sich mit einer einzigen schnellen Bewegung; beim Aufblitzen seines Schwertes ging die Stute wieder hoch und wieherte. Itaz duckte sich unter den Hufen und stieß dem Tier sein Schwert ins Herz.

Die Stute fiel auf die Knie und brach dann seitlich zusammen; ihre Flanken hoben sich noch einmal – dann entspannte sich der keuchende, blutüberströmte Hals, und sie lag tot neben dem Altar. Die Sonnenstrahlen glänzten in ihrer Mähne. Itaz starrte sie einen Augenblick mit intensivem, verwirrtem Kummer an und wandte sich dann wieder seinem Vater zu.

Mauakes setzte sich auf und starrte das Pferd an; rasch sah er Itaz an und wandte dann wortlos den Blick ab. Er war blutüberströmt. Itaz ging zu ihm und faßte seinen Arm. »Bist du verletzt?« fragte er besorgt.

Mauakes schüttelte den Kopf und zog sich am Arm seines Sohnes hoch. Er befühlte mit einer Hand die Schläfe, rieb sich die Rippen und fuhr sich mit den Fingern über die Augen. »Nein«, sagte er. »Nur ein paar Prellungen.« Schwer lehnte er sich gegen den Altar. Auf dem ganzen Platz war es totenstill. Ich rappelte mich auf. Jahika kauerte immer noch keuchend vor mir. Inisme hielt sich die Hand vor den Mund. Auch mir war übel. Ich hatte noch nie gehört, daß ein königliches Opfer so verheerend mißlungen war. Es war ein Vorzeichen – aber wofür? Welcher Alptraum war im Begriff, uns aus der blinden Zukunft anzuspringen?

Itaz spürte die Blicke der Menge, die ihn trafen wie ein starker Wind, und zog verwirrt die Schultern ein. Die von Anfang an umstrittene Ehe hatte mit einem unaussprechlich schlechten Omen begonnen. Und seine eigene Rolle dabei war zweifelhaft. Vielleicht hatte er seinen Vater gerettet – aber er hatte beim Opfer den Platz seines Vaters eingenommen. Und doch, fragte er sich, was hätte er sonst tun sollen?

Neben dem Altar bewegte sich etwas, ein Flattern von Goldorange. Itaz sah auf und begegnete über dem Feuer dem Blick der Königin. Ihre Miene war in der wabernden Hitze nicht zu deuten, aber ihre Augen ruhten fest auf ihm. Einen Augenblick lang starrten sie einander an – dann ging Heliokleia rasch um den Altar herum auf die Seite des Königs. »Die Leute haben Angst«, flüsterte sie ihm zu. »Wir müssen sofort etwas tun, um sie zu beruhigen. Können wir sagen, daß die Priester morgen besondere Opfer bringen werden, um das Omen abzuwenden?«

Er starrte sie an. Dann nickte er, richtete sich auf und wandte sich der Menge zu. »Mein Volk«, rief er und hob die Arme. »Habt keine Angst. Ich bin unverletzt. Die Priester und Priesterinnen werden das Geschehene deuten und erklären, was es verheißt; wenn Unheil droht, werden sie Opfer bringen, um es abzuwenden. Aber ich glaube, es könnte ein gutes Omen sein, denn Tod und Zerstörung gingen über mich hinweg und berührten mich nicht – so wie ich hoffe, daß die Tochari an uns allen vorübergehen werden. Bedenkt, daß die Zeremonie abgeschlossen ist und unser Herr, der Sonnengott, das Opfer angenommen hat, das wir ihm dargebracht haben – und unser Herr mag, wie jeder Saka-Edle, ein mutiges Pferd.« Die Menge rührte sich, noch immer zu schockiert, um zu lachen, doch die erstarrte Stille begann zu weichen. »Und jetzt lade ich euch ein, meine Hochzeit zu feiern«, fuhr der König mit lauterer Stimme fort. »Euch hier auf dem Marktplatz, meine Edlen im Palast. Eßt und trinkt, wie es euch beliebt, macht Musik und freut euch, denn ihr habt eine Königin, die uns Sicherheit bringen wird.«

Er nahm Heliokleias Hand und begann, auf den Palast zuzugehen. Die Königin warf Itaz noch einen unergründlichen Blick zu und folgte schweigend ihrem Mann; ihre beiden ausländischen Hofdamen folgten ihr nach, und Inisme ließ plötzlich die Hände fallen, packte Jahika und zog uns übrige hinter ihnen her. Auf dem Marktplatz hinter uns begann Wein aus den

Brunnen zu sprudeln, und die Beamten der Stadt begannen mit der Verteilung des Festmahles, das der König spendiert hatte.

Itaz blieb noch lange wie erstarrt hinter dem Altar stehen. Er wartete, bis das Flattern des safrangelben Gewands auf den Stufen der Zitadelle verschwunden war. Dann ging er langsam und steif hinterher. In seinem Herzen betete er zu Ahura Mazda, Unheil abzuwenden. Er hatte große Angst.

3. Kapitel

Es war Vormittag gewesen, als der König mit dem Opfer für den Sonnengott begann; die Festlichkeiten sollten den ganzen Nachmittag und bis in die Nacht weitergehen und drei Tage dauern. Sofort nach dem Opfer wurden auf dem Marktplatz kostenlose Speisen verteilt, während die wichtigsten Edelleute des Königreichs zu einem Bankett in den Hof des Palastes kamen – der Speisesaal des Palastes hätte niemals alle Saka-Edlen aufnehmen können. Als wir in den Palast traten, sagte der König jedoch dem Hauptmann seiner Garde, er solle die Gäste empfangen, während er selbst in seine Gemächer ging, um seine blutbefleckten Kleider zu wechseln. »Und du, meine Königin«, sagte er, sich höflich an Heliokleia wendend, »könntest vielleicht in deine Gemächer gehen, um dich zu erfrischen; ich schicke nach dir, wenn ich fertig bin, damit wir uns gemeinsam zum Bankett einfinden.«

Sie nickte anmutig. »Wie du wünschst, Herr.«

Mauakes wandte sich zum Gehen; dann fiel ihm ein, daß die Königin keine Ahnung hatte, wo sich ihre Zimmer befanden, und er drehte sich wieder um. »Dies sind deine Hofdamen«, sagte er zu ihr und zeigte auf uns. »Inisme, Jahika, Armaiti und Tomyris. Sie alle sind Mädchen von edler Geburt, die sich für deinen Dienst eignen. Sie werden dir deine Gemächer zeigen.«

»Ich danke dir, Herr«, sagte die Königin, streifte uns mit einem Blick und nickte dem König erneut anmutig zu. Er erwiderte das Nicken und ging davon, wobei er die Hände steif von sich hielt, um seine blutigen Kleider nicht zu berühren.

Die Königin sah sich nach uns um. In der Eingangshalle war es im Augenblick still, da die Gäste sich unten erst aus der Menge lösten und den Hügel erklommen. Für mich war das die erste Gelegenheit, mehr als einen allgemeinen Eindruck von der Frau zu bekommen. Sie hätte für das Abbild Anahitas im Schrein am See Modell stehen können – sie war groß, wenn auch nicht so groß wie ich, und hatte den gleichen schlanken Körperbau mit langem Oberkörper, die gleiche breite Stirn und das gleiche spitze Kinn. Sie hielt sich so reglos wie eine Statue und war so gesammelt und beherrscht, als wäre das unheilvolle Chaos bei der Opferung nur in einem Traum passiert. Ihre Haut war sehr hell, und ihr Haar hatte eine seltsame und wunderbare Farbe, eine Art Goldbraun, das ich schon bei Pferden gesehen hatte, aber nie bei Menschen: alle Sakas und die meisten Yavanas sind schwarzhaarig. Ihre Augen waren blaugrün wie ein Bergsee, und als sie mich ansah, war es, als schaue sie vom Himmel herab; so tief war ihr Blick. Er machte mich benommen, und nachdem ich ihm einen Augenblick begegnet war, mußte ich wegschauen. Ein paar einzelne Blüten, Rosen und wilde Tulpen, mit denen sie überschüttet worden war, hingen noch in ihrem Haar und in den Falten der safranfarbenen Tunika und ihres Umhangs. Sie war von so ruhiger Schönheit, daß man sich nicht vorstellen konnte, was in ihrem Kopf vorging. Man konnte unmöglich glauben, daß eine so bezaubernde Frau jemals etwas brauchte oder wünschte. »Inisme, Jahika, Armaiti und Tomyris«, wiederholte sie unsere Namen fehlerlos, obwohl es den Anschein gehabt hatte, sie höre kaum zu, als der König sie ihr gesagt hatte. »Für die Dienste, die ihr mir anbietet, danke ich euch allen. Aber wir haben keine Zeit zum Reden. Könntet ihr so freundlich sein und mich zu meinen Zimmern führen?« Sie hatte eine leise, klare Stimme und sprach ein sorgfältiges Sakan, dessen Akzent eher baktrisch als griechisch war, mit einem Zögern vor dem S-Laut, den die eingeborenen Baktrier wie *kh* aussprechen.

Hinter uns konnten wir die ersten Gäste die Stufen hinaufkommen hören, also brachten wir sie eilig zu ihren Gemächern. Sie betrachtete sie mit halbem Interesse und setzte sich auf die Couch, die Hände im Schoß gefaltet. Die beiden Hofdamen, die sie aus Baktrien mitgebracht hatte, schauten skeptisch drein.

Natürlich hatten wir gehört, daß sie die beiden mitbringen würde; man hatte vereinbart, daß sie ihr im ersten Jahr bei der Eingewöhnung helfen würden. Doch wir hatten Mädchen unseres Alters erwartet. Diese Frauen waren so alt wie meine Mutter, und die Dunkle musterte meine Beine mit der gleichen Mißbilligung. Ich folgte ihrem Blick und sah, daß ich mir bei dem Sturz auf der Terrasse das Knie aufgeschlagen hatte und daß das neue Kleid von Blut und zerdrückten Blüten beschmutzt war. »Oh«, sagte ich und rieb ziemlich töricht an den Flecken herum.

»Wer sind diese Leute?« fragte die dunkle Frau auf griechisch. Erst jetzt fiel mir ein, wie erstaunlich es war, daß die Königin Sakan gesprochen hatte.

»Sie sind die Hofdamen, die König Mauakes für mich ausgewählt hat«, antwortete die Königin nun auf griechisch. »Er sagte, sie seien alle adelige Jungfrauen.« Sie stellte uns alle vor und machte uns dann mit den neuen Damen bekannt: die dunkle hieß Padmini, die braunhaarige Antiochis.

»Oh«, sagte Antiochis beruhigt. »Sprecht ihr Griechisch?« fragte Padmini.

Einen Augenblick lang sagte niemand etwas, dann platzte ich heraus: »Ich, ja. Und Armaiti auch. Inisme und Jahika nur ein bißchen.«

Ich merkte, daß Padmini dies eigenartig fand, aber sie äußerte sich nicht dazu. »Nun, ihr seid hübsche Mädchen«, sagte sie, noch immer auf griechisch, »und ich bin sicher, daß es eine sehr aufmerksame Geste des Königs war, euch einzustellen. Antiochis und ich sprechen eure Sprache nicht, aber wie es scheint, haben wir genügend Übersetzerinnen, um zurechtzukommen.«

Darüber lächelte Heliokleia: Zum erstenmal sah ich dieses Lächeln bei ihr, das zarte, spöttische Lächeln der Antimachiden, und ich fand es beinahe so verstörend wie ihre Augen. Doch Inisme lächelte ebenfalls, verneigte sich vor Padmini und der Königin und ging dann zu der Nische in der hinteren Wand des Zimmers, wo ein Krug Wasser im Schatten stand, damit er kühl blieb. Sie füllte eine Schale und hielt sie in die Mitte zwischen die

Königin und Padmini. Padmini zog die Augenbrauen hoch, nickte anerkennend angesichts dieser hochachtungsvollen Geste, nahm die Schale und gab sie ihrer Herrin.

Heliokleia trank ein wenig; dann zog sie die Beine hoch und verschränkte sie. Ich ging an den Krug und träufelte etwas Wasser auf mein fleckiges Kleid, während Inisme weitere Schalen für uns übrige füllte. Die braunhaarige Frau, Antiochis, ging hinüber zur Königin, glättete die safranfarbenen Falten ihres Umhangs und bürstete die Blüten ab. »Mach dir keine Sorgen wegen des Omens, Liebste«, sagte sie – unnötigerweise, wie ich fand, denn ihre Herrin sah wesentlich weniger besorgt aus als sie selbst. »Vermutlich bedeutete es das, was der König gesagt hat.«

»Ich fürchte mich nicht vor Vorzeichen«, sagte Heliokleia. »Wenn sie gut sind, fein; wenn sie schlecht sind, kann man auch nichts dagegen tun. ›Gegen die Notwendigkeit können nicht einmal die Götter etwas ausrichten.‹ Aber das mit den Elefanten tut mir leid. Ich dachte ...«

Antiochis umarmte sie. »Liebste, mach dir keine Sorgen«, sagte sie. »Die Menschen beteten dich an, hast du das nicht gemerkt? Du sahst aus wie die goldene Aphrodite. Alles wird gut werden, du wirst sehen.«

Padmini hatte sich wieder im Zimmer umgesehen. »Hm«, sagte sie, als halte sie nicht viel davon, »wir haben einiges Gepäck, das bald gebracht werden sollte: Wo ist das Schlafzimmer der Königin?«

Als ich ihr sagte, dies sei das Schlafzimmer der Königin, preßte sie mißbilligend die Lippen aufeinander. »Wo ist dann das Bett?« fragte sie.

»Da ist die Couch«, sagte ich und zeigte darauf. »Der König meinte, wir brauchten hier kein eigenes Bett, da die Königin im unteren Stockwerk schlafen wird.«

»Ah, dann hat sie unten ein Schlafzimmer!« sagte Padmini, und ihre Miene hellte sich auf. »Dann können die Bücher dort untergebracht werden.«

»N-nein«, sagte ich. »Es ist das Zimmer des Königs.«

»Aber gewiß erwartet der König nicht, daß meine Herrin *jede* Nacht bei ihm schläft. Das wäre schließlich ungehörig!«

»Was ist ungehörig daran, daß eine Frau bei ihrem Ehegemahl schläft?« fragte ich überrascht.

»Mein liebes Kind, eine Königin kann sich kaum die Treppe hinunterschleichen wie ein Landmädchen, das einen Liebhaber trifft. Soll sie sich dort ankleiden, vor den Sklaven des Königs? Oder soll sie unbekleidet nach unten gehen? Wirklich! Eine Nichte des Menander und Tochter des Eukratides ist für so etwas eine zu wichtige Persönlichkeit! Sie muß ihre eigenen Räume haben, ihre eigenen Dienerinnen, ihre eigenen Gemächer, in denen sie allein bestimmt. Ihr Gatte kommt zu ihr, und sie empfängt ihn mit Würde und Anmut: andere dürfen ihren Bereich ohne ihre Erlaubnis nicht betreten. So sollte es geregelt werden.«

»Nicht in Ferghana«, sagte ich.

Padmini warf mir einen vorwurfsvollen Blick zu. Sie wollte noch etwas sagen, doch dann hielt sie an sich. Offenbar fand sie es unangebracht, jetzt darüber zu diskutieren. »Nun«, sagte sie, »jemand wird eine Truhe für die Bücher meiner Herrin finden müssen und einen Tisch, an dem sie schreiben kann. Dieser Raum ist sehr kahl.« Mißbilligend betrachtete sie die gekachelten Böden, die üppigen Teppiche und die bemalten Wände, die mir so luxuriös erschienen waren.

»Für all das wird später Zeit sein«, sagte die Königin mit einem weiteren leisen Lächeln.

Einer der Gardesoldaten des Königs klopfte an die Tür und verkündete, der König habe sich umgekleidet und sei bereit, die Königin zum Bankett zu begleiten. Heliokleia atmete tief ein, stieß die Luft langsam wieder aus, stand dann auf und ging ohne Eile zur Tür. Wir übrigen sammelten uns rasch hinter ihr und gingen nach unten, um am Bankett teilzunehmen.

Heliokleia saß neben dem König an einem Tisch neben dem Brunnen, und wir mußten mithelfen, die Gäste zu bedienen. Ich fand meine Mutter und meinen Vater bei Onkel Kanit sitzend und fühlte mich augenblicklich wohler, obwohl ich keine Zeit hatte, mit ihnen zu sprechen. Lächelnd und selbstsicher ließ die Königin sich die Gäste vorstellen und grüßte alle anmutig. Zuerst kam die Familie des Königs – seine Tochter und ihr Gatte; die Witwe seines zweiten Sohnes; Itaz; Kanit und die anderen Vettern des Königs. Amage, die Tochter des Königs, hatte seinen siebenjährigen Enkel bei sich, den designierten Thronfolger, der von seiner Tante erzogen wurde, seit seine beiden Eltern gestorben waren. Der ganze Hof verstummte und sah zu, wie er der neuen Königin vorgestellt wurde. Wie würde sie diesen Jungen behandeln, der ihre eigenen Kinder von der Erbfolge ausschloß?

Sie lächelte in das mürrische Gesicht über der steifen, unbequemen golddurchwirkten Tunika und reichte dem Jungen die Hand. »Du also bist Mauakes, Enkel des Mauakes!« sagte sie. »Sogar in Baktra habe ich von dir gehört. Ich bin sehr erfreut, den Erben meines neuen Herrn kennenzulernen.«

Der Junge zog einen Schmollmund und rührte sich nicht. Die Tante schubste ihn ohne ein Lächeln vorwärts. Noch immer mürrisch, verneigte der Enkel Mauakes sich vor der Königin und nahm widerwillig ihre Hand. »Nennt man dich Mauakes?« fragte die Königin ihn.

Er schüttelte den Kopf. »Nein«, sagte er kurz; nach einem peinlichen Schweigen merkte er, daß dies nicht genügte, und fügte hinzu: »Man nennt mich Moki.«

»Ich heiße Heliokleia«, erwiderte sie.

»Ich weiß«, sagte er. »Bedeutet das nicht ›Ehrgeiz‹?« Einen Augenblick lang herrschte erschrockene Stille. Er merkte, daß er etwas Falsches gesagt haben mußte, und murmelte: »Ich habe gehört, alle Yavana-Namen bedeuten etwas. Mein On... also, jemand hat mir gesagt, dein Name heißt ›Ehrgeiz‹; stimmt das nicht?«

»Nein«, sagte Heliokleia und lächelte, als bedeute die Beleidigung ihr nichts. »›Ehrgeiz‹ würde ›Philotimia‹ heißen. Mein Name bedeutet ›Sonnenruhm‹.«

»Oh«, sagte Moki und lächelte sie plötzlich an. »Das ist gut, nicht wahr? Die Sonne ist unser Herr, der gute Herr der Welt.«

»Natürlich«, sagte sie. »Und ich bin nicht ehrgeizig, Moki.«

»Das ist gut«, sagte er mit einem erleichterten Seufzer. Er küßte ihr die Hand und ging mit seiner Tante an einen anderen Tisch zurück; dabei hörte ich mit, wie er sagte: »*Ich* finde sie überhaupt nicht schrecklich; *ich* finde, sie ist hübsch.«

Sein Großvater grinste ihr zu. »Gut gemacht«, flüsterte er zufrieden und wandte sich um, um einen anderen Würdenträger zu begrüßen.

Mehr als zweihundert Gäste nahmen an dem Bankett teil – alle Herren des Stammesrates und ihre Frauen sowie eine Abordnung der königlichen Garden und Offiziere. Die Königin lächelte und begrüßte alle, sagte ein paar passende Worte zu jedem und stellte die richtigen Fragen. Nach und nach vergaßen die Leute die Ängste und Zweifel, die das unheilverkündende Opfer ausgelöst hatte. Sie murmelten einander zu, vermutlich habe der König das Omen richtig gedeutet; vermutlich bedeute es, daß wir den Gefahren der Invasion dank des Bündnisses unbeschadet entkommen würden; sicher würde eine so junge, liebreizende und höfliche Königin nichts Schlimmes anrichten; sie hatte sogar Sakan gelernt! Wer hätte das gedacht! Und sie hatte den Enkel des Königs gleich als Erben akzeptiert, obwohl sie ihn einfach und ohne etwas zu sagen hätte begrüßen können. Die Leute saßen herum und genossen die endlos folgenden Speisen; sie tranken Wein und begannen zu lachen und fröhlich die zahllosen Musiker, fahrenden Sänger und Dichter, Jongleure und Akrobaten, Tanzbären und dressierten Vögel zu beklatschen, die ihre Darbietungen zeigten. Der König lachte lauter als alle anderen und schaute häufig auf die neue Königin, die allen anmutig zulächelte.

Als es dämmerte, führten die jungen Männer der Garde einen Schwertertanz mit Fackeln auf und ließen die lodernden Flammen und die blitzenden Waffen über ihren Köpfen kreisen, während es im Innenhof dunkler und dunkler wurde, bis man nur noch die Funken und das Schimmern von Metall sehen konnte. Das Ende des Tanzes war das vereinbarte Signal für die Hofdamen der Königin, sie in das königliche Schlafgemach zu geleiten; zu viert gingen wir durch die weiche, nach Pinienrauch duftende Dunkelheit und stellten uns neben der Königin auf. Sie begriff sofort. Als der Tanz endete, neigte sie höflich vor den Gästen den Kopf, die nahe genug saßen, um sie zu sehen, stand gelassen auf und ließ sich von uns wieder in den Palast führen. Antiochis und Padmini gesellten sich zu uns, ehe wir die Tür erreichten.

Das Zimmer des Königs war größer und üppiger als das der Königin. Es enthielt ein breites hölzernes Bett mit schwerem Rahmen, keine gewöhnliche Schlafmatte oder Schlafnische; Kopf- und Fußbrett waren hoch und mit geschnitzten Greifen und Pferden und eingelegtem Gold verziert. Die Bettdecke war prachtvoll und glänzte im Licht der juwelenbesetzten Lampen, die von der Decke hingen, von Purpur und Gold, Indigo und Rot. Heliokleia setzte sich schwerfällig hin und atmete wieder tief ein. Ich schaute nach dem Räucherwerk, von dem man mir gesagt hatte, es werde da sein, und als ich es fand, gab ich eine Prise davon in jede der Lampen. »Bringt eine Schüssel mit warmem Wasser«, befahl uns Padmini; dann setzte sie sich neben ihre Herrin und begann sanft, ihr Haar zu lösen, während Inisme und Jahika liefen, um das Wasser zu holen.

Erst jetzt kam die Selbstbeherrschung der Königin ins Wanken. Ihr Gesicht hatte zwar einen kontrollierteren Ausdruck denn je, aber sie fing an zu zittern.

»Es ist schon gut«, sagte Padmini besänftigend und hielt mit beiden schlanken braunen Händen ihren Kopf.

»Ich habe Angst«, sagte Heliokleia erstaunt und halb erstickt.

»Das geht uns allen so«, sagte die Inderin. »Sei still, Liebste. Du bist eine Königin, die Tochter von Antimachos und Alexander; du wirst tapfer sein.«

»Es tut mir leid wegen der Juwelen«, sagte Heliokleia hastig. »Und die Elefanten, ich dachte...«

»Keine Sorge, Kind! Glaubst du, darum kümmerten wir uns jetzt? Sei ruhig und mach dir keine Sorgen.«

Heliokleia sagte nichts, aber sie zitterte noch immer. Antiochis kniete nieder, löste die mit Safran gefärbten Sandalen, zog sie ihr aus und stellte sie beiseite; sie nahm den Umhang von den Schultern ihrer Herrin, faltete ihn und legte ihn nach einem Augenblick des Zögerns über die Kleidertruhe, damit die Königin ihn am nächsten Morgen anlegen konnte, wenn sie die Treppe hinaufging. Padmini bürstete das lange braune Haar aus; als Inisme und Jahika mit einer dampfenden Schüssel parfümierten Wassers zurückkamen, trat sie beiseite, damit die Königin sich waschen konnte. Heliokleia tauchte die Hände einen Augenblick ins Wasser, benetzte ihr Gesicht, trocknete sich mit dem Handtuch ab, das Armaiti gebracht hatte, und saß dann sehr still auf dem Bett. Padmini küßte sie. »Wir müssen jetzt gehen«, sagte sie. »Dein Gatte wird bald kommen.«

Die Königin nickte.

»Gute Nacht, mögen die Götter dich segnen und dir Kinder gewähren«, sagte Antiochis.

Heliokleia nickte wieder und sah uns mit maskenhaftem Gesicht und feuchten, erschrockenen Augen nach, während wir den Raum verließen.

Ich habe diesen Bericht in dem Bemühen geschrieben, mich deutlich daran zu erinnern, wie ich die Königin damals sah, und diese erste, verstörende Begegnung nicht mit den tausend folgenden Erinnerungen zu überdecken. Ich dachte, wenn ich rückschauend schriebe, würde ich die Ereignisse verwirren und verfälschen – aber jetzt sehe ich, daß ich die Geschichte auf eine andere Weise verfälscht habe. Ich habe schlicht geschrieben, was ich fühlte, was ich über Itaz' Gefühle wußte, und ein wenig über den König; aber nichts darüber, wie die Dinge Heliokleia erschienen, und das verzerrt und verfälscht die Wahrheit ja gewiß auch. Ich werde es noch einmal versuchen und jene Dinge niederschreiben, die ich bisher ausgelassen habe.

Heliokleia wurde in Baktra geboren und erzogen, der Hauptstadt Baktriens, des Königreichs ihres Vaters. Sie war das Ergebnis eines gebrochenen Waffenstillstands. Ihre Mutter starb, als Heliokleia noch ein Kind war, und niemand sonst in ihrer Familie interessierte sich für sie. Ihr Vater war fast immer auf Feldzügen, ihre beiden Brüder waren viel älter als sie, wohnten in einem anderen Teil des Palastes und sahen sie nur bei Feierlichkeiten. Sie hatte eine Kinderfrau, die sich eine Weile um sie kümmerte – aber die Frau starb. Dann kamen Padmini und Antiochis. Sie waren Edelfrauen aus dem indischen Königreich, die mit ihrer Mutter nach Baktrien gekommen und dort als deren Hofdamen geblieben waren; sie blieben auch dann noch Hofdamen, als sie heirateten und eigene Familien hatten. Sie mochten Heliokleia gern, schalten sie aber häufig – sie sei ungeschickt im Weben und Spinnen; sie verliere ihre Armbänder; sie mache ihre Kleider schmutzig; sie löse immer wieder ihre Zöpfe; sie höre nicht zu, wenn sie mit ihr sprächen. Sie fanden, sie bringe sie zur Verzweiflung, und verstanden sie überhaupt nicht.

Natürlich erhielt sie eine Ausbildung. Die griechische Bildung ist eine gute Sache. Ich fand das Lesen so nützlich, daß ich meine Kinder hier in Eskati auf griechische Weise erziehen ließ – wenigstens ließ ich ihnen eine Grundausbildung zukommen. (Von den weiterführenden Schulen, den Gymnasien, wo griechische Knaben nackt herumlaufen, halte ich nichts. Das ist sinnlos und schamlos.) Meine Tochter gewann ein Preis-Dichten in ihrer Schule und bekam einen Lorbeerkranz, der an der Wand hing, bis die Blätter abfielen; selbst dann durfte ich ihn nicht wegwerfen, sondern mußte ihn unten in ihre Kleidertruhe legen: Sie hat ihre Schuljahre bestimmt genossen. Doch Heliokleia ging nicht zur Schule. Eine Königstochter hat einen Privatlehrer, einen vornehmen alten Gelehrten, der angesichts unsicherer, kindlicher Versuche schnell die Geduld verliert, keine Preise verteilt und hervorragende Leistungen nicht erkennt, soweit sie den ersten Versuch eines Mädchens betreffen und nicht den fünfhundertsten eines erwachsenen Mannes. Ich lernte mit siebzehn Jahren, mich stolpernd durch das erste Buch der *Ilias* zu bewegen; sie hatte dieses Werk schon mit acht gelesen. Sie lernte, was alle lernen – Lesen, Schreiben, Gedichte rezitieren, Singen und die Kithara und die Lyra spielen. Und sie lernte noch einiges mehr – Geschichte, Geographie, Mathematik, Philosophie. Sie lernte rasch und mühelos, weil sie sehr klug war – aber das erkannte sie nicht, da es niemanden gab, der ihr das sagte, niemanden, mit dem sie sich vergleichen konnte; ihr kam es vor wie schwere Arbeit, und sie meinte, sie sei langsam von Begriff.

Sie war zwölf, als ihr Vater Eukratides von seinem zweiten Sohn Platon wegen eines Stirnbandes aus purpurnem Leinen ermordet wurde. Zwei Jahre lang herrschte Bürgerkrieg, Platon kämpfte gegen den älteren Bruder Heliokles. Ihr Leben allerdings ging weiter wie zuvor; keiner der Brüder schenkte der vernachlässigten Schwester irgendwelche Aufmerksamkeit. Als der Krieg vorüber, Platon hingerichtet und das Diadem auf Heliokles' Kopf war, beschloß der neue König, mit seinen alten Rivalen Frieden zu schließen. Gesandte reisten zwischen Baktra und der Hauptstadt des indischen Yavana-Königreichs Sakala hin und her. Unter den Gesandten aus Sakala war der buddhistische Mönch Nagasena. Er war ein Favorit des Königs Menander, der ihn bat, seine Nichte Heliokleia zu besuchen, wenn er bei seinen politischen Pflichten noch Zeit dazu fände.

Nagasena war bereits in ganz Indien wegen seiner Gelehrtheit und Beredsamkeit berühmt. Er kannte nicht nur die Schriften der Buddhisten auswendig, sondern war auch mit den Lehren der Hindus vertraut und hatte viele der griechischen Philosophen gelesen. Sie sagen, er sei der einzige Mensch, der König Menander im Streitgespräch schlagen könne, und der König bewunderte ihn ungeheuer und überhäufte seinen Orden mit Gaben. Gewöhnlich übernahm er keine weltlichen Missionen, doch die Buddhisten betrachten es als verdienstvoll, Frieden zu stiften, deshalb hatte er eingewilligt, zwischen seinem Herrscher und König Heliokles zu vermitteln. Er übernahm auch die private Mission, denn die Buddhisten schätzen Gewissenhaftigkeit und Mildtätigkeit. So verließ er den König und die Räte und nahm sich die Zeit, mit einem fünfzehnjährigen Mädchen zu sprechen, mit dem sich zuvor niemand abgegeben hatte. Sie war zuerst überrascht und schämte sich ihres wirren Haars und ihrer tintenfleckigen Finger; sie verstand nicht, warum er gekommen war. Als Antwort auf ihre schüchternen Fragen erklärte er ihr den Buddhismus. Ist es da ein Wunder, daß er sie bekehrte? Bald brannte sie vor Begeisterung über den achtfachen Weg; sie wollte ihren Kopf scheren und auf der Stelle das safranfarbene Gewand des Asketen anlegen. Nagasena jedoch, der sich auf Könige verstand und ihren Bruder nicht kränken wollte, erklärte ihr sanft, jedem sei ein anderes Schicksal – das sie Karma nennen – bestimmt, und ihres sei es, eine Königin zu sein. Wenn sie es gut erfülle, könne sie in ihrem nächsten Leben ein großer Mönch, ein Lehrer und Asket werden, aber wenn sie ihre Pflicht vernachlässige, schade sie ihrer Seele. Darüber weinte sie, doch sie akzeptierte es. Sie weinte noch bitterlicher, als er nach Sakala zurückkehrte, und bat ihn, ihm schreiben und Briefe von ihm bekommen zu dürfen, in denen er ihr Ratschläge für den achtfachen Weg gab. Er willigte ein.

Danach wurde das scheue Kind, das sich als unbeholfen und langsam betrachtet hatte, das sich von seinen Damen und Lehrern und sogar den Dienern hatte herumkommandieren lassen, allmählich zur Königin. Es begann mit kleinen Dingen. Obwohl sie sich nicht den Kopf scheren und Nonne werden konnte, sehnte sie sich doch danach, der Welt zu entsagen. Sie weigerte sich, die Armbänder und Ohrringe, die Halsketten und Ringe, die seidenen Schleier und golddurchwirkten Umhänge zu tragen, in die ihre Damen sie zu hüllen pflegten. Sie waren schockiert; sie schimpften; sie beschwerten sich bei ihrem Bruder. Er war wütend, weil sie ihn mit einer so trivialen Angelegenheit belästigten, doch er schickte nach seiner Schwester und erklärte ihr, sie müsse versuchen, wie eine Königin auszusehen, sonst würden die gewöhnlichen Leute die ganze Familie verachten. »Aber die gewöhnlichen Leute sehen mich doch gar nicht«, antwortete sie ganz vernünftig. »Es wäre unpassend, wenn ich in meinem Alter viel in die Öffentlichkeit ginge, und wenn ich ausgehe, muß ich mich bescheiden kleiden und mit einem Umhang bedecken. Warum kann ich mich also nicht auch daheim bescheiden anziehen? Niemand würde davon erfahren, und es würde mich weniger Zeit und dich weniger Gold kosten.«

Heliokles amüsierte sich über diese Antwort und befahl den Damen, die Wünsche seiner Schwester zu respektieren, obwohl er Heliokleia warnte, die indische Philosophie nicht so weit zu übernehmen, daß sie gegen die Bräuche ihres eigenen Volkes verstoße. Über den Buddhismus als solchen machte er sich keine Sorgen. Es gab viele andere baktrische Griechen, die Buddhisten waren; wie ich schon sagte, übernehmen die Yavanas mühelos fremde Götter und Philosophien. So ging Heliokleia in die Frauengemächer des Palastes zurück und sagte ihren Damen, was ihr Bruder gesagt hatte. Eine Woche später befahl sie beim Anblick der Truhe voller ungetragener Kleider ihren Hofdamen, die Juwelen und Seidenstoffe zu verkaufen und das Geld den Armen zu geben. Diese protestierten zwar, jammerten über die Vergeudung und beklagten den Verlust so schöner Dinge, doch sie taten, was ihnen aufgetragen worden war. So machte sie die Entdeckung, daß sie Befehle geben konnte, denen andere gehorchten. Das war keine Kleinigkeit. Es verwirrte sie. Sie hielt sich für unbeholfen und dumm, und doch konnte sie sogar Padmini und Antiochis Befehle erteilen, die sie noch immer schalten, wenn sie ihr Haar durcheinanderbrachte. Sie schrieb darüber an Nagasena.

Die Antwort des Mönchs lautete, daß es ihr Karma und das Karma der Könige sei, Macht zu haben; sie dürfe ihre Autorität nicht dazu benutzen, ihre Wünsche zu befriedigen, sondern müsse damit die Gerechtigkeit fördern. Gerechtigkeit, Wohltätigkeit, Milde: dies sind die Tugenden, die auch die Griechen als königlich bezeichnen. Heliokleia nahm diese Antwort sehr ernst und begann nach Möglichkeiten Ausschau zu halten, gerecht zu sein. Sie entschied, es sei ungerecht, daß sie, eine Griechin, über Baktrier herrschen sollte, während sie noch nicht einmal deren Sprache sprach, und sie nahm sich einen Lehrer, der es ihr beibringen sollte – deshalb sprach sie bei ihrer Ankunft in Ferghana so fließend Sakan; die beiden Sprachen sind eng verwandt. Doch damit war sie nicht zufrieden. Sie studierte auch die Gesetze und die Gerichtsbarkeit und die Steuersysteme, schrieb ernsthafte Briefe an die Beamten ihres Bruders und bat sie, ihr ihre Aufgaben und Entscheidungen zu erklären, da sie die Gerechtigkeit verstehen wolle. Wie ihr euch denken könnt, waren sie beunruhigt über diese Fragen. Einige Beamte waren ehrlich, andere nicht, aber alle argwöhnten, ihr Bruder benutze sie, um ihnen nachzuspionieren – er selbst war inzwischen auf einem Feldzug und kämpfte gegen die Parther. Sie fürchteten sich jedoch davor, sie abzuweisen, weil Heliokleia hätte denken können, sie hätten etwas zu verbergen; so kamen sie und erzählten ihr einige Wahrheiten, einige Lügen, viele Verallgemeinerungen und viele Rechtfertigungen. Sie hörte allen ernsthaft zu und dankte ihnen. Sie brauchte einige Zeit, um die wirkliche Situation zu begreifen, aber sie war ein scharfsinniges Mädchen und verstand schließlich: sie waren verängstigt und argwöhnisch; sie selbst war privilegiert und eine Störung. Sie schämte sich ihrer selbst und hätte sich wieder aus den öffentlichen Angelegenheiten zurückgezogen – aber inzwischen waren ihr dank ihrer Geläufigkeit in der baktrischen Sprache Gerüchte über einige der Minister ihres Bruders zu Ohren gekommen, die dem griechischsprachigen Hof entgangen waren: Gerüchte über Korruption. Ihre Pflicht war klar: sie mußte die Wahrheit herausfinden und den Ungerechtigkeiten ein Ende machen. Die Aufgabe gefiel ihr nicht, sie war nicht sicher, ob sie ihr gerecht würde, und sie machte sie unglücklich – doch für die Buddhisten ist Unglück das Fundament des Lebens. Vermutlich auch aus diesem Grund hatte sie die Philosophie übernommen. Sie nahm ihr Karma an und begann zu untersuchen, was sie tun konnte.

So wurde sie allmählich zu einer Bedrohung für die Minister ihres Bruders. Die meisten von ihnen hatten einst gehofft, sie zu heiraten und Bruder des Königs zu werden, aber schließlich fanden sogar die Ehrlichen unter ihnen, man solle sie besser mit einem Fremden in einem fernen Land verheiraten. Als Mauakes' Botschafter eintraf, wurde er freudig willkommen geheißen. König Heliokles neigte eher einer rein militärischen Allianz zu, aber seine Minister überzeugten ihn, das zusätzliche Band einer Ehe werde allen nützlich sein und eine Verbindung schaffen, die über den Tod des alten Königs hinaus in der nächsten Generation Bestand haben könne.

Als Heliokles seiner Schwester sagte, sie werde den König von Ferghana heiraten, nahm sie das ruhig hin. Natürlich hatte sie Angst. Ferghana war für sie eine ebenso feindliche Nation wie Baktrien für uns, und Mauakes, der Mann, der den Griechen die Provinz gestohlen und die Städte am Oxus überfallen hatte, hatte schon Jahre vor ihrer Geburt in Baktrien Zorn und Haß auf sich gezogen. Wie die meisten Baktrier glaubte auch sie, die Sakas seien wilde Nomaden, obwohl sie wußte, daß es im Lande eine griechiche Stadt gab. Trotz alledem glaubte sie als Buddhistin an den Wert von Friedensschlüssen, und sie hoffte, sich durch die Versöhnung von Griechen und Sakas Verdienste zu erwerben. Sie nahm den Gedanken an die Ehe so ernst wie alles übrige. Als sie in jenem Frühjahr mit den Elefanten und der Artillerie aufbrach, tat sie das entschlossen und ruhig, und ohne zurückzublicken. Sie hatte keinen besonderen Ehrgeiz, eine große Königin zu sein, aber sie hatte sich damit abgefunden, ihr Bestes zu tun, um eine zu werden. Gewiß erwartete sie keine Liebe und kein Glück – aber da sie von beidem nie viel gehabt hatte, war sie sicher, ohne das auskommen zu können.

Sie hatte in einem Privathaus in Baktra eine Saka-Sklavin gefunden, sie gekauft und die Frau aufgefordert, sie die Sprache und die Bräuche der Sakas zu lehren. Sie hatte ihr versprochen, wenn ihr Unterricht gut sei, werde sie bei der Ankunft im Tal ihre Freiheit und zehn Goldstücke erhalten. Die Sklavin ritt mit ihr auf dem Elefanten, und auf dem ganzen Weg nach Eskati gab sie ihr Unterricht. Es schien ein sehr langer Weg zu sein. Ein Tagesritt führte durch die fruchtbaren Ländereien Baktriens zum Fluß Oxus, fünf Tage ritten sie über die Berge nach Maracanda, weitere fünf Tage nach Osten durch die Wildnis an den Berghängen entlang – und dann lag es unter ihnen, das Fernste Alexandria. Seine Mauern leuchteten in der Nachmittagssonne wie aus Licht gemeißelt; dahinter lag wie ein See das Tal von Ferghana. Der große Fluß glänzte in den schrägen Strahlen, die Seen waren blau wie Indigo, die Straße schlängelte sich blaß hinauf und außer Sicht, und auf beiden Seiten ragten die Berge mit eisigen Gipfeln der Sonne entgegen. Ich habe diesen Anblick hundertmal gesehen, und er nimmt mir jedesmal den Atem. Heliokleia kam in dem Wissen, daß dieses Land ihre Heimat und sie seine Königin werden würde. Sie starrte es lange an und befahl schließlich ihrem Gefolge, an Ort und Stelle ein Nachtlager aufzuschlagen. Dann schickte sie einen Boten voraus, um dem König ihre Ankunft anzukündigen. Danach gab sie ihre Saka-Sklavin frei und entließ sie mit ihrem Dank, um ihren Aufenthalt im Tal mit einem glückverheißenden Akt der Freundlichkeit zu beginnen.

Den größten Teil der Nacht verbrachte sie mit Gebeten und Meditation und versuchte, jene Losgelöstheit von allen Wünschen zu erreichen, die zu Gerechtigkeit und schließlich, wie die Buddhisten sagen, zur Erlösung führt. Am Morgen badete sie, benommen vor Müdigkeit, salbte sich und wurde für die Hochzeit in die safranfarbene Tunika und den Umhang gekleidet. Als in Baktra ihre Kleider eingepackt wurden, hatte es wie ein irritierender Scherz gewirkt, daß sie die gleiche Farbe hatten wie das Gewand der Mönche; in den Bergen über Eskati jedoch schien das vollkommen passend. Sie ging eine Ehe mit einem fremden Feind in einem unbekannten Land ein, um den Frieden zu sichern: konnte ein Mönch, der die Gelübde ablegte, dem Selbst mehr entsagen? Froh und stolz legte sie die Kleider an. Dann brachten ihre beiden Damen ihr den Schmuck, den ihr Bruder ihr gegeben hatte. Eigentlich hatte sie vorgehabt, ihn zu tragen, doch jetzt weigerte sie sich. »Nein«, sagte sie zu den Frauen, »nur das Diadem.«

Die beiden Damen sahen einander an. »Kind«, sagte Padmini, »es ist dein Hochzeitstag. Wenigstens da mußt du wie eine Königin aussehen.«

»Ich werde wie eine Königin aussehen, wenn ich das Diadem trage«, antwortete Heliokleia. »Keinen Schmuck.«

»Ach!« rief Antiochis. »Sei nicht störrisch, nicht heute! Die ganze Stadt wird dich anschauen; beschäme nicht uns und ganz Baktrien vor den Sakas!«

»Wenn ich die Stadt in einem Brautumhang und mit dem Diadem einer Königin betrete und mich nichts als Bescheidenheit und lautere Absichten auszeichnen, wie kann ich da jemanden beschämen?« fragte Heliokleia heftig. »Wenn die ganze Stadt mich sehen will, dann soll sie *mich* sehen, nicht einen Haufen goldener Hauben und Halsbänder. Ich möchte sie mit völliger Einfachheit betreten und mein Herz frei von Verlangen halten.«

»Sei nicht töricht«, sagte Padmini scharf. »Deine Mutter kam mit Bescheidenheit und lauteren Absichten nach Baktra, aber sie war nicht zu stolz, sich wie eine Königin zu kleiden. Lege die Sachen an.«

Padminis Autorität war schon lange geschwunden, fortgeweht wie eine Zeichnung im Sand vom Wind der Bekehrung. Heliokleia schüttelte einfach den Kopf. »Du kannst mich frisieren«, sagte sie und setzte sich sehr gerade auf den Stuhl in der Mitte des Zeltes. Nach einem Augenblick begann Padmini, das dicke, bronzefarbene Haar zu kämmen und festzustecken, wobei sie zornig die Lippen aufeinanderpreßte. Antiochis saß traurig auf dem Boden und schüttelte den Kopf.

»Du bringst Schande über uns«, sagte sie zu Heliokleia. »Ich wußte, daß du das tun würdest!« Sie begann, vor und zurück zu schaukeln. »Alle werden dich ohne ein einziges goldenes Schmuckstück sehen und denken, daß dein Bruder dich haßt und nur herschickt, um dich loszuwerden. Sie werden nicht von deiner ›Schlichtheit‹ beeindruckt sein; sie werden dich bloß verachten. Und mich und Padmini werden sie auch verachten, weil wir deine Hofdamen sind. Bitte, bitte, lege die Juwelen um unseretwillen an, wenn du es schon nicht um deinetwillen tust!«

»Niemand wird uns verachten«, sagte Heliokleia jetzt sanft. »Menschen beachten Gold bei weitem nicht so wie Elefanten, und auf denen werden wir reiten.«

»Vor dem Altar wirst du nicht auf einem Elefanten sitzen«, gab Antiochis zurück. »Und der König wird bestimmt mit Gold behangen sein; diese Sakas besticken ihre ganzen Kleider mit

Gold. Ich warne dich, Liebste, du wirst neben ihm nicht bescheiden, sondern arm und schäbig wirken.«

»Nun«, sagte Heliokleia, »dann tragt ihr all euren Schmuck und noch etwas von meinem, stellt euch in meine Nähe, und alle werden sehen, wie wichtig ihr seid. Sie begreifen, daß ich mich genauso hätte schmücken können, es aber vorgezogen habe, schlicht zu ihnen zu kommen.«

Padmini seufzte. »Das ist so schockierend, daß es sogar wirken könnte«, sagte sie. »Aber ich sehe den Sinn nicht ein.« Sie befestigte die letzten schimmernden Haarsträhnen. »Wenigstens hast du dir nicht den Kopf rasiert«, bemerkte sie und prüfte ihr Werk. »Antiochis, Liebe, streite nicht an ihrem Hochzeitsmorgen mit Heliokleia. Laß ihr ihren Willen, sie tut ja doch, was sie will.« Sie nahm das Diadem, glättete es mit den Fingern und band es sorgfältig um den Kopf der jungen Königin; achtsam zog sie die Enden glatt. Dann beugte sie sich unversehens vor, um Heliokleia auf die Stirn zu küssen. »Liebste, du warst immer ein seltsames Mädchen, und wir waren nie die Dienerinnen, die du dir wünschtest, nicht wahr? Du wolltest immer Mönche und Gelehrte um dich, um deine Seele zu formen, und hattest nur uns, um dein Haar zu frisieren. Nun, wir waren die Dienerinnen deiner Mutter; wir taten, was wir für das Beste hielten. Wir sahen, wie sie heiratete, und nun bist du an der Reihe; mögen die Götter dich segnen und dir mehr Glück gewähren als ihr!«

Heliokleia hob das Gesicht zu der anderen Frau, stand dann auf und umarmte Padmini. »Ich bin froh, daß ihr da seid«, sagte sie mit belegter Stimme. »Ihr beide, du und Antiochis.«

»Wo sollten wir sonst sein?« fragte Antiochis, stand endlich auf und kam herbei, um sie ebenfalls zu umarmen. »Aber ich wünschte, du hättest einen Baktrier heiraten können. Dann hätten wir länger als dieses eine Jahr bei dir bleiben und sehen können, wie deine Kinder aufwachsen.«

Natürlich durften sie nicht auf den Elefanten in die Stadt einreiten. Die Königin hatte den Vorschlag gemacht, die Elefanten trompeten zu lassen, um den Saka-König zu begrüßen, wenn er ihr entgegenritt – nicht, um ihn zu beunruhigen, sondern um ihm Respekt zu erweisen; schon immer wurden Könige von trompetenden Elefanten begrüßt. Doch als die Saka-Reiterei durcheinandergeriet, merkte Heliokleia, daß das ein Fehler gewesen war. Es überraschte sie deshalb nicht, daß es Schwierigkeiten mit dem Einreiten der Elefanten gab, und sie paßte genau auf, als der König sein Pferd anhielt und mit dem Hauptmann ihrer Leibwache sprach. Sie rief den Hauptmann zu sich, als sie sah, daß er mit dem König zu argumentieren begann.

»Was gibt es?« fragte sie ihn.

Der Hauptmann, Demetrios, war rot vor Ärger. Er war ein unverheirateter junger Mann und bewunderte sie ungeheuer; er hielt es für eine große Schande, daß eine so schöne, so rein griechische Frau mit einem Barbaren verheiratet werden sollte. »Der König ist ärgerlich auf uns, weil seine Leute ihre Pferde angesichts eines Elefanten nicht kontrollieren können«, sagte er wütend. »Er hat den Vorwand erfunden, die Banner in den Straßen hingen zu niedrig für die Elefanten, und er besteht darauf, daß du absteigst und auf einem Pferd einreitest. Ich sagte ihm, das käme nicht in Frage. Das mit den Bannern ist völliger Unsinn. Ich bin gestern abend in die Stadt geritten, um die Strecke zu überprüfen. Es würde keinerlei Probleme geben.«

Nachdenklich sah sie ihn einen Augenblick an. Sie hatte in ihrem ganzen Leben auf keinem Pferd gesessen, und in Baktra hätte der Vorschlag, sie solle reiten, als skandalös gegolten. »Bist du sicher, daß er das so gesagt hat?« fragte sie.

Der Hauptmann zuckte mit den Schultern. »Jedenfalls hat sein Sohn das gesagt. Er tut so, als spräche er kein Griechisch, und läßt seinen Sohn übersetzen. Auch das ist Unsinn. Jeder weiß, daß er fließend Griechisch spricht, der alte Teufel.«

»Ich werde selbst mit ihm reden«, sagte Heliokleia. »Vielleicht gibt er nach, wenn ich ihn auf sakan frage.«

Sie stieg also vom Elefanten und ging hinüber zu den Sakas, die auf ihren großen Pferden warteten. Sie spürte, wie die ganze königliche Garde sie beobachtete, und dahinter die Augen der ganzen Stadt, und wieder gab sie sich Mühe, sich von Angst und Verlangen freizuhalten, ruhig, korrekt und achtsam zu bleiben. Zwei Männer in Tuniken, die anderen in Rüstungen; der ältere war der König. Mit einiger Furcht sah sie, daß er tatsächlich ganz mit Gold bedeckt war; daß er ein rundes Gesicht mit einem kurzen, dicken grauen Bart hatte, der seinen Mund verbarg; daß er sie mit erstaunter Miene beobachtete. Sie blieb stehen. »Freue dich, o König«, sagte sie auf griechisch und fuhr auf sakan fort: »Man sagt, die Straßen seien geschmückt und zu niedrig für die Elefanten.«

Sie hatte gehofft, wenn er sie so demütig kommen sähe, um in seiner eigenen Sprache seinen Rat zu erbitten, würde er so tun, als habe es ein Mißverständnis gegeben – doch er hielt, ohne mit der Wimper zu zucken, an seinem Vorwand fest. Ja, die Banner seien zu niedrig für die Elefanten, und sie müsse zu Pferd einreiten. Und er beobachtete sie, beobachtete sie auf eine Weise, die ihr Unbehagen verursachte, als sei sie unpassend gekleidet. Natürlich war sie schon früher angestarrt worden, und Minister hatten ihr gesagt, sie sei schön, aber so trivialen und frivolen Dingen hatte sie nicht viel Beachtung geschenkt. Eine Königin ist unberührbar, um so mehr, wenn sie Liebesbeteuerungen als sinnlos und kindisch betrachtet. Man hatte ihr gesagt, was sie im Ehebett zu erwarten hatte und daß es schmerzhaft sein würde, »aber nicht zu sehr«, und sie hatte sich keine Gedanken über das gemacht, was der am wenigsten interessante Aspekt ihrer Stellung als Königin von Ferghana zu sein schien. Sie war nicht nur körperlich eine Jungfrau, sondern auch seelisch und geistig, und als sie vor dem alten Mann stand, der sie in dieser Nacht deflorieren würde, konnte sie gar nicht verstehen, warum sein Blick sie beschämte.

Die Idee, zu Pferd in Eskati einzureiten, welche die Saka so beiläufig vorbrachten, war für die Griechen überaus schockierend, und Itaz' Proteste, das Pferd sei ein Schlachtroß, waren nicht gerade hilfreich. Die Pferde Baktriens sind kleiner als die von der Sonne abstammenden Pferde Ferghanas: Die Größe des angebotenen Pferdes hätte sie auch dann erschreckt, wenn der Besitzer in seinen feinen parthischen Gewändern ihr gegenüber nicht so offensichtlich feindselig gewesen wäre. Aber sie hatte sich an diesem Morgen angekleidet, um der Welt zu entsagen, und sie empfand es als absurd, darüber zu streiten, wie sie in die Stadt gelangen sollte. Daher nahm sie das Angebot ruhig an und bestieg das Pferd. Kaum saß sie auf dem hohen Sattel, fielen ihr voller Schuldgefühl Padmini und Antiochis ein, und eilig versuchte sie, für die beiden eine sichtbar herausgehobene Position zu arrangieren – doch als sie ihre Plätze gleich hinter ihr einnahmen, hatte sie Angst, sie anzusehen. Sie brachte die beiden in eine fremde Stadt, wie ein Soldat reitend, ohne alle Juwelen und auch ohne die Elefanten. Sie hatten recht und sie selbst unrecht gehabt: wieder einmal war sie einfach unbeholfen gewesen, und diesmal hatte sie mehr verloren als nur ein Armband – die Ehre vielleicht, zumindest aber den Respekt. Als sie die Stadt betraten und die Menschen sie mit Blumen bewarfen und ihr wie wild zujubelten, war sie vollkommen verwirrt.

Ich habe berichtet, was beim Tempel geschah. Aber ich habe nicht gesagt, wie es für sie, die Braut, gewesen sein muß, als die weiße Stute sich vor dem geheiligten Messer aufbäumte, den Bräutigam umwarf, ihn niedertrampelte und mit Blut befleckte. Sie hatte sich vor dem großen Pferd gefürchtet, auf dem sie geritten war; die wildgewordene Stute entsetzte sie. Sie hatte das Gefühl, es sei ihre Pflicht, zu Mauakes zu laufen und ihn zu schützen, doch sie blieb stehen, klammerte sich an die Seite des Altars und verfolgte erschrocken, wie das Pferd vor ihr gleich einem weißen Drachen mit gebleckten Zähnen und brennenden Augen hochstieg und seine vergoldeten Hufe wie Feuerblitze durch die Luft fuhren.

Dann erschien Itaz wie vom Himmel geschickt aus der Menge, trat zwischen seinen Vater und das wütende Tier und tötete es mit einem einzigen raschen Streich. Feuer und Zorn waren verschwunden, binnen eines Augenblicks zu einem blutigen Kadaver geronnen, der neben dem Altar lag. Heliokleia sah schweigend zu, wie der Sohn dem Vater auf die Füße half. Itaz' dunkles, schmales Gesicht war besorgt und bekümmert, die starken, jungen Arme waren sanft. Wie er seinen Vater liebt, dachte sie erstaunt; wie schnell, wie tapfer er eingriff, um ihn zu retten – während ich nichts tat. Sie bedachte nicht, daß sie nichts hätte tun können; sie schämte sich bitter. Und sie hatte bereits begriffen, daß Itaz ihr Feind war.

Die Menschen starrten sie in niederschmetternder Stille an. Sie hatte die Politik gewissenhaft studiert, und ihr benommenes Gehirn sagte ihr sofort, daß etwas geschehen mußte, um die Menge zu beruhigen. Sie ging um den Altar herum, an dem sie sich noch immer mit einer Hand festhielt, und blieb neben ihrem Gatten stehen. »Die Leute haben Angst«, flüsterte sie ihm zu. »Wir müssen sofort etwas tun, um sie zu beruhigen. Können wir sagen, daß die Priester morgen besondere Opfer bringen werden, um das Omen abzuwenden?«

Kaum hatte sie das gesagt, merkte sie, daß sie ihn zuerst nach seinem Befinden hätte fragen müssen. Wie gefühllos hatte sie sich verhalten! Itaz starrte sie erneut an, und gequält erwiderte sie seinen Blick. Sie konnte sehen, daß er das Opfer als Katastrophe empfand und fürchtete, sie bringe Unglück. Vielleicht hatte er recht; das Omen für die Hochzeit hätte kaum schlimmer sein können. Aber es war bereits zu spät, etwas dagegen zu unternehmen. So unzulänglich sie auch war, sie mußte als Königin und Ehefrau ihr Bestes geben, und wenn die Vorzeichen ihren oder des Königs plötzlichen Tod verhießen, so mußte sie ihr Karma annehmen. Sie stand still und versuchte, ruhig zu werden und sich von jeder Leidenschaft zu befreien, während der König zur Menge sprach; dann folgte sie ihm schweigend in den Palast.

Den Rest des Tages verbrachte sie wie ein griechischer Schauspieler in einer Tragödie; sie trug die Maske einer Königin und spielte die ihr zugeteilte Rolle; sie tat und sagte das, was sie bei ihrem Rollenstudium gelernt hatte. Erst am Abend, als sie auf dem Bett saß und spürte, wie Padminis flinke Hände ihr Haar lösten, erkannte sie, daß das, was im Ehebett geschehen würde, mit ihr selbst geschehen würde, nicht mit irgendeiner anderen Person namens »die Königin«; sie biß sich auf die Zunge und begann zu zittern. Sie hatte einen Mann geheiratet, der älter war, als ihr Vater jetzt sein würde, wenn er noch lebte; einen Fremden, einen Barbaren, einen traditionellen Feind ihres Volkes, und sie war für den Rest ihres Lebens an ihn gebunden. Als die Frauen das Zimmer verließen und sie allein war, mußte sie sich beherrschen, um sie nicht zurückzurufen und sie zu bitten, bei ihr zu bleiben. Sei tapfer, ermahnte sie sich verzweifelt, jede Frau muß das durchmachen; die meisten genießen es irgendwann. Sie kreuzte die Beine, faltete die Hände und versuchte, sich durch Meditation zu entspannen. Loslösung von den Sinnen durch Denken: das ist die erste der vier Trancen, welche die Buddhisten kennen. Doch die Loslösung gelang ihr nicht; noch immer war ihr übel, und sie fühlte sich unstet, ständig abgelenkt von den Lampen, dem Muster der indischen Baumwollbettdecke, dem Summen einer Fliege am Fenster. Nach einer Ewigkeit hörte sie näher kommende Stimmen und lauten Gesang. Sie schloß die Augen, gab die Meditation auf und betete hektisch: »Gnädige Anahita, gib, daß ich mich nicht zum Narren mache und weine!«

Die Tür flog auf, und der König kam herein, gefolgt von zahllosen Freunden und Verwandten mit Fackeln. Sie waren bester Laune, mehr oder weniger betrunken und lachten begeistert über die traditionellen derben Witze. Heliokleia roch Wein und wünschte sich, sie hätte selbst mehr getrunken.

Mauakes blieb gleich hinter der Tür stehen und grinste die junge Frau an, die mit verschränkten Beinen auf dem Bett saß, nur mit der safranfarbenen Tunika bekleidet. Seine Freunde spähten über seine Schultern hinweg nach ihr und pfiffen. »Das also bekommst du für die Yavana-Allianz?« fragte einer. »Wenn das so ist, werde ich auch jemanden nach Baktra schicken!«

»Ich werde gleich nach Baktra und Sakala schicken!« sagte ein anderer. Er erntete ein Lachen und einen Schlag gegen das Ohr von seinem Nachbarn.

»Steh nicht so herum«, sagte ein Vetter, den Heliokleia vage als den Sonnenpriester erkannte. »Laß uns ein, Mauakes; wir müssen unser Lied singen. Es entspricht deiner Yavana-Sitte, Königin, damit du dich zu Hause fühlst!«

Der König ging zum Bett hinüber und setzte sich neben sie; er legte den Arm um ihre Schultern. Die übrigen Männer strömten herein und drängten sich dicht um das Bett herum. Sie scharrten mit den Füßen; dann stampften sie alle gleichzeitig auf und sangen lärmend ein fröhliches, vulgäres Hochzeitslied; zum Schluß warfen sie Hände voller Nüsse und Süßigkeiten nach den Neuvermählten und jubelten laut.

»Sehr gut«, brüllte der König über die Hochrufe hinweg, »ich danke euch, danke! Und nun macht, daß ihr fortkommt! Ich habe hier private Dinge zu erledigen und brauche euch nicht!«

Sie lachten wieder, machten Witze über die »privaten Dinge« und gingen nacheinander hinaus, weitere Nüsse hinter sich werfend. Wie eine Vision erblickte Heliokleia Itaz' dunkles Gesicht, ernst und zornig, draußen auf dem Gang. Dann wurde die Tür geschlossen.

Mauakes ging rasch hin und verriegelte sie. Dann kehrte er zum Bett zurück. Mit der Hand wischte er die Nüsse beiseite. Er setzte sich, ein Bein unter den Körper gezogen, und begann sachlich, ihren Gürtel zu lösen. »So, das war's«, sagte er rasch. »Mir kam der Nachmittag lang vor. Ich hätte nie gedacht, daß du so schön bist. Bis heute morgen habe ich mich nicht auf diese Nacht gefreut.« Er grinste sie an und zog ihren Gürtel weg. »Danach konnte ich es gar nicht mehr erwarten.« Er strich mit den Händen an ihren Schenkeln empor und schob die safranfarbenen Falten der Tunika hoch.

Vor den anderen hatte sie sich beherrschen können, doch nun begann sie wieder zu zittern. »W... wurdest du verletzt?« fragte sie.

»Was?« fragte er und schaute sie erneut überrascht an, obwohl seine Hände sanft dort spielten, wo sie lagen, und ihren nach griechischer Art glattrasierten Schamhügel streichelten.

»Dieses Pferd... es hat dich getreten...«

»Ach, das. Auf dem Exerzierfeld muß ich härtere Stöße einstecken. Ich bin nicht so alt, wie man dir gesagt hat; wegen ein paar Prellungen breche ich nicht zusammen.« Er ließ sie los und zog die Hände aus der safranfarbenen Tunika, aber nur, um sie auf ihre Brüste zu legen. Er betastete sie einen Augenblick und zupfte dann an den Falten ihres Gewandes. »Komm, steh auf und laß dir das ausziehen.«

Langsam stand sie auf. Er zog ihr die Tunika über den Kopf; einen Augenblick lang sah sie nichts, und das Gewand blieb in ihrem Haar hängen. Dann hatte er das Kleidungsstück beiseite geworfen, und sie stand nackt im Lampenlicht. Der König betrachtete sie mit großer Freude. Kein Mann hatte sie zuvor nackt gesehen, und sie spürte, wie ihr am ganzen Leib heiß wurde. Er grinste über ihr Erröten und legte die Arme um sie. Eine Hand grub sich in ihre Gesäßbacken, die andere rieb ihre rechte Brustwarze. Voller Leidenschaft begann er sie zu küssen und stieß seine Zunge in ihren Mund. Ihr wurde übel; sie wollte schreien, ihn schlagen, fortlaufen; sie glaubte, ohnmächtig zu werden. Aber sie war, wie Padmini gesagt hatte, eine Tochter Antimachos' und Alexanders, und sie stand vollkommen reglos, mit trockenen Augen und ohne Gegenwehr, während der alte König sie mit zunehmendem Eifer küßte und berührte und seine Hände an Stellen schob, die so intim waren, daß sie selbst sie kaum je gestreift hatte. Sie fragte sich sogar, ob sie etwas tun oder sagen solle, ob sie ihm helfen oder ihm anbieten solle, ihm die Kleider auszuziehen. Sie konnte es nicht, wollte es nicht, fürchtete den bloßen Gedanken an seine Nacktheit neben ihrer. Sie roch das Stutenblut an ihm, sah Spuren davon in den Falten seines Körpers, die er beim raschen Waschen nach dem Opfer nicht entfernt hatte, und es drehte ihr den Magen um. »Es... es tut mir leid«, stammelte sie schwach.

»Was?«

»Daran bin ich nicht gewöhnt«, flüsterte sie.

Er lachte schallend und schlug ihr auf das Gesäß. »Das will ich hoffen!« rief er. »Wenn du es wärst, würde ich deinem Bruder was erzählen! ›Daran bin ich nicht gewöhnt!‹ Das ist gut!«

Er lachte wieder. Dann griff er mit einem Arm um ihre Hüften herum und schlug die Bettdecke zurück. Er stieß sie auf die Laken nieder, kniete über ihr und begann, seine Hose zu öffnen. Heliokleia schloß die Augen, kämpfte gegen die Tränen an und versuchte in der Dunkelheit, den Weg zur ersten Trance zu finden, der Loslösung von den Sinnen.

4. Kapitel

Für die Königin wäre es in diesem Augenblick und ganz gewiß in den folgenden Monaten besser gewesen, wenn sie geweint hätte. Das hätte der König verstanden. Er war kein Tyrann; er mochte selbstherrlich und argwöhnisch sein, doch er war niemals grundlos grausam, und selbst seine schlimmsten Feinde gaben zu, daß er gerecht war. In seinem Privatleben war er keusch und mäßig. Seiner ersten Frau war er treu gewesen, und selbst nach ihrem Tod hatte er nicht einmal ein Sklavenmädchen im Palast angerührt, ganz zu schweigen von der Frau oder Tochter eines seiner Edlen. (Er hatte, wie man sich erzählte, gelegentlich in das Yavana-Bordell nach einem Mädchen geschickt, das zu ihm in den Palast kam, doch alle waren sich einig, daß dies bei einem Mann, der noch keine sechzig, Witwer und noch stark und heißblütig war, völlig verzeihlich sei.) Er hatte diese Yavana-Ehe und die Allianz wegen der sich bietenden Vorteile geschlossen, aber er war bereit gewesen, ein treuer Ehemann zu sein; im Unterschied zu den Yavanas verurteilt unser Volk den Ehebruch eines Mannes ebenso wie den einer Frau. Er hatte ergeben gewartet und mit einer hängebackigen, hakennasigen Hexe oder einer heißblütigen jungen Metze gerechnet; er hatte befürchtet, er würde sie zwingen müssen, Sakan zu lernen und die herablassende Überlegenheit der Yavanas abzulegen, und ihr womöglich sogar den Tod androhen, falls sie die Ehe brach. Er bekam Heliokleia. Und das war so gänzlich unerwartet, daß sie ihm deswegen um so hinreißender und bewundernswerter erschien. Am Ende ihres ersten Tages in Eskati hatte er noch mehr Grund, sie zu bewundern. Sie hatte trotz des chaotischen Opfergangs nicht den Kopf verloren und ihn sofort ermahnt, das Volk zu beruhigen; sie hatte sich dem

Adel gegenüber würdevoll und anmutig verhalten und, was am besten war, seinen Enkel offen und vor allen Leuten als Erben akzeptiert und jedem Ehrgeiz abgeschworen.

Als er sie in sein Bett nahm, empfand er Zuneigung, Entzükken und ungeheure Dankbarkeit ihr und den Göttern gegenüber. Wenn sie geweint und sich gewehrt hätte, hätte er seine Leidenschaft gezügelt, wäre sehr sanft vorgegangen und hätte ihr verziehen – er war nicht unvernünftig und hätte einer unerfahrenen Jungfrau das Recht zugestanden, im Bett eines unbekannten Mannes in einem fremden Land ängstlich zu sein. Doch sie schien ihn ebenso ruhig zu akzeptieren, wie sie alles andere akzeptiert hatte, und darum ließ er seiner Glut und seinem Besitztrieb freien Lauf. Selbst dabei war er nicht absichtlich grob, und als er sah – weil das nicht zu übersehen war –, daß er sie nicht erfreut hatte, war er nicht übermäßig besorgt. Sie war Jungfrau gewesen, und beim nächsten Mal würde es für sie einfacher sein. Er vertraute darauf, daß seine eigene Zuneigung auch in ihr Zuneigung erwecken würde. Mit einer schlichteren und tieferen Zufriedenheit, als er seit Jahren gekannt hatte, schlief er ein, eine Hand auf ihrer Brust.

Als der König erwachte, fand er seine junge Gemahlin auf der anderen Seite des Bettes zusammengerollt, das lange Haar wirr über dem Gesicht. Er schaute sie einen Augenblick voller Frieden und Wohlbefinden an und strich ihr dann sanft das Haar aus dem Gesicht. Sie erwachte nicht. Im Schlaf hatte sie leicht die Stirn gerunzelt, und ihre Wimpern waren naß. Ihre Augenlider waren rot und geschwollen, doch auch diesmal war er nicht besorgt: wenn eine Frau heiratet, verläßt sie ihre Familie und hat das Recht, darüber zu weinen. Er strich mit der Hand leicht über ihren Körper, von der eingezogenen Schulter bis zur Kurve des Hüftknochens, und noch ehe sie die Augen öffnete, spürte er, wie sie erschauernd erwachte. Sie fuhr hoch, begegnete seinem Blick, legte sich wieder hin und biß sich auf die Lippen. Er war überrascht. Er hatte nicht gedacht, daß er sie so verletzt hatte.

Er liebte sie erneut, diesmal sehr sanft, und ließ sie dann

reglos auf dem Bett liegen, während er aufstand, die Tür aufriegelte und nach den Dienern rief. »Deine Sachen werden inzwischen nach oben in dein Zimmer gebracht worden sein«, sagte er zu ihr. »Ich lasse deine Dienerinnen rufen, sie können dich nach oben begleiten und ankleiden.«

»Oh!« sagte sie, und in ihr unbewegtes Gesicht kam wieder etwas Leben. »Danke, Herr. Nach der Sitte meines Volkes sollte ich dort auch schlafen, sobald meine Sachen angemessen hergerichtet sind.«

Der König schnaubte und schüttelte den Kopf. Dann grinste er. »Ich erwarte, daß du bei mir schläfst«, sagte er zu ihr. »Deine Zimmer oben sind nur für den Tag; nachts gehörst du mir.» Sie schlug die Augen nieder und errötete, und er war zufrieden.

Armaiti gehorchte als erste der Aufforderung, die Königin zu begleiten. Stolz ging sie mit ihr die Treppe hinauf und in die Frauengemächer. Heliokleia kam herein, in ihren safranfarbenen Umhang gehüllt, und wirkte so gefaßt wie immer. Doch als sich die Tür hinter ihr geschlossen hatte, fiel sie auf die Couch, zog ihren Umhang über den Kopf und blieb zitternd sitzen. Antiochis ging zu ihr und legte den Arm um sie, doch die Königin entwand sich der Berührung, »Laßt mich bitte eine Weile allein«, sagte sie auf griechisch, und ihre Worte klangen so eindringlich, daß sie wie ein Befehl waren. Antiochis zog sich mit besorgtem Blick zurück und starrte ihre Herrin einen Moment an, doch Heliokleia entblößte ihren Kopf nicht, sondern kreuzte nur die Beine und drückte den safranfarbenen Stoff an ihr Gesicht. Nach einer Weile ließ sie das Gewand los und ließ die Hände langsam und voller Schmerz auf die Knie sinken; die verschränkten Finger öffneten sich, und ihre Handflächen drehten sich nach oben, hilflos und flehend wie die eines Bettlers. Der Umhang fiel über ihr Gesicht und verbarg es. Nur ein weißer Arm und ihre Seite waren nackt.

»Also gut: dann meditiere«, sagte Antiochis resigniert und machte sich daran, weiter das Zimmer einzurichten. Sie bemerkte unsere gebannten Blicke und sagte leise zu uns: »Ihr braucht nicht so dazustehen und sie anzustarren, Mädchen. Sie wird uns nicht beachten, bis sie fertig ist. Die Königin verbringt jeden Tag einige Zeit mit Meditieren; am besten arbeitet ihr währenddessen weiter, aber leise, damit ihr sie nicht stört.«

»Betet sie zu den Göttern?« fragte Armaiti beeindruckt.

»Sie meditiert«, berichtigte Padmini. »Unsere Königin ist eine Buddhistin, eine Anhängerin der Philosophie des Prinzen Gautama Siddharta, des Abkömmlings aus dem Königshaus der Sakya. Sie strebt danach, sich selbst zu disziplinieren. Das ist eine wertvolle Aufgabe für jedermann, besonders für eine Adelige. Kommt, wir müssen das Zimmer aufräumen.«

Das Gepäck der Königin war am vorhergehenden Nachmittag abgeliefert worden; wir waren aus dem Zimmer des Königs wieder nach oben gekommen, nachdem wir die Königin verlassen hatten, und hatten den Raum voller Truhen und Kisten vorgefunden, die auszupacken wir zu müde waren. Einstweilen hatten wir nicht mehr tun können, als unsere eigenen Schlafplätze einzurichten. Wir hatten beschlossen, daß Padmini und Antiochis sich eines der Hofdamenzimmer teilen sollten, während die beiden, die vorher darin gewohnt hatten, ihre Kleidertruhen und Matratzen nahmen und in den anderen Raum trugen, wo sie sich mit den anderen beiden um den Platz stritten. Obwohl ich müde war, hatte ich an diesem Abend nur schwer einschlafen können. Als wir erwachten – und wir alle erwachten wider Willen wegen der ungewohnten Schlafplätze sehr früh –, mußten wir gleich mit dem Auspacken beginnen, einfach, um die Tür freizumachen.

»In der grünen Kiste sind Kleider«, übernahm Padmini wieder das Kommando. »Wir müssen sie gleich aufmachen. Außerdem sollte irgendwo eine verschlossene Kiste aus Kiefernholz mit einer Badewanne sein; die sollten wir am besten auch gleich auspacken, denn meine Herrin wird sich waschen wollen.«

»Sie steht auf dem Gang«, sagte Armaiti.

»Nun, dann sollte sie jemand hereinholen! Wo sind diese Sklavinnen?«

Sie hatte die vier Sklavinnen bereits nach unten in die Küche geschickt, um Wasser für das Bad der Königin zu wärmen. Das sagte ich ihr, und sie warf mir einen verzweifelten Blick zu. »Sie brauchen doch nicht alle vier dabeizustehen und den Kessel zu beobachten! Sie hätten zurückkommen sollen; du wirst sie an meiner Stelle ermahnen müssen, da sie ja keine zivilisierte Sprache sprechen. Also, du und Jahika bringt die Kiste aus dem Korridor herein; Armaiti, du und Inisme stapelt diese Kisten auf der Teakholztruhe dort, damit sie aus dem Weg sind.«

Wir schleiften die Kiste aus dem Korridor herein – beim Sonnengott, war sie schwer! – und öffneten sie. Sie war voll mit kleinen Lederschachteln, und man sah nur den hellen Außenrand der Badewanne. »Was ist das?« fragte ich.

»Geld«, sagte Padmini kurz, mit einem Blick auf die Schachteln. »Legt sie einstweilen da unter das Fenster; später kann man sie in die Schatzkammer hinunterbringen. Ich nehme doch an, daß euer König eine Schatzkammer hat?«

Ich schluckte, bejahte und fing an, die Schachteln herauszunehmen. Es waren ein Dutzend, zehn voller baktrischer Silbermünzen, zwei kleinere mit goldenen Vier-Drachmen-Stücken aus Indien. Ich wußte das, weil ein Inventar dabeilag. Es war keine Mitgift, sondern einfach ein Vorrat an Bargeld. Ich hatte vom Reichtum Baktriens gehört, aber bis zu dieser Minute nie recht daran geglaubt. Als das Geld in die Schatzkammer gebracht wurde, verdoppelte sich damit die Anzahl der dort aufbewahrten Münzen – allerdings prägen wir Sakas selbst kein Silber oder Gold, und sogar bei Bronze begnügen wir uns mit Imitationen baktrischer Münzen.

Wir nahmen die Badewanne heraus, und gleich darauf kamen die Sklavinnen mit den schweren Wasserkrügen zurück. Nach griechischen Maßstäben war es eine kleine Wanne, gerade groß genug, um zusammengekauert darin zu sitzen, aber sie war ganz aus Silber. (Später entdeckte ich, daß sie mitgebracht worden war, weil sie nicht genau wußten, ob die Sakas sich überhaupt jemals waschen.) Die Sklavinnen gossen das heiße Wasser ein, und Antiochis gab eine Handvoll Balsam hinein, dessen Duft das ganze Zimmer füllte, ehe kaltes Wasser zugegossen wurde. Dann ging Padmini zur Königin, die die ganze Zeit reglos dagesessen hatte.

Die Inderin berührte sanft die nackte Schulter der Königin und sagte: »Möchtest du baden, Kind?«

Einen Augenblick lang kam keine Antwort; dann atmete Heliokleia tief ein, langsam wieder aus und hob den Kopf. »Ja«, sagte sie leise und zog den safranfarbigen Umhang von ihrem wirren Haar. Ihr Gesicht war tränenüberströmt, aber ruhig. Sie ließ den Umhang auf der Couch liegen und kniete in der Wanne nieder. Sie war völlig unbekümmert über ihre Nacktheit, so wie alle griechischen Frauen in ihren Wohngemächern. Sie sind daran gewöhnt, gemeinsam zu baden – und die Königin war an Dienerinnen gewöhnt; vermutlich hatte sie sich noch nie in ihrem Leben allein angezogen. Aber ich mußte mich beherrschen, um sie nicht anzustarren. Ihre Schenkel waren blutig, und irgendwie sah das unter ihrer rasierten, kindlich haarlosen Scham schlimmer aus, als es bei mir ausgesehen hätte. Man hatte mir gesagt, der Verlust der Jungfräulichkeit sei ein süßer Schmerz, aber dieser Anblick hatte nichts Süßes.

Die Königin wusch sich, trocknete sich ab und ließ sich aus der grünen Truhe ankleiden. Sie ließ sich kämmen und frisieren, als habe sie nie in ihrem Leben geweint oder geblutet. Dann war es Zeit, zum Frühstück nach unten zu gehen. Bei uns Sakas ist es Brauch, daß der Bräutigam der Braut am Morgen nach der Hochzeit ein Geschenk gibt; gewöhnlich tut er das bei dem Frühstück, das er für seine engsten Angehörigen gibt; wir breiten die blutbefleckten Hochzeitslaken im Frühstückszimmer aus, damit jeder sieht, daß die Braut eine ehrenwerte Jungfrau war, aber es stimmt nicht, wie manche sagen, daß wir sie als Tischtücher benutzen. Wir sind keine Wilden. Der König hatte uns gesagt, wir sollten auf seinen Befehl die Geschenke für die Königin hereinbringen. Wir entschieden, daß Inisme und Jahika das tun sollten, während Armaiti und ich weiter auspackten, da wir Griechisch sprachen und Padminis Anweisungen befolgen konnten. Also geleiteten sie die Königin nach unten ins Frühstückszimmer und gingen, um die Geschenke aus der

Schatzkammer zu holen und sie hereinzubringen, sobald es ihnen befohlen wurde. Sie sahen etwas bestürzt aus, als sie endlich zurückkamen.

»Wo ist meine Herrin?« fragte Padmini und schaute hinter sie.

Selbst Inisme verstand soviel Griechisch. »Sie ist mit König Mauakes in die Ställe hinuntergegangen, um sich die Pferde anzuschauen, die er ihr geschenkt hat«, sagte sie; ich übersetzte.

»Ist irgend etwas?« fragte Padmini und runzelte angesichts ihrer zweifelnden Blicke die Stirn.

»Sie hatte einen Streit mit Herrn Itaz«, sagte Inisme. »Über diese Philosophie, den Buddhismus. Er hält ihn für verderbt.«

»Dieser partherisierte junge Mann?« sagte Antiochis beunruhigt, als ich ihr das übersetzt hatte. »Ist er hier sehr mächtig? Meine Herrin wird diese Philosophie niemals aufgeben, für niemanden; der König darf nicht einmal versuchen, das von ihr zu fordern.«

»Ach, Itaz ist nicht mächtig«, sagte Inisme, als ich übersetzt hatte. »Der König hat ihm gesagt, er solle still sein und die Angelegenheit nicht mehr erwähnen, denn es stehe der Königin vollkommen frei, einer in ihrem Volk verbreiteten Philosophie anzuhängen.«

Padmini und Antiochis waren beruhigt, und wir fuhren mit dem Auspacken fort. Erst später berichtete Jahika Armaiti und mir von dem wahren Grund, warum sie und Inisme so bestürzt ausgesehen hatten. »Als wir nach unten in das Speisezimmer kamen«, sagte sie zu uns, »hörten wir den König über etwas lachen, das die Königin gestern nacht gesagt hat. Nichts Beschämendes, nur eine Dummheit, wie man sie so sagt. Ich glaube, es war: ›Daran bin ich nicht gewöhnt.‹ Als die Königin ihn hörte, blieb sie abrupt vor der Tür stehen und wandte sich wieder dem Korridor zu, und dann brach sie in Tränen aus. Es kam so plötzlich, daß ich mir keinen Reim darauf machen konnte. Sie lehnte sich einfach an die Wand, und da stand sie mit zitternden Lippen und weinte ohne einen Laut. Nach einem Augenblick wischte sie sich das Gesicht ab und sah so ruhig aus wie zuvor.

Dann ging sie hinein. Sie ist eine sehr seltsame Frau, nicht? Und Herr Itaz hat gesagt, sie trägt keine Juwelen, weil die Buddhisten weltlichen Schmuck hassen und das Leben für ein Übel halten.«

»Dabei hat sie genug Schmuck«, sagte ich. Wir hatten ihn ausgepackt. »Und Kleider.«

»Aber alles ist neu, nicht? Schaut euch die Stoffe an – sie sind noch nie gewaschen worden. Und man sieht keine Einstiche von Nadeln. Die meisten Dinge sind nie getragen worden. Ich glaube, ihr Bruder hat sie ihr gegeben. Sie sollte sie hierher mitbringen, damit sie uns beeindrucken kann. Zu Hause hat sie sich bestimmt wie eine Asketin gekleidet.«

Auch mir kam das seltsam und ziemlich verwirrend vor. Ich erinnerte mich an meinen Traum von dem ausgetrockneten Fluß. Doch weil Inisme dastand und etwas nervös und mißbilligend aussah, sagte ich: »Nun ja, hier will sie sich bestimmt wie eine Königin kleiden, was ist also dabei?«

»Es gefällt mir nicht«, versetzte Inisme scharf. »Und dieser Buddhismus gefällt mir auch nicht; er kommt mir gottlos vor. Sie ist eine sehr merkwürdige Frau.«

Das war sie. Auch Itaz hatte dieses Gefühl, als er an diesem Morgen neben seiner Schwester Amage im Speisezimmer saß und darauf wartete, daß sein Vater und seine Stiefmutter fertig angekleidet waren. Die Diener hatten bereits die Laken hereingebracht und an die Wand gehängt. Sie waren aus feinem indischen Musselin, und die Blutflecken darauf waren von einem brutalen Rot, als sei der leichte Stoff zerrissen worden. Itaz mochte nicht hinschauen.

Er war übler Stimmung. Gehorsam hatte er alles getan, um am Vortag vor dem Volk und dem Adel seine Ergebenheit zu beweisen. Er war mit seinem Vater ausgeritten, um die Braut abzuholen; er hatte der Frau sein Pferd überlassen und es am Zügel geführt; er war sogar mit den Freunden des Bräutigams in das eheliche Schlafgemach gegangen. Aber er hatte sich nicht überwinden können, in die Lieder und Scherze einzustimmen. Er hatte es vorgehabt, doch als die Tür sich öffnete und er sie wie einen Mönch in ihrer safranfarbenen Tunika mit gekreuzten Beinen auf dem Bett sitzen sah, hatte der Anblick ihrer Schönheit ihn von neuem geschmerzt. Er stand draußen, war wütend auf sie, auf sich selbst und seltsamerweise auf noch jemanden, den er nicht beim Namen nennen wollte, nicht einmal in Gedanken. Als sein Vater die anderen hinauswarf und die Tür schloß, lief Itaz eilig in die Dunkelheit hinaus; er wollte nicht lachend mit den fröhlich betrunkenen Gefolgsleuten seines Vaters beieinanderstehen.

Er verließ den Palast und eilte den Pfad von der Zitadelle hinunter, zwei Stufen auf einmal nehmend, am Sonnentempel vorbei, über den Marktplatz – wo die Leute noch immer feierten und tanzten –, vorbei am Theater und der Konzerthalle zum Yavana-Bordell. Wie man sich vorstellen kann, herrschte dort großer Betrieb; wartende Männer standen bis auf die Bürgersteige, tanzten im Fackelschein auf der Straße und sangen trunkene Lieder. Itaz schob sich an ihnen vorbei und ging hinein, um nach der Bordellmutter zu suchen. Sie war im Hauptraum, dem Speisesaal, der fast leer war, und zählte lächelnd die Einnahmen des Abends. Als sie aufblickte und Itaz sah, legte sie jedoch das Geld hin und eilte zu ihm. Der Königssohn war ein zu wichtiger Kunde, als daß man ihn warten lassen durfte.

»Wo ist Philomela?« fragte Itaz.

»Sie ist beschäftigt«, sagte die Madame mit gekünsteltem Lächeln. »Alle Mädchen sind beschäftigt, und draußen warten noch mehr Männer; so ein Fest! Aber sie müßte bald fertig sein, und dann kannst du sie haben, für die ganze Nacht, wenn du willst, obwohl zwei oder drei andere schon vor dir nach ihr gefragt haben.«

Itaz brummte und setzte sich hin. Er empfand Ekel vor sich selbst, weil er in einem Bordell darauf wartete, daß ein anderer Mann mit einer verschwitzten Hure fertig wurde. Er sagte sich, es wäre besser, wenn er in den Palast zurückkehrte und das Fest mit seinen Vettern und den anderen Adeligen beendete, wie es sich ziemte – aber er rührte sich nicht. Die Madame lächelte ihm zu und holte ihm beflissen Wein. Dann ging sie hinaus, um nach den Mädchen zu sehen.

Gleich darauf kam sie zurück und sagte ihm, Philomela sei jetzt frei; geschäftig geleitete sie ihn durch den Hof und die Treppe hinauf vor das Zimmer des Mädchens; dort ließ sie ihn allein. Auf dem Treppenabsatz war es finster; aus den benachbarten Zimmern hörte man Grunzen und ersticktes Kreischen. Wieder war Itaz versucht, umzukehren und zum Palast zurückzugehen, doch er klopfte an die Tür, und sie öffnete sich.

Philomela stand im Licht der einzigen Öllampe, mit nichts als einem goldenen Halsband und einem Band um den Schenkel bekleidet; ihre Schminke war verschmiert. Sie war jung, nicht älter als siebzehn, und das Licht schimmerte golden auf dem Schweiß zwischen ihren hohen Brüsten und auf ihren Hüften. Ihr hübsches Gesicht war gerötet und lächelte – nicht mit dem Grinsen der Hure, sondern einem wirklichen Lächeln, liebreizend und entzückt: Der Abscheu, den Itaz empfunden hatte, verwandelte sich plötzlich in Begierde. Sie umschlang ihn und küßte ihn leidenschaftlich. »Du bist zurückgekommen, und das heute nacht!« sagte sie. »Ich bin so froh! Mit dir möchte ich die Nacht lieber verbringen als mit jedem anderen.«

Itaz grunzte nur und hob sie auf, trug sie in das Zimmer und auf das Bett. Er fühlte sich wie aufgebläht, ihm war heiß, und er war irgendwie verletzt. Als das Mädchen ihn berührte, wollte er nichts weiter, als sich in ihr vergessen und sich selbst entkommen. Hastig streifte er seine Kleider ab. Das überraschte, aber gefällige Mädchen tat sein möglichstes, um ihm zu helfen, und legte sich bereitwillig hin, als er sich auf sie warf. Er nahm sie sehr schnell und leidenschaftlich – und lag danach neben ihr auf der schmalen Matratze, ohne zu wissen, warum er sich kein bißchen besser fühlte.

Philomela stützte sich auf einen Ellbogen und streichelte den Rücken ihres Liebhabers. »Ich bin so froh, daß du gekommen bist«, wiederholte sie glücklich. »Ich sah dich heute morgen, als du das Pferd der Königin führtest, und du sahst so prachtvoll aus, daß ich dachte, ich würde vor Stolz platzen. Und dann hast du deinem Vater das Leben gerettet! Ich war so stolz!«

»Was habe ich?« fragte Itaz erstaunt.

»Du hast deinem Vater das Leben gerettet. Das Pferd hätte ihn sonst niedergetrampelt.«

»Nun ja, aber...« Er erinnerte sich wieder an seinen verzweifelten Sprung auf die Terrasse, an das Aufblitzen der vergoldeten Hufe der Stute, an ihr Gewicht, das auf ihn zu stürzen drohte, an das Schwert, das ihm beinahe aus der Hand gefallen wäre, an das Blut. Er war ihr in den Weg gesprungen, um seinen Vater zu schützen, das stimmte. »Aber das Pferd wollte doch nur fliehen«, sagte er. »Es wäre einfach neben dem Tempel von der Terrasse gesprungen und davongaloppiert.«

»Ja, aber vorher wäre es wieder über ihn getrampelt! Und dabei hätte es ihn töten können! Es war ein Wunder, daß er beim ersten Mal nicht verletzt wurde. Er *war* doch nicht verletzt, oder?«

Er entsann sich, wie er seinen Vater vor nur einer Stunde grinsend in sein Schlafzimmer hatte gehen sehen. Die Erinnerung versetzte ihm einen schmerzlichen Stich, und er richtete sich auf die Ellbogen auf. »Nein, er war nicht verletzt«, murmelte er in das Kissen.

»Das ist wunderbar«, sagte Philomela mit einem zufriedenen Seufzer. »Wir waren alle so erschrocken. Aber hinterher fanden wir, daß der König wohl recht gehabt hat. Das Opfer war in Wirklichkeit ein gutes Omen und bedeutet, daß die Tochari besiegt werden und uns nichts passiert. Vielleicht bedeutet es, daß du sie besiegen wirst, denn du hast das Pferd getötet! Und sicher bedeutet es, daß die Königin uns Glück bringen wird. Ist sie nicht bezaubernd? Sie ist viel schöner, als ich sie mir vorgestellt hatte. Und so bescheiden! Sie hat überhaupt keinen Schmuck getragen, obwohl sie von einer langen Reihe von Königen abstammt.«

»Das hat sie getan, damit wir übrigen wie eine Horde herausgeputzter Wilder aussehen«, erwiderte Itaz scharf. »Und es ist ihr gelungen.«

Philomela starrte ihn überrascht an. »Aber ihr saht prachtvoll aus«, sagte sie.

Itaz dachte wieder daran, wie sein Vater und Heliokleia vor dem Sonnenaltar gestanden hatten: der ergrauende, kleine, stämmige Mann mit seiner goldenen Krone und den goldverzierten Kleidern und die große, schlanke, junge Frau in ihrer vollkommenen Schlichtheit. Niemandem, schien ihm, konnte entgangen sein, wie lächerlich sein Vater neben der Yavana aussah. »Sie hat meinen Vater zum Narren gemacht. Und mich auch!« sagte er hitzig. »Zuerst ließ sie ihre Elefanten trompeten, um unsere Reiterei zu erschrecken; dann lachte sie mich aus, weil ich zögerte, ihr mein Pferd zu leihen, und zum Schluß ließ sie uns übrige neben ihrer ostentativen Schlichtheit protzig wirken. Als mein Vater von dem Pferd niedergetrampelt wurde, dachte sie als erstes daran, wie das auf die Menge wirken würde; sie fragte nicht einmal, ob er verletzt sei. Sie ist eine gerissene, arrogante Füchsin.«

»Du magst sie nicht«, sagte Philomela enttäuscht, nachdem sie erschrocken geschwiegen hatte.

»Nein. Und wahrscheinlich ist sie außerdem noch eine ... eine Anhängerin der Lüge, eine Buddhistin.« Er legte den Kopf auf das Kissen. Endlich ließ die Hitze in seinem Inneren nach. Dann sagte er: »Aber mein Vater will das nicht sehen. Er ist schon in sie verliebt. Er grinste über das ganze fette Gesicht, wann immer er sie ansah, und freute sich auf die kommende Nacht, der dumme alte Mann.«

Seine eigenen Worte schockierten ihn. Noch nie hatte er von seinem Vater als einem »dummen alten Mann« gesprochen oder auch nur gedacht, und er hatte nicht geglaubt, daß er dazu fähig sei. Er war entsetzt und gleichzeitig ungeheuer erleichtert. Die schmerzhafte Wut, die er empfunden hatte, als er seinen Vater zu der wartenden Königin ins Schlafzimmer gehen sah, hatte endlich einen Namen. Er hatte beim Opfer den Platz seines Vaters eingenommen, und er hätte das am liebsten auch im Ehebett getan. Er stellte sich die Frau errötend und nackt in den Armen seines Vaters vor, und er wurde steif vor Zorn.

Tränen traten ihm in die Augen. Es war nicht gerecht, daß sie so schön war, daß er sich so nach ihr sehnen sollte, wie er noch nie eine Frau begehrt hatte. Dabei mochte er sie nicht einmal. Und gerade hatte er Philomela gehabt; sein Fleisch war müde, doch das Verlangen war noch immer so stark, als sei es in seine Knochen eingedrungen.

Wie konnte er, ein loyaler und seinem Vater ergebener Sohn, ein Anhänger der richtigen Religion, etwas so Monströses und Widernatürliches tun, wie die Gattin seines Vaters zu begehren? Plötzlich hatte er den Verdacht, es sei das Werk irgendeines bösen Geistes, der der Fährte der gottlosen Königin gefolgt war wie ein Hund der Fährte von Fleisch und der ihn jetzt mit Wollust quälte, um ihn und das ganze Land zu verderben. Er hätte nicht in das Bordell kommen sollen. Er hätte wach bleiben und um Erleichterung beten sollen. Rasch setzte er sich auf.

Die Dirne neben ihm starrte ihn bestürzt an. »Das hätte ich nicht sagen dürfen«, sagte er leise. »Natürlich respektiere ich meinen Vater. Um seinetwillen werde ich auch die Königin respektieren. Ich bin bloß müde. Ich sollte besser gehen.« Er stand auf.

»Jetzt?« rief sie und verzog enttäuscht das Gesicht. »Gyllis sagte, du würdest die ganze Nacht bei mir bleiben.« Gyllis war die Madame.

Er schaute verwirrt auf sie nieder. Er hätte nicht kommen sollen; das sollte er ihr sagen, und er sollte ihr sagen, daß Unzucht von Übel sei und daß er nicht wiederkommen würde. Aber sie war jung, hübsch und müde. Sie schaute ihn mit großen Augen an, und in der verschmierten Wimperntusche hingen Tränen. Er erkannte plötzlich, daß sie glaubte, er sei in sie verliebt, und sich den ganzen Tag entzückt und aufgeregt an diesen Gedanken geklammert hatte: der Sohn des Königs in *sie* verliebt! Es war nicht einmal unvernünftig, daß sie das annahm. Er hatte ihr am vorigen Abend eine stattliche Summe gegeben und ein extravagantes Kompliment gemacht, und er war am Hochzeitsabend seines Vaters wieder aus dem Palast heruntergekommen, um mit ihr zusammenzusein. Er war sich darüber im klaren, daß er ihr aus Mitleid Gold gegeben hatte und daß er heute gekommen war, weil er die Frau, die er wollte, nicht bekommen konnte. Statt ihrer hatte er sie genommen – aber warum grausam zu ihr sein? Sie verlangte nichts. Selbst das Geld, das er ihr gegeben hatte, war vermutlich in Gyllis' Schatztruhe gelandet; alle Mädchen in dem Bordell waren Sklavinnen. Sie konnte nicht viel haben, an dem sie sich erfreuen konnte, und sie klammerte sich an so kleine Dinge – eine königliche Hochzeit, ein Fest, ein vorübergehend verliebter Adeliger. Warum sollte er ihr dieses wenige wegnehmen?

Es war dumm, sich über die verletzten Gefühle einer Hure Gedanken zu machen. Aber er setzte sich neben sie auf das Bett und küßte sie. »Gyllis hätte wissen müssen, daß ich nicht über Nacht bleiben kann«, sagte er. »Ich muß zur Morgengabe im Palast sein, und eigentlich hätte ich überhaupt nicht kommen dürfen. Ich muß gehen. Aber ich möchte nicht, daß du heute nacht mit jemand anderem schläfst; ich werde Gyllis das sagen und sie dafür bezahlen.«

Philomela sah ihn ernsthaft an. »Du kommst also zurück? Morgen?«

»Ich werde kommen, sobald ich kann«, antwortete er und küßte sie wieder.

Auf dem Rückweg zur Zitadelle verfluchte er sich selbst dafür, daß er das gesagt hatte. Er hatte vor, sich fest an den Pfad der Rechtschaffenheit zu halten und die Versuchungen des bösen Geistes zurückzuweisen, der solch widernatürliche Wollust in sein Herz gepflanzt hatte. Er wollte zu Ahura Mazda beten, dem Herrn und unendlichen Licht, und sich wieder zur Reinheit zwingen. »›Reinheit ist der beste Gott!‹« murmelte er leise das beliebteste Gebet seines Glaubens. »›Glück, Glück wird dem zuteil, der in der Reinheit am reinsten ist.‹« Besuche bei siebzehnjährigen Huren ließen sich damit nicht vereinbaren. Aber er hatte dem Impuls nicht widerstehen können, sie glücklich zu machen. Schwach und schwankend, warf er sich verächtlich vor. Wenn ich meine eigene Seele bewahren will, werde ich stärker sein müssen.

Er verbrachte einen großen Teil der Nacht im Gebet und schlief erst im Morgengrauen ein, als auch die letzten Feiern endlich zu Ende und die ganze Stadt still waren. Er hatte erst etwa eine Stunde geschlafen, als ein Sklave ihn weckte und ihm sagte, seine Schwester und ihr Gemahl seien zur Morgenfeier eingetroffen und warteten schon im Speisezimmer. Itaz wusch sich das Gesicht, zog sich an und stolperte über den Hof in den Speiseraum; er fühlte sich schmutzig, ungeschickt und war wütend auf alles und jeden. Er prallte beinahe mit den Dienern zusammen, die die Brautlaken brachten, um sie im Eßzimmer aufzuhängen. Er sah die Blutflecken und wandte rasch den Blick ab.

Seine Schwester Amage und ihr Mann Tasius saßen bereits am Frühstückstisch und aßen aus einer silbernen Obstschale eingelegte Trauben. Amage war das älteste Kind ihres Vaters und zehn Jahre älter als Itaz. Sie war eine dickliche, rundgesichtige, energische Frau, die ihrem Vater sehr ähnelte, aber offener und liebevoller war als er. Sie grinste ihren kleinen Bruder an, als er mit der Miene einer Sturmwolke hereinkam. »Gut geschlafen?« fragte sie.

»Nein«, sagte er knapp, setzte sich und starrte mürrisch den Tisch an.

»Aber bei der Sonne, was für ein Gesicht!« sagte Amage. »Ich weiß, der Gedanke an eine Yavana-Stiefmutter gefällt dir nicht, aber versuche, heiter zu sein und das Beste daraus zu machen; auch wenn du schmollst, wird sie nicht verschwinden. Wir brauchen ja nicht gleich am Anfang mit ihr zu streiten.«

Itaz grunzte. »Du hast wohl deine Meinung geändert. Vorigen Monat warst du genauso argwöhnisch wie ich.«

»Und das bin ich noch immer – aber wir können genausogut das Beste daraus machen. Außerdem war ich hauptsächlich Mokis wegen mißtrauisch. Ich liebe dieses Kind, als wäre es mein eigenes, und mir gefiel der Gedanke nicht, er könne seinen rechtmäßigen Platz an einen Halb-Yavana verlieren. Aber sie hat ihn als Erben anerkannt, ohne daß man sie dazu gedrängt hätte.«

»Worte kosten sie nichts. Sie könnte leicht ihre Meinung ändern, wenn sie eigene Kinder hat.«

»Darüber können wir uns Sorgen machen, wenn es so weit ist. Und Worte können durchaus etwas kosten, wenn sie öffentlich gesagt wurden und alle sich daran erinnern. Sie brauchte Moki nicht als Erben anzuerkennen, vor allem nicht, während der ganze Adel der Sakas ihr zuhörte – aber sie hat es getan. Ich fand, daß sie sehr nobel gehandelt hat. Und ich hätte nie gedacht, daß sie unsere Sprache gelernt hat; ich glaubte, wir müßten heute morgen hier sitzen und versuchen, griechisch zu sprechen. Du weißt, daß ich das nicht kann. Vielleicht werden wir sogar Freundinnen.«

Itaz wurde noch verdrossener. »Wer hat Moki gesagt, daß Heliokleia ›Ehrgeiz‹ bedeutet?« fragte er.

Tasius sah verlegen aus. Er war ein magerer, eckiger Mann mit spitz zulaufendem Bart und stammte aus einer Familie, die traditionell mit Mauakes' Familie rivalisiert hatte. Der König hatte sie mittels Amage versöhnt. »Es war ein Scherz«, murmelte er. »Er sollte das nicht vor allen Leuten wiederholen.«

Itaz schnaubte und nahm sich eine Traube. Bestimmt hatte Tasius nicht gewollt, daß der Junge die Beleidigung vor allen Leuten wiederholte, aber bestimmt war sie auch kein Scherz gewesen. Doch anscheinend waren jetzt alle bereit, sich dem König zu beugen und so zu tun, als würde alles gut. Er vermutete, daß auch ihm nichts anderes übrigbleiben würde.

Kanit kam herein, gefolgt von Choriene, der Witwe des zweiten Sohns des Königs, die nach dem Tod ihres Mannes zur Sonnenpriesterin gemacht worden war. Damit war die Familienversammlung vollzählig, da der König keine lebenden Eltern oder Brüder hatte. Seine anderen Vettern hatte er nicht eingeladen, und die Frau seines ältesten Sohnes war tot; für die Enkelkinder galt die Morgenfeier als zu langweilig. Kanit gab allen in der Runde einen Klaps auf die Schulter und setzte sich neben Itaz. »Wohin bist du letzte Nacht verschwunden?« fragte er.

Itaz zuckte mit den Achseln und antwortete nicht. »Hast du

die Götter wegen des Opfers befragt?« fragte er statt dessen. Es gehörte zu Kanits Pflichten als Hohepriester, die Weissagungsstäbe für das Königshaus auszuzählen. Itaz war kein so strenger Mazda-Anhänger, daß er diese Praxis ablehnte; er verehrte die Sonne genauso wie Ahura Mazda – oder vielleicht sagte man besser, er verehrte Ahura Mazda in der Sonne, so wie die Griechen Zeus darin verehren und beide miteinander gleichsetzen. Kanit war kein besonders guter Weissager und eigentlich auch nicht übermäßig fromm, aber alle mochten ihn, und der König vertraute ihm, soweit er überhaupt jemandem vertraute.

»Wir haben die Stäbe ausgezählt«, sagte er zu Itaz, »und die Vorzeichen sind nicht gut, aber sie scheinen kein Unheil für das ganze Land zu verheißen.«

»Nur Kummer für das Königshaus«, warf die Witwe Choriene ein, die Sonnenpriesterin.

»Möglicherweise«, sagte Kanit mit verächtlichem Lächeln.

»Die Stäbe waren eindeutig«, sagte Choriene hartnäckig. »Sie verkündeten Tod und großes Unglück für ein Mitglied dieses Hauses.«

»Uns steht ein Krieg bevor«, sagte Itaz. »Um das zu wissen, braucht man keine Weissagungsstäbe.«

Heutzutage glaubt jeder, König Mauakes und wir übrigen müßten ungeheuer dumm gewesen sein, oder ein Dämon müsse uns irregeführt haben, daß wir ein Omen so schrecklich mißdeuten konnten. Doch damals war das alles andere als klar. Wir fürchteten uns vor den Tochari, und wir hofften, das Ehebündnis würde uns retten. So wie ein verliebtes Mädchen sich einreden kann, die Taten eines gleichgültigen Mannes würden seine Liebe zu ihr oder seinen Haß verraten, so mißdeuteten wir den Willen des Himmels und legten die Zeichen nach unseren eigenen Ängsten und Wünschen aus. Erst rückblickend können wir auf ein Vorzeichen so schauen, wie die Sonne es tut, und es klar sehen.

Die Tür öffnete sich, und der König kam herein. Er sah ausgeruht und entspannter aus, als Itaz ihn je gesehen zu haben meinte, und ungeheuer zufrieden mit sich selbst. Alle standen auf. Er ging um den Tisch herum, tauschte mit jedem eine Umarmung oder einen Kuß auf die Wange und setzte sich dann an das Kopfende der Tafel. »Nun«, sagte er zufrieden, »die Königin sollte gleich unten sein.« Er schaute auf das blutbefleckte Laken und grinste vor sich hin.

»Du bist ein glücklicher Mann«, sagte Kanit und grinste ebenfalls. »Es ist offensichtlich, daß deine Gattin ebenso ehrenwert wie schön ist.«

»Das ist sie in der Tat«, antwortete der König. Er nahm eine Handvoll Trauben und schob sich eine in den Mund. Dann lachte er, während er sie kaute. »Wißt ihr, was sie gestern nacht gesagt hat?« fragte er und spuckte die Kerne aus. »›Verzeihung‹, sagte sie, ›daran bin ich nicht gewöhnt‹, und dabei wurde sie rot wie ein Bäcker am Ofen!«

Kanit lachte; Amage lachte; sogar Tasius rang sich ein Lächeln ab. Choriene rümpfte die Nase und schaute aus dem Fenster. Itaz stellte sich vor, wie die Königin errötete und eine Entschuldigung für ihre jungfräuliche Zurückhaltung stammelte, und ihm wurde übel. Er wandte den Blick gerade in dem Augenblick von den anderen ab, in dem Heliokleia geräuschlos an die Tür kam, einen Moment schweigend stehenblieb und sie beobachtete. Kanit und Choriene saßen mit dem Rücken zu ihr, Amage und Tasius waren ebenso mit der Geschichte des Königs beschäftigt wie dieser selbst und bemerkten Heliokleia nicht. Heliokleia ihrerseits sah Itaz an der Ecke des Tisches nicht, da der füllige Leib seiner Schwester ihn verdeckte, und er beobachtete sie atemlos. Während der Nacht hatte er sie als gerissene, arrogante Füchsin bezeichnet, gebetet, weil er glaubte, sie bringe Unheil, und sich insgeheim ein neues Bild von ihr gemacht, das Bild einer kühlen, stolzen, hinterhältigen yavanischen Verehrerin des Bösen. Er hatte geglaubt, seine Wollust überwunden zu haben. Doch vor der wirklichen Heliokleia schmolz dieses Bild dahin. Sie hatte die mönchshaften Safrangewänder abgelegt und trug eine schlichte Tunika aus ungefärbter Baumwolle unter dem königlichen Purpurumhang. Lauschend stand sie da, eine Hand am Türrahmen. Ihr Blick fiel auf das befleckte Laken, das an der Wand hinter ihrem Ehemann hing, und wie Itaz selbst schaute sie schnell weg.

»Ich sagte ihr, ich hätte ihrem Bruder etwas erzählt, wenn sie daran gewöhnt gewesen wäre«, verkündete der König gerade fröhlich.

Die Königin zuckte zusammen und schaute über ihre Schulter.

»Ich glaube, sie wird sich daran gewöhnen«, sagte Kanit listig.

»Ja, vielleicht«, stimmte Mauakes zu.

Heliokleia trat aus der Tür und verschwand.

»Habt ihr die Götter befragt?« erkundigte sich Mauakes bei Kanit und Choriene.

Kanit wiederholte, was er schon Itaz gesagt hatte, und diesmal schniefte Choriene nur, ohne sich dazu zu äußern.

»Mit schlechten Vorzeichen war zu rechnen«, sagte der König, »angesichts der Anwesenheit der Tochari. Wenn sie keine Katastrophe ankündigen, ist das gut. Wir können allen sagen, daß die Götter bestätigt haben, was ich gestern sagte – daß uns Unheil droht, daß wir ihm aber entgehen werden.«

Itaz hörte Schritte, absichtlich laut diesmal, die sich der Tür näherten, und die Königin erschien wieder. Diesmal sahen die anderen sie, und alle erhoben sich. »Guten Morgen«, sagte Mauakes, ging zu ihr und küßte sie. »Guten Morgen«, sagten die anderen lächelnd im Chor. »Guten Morgen«, murmelte Itaz zwischen zusammengepreßten Zähnen hervor.

»Gute Gesundheit«, sagte die Königin leise. »Ich meine, guten Morgen.«

Der König führte sie an das Kopfende des Tisches, ließ sie Platz nehmen und setzte sich neben sie. Heliokleia saß sehr gerade und still und sah vollkommen ruhig und sicher aus. Warum in aller Welt, fragte sich Itaz, hatte sie so getan, als habe sie nicht gehört, wie der König über ihre Keuschheit lachte? Zu stolz, um ihre alberne Entschuldigung zuzugeben? Aber als er sich das gefragt hatte, kam ihm die schreckliche Ahnung, daß er sie genau verstand: die Erinnerung war schmerzhaft, bitter und beschämend, das Lachen des Königs völlig unerträglich, und sie hatte nicht gewollt, daß die anderen sahen, wie sie mit den Tränen kämpfte.

»Sind deine Gemächer in guter Ordnung?« fragte Mauakes Heliokleia erwartungsvoll.

Sie nickte. »Es sind schöne Zimmer, Herr. Ich danke dir. Meine Frauen sind im Augenblick noch beim Auspacken. Die Damen Padmini und Antiochis möchten, daß ich dir ihren Dank für die angenehme Unterbringung ausspreche, die ihrem Rang wohl entspricht.« Sie log nicht gerade, als sie das sagte, sondern sprach nur die in diesem Augenblick angebrachten Worte aus, wie Padmini und Antiochis es gewollt hätten.

»Gut«, sagte Mauakes. »Wie du weißt, ist es bei uns Brauch, daß der Ehemann seiner Braut ein Geschenk macht, um sie über den Verlust ihrer Jungfräulichkeit hinwegzutrösten. Ich habe lange darüber nachgedacht und zu entscheiden versucht, was für meine Königin angemessen wäre, und am Ende habe ich mich zu zwei Gaben entschlossen, einer kleineren und einer größeren.« Er klatschte in die Hände, und nach einem Augenblick kamen Inisme und Jahika herein, die auf dem Gang gewartet hatten. Jede trug eine Dose aus geschnitztem Sandelholz, die sie vor ihm auf den Tisch stellten. »Welche möchtest du zuerst?« fragte Mauakes.

»Die kleinere, Herr«, sagte Heliokleia und betrachtete die beiden Kästchen eher höflich interessiert als aufgeregt. »Dann besteht nicht die Gefahr, daß die Dankbarkeit, die dieser zukommt, in der Dankbarkeit für die andere verlorengeht.«

Mauakes lächelte. »Und bei euch Yavanas besteht nie die Gefahr, daß ihr um kluge Begründungen verlegen seid, nicht wahr? Hier.« Er reichte ihr die größere der beiden Schachteln, die mit Blumen geschmückt war.

Sie legte die Finger einen Augenblick auf den Deckel. »Danke, daß du mir die Gunst erweist, mir ein Geschenk zu machen«, sagte sie und sah ihn an, ohne die Schachtel zu öffnen. »Und nun« – sie öffnete sie – »noch einmal Dank für das Geschenk selbst.«

Sie schaute einen Augenblick mit feierlichem, gesammeltem

Ausdruck in die Schachtel und hob dann eine goldene Krone heraus. Es war eine Yavana-Arbeit, aber nach Saka-Geschmack; sie bestand aus dem Gold des Nordens, dem Greifengold, und war mit Rubinen aus Badakshan, Türkisen aus Khorasan und Lapislazuli und Karnelen aus Sogdia besetzt. Die gegenwärtige Königin trägt sie noch immer. Der Reifen ist mit Greifen verziert, die auf Gazellen reiten, und in der Mitte befindet sich, zart und exquisit geformt, so daß er fast von der Krone zu fliegen scheint, ein Wagen, der von vier Pferden gezogene Wagen des Sonnengottes. Heliokleia berührte die zarten goldenen Köpfe der Sonnenpferde, stellte die Krone dann behutsam auf den Deckel der Schachtel vor ihr ab und starrte sie an. »Sie ist sehr schön«, sagte sie endlich. »So etwas habe ich noch nie gesehen. Wo wurde sie angefertigt?«

»Hier in Eskati«, erwiderte Mauakes selbstgefällig. »Wir haben hier gute Handwerker. Der Goldschmied ist natürlich ein Yavana, und er hat für die Nachfahrin von Antimachos dem Gott sein Bestes gegeben. Es war seine Idee, sie mit dem Sonnenwagen zu verzieren, um deinen Gott und deinen Namen gleichzeitig zu ehren. Aber du hast die Schachtel noch nicht geleert. Fahre fort.«

Heliokleia schaute erneut in die Schachtel und nahm ein goldenes Halsbald und Ohrringe heraus. Sie legte sie neben die Krone. »Und dies ist die kleinere Gabe?« sagte sie. »Ich danke dir und mache dem Goldschmied, der die Fertigkeit Dädalus' besitzen muß, mein wärmstes Kompliment.«

Mauakes grinste. »Nun, dann lege den Schmuck an!«

Ganz langsam nahm sie die Juwelen und legte sie an; zuerst die Ohrringe, dann das Halsband und zuletzt die Krone, die sie ungeschickt hin und her schob, um sie über ihr am Hinterkopf zusammengestecktes Haar zu ziehen. Itaz fand, daß das Gold sie billiger aussehen ließ, protzig an ihrem Hals glänzte und ihr Gesicht einrahmte wie eine klobige Schachtel. Doch Mauakes war erfreut. »Jetzt siehst du wie eine Königin aus!« sagte er zu ihr. »Aber es war gut, daß du gestern so bescheiden gekleidet warst und keine von deinen baktrischen Juwelen trugst; dem

Volk wird es um so mehr auffallen, wenn du nun so erscheinst! Die Menschen werden verstehen, daß in diesem Reich dein Königtum von mir kommt.«

»Falls sie sie trägt!« sagte Itaz plötzlich und voller Ungeduld. Ihm mißfiel der Anblick der goldbehängten Königin, mißfiel die selbstgefällige Forderung, die der König dadurch an sie stellte. »Sie ist Buddhistin und trägt nicht gerne Juwelen. Nach deinem Glauben ist Schmuck etwas Schlechtes, stimmt das nicht?«

Heliokleia schaute mit einem kurzen Aufblitzen der Augen rasch zu ihm hinüber. »Ich weiß, was ich meiner Stellung schuldig bin«, sagte sie scharf. »Ich werde den Schmuck tragen, um meinen Gemahl zu ehren und seine Macht zur Schau zu stellen.«

Mauakes sah sie verwirrt an. »Was soll das?« fragte er.

»Sie ist Buddhistin«, wiederholte Itaz. »Das stimmt doch, oder nicht? Das bist du doch, Königin, nicht wahr?«

Sie warf ihm einen direkten, ernsten, fast triumphierenden Blick zu und wandte sich dann wieder an den König. »Ja, das bin ich«, sagte sie. »Wenn der achtfache Weg hier verabscheut wird, tut es mir sehr leid. Ich wußte das nicht; hätte ich es gewußt, so hätte ich dich gewarnt, eine passendere Königin zu wählen, denn ich bin dieser Philosophie zutiefst ergeben und kann sie nicht aufgeben.«

»Sei nicht lächerlich«, sagte der König. »Keiner in Ferghana kümmert sich groß um diese Philosophie. Außer meinem Sohn weiß niemand viel darüber. Aber niemand hat mir gesagt, daß du Buddhistin bist. Dein Bruder sagte nur, du seist fromm. Worum geht es denn? Du hast gestern bei der Sonne geschworen; du ehrst doch noch immer die Götter, oder nicht?«

»Natürlich«, antwortete Heliokleia ernst. »Ich ehre alle Gottheiten, wie ihr es tut. Der Buddha hat nichts über die Götter gelehrt; ihm ging es darum, wie man dem Leiden ein Ende macht. Wie könnte dieses Wissen die Götter kränken?«

»Diese Philosophie ist unfromm und pervers!« sagte Itaz hitzig. »Sie lehrt, daß der erleuchtete Mensch den Göttern überlegen ist und daß die Welt, die Gott geschaffen hat, ein Übel ist, dem man so schnell wie möglich entrinnen muß! Statt uns aufzurufen, gegen das Böse zu kämpfen und es zu zerstören, sagt sie, wir sollten es geduldig ertragen.«

»Dieser Weg hat nichts Unfrommes«, erwiderte Heliokleia leidenschaftlich. »Von wem hast du davon erfahren? Oder hast du darüber gelesen?«

Itaz wurde rot. Wie die meisten Sakas, vor allem damals, konnte er überhaupt nicht lesen. »Ich habe in Parthien einen buddhistischen Missionar gehört«, sagte er. »Er hatte viel über das Böse und das Elend der Welt zu sagen; du kannst nicht behaupten, daß das nicht Teil deines Glaubens ist.«

»In Parthien, natürlich!« sagte die Königin, diesmal sarkastisch. »In Parthien haben sie dem Missionar nicht erlaubt, zu Ende zu sprechen, sondern ihn wie jedesmal gewaltsam vertrieben. Sie wollten nicht hören, was er zu sagen hat. Sonst hätten sie – Gott bewahre – womöglich gesehen, wie wahr seine Lehre ist, und hätten sich bekehrt!«

»Wir haben genug gehört, um zu wissen, daß verderbt war, was er zu sagen hatte!« versetzte Itaz.

»Ihr Mazda-Anhänger kämpft sehr eifrig gegen das Böse, nicht wahr?« fragte Heliokleia, und ihre Augen glänzten vor Zorn. »So eifrig, daß ihr Dinge augenblicklich für böse erklärt, ohne sie erst richtig kennenzulernen! Mir erscheint das absurd. Wenn ich voreilig wäre, dann würde ich die ganze Lehre eures Propheten Zoroaster als komische Erfindung abtun – aber *ich* verurteile nichts, das ich nur vom Hörensagen kenne!«

»Blasphemie!« schrie Itaz wütend und kam auf die Füße. »Zarathustra war der heiligste Mann, der je gelebt hat! Was ist absurd und komisch an der Lehre, die Welt sei teilweise gut und teilweise schlecht? Ist es nicht offenkundig, daß –«

»Ruhe!« rief der König. Itaz sank wieder auf seinen Sitz; Heliokleia saß da und sah ihn an. Noch immer glänzten ihre Augen, und ihr Gesicht war gerötet.

Mauakes schaute Kanit an. »Der Buddhismus ist in Baktrien weit verbreitet«, sagte der Priester, der etwas verlegen seine geringen Kenntnisse auskramte. »Wie auch in Indien, vor allem unter dem Adel beider Königreiche. Er ist eher eine Philosophie als eine Religion, soweit ich gehört habe. Und ich habe nie etwas Schlechtes über seine Praxis vernommen; tatsächlich glaube ich, daß er eine sehr strenge Moral hat. Die Mönche heiraten nicht einmal, sie essen kein Fleisch, wenn auch die Laien mehr Freiheiten haben. Es heißt, König Menander ...« Er hustete.

»Wir alle haben von König Menander gehört«, sagte der König säuerlich. »König Menander, heißt es, sei ein Heiliger. Besser das, als ein Gott wie sein Großvater. Lassen wir ihn da raus.« Er sah einen Augenblick lang seine junge Frau und dann Itaz an. »Nun, mir scheint, diese ... Philosophie ist nicht schädlich – was immer deine Mazda-Freunde auch denken, Itaz. Ein bißchen Frömmigkeit und moralische Strenge sind gut für eine Königin. Und wie könnte ich dir verbieten, einer Philosophie anzuhängen, die unter deinem eigenen Volk verbreitet und geachtet ist? Du kannst deinem Glauben nach Herzenslust frönen, meine Liebe.« Itaz saß sehr steif und mit starrem Blick da. Heliokleia, so erinnerte er sich bitter, hatte bereits angekündigt, sie werde an diesem Glauben festhalten, ob Mauakes das gefiel oder nicht. Doch sie neigte dankbar den Kopf, nachdem er ihr dazu die Erlaubnis gewährt hatte und tat höflich so, als habe sie darum gebeten.

»Aber stimmt es, daß du keinen Schmuck magst?« fragte der König nach einem Augenblick des Schweigens.

Sie saß sehr still. »Ich weiß, was ich meiner Stellung als Königin schuldig bin«, sagte sie endlich. »Privat trage ich nicht gerne Juwelen. Ich schmücke mich nicht für meine eigene Eitelkeit. Ich bin zufrieden, wie ich schon sagte, sie zu deinen Ehren zu tragen.«

Mauakes warf ihr einen nicht zu deutenden Blick zu. Er hatte erwartet, jede junge Frau würde über die Juwelen entzückt sein, und hatte damit gerechnet, daß auch sie es wäre. Er hatte nicht geahnt, daß ihr Gesicht so leuchten konnte wie bei der Verteidigung ihres Glaubens; er hatte ihren ruhigen Freudensbekundungen geglaubt. Jetzt erkannte er, daß sie seine Gabe pflichtschuldig, nicht glücklich entgegengenommen hatte, und seine

Freude am Schenken war vergangen. Er schaute rasch zu Itaz hinüber, der die Königin anstarrte und sichtlich noch immer vor selbstgerechtem Mazda-Ärger glühte. Am besten, dachte der König, sollte man etwas über die Philosophie der Königin erfahren. Obwohl Buddhisten in Ferghana buchstäblich unbekannt waren, gab es nicht wenige Mazda-Anhänger, und man konnte davon ausgehen, daß sie die indische Philosophie genauso haßten wie Itaz. Natürlich konnte man ebenso davon ausgehen, daß sie alle der antigriechischen Partei anhingen, und das Bündnis mit den Yavanas ohnehin ablehnten, also hatte es nicht viel zu bedeuten. Dennoch war besser, sich des Problems bewußt zu sein.

Doch Mauakes empfand unwillkürlich ein Gefühl von Verlust. Ein einziges Mal hatte er zugelassen, daß seine übliche Wachsamkeit in argloser, unkomplizierter Freude unterging. Jetzt sah er, daß er sich geirrt hatte: Aus persönlichen oder politischen Gründen hatte sie eine Maske getragen. Wer konnte sagen, wie ihr Gesicht darunter aussah? Zum erstenmal ahnte er, daß sein Leben mit ihr schließlich doch kein ungetrübtes Vergnügen sein würde. Obwohl der Kern des Problems, so sagte er sich, nicht die neue Königin war, sondern sein eigener Sohn. Schließlich hatte die Königin jedes Recht, einer Philosophie anzuhängen, der auch ihr berühmter Onkel folgte und die unter dem Adel ihres eigenen Volkes verbreitet war. Itaz besaß kein Recht, ihr wegen einer parthischen Religion das Gefühl zu geben, nicht willkommen zu sein, wegen eines Glaubens, der seinem eigenen Volk fremd war. Der König warf seinem Sohn einen finsteren Blick zu; Itaz sah ihn und neigte abrupt den Kopf.

Amage hustete. »Nun«, sagte sie, »was ist mit dem größeren Geschenk, Vater? Vielleicht ist sonst niemand darauf neugierig, aber ich bin es.«

»Hmmm«, sagte Mauakes und versuchte, etwas von der Freude wiederzugewinnen, die er noch vor wenigen Minuten empfunden hatte. Er nahm die kleinere Holzdose und stellte sie vor seine Frau hin, die Schmuckschachtel beiseite schiebend. Diese Dose war mit geschnitzten Greifen und Pferden verziert.

Heliokleia betrachtete sie ausdruckslos, als versuche auch sie, sich wieder zu fassen. Schweigend faßte sie nach dem Deckel, fand den Verschluß und öffnete ihn. In der Dose lag ein Haufen Gold. Sie nahm die oberste Schicht in die Hand und schaute verwirrt, als der Rest daran herunterbaumelte; das Gold war nur die Dekoration für Riemen aus dunklem Leder. Sie hob sie an und erkannte endlich, worum es sich handelte. »Oh«, sagte sie verdutzt, »ein Zaumzeug.«

Mauakes lachte über ihr verwirrtes Gesicht und begann sich wieder zu amüsieren. »Nun«, sagte er zu ihr, »ich konnte ja nicht das ganze Pferd ins Speisezimmer bringen, nicht wahr?«

»Ein Pferd?« fragte sie blinzelnd und noch immer verwirrt.

»Pferde«, sagte der König genüßlich. »Vierzig Stuten aus königlicher Zucht mit vier Hengsten und dreißig Wallachen; weitere zweihundert aus gewöhnlicher Zucht, zusammen mit Höfen und Feldern, Ställen und Sklaven, um sie zu versorgen; und außerdem so viel bebaubares Land, wie hundert Mannschaften pflügen können. Eine Königin braucht eigenes Land und eigenes Einkommen, und eine Saka-Königin braucht Pferde.«

»Oh«, sagte sie mit ganz anderer, anerkennender Stimme. Itaz hatte das Gefühl, daß sie genau begriff, wie notwendig es war, Land zu besitzen und Geld zu haben, um Geschenke zu machen und Dienste zu entlohnen. Und er sah, daß sie, obwohl sie sich vor den königlichen Pferden fürchtete, ahnte, daß sie den Sakas wichtig waren und sie daher einige besitzen sollte. Sie hatte erwartet, irgendwann alle Symbole der Autorität zu erhalten, und sie hätte sich betrogen gefühlt, wenn sie sie nicht bekommen hätte – vielleicht war das ja das Recht einer Königin, aber ihm mißfiel, daß sie die Quellen der Macht sofort erfaßte. »Das ist ein königliches Geschenk«, sagte sie zu Mauakes. »Deiner und aller Sakas würdig. Danke.«

Er strahlte.

»Die Pferde der königlichen Zucht«, fuhr sie fort, das goldene Zaumzeug betrachtend, »sind das die, von denen ihr sagt, sie stammten von den Pferden des Sonnengottes ab und kämen vom Himmel?«

Kanit räusperte sich und versicherte ihr feierlich, so sei es.

»In Baktrien hieß es, die Pferde Ferghanas stammten von Pegasus ab«, erklärte sie ihm, »einem geflügelten Hengst, der unsterblich ist und den Göttern gehört.«

Daraufhin strahlte Kanit ebenfalls. »Also sind die Yavanas mit uns wenigstens darin einer Meinung.«

»Mindestens! Und noch in einer anderen Sache stimmen wir überein: daß die königlichen Pferde von Ferghana die besten auf der ganzen Welt sind. Mein Bruder war ... enttäuscht ... daß du dich geweigert hast, ihm einige zu verkaufen, Herr.« Tatsächlich war König Heliokles außerordentlich wütend gewesen; er hatte einige der königlichen Pferde für seinen eigenen Stall haben wollen.

»Früher«, sagte Kanit, »konnten nur die Priester und Priesterinnen die königlichen Pferde halten und züchten. Jetzt sind sie alle dem König anvertraut, wie es dem Ruhm seines Hauses entspricht. Aber es ist noch immer ein Sakrileg, sie zu verkaufen.«

»Und ein noch schlimmeres Sakrileg, sie aus dem Tal zu schicken«, ergänzte Mauakes rasch. »Wir konnten deinem Bruder nicht gestatten, sie zu halten und zu züchten.«

»Nein«, sagte Heliokleia, die den warnenden Unterton verstanden hatte. »Also werde ich einige von diesen Pferden besitzen und mein Bruder ... nicht.« Sie schaute auf das Zaumzeug in ihren Händen nieder, und wieder trug ihr Gesicht diesen fast lächelnden, spöttischen Ausdruck, als sei für sie die Bewunderung der Sakas für die Pferde ein wenig lächerlich und ihre eigene Stellung als deren Besitzerin etwas absurd. Sie blickte wieder auf. »Ich glaube, Herr, daß es für eine Saka-Königin sehr beschämend sein muß, nicht reiten zu können.«

»Ich könnte es dir beibringen, wenn du willst«, erbot sich Amage plötzlich. »Ich unterrichte jetzt ohnehin jeden Morgen meine Tochter. Du hast recht; du wirst es lernen müssen, und es wäre besser für dich, es von mir zu lernen als von irgendeinem Diener.«

»Danke«, sagte Heliokleia und sah sie direkt und mit aufrichtiger Überraschung an. »Das ist sehr freundlich von dir, und ich bin dir dankbar.«

Nach dem Frühstück führten Mauakes und Amage die Königin nach unten zu den Palaststallungen, um ihr die Pferde zu zeigen, die sie bekommen hatte. Choriene und Kanit kehrten in den Tempel zurück und stritten sich über die Weissagungsstäbe. Itaz erhob sich ebenfalls, aber Tasius faßte ihn am Arm. »Bist du in Eile?« fragte er. »Ich wollte mit dir sprechen.«

Itaz sah ihn mißtrauisch an. Er hatte Tasius nie gemocht. Doch er fühlte sich verpflichtet, den Gatten seiner Schwester höflich zu behandeln. »Ich bin nicht in Eile«, sagte er und setzte sich wieder hin. »Sprich ruhig.«

Tasius begann nicht gleich zu reden. Er saß da, die Ellbogen auf den Tisch gestützt, und sah Itaz so lange schweigend an, daß dieser ungeduldig wurde. »Nun?« fragte er. »Ich höre.«

»Die neue Königin ist eine sehr gefährliche Frau«, eröffnete Tasius unverblümt. »Ich wollte wissen, ob du bereit wärest, bei einer Art Verteidigung gegen sie zu helfen.«

Itaz starrte ihn düster an. »Wenn du der Meinung bist, daß die Königin gefährlich ist, dann solltest du das meinem Vater sagen, nicht mir«, sagte er. »Du kannst kaum erwarten, daß ich heimlich Ränke gegen die Gemahlin meines Vaters schmiede.«

»Ich sage nicht, daß du Ränke gegen sie schmieden sollst«, antwortete Tasius mit einer beschwichtigenden Geste. »Jeder kennt deine Ergebenheit gegenüber deinem Vater; jeder hat gesehen, wie du deine Gefühle bezüglich seiner neuen Gattin hintangestellt und sie sogar auf deinem eigenen Pferd in die Stadt gebracht hast. Ich schlage keinen Verrat vor, so gut solltest du mich doch kennen. Aber ich wage nicht, dem König etwas zu sagen. Du weißt, daß ich mich gegen das Bündnis ausgesprochen habe, als es zum erstenmal vorgeschlagen wurde; ich weiß, daß auch du mit ihm gestritten hast. Und wir wissen beide, was er von Opposition hält. Er hat nie vergessen, daß meine Familie genauso edel ist wie seine eigene, und er würde eher Amage mißtrauen als mir vertrauen. Und ich sage dir etwas, das du vielleicht selbst schon entdeckt hast: Er wird dir nie vertrauen, was immer du tust. Du hast einen Anspruch auf die Nachfolge und könntest gefährlich werden.«

Itaz' Wangen wurden dunkler. »Ich habe keinen Anspruch«, sagte er. »Moki ist Goars Sohn, und ich würde lieber sterben, als das Andenken meines Bruders beleidigen und von seinem Tod profitieren. Mein Vater weiß, wie sehr ich meinen Bruder geliebt habe; er sollte das begreifen.«

»Das ist unwichtig«, sagte Tasius. »In den Augen des Volkes könntest du einen Anspruch haben, und für Mauakes reicht das aus. Er traut weder dir noch mir noch sonst einem von uns. Er vertraut Elefanten und Belagerungsmaschinen und seinem Yavana-Bündnis. Er zieht sie unserer eigenen Reiterei und unseren treuen Alliierten in Parthien vor.«

»Du warst früher nie für die Parther«, unterbrach ihn Itaz. »Du willst mich damit beeindrucken, nicht wahr?«

»Lieber eine Allianz mit den Parthern als eine mit den Yavanas!« versetzte Tasius. »Wir waren beide dagegen, und ich –«

»Du hast im Rat eine Rede gehalten, aber du hast dafür gestimmt«, unterbrach Itaz ihn abermals. »Und seither hast du immer so getan, als unterstütztest du meinen Vater.«

»Nun, was sollte ich sonst tun? Er ging über dich und mich und alle anderen hinweg. Und jetzt, da diese Yavana-Frau hier ist, ist es vollkommen klar, mir jedenfalls, daß sie hundertmal gefährlicher ist, als ich befürchtet hatte. Hast du gestern nicht gesehen, wie der Pöbel sie mit Blumen überschüttete? Das waren nicht nur die Yavanas aus Eskati; die Sakas taten es ihnen gleich, einfach, weil sie so schön aussah. Sie hat auch dich verhext, obwohl du sie haßt. Glaube nicht, ich hätte nicht gemerkt, wie du sie beim Frühstück angestarrt hast. Als könntest du keinen Blick von ihr wenden! Vorher dachte ich, nur die Yavanas würden sie unterstützen, aber du brauchst nur ihr Aussehen und ihre Kenntnis unserer Sprache zu ihrem Reichtum und ihrer Herkunft zu addieren, um zu sehen, saß sie bald auch Sakas gewinnen wird, und zwar nicht wenige. Und das ist der zweite Punkt: Sie ist klug. Ich habe einen Mann nach Baktra geschickt, um mehr über sie herauszufinden, und er kam mit einigen Gerüchten zurück, die dich vielleicht interessieren. Es scheint, daß sie sich mit den Beamten ihres Bruders angelegt hat, deren Kassenbücher sie geprüft und ihre eingeborenen Untergebenen ausgehorcht hat. Die Minister wollten sie unbedingt aus dem Land haben, ehe sie so viele Beweise gegen sie sammeln konnte, daß es sie den Kopf gekostet hätte. Wenn sie so etwas in Baktra tun kann, an einem Hof, wo sie nur eine unwichtige kleine Schwester war, was kann sie dann hier erst bewirken, wo sie Königin und außerdem noch Nachfahrin eines Gottes ist? Und der König ist schon in sie verliebt.«

Itaz schwieg einen Augenblick. »Hast du meinem Vater erzählt, was dein Mann in Baktra herausgefunden hat?« fragte er schließlich.

»Das habe ich nicht gewagt«, sagte Tasius. »Wenn er jemanden geschickt hätte, hätte er es selbst erfahren. Er hat aber niemanden geschickt; er mußte ja oder nein sagen, solange die Gesandten hier in Eskati waren.«

»Du hättest hinter seinem Rücken keinen Spion aussenden dürfen.«

»Er hätte mir wohl kaum erlaubt, einen zu schicken! Hör zu. Verstehst du nicht, was das für *uns* bedeutet? Die Königin mag behaupten, daß sie nicht ehrgeizig ist, aber wenn sie einen eigenen Sohn bekommt, wird sie ihre Meinung ändern. Sie haben einen schlechten Ruf, diese Yavana-Königinnen; mehr als eine von ihnen hat ihren Mann und die Kinder des Mannes aus erster Ehe ermordet oder gegen seine Brüder und seine Freunde intrigiert. Sie wird Moki aus dem Weg haben wollen, und dich und mich.«

»Wir wissen noch nicht, ob sie so ist«, protestierte Itaz. »Ich mag den Buddhismus nicht, aber es stimmt, daß er eine sehr strenge Moral vertritt und jede Art von Töten verdammt.«

»Erst vorhin hast du gesagt, er sei pervers und unfromm!«

»Ja, natürlich! Das ist er auch. Aber nicht unfromm auf diese spezielle Weise!«

»Und das weißt du, nachdem du in Parthien einen einzigen Mönch ein oder zwei Stunden hast sprechen hören?«

»Es waren mehr als ein oder zwei Stunden. Wir hörten ihm ein paar Tage lang immer wieder zu, und wir befragten ihn ausführlich, ehe wir beschlossen, ihn zum Gehen aufzufordern. So voreilig, wie diese... Frau... gesagt hat, waren wir nicht. Aber vielleicht hatte sie recht, und ich bezeichne etwas zu vorschnell als schlecht, ohne es richtig zu kennen. Es wäre sicher falsch, wenn ich *sie* verdammen würde, die Frau meines Vaters, und das am Tag nach ihrer Ankunft.«

»Wer hat davon gesprochen, sie zu *verdammen?* Ich sagte dir doch, ich schlage dir keinen Verrat vor.«

»Was schlägst du dann vor? Und weshalb willst du mich unbedingt dabeihaben?«

Tasius lachte mit offensichtlich falscher Unbekümmertheit. »Du bist der Sohn des Königs«, sagte er, »und jeder weiß, wie ergeben du ihm bist. Und du bist genau, wie ein kriegerischer Prinz sein sollte, und wirst dafür bewundert – oh, ich vermute, du hast das nicht beachtet, aber dein Beispiel hat viel Gewicht, vor allem unter den jüngeren Männern. Wenn du dich uns anschließen würdest, würdest du viele Männer auf unserer Seite halten und noch mehr weitere anziehen.«

»Wer ist ›wir‹?« fragte Itaz. »Und wem soll ich mich anschließen?«

»Du sollst zu uns in den Rat kommen«, antwortete Tasius. »Du bist berechtigt, einen Platz einzunehmen, obwohl du das nie getan hast. Einige von uns sind nicht glücklich über dieses Bündnis. Deshalb sind wir zusammengekommen, um zu beraten, wie man ein Gegengewicht gegen die Macht dieser Yavana-Königin schaffen kann. Es ist kein Verrat, das habe ich dir doch schon zweimal gesagt! Ratsherren sind berechtigt, ihre eigene Auffassung von den Dingen zu haben, selbst wenn sie der des Königs widerspricht. Aber die Leute haben Angst, sich dem König zu widersetzen, darum brauchen wir Unterstützung, wenn wir etwas ausrichten wollen.«

»Und was hofft ihr auszurichten?« fragte Itaz, noch immer zutiefst argwöhnisch.

Tasius zuckte mit den Schultern. »Wir wollen dafür sorgen,

daß einige von unseren eigenen Leuten für die Elefanten und die Belagerungsmaschinen zuständig sind. Wir wollen den Yavanas von Eskati einige der wichtigen Ämter wegnehmen und sie statt dessen Sakas geben. Wir wollen die Yavanas im ganzen Tal irgendwie überwachen, damit sie uns nicht überraschen können. Und ein paar von unseren eigenen Leuten in die Garde der Königin bringen, damit sie nicht heimlich tun kann, was immer sie tut. Wir wollen ihr in keiner Weise schaden oder sie an etwas hindern, wozu sie berechtigt ist! Wenn sie ehrlich ist, werden wir ihr überhaupt nicht im Wege sein. Aber wir wären Narren, wenn wir ihr blind den Staat überließen und sie nach Gutdünken verfahren ließen.«

»Das ist vernünftig«, sagte Itaz nach langem Schweigen. »Ich glaube, sogar mein Vater wird das verstehen. Ja, ich bin dabei. Aber hör zu« – er schlug mit der Hand auf den Tisch und sah Tasius in die Augen –, »was immer ich tue, tue ich offen und ehrlich und mit vollem Wissen meines Vaters. Ich werde nicht hinter seinem Rücken intrigieren. Ich werde ihm sagen, was wir vorhaben. Er weiß, daß ich immer gegen dieses Bündnis war, also wird es ihn nicht überraschen. Doch ich darf und werde keine Ränke gegen ihn schmieden. Ich bin trotzdem sein ergebener Sohn und Untertan und gehorche ihm, selbst wenn ich nicht seiner Meinung bin. Wenn dir das nicht gefällt, müßt ihr im Rat auf mich verzichten.«

Tasius zögerte, erwog Itaz' Worte und nickte dann. »Sehr gut«, sagte er, »das ist gerecht. Wenn du die anderen treffen willst: wir haben heute abend eine Zusammenkunft auf dem Exerzierfeld am Fluß, während die Yavanas im Theater ihr Stück aufführen.«

»Ich werde dort sein.«

5. Kapitel

Die Hochzeitsfeierlichkeiten dauerten noch weitere zwei Tage, und als sie zu Ende waren, war ich es leid, Hofdame zu sein, und wollte am liebsten nach Hause. Ich hatte natürlich das Leben im Palast satt, nicht die Feiern selbst. Zunächst einmal mochten Padmini und Antiochis mich nicht, die seit dem Abend ihrer Ankunft den Haushalt fest in der Hand hatten. Oder vielleicht ist das nicht ganz gerecht. Sie lehnten mich nicht wirklich ab, sie fanden nur, ich sei nicht die richtige und angemessene Person, um eine Königin zu bedienen. Ich war zu groß und ungeschickt. Ich ließ Sachen fallen und verschüttete Dinge, hatte keine Ahnung, wie man einen Yavana-Faltenwurf legt, und konnte mich nicht einmal selbst frisieren, geschweige denn jemand anderen. Ich lachte zu laut und ging zu schnell, konnte nicht singen und verstand nichts vom Weben. Padmini und Antiochis mochten Inisme, die alles richtig machte und außerdem ihnen gegenüber ehrerbietig war. Sie waren nicht unfreundlich zu mir, aber ich war die mißbilligend zusammengepreßten Lippen, die mütterlichen Ermahnungen, auf mein Kleid zu achten, das Augenrollen, die Seitenblicke und das Murmeln hinter meinem Rücken leid. Auf den Gütern war ich immer nützlich gewesen, und man hatte mich bewundert; ich haßte es, daß man mich dauernd als unbeholfene Idiotin hinstellte. Ich versuchte nach besten Kräften, mich ruhig und würdevoll zu benehmen und die Ehre meines Hauses zu wahren – aber ich hatte solches Heimweh, daß ich jede Nacht weinte.

Doch das war noch nicht das Schlimmste. Nein, was mir das Gefühl gab, auf einem Ameisenhaufen zu sitzen, war die Zweideutigkeit der Stellung, welche die Königin einnehmen sollte. Dadurch wurde auch meine eigene zweideutig. Eigentlich sollte eine Königin ihren eigenen Verwalter haben, der ihre Güter für sie leitet, und vielleicht einen Sekretär oder einen Buchhalter, der ihr Geld verwaltet. Doch König Mauakes verkündete kühl, sein eigener Schatzmeister werde die Ländereien und das Vermögen der Königin verwalten. Er sagte das so, als nehme er ihr eine unangenehme Last ab, aber alle wußten, was er wirklich wollte. Sie sollte keine Dummheiten anstellen können, ohne daß er davon erfuhr. Die Königin machte keinen Versuch, ihm zu widersprechen, aber sie nahm es auch nicht einfach hin; statt dessen stimmte sie ruhig zu, es sei nutzlos vergeudete Zeit, sich mit der Verwaltung abzuplagen – *solange wir von einer Invasion bedroht waren.* Ich fragte mich, was sie wohl hinterher vorhatte. Wie auch immer die Invasion verlaufen würde, es gab mit ziemlicher Sicherheit ein Nachher: selbst wenn wir verloren, würden die Tochari diesmal wohl kaum mehr anrichten als Plünderungen. Und wenn es danach eine Auseinandersetzung zwischen dem König und der Königin gäbe, wie sollte ich mich dann verhalten?

Das Schlimmste war, daß ich wußte, wie ich mich verhalten sollte: der König hatte es mir gesagt. Am dritten Tag der Hochzeitsfeierlichkeiten ließ er mich in sein Arbeitszimmer rufen, während die Königin ihr abendliches Bad nahm, und fragte mich, ob sie irgendwelche Briefe geschrieben habe.

»Nein«, sagte ich überrascht. »Sie hatte keine Zeit.« (Der König und die Feiern hatten sie jede Minute der vergangenen drei Tage und Nächte in Anspruch genommen.)

»Ich dachte, sie hätte vielleicht eine Nachricht an ihren Bruder geschrieben«, sagte König Mauakes und betrachtete mich mit freundlicher, milder Miene. »Die Eskorte, die sie von Baktra aus begleitet hat, kehrt morgen dorthin zurück, und sie möchte vielleicht ihrer Familie eine Nachricht übersenden. Du kannst dich erbieten, sie Hauptmann Demetrios zu überbringen, falls sie das tut.«

»Oh«, sagte ich. »Ja, Herr, das werde ich tun.«

»Und wenn sie das möchte«, fuhr er glatt fort, »bringst du sie zuerst hierher und liest sie mir vor. Falls sie dir den Brief nicht anvertrauen will, solltest du trotzdem eine Möglichkeit finden, ihn zu lesen, bevor sie ihn abschickt. Du kannst dann zu mir kommen und mir berichten, was daringestanden hat.«

Ich starrte ihn mit offenem Mund an. Spionieren war genau wie der yavanische Faltenwurf etwas, wozu ich nicht erzogen worden war. Der König bemerkte mein entsetztes Gesicht und fuhr liebenswürdig fort: »Ich möchte die Königin nicht unehrenhaft behandeln, Tomyris, und ich bin zuversichtlich, daß sie eine aufrichtige und noble Dame ist – aber ihre Familie war bis aufs Blut mit uns verfeindet. Niemand kann erwarten, daß sie ihre ganze Loyalität ihrer Familie gegenüber nach einer Nacht aufgibt; wenn sie das täte, wäre sie wohl kaum eine ehrenhafte Dame. Ihr Bruder hat sie vielleicht gebeten, ihm Informationen zu senden – nicht unbedingt Informationen, die er gegen uns verwenden will, nicht jetzt –, aber dennoch Informationen, die später dazu benutzt werden könnten, uns zu schaden. Wenn das der Fall ist, muß ich es wissen; und wenn es nicht der Fall ist, muß ich es ebenfalls wissen. Wenn ich der Königin jemals vertrauen soll, muß ich wissen, was in ihrem Kopf vorgeht. Ich möchte sie anständig behandeln, aber meine oberste Pflicht als König ist es, mein eigenes Volk zu schützen. Das verstehst du doch, oder?«

»Ja, Herr«, sagte ich unglücklich. »Jeder im Tal weiß, daß du den Yavanas Baktriens nicht trauen kannst, und jeder im Tal war aus genau diesem Grund gegen die Heirat. Ich selbst möchte auch nicht, daß du ihnen traust. Aber...«

»Aber?«

»Herr, ich kann mich nicht sehr gut... verstellen.«

Er lächelte. Er wußte, daß ich meinte, ich könne mir nicht gut das Vertrauen von Menschen erschleichen und sie dann verraten. »Du bist doch eine ergebene und aufrichtige Saka, nicht wahr?« sagte er trocken. »Erwartet die Königin etwas anderes von dir?« Ich sagte nichts, und er fuhr fort: »Ich für meinen Teil glaubte Glück zu haben, als ich dich fand. Es gibt nicht viele vorzeigbare junge Adelige, die griechisch lesen können. Du kannst am besten herausfinden, wie die Dinge zwischen König Heliokleia und König Heliokles stehen. Das wird ein großer

Dienst an deinem Volk sein, Tomyris. Und wenn die Königin ehrlich ist, so wie ich es erwarte, dann kann das auch für sie nur nützlich sein. Ich bin sicher, daß ich mich auf dich verlassen kann, wenn sie Briefe schreibt oder empfängt.«

»Ja, Herr«, sagte ich schließlich. »Du kannst dich auf mich verlassen.« Unglücklich trottete ich in die Frauengemächer zurück.

Doch je mehr ich darüber nachdachte, desto weniger gefiel es mir. Ich zweifelte nicht daran, daß der König recht hatte und wir ein Auge auf unsere Yavana-Verbündeten und unsere Yavana-Königin haben sollten. Es stimmte auch, daß Heliokleia nicht den Eindruck machte, mir oder irgendeiner ihrer Saka-Hofdamen zu vertrauen, und wahrscheinlich damit rechnete, daß wir spionierten – aber dennoch ... Spionieren lag mir nicht. Man hatte mich dazu erzogen, nicht zu lügen, und ich hatte es nie überzeugend tun können. Selbst wenn es sein mußte, sollte das lieber jemand anderer übernehmen.

Die Anstrengung blieb mir jedoch erspart, eine Weile jedenfalls. Die Königin schrieb keine Briefe; sie schickte nur nach Hauptmann Demetrios, dankte ihm, daß er ihretwegen die Reise auf sich genommen hatte, und sagte ihm, er solle ihrem Bruder ihre respektvollen Grüße überbringen. Am nächsten Morgen brach die baktrische Eskorte auf. Sie ließ nur die Dinge zurück, die zu bringen sie gekommen war: die Elefanten, die Katapulte und die Königin.

Am gleichen Morgen kam meine Mutter, begleitet von Kanit, in den Palast hinauf. Mein Vater blieb wegen der Ratsversammlung in Eskati, die für denselben Nachmittag anberaumt war, solange alle Adeligen noch in der Hauptstadt waren, aber meine Mutter reiste nach Hause. Die Ratsherren würden vielleicht für einige Zeit beim König bleiben müssen, um Vorbereitungen für die Invasion der Tochari zu treffen, und jemand mußte auf unser Gut zurück, um das Scheren der Schafe zu überwachen. Nach der langen Reise würde meine Mutter dazu gerade eben noch rechtzeitig eintreffen. Die Königin war an diesem Vormittag hinunter in die Palaststallungen gegangen, um ihre erste

Reitstunde bei Amage zu nehmen, aber ich saß in den Frauengemächern fest und mußte für Padmini übersetzen. Selbst dazu brauchte sie mich nicht wirklich. Sie stritt mit dem Verwalter des Königs über die Güter der Königin, und er war, wie die meisten Verwalter, ein Yavana aus Eskati, den man wegen seiner Fähigkeit, zu lesen und die Bücher zu führen, ausgewählt hatte – was natürlich auf Griechisch geschah.

»Es ist weder richtig noch angemessen, daß der Besitz von dir verwaltet wird!« sagte Padmini gerade ungefähr zum fünftenmal, als Kanit anklopfte. »Sie sollte ihren eigenen Verwalter haben, der ihr und nicht deinem Herrn Rechenschaft ablegt – Armaiti, geh an die Tür – und der die Dinge in ihrem Sinne regelt und nicht in dem des Königs!«

»Aber ich werde aufrichtig zu ihrem Besten handeln!« protestierte der Verwalter. »Wie könnte ich daran denken, sie zu betrügen, eine Nachfahrin von Antimachos? Der König möchte einfach, daß ich ihre Güter zusammen mit seinen eigenen verwalte; das ist effizienter und billiger.«

»Meinst du, sie könnte sich keinen eigenen Verwalter leisten?« fragte Padmini verächtlich – doch da kam meine Mutter herein und rief »Tomyris!«. Der Streit wurde unterbrochen, als ich zu ihr lief und sie umarmte.

»Ich bin nur gekommen, um mich zu verabschieden«, sagte meine Mutter zu mir. Dann sah sie sich um und rief: »Oh, welche Pracht!« Sie traf Padminis Blick und verneigte sich anmutig vor ihr. »Verzeihung, meine Dame; ich bin gekommen, um meiner Tochter Lebewohl zu sagen.«

Padmini verstand die Geste, wenn auch nicht die Worte, und ließ sich besänftigen. Wenigstens sieht meine Mutter damenhaft genug aus, um sogar Padmini und Antiochis zu gefallen, dachte ich.

Nachdem ich sie bekannt gemacht hatte, führte ich meine Mutter in mein Zimmer und überließ es Kanit, sich in den Streit über die Verwaltung der Güter der Königin einzumischen.

»So«, sagte meine Mutter, nachdem sie mich geküßt hatte, »wie gefällt es dir?«

»Überhaupt nicht«, antwortete ich. »Ich habe alle Probleme, vor denen ich mich gefürchtet habe, nur schlimmer.«

»Ich bin sicher, daß die Königin nicht kichert«, sagte meine Mutter mißbilligend. »Sie scheint eine überaus reizende junge Frau zu sein, und sie hat sich offensichtlich große Mühe gegeben, unsere Bräuche zu erlernen.« Mutter hatte sich wie der übrige Saka-Adel die Königin während der Feierlichkeiten sehr genau angesehen, und wie ich zugeben mußte, hätte sich niemand eine höflichere Regentin wünschen können. Sie hatte sogar dem Polospiel, das die Garde des Königs ihr vorführte, mit einem wie angeklebt wirkenden Ausdruck wachen Interesses zugeschaut – dabei hatte es wie eine Rinderstampede ausgesehen. Zweihundert Männern, die sich bis zum entfernten Ende des Exerzierfeldes um einen Ziegenkopf streiten, kann auch ein Saka kaum folgen.

»Ach, die Königin!« rief ich aus und versuchte mich zu erinnern, wie ich sie mir vorher vorgestellt hatte. »Nein, sie kichert nicht. Ich durchschaue sie nicht, aber kichern tut sie bestimmt nicht. Nein, es sind die anderen. Nichts als Kleider und Schmuck und Frisuren, und ich kann ihnen nichts recht machen. Und ich hatte nicht einmal Gelegenheit, die Pferde der Königin zu sehen, ganz zu schweigen davon, eines zu bekommen.«

»Warte ab«, sagte meine Mutter selbstzufrieden. »Sie ist erst vor drei Tagen angekommen.«

»Aber ich habe dir erst die Hälfte erzählt!« protestierte ich. »Hörst du sie da drinnen streiten?«

Wir lauschten einen Moment. Padminis scharfe Stimme sagte gerade: »Das Geld, das Königin Heliokleia mitgebracht hat, gehört ihr. Warum sollte sie den Schatzmeister des Königs um Erlaubnis bitten müssen, wenn sie es ausgeben will?« Und der Verwalter antwortete besänftigend, der Schatzmeister werde es wohl verwahren, es gehöre noch immer der Königin und ginge nicht in das eigene Vermögen des Königs ein.

»Alles Geld der Königin und alle ihre Güter sollen von den Leuten des Königs verwaltet werden«, berichtete ich meiner

Mutter flüsternd. »So hat der König es angeordnet. Sollte man das so machen?«

»Nein«, sagte meine Mutter ruhig. »Nein, aber ... sie ist eine Yavana und eine Tochter des Eukratides. Ich kann verstehen, daß der König ihr nicht gleich vertraut.«

»Oh, das kann ich auch verstehen«, sagte ich. »Ich traue den Baktriern selbst nicht, und die Eskati-Yavanas sind störrisch wie Maulesel. Aber es gefällt mir nicht, mittendrin zu sitzen, und so zu tun, als wäre ich auf der Seite der Königin, während ich in Wirklichkeit auf der des Königs bin. Und es gefällt mir nicht, ihr nachzuspionieren.« Ich erzählte meiner Mutter, was der König von mir verlangt hatte.

»Was hast du darauf geantwortet?« fragte meine Mutter, die nun doch die Stirn runzelte. Sie kannte mich; sie kannte meine Fehler, und Falschheit gehörte nicht dazu.

»Ich sagte, sie habe keine Briefe geschrieben. Hat sie auch nicht. Ich vermute, ich würde ihm davon erzählen, wenn sie geschrieben hätte – aber es gefällt mir nicht. Mutter, ich gehöre nicht hierher. Dies ist kein Ort und keine Aufgabe für mich. Ich möchte nach Hause. Kannst du mich hier herausholen?«

»Liebling«, sagte meine Mutter nach einer Weile, »es sind erst drei Tage. Da kann man noch nicht sagen, wie die Dinge sein werden.«

»Manches weiß man aber gleich!« wandte ich ein. Doch meine Mutter hob die Hand und brachte mich zum Schweigen.

»Selbst wenn ich dir recht geben würde«, sagte sie, »wäre es verheerend, wenn du jetzt gehen würdest. Ganz gleich, was wir sagten, die Leute würden glauben, daß dich die Königin abgelehnt hätte, weil du etwas falsch gemacht hast. Die Leute würden reden und über die möglichen Gründe rätseln. Liebling, das würde deine Chancen auf eine gute Heirat ruinieren; es könnte sogar dein Leben ruinieren. Du mußt bleiben – einstweilen jedenfalls. Und es kann durchaus sein, daß die neue Königin vollkommen vertrauenswürdig ist und du in gar keinen Gewissenskonflikt gerätst. Warte wenigstens bis zum Herbsttreffen des Stammesrates. Wenn die Lage sich bis dahin nicht gebessert hat, werden wir Kanit sagen, daß wir dich zu Hause brauchen, und dich abholen. Bis dahin mußt du einfach Geduld haben. Ich stimme dir zu, Spionieren... ist keine Aufgabe für dich. Ich wünschte, der König hätte uns gesagt, daß er das von dir erwartet. Dann hätte ich ihm selbst erklärt, daß du dich dazu nicht eignest.«

Mir war klar, daß sie recht hatte, und schweren Herzens willigte ich ein. Sie küßte mich und ging wieder hinaus. Kanit begrüßte sie mit Erleichterung – es gefiel ihm nicht, mit Padmini zu tun zu haben, die eine furchterregende Frau war – und geleitete sie aus dem Palast. Der Verwalter entschuldigte sich ebenfalls und zog sich zurück, und Padmini machte sich weiter in den Gemächern der Königin zu schaffen – sie waren jetzt vollgestopft mit Kleidertruhen, Schmuckschatullen, Tischen und Bücherregalen –, ehe sie sich endlich an ihren Webstuhl setzte und sich der damenhaften Aufgabe des Webens hingab.

Wir erwarteten Heliokleia um die Mitte des Vormittags zurück, damit sie sich für ein Treffen umkleidete, das die griechischen Bürger von Alexandria Eschate verlangt hatten. Sie hatten das meiste geleistet, um die Feiern zu Ehren der königlichen Hochzeit auszurichten – sie hatten Speisen und Wein für die Festmähler gesammelt, die meisten Köche und Servier- und Putzkräfte gestellt, die Straßen geschmückt und von weither Blumen besorgt. Der König hatte ihnen Erzeugnisse und Geld aus seinem eigenen Vermögen gegeben, aber sie hatten dazugelegt und einander bei der Begrüßung ihrer neuen Yavana-Königin zu übertreffen gesucht. Jetzt, da die Festivitäten vorüber waren, verloren sie keine Zeit. Sie wollten sie gleich wissen lassen, warum sie sie so herzlich willkommen geheißen hatten. Die Delegation, die sie der Königin schickten, sollte ihr angeblich im Namen der Stadt ein Geschenk überbringen, tatsächlich aber eine Liste ihrer Beschwerden vortragen. Die reichsten Grundbesitzer der Stadt und eine Anzahl bekannter Handelsleute gehörten der Delegation an. Doch als sie um die Mitte des Vormittags kamen, war Heliokleia noch immer nicht von ihrer Reitstunde zurück. Ich wollte den Palast durch den Hinterausgang verlassen, um in die Stallungen zu gehen und die Delegation anzumelden, doch auf den Stufen traf ich die Königin. Sie war gerötet und außer Atem vom Laufen.

»Die Delegation ist da«, sagte ich zu ihr.

»Oi moi!« antwortete sie ganz bestürzt. »Die Zeit ... ich habe Amage gesagt, ich müsse zurück ... ich hätte nie gedacht ... wo sind sie?«

Man hatte sie in den Speiseraum geführt. Heliokleia ging direkt dorthin und klopfte sich unterwegs den Staub von den Kleidern; unmittelbar vor der Tür blieb sie stehen. »Ist mein Haar in Ordnung?« fragte sie. Es war zum Reiten zu einem Saka-Zopf geflochten worden, der auf ihren Rücken hing, und nur ein paar Strähnen hatten sich gelöst.

»So ziemlich«, sagte ich. »Aber willst du dich nicht umkleiden?« Außer dem Zopf trug sie Hosen und ein kurzes Reitgewand. Die Kleider waren reich verziert, aber die Hose hatte Padmini und Antiochis noch mehr entsetzt als die Tatsache der Reitstunde. Sie hatten sich nur dadurch getröstet, daß sie eine besonders feine purpurne und goldene Tunika ausgewählt hatten, die die Königin beim Empfang der einheimischen griechischen Würdenträger tragen sollte.

»Es ist unhöflicher, sie warten zu lassen als so hineinzugehen«, sagte sie, atmete tief ein und verwandelte sich auf einmal aus einem erröteten und erhitzten Mädchen in eine gesammelte und würdige Königin. Lächelnd öffnete sie die Tür und trat ein.

Die Bürger bemerkten die Hose sofort, und man sah, daß sie verstört waren und befürchteten, sie könne barbarische Sitten übernehmen und kein Verständnis für sie haben. Doch Heliokleia begrüßte sie sehr anmutig, entschuldigte sich für die Kleidung, erklärte, die Reitstunde habe länger gedauert, fragte sie nach ihren Namen, ließ sie Platz nehmen, sagte den Dienern, sie sollten ihnen Sesamkuchen und edlen Wein bringen, und bald fühlten sie sich wieder vollkommen wohl. Eukleides, der Sohn des Aristagoras, dessen Familie noch immer die reichste in der Stadt ist, war ihr Sprecher. Er hielt eine lange Rede, in der er die Königin im Fernsten Alexandria willkommen hieß, ehe er ihr das Geschenk überreichte, einen prachtvollen Umhang aus Purpurwolle mit seidenen und goldenen Mustern. »Obwohl ich bereits das Geschick eurer Handwerker gesehen habe«, sagte sie zu ihnen, »und zwar an einer Krone, die mein Gemahl mir schenkte und die ein Werk des Dädalus selbst hätte sein können, erstaunt es mich nicht, daß das Fernste Alexandria das Wunder des Nordens und unter Griechen und Barbaren gleichermaßen berühmt ist.« Der Goldschmied, der die Krone angefertigt hatte, gehörte der Delegation an, wie sie zweifellos erwartet hatte. Er freute sich außerordentlich über das Lob der Königin, und die anderen ebenfalls.

»Du bist gnädig zu uns, o Königin«, sagte Eukleides, »und doch stimmt es, was du sagst. Das Fernste Alexandria war immer das Wunder des Nordens, die reichste und lieblichste Stadt jenseits des Oxus. Doch wie lange wird das so bleiben? Es hat bereits von der Pracht verloren, die es besaß, als ich ein junger Mann war, und bald wird es nicht mehr besser sein als Maracanda, eine unwissende barbarische Stadt an einem Fluß. Wir schauen auf dich, o Königin, damit du unsere Stadt erhebst und wieder groß machst.«

»Ich bin hier nur eine Fremde«, sagte Heliokleia und runzelte leicht die Stirn. »Ich weiß nicht, welche Macht ich habe oder wie ich sie benutzen soll, wo ich kühn vorgehen und wo ich mich zurückhalten muß. Ich bezweifle sehr, meine Herren, daß eine unwissende Frau wie ich euch helfen kann. Und doch wäre ich sehr stolz, wenn ich etwas für die Stadt tun könnte.«

Das war Ermutigung genug für Eukleides. Er erging sich in einem Bericht über die Schwierigkeiten nicht nur der Stadt, sondern aller Griechen in Ferghana, und Heliokleia hörte aufmerksam zu; gelegentlich stellte sie eine Frage oder bat einen der anderen, Eukleides' Klagen näher zu erläutern.

Ich war mit der Vorstellung aufgewachsen, die Yavanas von Eskati seien korrupte Blutegel, die die königliche Verwaltung aussaugten, wo sie nur konnten. Ich war überzeugt gewesen, sie würden unziemlich vom König geschützt, der ihre Fertigkeiten brauchte, um das System zu verwalten, das seine Yavana-Vorgänger errichtet hatten. Wann immer jemand sich abmühen mußte, um eine neue Steuer zu bezahlen, einen Fall vor Gericht verloren hatte oder für einen neuen Bewässerungskanal zahlen mußte, verfluchte er die Yavanas. Ich war jung und interessierte mich in keiner Weise für Politik; ich sah nicht nur die andere Seite nicht, ich hatte nicht einmal daran gedacht, daß es überhaupt eine andere Seite geben könnte. Eukleides' Rede verschlug mir den Atem. Die Yavanas, sagte er, stünden unter äußerst starkem Druck, trotz des Königs Protektion, und die Stadt kämpfe um das bloße Überleben. Als Mauakes Ferghana genommen hatte, hatte er die griechische Verwaltung und oft auch die griechischen Verwalter seiner Vorgänger übernommen. Er hatte diesen Verwaltern jedoch nicht den Status von »Verwandten und Freunden«, also eines Beraterstabes zuerkannt, wie es ein Yavana-König getan hätte. Der Stammesrat wachte eifersüchtig über seine Rechte, und nur er durfte offiziell den König beraten. Infolgedessen hatte nur der König eine Ahnung, was die königliche Verwaltung tat. Immer wenn der König eine neue Steuer oder Leute zum Bau einer weiteren Straße verlangte, gaben die Menschen den Yavanas die Schuld, die das Geld einsammelten oder die Arbeit erzwangen – aber wenn die Straße eröffnet, das Festmahl gegeben wurde, dann dankten sie dem König. Die Yavanas fürchteten die Feindseligkeit der Sakas und baten den König um Schutz, und als Entgelt dafür forderte der König totalen Gehorsam – und Geld. Eskati hatte wie die meisten griechischen Städte städtische Mittel besessen – mit denen Schulen finanziert, Getreide eingekauft und die Preise stabil gehalten, die öffentlichen Wasser- und Abwasserleitungen repariert, Öl für die Gymnasien gekauft, die öffentlichen Bäder geheizt und gelegentlich Feiern ausgestattet wurden. Alle diese Mittel waren entweder völlig vom König vereinnahmt worden oder würden eingezogen werden, wenn er Geld brauchte. Die öffentlichen Schulen waren geschlossen worden, und Bürger, die zu arm waren, um Privatschulen zu bezahlen, sahen ihre Kinder in Unwissenheit aufwachsen. Der Preis des Getreides schwankte stark, und manchmal war es völlig unerschwinglich; die führenden Männer der Stadt mußten Reparaturen der Aquädukte und des Abwassersystems aus ihren eigenen strapazierten Taschen bezahlen. Seit einer Generation hatte es in den Gymnasien kein Öl mehr gegeben, und das Theater stand bei der Ankunft der Königin schon drei Jahre leer. Da Eschate so ausgepreßt wurde, daß es überhaupt kein Vergnügen mehr gab, wanderten die Menschen ab – nicht die echten Griechen, die die Stadt zu sehr liebten und keinen anderen Ort hatten, an den sie gehen konnten, sondern die Halbgriechen, die jetzt zufrieden waren, als Sakas zu gelten, die Stadt verließen und auf ferne Güter zogen; sie hinterließen Lücken und machten die Bürde der Bleibenden um so schwerer. »Kaum kann ich das Gewicht der Steuern und der Abgaben, der Hoffnungen der Bürger und der Erwartungen des Königs tragen«, sagte Eukleides mit rhetorischem Schwung. »Was soll mein Sohn tun, wenn der Tod mir die Augen geschlossen hat? Wird er das Fernste Alexandria vergessen, vergessen, daß er ein Grieche ist – einer von denen, deren Speere König Alexander wie ein Blitz durch die Welt folgten, daß selbst die Götter neidisch vom Himmel schauten? Der Jaxartes wird wie das Wasser des Lethe sein, des höllischen Flusses, dessen Geschmack Vergessen bringt, und diese edle Stadt wird in ewigen Schlummer sinken.«

»Was kann ich tun?« fragte Heliokleia ernsthaft, als Eukleides' Worte verklungen waren und ihr Sprecher sich gesetzt hatte.

»Sprich für uns mit dem König, o Königin«, sagte Eukleides eifrig. »Erkläre ihm unsere Situation und bitte ihn, unsere Last zu erleichtern!«

Heliokleia nickte. »Ja, Herr, das werde ich tun. Aber was, schlagt ihr vor, sollte geschehen?«

Daraufhin begann die ganze Delegation durcheinanderzureden; jeder erklärte und argumentierte, gleichzeitig oder nacheinander, was seiner Meinung nach getan werden sollte, um der Stadt zu helfen. Ich konnte kaum einem Gedanken folgen, von fünfen gleichzeitig ganz zu schweigen, doch Heliokleia hörte aufmerksam zu, verwarf gelegentlich einen Vorschlag als undurchführbar oder erinnerte die Delegierten daran, daß das Königreich von Krieg bedroht war und es sich nicht leisten konnte, Einnahmen zu verlieren, und machte aus einer Verallgemeinerung einen spezifischen Vorschlag, bis schließlich die ganze Delegation sich auf eine Reihe konkreter und vernünftiger Maßnahmen geeinigt hatte.

»Dann werde ich diese Vorschläge dem König unterbreiten«, sagte Heliokleia. »Und ich hoffe, er wird sie, wie ich, weise, mäßig und dem Frieden und Wohlstand im Königreich dienlich finden. Danke für euren guten Rat, und Dank auch für eure Gaben. Freut euch, o Männer des Fernsten Alexandria.«

»Freue dich, o Königin«, antworteten sie und gingen unter Verbeugungen hinaus. Ich eilte ihnen nach, um ihnen den Weg aus dem Palast zu zeigen. Und sie freuten sich wirklich, als sie gingen. Jeder pries seinem Nachbarn die neue Herrin – so schön, so anmutig und höflich, so schnell von Begriff, so klug in ihren Kommentaren, so ernsthaft und bescheiden in ihrer Aufmerksamkeit! Sie hatten sich nach jemandem gesehnt, der sie rettete, und glücklich diskutierten sie über jedes ihrer Worte und Gesten und sogen aus jedem ihrer Blicke den letzten köstlichen Tropfen von Hoffnung.

Nachdem ich die Delegation zur Tür begleitet hatte, kehrte ich in das Speisezimmer zurück. Heliokleia saß schwer atmend da, das Gesicht in den Händen. Ich dachte, sie meditiere wieder. Erst viel später wurde mir klar, daß sie versucht hatte, nicht zu weinen.

Damals war sie den Tränen nie fern, und sie mußte sie mehrmals am Tage hinunterschlucken. Sie wußte schon, daß der wirkliche Grund das war, was im Bett des Königs mit ihr geschah – und was sie noch genauso verabscheute wie beim erstenmal –, doch der Schmerz und die Verwirrung schienen in alles einzufließen, was sie tat. Hier hatte die Stadt an sie als Königin appelliert, damit sie ihr die Gerechtigkeit und Erleichterung verschaffte, die sie so verzweifelt brauchte. Es war ein Ruf, auf den sie gewartet hatte. Jahrelang hatte sie sich darauf vorbereitet, davon geträumt, sich danach gesehnt, er möge kommen und ihr die Gelegenheit geben, ihr Karma zu erfüllen. Jetzt war er gekommen, und sie wollte nur fort. Sie fühlte sich schmutzig, gedemütigt, ihrer selbst unsicher; alles, was sie zu tun versuchte, würde ihren edlen Absichten zum Trotz unweigerlich in ein schreckliches Chaos führen. Sie wünschte sich, sie könne es aufschieben, und sei es nur für ein paar Wochen.

Außerdem war es gleich nach ihrer Reitstunde passiert. Sie hatte ihre ganze Kraft gebraucht, um ihre Angst vor Pferden zu überwinden und eines zu besteigen. Und dann war Amages vierjährige Tochter, die ebenfalls Stunden nahm, wie ein kleiner Affe auf den breiten Rücken ihrer Stute gesprungen. Heliokleia hatte sich bitterlich geschämt; ihre eigenen Anstrengungen wirkten dagegen wie die Bewegungen einer tönernen Gliederpuppe. Amages Kind hatte sie ausgelacht, und Amage hatte das Mädchen getadelt, aber sanft und ebenfalls lachend. Dann hatte die Lektion kein Ende mehr nehmen wollen: auf das Pferd, mit den Knien drücken, nein, Liebe, die Fersen nach unten, nein, nein, den Rücken gerade, mit den Knien drücken, mit den *Knien,* nicht mit den Fersen – das Pferd hatte einen Satz getan, und sie wäre beinahe heruntergefallen – nein, nein, nicht am Sattel festhalten, die Hände braucht man für die Zügel, nein, nein, nein. Heliokleia hatte nicht soviel Zeit für all das eingeplant. Sie saß verbissen auf dem kräftigen Wallach, versuchte, sich nicht am Sattel festzuhalten, und bemerkte plötzlich entsetzt, daß die Sonne schon die Stunde anzeigte, die sie für das Treffen mit der Bürgerdelegation vorgesehen hatte. Sie war vom Pferd gerutscht, hatte sich hastig bei Amage entschuldigt und versucht, bei dem Gedanken, sie käme zu spät und die Delegation stünde beleidigt im Hof, nicht in Tränen auszubrechen. Sie war den Hügel von den Palaststallungen hinaufgerannt; ihre Muskeln schmerzten von der ungewohnten Anstrengung, und keuchend war sie an die Hintertür des Palastes gekommen, wo ich sie traf. Sie kam wund, erschöpft und gedemütigt zurück, und nachdem sie es hinter sich hatte und darüber nachdachte, schien ihr alles, was sie getan hatte, falsch.

Hatte sie den Männern zu wenig oder zu viel angeboten? Hielten sie sie für unhöflich, weil sie sie so schnell hinauskomplimentiert hatte, als sie fertig waren? Sie hatte sich nur gesorgt, die Dienerschaft wolle das Speisezimmer für eine Mahlzeit vorbereiten.

Als ich wieder hereinkam, ließ Heliokleia sofort die Hände sinken und verbarg ihre Gefühle hinter der Maske der Ruhe. »Danke, Tomyris«, sagte sie förmlich.

In derselben Minute erschien Inisme in der anderen Tür zum Speisezimmer, die in die Wohngemächer des Palastes führte. »Der König wünscht dich zu sprechen«, sagte sie zu Heliokleia, faltete die Hände und sah die Königin ausdruckslos an. »Er sagte, du mögest in sein Arbeitszimmer kommen, wenn die Bürger gegangen sind.«

»Oh«, sagte Heliokleia. Ich glaube, nur weil ihre Maske noch nicht ganz perfekt war, sah ich Angst angesichts Inismes Botschaft darin aufflackern. Ich ahnte nicht, daß sie inzwischen immer Angst hatte, wenn sie allein zum König gerufen wurde. Als Mauakes sie heute morgen in Hosen gesehen hatte, hatte er gelacht und gesagt, er werde sie ihr ausziehen müssen. Sie war nicht mehr so unwissend wie zuvor, sie konnte sich das jetzt vorstellen, und ihr war übel. »Danke«, sagte sie zu Inisme, und ihr Mund war trocken. »Ich werde sofort gehen.«

Das Arbeitszimmer des Königs ist ein kleiner Raum – auf der Rückseite des zweiten Hofes neben seinem Schlafzimmer und weit entfernt von der mehr öffentlichen Vorderseite des Palastes. Mauakes bewahrte dort in einer alten geschnitzten Holztruhe unter dem Fenster Zählstöcke und Landkarten und die Embleme der Adelsfamilien auf, die er regierte; auf einem Regal gegenüber stand eine Reihe großer Schalen, in vergoldetes Leder gehüllt. Es gab keine Bücher oder Schreibtafeln, da Mauakes nicht lesen konnte; er hatte einen Yavana-Sekretär, der ihm seine Briefe schrieb, aber der Mann wohnte in den Dienstbotenquartieren und kam nur, wenn er gerufen wurde. Heliokleia hatte den Raum vorher kaum gesehen, und sie klopfte sehr zögernd an die Tür.

Mauakes saß auf dem einzigen Stuhl neben dem Zählpult, sein breites Gesicht war rund wie der Mond und unergründlich – doch zur Erleichterung der Königin war er nicht allein. Itaz stand steif am Fenster. Seine Miene war nur zu leicht zu durchschauen: er war wütend. Heliokleia empfand den Sohn des Königs bei jeder Begegnung als feindseliger und einschüchternder mit seinem wilden, dunklen Starren – aber unter den gegenwärtigen Umständen war sie sehr erfreut, ihn zu sehen.

»Da bist du ja«, sagte der König und lächelte sie milde an. »Und, sind die Bürger erfreut fortgegangen?«

Heliokleia zögerte. Sie hatte gehofft, mehr Zeit zu haben, um sich zu überlegen, wie sie ihre Bitten zum Wohle der Stadt am besten vortragen könnte. Sie begriff, daß er ihr nicht vertraute, und sie wußte, daß sie sich in allem so verhalten mußte, als stünde sie vor Gericht. »Sie waren sehr herzlich und äußerst ergeben«, sagte sie hinhaltend, »und schienen tatsächlich sehr erfreut, mir das schöne Geschenk zu geben, das sie ausgewählt hatten.«

»Ach, und was ist das?«

»Ein Purpurumhang, Herr, ein überaus schönes Stück.«

»Und wo ist er?« fragte Mauakes, der jetzt amüsiert lächelte. »Warum trägst du ihn nicht?«

Sie hatte ihn im Speisezimmer gelassen, und das verriet nur zu deutlich ihren Mangel an wirklichem Interesse daran. Unkönigliche Dummheit! Sie atmete wieder tief ein und versuchte, sich loszulösen und ruhig zu bleiben. »Du batest mich zu kommen, und ich bin schnell gekommen«, antwortete sie und schaffte es, sein Lächeln zu erwidern.

Er kicherte, aber seine Augen waren scharf und wachsam. »Das bist du. Aber sag mir, was wollten die Bürger? Sie kamen doch mit Bitten, nicht wahr, meine Liebe?«

Sie schaute einen Augenblick zu Boden und sammelte ihre Gedanken. Wenn sie es nicht aufschieben konnte, mußte sie jetzt gleich ihr Bestes für die Stadt tun – obwohl es eindeutig kein günstiger Moment war. »Herr«, sagte sie, blickte auf und begegnete seinem argwöhnischen Blick, »sie hatten in der Tat Anliegen, sehr viele, und sie baten mich, sie dir vorzutragen. Ich dachte, es wäre vorteilhaft für dich, Herr, zu hören, was sie zu sagen hatten – sobald du Muße hast, es dir anzuhören. Die Stadt ist in beklagenswertem Zustand, der Hälfte ihrer Bewohner beraubt, verarmt, und sie leidet bitter unter ihren Bürden. Ich dachte, dir müßte jedes Mittel angenehm sein, ihr wieder ihren alten Wohlstand und ihre Würde zu verleihen, ohne daß du selbst dabei Verluste erleidest.«

Mauakes schnaubte. »Ich dachte mir, daß sie sich bei der ersten Gelegenheit bei dir beklagen würden. Und was verlangen sie diesmal für ihre Loyalität?«

»Gar nichts; ihre Loyalität haben wir schon. Du bist ihr Beschützer, und sie sind als Bittsteller gekommen, um deine Hilfe zu erflehen. Nein, ich ... soll ich jetzt sprechen, Herr?«

»Ja«, sagte Mauakes mit einem Blick auf Itaz, der noch immer steif, schweigend und verdrossen dastand, »sag mir, was sie wollten.«

Vorsichtig trug Heliokleia die Vorschläge vor, für die die Delegation sich entschieden hatte, kleidete sie in möglichst taktvolle Worte und versuchte zu zeigen, daß sich dadurch die Macht und Würde des Königs erhöhen würde, ohne daß es ihn Einkünfte kostete – Argumente, die, wie sie vom Hofe ihres Bruders wußte, mehr Gewicht hatten als bloße Gerechtigkeit. Die wichtigsten dieser Vorschläge lauteten, daß die Minister für Steuern und Finanzen Sitze im Stammesrat haben und als Berater des Königs akzeptiert werden sollten; der Stadtrat von Eskati solle seinen eigenen Magistrat wählen und nicht vom König ausgewählten Sakas unterstellt sein; der Stadtrat solle seine eigenen Finanzen kontrollieren und durch Steuern auf Wahlen, Handel, Straßen oder Wasserwege zusätzliches Geld für den König erheben, das mit den Sakas der Gegend geteilt werden könnte. Mauakes hörte aufmerksam zu.

»Nicht so hitzköpfig, wie ich befürchtet hatte«, sagte er nachdenklich, als die Königin fertig war. »Und ich nehme an, etwas muß geschehen, um der Stadt zu helfen. Seit Jahren geht es mit ihr bergab. Vermutlich ist jetzt der richtige Zeitpunkt gekommen. So können wir sicherstellen, daß sie sich an dich wenden – und nicht an deinen Bruder. Hmm. Ja.« Dann lachte er. »Du schlägst also vor, daß ich den Yavanas mehr Macht geben soll, während mein Sohn ... Itaz! Sag mir noch einmal, was du und deine Freunde wollen!«

Itaz schwieg, und seine Wangen röteten sich.

»Schämst du dich, deine Vorschläge vor der Königin zu wiederholen?« fragte Mauakes mit spöttischer Stimme. Seine Augen allerdings waren nicht spöttisch; sie hatten den dunklen, durchdringenden Blick, den Itaz nur zu gut kannte.

»Nein«, sagte Itaz zornig, »warum sollte ich mich schämen? Wenn ich etwas Schmachvolles vorschlüge, wäre ich heute nicht hergekommen und hätte dir gesagt, was wir wollen; ich hätte den Rat heute nachmittag für sich selbst sprechen lassen. Wir möchten, daß du Sakas einstellst, die das Eintreiben der Steuern und die Verwaltung der Justiz überwachen. Ratsherren sollen dich beraten, und andere, die diesen unterstellt sind, sollen die Yavanas überwachen, die die eigentliche Arbeit tun. Und wir bitten dich, den Ratsherren zu gestatten, hundert Mann als königliche Garde für die Königin aufzustellen.«

Heliokleia sah ihn verwirrt an. »Was für einen Sinn soll es haben, tausend Sakas zu beschäftigen, damit sie tausend Yavanas bei der Arbeit zusehen?« fragte sie. »Wie sollen sie dafür bezahlt werden?«

»Eine gute Frage«, sagte Mauakes. »Wie *würden* sie dafür bezahlt, Itaz?«

»Die Ratsherren bräuchten nicht bezahlt zu werden«, antwortete Itaz. »Der Rest ... ich weiß nicht. Vielleicht aus den Steuern, oder vielleicht von den ihnen vorgesetzten Gebietsherren, vielleicht durch eine Mischung von beiden. Das müßte der Rat entscheiden.«

»Aha. Und wie sollen sie die Yavanas überwachen, wenn man bedenkt, daß du kaum tausend Sakas finden wirst, die lesen und rechnen können?«

»Sie könnten mit den Leuten in den Gebieten reden und feststellen, ob jemand Beschwerden gegen die yavanischen

Steuereintreiber hat; wenn jemand Beschwerden hat, können sie dir davon berichten.«

»Gegen die Steuereintreiber haben sie immer etwas vorzubringen, mein lieber Itaz. Die Gerichte urteilen über diese Klagen und tragen sie mir vor, wenn das nötig ist. Warum also tausend weitere Männer anheuern, die nur im Weg sein werden?«

»Die Gerichte werden von den Freunden derselben yavanischen Steuereintreiber geleitet!« versetzte Itaz barsch. »Und wenn einer von ihnen die Leute unterdrückt, wird er von allen anderen gedeckt. Dir kommt in zehn Jahren nicht ein einziger Fall zu Ohren.«

»Wenn es vertuscht werden kann, war es auch nicht wichtig«, sagte Mauakes milde.

»Herr, der Vorschlag deines Sohnes ist eine Reaktion auf die gleiche Klage, die die Bürger von Eschate mir heute morgen vorgetragen haben«, warf Heliokleia plötzlich und unerwartet ein. »Immer, wenn die Sakas einen geldeintreibenden Beamten sehen, argwöhnen sie, daß er es veruntreut, weil sie nicht wissen, woher das Geld kommt und wohin es geht. Und wenn in einer Region die Ernte schlecht war, weiß der Steuereintreiber nichts davon, bis er mit der Schuldliste ankommt. Er muß trotzdem den ganzen Betrag erheben, und seine Arbeit wird zur Unterdrückung. Der Stammesrat hätte ihn informieren und die Last besser verteilen können – aber die beiden haben einander nichts zu sagen. Es ist wünschenswert, Herr, daß die Saka-Herren und die Yavana-Verwalter miteinander in Verbindung stehen und gemeinsam in deinen Diensten arbeiten können.«

Mauakes schnaubte. »Sehr vernünftig, sehr zweckmäßig. Aber glaubst du, wenn der Rat mir sagt, ich solle diese neuen Saka-Minister einstellen, könnte ich antworten: ›Nein, ich werde euch nicht mehr Macht geben, aber ich werde das dadurch ausgleichen, daß ich eure Ehren unter euren Rivalen verteile‹? Dieser Vorschlag meines Sohnes hat nichts mit den Sorgen des Rats über die Unterdrückung durch die Yavana zu tun. Er zeugt nur von ihrer Angst – der Angst, daß die Yavana-

Verwalter dir gegenüber loyal sein und aus dem Geschirr schlüpfen werden, das wir Sakas ihnen angelegt haben.«

Heliokleia biß sich auf die Lippen.

»Es ist nicht einfach Angst«, protestierte Itaz. »Ich hätte nichts dagegen, Yavanas im Rat zu sehen; wenn sie ihm Rechenschaft ablegen müßten und ehrlich sagen würden, wann sie Schwierigkeiten beim Eintreiben der Steuern hatten, würde ich sie willkommen heißen. Aber woher sollen wir wissen, ob sie die Wahrheit sagen, wenn wir keine unabhängigen Aufseher haben? Und, ja, die Leute machen sich Sorgen, die Yavanas könnten sich als illoyal erweisen. Sie haben uns in der Vergangenheit immer wieder verraten, sogar ohne eine eigene Königin.«

»Und deshalb willst du eine Garde für mich?« fragte Heliokleia. »Um mich zu überwachen und dafür zu sorgen, daß ich nicht ebenfalls... aus dem Geschirr schlüpfe? Keine königliche Garde, sondern eine Gefängniswache?«

»Königin, wir haben seit den Tagen König Alexanders gegen dein Volk Kriege geführt«, erwiderte Itaz. »Einer meiner Brüder verlor sein Leben im Kampf gegen deinen Vater. Kannst du es uns verdenken, daß wir dir als Regentin nicht gleich vertrauen?«

»Aber sie regiert euch nicht«, sagte Mauakes sehr ruhig. »*Ich* bin der Regent.«

»Das bist du«, antwortete Itaz sofort, kniete nieder und berührte mit der Stirn den Boden. Noch immer auf Knien, sah er seinem Vater in die Augen. »Und ich bete zu allen Göttern, daß du es lange bleiben mögest!«

»Wenn ich dein Herrscher bin, warum stellst du dann diese unverschämten Forderungen?« antwortete Mauakes plötzlich laut und zornig. Er schlug mit einer Hand auf die Armlehne seines Stuhls. »Du sagst mir, der Rat wolle dies und der Rat wolle das. Der Rat wird das ohnehin vorschlagen, was immer ich dazu sage! Du hast dieses Thema aufgebracht, weil du wußtest, daß die Ratsherren dich dabei unterstützen würden, nicht wahr? Und du hast sie gegen mich aufgehetzt; du willst mir durch sie Vorschriften machen, nicht wahr?«

Heliokleia fuhr zusammen.

»Nein«, sagte Itaz leise und demütig. »Nein, Vater. Weder ich noch der Rat sind gegen dich. Du bist unser König, und wir werden dir so ergeben gehorchen wie immer.«

»Du hast das hinter meinem Rücken ausgeheckt; du hast kein Recht, von Ergebenheit zu sprechen!« schrie der König.

»Meine Ergebenheit steht so fest wie eh und je, und wenn du mir befiehlst, mich von den Ratstreffen fernzuhalten, werde ich das tun!« sagte Itaz. »Aber du hast mit unseren Feinden ein Bündnis geschlossen und eine fremde Königin genommen, die uns bedrohen könnte, wenn dir etwas zustieße – was die Götter verhüten mögen! Du kannst nicht überrascht sein, daß einige von uns Vorkehrungen treffen wollen, selbst wenn sie unnötig sind. Wenn ein Kind sich vor der Dunkelheit fürchtet, dann schlägst du sein Bett beim Schein des Feuers auf, bis es lernt, daß die Nacht ihm nichts antut; du sperrst es nicht in einen Schrank, damit es sich an die Dunkelheit gewöhnt! Wir tun nichts heimlich. Wir kommen zu dir, öffentlich im Rat, und bitten dich, uns etwas Licht zu gewähren – und wenn wir gesehen haben, daß alles gut ist und das Bündnis oder die Königin uns nicht schaden, dann werden wir zufrieden sein und unsere Vorkehrungen wieder aufheben. Aber wenn wir keine Möglichkeit haben, uns Gewißheit zu verschaffen, wie können wir dann unsere Angst verlieren?«

Mauakes betrachtete zweifelnd das offene, ernste Gesicht seines Sohnes. Langsam entspannten sich seine Hände. Er seufzte und rieb sich die Nase. »Nun ja«, sagte er nachdenklich. »Vielleicht.« Mit berechnenden Blicken betrachtete er seine Frau. Sie sah ihn schweigend an. Heliokleia war frei von Eitelkeit, aber sie wußte, was sie war, eine Königin, die von vielen Königen abstammte, und sie hatte sich nun schon seit einigen Jahren damit beschäftigt, wie man regiert. Sie erkannte klar und deutlich, daß ihr Mann vorhatte, den Rat zu beschäftigen, indem er ihre Stellung verringerte, die schon jetzt von allen Seiten beschnitten war.

»Herr«, sagte sie gelassen, »daß du hier König bist, ist so

offenkundig, daß es lächerlich wäre, das in Frage zu stellen. Ich weiß nicht, wovor Herr Itaz und seine Freunde sich fürchten. Ich bin doch nur eine einzelne Frau. Ich habe keine Armee, kein Heer von Dienern, die mir ergeben sind. Hauptmann Demetrios und seine Leute sind heute morgen nach Baktra aufgebrochen; die Elefanten stehen in deinen Stallungen, ihre Treiber gehorchen deinen Befehlen, nicht meinen. Ich habe keinen Reichtum und keine Macht außer der, die du mir einräumst, und was du mir gibst, muß ich für dich verwenden oder ganz aufgeben. Wenn ich für meine griechischen Mitbürger gesprochen habe, so geschah das in der Überzeugung, daß ihr Wohlstand und ihre Würde auch deine eigenen fördern würden – ich habe nicht die Möglichkeit, das zu fordern, was ich erbat. Wenn du dich dazu entschließen solltest, ihre Bitten zurückzuweisen, kann ich mich nur verneigen und deinen Willen akzeptieren und den Bürgern sagen, sie sollten dasselbe tun. Aber, Herr, als du mir die Pferde aus der königlichen Zucht gabst, sagtest du, daß eine Königin eigenes Land und Vermögen haben muß. Das braucht sie, um jene zu belohnen, die ihr dienen, oder denen zu antworten, die Bitten an sie richten. Sonst würde sie vom ganzen Volk verachtet, und ihr Gatte würde wegen seines Geizes lächerlich erscheinen. Eine Königin, die bewacht wird wie eine Gefangene – und das nicht einmal von Leuten ihres Gatten, sondern von Soldaten, die der Adel eingestellt hat – und die nur Leute sehen darf, die ihre Wachen als geeignet ansehen, würde ebenfalls verachtet.«

»Es ist nichts Unehrenhaftes dabei, wenn eine Königin eine Garde hat«, unterbrach Itaz sie. »Jeder König der Welt hat eine!«

»Die ihm unterstellt ist«, sagte Heliokleia. »Die, die du für mich vorschlägst, wäre nicht mir unterstellt.«

Mauakes lehnte sich zurück und betrachtete sie nachdenklich. »Tatsächlich, meine Liebe, du bist eine Königin und weißt, was dir zukommt«, sagte er duldsam. »Ich sehe keinen Grund, dich mit einer Garde zu versehen, die mein Rat ausgewählt hat. Aber eine Garde brauchst du in jedem Fall, eine Ehrengarde. Du kannst selbst hundert Männer auswählen, die zu deiner Verfügung und unter deinem Befehl stehen. Die Armee und die Steuereintreiber müssen ohnehin bald ausgebildet werden, wenn sie uns neben den Elefanten von irgendeinem Nutzen sein sollen. Vielleicht veranstalten wir Wettbewerbe unter ihnen, und du kannst dir aus den Siegern deine Garde auswählen.«

Heliokleia verneigte sich unglücklich. Die Armee bestand gänzlich aus Sakas. Wie konnte sie daraus Unbekannte auswählen und feststellen können, wo deren Loyalitäten lagen? Gewiß würden sie sie ausspionieren; einige würden vielleicht ihre Besucher abweisen und eine Mauer zwischen ihr und den Griechen errichten. Doch wenigstens würde sie offiziell den Oberbefehl haben. Und vielleicht würden die Wachen ja auch außer bei einigen wenigen zeremoniellen Anlässen in ihren Quartieren bleiben und sie nicht weiter behelligen.

»Vielleicht kann ich dem Rat dies sagen«, fuhr der König fort und sah Itaz düster an. »Wenn die Ratsherren eine zusätzliche Verwaltung wollen, dann sollen sie selbst dafür bezahlen, vorausgesetzt, sie zahlen alle ihre regulären Steuern ebenfalls – *und* die zusätzlichen, die ich für die Verteidigung gegen die Tochari erheben werde. Ich denke, du wirst feststellen, daß ihre Begeisterung für die Verwaltung augenblicklich dahinschmilzt. Doch da ihr beide euch darüber einig seid, werde ich Yavanas in den Rat aufnehmen. Was die anderen Vorschläge betrifft, die ihr beide vorgebracht habt – nun, Itaz, da du und die Königin in einer Sache einer Meinung seid, solltet ihr vielleicht über den Rest diskutieren und sehen, worauf ihr euch sonst noch einigen könnt. Wenn die Yavanas und ihre größten Gegner eine Maßnahme gemeinsam unterstützen, habe ich nichts dagegen, sie durchzuführen.«

Itaz und Heliokleia starrten einander entsetzt an. Der König kicherte boshaft und erhob sich schwerfällig. »Nehmt etwas Wein vor dem Mittagsmahl«, schlug er in seinem üblichen milden, verzeihenden Ton vor.

Eine Kanne Wein stand neben den Bechern auf dem Regal, und der König nahm sie herunter. Heliokleia stand neben dem

Regal; benommen griff sie nach einer der Schalen. Sie starrte immer noch Itaz an, der sie mit gerötetem Gesicht und dunklen, zornigen Augen beobachtete.

»Nicht diese«, sagte Mauakes und nahm ihr die Schale ab. »Das geziemt sich nicht, nicht für dich.« Er sah die Schale an, lächelte vor sich hin und drehte sie in den Händen, ehe er sie in das Regal zurückstellte.

»Warum?« fragte Heliokleia und schaute zu, wie der König eine andere Trinkschale herausnahm.

»Sie gehörte einem Verwandten von dir«, antwortete Mauakes. Er nahm zwei weitere Schalen und schenkte den Wein ein. Dann reichte er eine der Königin.

Sie schaute einen Moment hinein; die Schale war innen vergoldet, und das Gold schimmerte orangefarben durch den tiefroten Wein, der fingerbreit den Boden bedeckte. Die Vergoldung war jedoch verkratzt, gleich unter dem Rand, und darunter war das Material des Bechers weiß wie Knochen. Sie erinnerte sich plötzlich an etwas, das sie über die Sakas gehört hatte, und erbleichte; sie versuchte die Form des Bechers in der ledernen Hülle abzuschätzen. Hastig stellte sie die Schale ab und betrachtete wieder die andere Trinkschale im Regal. »Ist das der... Schädel... eines Verwandten von mir?« fragte sie flüsternd.

»Von Nikias, dem jüngeren Sohn von Antimachos dem Gott«, erklärte Mauakes zufrieden. »Dein Großonkel. Er war für die Garnison in Eskati verantwortlich, als wir sie einnahmen. Eine alte Feindschaft, die heute vergessen ist – aber du solltest nicht daraus trinken.«

»Und diese hier?« fragte sie und starrte auf die Schale, die sie abgesetzt hatte. »Oh, er war ein Saka«, sagte Mauakes und nahm einen Schluck aus seiner eigenen Trinkschale. »Ein berühmter Verräter. Kein Grund, sich deswegen Sorgen zu machen.«

Heliokleia wischte sich die Hände an ihren Hosen ab und schaute noch immer auf die Schädelschale. »Es tut mir leid«, sagte sie. »Es ist...ich... das heißt, Töten ist gegen meine Philosophie. Wir halten es für das Beste, nicht einmal das Fleisch von

Tieren zu essen, und aus dem Schädel eines Mannes zu trinken... ich darf das nicht tun.«

»Würdest du lieber aus dem Schädel einer Frau trinken?« fragte der König und lachte, als seine Gattin entsetzt aufschaute. »Ich hatte nie eine Feindin, die so wichtig gewesen wäre, daß man sie als Trophäe aufhebt. Also gut, trink nicht, wenn deine Religion es nicht zuläßt.« Er nahm einen weiteren Schluck von seinem Wein.

Itaz schaute in seine eigene Schale, runzelte die Stirn und überlegte auf einmal, ob er daraus trinken sollte. Die Anhänger Mazdas glauben, daß die Berührung von Toten unrein macht, aber er hatte tote Leiber nie mit Schädeln in Verbindung gebracht, die man als Trophäen aufhebt. Der Brauch ist unter den Steppenvölkern weit verbreitet: Sakas, Issedones, Tochari und Hunnen befolgen ihn. Die Griechen finden ihn primitiv und abstoßend – aber sie verbrennen die Leiber ihrer Toten, was die anderen Völker genauso abstoßend finden. Itaz hatte sich nie zuvor Gedanken über die Trophäen seines Vaters gemacht; er war stolz gewesen, wenn er sie angesehen und an all die Männer gedacht hatte, die sich dem König widersetzt hatten und zerschmettert worden waren. Doch jetzt berührte ihn etwas vom Entsetzen der Königin, und er fühlte sich unbehaglich. Vielleicht war es unzivilisiert und arrogant, aus den Schädeln der Toten zu trinken. Vielleicht sollte er es als guter Mazdaist nicht tun. Doch er konnte sich nicht weigern, nicht jetzt. Heliokleia war eine Fremde, ihre Weigerung basierte auf einem sinnlosen religiösen Verbot, aber eine plötzliche Weigerung von seiner Seite wäre eine Beleidigung. Widerstrebend trank er noch einen Schluck Wein. Während er den süßen Rotwein im Mund hatte und die Schale kalt seine Lippen berührte, war er sich seiner selbst einen Augenblick lang als zweier Menschen bewußt: der eine war ein Saka-Prinz, der sich wohl fühlt bei dem, was er tut, während der andere – wer? – von außen zuschaut. Diese Empfindung war so stark, daß er beinahe einen Blick über die Schulter geworfen und nach seinen eigenen anklagenden Augen Ausschau gehalten hätte.

»Nun«, sagte Mauakes, seine Trinkschale leerend, »wir sind schon etwas spät zum Mittagessen, meine Liebe, aber ich denke, du solltest erst deine Reitkleidung wechseln. Komm mit, ich werde dir helfen, sie auszuziehen.« Er nahm Heliokleias Hand und zog sie eilig aus dem Arbeitszimmer in Richtung Schlafzimmer. Er schaute dabei die Tür an und bemerkte im Gegensatz zu Itaz nicht, wie Heliokleia kurz und angewidert zurückzuckte.

Itaz stellte die noch halbvolle Trinkschale ab und stand eine Minute still an die Wand gelehnt. Ihm war elend, heiß, und er war verwirrt. Die Vorschläge, die er im Namen des Rates gemacht hatte, würden zum größten Teil nicht angenommen werden; sein Vater war zwar teilweise beruhigt, verdächtigte ihn aber wieder; und seine eigenen Gefühle waren ein absolutes Chaos aus Scham, Groll, Mitleid und Verlangen. Durch die Mauer hörte er den König und die Königin ins Schlafzimmer gehen, das Schließen der Tür, einen dumpfen Aufprall, das Quietschen des Bettes und dann ein Grunzen seines Vaters. Itaz fuhr zusammen und verließ das Arbeitszimmer im Laufschritt; er wollte auf keinen Fall mehr hören.

Der Stammesrat kam an diesem Nachmittag in der Ebene außerhalb der Stadt zusammen. Die Yavanas von Baktrien mißachten beim Umgang mit uns immer unseren Rat, weil sie in ihrer üblichen Arroganz annehmen, daß keine Organisation, die sie nicht selbst auch besitzen, nennenswert sein könne. Das ist ein Fehler. Unser Rat ist sehr alt, und wenn die Könige seine Macht auch beschnitten haben, so müssen sie sich doch auf ihn verlassen, wenn sie überhaupt regieren wollen. Es heißt, die ersten Ratsmitglieder seien die Oberhäupter jener siebzig Haushalte gewesen, aus denen der Stamm bestand, dessen Pferde der Sonnengott bestieg. Heute gibt es noch immer siebzig Räte; jeder besitzt seine eigenen Güter, seine eigene ummauerte Stadt oder Festung und kommandiert seine eigenen bewaffneten Männer. (Ich spreche nur aus Bequemlichkeit von »jeder« – in Wirklichkeit sind einige Ratsmitglieder immer Frauen. Ich sagte schon, daß wir Sakas den Frauen mehr Freiheit einräumen als die Yavanas, und normalerweise übernimmt eine Witwe den Platz ihres verstorbenen Mannes im Rat, während eine Tochter ihn von einem Ratsmitglied erbt, das keine Söhne hinterläßt.)

Die siebzig also ritten aus der Stadt oder aus ihren umliegenden Lagern zum geweihten Versammlungsort. Auf der Ostseite des Kleineren Sees nordöstlich der Stadt befindet sich eine Erhebung, die immer als Landmarke benutzt wurde, das Grabmal eines Helden, der in den Tagen vor König Alexander starb. Der Versammlungsplatz liegt daneben, ein doppelter Ring aus hölzernen Bänken mit einem alten steinernen Altar in der Mitte. Es ist ein sehr einfacher und primitiver Altar, ein bloßer Steinhaufen mit einer rohen Schale obenauf, ganz anders als der prachtvolle Tempel in Eskati, aber er ist der am meisten verehrte Schrein in ganz Ferghana. Man erzählt sich, dieser Altar sei von unseren Vorfahren errichtet worden, als der Sonnengott zu ihnen hinabstieg, und in der Nähe kann man auf einem Felsstück die doppelte, schwarz verbrannte Räderspur sehen, die der Sonnenwagen hinterlassen hat. Die Stelle ist so heilig, daß sich ihr niemand außer den Oberpriestern und Oberpriesterinnen nähern darf. Die Menschen legen ihre Opfergaben neben dem Zaun nieder, der sie umgibt. Doch jeden Tag bei Sonnenaufgang betritt ein Priester oder eine Priesterin die Einzäunung und gießt ein Trankopfer auf die verbrannten Räderspuren, um dem Sonnengott zu zeigen, daß wir die Erinnerung an seinen Besuch bei uns immer lebendig halten. Das Feuer auf dem alten Altar in der Nähe wird ständig in Gang gehalten.

Die Räte und der König trafen ein, als die Sonne, vom See aus betrachtet, über der Erhebung stand. Jeder kam mit zehn oder zwölf Gefolgsleuten, unbewaffnet und ohne Panzer, so wie es der Brauch ist, und in seinen feinsten Kleidern – die Tuniken oder Gewänder mit leuchtenden Mustern gefärbt und goldbestickt, das Zaumzeug der großen Pferde in der spätnachmittäglichen Sonne glitzernd, die Mähnen und Schweife mit flatternden Bändern geschmückt. Als sie neben der geheiligten Einzäunung angekommen waren, stiegen die Ratsherren ab, die Gefolgsleute führten die Pferde beiseite, und die Herren und Damen gingen weiter zum Fuß der Erhebung und setzten sich auf die Bänke. Der König traf nach den meisten anderen ein und ließ sich auf seinem Platz auf der vorderen Bank der östlichen Seite nieder, im vollen Schein der Sonne. Itaz, der mit ihm aus der Stadt geritten war, setzte sich nervös neben seinen Vater. Auf dem Ritt hatte Mauakes nicht gesprochen, und nun trug er seine mildeste Miene zur Schau. Itaz spürte dennoch den Zorn hinter der Maske und wußte, daß die argwöhnische Wut nur ruhte, nicht schlief.

Kanit, der als Oberpriester amtierte, stand auf, schritt in die Mitte und wandte sich nach Westen, wo die Sonne tief am harten, blauen Himmelsgewölbe stand. Das geheiligte Feuer brannte hoch in der Vertiefung des Altars, und Kanit warf einige Pferdehaare hinein, hob die Arme, so daß sein mit goldenen Fibeln besetzter gelber Umhang in der Brise wehte, und betete laut, der Gott möge ihre Erörterungen huldvoll zur Kenntnis nehmen. Der Rat war zusammengetreten.

In alter Zeit urteilte der Rat über alle Streitfälle unter seinen Mitgliedern. Oft tagte er wochenlang und disputierte über Grenzen oder Mitgifte, Morde oder den Besitz an umstrittenen Pferden. Doch Mauakes hatte solche Angelegenheiten an die Gerichte verwiesen, wo sie von seinen Yavana-Verwaltern bewertet und durch seine eigenen Urteile entschieden wurden. Gelegentlich ließ er den Rat über Grenzstreitigkeiten oder Blutfehden disputieren, wenn er dessen Einwilligung für nötig hielt, aber sonst beschäftigte er ihn nur mit Diskussionen darüber, wie viele Männer die Ratsmitglieder für einen Krieg aufbringen konnten oder wer am dringendsten einen neuen Bewässerungskanal brauchte. Zwei oder drei Tage reichten gewöhnlich aus, um die Angelegenheiten eines Vierteljahres oder sogar eines halben Jahres zu erledigen, da der König die Räte in raschem Tempo durch die verringerte Arbeit trieb. Er wartete jetzt ungeduldig, während das älteste Ratsmitglied, eine redselige alte Witwe, den Platz des Sprechers in der Mitte einnahm, eine Hand auf dem Altar, und den Rat veranlaßte, dem König Glückwünsche zu seiner Heirat auszusprechen.

Mauakes war schlechter Stimmung. Er wußte, daß das, was sein Sohn ihm erzählt hatte, stimmte. Wenn der Rat Angst hatte, war es sinnvoll, ihm die Gewißheit zu geben, daß keine Yavana-Ränke in Gang waren. Doch er war der Auffassung, der Rat hätte ihm vertrauen müssen. Er hatte seine eigenen Methoden entwickelt, seine neue Königin fest im Griff zu behalten. Sie waren wirksam und, was genauso wichtig war, unauffällig. Nichts, was er getan hatte, würde die Baktrier kränken. Seine häuslichen Arrangements im Palast gingen unbestreitbar nur ihn an, und das neue Bündnis machte keinem der beiden Partner Schwierigkeiten. Doch jetzt verlangte der Rat, der Königin eine ratseigene Garde zu geben, und schlug neue Einschränkungen für seine Yavana-Untertanen vor. So etwas konnte den Baktriern kaum entgehen, und König Heliokles wäre gezwungen zu protestieren. Es würde die Bündnispartner entzweien, und zwar genau in dem Augenblick, in dem Einheit am nötigsten war. Darauf allerdings würde der Rat keinerlei Rücksicht nehmen. Unbeholfene, störende, unzuverlässige Narren, dachte Mauakes, während er die Gesichter ringsum betrachtete. Sie sehen nur das, was sie vor der Nase haben: ihre eigene Macht und ihre Privilegien. Beim geringsten Anzeichen, daß diese in Gefahr sein könnten, werden sie alle zu Verrätern, selbst wenn das den Ruin für das Land bedeutet.

Widerstand jeglicher Art machte ihn wütend – wütend und, obwohl er das nie zugab, ängstlich. Er hatte sein ganzes Leben lang um Macht gerungen, und jeder Mann, den er geschlagen und getötet hatte, vergrößerte seine Angst. Eines Tages würde er ein Komplott nicht rechtzeitig aufdecken. Mit jedem Sieg war er seiner eigenen Macht weniger sicher. Er schaute sogar dann noch grimmig drein, als der Rat seinem ältesten Mitglied einstimmig zustimmte und ihm seine Glückwünsche aussprach.

Als nächster erhob sich Tasius und ging langsam in die Mitte. Er und Itaz hatten unter sich ausgemacht, daß der Sohn des Königs seinem Vater die Nachricht von den bevorstehenden Vorschlägen des Rates überbringen würde, während Tasius sie formell dem Rat vortrug – obwohl die meisten Ratsmitglieder bereits wußten, was vorgeschlagen werden sollte; mein Vater erzählte mir später, daß den ganzen Tag lang Gerüchte darüber umgegangen wären. Tasius legte die Hand auf den Altar und sah den König mit schmeichlerischem Lächeln an. »Herren des Rates«, sagte er mit lauter und klarer Stimme, »wir gratulieren unserem König zu seiner Heirat und preisen ihn für seine Weisheit, unsere Todfeinde zu Freunden und Brüdern zu machen. Doch wir wollen nicht vergessen, wie groß diese Leistung ist, denn wir erinnern uns gut daran, wie gefährlich diese Feinde waren und wieviel Hilfe sie immer von den Yavanas empfangen haben, die in unserer Mitte leben. Wir vertrauen darauf, Herr und König, daß du fortfahren wirst, jene aus dieser Nation, die unter uns leben, mit derselben Weisheit zu regieren, die du mit der Schließung dieses Bündnisses bewiesen hast, und daß du uns für viele zukünftige Jahre Sicherheit geben wirst. Wir haben deutlich gesehen, wie groß die Freude der Yavanas darüber war, daß sie eine Königin ihrer eigenen Rasse hatten. Die meisten freuen sich zweifellos in aller Unschuld – aber wir kennen die Yavanas. Wir wissen, daß einige von ihnen arrogant werden – oder sollte ich sagen, arroganter denn je werden? Sie könnten darauf vertrauen, daß ihre Königin sie beschützen wird, wenn sie anfangen, die Sakas, denen sie in deinem Namen demütig dienen sollten, auszuplündern und zu unterdrücken. Wir Ratsmitglieder wissen, daß du stark mit Vorbereitungen gegen die Invasion beschäftigt bist, die wir alle fürchten, deshalb erbieten wir uns, die Überwachung dieser Leute selbst zu übernehmen, wenn du damit einverstanden bist. Ich schlage vor, falls der König dazu willens ist, sechs Herren dieses Rates die Kontrolle über die Ämter der Finanzen, des Zensus, der Wasserverteilung, der königlichen Straßen, der Armee und der Minen zu geben; sie sollten einen höheren Rang erhalten als die Yavanas, die gegenwärtig diese Ämter bekleiden, und aus ihren Gefolgsleuten Männer auswählen, um die von den Yavanas ausgeschickten Leute zu überwachen. Weiter, Herr und König, stellen wir fest, daß deine Königin keine königliche Garde hat, wie eine Dame von so hohem Rang sie haben sollte. Wir bitten dich daher um die Ehre, ihr eine Garde stellen zu dürfen. Jedes Mitglied des Rates soll ihr einen Mann zu ihrer Verteidigung geben, die großen Herren mögen mehrere Krieger hinzufügen, so daß ihre Garde sich auf insgesamt hundert Reiter beläuft. Wir sind begierig, Herr und König, uns deinen Vorbereitungen gegen die Invasion anzuschließen und dir die Bürde jener kleinen Aufgaben von den Schultern zu nehmen, die unserem loyalen Rat überlassen werden könnten. Wer von den Ratsmitgliedern damit einverstanden ist, dir diese Angebote zu unterbreiten, möge sich erheben.«

Zwei Handvoll Ratsmitglieder, darunter Itaz, sprangen sofort auf die Füße; dann schlossen sich weitere an, dann wieder weitere, bis fast die ganze Versammlung stand. Tasius verneigte sich und ging zurück zu seiner Bank. Er brauchte nichts weiter zu sagen. Der Rat hatte seinen Haß und sein Mißtrauen gegenüber den Yavanas und seine Unzufriedenheit mit den Vereinbarungen des Königs deutlich gemacht.

Mauakes stand auf, sobald sein Schwiegersohn die Hand vom Altar genommen hatte, und nahm dessen Platz ein. »Ich danke meinem loyalen Rat für seine ergebenen und großzügigen Angebote«, sagte er, und seine Augen glitzerten, während sie die Versammlung musterten. »Ich stimme mit euch, meine Herren und Damen, darin überein, daß eine so angesehene Dame wie meine Königin eine königliche Garde haben sollte. Aber ich habe bereits beschlossen, ihr diese Garde zu stellen. Die Armee muß diesen Sommer ausgehoben und ausgebildet werden, und die Pferde müssen Zeit haben, sich an die Elefanten zu gewöhnen. Ihr alle kommt nach dem Schafscheren mit euren Kriegern hierher und schließt euch zur Ausbildung mir und meiner stehenden Armee an. Während der Ausbildung werden wir Wettkämpfe abhalten, und meine Gemahlin kann unter den Siegern ihre Garde auswählen. So werden wir aus unseren Reihen eine neue königliche Garde aufstellen, eine Streitmacht ausgewählter Männern, deren Ehre nur von der meiner eigenen Garde übertroffen wird. Ich selbst werde ihre Löhne bezahlen, und sie werden das Privileg haben, die königlichen und halbkönglichen Pferde zu reiten. Ich denke, diese Art, eine Garde für Königin Heliokleia auszuwählen, entspricht eher ihrer Ehre wie auch eurer Loyalität. Stimmt ihr dem zu, meine Herren und Damen?«

Man hörte verwirrtes Scharren in den Bankreihen. Mauakes stand gerade und reglos neben dem Feuer und starrte kühl und hart ein Ratsmitglied nach dem anderen an; und eines nach dem anderen standen sie unterwürfig auf. Saka-Adelige sind nicht von Natur aus unterwürfig – aber ich sagte schon, daß der König ungeheure Autorität besaß, erworben im Laufe vieler Jahre, und daß es nicht der Mühe wert war, sich ihm wegen der Unterschiede zwischen seinem Plan und ihrem zu widersetzen. Außerdem war, wie mein Vater später sagte, eine neue königliche Garde, die im Rang nur von der des Königs übertroffen wurde, eine unvergleichliche Gelegenheit, Ehre und Beförderungen zu erwerben, und mein Vater sagte, er habe zwei Söhne, die vielleicht aufgenommen werden könnten.

Mauakes nickte, die Hand noch immer auf dem Altar, und die Versammlung setzte sich wieder hin.

»Was das Angebot meiner Räte betrifft, meine Verwalter zu überwachen«, fuhr der König flüssig fort, »so fürchte ich, daß ich unter der Bedrohung durch die Invasion nicht die Mittel finden kann, solche Überwacher zu bezahlen. Sollen wir diesen Vorschlag in cin paar Jahren neu überdenken, meine Herren und Damen, wenn wir die Bedrohung durch die Tochari abgewendet haben? Jeder Mann, der ohne Bezahlung als Überwacher zu arbeiten wünscht, wird von mir natürlich freudig akzeptiert, und ich werde meine Minister anweisen, ihm entsprechende Aufgaben zu übertragen.

Ich verstehe jedoch, daß ihr euch vor der Arroganz der Yavanas fürchtet und – aus welchem Grunde auch immer – meine eigene Autorität über meine Beamten ... euch nicht befriedigt. Ich habe daher beschlossen, meine sechs yavanischen Oberverwalter zu diesem Rat zuzulassen. Es handelt sich dabei um diejenigen, welche die von meinem Schwiegersohn erwähnten Ämter innehaben. Ich werde von ihnen verlangen, daß sie euch, meine Herren und Damen, volle Rechenschaft über ihr Tun ablegen. Ihr werdet dann die Gelegenheit haben, Einwände gegen ihre Vorschläge vorzutragen oder diese zu ändern. Ist dies annehmbar, meine Herren und Damen?«

Es folgte ein kurzes Schweigen und dann ein verworrenes Gemurmel von Stimmen, die den Vorschlag ungläubig erörterten: Yavanas sollten im Rat sitzen? Mauakes wartete ein paar Minuten und fragte dann noch einmal: »Ist es annehmbar, daß meine ergebenen Verwalter auch euch Rechenschaft ablegen sollten, meine Herren und Damen?«

Eine gewisse Unruhe entstand, dann schritt Azes, einer von Tasius' entschlossensten Unterstützern, hinunter in die Mitte. Er war der Vater von Itaz' Freund Azilises. Er schlug mit der Hand auf den Altar, auf dem noch Mauakes' Hand lag. Dieser hob höflich die Hand vom Stein und trat ihm das Rederecht ab, obwohl er neben dem Altar stehenblieb. »Herr und König«, sagte Azes so laut zu dem Mann an seiner Seite, daß die ganze Versammlung ihn verstehen konnte, »es ist annehmbar, daß die Beamten dem Rat berichten sollen...«

»Gut«, warf Mauakes rasch ein.

»... aber nicht, daß sie einen Platz im Rat bekommen sollen! Herr und König, diese Versammlung ist alt und unserem Herrn, dem Sonnengott, und allen Göttern heilig. Alle hier sind von edlem Blut, Besitzer von Land und Pferden. Wie kannst du vorschlagen, eine Bande von Yavanas zuzulassen, Fremde für unseren Gott und unser Land, Sekretäre und Domestiken?«

Er wollte fortfahren, doch Mauakes hatte seine Hand wieder auf den Stein gelegt, und Azes gab nach. »Meine Yavana-Minister sind alle von edlem Blut – in ihrem eigenen Volk –, und auch sie besitzen Ländereien und Pferde«, sagte der König milde. »Außerdem verehren sie seit vielen Jahren unseren Herrn, den Sonnengott; er ist schließlich Herr der Welt und scheint nicht nur auf Ferghana nieder. Ich verstehe euren Einwand nicht, Herr Azes. Bitte, erläutert ihn mir.«

Azes stand einen Augenblick mit offenem Mund da. »Sie sind Yavanas«, sagte er endlich. »Dies ist eine Saka-Versammlung.«

»Und?«

»Und ... und die Yavanas sind unsere Feinde ...«

»Nicht mehr. Wir haben einen festen Friedensvertrag, Herr Azes; sie sind unsere Verbündeten. Es würde die Macht dieser Versammlung vergrößern und die Arbeit der Verwalter erleichtern, wenn die Minister an euren Erörterungen teilnehmen könnten.« Azes versuchte einzugreifen, doch diesmal zog der König seine Hand nicht zurück, sondern sprach weiter, diesmal an den Rat als Ganzes gewandt. »Wir stehen vor einem Krieg, meine Herren und Damen. Letzten Sommer kamen die Tochari an unsere Grenzen, prahlten, sie würden unsere königlichen Pferde wegtreiben, den Beweis dafür, daß wir in der Gunst des Sonnengottes stehen, und uns diese Gunst stehlen. Ihr wißt, was es uns damals kostete, sie abzuwehren. Mein Sohn Goar ist tot – und viele andere Söhne auch, viele Ehemänner, Vettern, Freunde; in der ganzen Versammlung ist wohl kein Ratsmitglied, das nicht jemanden zu betrauern hätte. Im kommenden Sommer werden unsere Feinde vermutlich zurückkommen, zahlreich wie die Fliegen, die über dem Fluß schwärmen. Diesmal wird ihr Haß größer sein, denn wir haben sie beleidigt; diesmal haben wir den Verlust von mehr als Pferden zu fürchten – obwohl die Sonne weiß, welch ein Verlust das wäre. Wenn sie diesmal in das Tal eindringen, werden sie brandschatzen und töten, wo sie können, und jeden, der ihnen in die Hände fällt, werden sie als Sklaven mitnehmen. Ich hoffe, daß sie, dank unseres Mutes und des Einfallsreichtums unserer Verbündeten, bedauern werden, jemals von uns gehört zu haben. Aber wie können wir siegen – wie können wir auch nur daran denken, in einen so schweren Kampf zu treten –, wenn wir mit unseren Verbündeten und Nachbarn über alte Vorrechte streiten? Darüber, wer welchen Titel trägt? Es ist an der Zeit, meine Herren und Damen, daß wir alle vergessen, daß einige Bewohner dieses Tales von den Massagetai abstammen, andere hingegen von den Nachfolgern König Alexanders. Wir alle leben in einem Land, Ferghana, und wir verderben oder gedeihen zusammen. Diejenigen, die diesem Vorschlag zustimmen und wünschen, daß meine Minister dieser Versammlung Rechenschaft ablegen sollen, mögen jetzt aufstehen.«

Itaz erhob sich. Nach einem Augenblick begannen auch andere aufzustehen. Wieder erhob sich Stimmengewirr. Weitere Teilnehmer standen auf. »Ich entschied mich für den Vorschlag«, erzählte mir mein Vater, »obwohl er mir nicht sonderlich gefiel. Aber der König hat sich in der Vergangenheit nie geirrt, und wenn er meinte, damit vergrößerten sich unsere Chancen auf einen Sieg – nun, dann sollten wir es versuchen.«

Doch es war knapp. Als die Diskussionen verstummten und alle sich entschieden hatten, war zuerst nicht klar, ob der Vorschlag angenommen worden war oder nicht, und Kanit und die Priester mußten zählen. Achtunddreißig Teilnehmer stimmten dafür, eine Mehrheit von nur drei Stimmen – aber sie reichte aus. Der Vorschlag des Königs war angenommen. Mauakes nickte, noch immer mit der Hand auf dem Altar, und wies Kanit an, die sechs Yavanas im Namen des Rates zur nächsten Ratsversammlung zu bestellen. Dann begann er sofort mit seinem nächsten Vorschlag – der Forderung nach zusätzlichen Steuern, um die Kosten für die Verteidigung zu decken. Ratlos und betrogen blieb Azes noch eine kleine Weile am Altar stehen, dann nahm er kopfschüttelnd wieder auf seinem Sitz Platz. Die anderen Ratsmitglieder murmelten zunächst, doch sie wurden bald wieder aufmerksam, als sie merkten, daß sie Geld verlieren sollten. Der Rest der Versammlung diente der üblichen, vom König vorangetriebenen raschen Abwicklung von Geschäften.

Als es zu dunkel wurde, um die Stimmen zu zählen, stand Kanit auf, verbeugte sich vor dem König und bedeckte den Altar mit Erde, wobei er die Glut des geheiligten Feuers bewahrte. Die Versammlung würde am nächsten Tag bei Sonnenaufgang fortgesetzt. Noch ehe die Glut der Kohlen verblaßt war, begannen die Ratsmitglieder zornig untereinander zu diskutieren. Mauakes war sofort von ängstlichen Männern und Frauen umgeben, die nach der neuen Steuer fragten oder sich entschuldigten, weil sie zu spät zur Ausbildung der Armee kommen würden. Itaz beobachtete sie und seinen Vater einen Augenblick lang schweigend und ging dann zu seinem Pferd. Rasch stieg er über die Bänke und marschierte durch das dichte Gras, das im Dämmerlicht schwarz aussah. Der Westen war noch immer rot, über dem Hügel standen weiße Sterne, aber der Mond war noch nicht aufgegangen.

Tasius holte Itaz ein, ehe er sein Pferd erreicht hatte, ging neben ihm her und paßte sich Itaz' raschem Schritt in Richtung auf die Postenkette an. »Du hättest es ihm niemals vorher sagen sollen!« zischte Tasius wütend. »Ich hätte dem nie zustimmen sollen! Das war fatal. Er hatte Zeit, sich eigene Vorschläge auszudenken und gerade genug zu geben, um den Rat zufriedenzustellen, aber nicht annähernd so viel, wie wir wollten. Wenn unsere Vorschläge überraschend gekommen wären, hätte er vielleicht zustimmen müssen.«

»Wenn ich ihn nicht gewarnt hätte, hätte er den Gedanken ganz und gar verworfen«, antwortete Itaz, obwohl er davon nicht völlig überzeugt war. »Als ich ihm sagte, was wir wollten, warf er mir vor, ich hetze den Rat gegen ihn auf. Er war wütend, Tasius. Wenn wir ihn überrascht hätten, hätte er entschieden, daß wir beide des Verrats schuldig sind. Er ist noch immer argwöhnisch, sogar jetzt noch.«

»Aber er hätte nicht diese andere Idee vorbringen können, daß die Yavanas Ratsmitglieder werden sollen! Er hätte uns nicht überrumpeln und deshalb damit durchkommen können.«

»Das hätte er auf jeden Fall vorgeschlagen«, sagte Itaz unglücklich. »Die Yavanas aus der Stadt haben es heute morgen der Königin vorgeschlagen, und sie hat es meinem Vater vorgeschlagen.«

»Und das hat er akzeptiert? Einfach so?«

»Sie hat es ... sehr raffiniert ausgedrückt, hat gesagt, die Stadt bitte ihn um Hilfe. Und sie sagte, es sei eine Antwort auf das gleiche Problem, mit dem sich auch unser Vorschlag befaßte.«

Sie hatten die Pferde erreicht. Itaz grüßte die Wachen kurz und ging hinüber zu seinem Hengst, der mit lose über dem Kopf hängendem Zaumzeug graste; die Gebißstange klingelte leise, wenn das Tier an dem dichten Gras rupfte. Sein schwarzes

Fell war in der Dunkelheit fast unsichtbar. Itaz tätschelte seine Schulter, suchte Zuflucht in der vertrauten Härte von Knochen und Muskeln. Er war in einem so verwirrten, elenden Zustand, daß es eine Erleichterung war, sich mit so einfachen Tätigkeiten wie dem Zurechtziehen der Satteldecke und dem Anziehen der Gurte zu beschäftigen und seine Aufmerksamkeit nur auf das Wohl des Tieres zu richten.

»Es ist unerhört!« erklärte Tasius, der noch immer bei seinem Verbündeten verweilte, zornig. »Diesen schlauen Bastarden einen Platz in unserem Rat zu geben, als hätten sie irgendwelche Rechte im Land! Warum in aller Welt bist du so schnell aufgesprungen, um dafür zu stimmen?«

Itaz drehte sich um und sah seinen Schwager überrascht an. Tasius' Gesicht war nur noch ein bleiches Oval in der Dämmerung, beschattet von seinem Haar; Mund und Augen waren dunkle Löcher in der weißen Form. »Ich sehe nichts Falsches darin, wenn die Yavana-Verwalter dem Rat Bericht erstatten, solange wir keine eigenen Verwalter haben können«, sagte er.

»Damit ist dafür gesorgt, daß wir niemals eigene Verwalter bekommen können!« versetzte Tasius ungehalten. »Und es ist noch schlimmer; er gibt seinen Dienern die gleiche Ehre wie uns, unabhängigen Edelleuten! Und er macht *uns* für deren ganze Unterdrückung verantwortlich. Wenn jetzt jemand aus unserem Volk leidet, dann wird er nicht einfach den Yavanas die Schuld geben, sondern zu uns kommen und fragen, warum wir das nicht verhindert haben.«

»Na und?« fragte Itaz. »Wollen wir denn das nicht? Eine Gelegenheit, so etwas zu verhindern?«

»Sei nicht so einfältig! Wir werden trotzdem keine Chance haben, etwas dagegen zu tun. Wir werden nur das erfahren, was die Yavanas uns wissen lassen, und kein bißchen mehr Macht haben als vorher. Und selbst die Ehre, Berater zu sein – auch die wird geringer, wenn fettfingrige Yavanas mit uns auf den Bänken sitzen.«

»Wieso schadet es uns, mit ihnen zusammenzusitzen?« sagte Itaz. »Keiner wird denken, ein Yavana-Minister sei gleichwertig mit einem Mann, dessen Ahnen den Sonnengott von Angesicht zu Angesicht gesehen haben. Und wenn sie uns Bericht erstatten, haben wir Gelegenheit, das abzuändern, was sie verlangen.«

Tasius stieß zischend den Atem aus. »Du verstehst mich wirklich nicht, was? Aber du bist *sein* Sohn; du stehst ohnehin im Schatten des königlichen Ruhms, und der Ruhm des Rates kann dir gleichgültig sein.«

»Ich glaube, ich verstehe durchaus«, sagte Itaz gepreßt. »Du würdest es vorziehen, daß man den Yavanas alle Schuld gibt, wenn sich beim Eintreiben der Steuern Ungerechtigkeiten ergeben, und daß man euch dankbar ist, wenn ihr hinterher den Streit schlichtet. Die Leute wären wesentlich weniger dankbar, wenn ihr diese Ungerechtigkeiten gleich von Anfang an verhindertet – vor allem, wenn ihr akzeptieren müßtet, daß einige Steuern notwendig sind.« Er schob die Sattelgurte zurecht, lokkerte dem Pferd dann den Kinnriemen des Zaumzeugs und schob ihm die Beißstange wieder ins Maul.

»Wir wollen nicht streiten«, sagte Tasius nach einem unbehaglichen Schweigen. »Vermutlich hätte es schlimmer kommen können. Schließlich bekommt die Königin eine Garde, und einige unserer Leute werden ihr angehören. Ein paar von unseren Leuten werden die Möglichkeit haben, die Yavanas zu überwachen, falls sie es auf eigene Kosten tun. Vielleicht könnten wir dafür arbeiten, daß sie eine offizielle Stellung bekommen.«

Itaz brummte und zog den Kinnriemen wieder an. Er schämte sich jetzt seines Ausbruchs; Tasius war schließlich ein Verbündeter und ein Bruder. Schuldbewußt machte er sich klar, daß er heute morgen vielleicht wirklich ihrer Sache geschadet hatte. Gewiß hatte er sie nicht gut vorgetragen. Unwillkürlich zuckte er zusammen, als er sich daran erinnerte, wie anmutig und bescheiden die Königin ihren rivalisierenden Vorschlag im Namen der Stadt gemacht hatte. Jetzt schien offenkundig, daß seine Direktheit seinen Vater beunruhigen und ärgern mußte. Dabei hatte er versucht, verzweifelt versucht, Mauakes erkennen zu lassen, daß die Opposition immer noch loyal war – auf unbestimmte Art hatte er versucht, ihn nicht zu verletzen.

»Die Königin hatte noch ein paar andere Vorschläge«, sagte er zu Tasius, um seine Feindseligkeit wiedergutzumachen. »Die Delegation der Stadt hat ihr eine lange Liste überreicht, und sie gab alles sehr klug weiter und formulierte sämtliche Forderungen als bescheidene Bitten, um ihm zu schmeicheln. Dauernd sagte sie ihm, die Abgesandten der Stadt seien Bittsteller, die ihn anflehten, sie zu retten.«

»Aha«, sagte Tasius langsam und starrte in die Dunkelheit. »Das hatte ich befürchtet. Bettlern gegenüber mag er gnädig sein; Herren gibt er nicht, was sie zu Recht verlangen. Ja. Das war schlau von ihr. Wird der König die anderen Bitten auch erfüllen?«

»Ich weiß es nicht. Er hat nichts gesagt. Aber er schien dazu geneigt – und er sagte, er würde alles gewähren, worauf sie und ich uns einigen könnten.«

»Was?«

Itaz zuckte mit den Schultern, einen Arm über dem Widerrist seines Pferdes, um aufzusitzen. »Er sagte, alles, worüber sich die Yavanas und ihre schlimmsten Widersacher verständigen könnten, werde er gewähren müssen.«

Tasius stieß mit einem langen Zischen den Atem aus. »Er war wütend, nicht? Was wollte die Königin sonst noch?«

Itaz hielt inne, ließ den Arm fallen und versuchte, sich an alles zu erinnern. »Sie wollte, daß die Stadt ihren eigenen Magistrat wählen darf«, sagte er schließlich. »Und sie wollte, daß die Yavanas von den Sakas, mit denen sie zu tun haben, Steuern eintreiben, statt dem König aus ihren eigenen Mitteln Geld zu bezahlen. Sie sagten, die Bürger bräuchten das Geld für die Instandhaltung all ihrer Yavana-Einrichtungen.«

»Dem werden wir nicht zustimmen!« sagte Tasius heftig. »Vielleicht können wir es mit dem, was er zu dir gesagt hat, verhindern. Und wir müssen uns bemühen, irgendeinen offiziellen Rang und ein Amt für unsere Beobachter zu bekommen. Vielleicht, wenn ...« Er erging sich in einer langen Erörterung der Ämter und Rechte, die den Beobachtern eingeräumt werden könnten.

Itaz lehnte sich an sein Pferd und versuchte zuzuhören. Der Hengst begann wieder zu grasen und dabei auf der Beißstange zu kauen, und Itaz ertappte sich bei dem verzweifelten Wunsch, er und das Tier könnten die Plätze tauschen, er könne nichts wahrnehmen als den Geschmack des Grases und die angenehme Abendkühle nach der Hitze des Tages. Tiere besitzen eine Schlichtheit, nach der wir alle uns manchmal sehnen: ganz in der Gegenwart zu leben und sich nur der Welt der Sinne bewußt zu sein. Unsere eigenen Welten sind so kompliziert, daß wir sie selbst nicht verstehen. Nach einer Weile stellte Itaz fest, daß Tasius' Stimme nur noch ein bedeutungsloses Dröhnen war; nichts als das Kauen und das leise Schnauben des Pferdes ergab einen Sinn. Er fühlte sich müde, und er wünschte sich sehnlich, das Pferd zu besteigen, nach Hause zu reiten und zu schlafen. Tasius verstummte plötzlich. Itaz richtete sich auf und sah, daß der König nicht weit entfernt stand; die kräftige, stämmige Form seines Körpers war sogar im Dunkeln nicht zu verkennen. Er war mit den Räten fertig und gekommen, um sein Pferd zu holen, das neben dem seines Sohnes angebunden war, und sah seinen Sohn und seinen Schwiegersohn miteinander flüstern. Tasius machte eine kurze, nervöse Bewegung, als wolle er weglaufen.

»Sei gegrüßt«, sagte Itaz, ehe der König sprechen konnte. »Wir haben darüber geredet, was die Beobachter der Verwalter tun sollen.«

Mauakes grunzte, wandte sich zur Seite und nahm die Zügel seines Pferdes – ein Pferdeknecht hatte das Tier vorbereitet, sobald die Versammlung beendet war. Derselbe Pferdeknecht erschien neben dem König und bot ihm Hilfe beim Aufsitzen an; Mauakes hievte sich in den Sattel und zog die Zügel an. »Dann sprecht nur weiter«, sagte er in seinem mildesten Ton zu Itaz und Tasius. »Meinetwegen braucht ihr nicht aufzuhören. Falls ihr das aber vorzieht, ich kehre in die Stadt zurück, und ihr könnt weiterreden, wenn ich fort bin.«

Itaz sprang in seinen eigenen Sattel. »Kann ich mit dir in die Stadt zurückreiten?« fragte er den König.

»Willst auch du mir sagen, was die Beobachter tun sollten?« fragte Mauakes, noch immer trügerisch milde.

»Nein«, sagte Itaz, »aber wir haben den gleichen Weg, und es hat keinen Sinn, getrennt zu reiten, als wären wir Feinde.«

Mauakes starrte ihn einen langen Augenblick an. Unergründlicher Ausdruck, argwöhnischer Blick, Überraschung: die Dunkelheit machte es unmöglich, das zu erkennen. »Du kannst mit mir reiten«, sagte er endlich abrupt. »Tasius, mein Sohn, reitest auch du heute abend in die Stadt zurück?«

»Natürlich«, sagte Tasius eifrig. »Ich hole nur mein Pferd.«

»Hole uns ein«, befahl Mauakes und wandte sein Pferd der Stadt zu. »So«, fuhr er fort, als Itaz sein Pferd neben ihn lenkte, »was also sollten Tasius' und deiner Meinung nach diese Beobachter tun?«

Itaz seufzte. »Wir wissen noch nicht einmal, wer sie sein werden oder ob irgend jemand bereit sein wird, die Aufgabe auf eigene Kosten zu übernehmen. Tasius möchte, daß sie einen offiziellen Rang und die Autorität haben, Klagen direkt dem Rat vorzutragen.«

»So, möchte er das? Und was möchtest du?«

»Ich halte das für sinnvoll, vor allem, wenn die wichtigsten Verwaltungsbeamten Ratsmitglieder sind.«

Mauakes schnaubte und ritt einen Moment schweigend dahin. Hinter ihnen ging ein halber Mond auf und erhellte den Osthimmel mit blaßgrauem Licht. »Sag mir«, fragte der König endlich, »wessen Idee war das? Deine oder Tasius'?«

»Tasius schlug sie mir vor«, antwortete Itaz sofort und offen. »Ich weiß nicht, ob sie von ihm ist oder ob einer seiner Freunde sie ihm nahegebracht hat. Vater, du weißt ganz genau, daß die meisten der Ratsmitglieder den Yavanas mißtrauen und immer mißtraut haben.«

»Natürlich«, sagte Mauakes flüsternd. »Der Rat will regieren. Sie wagen es nicht, mich zu hassen, weil ich an ihrer Stelle regiere, also hassen sie die Yavanas. König Antimachos hatte Glück. Er konnte ihre ganze Bande ins Exil schicken und die Bauern direkt regieren; das machte ihm die Dinge zweifellos sehr viel leichter. Ich muß zwischen Saka-Adel und Yavana-Königtum ausgleichen, und wenn mir das nicht gelingt, bricht beides mit lautem Getöse zusammen. Aber wenn die edlen Herren und Damen ehrlich wären, Itaz, dann würden sie zugeben, daß die Yavanas jetzt weniger bedrohlich sind als zu irgendeinem Zeitpunkt vor deiner Geburt. Baktrien wird ihnen nicht mehr helfen, und alle ihre Hoffnungen konzentrieren sich auf die Königin. Die Königin aber kann ihnen nur geben, was ich erlaube – und das weiß sie ganz genau. Sie ist vollkommen in meiner Hand. Also machen sich die Ratsmitglieder jetzt daran, auch sie zu hassen. Sie verstehe ich. Aber warum haßt du sie so sehr?«

Itaz schloß die Augen und versuchte, die in ihm aufsteigende Qual zu unterdrücken. Er war froh um die Dunkelheit, die sein allzu ehrliches Gesicht verbarg. Sie hassen? Ja, er haßte sie – die kühle, hinterhältige Fremde, die durch Schmeichelei und süße Worte ihren Willen durchsetzte; die blasphemische Nachfahrin einer mörderischen Dynastie. Und doch hatte er in ihrer Gegenwart das entsetzliche Gefühl, sie zu verstehen, und zwar wesentlich besser als sein Vater; er bewunderte sie, bemitleidete sie und war so verzweifelt in sie verliebt, daß er wütend die Zähne zusammenbeißen mußte, wenn er daran dachte, daß sein Vater sie beanspruchte. Sie hatte ihn in zwei Hälften gespalten. Er traute und glaubte dem Selbst nicht, das liebte – aber dennoch schmerzte es ihn und ließ ihn wünschen, die Frau wäre nicht nur wieder in Baktrien, sondern am besten tot, unter der Erde und könnte ihn nicht weiter quälen. »Du weißt, daß ich die Yavanas nicht mag«, sagte er zu seinem Vater. »Ich wünschte noch immer, wir hätten statt dessen unser Bündnis mit den Parthern gestärkt.«

»Aber ich habe dir doch gesagt, warum eine Allianz mit Baktrien besser sein würde!« sagte Mauakes ärgerlich. »Kannst du die Vernunft nicht erkennen, wenn sie dir ins Gesicht starrt? Und falls nicht, dann glaube mir, daß ich es kann! Ich regiere dieses Königreich seit einer Generation, und ich habe sein Volk nie im Stich gelassen, niemals. Trotzdem stellt man mein Urteil noch immer in Frage – sogar meine eigene Familie tut das. Du behauptest dauernd, du seist mir gegenüber ergeben. Warum willst du meine Entscheidung nicht akzeptieren und dich ihr unterwerfen?«

»Vater!« sagte Itaz, der wieder den Schmerz hinter dem Argwohn spürte. »Ich habe mich unterworfen; wir alle haben das getan. Du bist der König der Sakas, der Herr von Ferghana, der einzige Mann, der den unbesiegbaren Demetrios schlug, und ich bin froh, dir zu gehorchen. Aber ein Krieg steht bevor, und falls – mögen die Götter es verhüten! – dir etwas zustößt, glauben wir nicht so viel Autorität über die Yavanas zu haben wie du.«

Mauakes zügelte sein Pferd und faßte das Reittier seines Sohnes am Zaumzeug. »Schwöre es mir«, drängte er. »Schwöre, daß du mir ergeben bist.«

»Ich schwöre es bei Ahura Mazda, bei der Sonne und bei allen wohltätigen Unsterblichen«, antwortete Itaz feierlich. »Du bist mein König, und ich werde dich nie hintergehen.« Er nahm die Hand seines Vaters und neigte den Kopf, um sie zu küssen.

Mauakes seufzte, und seine Finger drückten die seines Sohnes. Dann streckte er den Arm aus und tätschelte Itaz' Arm. »Nun gut. Ich bin vielleicht zu argwöhnisch. Itaz, mein Lieber, König zu sein, ist eine bittere Sache.«

»Ich habe es nie sein wollen«, sagte Itaz aufrichtig.

»Nein«, sagte Mauakes und klang viel glücklicher. »Nun gut.« Er ließ sein Pferd in Trab fallen, und als Tasius sie einholte, sprach er mit ihm ohne Anstrengung über die Ratsversammlung und zeigte ein gnädiges Interesse an den Vorschlägen für die Beobachterposten.

6. Kapitel

Die Zeitspanne, die der König seinen Ratsmitgliedern gewährt hatte, um ihre Ländereien zu versorgen, ehe sie zum Drill antreten mußten, war sehr kurz, bloß zwanzig Tage. Mein Vater machte sich gar nicht erst die Mühe, die Stadt zu verlassen, sondern schickte nur meinen Bruder Havani auf das Gut zurück. Er wies ihn an, schnell zu reiten und sich unterwegs frische Pferde zu leihen. Er sollte mit allen unseren kampffähigen Männern zurückkommen. Viele andere Ratsmitglieder taten dasselbe. Die Männer, die zur Hochzeit nach Eskati gekommen waren, blieben in ihren Lagern am See, während die Hitze des Sommers wuchs, und langsam trafen weitere ein, die sich ihnen anschlossen. Die Stadt war gedrängt voll, die Bürger waren gereizt; in der Ebene außerhalb der Mauern zogen die Saka-Zelte Fliegen und Ungeziefer an, und ein Netz rissiger Trampelpfade entstand im vergilbenden Gras zwischen sterbenden Disteln. Von den Tochari gab es keine Neuigkeiten. Mauakes hatte Männer in die Gebiete der Sakaraukai und Dahai geschickt, um sich nach Überfällen zu erkundigen, aber die Spione hatten nichts zu melden. Es schien, als werde der Feind in diesem Jahr vielleicht doch nicht in das Land einfallen. Einige der Ratsmitglieder grollten – warum sollten sie sich mit all ihren Männern bereit halten, während die Felder beackert werden mußten und kein Feind in Sicht war? –, aber Mauakes war erleichtert, da er wußte, daß jede zusätzliche Vorbereitungszeit unbezahlbar war.

Der König ging sofort an die Arbeit, ohne auf das Eintreffen der Stammesarmee zu warten. Sobald die Ratsversammlungen vorüber waren, begann er die dreihundert Mann seiner Garde und die zweitausend Mann seines stehenden Heeres zu drillen. Jeden Morgen ritt er mit einigen hundert seiner stehenden

Truppen und ein oder zwei Elefanten aus der Stadt zum Exerzierfeld gleich im Süden, und dann ritten die Männer den ganzen Tag im Trab oder Galopp um die großen Tiere herum und bemühten sich, ihre Pferde ruhig zu halten, wenn die Elefanten trompeteten. Er erprobte auch die Artillerie. König Heliokles hatte vier der größeren Maschinen geschickt, die man nach dem Gewicht der Steine, die sie schleudern können, »Dreißigpfünder« nennt. Sie waren fast zwanzig Fuß lang und zu groß, um auf dem Feld benutzt werden zu können, denn man mußte sie auseinandernehmen, um sie zu bewegen. Sie wurden in den Tortürmen zusammengesetzt und dort gelassen, eine bei jedem Tor. Die restlichen Maschinen aber, die König Heliokles gesandt hatte, waren sogenannte »Skorpione«, etwa sechs Fuß lang und in der Lage, Pfeile oder Feuerkanister zu schleudern, nicht aber Steine. Diese konnte man in zwei Teile zerlegen, Gestell und Schaft, umherbewegen oder auf dem Schlachtfeld aufstellen. Die Sakas behaupteten, der Gebrauch von Kriegsmaschinen sei unmännlich, und weigerten sich, sie anzurühren. Deshalb zog Mauakes einige Eskati-Yavanas hinzu, die von dem Techniker aus Baktra ihren Gebrauch lernen sollten, und diese Yavana-Katapultmannschaften übten mit der Armee. Das war etwas Neues: in der Vergangenheit hatte der König den Yavanas von Ferghana verboten, auch nur einen Speer zu tragen, jetzt dagegen übertrug er ihnen die Verantwortung für die mächtigsten aller Waffen, die Skorpione und die Feuerwerfer. Die Sakas murrten darüber, besonders über die Feuerwerfer. Es gibt im Süden Baktriens einen See, der einen Naphta genannten Stoff erzeugt, der heißer brennt als Öl; sie laden einen irdenen Kanister mit diesem Stoff – oder mit Öl, wenn es kein Naphta gibt – auf ein Katapult, stecken einen brennenden Lappen in das Ende und schleudern ihn zwei- oder dreihundert Ellen weit in den Feind, wo er explodiert und jeden, der in der Nähe ist, mit einem anhaftenden Feuer überzieht. Es ist eine schreckliche Waffe – und natürlich besonders wirksam gegen Pferde, die große Angst vor Feuer haben. Die baktrischen Yavanas hatten sie in früheren Kriegen gegen uns verwendet, und die

Männer des Königs haßten sie; jetzt hatte König Heliokles einen Vorrat an Naphta geschickt, und die Bürger von Eskati wurden darin unterwiesen, wie man es benutzt. Die Stammestruppen verachteten die neuen Katapultmannschaften und betrachteten das ganze Unternehmen als Fehler. Doch die Männer des Königs waren, wenn auch ebenso argwöhnisch, sehr diszipliniert und vertrauten dem Urteil ihres Kommandanten. Auf Befehl des Königs übten sie sich darin, die Katapulte gegen ein Angriff zu verteidigen und die Katapulte in der Marschlinie aufzustellen, und zwar immer und immer wieder, bis die Yavanas ganz in der Saka-Armee aufgegangen waren.

Mauakes versuchte auch, seine Männer und Pferde an das Feuer zu gewöhnen. Natürlich ließ er die übenden Katapultmannschaften nicht auf seine eigenen Männer schießen; sie hatten ein eigenes Übungsareal und einige Strohziele, mit denen sie trainieren konnten. Auch verschwendete er bei den Übungen kein kostbares Naphta; es reichte nur für zweihundert Kanister, und die waren sämtlich für die Tochari bestimmt. Statt dessen errichtete er eine Reihe von Lagerfeuern und befahl seiner Kavallerie, Ziele hinter diesen Feuern anzugreifen. Sie ritten wieder und wieder dagegen an, bis die Pferde nicht länger scheuten und sich weigerten, den Feuern nahe zu kommen – dann zündete er weitere Feuer und noch mehr Feuer an, bis die Pferde durch einen schmalen Korridor zwischen den Feuern hindurchgaloppieren mußten. Viele der Männer und Pferde hatten sich auf diese Weise schon auf Yavana-Kriege vorbereitet, aber sie bemühten sich, es wieder zu tun, und zwar perfekt.

Während der König die Armee drillte, studierte die neue Königin pflichtbewußt die Verwaltung ihres Königreichs – und verlor dadurch auch den winzigen Hauch von Vertrauen, mit dem der König sie vorher bedacht hatte.

Nicht, daß sie etwas Falsches getan hätte; aus ihrer Sicht war sie nur gewissenhaft. Sie schrieb höfliche Nachrichten an alle wichtigen Verwaltungsbeamten des Königs, in denen sie sagte, sie wünsche die Pflichten ihres Gatten und ihre eigenen zu verstehen, und bat, die Beamten möchten ihr zu einem ihnen genehmen Zeitpunkt ihre Arbeit erklären. Nachdem sie mit jedem von ihnen eine Zeit vereinbart hatte, ging sie in sein Amtszimmer, begleitet von Padmini oder Antiochis und auch zweien ihrer Saka-Damen, dankte dem Mann für seine Zeit und gab ihm ein kleines Geschenk aus ihrem Vorrat an baktrischen Schätzen. Dann stellte sie ihm gewöhnlich ernsthafte Fragen über seine Arbeit, lauschte den Antworten mit schmeichelhafter Aufmerksamkeit und sah sich mit schulmädchenhaftem Ernst die Bücher an. Ihre Fragen allerdings waren alles andere als schulmädchenhaft. Ich glaube, jeder im Palast sprach über ihre Klugheit. Sie lernte; sie verglich das, was sie erfuhr, damit, wie es in Baktrien gehandhabt wurde – und sie machte Vorschläge. Damit begannen die Schwierigkeiten.

An einem Abend zur Zeit des Nachtessens wurde ich zum König gerufen und suchte ihn gehorsam in seinem Arbeitszimmer auf. Er hatte ein massives Kontobuch, einen holzgebundenen Kodex, offen auf dem Pult vor sich liegen. Als ich kam, schlug er es auf und befahl mir ohne jede Begrüßung oder Erklärung, es zu lesen.

Stotternd las ich die Seiten, auf die er zeigte. Sie enthielten einen Bericht über den Empfang und die Verteilung von Getreide: soundsoviel von dem und dem Gut erhalten, soundsoviel für die Pferde der königlichen Garde ausgegeben und so weiter. Der König hörte so gespannt zu, als sei ich eine Sängerin auf dem Höhepunkt einer Heldenerzählung. Nachdem ich drei endlose Seiten gelesen hatte, fragte er: »Ist irgend etwas daran verändert worden?«

Ich starrte überrascht zuerst ihn und dann das Buch an. Die Tinte war stets von der gleichen Farbe und die Zeilen gerade. »Es sieht nicht so aus«, sagte ich schließlich.

»Ist alles in der ... wie nennt man das, in der gleichen Schrift geschrieben?« fragte er.

»Ja«, sagte ich noch überraschter.

Er grunzte und lehnte sich zurück. »Ich hörte, daß die Königin heute meinen Finanzminister besuchte«, sagte er. »Und daß sie einige Änderungen in seiner Buchführungsmethode vorschlug.«

Ich war nicht dabeigewesen – Jahika und Armaiti waren an der Reihe gewesen, die Königin zu begleiten –, aber ich hatte gehört, wie sie ihre Vorschläge mit Antiochis diskutierte, und so bejahte ich. »Ja, das ist richtig. Sie hat gesagt, du benutztest den Getreidevorrat, der sonst immer der Stadt gehörte, um zusätzliches Getreide für deine eigenen Männer zu kaufen; sie meint, wenn du irgendeine andere Zahlung in dieses Konto übertragen würdest, könntest du den Getreidevorrat wiederherstellen, und dann könnte die Stadt ihn benutzen, um den Preis des Getreides wieder zu stabilisieren. Sie sagte, die Getreidepreise in der Nähe der Stadt würden schon steigen, und wenn die ganze Armee hier versammelt ist, müßtest du etwas tun, oder die Ärmeren würden verhungern.«

»So, das hat sie gesagt?« sagte der König und betrachtete das Buch mit verengten Augen. »Mein Finanzminister war sehr beeindruckt.« Er schloß das Kontobuch, starrte es noch einen Augenblick an, schaute dann zu mir auf und fragte: »Hat sie schon irgendwelche Briefe geschrieben?«

»Nein«, sagte ich. Nach einem Moment fügte ich hinzu: »Das heißt, sie hat an die Verwalter der Güter geschrieben, die du ihr gabst, und in den Briefen stand, wie erfreut sie sei, daß sie für sie arbeiten. Außerdem erkundigte sie sich nach der Verwaltung der Güter. Aber diese Briefe gingen durch deinen eigenen Verwalter hinaus, also glaubte ich, mir darüber keine Sorgen machen zu müssen. Und Antiochis und Padmini haben einige Briefe an ihre Familien in Baktra geschrieben, aber darin schien es nur darum zu gehen, was ihre Kinder in der Schule machen.«

»Hast du diese Briefe gesehen?«

»Nun ... sie haben sie sich gegenseitig vorgelesen.«

Ich konnte sehen, daß er von mir als Spionin nicht viel hielt. Sein Kinn verhärtete sich, und er schaute wieder auf das Kontobuch. »Sie hat jetzt alle meine Minister gesehen, nicht wahr?« fragte er leise, und als ich bejahte, sagte er noch leiser: »Dann braucht sie sie nicht noch einmal zu sehen.«

»Was?«

»Es kommt ihr nicht zu, meinen Bedienten hinter meinem Rücken Vorschläge zu machen. Ich möchte nicht, daß sie sich noch einmal in meine Verwaltung einmischt.«

»Aber ... aber es geschah nicht hinter deinem Rücken, Herr. Sie hat deinem Finanzminister gesagt, er solle mit dir darüber reden, sobald er Gelegenheit dazu habe. Ich hielt das für eine gute Idee, Herr. Es stimmt, daß der Getreidepreis gestiegen ist. Alle klagen darüber, wie teuer das Brot ist. Wenn sie Yavana-Buchhaltung versteht, schadet es doch keinem, wenn sie nützliche Vorschläge macht, nicht wahr?«

Der König warf mir einen unverkennbar verächtlichen Blick zu. »Dummes Mädchen!« versetzte er ungeduldig. »Sie und die Minister verstehen es; wir tun es nicht. Denke eine Minute nach. Siehst du nicht, was das bedeutet? Selbst wenn sie nur gute Absichten hat, wird es die Ratsmitglieder zu Tode erschrecken, und die Götter wissen, daß sie jetzt schon nervös genug sind. Wenn sie Verrat im Sinn hat, könnte sie das Königreich auseinanderreißen. Und deinetwegen weiß ich noch immer nichts über ihre wahren Absichten. Sie muß sich aus den Regierungsgeschäften heraushalten. Nein, das brauchst du ihr nicht zu sagen. Du übermittelst ihr meine Komplimente und richtest ihr aus, daß ich die Angelegenheit heute abend mit ihr erörtern werde. Aber sag deinen Kolleginnen, ich will nicht, daß sie noch einmal in die Verwaltungsräume geht, und wenn sie es doch tut, bin ich sofort darüber zu informieren.«

Und so kam es. An diesem Abend sagte er der Königin, sie habe nicht ohne seine Erlaubnis mit seinen Ministern zu sprechen. Wieder akzeptierte sie das – *im Hinblick auf die drohende Invasion* – und beließ es gelassen dabei. Padmini und Antiochis waren starr vor Wut. Ich hörte an diesem Abend, wie sie darüber sprachen – ich war wieder ängstlich und hatte Heimweh und konnte nicht schlafen. »Sie hat zwanzig Talente Silber in der königlichen Schatzkammer!« jammerte Antiochis. »Kann sie nicht einmal mit dem Schatzmeister reden? Braucht sie die Erlaubnis des Königs, um zu erfahren, was mit ihrem eigenen

Geld geschieht?« – »Natürlich«, erwiderte Padmini säuerlich. »Er will keine griechische Königin und schon gar keine Saka. Er will eine Partherin, die im Harem sitzt und spinnt. Er hat sich geweigert, ihr eigenes Personal zu geben; er verweigert ihr die Verfügungsgewalt über seines. Er schließt sie jeden Abend aus ihrem eigenen Haushalt aus und wählt alle ihre Bediensteten. Ach, meine Liebe, sie hätte dumm sein sollen wie ein Huhn: dann hätte er ihr vertraut.«

Doch das sagten sie nur unter sich. Sie wollten die Dinge nicht verschlimmern, indem sie die Königin gegen den König aufhetzten, und wenn Heliokleia anwesend war, taten sie so, als akzeptierten sie die Entscheidung des Königs. Ich verstand erst hinterher, wie sehr Heliokleia die Befehle des Königs verwirrten und verletzten. Sie wußte, daß er ihr nicht traute; sie akzeptierte sogar, daß der Argwohn der Sakas gegen sie natürlich war. Sie wußte, wie tief die Feindschaft zwischen unseren Nationen ging. Aber sie hatte es sich zum Lebensziel gemacht, Frieden zu stiften. Nun sah es so aus, als hätte sie auf falsche Weise eingegriffen und unerwünschte Vorschläge gemacht, mit denen sie die Autorität ihres Mannes untergrub. Doch wie konnte sie ihren guten Willen anders zeigen als dadurch, daß sie nach Gelegenheiten zu helfen Ausschau hielt? Sie war noch verwirrter, als der König ihrem Vorschlag folgte und der Stadt Eskati den Getreidevorrat zurückgab. Wenn er dem Vorschlag zustimmte, wieso war es dann so falsch, daß sie ihn gemacht hatte? Wochenlang schlug sie sich mit dem Problem herum; schließlich entschloß sie sich, erschöpft und verzweifelt, es fallenzulassen.

Der König konnte es nicht fallenlassen. Er hatte gewußt, daß seine neue Frau in der Lage sein würde, die Berichte und Kontobücher seines Yavana-Sekretärs und seiner Minister zu lesen, was er selbst nicht konnte – aber er hatte nicht erwartet, daß sie sich tatsächlich die Mühe machen würde, es zu tun. Jetzt ließ er die Stadt durchkämmen, bis er von einem Sklaven hörte, einem Sogdian-Mann, der als Kind von den Baktriern gefangengenommen worden war, Griechisch lesen und schreiben gelernt hatte und dann an eine Familie in Eskati verkauft worden war. Dieser Mann verabscheute die Yavanas von Herzen. Mauakes kaufte ihn und ließ ihn alle offiziellen Akten durchgehen, für den Fall, daß die Königin oder ein Minister, der für die Königin war, diese zu verändern versuchten. Selbst als die Aufzeichnungen sich als völlig unberührt erwiesen und die Minister ihn mit entsetztem Erstaunen ansahen, blieb sein Unbehagen bestehen. Doch inzwischen verursachte ihm die Beziehung zu seiner neuen Frau ohnehin allmählich Unbehagen.

Sie erwärmte sich nicht für ihn. Wenn er sie in sein Bett nahm, gab sie ihm nichts freiwillig, keine Berührung, keinen Kuß auf die Wange; wenn er etwas von ihr verlangte, gehorchte sie sofort, aber sonst lag sie unter seinen Händen wie eine Betrunkene oder wie unter Drogen. Im Lauf der Wochen verlor er seine anfängliche Zuversicht, dies werde sich ändern, sobald sie sich an ihn gewöhnte. Er wurde ungeduldig und Schlimmeres. Wir in ihrem Haushalt wußten davon – wir lebten zusammengepfercht in vier Räumen und waren alle zu einer Art schrecklicher Intimität gezwungen. Erkältungen und Husten, schlaflose Nächte oder Magenbeschwerden, Rückenschmerzen oder Monatsbeschwerden, wir alle, Sklavinnen und Freie, kannten das körperliche Befinden der anderen bis ins letzte Detail, und unser Wissen erstreckte sich auch auf die Königin. Zum ersten Mal merkten wir das ungefähr um die Zeit, als die Stammesarmee endlich zusammengekommen war. Eines Morgens kam Heliokleia mit zerrissener Tunika, blauen Flecken auf den Schenkeln und einer roten Beißspur auf der Brust zurück. Sie setzte sich zu ihrer üblichen Meditation, ohne ein Wort darüber zu sagen, aber an jedem folgenden Abend war ihr Gesicht blasser als am Vorabend, wenn sie nach unten ging, und gewöhnlich kam sie mit neuen Spuren zurück. Mich verwirrte und stieß das ab – ich war damals eine Jungfrau und achtzehn Jahre alt. So hatte ich mir die Ehe nicht vorgestellt, und es erschreckte mich. Ich konnte nicht darüber reden: alle behandelten die Verletzungen der Königin, als seien sie bedauernswerte Mißbildungen, über die nur eine vulgäre Bauersfrau sprechen würde. Padmini und Antiochis waren angewidert, äußerten sich aber nicht darüber. Sie bestanden nur darauf, daß besonders tiefe Bisse mit Myrrhe bandagiert wurden, um sie zu desinfizieren. Lediglich die alte Sklavin Parendi, die ihr ganzes Leben im Palast verbracht hatte und sich noch an die alte Königin erinnerte, sprach zu mir darüber.

»Sie ist nicht gut für ihn«, murmelte sie eines Morgens, als sie das Bad säuberte, nachdem die Königin zum Frühstück nach unten gegangen war. »Sieh dir das an!« – einen Wollstreifen, beschmiert mit Blut und Myrrhe, der für einen besonders böse aussehenden Biß benutzt worden war – »Das hat er nie getan, als Königin Vishaptatha noch lebte. Zwanzig Jahre waren sie verheiratet, und er hat sie nie auch nur geschlagen. Das ist gegen seine Natur.«

»Warum?« fragte ich flüsternd, und Parendi packte mich mit ihrer schwieligen roten Hand am Ärmel und spähte zu meinem Gesicht auf.

»Es ist, weil er ihr nicht mehr bedeutet als ein Hund«, sagte sie zu mir. Sie sprudelte die Worte gierig heraus, ihre eigene Meinung, nach der zu fragen sich gewöhnlich niemand die Mühe machte. »Schau sie an, wenn sie nach unten geht, sie ist wie eine Statue. Ein Mann will nicht mit einem Bild von Anahita schlafen. Er kann Gleichgültigkeit nicht ertragen, kein Mann könnte das. Er will Liebe, aber wenn eine Frau ihn haßt, ist er wenigstens wichtig für sie. Doch diese hier ... das ist das ganze Meditieren. Sie ist gleichgültig. Es berührt sie nicht. Sie macht sich aus keinem etwas. Er versucht sie zu lieben, und ihr ist das gleich, also verletzt er sie, weil sie ihn auf diese Weise wenigstens beachtet. Das ist nicht richtig. Er ist ein guter Mann, ein guter König, und er wird sich selbst und sie deswegen hassen. Das ist eine schlechte Sache, und es wird böse enden, du wirst sehen.«

Ich schüttelte Parendi ab und sagte ihr, sie solle ihre Zunge hüten, denn mir gefiel nicht, was sie sagte. Doch schon damals glaubte ich, sie habe vermutlich recht, und als die Wochen vergingen, war ich mir dessen sicher.

Die Gleichgültigkeit der Königin ihm gegenüber nagte an Mauakes wie eine Wunde. Er stellte fest, daß er sie um so mehr begehrte, nicht weniger, und sie gewaltsam wollte. Er war nie ein Mann gewesen, der aus Grausamkeit Lust bezieht. Wenn er Männer hatte töten lassen, war es immer für eine gute Sache geschehen, wie er dachte. Ich glaube nicht, daß er Heliokleia jemals schlug, selbst als die Dinge zwischen ihnen am schlimmsten standen. Wenn ich mich heute erinnere, kann ich mit Gewißheit sagen, daß alle diese Male Folgen grober Leidenschaft waren, eines wütenden Angriffs auf diese blinde, ruhige Resignation. Er wußte, daß er ihr weh tat, und er schämte sich dafür, konnte sich aber nicht bremsen. Der Gedanke an sie begann ihn zu verfolgen. Mitten in einem Treffen mit seinen Offizieren oder wenn er ausritt, um seine Männer zu drillen, stellte er sich vor, wie sie nackt auf seinem Bett lag, die glatte, blasse Haut rot vom Zupacken seiner Hände, und ihm brach der Schweiß aus, sein Fleisch wurde hart und sein Mund trocken; er kämpfte dann um Beherrschung und zwang sich dazu, dem Aufmerksamkeit zu schenken, was um ihn herum geschah; er hatte Angst, daß die Leute es bemerkten und glaubten, er werde alt, und der scharfe Verstand, der ihn am Leben und im Amt gehalten hatte, sei stumpf geworden. Ohne es zu wollen, war er wütend auf seine Frau, obwohl er freimütig einräumte, daß sie sich in jeder Weise untadelig verhielt. Seine Wut führte zu einem allumfassenden, vagen Argwohn gegen sie und alles, was sie tat. Er war erleichtert, als es endlich an der Zeit war, eine Garde für sie auszuwählen.

Heliokleia litt natürlich Qualen, weil der König sie so benutzte – aber sie war eine starke Frau und viel zu stolz, ihn um mehr Sanftheit zu bitten. Sie gab sich nur desto größere Mühe, sich loszulösen. Sie verstand nicht, daß sie die Flammen schürte, die sie verbrannten, sie wußte nicht einmal, daß Mauakes Grobheit in irgendeiner Weise ungewöhnlich war. Sie beklagte sich nicht, nicht einmal bei Antiochis und Padmini, und gewiß erwähnte sie den Saka-Damen oder dem König gegenüber niemals ihre Gefühle. Ich kam trotzdem dahinter. Schließlich schrieb sie einen Brief, und so mußte ich ihn natürlich stehlen, ehe er versiegelt wurde, und lesen, damit ich dem König berichten konnte, was darin stand. Ich hätte fast keine Gelegenheit gehabt, ihn mir anzusehen, da sie ihn unmittelbar nach der Niederschrift versiegeln wollte – aber zum Glück war der Siegellehm vertrocknet, und sie mußte ihn naß machen und warten, bis er weich wurde. Während sie wartete, lenkte Inisme sie ab und rief sie aus dem Zimmer, damit ich den Brief lesen konnte. Ich weiß noch immer, was darin stand:

Heliokleia sendet ihrem Lehrer Nagasena Grüße. Ich hoffe, Herr, daß dich dieses Schreiben bei guter Gesundheit antrifft, daß dein Kloster wohlbehalten ist und gedeiht und daß deine Schüler entzückt deiner Lehre lauschen. Ich bete täglich zu den unsterblichen Göttern, daß mein nächstes Leben mir einen Platz wie den ihren zuweist. Es wäre eine so große Freude, ruhig zu leben, keinen Gedanken an den Körper zu wenden, sondern frei und von gelassener Ruhe zu sein, erleuchtet nur vom wunderbaren Licht des achtfachen Weges. Mein Geist ist sehr düster hier im Norden, und es ist schwer zu meditieren; ständig sehe ich mich von trivialen Dingen abgelenkt und von Unbedeutendem den Tränen nahe gebracht. Herr, erlaube mir, zu deinen Füßen zu sitzen, wenigstens im Geiste, und zeige mir Unwissenden und Schwachen, wie ich dem Weg in meinem neuen Leben folgen kann. Die Fleischlichkeit der Ehe quält mich so, daß mir mein eigener Körper ein Abscheu ist. Ich weiß, ich sollte den Schmerz des Fleisches besiegen, wie ich sein Verlangen besiegen sollte, aber ich kann es nicht, und meine Gedanken sind wie trübes Wasser und wollen keine Ruhe geben. Ich schäme mich, deine Weisheit für etwas so Alltägliches und Unbedeutendes zu erbitten und über diese eine Sache zu klagen, während das mir auferlegte Karma mir Reichtümer, gute Gesundheit und Autorität gegeben hat, aber ich fühle mich wie ein Tier in einem Käfig. Ich laufe blind hin und her und sehe keinen Ausweg. Bitte, leihe mir dein Wissen, um das Tor zu öffnen! Mein Gemahl, der König, behandelt mich höflich, aber er versteht nicht, was ich fühle. Wie könnte er auch, da ich es selbst nicht verstehe? Und ich wage nicht, ihm zu sagen, wie widerlich er mir ist. Ich bemerke tausend Dinge, über die ich gelassen hinwegsehen sollte – aber ich kann es nicht. Er hat schlechte Zähne – ich hasse ihren Geruch und Anblick; sein Körper ist dick und behaart um die Mitte – ich hasse die Berührung; er hat seit der Hochzeit nicht gebadet – ich verabscheue seinen Geruch. Weil mein Körper ihm gehört, fühle ich mich unrein; ich ekle mich vor mir selbst und weiß nicht, wohin ich mich wenden soll. Es ist, als summierten sich diese Dinge, so klein sie auch sind, zu einem Zaubertrank, der mich zu etwas Brutalem und Verderbtem macht. Ich kenne mich selbst nicht mehr.

Ich fürchte, ich bin wie die Frau in dem Gleichnis, die als Heilmittel für die Krankheit ihres Kindes schwarzen Senfsamen aus einem Haus erbittet, in dem niemand gestorben ist. Ein solches Haus gibt es nicht, und die Krankheit ist unheilbar. Leiden, ich weiß, ist die erste Wahrheit, und sie ist aus Durst geboren; das ist die zweite. Soviel von dem Weg weiß ich noch, und dies: das Leiden hört auf, wenn der Durst aufgegeben und das Verlangen zerstört ist – aber wie kann ich mein Verlangen zerstören, von diesem Mann fern zu sein? Der edle achtfache Weg, wirst du antworten. Aber ich folge dem achtfachen Weg bereits, so weit ich kann. In der Meditation kämpfe ich darum, an dem Weg festzuhalten; es ist ein höchst erbitterter und schrecklicher Kampf, wo er doch eigentlich Erleichterung sein sollte. Herr, bitte, rat mir, hilf mir, sage mir, wie ich meditieren oder zu welchem Gott ich beten soll, um diesem Elend zu entkommen.

Der Brief entsetzte mich. Ich hatte gewußt, daß die Königin es verabscheute, mit ihrem Mann zu schlafen; bei all meiner Unerfahrenheit und ihrer Selbstkontrolle konnte ich das erkennen. Doch sie war so ruhig erschienen, so resigniert, so – um Parendis Wort zu benutzen – gleichgültig. Nun schrieb sie, sie werde von Trivialitäten beinahe zum Weinen gebracht, ihr Sinn sei wie trübes Wasser, sie sei eingesperrt wie ein Tier, voller Selbsthaß und Abscheu – davon hatte ich nichts geahnt. Ich bin nicht beherrscht: wenn ich die Fassung verliere, merkt das jeder. Mir war unbegreiflich, wie man die Disziplin aufbringen konnte, ein solches Elend zu verbergen. Außerdem glaube ich nicht, daß ich so intensiv darunter gelitten hätte. Es hätte mir nicht gefallen, einen Mann zu heiraten, der älter war als mein Vater, aber ich glaube, ich hätte das akzeptiert. Ich hätte nicht das schreckliche Gefühl gehabt, vergewaltigt zu werden. Lange starrte ich den

Brief an und las ihn halb widerwillig mehrere Male, ehe ich ihn wieder auf das Schreibpult der Königin legte.

Natürlich mußte ich dem König darüber berichten. Sie versiegelte den Brief und schickte Padmini, um ihn einem Kaufmann auszuhändigen, der nach Sakala in Indien reisen sollte; der König würde das erfahren und von mir erwarten, daß ich ihm Bericht erstattete. Ich sagte also einem seiner Leibsklaven, ich wünsche ihn zu sprechen, und als er an diesem Abend vom Exerzierfeld zurückkam, schickte Mauakes nach mir.

»Hat sie einen Brief an ihren Bruder geschrieben?« fragte er eifrig, als ich in seinem Arbeitszimmer erschien.

»Nicht an ihren Bruder, Herr«, antwortete ich. »An jemanden namens Nagasena in Sakala. Sie nannte ihn ihren Lehrer. Ich glaube, er ist ein buddhistischer Mönch.«

»Oh«, antwortete er. Man sah ihm die Enttäuschung an. Er erwartete keine Enthüllungen von einem Brief an einen Mönch. Nach einem Augenblick fragte er: »Was stand darin?«

Ich scharrte mit den Füßen. Mir war das schrecklich peinlich – den Brief gelesen zu haben, ihm davon und von seinem Inhalt zu erzählen. Ich konnte dem König einfach nicht wiederholen, was sie über ihn gesagt hatte; ich schämte mich, davon auch nur zu wissen. Vielleicht wäre es besser gewesen, wenn er begriffen hätte, welche Probleme sie hatte, und vielleicht bin ich in gewisser Weise für das verantwortlich, was geschah, weil er es nicht wußte – aber kein Sterblicher kann jede Folge seines Handelns vorhersehen. »Sie wollte wissen, worüber sie meditieren und zu welchen Göttern sie beten soll«, sagte ich endlich.

»Ach«, sagte der König und warf mir seinen durchdringenden Blick zu. »Aber das ist nicht alles, was sie sagte, oder?«

Ich schluckte. »N-nein. Das heißt, es war der Anlaß zu schreiben. Sie ... sie sagte, sie sei hier sehr unglücklich.«

Nach einem Schweigen fragte er: »Warum?«

»Sie ...« Ich stotterte unglücklich, wagte nicht, den König anzusehen. »Herr, ich glaube, sie vermißt einfach ihre frühere Lebensweise.«

»Hat sie vielleicht Einwände gegen die Einschränkungen, die

ihr hier auferlegt sind?« fragte Mauakes liebenswürdig. »Wünscht sie sich mehr Autorität? Komm, Tomyris, du sagtest, ich könne mich auf dich verlassen. Was genau hat sie geschrieben?«

»Herr, so war es nicht!« protestierte ich. »Sie sprach überhaupt nicht von Autorität. Der größte Teil des Briefes drehte sich um die Religion, darum, wie glücklich Mönche sind und was die Buddhisten über Leid lehren. Sie sagte einfach, sie sei unglücklich und habe Schwierigkeiten zu meditieren; am Ende bat sie ihn, ihr zu raten, wie sie meditieren solle. Wirklich, Herr, das war alles.«

»Tatsächlich? Und warum bist du dann so ... nervös?«

»Ich lese nicht gern ihre Briefe, Herr, vor allem, wenn sie ... persönlich sind. Es macht mich verlegen. Doch der Brief war harmlos, Herr, ich schwöre es.«

Lange sah er mich aus zusammengekniffenen Augen an. »Ich verstehe«, sagte er schließlich. »Du kannst gehen.« Ich wandte mich ab, aber als ich die Tür öffnete, sagte er: »Ich hoffe, du bist wirklich meine getreue Untertanin, Tomyris.«

Ich hielt inne und drehte mich um, aber er hatte mir den Rücken zugewandt und löschte die Lampe, also schloß ich die Tür hinter mir und ging zu den Frauengemächern. Ich verabscheute mich selbst und verfluchte den Tag, an dem ich nach Eskati gekommen war.

Inzwischen waren die Ratsmitglieder mit ihren Männern versammelt, und der König hatte begonnen, sie zu drillen. Alle zweitausend Mann der stehenden Armee waren inzwischen einigermaßen mit Elefanten vertraut und hatten sich an das Feuer gewöhnt – wenn natürlich auch die Pferde mit keinem von beiden wirklich glücklich waren –, und der König hatte sie beauftragt, bei der Ausbildung der restlichen Armee mitzuhelfen. Er exerzierte weitere zwei Wochen mit der Stammesarmee, und dann brachte er seine Frau aus der Stadt mit, damit sie bei den ersten Wettkämpfen zusehen konnte.

Inzwischen war die Mitte des Sommers überschritten, und es war heiß, wie jedes Jahr im Tal, vor allem am westlichen Ende, wo das Land tiefer liegt. Die Wettkämpfe sollten früh beginnen, vor der vollen Tageshitze, also begaben sich alle vor Anbruch der grauen Morgendämmerung hinunter in die Palaststallungen: die Königin, die beiden baktrischen und die vier Saka-Hofdamen. Mauakes war schon fort, um die Armee aufzustellen. Der Halbmond ging gerade unter, und schwer lag der Tau auf den Pflanzen am Wegrand; die Stadt schlummerte neben dem Fluß. Im Hof vor den Stallungen waren die Pferde bereits gesattelt. Ein Wagen mit zwei Pferden war für Antiochis und Padmini vorbereitet, und eine sechsköpfige Eskorte aus der königlichen Garde erwartete uns.

Die alles sehende Sonne weiß, wie ich mich auf diese Minute gefreut hatte. Wir hatten am Vortag die Pferde für diesen Ausflug ausgewählt: königliche Pferde. Ich war mit der Königin zu den Ställen hinuntergegangen und hatte mir die zehn von der Sonne abstammenden Tiere angesehen, die für sie bereitgehalten wurden, und als ein Tier für sie gefunden worden war, hatte man mir erlaubt, mir ebenfalls eines auszusuchen. Ich wählte eine dunkelgraue Stute mit braunen Flecken. Sie hatte eine liebliche, tiefe Brust und wohlgeformte Beine, starke, runde Hufe, und sie ging geschmeidig wie eine Tigerin. Ich nannte sie Terek nach dem Fluß in der Nähe meines Heimes, eines gesprenkelten, steinigen Flusses, stark und schnell wie das Pferd. Am Vortag hatte man mir erlaubt, es zu besteigen, und ich verzehrte mich danach, es galoppieren zu lassen; als ich im dämmernden Morgenlicht in den Stall hinunterkam, fühlte ich mich wie am Neujahrsmorgen. Schnaubend und zitternd stand die Stute dort. Ich gab ihr einen Sesamkuchen, und sie schmiegte ihre Schnauze in meine Hand; ihre Nase war weich wie Seide.

Die Königin sollte ebenfalls zum ersten Mal eines ihrer königlichen Pferde reiten. Amage hatte ihr gestattet, den kräftigen alten Wallach aufzugeben, auf dem sie reiten gelernt hatte, und ihr geholfen, ein passendes Reittier auszuwählen. Es war ebenfalls eine Stute, ein elegant ausgebildetes, schäumendes, graugeschecktes Tier, dessen Schritt so leicht war wie fallende

Schneeflocken. Sie hieß Schatten. Heliokleia streichelte ihren Nacken, und der stolze Kopf neigte sich und berührte ihre Schulter; die Stute suchte nach dem Kuchen, den sie mitgebracht hatte. Heliokleia gab ihn ihr, machte die richtigen Geräusche dazu und stieg dann nicht ganz ohne Mühe in den Sattel; aber das Pferd brauchte nicht mehr vor ihr niederzuknien. Seit über einem Monat hatte sie nun täglich Unterricht gehabt und war an die Größe der Pferde gewöhnt; ihre Muskeln gewöhnten sich ebenfalls an die Tiere, und sie konnte im Sattel inzwischen die Rolle der Saka-Königin spielen, wenn auch jeder, der mit ihr über Pferde gesprochen hätte, bald gemerkt hätte, daß sie keine gebürtige Saka war. Sie hatte jedoch schnell gelernt. Irgendein vom Himmel gesandter Instinkt schien ihren Körper selbst dann zu führen, wenn ihr Geist abwesend war. Selbst Amage hatte bemerkt, es sei geradezu wunderbar; sie hätte das nach der ersten Reitstunde der Königin nie geglaubt.

Antiochis und Padmini seufzten, rümpften die Nasen und bestiegen ihre Wagen; sie waren klug genug, um zu begreifen, daß man von Saka-Königinnen erwartete, reiten zu können; dennoch waren sie insgeheim immer noch überzeugt, es sei etwas Skandalöses, wenn Frauen Hosen anzogen und ein Pferd bestiegen, selbst wenn die Hosen elegant gewebt und die Pferde aus der königlichen Zucht waren.

In scharfem Trab machten wir uns auf den Weg zum Exerzierfeld. Terek trabte hoch und tänzelnd, als könne sie es nicht ertragen, ihre Hufe auf den Boden zu setzen; ich genoß jede Minute. Padmini und Antiochis waren offensichtlich weit weniger glücklich. Sie saßen einander auf den Bänken des Wagens gegenüber, zogen ihre drapierten Gewänder über den Kopf, damit der Wind ihr Haar nicht durcheinanderbrachte, erhoben sich gelegentlich von ihren Sitzen, um ihre Herrin vorausreiten zu sehen, setzten sich dann wieder und schüttelten traurig die Köpfe. Die Königin jedoch machte soeben die überraschende Entdeckung, daß ihr das Reiten Spaß machte. Sie saß sehr gerade, die Wangen waren gerötet vor Vergnügen, und Schatten trabte so leicht dahin wie der Wind.

Als die Königin das Exerzierfeld erreichte, war der Himmel hinter den Bergen feuerfarben, und die Vögel sangen laut in den Büschen, die den Aquädukt säumten. Die Armee hieß sie mit Jubelrufen willkommen. Ihr Gewand und ihre Hose waren im Saka-Stil gewebt, aus leichter Baumwolle wegen der Sommerhitze und weiß mit purpurnen Mustern und goldenen Spangen. Ihr Haar war zum üblichen Saka-Zopf geflochten, obwohl sie einen breitrandigen griechischen Hut darauf trug, um ihre helle Haut vor der Sonne zu schützen. Sie hatte die meisten der Juwelen angelegt, die der König ihr geschenkt hatte. Sie sah königlich und schön und überhaupt nicht griechisch aus, und sie gefiel den Männern. Mauakes kam geritten, um sie zu begrüßen. Einen Augenblick lang verlor sich etwas von der Spannung, die nun immer zwischen ihnen stand, wenn sie zusammen waren, er grinste sie an und nickte seinen Männern zu.

Der König eskortierte uns zu einer erhöhten Plattform, die neben dem Aquädukt errichtet worden war, und von einer Plane aus golddurchwirkter Baumwolle vor der Sonne geschützt wurde; die Elefanten waren daneben angepflockt. Mauakes stieg aus dem Sattel und half auch seiner Frau vom Pferd, führte sie dann auf die Plattform und geleitete sie zu einer am Rand aufgestellten Couch, ehe er zu seinem Pferd zurückging. Ihre Hofdamen wurden von einigen Offizieren geführt und auf Plätze hinter der Königin gesetzt, während unsere Pferde weggebracht wurden, um im Schatten von den Sätteln befreit und angebunden zu werden. Wir vier Sakas saßen mit gekreuzten Beinen auf den Polstern und machten es uns bequem, denn wir wußten, es würde ein langer Tag werden. Antiochis und Padmini saßen steif da und betrachteten mit resigniertem Mißfallen die nackte Plattform, die Elefanten, die Pferde und die Fliegen. Sie mochten Ferghana nicht und fanden es sehr barbarisch.

Als die Königin ihren Platz eingenommen hatte, ritt der König vor die Reihen der Armee und gab das Signal für den Beginn des ersten Wettkampfes.

Sakas sind süchtig nach Spielen und Wettkämpfen zu Pferde; ich habe zu meiner Zeit etliche solcher Ereignisse miterlebt und werde zweifellos noch viele sehen. Das können Rennen, Angriffs- und Schießwettbewerbe oder Polospiele sein. Bei besonderen Gelegenheiten wird es mit bis zu hundert Reitern auf jeder Seite ausgetragen, gewöhnlich aber mit weniger, und diese wenigen brauchen große Geschicklichkeit. Mauakes hatte beschlossen, die verschiedenen Wettkämpfe an verschiedenen Tagen auszutragen und der Königin zu erlauben, sich jeden Tag dreiunddreißig Männer für ihre Garde auszusuchen. Die ersten Wettkämpfe bestanden aus Lanzenreiten und Schießen. Die Angriffe mit der Lanze sind im wesentlichen Sache der schweren Reiterei, der Adeligen, die sich eine Rüstung leisten können; Schießen ist die Aufgabe der leichten Reiterei, obwohl die Adeligen sich oft daran beteiligen.

Die erste Gruppe von Konkurrenten nahm vor dem Podium der Königin Aufstellung. Es waren etwa zwanzig Männer, alle mit Helmen und Schuppenpanzern, die poliert worden waren, bis sie glitzerten. Jeder hielt einen langen Speer in der Hand, und viele hatten den Schaft des Speers mit Fahnen geschmückt. Die starken Pferde, halb oder zu einem Viertel königlich, waren mit armierten Decken bedeckt, und die Reiter spornten sie an, stießen gegeneinander und ließen die Pferde tanzen. Sie alle schienen leicht gebaut, und als Heliokleia die Gesichter unter den glänzenden Helmen betrachtete, sah sie, daß diese Krieger Knaben waren. Keiner von ihnen war älter als fünfzehn. Sie schaute sich um, warf mir einen Augenblick lang einen nachdenklichen Blick zu, entschied sich dann aber offensichtlich dagegen, eine ihrer Hofdamen um Rat zu fragen, während Armeeoffiziere zugegen waren, die das hätten übelnehmen können, und sah sich weiter um. Einer der Offiziere der königlichen Garde, ein älterer Mann namens Palak, stand neben der Plattform; sie winkte ihn heran. Er kam bereitwillig.

»Möchtest du, daß ich etwas erkläre, o Königin?« fragte er.

»Wenn du das darfst, Herr, wäre ich dir dankbar«, antwortete Heliokleia. »Ist dieser Wettkampf nur für Knaben?«

Er nickte. »Alle weniger erfahrenen Krieger werden heute morgen in den Wettkampf gehen – Knaben aus adeligen Familien, Gutsherren, die nur einmal im Jahr trainieren, arme Schafhirten, die sich kaum ein Pferd leisten können, und so weiter. Die Lanzenritte werden nicht sonderlich gut sein, aber einige der Bauern und Hirten sind großartige Bogenschützen. Diese Knaben werden natürlich lanzenstechen; sie sind alle von Adel.«

Die ersten blendenden Sonnenstrahlen kamen über die Bergkämme, einer der Beamten rief etwas, die Gruppe der Knaben spornte die Pferde zum Galopp an und ritt das Feld hinunter. In einigen hundert Ellen Entfernung befand sich eine Reihe von Feuern; dahinter stand eine Pfostenlinie mit bronzeüberzogenen Schilden. Mit wilden Schreien rasten die Knaben auf die Feuer zu. Zwei Pferde scheuten im letzten Augenblick vor den Flammen, und einer der Reiter stürzte. Die anderen galoppierten zwischen den Feuern hindurch und dann weiter, um die Pfosten anzugreifen.

»Müssen sie die Schilde treffen?« fragte Heliokleia.

»Das – oder den Ring herunterholen. Siehst du die Ringe? Da, einer an jedem Pfosten. Es sind Waffenringe, mit Kordeln festgebunden, und wenn man seine Lanze hindurchsteckt, löst sich die Kordel, und man trägt den Ring davon. Am besten ist es, wenn man den Schild beim Hinweg trifft, den Pfosten umrundet und den Ring auf dem Rückweg mitnimmt; das bringt die meisten Punkte. Im Galopp ist das schwer, und wahrscheinlich ist es ungefährlicher, wenn man nur zweimal den Schild trifft. Ich würde mich wundern, wenn einer von denen ... da! Sieht so aus, als hätte der es geschafft.«

Die jungen Krieger hatten alle die Schilde getroffen, obwohl einer seinen Speer in falschem Winkel gehalten haben mußte, denn der Aufprall hatte ihn vom Pferd gestoßen. Die übrigen hatten kehrtgemacht und ritten zurück, wobei sie entweder die Schilde trafen oder nach dem Ring stachen; bei einem hing tatsächlich etwas Glänzendes in der Fahne fest, die an seine Lanze gebunden war. Er galoppierte zurück zu den Feuern, richtete sich im Sattel auf und schwenkte triumphierend den langen Speer.

Gerade, als die Knaben die Feuer passierten, trottete plötzlich einer der Elefanten trompetend auf die Bahn. Die ankommenden Pferde scheuten und gingen hoch, und der junge Sieger sowie zwei oder drei andere verloren das Gleichgewicht und stürzten. Sofort sprang der Junge wieder auf, packte sein Pferd, ehe es davonlaufen konnte, und hechtete in den Sattel zurück. Die anderen hatten sich eben erst von dem Schreck über den Elefanten erholt, und der Sieger schaffte es, sie in scharfem Galopp wieder einzuholen. Palak kicherte. »Gut gemacht«, sagte er, »aber er hätte nicht so prahlen sollen, ehe er im Ziel war. Er hätte sich denken können, daß der König die Elefanten herauslassen würde. Darum ging es schließlich bei dem ganzen Training.«

Heliokleia hatte eine ihrer Schatullen mit Silbermünzen mitgebracht, um die Sieger zu belohnen – gute baktrische Vier-Drachmen-Stücke, keine Imitationen. Der Junge ritt mit roten Wangen und triumphierend leuchtenden Augen vor das Podium. »Rajula, Sohn des Azes!« verkündete einer der Beamten.

Heliokleia stand auf und lächelte ihn an. »Gut gemacht, Rajula, Sohn des Azes!« sagte sie und streckte ihm die Münze hin. »Du hast wahren Mut gezeigt, als du nicht aufgabst, obwohl du gestürzt warst. Nimm dies als Andenken an diesen Sieg, und möge es der erste von vielen gewesen sein.«

Das war wunderbar gesagt. Rajulas Vater Azes war einer der glühendsten Gegner der ganzen Yavana-Allianz, doch Rajula schien das auf der Stelle zu vergessen. Er strahlte sie an, verneigte sich im Sattel, nahm die Münze, küßte sie, wendete dann sein Pferd und ritt beiseite. Schon versammelte sich die nächste Gruppe von Wettkämpfern, Bogenschützen auf zottigen Ponys; draußen auf dem Feld war ein Strohballen vor die Pfosten geschleift worden, der als Ziel dienen sollte.

Heliokleia sah, gelegentlich in die Hände klatschend, zu, wie eine Gruppe nach der anderen in den Wettkampf ging. Der alte Palak blieb in ihrer Nähe, lehnte sich an das Podium und gab

Erklärungen. Offensichtlich freute er sich, eine anziehende junge Königin gefunden zu haben, die bereit war, seinem Geschwätz und seinen Meinungen zu lauschen. Mit ihm hatte sie eine gute Wahl getroffen; er kannte die meisten Edelleute und auch einige der Bogenschützen und erzählte ihr Geschichten über die konkurrierenden Familien, die Generationen zurückreichten. Sie hörte zu und versuchte, sich alles zu merken. Sie belohnte alle Sieger mit Silbermünzen und versuchte, auch für sie freundliche Worte zu finden. Am Abend würde sie die Mitglieder der Garde auswählen, deshalb beobachtete sie die Gesichter der Männer, denen sie Münzen überreichte, und versuchte zu erraten, wer ihr freundlich gesonnen sein mochte. Eifrige Knabengesichter, narbige, gegerbte Altmännergesichter, offene, bewundernde Blicke und mürrische, argwöhnische Blicke; schmutzige, zottige Bärte und geckenhaft gepflegte; schimmernde Rüstungen und Lederwämse mit ein paar Bronzestückchen; breitbrüstige halbkönigliche Pferde und schnelle, leichte Ponys; Lanzen mit flatternden Fahnen und zerkratzte, über den Sattel gehängte Hornbögen: die ganze endlose Vielfalt der Saka-Armee, einer nach dem anderen, und keine Möglichkeit, zu erraten, was in ihren Köpfen vorging, wenn sie sich verneigten, um ihr für die Silbermünzen mit dem eingeprägten Bildnis ihres Bruders zu danken. Sie saß sehr gerade und lächelte jedem zu. Die Sonne stieg höher am blaßblauen Himmel, und die Luft über dem Grasland flimmerte vor Hitze.

Nach einem scheinbar endlosen Morgen wurde Pause gemacht, und Männer und Pferde ruhten in der Mittagshitze. Die Elefanten kehrten in den Schatten des Aquädukts zurück; die Männer banden ihre Pferde im Gebüsch an und legten sich in den Schatten. Auf dem Exerzierfeld brannten die Feuer zu Glut und grauer Asche nieder. Mauakes ritt zum Pavillon zurück und stieg vom Pferd. »Du kannst mit mir und meinen Offizieren zu Mittag essen«, sagte er zu seiner Frau und half ihr vom Podium. Sie neigte zustimmend den Kopf. Ihr war sehr heiß, ihre Hose klebte an Taille und Schenkeln und war naß von Schweiß. Ihr Rücken schmerzte vom Stillsitzen.

Es war eine Art Feldmahl, das sich nur wenig von den Mahlzeiten unterschied, die die Offiziere bei Kriegszügen zu sich nahmen; man speiste in einem großen Zelt hinter dem Pavillon. Die Königin verzehrte schweigend lauwarmes Hammelfleisch und Reis und hörte zu, wie die Männer über die Darbietungen des Vormittags und das Training diskutierten, das die Ratsherren durchführten. Es war heiß und eng im Zelt, und es fiel ihr schwer, sich zu konzentrieren. Die Offiziere sprachen weiter über die Jagdpartien des einen oder anderen oder die Wirtschaftlichkeit bei der Rüstung dieses oder jenes. Nach einer Stunde gaben Antiochis und Padmini den Versuch auf, über etwas anderes zu reden oder auch nur miteinander zu flüstern, und gingen nach draußen, um sich in der frischen Luft hinzusetzen; nach einer Weile schlossen wir uns ihnen an. Doch Heliokleia blieb am Tisch, sagte nichts und versuchte, das, was sie hörte, mit den Namen der Sieger in Verbindung zu bringen, die man ihr heute morgen genannt hatte. Es war schwer, sich auch nur die Namen der Offiziere zu merken, mit denen sie aß. In ihren Schuppenpanzern und Helmen sahen sie sich alle ähnlich. Nur Itaz, der einen Rang in der Garde bekleidete und mit von der Partie war, hob sich von ihnen ab. Er beobachtete sie unablässig. Jedesmal, wenn sie sich umsah, trafen ihre Augen seinen wilden, schwarzen Blick. Nach einer Weile bekam sie Kopfschmerzen.

Als die Sonne die Hälfte ihrer sinkenden Bahn zurückgelegt hatte, wurden die Feuer wieder aufgebaut und Hindernisse auf die Bahn geschleift: Wände aus Strohballen, Hecken aus peitschendünnen jungen Bäumchen und Weidenhütten. In diesen Wettbewerben sollten sich die erfahrenen Krieger messen, die Armee des Königs und die ausgewählten Männer der Ratsmitglieder. Heliokleia nahm ihren Platz auf dem Podium wieder ein und sah, wie sich eine neue Gruppe von Männern aufstellte, um auf die Ziele zuzureiten. Sie biß die Zähne zusammen, richtete ihren Rücken gerade auf und bemühte sich, aufmerksam zu sein. Es gelang mir, mich nach vorn zu schleichen und ihr zu sagen, daß mein Bruder Havani einer der Wettkämpfer war; ich zeigte ihn ihr. Havani ist ein guter Reiter, allerdings kein besonderer Bogenschütze, und da er so früh am Nachmittag an die Reihe kam, während die Geschicktesten erst später in den Wettkampf gingen, hatte ich die Hoffnung, er werde vielleicht unter den Siegern sein.

Sofort wurde klar, daß nun alles viel gefährlicher war. Ein Pferd stürzte schwer beim Sprung über die Strohballen und rollte über seinen Reiter; eines scheute vor einem Elefanten und warf einen Mann ab, der in ein Feuer fiel. Er rollte heraus. Flammen schlugen aus seiner Rüstung, und er schrie und hieb auf seine Kleidung. Havani jedoch blieb im Sattel; er holte sich keinen Ring, traf aber den Schild und ritt vor den anderen zurück. Ich klatschte wie wild, als er kam, um seinen Preis abzuholen, und er grinste mich an, ehe er sich tief vor der Königin verbeugte.

»Havani, Sohn des Thrita«, sagte der Herold. Heliokleia gab Havani lächelnd seine Münze und sagte: »Gut gemacht, Havani! Es scheint, daß deine Schwester nicht das einzige Mitglied eurer Familie ist, das Mut hat und gut mit Pferden umgehen kann.«

Havani sah verblüfft aus und küßte die Münze, als sie ihm sie reichte. Dann wandte er sich um, ritt zur Seite, und der nächste Wettkampf begann.

Ein Edclmann wurde abgeworfen, als sein Pferd vor einem Elefanten scheute, und brach sich den Arm. Ein Pferd stolperte über einen Baumstamm, brach sich das Bein und mußte getötet werden. Ein Bogenschütze verpaßte in vollem Galopp die Öffnung in der Hecke aus jungen Bäumen; er schoß trotzdem auf das Ziel, doch als er später seinen Preis abholte, sah man die blutigen Schrammen, die das Gehölz auf seinem Gesicht und seinen Händen hinterlassen hatte. Die Königin lächelte ihm zu, doch er starrte unbewegt zurück; seine dunklen Augen unter den Schrammen schauten sie an, ohne mit der Wimper zu zucken. Der alte Palak war jetzt fort; er half einigen seiner Verwandten bei der Vorbereitung für den Wettkampf, und sie konnte niemandem Fragen stellen.

Es dämmerte schon, als die letzten Wettkämpfer an die Reihe

kamen, drei Gruppen der königlichen Garde. Heliokleia fühlte sich schlaff vor Erschöpfung und sehnte das Ende des Tages herbei. Noch eine Münze wurde überreicht; eine weitere Gruppe von Gardisten stellte sich auf – erschrocken erkannte sie Itaz' gerade, angespannte Gestalt auf seinem hohen schwarzen Hengst in der Reihe. Natürlich hätte sie sich denken können, daß er Mitglied der Garde war und sich mit den anderen an den Wettkämpfen beteiligen mußte, einfach, um sich als guter Kamerad zu zeigen. Dieser Wettkampf war einer der schwierigsten. Die Männer mußten die Strohballen überspringen, sich zwischen den Hütten und Feuern hindurchmanövrieren, durch die Öffnung in die Hecke reiten, dann den Schild treffen, so oft wie möglich mit Pfeilen auf ein Strohziel schießen, den Ring holen und schließlich über den Hinderniskurs wieder zurückreiten. Heliokleia ertappte sich dabei, daß sie das schwarze Pferd beobachtete und nicht genau wußte, ob sie seinen Reiter als ersten oder als letzten im Ziel sehen wollte.

Itaz machte keinen Versuch, sein Pferd nach vorn zu treiben, als die Gruppe losritt, sondern lehnte sich tief über die Schultern des Hengstes, beide Hände an den Zügeln. Er hielt das Pferd so leicht, als sei es ein kleiner Vogel. Der Rappe übersprang die Strohballen trotz seiner armierten Decke mühelos und wurde schneller, als er zwischen den Hütten hindurchlief. Itaz trieb das Tier an, als es sich den Feuern näherte, und lenkte es in fliegendem Handgalopp zwischen den Flammen durch. Sein Umriß hob sich schwarz wie Kohle von der heißen Glut ab. Als das Pferd die Lücke in der Hecke fand, beschleunigte es nochmals, und Itaz zog, auf den Pfosten zugaloppierend, den Speer aus der Scheide neben seinem Knie und hob ihn an. Er traf den Schild mit einem Schwung, steckte den Speer wieder weg, hob sich mit dem Bogen an der Schulter aus dem Sattel und begann zu schießen. Im Dämmerlicht war unmöglich zu erkennen, wie genau oder auch nur wie oft er schoß. Das dunkle Pferd war einen Augenblick deutlich zu sehen, als es sich umdrehte und das Licht des Feuers seine Armierung aufleuchten ließ, dann verschwand es im Schatten. Hinter den Hütten trottete plötzlich ein Elefant hervor und trompetete; Itaz beruhigte sein Pferd, ohne auch nur hinzusehen, schob den Bogen in seine Hülle und ergriff wieder die lange Lanze. Er spornte sein Pferd an, lehnte sich zur Seite, hob die Lanze, und schon war er an dem Pfosten vorbei und schob den Ring von seinem Speer auf seinen Arm. Der schwarze Hengst galoppierte schneller, überholte zwischen Hecke und Feuern einen anderen Krieger, übersprang Glut, die ihm in den Weg gefallen war, passierte die Hütten, setzte über die Hindernisse und galoppierte vor allen anderen ins Ziel. Heliokleia stieß den Atem aus und merkte erst jetzt, daß sie die Luft angehalten hatte.

Die Bediensteten des Königs waren bereits dabei, die unterschiedlich gekennzeichneten Pfeile im Ziel zu zählen; einen Augenblick später kam Itaz nach vorn, um den Preis in Empfang zu nehmen. Inzwischen hatte man bei der Plattform Fakkeln entzündet; wieder färbte das rote Licht die Rüstung des jungen Mannes, als wäre er in Feuer gekleidet. Er trug seinen Helm unter dem Arm, und die Augen, die er zu ihr erhob, hatten denselben wilden schwarzen Blick wie zuvor; das Fackellicht spiegelte sich in ihnen und in dem Schweiß, der seine Wangen und seine Stirn bedeckte. Heliokleia saß gerade und steif vor ihm. Ihr Kopf schmerzte, und sie war eigenartig atemlos. Beinahe hätte sie Itaz ihren cigenen Baumwollschal angeboten, um sich das Gesicht abzuwischen. Ihre Hand prickelte, als sie ihm die übliche Siegermünze überreichte. »Das hast du trefflich gemacht«, sagte sie leise zu ihm.

Er schaute sie überrascht an und streckte dann die Hand aus, um die Münze zu nehmen. Er sagte nichts. Seine Finger streiften ihre. Dann warf er die Münze in die Luft und fing sie wieder auf, wobei er endlich den Blick von ihr wandte. Er wendete sein Pferd und ritt zurück zu seinen Freunden. Der nächste Wettkampf, der letzte, begann bereits.

Heliokleia sah ihn kaum – denn natürlich war es inzwischen dunkel. Sie überreichte die letzte Münze des Tages und saß dann wie betäubt da und wartete.

Wieder kam Mauakes herbeigeritten und saß ab. Diesmal

sprang er auf die Plattform und setzte sich neben sie. Er gab den Offizieren ein Zeichen. Männer und Pferde setzten sich in Bewegung, und dann erschienen alle Sieger des Tages, ungefähr achtzig insgesamt, aus der Dunkelheit und stellten sich ins Fakkellicht. Der König erhob sich.

»Freie Männer von Ferghana«, rief er ihnen und den anderen zu, die in der Dunkelheit dahinter lauschten, »ihr alle wißt, daß die Sieger des heutigen Tages mit mehr als einer silbernen Medaille belohnt werden, denn aus ihren Reihen wird die Königin ihre Garde wählen. Es ist eine große Ehre, zum Beschützer meiner Gemahlin erkoren zu werden, einer Dame, die von so vielen Königen abstammt; diejenigen, die sie erwählt, werden im Rang nur meiner eigenen Garde nachstehen; ihre Bezahlung und Ausrüstung wird die gleiche sein. Doch es mag sein, daß einige von euch nicht bereit sind, der Königin zu dienen; auf wen das zutrifft, der möge sich jetzt zurückziehen.« Keiner rührte sich, und der König nickte zufrieden. Heliokleia bemerkte, daß Itaz und die anderen aus der königlichen Garde noch immer auf ihren Plätzen waren. Sie hatten keinen Grund, den Dienst beim König mit dem Dienst bei ihr vertauschen zu wollen. Mauakes mußte ihnen befohlen haben, sich nicht zurückzuziehen, um den Anschein von Ergebenheit und Hingabe zu verstärken und die Armee mit ihrer Gegenwart zu versöhnen. Sie war nicht überrascht; der König versäumte keine Gelegenheit, dem Volk das Yavana-Bündnis schmackhafter zu machen.

Mauakes fuhr fort: »Heute abend werden dreiunddreißig Männer und ein Kommandant gewählt, und nach den beiden anderen Wettkampftagen, die wir abhalten werden, nochmals jeweils dreiunddreißig – doch die heute Erwählten werden die ersten sein, und ihnen wird die erste Ehre zuteil. Reitet vorbei, und die Königin wird den Erwählten eine weitere Münze reichen.«

Sie begannen, langsam vorbeizureiten; jeder hielt vor der Königin inne und schaute sie mit fragenden Augen an. Heliokleia erwiderte die Blicke mit schmerzendem Kopf und trockenem Mund. Nachdem die fünf ersten vorbeigeritten waren, erhob sie sich und trat an den Rand der Plattform. »Reitet weiter«, flüsterte sie und fügte dann lauter hinzu: »Reitet zuerst einmal vorbei und kommt dann zurück, gute Herren. Ihr alle seid so geschickt, daß ich euch zuerst alle noch einmal sehen muß, ehe ich entscheiden kann.«

Sie gehorchten, und das langsame Tempo beschleunigte sich. Jetzt eilten sie einer nach dem anderen in den Fackelschein und wieder hinaus. Itaz war der vorletzte; er war leicht unwillig und schloß sich den anderen nur an, um seine Kameradschaft zu zeigen. Nun waren alle vorbei, die Reihe wies eine Lücke auf, dann begann die langsame Prozession von neuem. Heliokleia gab dem ersten ein Zeichen, dem Knaben Rajula, der sich beim Lanzenreiten ausgezeichnet hatte, und als er anhielt, reichte sie ihm eine Münze. Sein Gesicht erhellte sich; er berührte mit der Münze seine Stirn und ließ sein Pferd dann plötzlich im Galopp an allen anderen vorbeireiten; die schimmernde Silbermünze hielt er hoch über seinen Kopf. Heliokleia wandte sich wieder den anderen zu.

Sie traf ihre Wahl, halb zufällig, halb nach Vermutungen und Fragmenten dessen, was sie mitgehört hatte: hier der Knabe, da ein krummbeiniger Bogenschütze, Pächter eines armseligen Gutes im Osten; dort ein bauchiger, in eine Rüstung gekleideter Freier mit offenem, ehrlichem Gesicht; da ein wachsamer junger Lanzenträger aus der königlichen Armee. Sie wählte Havani mit einem leisen Lächeln und nach einem kurzen Seitenblick auf mich. Sie wählte den Mann, der durch die Hecke geritten war. Sie wählte und wählte wieder, zählte im Kopf mit, zählte die Münzen in ihrer Hand, neunundzwanzig, dreißig, einunddreißig... sie hatte keine Münzen mehr übrig, und die Reihe war fast am Ende. Sie gab ein Zeichen, als der vorletzte Reiter herankam; er hatte sie beobachtet, so wie immer, und er hielt so plötzlich an, daß sein Hengst schnaubend und überrascht hochging.

»Du kannst sie kommandieren«, sagte Heliokleia mit ihrer leisen, klaren Stimme zu Itaz.

Ringsum entstand Unruhe wie unter einer Herde grasender Pferde, die plötzlich etwas wittern, die Köpfe heben und in den Wind schnuppern. Ohne sich umzudrehen, merkte Heliokleia, daß der König hinter ihr aufstand und sie nun ebenfalls fixierte.

»Was meinst du?« fragte Itaz wütend. Selbst das Rot der Fackeln konnte seine Zornesröte nicht verbergen.

»Du, Herr, wolltest Gewißheit über meine... Sicherheit haben«, antwortete Heliokleia. »Du hast vorgeschlagen, ich solle eine Garde haben. Ich möchte, daß du sie kommandierst.«

Ein drückendes Schweigen folgte. Itaz starrte sie entsetzt an.

»Herr Itaz«, sagte sie nach einer Minute, »das ganze Volk von Ferghana soll wissen, daß ich nicht ehrgeizig bin. Wenn du meine Garde kommandierst, dann werden die Menschen wissen, daß ich keine Gelegenheit habe, ehrgeizig zu sein. Ich bitte dich, Herr, das Kommando zu akzeptieren.«

Sie hörte Mauakes hinter sich schnauben. Itaz schaute plötzlich auf seine Hände nieder, fast als habe er Angst.

»Die Königin bietet dir eine beträchtliche Ehre, mein lieber Itaz«, sagte Mauakes trocken und trat an den Rand des Podiums. »Das Kommando über eine Truppe ausgewählter Männer. Möchtest du es nicht annehmen?«

Itaz öffnete den Mund, schloß ihn, schaute seinen Vater an. Widerstrebend wandte er den Blick wieder Heliokleia zu. Dann neigte er den Kopf. »Du erweist mir Ehre, o Königin«, murmelte er. »Ich nehme die Aufgabe an.«

Havani fand Gelegenheit, in der Dunkelheit zu mir zu schleichen, während ich mein Pferd aufzäumte, um in die Stadt zurückzureiten. Er packte mich, und ich schrie auf. Er lachte.

»Ich wollte nur sehen, ob du noch dieselbe Tomyris bist, die ich kannte«, sagte er. »Du sahst da oben auf dem Podium so damenhaft aus, daß ich dich kaum erkannte. Aber du meckerst noch immer wie eine Herde Ziegen.«

Ich schnaubte und umarmte ihn dann. Ich war sehr froh, ihn zu sehen, doch seine magere, knochige Gestalt ließ mich spüren, wie sehr ich meine ganze Familie vermißte. »Mein Glückwunsch, du Gardesoldat«, sagte ich.

Froh stieß er die Luft aus. »Beim allsehenden Sonnengott!« sagte er zu mir. »Das ist schon etwas, nicht? Und für eine solche Königin! Sie ist anbetungswürdig, deine Königin. Wir haben Glück!«

Ich sagte nichts. Einen Augenblick später rief Padmini. Die anderen brachen bereits auf. Ich umarmte meinen Bruder wieder, sprang auf meine Stute und folgte ihnen. Auf dem größten Teil des Rückweges dachte ich an das, was Havani gesagt hatte. Eine anbetungswürdige Königin? Ich betete sie nicht an, und irgendwie machte es mich wütend, daß Havani es tat. Ich hatte das Gefühl, er sei getäuscht worden. Ich persönlich, merkte ich, als ich auf dem Rückweg in der Dunkelheit und Hitze darüber nachdachte, vertraute ihr weder, noch mochte ich sie.

Wenn ich heute zurückblicke, sehe ich, daß die meisten Dinge, deretwegen ich sie nicht mochte, ganz und gar nicht ihre Schuld waren. Inisme war hübsch und reinlich und hatte perfekte Manieren; sie stiftete die anderen dazu an, auf mich herabzusehen, weil ich all das nicht war. Padmini und Antiochis mißbilligten mich; ich mußte beinahe den ganzen Tag sitzen, wo ich doch nur reiten wollte. Ich war eine Spionin geworden. All das war nicht Heliokleias Schuld, und doch grollte ich ihr deswegen. Sie war zwar beinahe so reinlich wie Inisme, immer ordentlich, und kaum je ein Härchen war nicht an seinem Platz – doch das war das Werk von Antiochis und Padmini. Sie verspottete mich nie, aber irgendwie wußte ich, daß sie mich auf diese überlegene Antimachiden-Art amüsant fand. Und daß ich ihr nachspionieren mußte, war gewiß nicht ihr Fehler. Freundlich war sie bestimmt. Sie hatte sich mit uns allen, ihren neuen Hofdamen, unterhalten, hatte uns nach unseren Familien und unseren Wünschen gefragt und versucht, uns je nach unserem Geschmack angenehme Aufgaben im Haushalt zu übertragen. Und sie vergaß nichts, was wir ihr gesagt hatten – sie hatte beispielsweise gewußt, daß sie sich bei mir am besten Rat holen konnte, wenn es um Pferde ging, und daß ich am ehesten über

Lanzenreiten Bescheid wußte. Auch den Sklavinnen gegenüber war sie sanft und nachsichtig. In den ersten paar Tagen, die sie im Tal verbrachte, hatte sie sie zusammengerufen und ihnen erklärt, sie wäre dankbar, wenn sie ihr die Möglichkeit geben könnten, ihnen Freundlichkeit zu erweisen, denn ihre Philosophie lehre, daß huldreiche Taten dem Gebenden noch mehr Gewinn bringen als dem Nehmenden. Und als eine der Sklavinnen, Parendis Schwester Asha, ihr Angebot annahm und schüchtern um die Erlaubnis bat, eine Woche fortzubleiben, um ein krankes Enkelkind zu besuchen, gab die Königin ihr nicht nur Urlaub, sondern auch etwas Geld, um einen Arzt zu bezahlen.

Ja, sagte ich mir, während ich ihren in weiße Baumwolle gehüllten Rücken langsam vor mir durch die dichte Dunkelheit reiten sah, ja, sie spricht freundlich, und sie hat nie etwas Unfreundliches oder Ungehöriges getan – aber ich traue ihr nicht.

Es war, als trüge sie immer eine Maske, wie ein Schauspieler in einem Stück. Immer sagte und tat sie Dinge nicht deshalb, weil sie das wollte, sondern weil sie ihrer erwählten Rolle entsprachen. »Ihr liegt an keinem«, hatte Parendi gesagt. Aber ich wußte bereits, daß es so einfach nicht war. Es gab ein Gesicht hinter der Maske, eines, das ich einmal erhascht, aber nie wirklich gesehen hatte. Von ihrem Schmerz und ihrer Sehnsucht nach Freiheit wußte ich aus ihrem Brief. Was mochte sich sonst noch hinter dieser makellosen Ruhe verbergen? Wut? Haß? Ehrgeiz? Ich war sicher, daß sie nicht aus Unterwürfigkeit, sondern aus Stolz über die Einschränkungen schwieg, die der König ihr auferlegt hatte. Wenn er nicht geben wollte, würde sie nicht bitten. Eine Philosophin und Königstochter bittet niemanden um etwas. Ich spürte in ihr etwas wie ein nahendes Gewitter an einem heißen, stillen Tag, und die Leidenschaft schien um so schlimmer und gefährlicher, weil sie verborgen war. Außerdem war sie überaus klug und ungeheuer stark, und sie machte mir angst. Sie verunsicherte auch den König – aus den gleichen Gründen, nehme ich an. Er war selbst ein Meister der Täuschung und versteckte sich hinter einer unbewegten Miene, und er erkannte eine Maske, wenn er eine sah. Vielleicht hatte er recht damit, ihr zu mißtrauen und sie bespitzeln zu lassen. Aber ich merkte, daß ich ihm ebenfalls nicht traute, und ich mochte ihn ebensowenig wie sie.

Ich seufzte im stillen und wünschte mir wieder, ich wäre zu Hause.

Auf dem Rückweg über die dunklen Felder in die Stadt ritt Mauakes neben Heliokleia. Als sie durch das Tor kamen, begann er zu lachen. »Sehr gerissen«, sagte er liebevoll zu ihr, »und sehr schlau. Keiner wird seine Opposition zu dir in Zweifel ziehen können. Du hast mit einem einzigen Schritt all deinen Feinden die Hände gebunden, meine Liebe. Aber bist du sicher, daß du mit ihm fertig wirst?«

Die Königin schüttelte den Kopf. »Er wird sein Bestes tun, um sich gerecht und ehrenhaft zu verhalten, nicht wahr?«

»Vermutlich. Er vergöttert die Ehre. In der Tat, sehr schlau – und beim Sonnengott, du hast ihn erstaunt. Er sah aus wie ein erschrecktes Schaf. Wann hattest du dich dazu entschlossen?«

Wieder schüttelte sie den Kopf. »Ich wußte nicht einmal, daß er dasein würde, bis ich sein Pferd unter den Wettkämpfern aus der Garde sah. Ich ... ich ...« Sie wußte nicht genau, was sie sagen sollte, und sie wußte nicht genau, warum sie Itaz gewählt hatte. Sie hatte die politischen Vorteile einer solchen Entscheidung erst begriffen, nachdem sie getroffen war. Sie wünschte sich, sie wäre nicht so müde und ihr Kopf hörte zu schmerzen auf.

Doch Mauakes hörte ihr nur halb zu; er lachte wieder vor sich hin. »Wie ein erschrecktes Schaf«, sagte er nochmals. »Bääāh.«

Als sie den Palast erreichten, hob er sie von ihrer Stute, und ohne auf Antiochis und Padmini und den Wagen zu warten, zog er sie in sein Schlafzimmer. Wie betäubt und ohne etwas zu sagen, ging Heliokleia mit. Sie hatte es erwartet.

Mauakes war heiter und entzückt. Die Männer hatten bessere Leistungen gezeigt, als er gehofft hatte, und seine Königin hatte alles getan, was man sich nur wünschen konnte. Mit großer Befriedigung hatte er zur Kenntnis genommen, daß der größte

Teil der Armee aufgrund ihres Charmes die instinktive Opposition gegen seine Ehe aufgegeben hatte – für den Augenblick jedenfalls. Und Itaz, fand er, hatte die Quittung für seine Störversuche bekommen. Sie war klug, seine Frau; sie war anmutig und liebreizend. Alle Männer in der Armee hatten sie bewundert – und sie war sein. Er führte sie glücklich in sein Schlafzimmer und zündete die Lampe an. Dann drehte er sich um, um sie zu umarmen – und sie stand reglos wie ein Stein; ihre Miene war so fern und unwandelbar wie der Himmel. Er kannte diesen Ausdruck inzwischen und hatte gelernt, ihn zu hassen. Das Entzücken verwandelte sich binnen einer Sekunde in wütende Enttäuschung. Es war nicht richtig, es war nicht gerecht, daß sie so zu ihm, ihrem rechtmäßigen Herrn, war. Er packte ihre Schultern und schüttelte sie. »Was ist mit dir los?« fragte er.

Damit hatte sie nicht gerechnet, und sie schaute ihn erstaunt an. »Was meinst du?« fragte sie.

»Was ist los? Du siehst aus wie eine Priesterin in Trance, die sich auf eine Prophezeiung vorbereitet. Ist es den Buddhisten verboten, sich zu vergnügen?«

Ohne den Blick abzuwenden, biß sie sich auf die Lippen. Sie hatte versucht, sich loszulösen von dem, was gleich geschehen würde. Anders war es unerträglich. Sie hatte immer angenommen, er merke das nicht in seiner Leidenschaft. »Es tut mir leid«, sagte sie schwach.

»Leid!« schnaubte er. »Was nützt es, das zu sagen? Was stimmt nicht, warum haßt du mich so sehr? Du bist meine Frau, du solltest mich lieben!«

»Es tut mir leid«, antwortete sie wieder und wandte den Blick ab. Sie zitterte, von der Monstrosität seiner Forderung entsetzt. Das war zuviel, es war falsch, das auch nur zu verlangen; dazu hatte er kein Recht. »Ich kann nichts dafür«, sagte sie.

»Ich bin nicht gut genug für dich, nicht wahr?« schrie er und geriet in einen seiner plötzlichen Wutanfälle. »Für eine reinblütige Antimachide wie dich! Du arrogante yavanische Füchsin, du kannst es einfach nicht ertragen, dich einem Barbaren hinzugeben, ist es nicht so?«

»Nein! Damit hat es nichts zu tun! Ich kann einfach... einfach...« Sie versuchte, ihren Geist vor dem Bild zu verschließen, das sie inzwischen quälte, sobald sie an ihren Mann dachte, dem alptraumhaften Bild, von einer Bestie vergewaltigt zu werden. Sie konnte seine Berührung oder seinen Geruch einfach nicht ertragen – aber das konnte sie ihm nicht sagen. Sie hielt inne. »Ich mag den körperlichen Akt einfach nicht, Herr.«

Er schüttelte sie wieder. »Das solltest du aber! Wenn du mich liebst, solltest du das!«

Aber sie liebte ihn nicht. Ganz plötzlich spürte sie ein bedrückendes Schuldgefühl. Er hatte recht – eine Frau sollte ihren Ehemann lieben. Sie hatte versagt. Aber wie könnte sie *ihn* lieben? »Herr«, sagte sie scharf, und der ganze verworrene Schmerz zwischen ihnen wurde ihr vollkommen klar, »ich habe versucht, all deine Wünsche zu erfüllen; ich habe dir gehorcht, wie es einer Ehefrau geziemt. Mehr als das kannst du nicht verlangen. Laß mich die Götter lieben; ich kann nicht geben, was ich nicht habe.«

Er runzelte die Stirn. »Was meinst du damit? Du magst mich nicht, du bevorzugst einen anderen?«

»Niemand anderen«, sagte sie – und noch während sie das aussprach, dachte sie an Itaz und daran, wie ihre Hand geprickelt hatte, als seine Finger ihre streiften, und wieder spürte sie Atemnot. Ein anderer. Entsetzt und ungläubig schob sie diesen Gedanken von sich, aber ihre Klarsicht war dahin, und sie war wieder verwirrt. »Etwas kann mit mir nicht stimmen«, sagte sie unglücklich, beinahe weinend zu Mauakes.

Er streckte die Arme aus und legte sie um sie, zuerst sanft, um sie zu trösten – doch als sie unwillkürlich zurückzuckte und schützend die Arme vor der Brust verschränkte, verwandelte sich Sanftheit in Grobheit. Es fiel ihr schwerer denn je, ihm nachzugeben. Langsam und mühselig mußte sie ihre verkrampften, angespannten Glieder zwingen, zu erschlaffen, und ihr Mann war ungeduldig, wütend, wollte nicht warten, riß ihr die Kleider herunter und schleifte sie ins Bett. Sie dachte an Tiere, die über die Erde krabbeln, und wandte den Kopf ab. Die

Schatten der Lampe kauerten schwarz in den Ecken des Zimmers, als sei sie lebendig in einer Höhle oder einem Grab gefangen. Sie schloß die Augen und bemühte sich, keinen Widerstand zu zeigen, als Mauakes mit einer Wucht in sie eindrang, als wolle er sie zu Tode stoßen. Dann war es vorbei, endlich vorbei – für jetzt. Mauakes rollte schwerfällig zur Seite und schaute sie düster an. Sie betrachtete ihn einen Moment lang leidenschaftslos: die dünnen Arme; den schweren Körper mit den steifen grauen Haaren, die aus der Haut stachen wie bei einem gebrühten Schwein; den Bauch, der schlaff über dem dichten grauen Busch der Lenden hing; die roten, hängenden Genitalien, die tierähnlich halb in diesem Pelz verborgen waren. Sie lag still, ihre blauen Flecken schmerzten, sie fühlte sich zerrissen, wund und krank und versuchte, das Alptraumbild wieder aus ihrem Kopf zu zwingen. Wie konnte er auch nur sich selbst davon überzeugen, daß sie das genießen sollte?

Heliokleia rappelte sich auf und nahm ihren Umhang. »Meine Frauen werden oben auf mich warten«, sagte sie dem König mit unsicherer Stimme. »Ich würde gern baden nach diesem heißen Tag, wenn du mich also entschuldigen willst, Herr...«

Mauakes grunzte und schloß die Augen. Heliokleia zog sich das Gewand über den Kopf und ging nach oben, die Hose und die Juwelen in einem Bündel vor sich her tragend.

Wir hatten oben gewartet. Antiochis und Padmini hatten behauptet, die Königin werde baden wollen, und die Sklavinnen um Wasser geschickt. Die Wanne erkaltete schon, als Schritte die Treppe zur Tür hochkamen, doch aus dem Heißwasserkrug stieg noch Dampf, ringelte sich schlangengleich im Licht der einzigen Lampe und warf einen schwachen, traumähnlichen Schatten auf den Fußboden. Heliokleia drückte die Tür auf, stolperte zur Couch hinüber, ließ das Kleiderbündel fallen und setzte sich zitternd hin.

Padmini zog sanft an ihrem Kleid, streifte es ihr wieder ab und blieb dann einen Augenblick reglos stehen. Sie betrachtete Heliokleias Schulter; ihr dunkles Gesicht war vollkommen ausdruckslos. Die Schulter war blutbedeckt, nicht mit ein paar Tropfen oder Flecken, sondern mit dickem, rinnendem Blut, das dunkel im Lampenlicht glänzte. Heliokleia schaute darauf nieder, berührte es und tastete dann nach der Quelle, einem zerrissenen Ohrläppchen. »Mein Ohrring ist in meinem Kleid hängengeblieben«, erklärte sie. Sie löste den Ohrring und betrachtete die gebogene Halterung und das Blut, das in den Schneckenverzierungen und unter den eingelegten Rubinen klebte.

»Ach, du meine Güte!« rief Antiochis aus und nahm ihr den Ohrring ab.

Padmini schüttelte den Kopf, breitete das Gewand auf dem Bett aus und untersuchte den entsprechenden Riß am goldbesetzten Halsausschnitt. Sie schaute wieder auf Heliokleia, die müde und nackt auf dem Bett hockte; der schlanke Körper war von blauen Flecken und Bissen übersät. Endlich war die Verunstaltung nicht mehr zu übersehen. »Er ist sehr grob«, sagte Padmini mit tonloser Stimme.

Heliokleia war in Angst vor dieser Stimme aufgewachsen; sie war nur für die schwersten Verdammungen benutzt worden, wenn Schimpfen viel zu milde war; jetzt verschaffte sie ihr plötzlich ein Gefühl der Erleichterung. Mauakes war also grob, sehr grob, gröber, als Padmini bei irgendeinem Mann für angemessen hielt, von einem König ganz zu schweigen? Es war nicht allein ihre Schuld? »Es scheint meine Schuld zu sein«, sagte sie mit einer Andeutung des Zorns, den sie empfand. »Ich liebe ihn nicht, und das macht ihn wütend.«

»Liebe!« rief Padmini aus. »Er hat dich nicht wie ein romantischer Narr der Liebe wegen geheiratet; er hat kein Recht, Liebe zu erwarten.«

»Deine Mutter hat deinen Vater nie im mindesten geliebt«, warf Antiochis ein, »aber er hat sie immer anständig und ehrenhaft behandelt. Wenn er Liebe wollte, suchte er sich eine Frau, die damit etwas anfangen konnte, und hielt sie diskret und in sicherer Entfernung vom Palast; so sollte ein Herr sich benehmen.«

Ich starrte sie an. Die Saka-Herren benehmen sich nicht so. Ein Saka-Ehemann, der sich eine Geliebte hält, würde den Eid brechen, den er vor dem allsehenden Sonnengott abgelegt hat. Seine Frau hätte jedes Recht, sich von ihm scheiden zu lassen, ihre Mitgift zurückzunehmen und einen anderen zu heiraten. Aber die Yavanas sehen die Dinge anders.

»Du... du wehrst dich doch nicht gegen ihn, oder?« fragte Padmini zögernd.

»Natürlich nicht. Ich tue, was ich tun muß.«

»Kein Mann hat ein Recht, mehr zu erwarten. Was für ein barbarisches Land!«

»Ich bin sicher, das passiert überall«, sagte Heliokleia müde und tappte auf das dampfende Wasser zu. Sobald sie sich gewaschen hatte, würde sie in das Bett des Königs zurückkehren müssen, und sich ihrer Wut und ihrem Ekel zu überlassen, würde sie einfach nutzlos erschöpfen.

7. Kapitel

Heliokleia ging ausgelaugt und niedergeschlagen zu Bett, erwachte aber zornig. Noch bevor sie richtig wach war, war der Zorn da, ein harter Knoten in Hals und Brust, der sie lange vor dem Morgen aus ihren verworrenen Träumen riß. Noch halb schlafend, warf sie sich im Bett herum und wiederholte im stillen die Szene des Vorabends, diesmal nicht mit dem Gefühl eigenen Versagens, sondern mit wütender Empörung über die unerhörte Forderung ihres Gatten. Als der Zorn sich dem Haß näherte, wachte sie ganz auf und versuchte, sich zu beherrschen.

Es war dunkel, und über allem lag die tiefe Stille der letzten Nachtstunden. Im Zimmer war es heiß; die dünne Baumwolldecke war um ihre Beine geschlungen, und das Laken, auf dem sie lag, war feucht von Schweiß. Mauakes lag neben ihr, ein heißer, schwerer Klumpen, und atmete leicht pfeifend durch die Zähne. Sie war durstig, und ihre Wunden schmerzten, aber sie lag ganz still und beobachtete, wie unmerklich das graue Licht im Schlafzimmer zunahm. Sorgfältig und kühl überdachte sie ihre Position. Sie hatte ihr Bestes getan, den Sakas eine gute Königin zu sein, und der König konnte ihr keinerlei berechtigte Vorwürfe machen. Doch ihre Bemühungen waren nur auf Argwohn gestoßen. Sie zählte die bitteren Beweise dafür auf, wie wenig man ihr vertraute: Man hatte sie von ihrem eigenen Haushalt getrennt, sie hatte kein eigenes Personal; es war ihr verboten, mit den Männern des Königs zu sprechen; der König hatte einen Sakaraukai-Sklaven gekauft und seine Akten untersuchen lassen; eine Bitte nach der anderen, die sie im Namen der Stadt vorgetragen hatte, war abgelehnt worden; sie hatte eine Garde bekommen. Es schien schlimmer zu werden, nicht besser. Und das Schmerzlichste von allem, die Qual, mit dem König zu schlafen – jetzt sah es so aus, als genüge es nicht, daß sie das tat, sie sollte es auch noch gerne tun. Bei diesem Gedanken wandelte sich ihr kühles Abwägen wieder in hitzigen Zorn, der sich in ihrem Hals festsetzte. Liebe und Lust gehörten nicht zum Geschäft einer Königin, sagte sie sich empört, und es war nicht weise, wenn ein alternder König darauf pochte. Würde sie der Liebe irgendeinen Wert beimessen, dann würde sie...

Hier stürzte sie mitsamt ihrer Wut in einen Abgrund, eine Felsspalte, die sich soeben in der kahlen Ebene ihres Lebens aufgetan hatte. Wenn sie der Liebe irgendeinen Wert beimessen würde, sagte sie sich unvorsichtig, dann würde sie sie bei Itaz suchen.

Einen Augenblick lang betrachtete sie sich selbst und ihre Gefühle mit Unglauben, wie in der heißen Qual der vergangenen Nacht. Dann dachte sie absichtlich an Itaz – an die wilden dunklen Augen und das lange, scharfgeschnittene Gesicht, das vor Begeisterung strahlte; die starken Hände, die so sensibel die Zügel eines Pferdes führten; seine blitzend weißen Zähne, wenn er lachte; seine große, kantige Gestalt, den raschen Gang, die hitzige, aufrichtige Leidenschaft und die erstaunliche Freundlichkeit und Demut seinem Vater gegenüber. Es war, als beginne ein Teil von ihr, von dessen Existenz sie nichts gewußt hatte, ein lange unterdrückter und wie Unkraut niedergetrampelter Teil, sich zu öffnen, Blütenblatt um Blütenblatt, und eine üppige, purpurne Blume mit starkem Duft wachse auf dem kahlen Stein. Einen Augenblick lang wußte sie nicht, wer sie war. Das Zimmer, das graue Licht, ihre eigene Seele waren einen Augenblick lang fremd und seltsam, wie von innen erleuchtet. Dann kam sie zu sich und erinnerte sich daran, daß der Mann der Sohn ihres Gatten und ihr Feind war.

Sie setzte sich auf, entsetzt über sich selbst. Dies war schiere Verworfenheit. Wenn sie in ihren eigenen Stiefsohn verliebt war, war das eine so große Übeltat, daß alles, was ihr Gemahl getan hatte, im Vergleich dazu geringfügig war. Sie mußte dieses Verlangen sofort vernichten – und ihren Zorn auf ihren Gatten vernichten, der einem verheerenden Haß so nahe war. Was immer Mauakes tat, es berührte ihre eigene Pflicht nicht, sich untadelig zu verhalten. Sie hatte kein Glück erwartet, und sie war gekommen, um Frieden zwischen ihrem Volk und dem des Königs zu stiften. Wenn das schwierig war, lag dann nicht um so mehr Verdienst in dem, was sie erduldete, um ihn herbeizuführen? Gewiß war das ein Grund zur Freude, wenn auch zu einer bittersüßen Freude. Außerdem, ermahnte sie sich, war sie noch nicht lange im Tal – nicht einmal zwei volle Monate. Sowohl der König als auch das Volk würden ihr vielleicht mehr vertrauen, wenn man ihnen Zeit gab. Sie kreuzte die Beine, faltete die Hände und bemühte sich, sich von ihren Sinnen loszulösen und ihren Geist von allen trivialen Gedanken zu befreien.

Wochenlang war ihr das Meditieren schmerzhaft schwer gefallen, doch diesmal kam die Trance mit erstaunlicher Leichtigkeit, als sei sie aus unwegsamem Gebiet auf eine gepflasterte Straße gelangt. Binnen eines Augenblicks war sie sich ihrer Verletzungen, des zerrissenen Ohrs, der Hitze und des dämmernden Morgens nicht mehr bewußt; sie hörte nicht die ersten Vögel, die schläfrig im Palastgarten zu zwitschern begannen, und auch nicht die Geräusche der Frühaufsteher, welche die Tagesarbeit vorbereiteten. Da war nur tiefe Stille – und ein Gefühl von Freude, das in ihr aufwallte wie eine langsam aus ruhigem, dunklem Wasser aufsteigende Lotosblüte. Sie dachte nicht mehr an Verlangen oder Zorn, sondern saß vollkommen still und verwandelte die Freude nach und nach in tiefe Achtsamkeit. Die Lotosblüte öffnete sich, ihre Blütenblätter entfalteten sich wie ein Regenbogen, und in ihrem Inneren schimmerte eine strahlende Helligkeit wie die Sonne. Sie war sich nicht bewußt, daß sie atmete. Ihr Geist war still, ein Spiegel wie unbewegtes Wasser, und hatte alles losgelassen bis auf das Bild des Himmels.

Wie lange es dauerte – eine Minute, ein Jahr –, konnte sie nicht sagen, aber dann trübte sich der Wasserspiegel plötzlich, das Bild verschwamm und war verloren; fast im gleichen Moment wurde sie sich ihres Körpers bewußt, einer Hand auf ihrem Arm und einer Stimme, die zu ihr sprach, einen Namen sagte. Noch ganz betäubt, atmete sie tief ein; sie erkannte die Stimme als die von Padmini und den Namen als ihren eigenen. Sie öffnete die Augen und schaute in das angespannte, ängstliche Gesicht ihrer Hofdame.

»Kind, es ist spät«, sagte Padmini. »Der König ist schon seit Stunden auf und verlangt nach dir; du mußt rasch aufstehen und dich ankleiden.«

Sie versuchte, sich zu bewegen, und stellte fest, daß ihre Beine eingeschlafen waren. Im Zimmer war heller Tag, und es wurde schon heiß; sie war noch immer nackt, noch immer verletzt, noch immer verheiratet. Sie legte die Hände vor das Gesicht und brach in Tränen aus.

Als sie etwas später nach unten ging, hatte sie ihre ruhige Selbstbeherrschung zurückgewonnen. Im Speisezimmer fand sie den König mit seinem griechischen Sekretär am Tisch sitzend; sie prüften eine Liste. An einem anderen Tisch diskutierten ein paar Offiziere, und an der Tür hatten ein halbes Dutzend Ratsherren eine ernsthafte Unterredung. Mauakes schaute ungeduldig auf, als sie hereinkam.

»Da bist du ja, und wieder richtig wach«, sagte er. »Meine Liebe, die Tochari sind gekommen. Ich möchte, daß du heute die Stadt verläßt.«

»Was?« fragte sie verständnislos.

Mauakes warf ihr einen scharfen, direkten Blick zu. »Die Invasion der Tochari hat begonnen. Einer meiner Leute brachte die Nachricht in der Morgendämmerung. Er sagte, als er vor vier Tagen zum ersten Mal von ihnen hörte, waren sie bei den nördlichen Sakaraukai, einen Tagesritt nördlich von Maracanda, und auf dem direkten Weg nach Ferghana. Die Sakaraukai und die Sogdianer sammeln noch ihre Armeen und sind nicht in der Lage, Widerstand zu leisten. Wir wissen nicht, wie stark der Feind ist, aber er sollte in wenigen Tagen hier sein. Wir planen, ihn gleich nördlich von hier zu stellen, an den Furten des Jaxartes, aber wir müssen vielleicht in die Stadt zurückweichen. Falls das geschieht, ist es mir lieber, wenn du anderswo in Sicherheit bist.«

Heliokleia atmete tief ein und versuchte, sich zu beruhigen. Sie hatte gewußt, alle hatten gewußt, daß die Invasion bevorstand. Es sollte sie eigentlich nicht bestürzen, daß sie schließlich begonnen hatte. Aber es war trotzdem bestürzend. Man hatte so lange darauf gewartet, daß man sie fast vergessen hatte. In drei Tagen konnte die Stadt unter Belagerung stehen! Wie konnte sie weglaufen, in Zeiten der Gefahr ihre Stadt und ihren Gatten verlassen?

»Herr«, sagte sie rasch und ruhig, »bitte, laß mich bleiben. Wenn ich gehe, werden die Bürger sagen, du schickst deine Gemahlin aus der Stadt, weil du erwartest, daß sie fällt; sie werden das Vertrauen zu dir und zu ihrer eigenen Verteidigung verlieren. Und ich bin sicher, daß ich von Nutzen sein könnte, wenn ich bliebe. Ich könnte die Bürger hinter dir sammeln, und ich könnte helfen, die Verteidigungsmaßnahmen der Stadt zu organisieren. Ich ... ich weiß, ich bin jung und unbeholfen, aber ich glaube, ich wäre tapfer. Und wenn die Stadt fällt, bin ich anderswo vermutlich auch nicht sicher.«

Er schüttelte den Kopf. »Ich würde vorziehen, daß du Eskati ganz verläßt. Du besitzt einen befestigten Gutshof in den Hügeln vor den südlichen Bergen; dorthin kannst du gehen.«

»Herr«, begann sie erneut – und hielt inne, sah den durchdringenden Blick und das milde Lächeln. Ihr wurde klar, daß er sie nicht wegschicken wollte, weil er um ihre Sicherheit fürchtete, sondern weil er ihr nicht traute. Er dachte, wenn die Stadt belagert würde, könnten sie und die Bürger sich mit den Tochari verständigen und ihnen die Tore öffnen. Sie starrte ihn an. Ihr Gesicht wurde rot vor Empörung, und Zorn schwoll wieder in ihrer Kehle. Sie hatte ihm keinen Grund dazu gegeben, sagte sie sich; er verurteilte sie aus blindem Argwohn. »Herr«, sagte sie, noch immer ruhig, »ich habe keine Angst zu bleiben. Wenn ich bliebe, könntest du meiner völligen Loyalität und meines Gehorsams sicher sein.«

Er schüttelte nur nochmals den Kopf. »So sicher, wie ich deiner Liebe bin?« fragte er trocken. »Meine Liebe, du mußt gehen. Ich werde dir eine Eskorte zu deinem Gut in den Bergen geben; geh und sag deinen Dienerinnen, daß sie packen sollen. Du kannst zur Mittagszeit aufbrechen.«

Sie starrte ihn noch eine Minute an; sie unterdrückte die müßigen, laut vorgebrachten Forderungen, die ihr auf der Zunge lagen. Dann neigte sie den Kopf. »Wie du wünschst, Herr«, sagte sie leise und verließ den Raum.

Vermutlich war die Königin die letzte Person im Palast, die die Nachricht erfuhr. Wir anderen waren damit geweckt worden. Als sie in ihr Zimmer zurückkam, saß ich am Fenster, schaute in den Hof hinunter und machte mir Sorgen um meinen Vater und meine Brüder. Nicht zum ersten Mal wünschte ich mir, wie ein Mann hinausreiten und den Feind bekämpfen zu können: das war tausendmal besser, als in der Stadt zu sitzen und auf Neuigkeiten zu warten. (Natürlich hatten wir alle angenommen, wir *würden* in der Stadt warten.) Die anderen beschäftigten sich rastlos, jede auf ihre eigene Art; Inisme flocht ihr bereits ordentlich frisiertes Haar neu; Jahika und Armaiti flüsterten in einer Ecke; Antiochis, die musikalisch war, begann ihre Kithara zu stimmen; Padmini setzte sich an ihre Webarbeit. Die Sklavinnen hatten es besser; für sie gab es Arbeit. Dann kam die Königin herein, gefaßt wie immer, und verkündete: »Der König wünscht, daß ich die Stadt mittags verlasse; wir werden zu einem Gut eskortiert, das ich in den Bergen besitze. Wir müssen packen.«

Wir alle starrten sie mit offenem Mund an, sogar Padmini. Nach einem Augenblick fügte Heliokleia hinzu: »Aber es gibt keinen Grund, daß wir alle gehen; man rechnet nicht damit, daß die Stadt in Gefahr ist. Ich werde nur zwei Hofdamen mitnehmen; ihr übrigen könnt hierbleiben.«

Padmini klappte geräuschvoll den Mund zu. »Du wirst mich und Antiochis nicht zurücklassen«, erklärte sie grimmig. »Wir bleiben nicht zurück, Kind. Und du mußt wenigstens zwei der Sakas mitnehmen ... um deinen Gatten zu beruhigen.«

Noch nie hatte Padmini ihr Wissen, daß wir übrigen Spioninnen waren, so deutlich durchblicken lassen. Heliokleia sah sie einen Augenblick an. Die Inderin erwiderte ihren Blick düster. Die Königin neigte den Kopf. »Sehr schön, wenn ihr mitkommen wollt... es ist allerdings eine heiße Jahreszeit für eine Reise. Inisme und... Tomyris, möchtet ihr auch mitkommen?«

Ich wunderte mich, daß die Königin mich gefragt hatte statt Armaiti. Inisme war der Liebling ihrer Hofdamen, aber Heliokleia mußte bemerkt haben, wie sehr sie mich verabscheuten. Dennoch freute ich mich. Wenn ich schon nicht in den Krieg reiten konnte, war es mir immer noch lieber, *irgendwohin* zu reiten, und ein Gutshof in den Bergen war ein guter Platz zum Leben – und, wenn es dazu kam, ein guter Platz zum Sterben. Ich war der Stadt gegenüber nicht so loyal wie die Königin; Eskati war nicht meine Heimat, ich mochte es nicht einmal. Ich sprang auf und begann sofort zu packen, ehe die Königin es sich anders überlegen konnte.

Heliokleia hoffte und fürchtete zugleich, ihre Eskorte würde aus dem ersten Drittel ihrer Garde unter Itaz' Kommando bestehen – doch der König, so schien es, wollte in dieser Krise nicht auf seine besten Krieger verzichten. Als wir um die Mittagsstunde in den Palasthof hinunterkamen, fanden wir unsere Pferde, den Wagen und einen Karren nur von zwanzig Männern flankiert. Alle waren alt; acht hatten nur einen Fuß, fünf nur eine Hand, einem fehlte das halbe Gesicht, und einer hatte einen entsetzlichen Husten. Der alte Palak schien ihr Kommandeur zu sein. Heliokleia betrachtete sie schweigend, während der weißbärtige Hauptmann salutierte. Sie lächelte – das Lächeln der Antimachiden über die Absurdität der Welt. Der hustende Mann durchbrach geräuschvoll die Stille und spie dann aus. Antiochis und Padmini neben mir sträubten sich die Haare.

»Sei gegrüßt, o Königin«, sagte Palak. »König Mauakes hat mir gestattet, deine Eskorte zu führen. Euer Gepäck ist bereits im Karren verstaut, und der König hat uns befohlen, rasch aufzubrechen. Darf ich dir hineinhelfen?«

»Danke, Palak«, sagte Heliokleia. »Ich freue mich, auf der Reise deine Gesellschaft zu haben. Aber ich würde lieber reiten als im Wagen sitzen – ist meine Stute gesattelt?«

Die Stute war gesattelt, und Palak lächelte freudig, als sie aufstieg. Einige der alten Männer flüsterten miteinander und schlugen einander in die Hände, und ich begriff, daß sie Wetten darüber abgeschlossen hatten, ob sie wie eine Saka oder wie eine Griechin reisen würde. Antiochis und Padmini stiegen resigniert in den Wagen, und Inisme schloß sich ihnen an. Ich sprang auf Terek. Damit war die Reisegesellschaft vollzählig, und wir ritten aus dem Stallhof. Die Räder klapperten über die Regenrinnen, und wir bogen in die Straße ein, die um die Zitadelle herum auf den Marktplatz führte.

Auf dem Marktplatz hatte sich eine Menschenmenge versammelt. Die Griechen versammeln sich immer in Krisenzeiten, um über das Geschehene zu reden und über die möglichen Konsequenzen daraus zu streiten. Sie verstummten, als wir auf den Platz rollten. Eine Diskussion nach der anderen brach ab, und die Leute drehten sich um und starrten. Erst da wurde mir klar, was sie dachten, als sie uns abreisen sahen. (Von der Szene im Speisezimmer erfuhr ich erst nach unserer Rückkehr.) Als wir am Sonnentempel vorbeikamen und unsere Pferde wegen der vielen Menschen langsamer gehen ließen, sahen wir in alle Gesichter ringsum Angst treten. Dieselbe Frage ging durch tausend Köpfe: Bedeutet es, daß der König mit dem Fall der Stadt rechnet, wenn er seine Frau fortschickt?

Heliokleia zog in der Mitte des Platzes die Zügel an. »Palak«, sagte sie, »laß die Männer anhalten. Ich muß zu den Bürgern sprechen.«

»Der König sagte, wir sollten eilen, o Königin«, erwiderte Palak vorwurfsvoll. »Komm weiter.«

Sie wendete ihre Stute, ohne zu antworten, und ritt zum Tempel zurück. Palak fluchte und ritt ihr nach. Ängstlich rief er, wir hätten Befehl, uns zu beeilen. Da ich nicht recht wußte, was ich tun sollte, folgte ich ihm. Heliokleia ignorierte uns, saß ab und stieg auf die Terrasse. Ich faßte Schattens Zügel, ehe sie durchgehen konnte. Sie war ein gut trainiertes Tier, aber die angespannte Menschenmenge hatte sie nervös gemacht.

Heliokleia stand vor dem Altar und schaute über den Marktplatz. Palak hatte unentschlossen und nervös vor der Terrasse angehalten, und der Rest unserer Reisegesellschaft saß in der Mitte des Platzes fest. Antiochis und Padmini stritten mit den alten Männern der Eskorte. Die Menschen aber eilten eifrig herbei und sammelten sich um uns, und auch aus den Häusern strömten Leute, um zuzuhören. Heliokleia hob die Arme. »Bürger des Fernsten Alexandria!« rief sie in dem reinen, musikalischen Griechisch ihrer Dynastie. »Beunruhigt euch nicht!«

Palak hörte auf, sich ängstlich umzusehen. Er war offensichtlich zu dem Schluß gekommen, daß er sie nicht wegzerren konnte wie eine entlaufene Sklavin.

»Ihr habt inzwischen gehört, daß die Tochari sich nähern und daß unsere Armee sie in wenigen Tagen stellen wird«, fuhr Heliokleia fort. »Mein Gemahl, der König, ist zuversichtlich, daß es ihnen niemals gelingen wird, den Jaxartes zu überqueren, aber er möchte, daß ihr euch vorsichtshalber auf eine Belagerung vorbereitet. Er hat nicht die geringste Angst, wir könnten verlieren; wenn wir nicht am Jaxartes den Sieg erringen, dann werden wir ihn gewiß hier in Alexandria davontragen. Ich wünschte mir von ganzem Herzen, ich könnte hierbleiben und diesen Sieg mit euch teilen. Aber mein Gemahl hat anders entschieden.« Sie hielt inne, starrte auf die erhobenen Gesichter ringsum, die hungrigen Augen, und fuhr dann mit einer plötzlichen Hebung des Kopfes undiplomatisch fort: »Ich bin neu in diesem Land, und der König fürchtet, meine Ergebenheit und Liebe könnten der Belastung eines Krieges nicht standhalten«, erklärte sie und hob die Stimme, damit sie auch am Rand der Menge zu verstehen war. »Ich kenne die Aufrichtigkeit meines eigenen Herzens, und stehe in Treue zur Ehre meines Hauses, das sich zu diesem Bündnis verpflichtet hat – aber wie kann mein Gemahl meiner so sicher sein, wie ich es meiner selbst bin? Mein Haus war bis zu diesem Frühjahr sein größter Feind, und ich bin hier erst seit ein paar kurzen Wochen

Königin. Deswegen hat er mich gebeten, auf einem meiner Güter zu bleiben, solange der Krieg dauert. Das ist bitter für mich, ihr Bürger von Alexandria. Ich schwöre bei allen Göttern, ich würde lieber ehrenhaft sterben als fortlaufen. Doch ich bin zum Gehorsam verpflichtet. Wie sonst kann irgendeiner von uns unseren König von seiner Ergebenheit überzeugen? Also muß ich gehen. Aber ich lasse euch zurück, damit ihr an meiner Stelle den Mut und die Ehre der Griechen beweist und den Tochari und dem ganzen Volk Ferghana zeigt, daß wir dank eurer Weisheit und der Stärke der Sakas unbesiegbar sind. Möge Anahita euch beschützen und das Glück euch hold sein! Ich werde zurückkehren, um euren Sieg zu feiern.«

Die Bürger von Eskati jubelten. Heliokleia sprang von der Terrasse, den Kopf stolz und zornig erhoben; grinsend brachte ich ihr ihre Stute Schatten. Obwohl ich es erst später bemerkte, hatte ich gerade den Dienst des Königs verlassen und war in ihren Dienst getreten. Sie war großartig. Diesmal hatte sie ihre ganze Stärke und Klugheit gezeigt: sie war zornig – zornig, weil man die Ehre ihres Hauses anzweifelte. Als sie sagte, sie würde lieber sterben als fortlaufen, hatte ich überhaupt keinen Zweifel, daß sie aus tiefstem Herzen sprach. Ich verstand sie voll und ganz, und beim Sonnengott, ich liebte sie dafür.

Als wir über den Platz zurücktrabten, jubelten die Bürger weiter, klatschten in die Hände, stampften mit den Füßen auf und schrien laut. Sie hatte mehr getan, als nur ihre Angst zu lindern. Sie hatte ihnen etwas von ihrem Stolz abgegeben und die Entschlossenheit verliehen, sich den Sakas als ebenbürtig zu erweisen. Sie strömten uns durch die Straße nach, als leite Heliokleia bereits eine Siegesparade, und sangen und jubelten ihr zu, bis sie zum Tor hinausgeritten war.

Als die Stadt glücklich hinter uns lag, schob Palak seinen Helm zurück und wischte sich die Stirn. »Beim Sonnengott!« bemerkte er. »Was hast du zu ihnen gesagt?«

Er sprach kein Griechisch und hatte kein Wort von ihrer Rede verstanden. »Ich habe ihnen gesagt, meine Abreise bedeute nicht, daß der König denkt, die Stadt würde fallen«, sagte Heliokleia zu ihm, wobei sie in aller Ruhe eine Halbwahrheit von sich gab, »und ich habe ein paar Worte hinzugefügt, um ihnen Mut zu machen.«

»Aha«, sagte Palak zufrieden. »Nun, es hörte sich an, als hätte es gewirkt. König Mauakes hatte mir gesagt, wir sollten die Stadt auf direktem Wege verlassen und uns eilen, doch wenn es dir gelungen ist, den Yavanas Mumm zu machen, dann war das die Verzögerung wert. Aber jetzt müssen wir uns beeilen.« Er ließ sein Pferd traben.

Heliokleia folgte schweigend. Viel später sagte sie mir, sie habe sich gefragt, wie Mauakes ihre Tat beurteilen würde. Hatten Aufrichtigkeit oder Zorn sie dazu veranlaßt, etwas vor den Bürgern herauszuschreien, das der König selbst nicht zugegeben hatte? Und hatte sie recht oder unrecht getan?

Es war sinnlos, sich jetzt darüber Sorgen zu machen. Wenn wir den Krieg verlieren würden, würde es niemanden kümmern; und wenn die Tochari zurückgeschlagen wurden, dann würden kleine Zwistigkeiten vergessen sein. Vielleicht wäre der König sogar tot, wenn sie in die Stadt zurückkehrte. Tot, wie die Vorzeichen verheißen hatten.

Bei diesem Gedanken spürte sie eine Woge der Hoffnung und gleich darauf der Scham. Haßte sie ihren Mann wirklich so sehr, daß sie ihm den Tod wünschte?

Nein, antwortete etwas in ihrem Inneren. Nein, sie wünschte sich nur, nicht mit ihm verheiratet zu sein. Sie senkte den Kopf und versuchte, ihre Gedanken zu beherrschen. Es war glühend heiß, und der Hals der Stute glänzte schon von Schweiß. Sie atmete tief ein, schloß die Augen und überließ sich den Bewegungen des Pferdes. Ich sah, wie ihr Gesicht wieder zur Maske erstarrte, und erinnerte mich an mein Mißtrauen.

Vier schwere Tagesritte waren nötig, bis wir den Gutshof in den südlichen Bergen erreichten. Nach dem ersten Tag tat mir alles weh – seit zwei Monaten war ich kaum geritten, und Muskeln vergessen und werden schlaff. Heliokleia war überhaupt noch nie über lange Entfernungen geritten und muß sich noch viel elender gefühlt haben – aber sie setzte die Reise zu Pferde fort. »Warum steigst du nicht zu uns in den Wagen?« fragte Padmini am zweiten Abend verzweifelt, und die Königin antwortete: »Die Eskorte hat darauf gewettet, daß ich das tun werde. Sie denken, Yavanas seien verweichlicht.«

Während der ersten drei Tage ritten wir durch die drückende Hitze des sommerlichen Tales. Auf den oberen Feldern begannen die Frauen mit der Alfalfa-Ernte und bückten sich im Takt ihrer Sicheln; sie riefen uns an, als wir vorbeiritten, und fragten nach Neuigkeiten über die Armee. Heliokleia überließ das Antworten der Eskorte und ritt mit geradeaus gerichtetem Blick weiter. Sie schämte sich, daß sie weglief, aber wenn jemand fragte, ob die Tochari gewinnen würden, erklärte sie stets entschieden: »Ich bin so sicher, daß mein Gemahl siegen wird, wie ich sicher bin, daß morgen die Sonne aufgehen wird«, und dann jubelten die Menschen.

Ich konnte nicht anders; ich fing wieder an, sie gern zu haben. Nein, sie war nicht verweichlicht, und sie würde nicht zulassen, daß die alten Männer, die darauf gewettet hatten, Geld gewinnen würden. Sie ritt weiter, gerade wie ein Speer, und wankte nicht. Man konnte sich bei ihr auf eines verlassen: Was immer sie tat, tat sie wie eine Königin. Königin Heliokleia von Ferghana, sagte ich zu mir und erprobte den Klang. Vielleicht war sie es schließlich doch wert, daß man ihr diente.

Am vierten Tag verließen wir die Südstraße, die Strecke, die an den Sonnenbergen entlangführt. Wir wandten uns direkt nach Süden und begannen auf einem steilen, steinigen Weg den Aufstieg in die Hügel. Bald wurde die Luft kühler; kleine Bäche plätscherten über die Felsen, gesäumt von Rhododendren, Balsambäumen und Krüppelkiefern, und die überfluteten Sommerweiden standen in üppigem Grün; der Himmel war voller Adler. Ich hatte mich wieder an das Reiten gewöhnt, richtete mich im Sattel auf und sog all das in mich ein, wieder daheim in meiner Art Land. Den ganzen Tag stiegen wir, und der Weg wurde schmaler und steiniger, die Siedlungen seltener. Vor uns ragten die Berge auf, Eis und Stein. Sie schienen die Stirn über die mühsam kletternde Gruppe aus alten Männern und jungen

Frauen zu runzeln. Die Sonne sank, und ihre orangenen Strahlen fielen scharf und horizontal zwischen den hohen Gipfeln hindurch. Am Abend schließlich reckte Heliokleia den vom ungewohnten Reiten schmerzenden Rücken und erblickte eine Festung, eine Mauer aus Stein mit einem einzigen Tor, die auf einem Felsvorsprung unter einem nackten Gipfel stand. »Was ist das?« fragte sie Palak, der neben ihr ritt und ganz gegen seine Gewohnheit vor Müdigkeit schwieg.

»Ach!« rief er glücklich. »Das ist es! Das ist dein Gut, Adlerhorst.« Und er befahl einem der Männer, vorauszugaloppieren und die Dienerschaft von ihrer Ankunft zu unterrichten.

Es sieht wie ein Gefängnis aus, dachte sie und ritt langsam darauf zu. »Warum ist es so hoch in den Bergen?« fragte sie. »In der Nähe scheint es nichts anderes zu geben?«

»Nun, natürlich nicht! Das ganze Land ringsum gehört dir, und es würde keine zweite Herde tragen. Es ist Sommerweideland, o Königin. Wenn der Schnee kommt, treiben sie die Pferde hinunter ins Tal nach Adlerbach, gleich hinter der Stelle, wo wir von der Hauptstraße abgebogen sind. Doch in dieser Jahreszeit gibt es dort nicht viel zu weiden, darum kommen jedes Frühjahr viele von den Landarbeitern mit den Tieren hierher.«

Sie hatte das schon vorher gehört, es aber nicht verstanden. Sie starrte die grimmigen Mauern an, während der Weg eine Biegung machte und seitlich am Felsvorsprung entlang führte. »Warum ist es so gebaut?« fragte sie. »Man braucht keine solchen Mauern, um Pferde unterzubringen.«

»Es ist alt«, sagte Palak. »Es wurde erbaut, ehe es im Tal Könige gab. Die Stämme pflegten einander zu überfallen – und man erzählt sich, ehe hier Menschen waren, hätten Greifen in den Felsen genistet und ihr Gold gehütet, wie sie es im Norden tun. Es ist ein starker Bau, o Königin. Deshalb hat dein Gemahl dich hierher geschickt. Hier könnten wir sogar den Tochari standhalten – eine Weile zumindest.«

Heliokleia nickte, konnte aber die bedrohliche Wirkung der Festung nicht abschütteln.

Es war dunkel, als wir unser Ziel erreichten; das Tor unter

dem einzigen Turm stand offen, und die Königin ritt hindurch, gefolgt von dem Wagen, dem Karren und der Eskorte – dann schlug das Tor mit einem dumpfen Knall zu. Heliokleia fuhr zusammen und schaute zurück. Danach sah sie sich um. Wir befanden uns auf einem steingepflasterten Hof, umgeben von einer Anzahl gedrungener Gebäude aus Holz und Stein; der Hof war voller Menschen, von denen einige Fackeln trugen. Sie warfen ein rotes, unstetes Licht über die wartenden Gestalten und ließen die Augen rot glänzen. Der beinahe volle Mond schien kalt und grau auf die Dächer, und die Berge ragten bedrohlich, atemlos und riesig aus der Dunkelheit empor.

Nach einem Augenblick kamen die Leute näher an uns heran. Eine Gestalt löste sich von den anderen: eine große, kräftige Frau mittleren Alters mit dünnem grauen Haar. »Willkommen, o Königin«, sagte sie zu Heliokleia. »Ich bin Tabiti, Ehefrau des Verwalters Galat. Entschuldige den Zustand des Gutes, Herrin. Wir hätten es für dich vorbereitet, wenn wir gewußt hätten, daß du kommst. Und mein Mann wäre stolz gewesen, dich selbst zu begrüßen, doch er ist bei der Armee. Ich muß mich allein um alles kümmern. Da die Männer nicht da sind, haben wir zuwenig Leute, und das Haus hat darunter gelitten. Aber wir werden mit Freuden tun, was wir können, um unsere Herrin willkommen zu heißen.«

Heliokleia sah sich noch einmal um. Tatsächlich waren nur Frauen, Kinder und alte Männer im Hof. Ehefrauen und Mütter, Väter und junge Söhne und Töchter, deren Männer nach Eskati hinuntergezogen waren, um mit der Armee zu üben, und vielleicht schon tot waren. Die alles entscheidende Schlacht konnte schon vorüber sein. Und sie konnte ihnen keine andere Nachricht überbringen als die, die der alte Bote bereits verkündet haben mußte, nämlich daß die Tochari gekommen waren. »Es ist schon gut«, sagte sie benommen. »Ich weiß, daß ich unerwartet komme.« Plötzlich war ihr ganz schwindlig vor Müdigkeit. Die lange Reise hatte ihr nach allen anderen Belastungen der letzten Wochen arg zugesetzt und sie verwirrt. Die Berge kamen ihr vor wie sprungbereit hinter der Festung kauernde Tiger, und sie betrachtete die mondbeschienenen Gipfel, um sich zu vergewissern, daß sie sich nicht bewegt hatten.

Tabiti hielt eine weitere Ansprache, die zu verstehen die Königin zu müde war. Sie beantwortete sie auf gut Glück mit einer weiteren Entschuldigung für ihr unangemeldetes Kommen und glitt vom Pferd. »Bitte«, sagte sie, »mein Pferd ist müde und sollte in den Stall gebracht werden – und ich bin müde und brauche Schlaf.« Grob und ungeschickt, dachte sie, aber sie wußte nicht, wie sie es eleganter ausdrücken sollte, und sie sehnte sich so sehr danach, aus dem Gefängnishof herauszukommen und sich niederzulegen.

Nach einigem Gemurmel nahmen ein paar Frauen unsere Pferde, und Tabiti führte uns in das Hauptgebäude des Hofes. Es gab eine Küche mit offener Feuerstelle, am Dachgesims aufgehängten Kräuterbündeln und Trockenfleisch, und Webstühle standen neben Körben mit gekrempelter Wolle. Tabiti geleitete die Königin eine Leiter hinauf in einen Speicher; sie breitete eine Decke über ein Strohlager in einer langen Holzkiste. Andere Kisten standen in der Nähe, teilweise durch Vorhänge aus grober brauner Wolle abgeschirmt. Padmini, die hinter ihrer Herrin die Leiter hochgeklettert war, während Antiochis unten blieb, starrte das Bett ungläubig an. »Nennst du das etwa ein Bett für eine Königin?« wollte sie wissen.

»Wenn wir gewußt hätten, daß sie kommt«, sagte Tabiti unglücklich, »dann hätten wir ein Bett aus der Stadt geholt und in einem der Schuppen eine richtige Schlafkammer eingerichtet. Aber es würde Tage dauern, alles richtig vorzubereiten.«

»Nun, dann mach wenigstens eine richtige Matratze! Das könnt ihr doch sicher, sogar in dieser öden Wildnis!«

»Padmini«, sagte Heliokleia.

»Aber das ist sehr bequem!« erwiderte Tabiti gereizt. »Ich habe mein ganzes Leben lang in so einem Bett geschlafen, und ich habe gut geschlafen.«

»Das bezweifle ich nicht! Aber meine Herrin ist eine Königin, keine schmutzige Bäuerin, die daran gewöhnt ist, in einem Futtertrog zu schlafen. Du kannst nicht erwarten –«

»Padmini«, sagte Heliokleia lauter, und die Inderin hielt inne und sah sie überrascht an. »Ich werde in dem Bett schlafen. Es ist sauber, und ich zweifle nicht daran, daß ich gut schlafen werde; ich bin sehr müde. Aber, Tabiti, meine Frauen sind Damen von Stand und müde von der Reise. Bitte versuche, es ihnen bequem zu machen. Ich muß jetzt schlafen.«

Sie legte sich gleich auf die Decke, ohne auch nur ihr nach Pferden riechendes Gewand und ihre Hosen auszuziehen. Padminis überraschten und besorgten Blick bemerkte sie gar nicht. Die Welt schien sich um sie zu drehen, als sie die Augen schloß, war ihr, als flöge sie, und sie war bereits eingeschlafen, ehe Padmini und die Frau des Verwalters eine weitere Decke zum Zudecken gefunden hatten.

Für uns übrige fanden sich ohne große Schwierigkeiten Betten – es gab viel Platz. Nicht nur, daß alle erwachsenen Männer des Hofes bei der Armee waren, auch viele der verheirateten Frauen waren ins Tal gegangen, um beim Einbringen der Ernte zu helfen. Padmini und Antiochis rümpften die Nase über die fleckigen Schlafmatten, die Tabiti ihnen anbot, aber sie waren zu müde, um noch viel Aufhebens davon zu machen. Ich rollte mich in meinem Kistenbett zusammen und lauschte der Gebirgsbrise, die durch die Holzwände wisperte, und dem Scharren des Viehs in den Ställen nebenan. Ich war vollkommen zufrieden. Dann schlief ich ein.

Am nächsten Morgen zur Melkzeit wachte ich auf, drehte mich um, schlief wieder ein und erwachte in der Morgendämmerung erneut. Padmini war bereits auf, steif und heikel, und fragte laut, wo die Dienerinnen seien; die Königin schlief noch immer fest.

»Endlich«, sagte Padmini, als ich mich aufsetzte und mir die Augen rieb. »Beeil dich und zieh dich an, Mädchen: ich möchte, daß du für mich übersetzt. Unsere Herrin wird baden wollen, wenn sie aufwacht, und ich möchte, daß alles für sie vorbereitet ist. Antiochis, Liebe! Inisme! Wacht auf!«

Wir brauchten einige Zeit, um für ein Bad zu sorgen. Erstens arbeiteten alle Frauen des Hofes, und wir mußten Tabiti aus den Kuhställen holen, um Hilfe zu bekommen. Dann gab es keine Badewanne, außerdem gab es nur den einen Hauptraum des Hofes, in dem wir den Waschzuber aufstellen konnten, schließlich war nicht genug Holz da, um das Wasser zu erhitzen. Tabiti sah nicht ein, warum sie gutes Feuerholz vergeuden sollte, nur weil die Yavanas heißes Wasser liebten, und ich mußte besänftigend darauf hinweisen, daß das benutzte Badewasser sich sehr gut für die Wäsche oder zum Reinigen von Zaumzeug eignete. Padmini schimpfte und erteilte gebieterisch Befehle, die ich diplomatisch übersetzte, ohne ihre Kommentare über die Reinlichkeit in Adlerhorst im allgemeinen und Tabitis Versäumnisse im besonderen wiederzugeben. Zumindest mir war vollkommen klar, daß sie zu wenig Leute hatten, und daß die Hausarbeit zugunsten der Hofarbeit vernachlässigt wurde, war nur natürlich. Die neue Herrin dürfte wohl die letzte Person gewesen sein, die die Frauen von Adlerhorst in diesem Sommer gern sahen. Doch das Wasser war tatsächlich heiß, als die Königin zerknittert und lächelnd aus dem Speicher herunterkam.

Als Heliokleia erwachte, fühlte sie sich leicht benommen und unsäglich glücklich. Stroh stach durch die Decke in ihre Seite, und sie konnte Vögel auf dem Dach über ihrem Kopf flattern hören. Sie rollte sich auf den Rücken und schaute auf. Sonnenlicht fiel durch die Spalten des hölzernen Speichers, Staubkörner tanzten in den sich kreuzenden Strahlen, glitzerten und drehten sich und verschwanden dann im weichen, goldenen Schatten. Lange lag sie nur da und sah ihnen zu. Wie köstlich, morgens still und allein zu liegen, mit niemandem neben ihr! Das Gefühl von Bedrohung und Gefangenschaft, das sie am Vorabend empfunden hatte, schien fern, Teil eines langen Alptraums, aus dem sie nun endlich erwacht war. Solange sie hier war, dachte sie plötzlich, würde sie frei sein. Die Eskorte alter Männer würde sie kaum stören, und die Dienstboten waren ihre Dienstboten und verpflichtet, ihr zu gehorchen. Sie konnte tun und lassen, was sie wollte. Das hatte sie nie zuvor gekonnt, und wer wußte, ob sie diese Gelegenheit je wieder haben würde? Sie hatte jetzt Zeit – jedenfalls einige Tage – um ... was zu tun? Im Bett zu liegen und den Staub zu betrachten, um über diese grünen Bergwiesen zu wandern, um unfrisiert und schlampig gekleidet Blumen zu pflücken?

Sie hörte ein Geräusch am Fuß der Leiter, und Padmini erschien, vorsichtig kletternd in ihren langen Röcken, die Lippen mißbilligend zusammengepreßt. Heliokleia lächelte unwillkürlich und setzte sich auf.

»Du bist also wach!« sagte Padmini und erwiderte überraschenderweise das Lächeln. »Gestern abend habe ich mir große Sorgen um dich gemacht, Kind; du sahst krank aus. Bei Anahita, du bist ja ganz zerknittert. Dein Haar ist voller Stroh. Wirklich, es sollte an diesem verlassenen Ort doch wenigstens eine einzige Matratze geben!«

Heliokleia lachte. »Ich habe sehr gut geschlafen«, sagte sie und stand auf, leicht gebückt unter dem niedrigen Dach. Sie schaute auf ihre zerknitterten Reitkleider nieder und lächelte wieder. »Kann ich ein Bad nehmen?«

»Sie haben natürlich keine Badewanne, diese schmutzigen Kreaturen«, erklärte Padmini. »Aber ich habe einen großen Zuber für dich gefunden und ein paar Vorhänge aufgehängt, um dich vor den Augen dieser albernen alten Männer abzuschirmen. Ich wußte, du würdest dich waschen wollen; wir haben schon Wasser heißgemacht.«

Nachdem Heliokleia mit ihrem Bad fertig war, erschien Antiochis mit einer griechischen Tunika, die sie gerade ausgepackt hatte. Die Königin schüttelte den Kopf. »Hosen, bitte!« befahl sie. »Ich möchte heute über das Land reiten.«

»Kind!« rief Antiochis entsetzt aus. »Bist du noch nicht genug geritten? Warum solltest du so häßliche Sachen tragen, wenn du nicht mußt?«

»Aber ich möchte es«, sagte Heliokleia. »Hole sie einfach, liebe Antiochis. Die safranfarbenen, wenn sie sauber sind.« Antiochis ging, unglücklich den Kopf schüttelnd, um die Saka-Kleider und Hosen zu suchen. Heliokleia zog sich an und verlangte zu Padminis Ärger, daß ihr Haar auf Saka-Art geflochten werde.

Im Morgenlicht sah der Hof anders aus; die Gebäude aus Holz und Stein schienen behaglich aus der Erde zu wachsen, und die Berggipfel hinter ihnen waren in strahlendes Licht gebadet. Die alten Männer aus der Eskorte saßen in dem gepflasterten Stallhof herum, unterhielten sich mit den geschäftigen Bauersfrauen, schnitzten Holz, flickten Geschirr oder schliefen einfach in der Sonne. Ein paar Kinder spielten in einer strohgedeckten Ecke mit einem Hund, und Tauben gurrten auf dem Dach. Die Ställe waren leer.

»Wir haben die Pferde zum Weiden nach draußen gebracht, Herrin«, sagte Tabiti, die es übernommen hatte, die neue Königin herumzuführen. »Auch die, auf denen ihr gekommen seid, nachdem wir sie gefüttert und abgerieben haben. Sie brauchen Erholung nach der Reise.«

Heliokleia nickte. »Aber ich würde gern über die Ländereien reiten. Ist meine Stute zu erschöpft, um mich zu tragen?«

»Ich glaube schon, Herrin. Aber alle Pferde hier gehören dir. Ich schicke eines der Mädchen zur nahen Koppel hinauf und lasse dir ein anderes holen. Die meisten königlichen Pferde sind allerdings oben auf der Bergweide, Herrin; ... nein, alle königlichen Pferde sind dort, es tut mir leid, Herrin; wir würden nicht im Traum daran denken, sie zu reiten, deshalb lassen wir sie weit entfernt vom Haus grasen. Aber es gibt einen guten, halbköniglichen Wallach, mein eigenes Pferd; der ist in der nahen Koppel. Du kannst ihn gern benutzen, und du könntest zur Hochweide hinaufreiten und dir eines der königlichen Tiere aussuchen. Oder wir könnten eines für dich holen. Der Weg dorthin dauert ungefähr zwei Stunden.«

Die Aussicht auf einen müßigen zweistündigen Ritt in die Berge, fort von ihrem Hofstaat, war verlockend. »Ich reite selbst hinauf«, sagte Heliokleia sofort.

Tabiti nickte, obwohl sie überrascht schien. »Ich könnte dir die Weide zeigen, Herrin ... oder genügt es, wenn meine Tochter das tut?«

Heliokleia akzeptierte die Tochter, ein schlankes, dreizehnjähriges Mädchen namens Adake, und Tabiti nickte mit sichtlicher Erleichterung. Heliokleia begriff, daß sie ihre fremde und unerwartete Herrin etwas beängstigend fand, und lächelte ihr besonders herzlich zu, um sie zu beruhigen.

Mit ihren Damen und der Eskorte hatte die Königin einen kurzen Wortwechsel darüber, wer sie auf diese Expedition begleiten solle. Palak bot seine Gesellschaft an, wenn auch ohne Begeisterung, da die eilige Reise ihn in seinen alten Knochen schmerzte. Antiochis und Padmini drängten Heliokleia, sie solle sein Angebot annehmen, und wiesen darauf hin, einer Königin gebühre eine bewaffnete Eskorte. Aber Heliokleia weigerte sich entschieden. »Ich brauche keine Eskorte, um über meinen eigenen Besitz zu reiten, nicht wahr?« sagte sie. »Ich nehme nur Tabitis Tochter mit.«

»Du mußt noch jemanden mitnehmen!« jammerte Antiochis. »Es gehört sich nicht für eine Dame, nur in Begleitung eines Bauernmädchens auszureiten. Ach, Padmini und ich hätten auch reiten lernen sollen!«

»Auf keinen Fall!« versetzte Padmini entsetzt. »Aber nimm die Mädchen. Sie können reiten.«

»Gut, dann nehme ich Tomyris«, sagte Heliokleia.

Die Damen sahen aus, als wüßten sie nicht genau, ob das nicht noch schlimmer war, als niemanden mitzunehmen. Wieder fragte ich mich, warum sie mich ausgewählt hatte.

Vermutlich, um sich bei der Auswahl eines frischen Pferdes von mir beraten zu lassen. Auch überraschte es mich, daß sie heute wieder reiten wollte. Das hatte ich nicht erwartet, weder von der ruhigen und makellosen Königin noch von der leidenschaftlichen Unbekannten hinter der Maske. Trotzdem gefiel mir die Vorstellung, zur Hochweide zu reiten. Ich schlug allerdings vor, wir sollten einen Imbiß mitnehmen, da es schon um die Mitte des Vormittags war.

Nach einer Weile brachen wir zu dritt auf – das Mädchen Adake, die Königin und ich – und ritten mit prall gefüllten Satteltaschen in raschem Trab durch das Tor in die helle Bergsonne. Tabiti sah uns mit kaum verhohlener Erleichterung davonreiten und kehrte an ihre Arbeit zurück. Heliokleia erhob sich im Sattel und schaute sich um: die hohen Gipfel, die grünen Wiesen, die Felder und Bäche und felsigen Abhänge, die neben dem kaum erkennbaren, graubraunen Weg in den blauen Dunst des unter uns liegenden Tales abfielen. In der Nähe flog ein Adler auf und kreiste vor der Sonne, und sie legte den Kopf in den Nacken, um ihn lächelnd zu beobachten.

Sie erinnerte sich bis an ihr Lebensende an diesen Tag. Wir ritten östlich am Bergabhang entlang, wandten uns dann nach Süden, wo ein kleiner Bach eine Schlucht in den Gipfel geschnitten hatte, und folgten einem Ziegenpfad, der sich in Serpentinen in die Berge hochwand. Kriechender Thymian, blaßblättriger Salbei und wilder Jasmin dufteten; Vögel sangen in den dunklen Rhododendren und den Zitterpappeln. Forellen schossen unter die Steine in den blaugrünen Gebirgsteichen; Steinböcke und Gemsen sprangen vor uns davon und die Felsen hinauf. Einmal sahen wir einen creme- und goldfarbenen Schneeleoparden, der auf einem fernen Hügel über die Felsen schlich. »Manchmal gibt es hier Tiger«, sagte Tabitis Tochter, »aber die Männer töten sie, um die Pferde zu schützen. Letztes Jahr hat mein Vater einen geschossen, und wir trockneten das Fell und behielten es als Teppich.«

»Hast du keine Angst, hier herumzureiten, wo es Tiger gibt?« fragte Heliokleia.

»Ach, nein!« sagte das Mädchen verächtlich. »Tiger greifen Menschen nicht an. Wenn jemand sagt, ein Tiger hätte ihn angegriffen, dann war es kein richtiger Tiger, sondern ein Dämon in Tigergestalt. Und Dämonen kommen niemals in diese Berge, weil sie unserem Herrn, dem Sonnengott, gehören.«

»Es können nicht lauter geheiligte Berge sein«, protestierte ich. »Der Sonnengott lebt nur auf einigen von ihnen. Es gibt eine Ecke, die ein Bruchstück der Hölle ist.« Die Güter meiner Familie lagen in der Nähe der Himmelsberge, und ich gab nichts auf die übertriebenen Behauptungen der Leute aus dem Süden.

»Du meinst den Terek-Paß«, sagte Adake mit Bestimmtheit. »Das ist etwas anderes. Der ist in den Himmelsbergen.«

»Es ist zwischen den Sonnenbergen und den Himmelsbergen«, berichtigte ich. »Ich bin aus dem Terek-Tal; ich muß es doch wissen.«

Adake warf mir einen Blick zu, in dem sich Ehrfurcht und Mitleid mischten. »Ich möchte nicht in diesem Tal leben«, sagte sie unverblümt.

»An dem Tal ist nichts auszusetzen«, sagte ich kurz angebunden, »nur am Paß. Wir haben nicht einmal Tiger, ob sie nun Dämonen sind oder nicht.«

»Aber der Paß ist verzaubert?« fragte Heliokleia mit unschuldiger Neugier. Adake und ich starrten sie an.

»Keiner kann diesen Paß überqueren«, sagte Adake nach einem Augenblick. »Niemand ist jemals dort gewesen und lebendig zurückgekehrt.«

»Aha«, sagte die Königin in unverbindlichem Ton. »Ich habe von einigen verzauberten Pässen gehört. Aber meistens spukt es dort nur gelegentlich.« Sie lächelte ihr spöttisches Antimachiden-Lächeln.

Ich spürte einen Anflug meiner alten Abneigung. Die hochmütige yavanische Philosophin, die sich einbildete, mehr als alle anderen über die Götter zu wissen, und die sich über unsere barbarische Einfalt amüsierte! Sie lächelte über etwas, von dem sie nichts wußte.

»Der Terek-Paß ist anders«, versetzte ich barsch. »Er ist seit den Tagen deines Vorfahren geschlossen, und zwar wegen seiner Sünde.«

»Tatsächlich?« fragte die Königin, noch immer mit herablassender Neugier. »Welche Sünde hat mein Vorfahr denn begangen? Und welcher Vorfahre übrigens – Antimachos?«

»Nein«, antwortete ich, »König Alexander.« Wir ritten eine Minute schweigend weiter. Normalerweise sprechen die Leute aus dem Terek-Tal nicht über den Paß, und die Geschichte erzählen wir uns nur flüsternd. Ich erinnerte mich an meinen Traum – die Stille des trockenen Flusses – und schauderte. Ich begriff plötzlich, daß ich so entsetzt gewesen war, weil ich mich an einem verbotenen Ort befunden hatte; ich war zu laut, zu unbeholfen, zu lebendig für diese Mauer aus Himmel und nacktem Stein. Ich begriff es, weil ich plötzlich dasselbe Gefühl des unbefugten Eindringens hatte.

Doch es war ein klarer, heller Tag ohne jede Wolke, und wir waren weit vom Terek entfernt. Nach einem Augenblick fuhr ich fort und erzählte die Geschichte.

»Man erzählt sich, in alter Zeit sei der Paß offen gewesen«, sagte ich zur Königin. »In der Zeit vor den Königen. Er führt zwischen den Himmelsbergen und den Sonnenbergen aus dem Tal heraus nach Osten; man sagt, das Land jenseits des Passes sei trocken, eine große Wüste, umgeben von den Wasserläufen aus den Bergen, und jenseits der Wüste sei eine Salzwüste, und dahinter soll das Land der Seidenleute liegen, ein über alle Maßen reiches und glückliches Land, das gesegnetste Land auf der Erde. Vor langer Zeit überquerten einige Sakas den Paß und siedelten am Wüstenrand bei den Gebirgsflüssen, wo sich das Land zur Bewässerung eignete, aber die Salzwüste durchquerten sie nicht. Dann kam König Alexander und verfolgte seine Feinde, die Perser, über den Oxus bis zum Jaxartes. Er unterwarf unsere Vorfahren und gründete Eskati am Fluß, und er sandte Späher in das dahinter gelegenc Tal von Ferghana.

Die Späher berichteten, Ferghana sei ein reiches und fruchtbares Land und besitze gute Ländereien und Pferde und die Gunst unseres Herrn, des Sonnengottes. Deshalb beschloß Alexander, es seinem Reich einzuverleiben. Er ließ seine Generäle in Eskati und ritt mit einem Teil seiner Armee geradewegs ins Tal hinunter. Die Ratsmitglieder fürchteten sich vor ihm, und sie dachten, er werde ohnehin nicht lange bleiben; also kamen sie und unterwarfen sich ihm und brachten ihm Geschenke, Tigerfelle und Gold, und schworen ihm Loyalität. Er ritt weiter durch das Tal, ohne daß sich ein Speer gegen ihn erhob, bis er an den Fluß Terek kam. Dann schaute er hinauf zu den Bergen und fragte die einheimischen Edelleute, was jenseits der Berge liege.

›Es gibt einen Paß, der ins Land Khotan führt, wo unsere Vettern leben‹, sagten sie zu ihm. ›Und dahinter?‹ fragte er. Und sie sagten ihm, was ich dir erzählt habe, was sie glaubten, fügten aber hinzu: ›Die Götter wollten, daß eine Grenze sei zwischen dieser Welt und der Welt im Osten, und sie haben diesen Weg unpassierbar gemacht; die Seidenstraße ist nicht für Sterbliche, sondern nur für die Unsterblichen.‹ – ›Aber ich werde sie befahren‹, sagte Alexander, der immer den Ehrgeiz hatte, alle Grenzen zu überschreiten, die Sterblichen gesetzt sind, und arrogant alle Schranken durchbrach. Er schickte neue Späher aus, um den Weg nach Osten zu erkunden. Sie kamen nie zurück. Nach zehn Tagen schickte er weitere; von diesen kam nur ein einziger nach drei Tagen zurück. Er war wahnsinnig geworden und redete irre über Gift und Verbrennen; er starb am nächsten Tag, ohne seinen Verstand wiedererlangt zu haben.

In dieser Nacht träumte König Alexander, und in seinem Traum erschien ihm eine schwarzgekleidete Frau mit einer Feuerkrone. Sie sagte ihm, die Götter hätten ein Geschöpf aus der Unterwelt auf den Paß geschickt, um ihn für seine Überheblichkeit zu bestrafen, und der Tod werde alle holen, die den Paß zu überqueren versuchten. Als er erwachte, beschloß Alexander, den Versuch aufzugeben, auf diesem Weg nach Osten zu gelangen. Ohne diese Verlockung verlor er jedes Interesse an Ferghana. Er errichtete der Göttin Nemesis einen Altar, denn er glaubte, sie sei die Frau in seiner Vision gewesen, und kehrte nach Eskati zurück. Von dort aus wandte er sich nach Süden in Richtung Indien. Doch seit damals ist bis auf den heutigen Tag niemand, der zum Terek-Paß hinaufgegangen ist, lebendig zurückgekehrt,und wir betrachten die Abhänge des Berges mit Furcht. Sie sind still – zu still. Das Ding ist noch immer da; wir wissen es.« Ich ritt ein Stückchen und fügte dann hinzu: »Ich traf einmal einen Ziegenhirten aus Ost-Terek, der in einem Herbst bis fast nach oben auf den Paß ging, um eine verirrte Ziege zu suchen; er sagte, er habe ein Geräusch gehört, das ihm das Blut gefrieren ließ, und er kehrte um, ohne sich um die

Ziege zu kümmern, die er nie wiedersah. Er wollte nicht sagen, was das für ein Geräusch gewesen war, nur, daß es nichts Irdisches gewesen sei.«

Wir ritten am Bach entlang aufwärts, umgeben vom Duft der Kiefern und Balsamtannen und im Schatten der Blätter. »Das Geräusch, das dein Ziegenhirte gehört hat, könnte eine Lawine gewesen sein«, sagte Heliokleia.

»Die Leute im Terek-Tal wissen, wie sich eine Lawine anhört«, antwortete ich.

»Aber wenn sie allein in den Bergen sind? In der Nähe eines Ortes, vor dem sie ohnehin Angst haben? Und bereit sind, sich vom geringsten Laut erschrecken zu lassen?« Ich sah sie an. Das Geräusch einer Lawine in der Nähe des Passes wäre tröstlich gewesen – aber es war sinnlos, Heliokleia das zu sagen. Sie würde nur irgendeine andere Erklärung erfinden. Ärgerlich wandte ich den Blick ab.

»Ich habe gehört, es gäbe einen Paß von Ferghana aus nach Osten«, sagte die Königin nach einem Moment. »Es gibt andere Pässe, von Baktrien aus durch die Berge, aber sie sind sehr gebirgig und wild. Manchmal jedoch bekommt man weißes Kupfer aus den östlichen Ländern, das angeblich aus dem Seidenland kommen soll; und ganz gewiß gibt es den Seidenhandel über Indien. Diese Welt und jene sind nicht so undurchdringlich getrennt, was immer auf dem Terek-Paß sein mag. Es ist schade, daß der Paß ... geschlossen ist; der Seidenhandel ist für die Inder eine Quelle großen Wohlstands.«

Argumentieren hatte keinen Sinn. Ich wußte, was wir im Terek-Tal alle wußten: daß der Paß nach Osten von etwas Unirdischem und Schrecklichem heimgesucht war. Unser ganzes Leben lang hatten wir damit gelebt; manchmal hatten wir gespürt, wie es dort lauerte, im weißen Schweigen des Winters, wenn wir das Licht auf dem fernen Gipfel verblassen sahen. Ob es die geheimnisvolle Nemesis war, die den Paß geschlossen hatte, oder, wie viele sagten, Anahita, ob es wegen König Alexander gewesen war oder wegen irgendeines Zwistes aus den Anfangszeiten der Erde – es war da. Aber die Königin würde mir nicht glauben, und je mehr ich redete, für desto abergläubischer und barbarischer würde sie mich halten. Wenn ich nur erzählt hätte, der Paß sei unwegsam oder von Tigern heimgesucht, hätte sie mir vielleicht geglaubt, aber dies meinte sie besser zu wissen als ich. Darum ritten wir schweigend weiter.

Gleich nach Mittag kamen wir aus der Schlucht auf eine Bergwiese. Ein See, blau wie Schmetterlingsflügel, schimmerte im Sonnenschein unter einem mit Kiefern bewachsenen Gipfel, und im dichten Gras weideten die Pferde, Stuten und Fohlen. Scheckig und goldbraun standen sie knietief in Raigras und roten Wicken. Heliokleia zog die Zügel an und saß einen langen Moment da, um zu schauen. Ein Fohlen, rot wie ein Fuchs, galoppierte mit wirbelndem Schwanz und nach hinten ausschlagend über die Wiese und sprang dann abrupt an die Seite seiner Mutter. Die Königin lachte.

»Dieses nennen wir Wildfang«, sagte Adake. »Seine Mutter ist Honigwabe. Meine Kusine Banai sollte irgendwo in der Nähe sein und sie hüten; sie bleibt den Sommer über bei der Herde ... da ist sie ja! Banai, schau, dies ist die Yavana-Königin! Sie ist hierher gekommen, solange die Männer gegen die Tochari kämpfen – die Tochari sind gekommen, und der Krieg hat begonnen!«

Banai war eine scheue junge Frau etwa in meinem Alter, die auf einem massigen Wallach saß. Sie verbeugte sich nervös vor der königlichen Besucherin, murmelte eine unbeantwortbare Frage über den Krieg und saß dann in gelähmtem Schweigen da. Sie überließ es Adake, die einzelnen Pferde zu benennen. Heliokleia hörte fröhlich zu, stellte keine Fragen und wünschte sich nichts mehr als die Süße der strahlenden Luft.

»Essen wir zu Mittag«, schlug ich vor, als alle Pferde benannt worden waren.

Wir gingen hinunter an das Ufer des Sees, banden den Pferden die Vorderbeine zusammen und aßen unseren Imbiß auf einem flachen, von der Sonne erwärmten Stein, der bis in den See ragte. Wir zogen die Stiefel aus, um unsere Füße in dem eisigen, blaugrünen Wasser zu kühlen. Es gab frisches Brot und neuen Käse, frische Trauben, noch etwas grün und sauer, Sesamkuchen mit Honig und Krüge mit blassem Weißwein. Ein Fischadler stürzte sich in geringer Entfernung von uns furchtlos in den See und flog mit einem Fisch in den Krallen wieder auf, helle Wassertropfen aus den Federn schüttelnd.

»Welches Pferd gefällt dir am besten?« fragte ich.

»Was meinst du?« fragte Heliokleia.

»Hast du entschieden, welches Pferd du willst, Herrin? Deshalb sind wir doch hier heraufgekommen, nicht wahr?«

»Oh. Natürlich – das heißt, nicht wirklich. Ich wollte nur herkommen und schauen.« Sie wandte sich an Adake und fragte: »Würde es deiner Mutter etwas ausmachen, wenn ich noch ein paar Tage ihr Pferd benutzen würde?«

»Aber nein!« sagte das Mädchen, das ebenso überrascht war wie ich, doch sich schnell erholte. »Sie würde sich freuen; sie hatte auf dem Hof so viel zu tun, daß sie keine Zeit hatte, es selbst zu reiten, und es braucht Bewegung.«

»Dann lassen wir diese Pferde hier. Alle älteren Stuten haben Fohlen, und die jüngeren Tiere könnte ich nicht reiten. Außerdem sehen sie hier so glücklich aus, daß es ein Jammer wäre, sie fortzuschleppen.«

Adake ächzte glücklich und lehnte sich gegen den warmen Stein am Ufer. Sie aß eine Traube. Banai zupfte sie am Arm und zerrte sie beiseite, und sie begannen, sich flüsternd über die kleinen Geschehnisse auf dem Hof zu unterhalten.

Heliokleia kreuzte die Beine und tauchte ihre Finger in den See. Ich sah sie an, wie sie golden und lächelnd in der Sonne saß, und lachte dann. »Ich hätte nicht gedacht, daß du so ein Mensch bist«, sagte ich unversehens.

»Was denn für einer?«

»Ach – einer, der des Reitens wegen hier heraufkommt. Ich dachte, du wärest mehr wie Padmini.«

Darauf lachte Heliokleia und begegnete unbefangen meinem Blick. Vielleicht hatte sie das immer getan, aber ich hatte das Gefühl, als sähen wir einander zum ersten Mal als Gleiche an, als zwei junge Edelfrauen, und nicht als Herrin und Dienerin. »Wie

Padmini!« sagte sie. »Bei Apollo, nein! Padmini verzweifelt an mir. Ich bin alles, was eine Königin nicht sein sollte.«

Wenn ich vorher überrascht war, so war ich jetzt vollkommen verblüfft. »Wie meinst du das, Herrin?« fragte ich, nachdem ich mich erholt hatte.

Sie zuckte mit den Schultern und schaute weg. Nach einem Augenblick begann sie wieder zu lächeln. »Als ich noch klein war, bekam ich oft Silberarmbänder, kleine, dünne Reife, die aneinanderklirrten. Ich verlor sie immer – sie glitten mir einfach von den Händen, wenn ich nicht aufpaßte, und gewöhnlich paßte ich nicht auf. Ich weiß nicht, wie viele ich insgesamt verlor, aber einmal waren es drei in fünf Tagen. Und ich ließ Sachen fallen, ich hatte zur falschen Zeit Tinte an den Fingern, und mein Haar war immer in Unordnung. Padmini sagte ständig, ich mache sie verrückt. Noch immer will ich nicht das anziehen, was sie für angemessen hält, und tue Dinge wie... reiten... Aber sie hat es inzwischen aufgegeben, mich zu schelten; es nutzt nichts.«

Wieder ein spöttisches Lächeln, doch diesmal merkte ich, daß der Spott ihr selbst galt. Ich fragte mich, ob das immer so gewesen sein mochte. »Statt dessen schimpft sie mit dir.«

»Nun ja, sie schimpft nicht gerade...« begann ich, hielt dann aber inne und fragte: »Warum hast du mich gewählt, um dich hierher zu begleiten?«

»Wen hätte ich wählen sollen? Inisme? Mit ihr hätte es keinen großen Spaß gemacht. Sie hätte den Sinn des Ganzen nicht begriffen. Sie hätte hier gesessen, die Knie hoch und das Gewand bis über die Knöchel gezogen, und sich vor den Ameisen gefürchtet.« Sie streckte die Beine, zog die Knie hoch und ihr Gewand darüber und imitierte Inisme so treffend, daß ich unwillkürlich grinste.

Natürlich gab es tatsächlich Ameisen. Ich bürstete ein paar von ihnen zur Seite und runzelte wieder die Stirn.

»Ich hätte das über Inisme nicht sagen sollen«, meinte Heliokleia nach einem Augenblick. »Es war nicht immer leicht für Padmini und Antiochis, hierher zu kommen. Sie vermissen ihre

Familien – Antiochis' jüngste Tochter ist erst acht, und ich weiß, daß sie sich um sie sorgt, auch wenn sie das nicht zugibt. Und Padmini ... sie mußte sich sehr anstrengen, um am Hof meines Vaters akzeptiert zu werden. In Sakala arbeiten der indische Adel und die Griechen Seite an Seite, aber in Baktrien schauen die Griechen auf die Einheimischen herab, und Padmini hat darunter gelitten. Sie hatte schreckliche Angst, daß es in Eskati genauso sein würde. Inisme hilft ihnen. Sie begreift, wie sie Dinge gern getan haben wollen, und sie ist bereit, ihnen Respekt zu bezeugen. Und solange sie mit Respekt behandelt werden, haben sie das Gefühl, die Reise sei der Mühe wert gewesen. Wirklich, ich bin sehr froh, Inisme zu haben.«

»Aber warum hast du mich mitgenommen?« fragte ich.

Sie seufzte. »Weil ich dich mag.«

»Aber ... warum?« fragte ich verwirrt und erinnerte mich schuldbewußt an ihren Brief.

»Warum nicht?« antwortete sie. Nach einer Weile fügte sie hinzu: »Du gehörst nicht in einen Palast. Die Menschen leben in so verschiedenen Welten ... vermutlich weiß ich nicht, worüber ich rede, aber manchmal wünsche ich mir, ich wäre« – sie lächelte mir zu, als sei das bereits ein alter Scherz zwischen uns – »ein großes, kühnes Landmädchen, das auf Tiger schießt und immer seine Meinung sagt.«

Ich überlegte, wie man in einer Familie aufwachsen mochte, in der die Mutter tot ist und die Brüder den Vater und einander ermordet haben. Vielleicht konnte man sich in einer solchen Welt nur behaupten, wenn man lernte, ruhig zu wirken und Losgelöstheit zu üben. Das wirklich Bemerkenswerte war vielleicht nicht Heliokleias Ruhe, sondern die Tatsache, daß sie unter all dem noch immer den Wunsch hatte, einen Berg hinaufzureiten, um nur in der Sonne zu sitzen. »Du hättest einen Tag warten können«, sagte ich. »Mit dem Herkommen, meine ich. Du hättest dich zuerst ausruhen können.«

»Wir werden hier nicht viel Zeit haben«, antwortete sie nüchtern, und man konnte ihre Leidenschaft nur ahnen. »Was immer geschieht.«

Wir sahen einander eine weitere Minute lang an. Mein Argwohn war falsch gewesen, falsch, falsch. Hinter der Maske verbargen sich keine schwarzen Geheimnisse – nur Gefühle, die so normal und direkt waren wie meine eigenen.

Auf einmal fühlte ich mich groß vor Glück, weil ich hier in der Sonne saß und die Frau, der ich diente, gern hatte. Mit der ganzen Begeisterung und Unwissenheit der Jugend platzte ich heraus: »Vielleicht bist du so, wie eine baktrische Königin nicht sein sollte, aber für mich bist du genau die richtige Königin. Weißt du, ich hasse diesen Palast, ich wollte meinen Vater bitten, mich wegzuholen. Aber das werde ich jetzt nicht mehr tun. Du magst ihn genausowenig wie ich, nicht? Du nimmst ihn einfach hin. Also müssen die Dinge besser werden, wenn Padmini und Antiochis erst nach Baktra zurückgehen.«

Heliokleia hörte zu lächeln auf und schüttelte den Kopf. Erst später wurde mir klar, daß sie sich vor der Abreise der Damen fürchtete. Sie waren ihre einzige Verbindung mit der Vergangenheit; sie hatten sich um sie gesorgt und mit ihr geschimpft, seit sie denken konnte. Wenn sie gingen, würde etwas Großes und Solides, gegen das sie sich ihr Leben lang gewehrt hatte, aus ihrer Welt verschwinden, und irgendwie verlor sie damit einen Halt. Und sie war erfahrener als ich und wußte, daß die Abreise der beiden ihre Situation nicht verbessern würde. »Wenn sie fort sind«, sagte sie traurig, »wirst du wahrscheinlich sehen, daß es keinen Unterschied macht.«

»Oh, ich meinte nicht, daß die Dinge besser werden, weil sie gehen. Aber du wirst bestimmt mehr Autorität bekommen, wenn die Menschen sich an dich gewöhnen und sehen, daß du eine Königin bist, wie wir sie wollen, nicht? Padminis Königin hätte nicht reiten gelernt. Wer weiß? Vielleicht versöhnst du sogar die Eskati-Yavanas mit den Sitten der Sakas. *Ich* verstehe Griechisch; ich weiß, was du zu ihnen gesagt hast, als wir abreisten. Ich glaube, der König hat unrecht daran getan, dich wegzuschicken.«

»Das solltest du nicht sagen«, antwortete Heliokleia pflichtbewußt. Beim bloßen Gedanken an den König schwand noch mehr von ihrer Freude. »Wie auch immer, jetzt bin ich hier, und es gefällt mir.«

In diesem Augenblick riefen Banai und Adake etwas und deuteten ins Wasser. Ich gab alle unglücklichen Gedanken an Politik auf und sprang auf, um zu sehen, was sie meinten.

Eine Forelle, lang wie mein Unterarm, stand im Schutz des Felsens. »Die habe ich hier schon häufiger gesehen«, sagte Banai zu mir. »Aber ich hatte nie ein Netz bei mir.«

»Ich habe einmal eine Forelle mit einem Schal gefangen«, sagte ich. »Meine Brüder trieben sie in meine Richtung, und ich fing sie einfach ein. Wenn wir die hier fangen würden, könntest du sie zum Abend essen.«

Wir zogen unsere Hosen aus, schürzten unsere Röcke und wateten in den See, um die Forelle zu fangen; die Königin stand auf einem Stein, bewegte sich von einer Seite zur anderen, um die Wendungen des Fischs zu verfolgen und uns zu dirigieren. Banai und Adake trieben die Forelle in meine Richtung. Ich umklammerte meinen Schal, der aus dünner Gaze bestand und fast so gut war wie ein Netz, und wartete. Doch im letzten Moment wich der Fisch blitzschnell seitlich aus; ich sprang ihm nach und fiel der Länge nach ins Wasser, während die Forelle an einen ruhigeren Aufenthaltsort verschwand. Das Wasser war eiskalt, und ich kam spuckend und keuchend wieder hoch. Ich lachte und stieg aus dem Wasser, tropfnaß und mit Gänsehaut, und legte mich zum Trocknen auf dem flachen Stein in die Sonne. Es war die heißeste Tageszeit, und die Luft über dem Stein flimmerte wie über einem Ofen. Ich war noch müde von der Reise und schlief noch feucht ein.

Heliokleia lag auf dem Rücken und starrte aus zusammengekniffenen Augen in das harte Blau des Himmels, lauschte dem Plätschern des Sees am Stein und dem Wind in den Gräsern. Ein Adler schwebte über der Wiese, wiegte sich in der Luft, und seine gefiederten Fänge griffen in den Wind. Nach einer langen Weile setzte sie sich wieder auf. Adake und Banai schliefen ebenfalls. Die Pferde waren näher gekommen, rupften geräuschvoll Gras aus und kauten, rund und glatt vor Zufriedenheit.

Heliokleia stand auf und wanderte barfuß über die Weide. Ihre Zehen krümmten sich um die unebenen Graswurzeln. Ein Schmetterling landete auf einer Wickenblüte, und sie blieb stehen, um ihn zu betrachten. Seine Flügel waren von einem graustichigen Blau und orange und gold gemustert; er breitete sie aus, während er über die Blüte krabbelte. Sie streckte ihre Hand aus, und das Insekt kroch darauf; sie richtete sich auf, die zarten Beine des Schmetterlings hakten sich um ihren Finger, und seine puderigen Flügel öffneten und schlossen sich so regelmäßig wie Atemzüge. Plötzlich wurde Heliokleia von einer ungeheuren Freude durchflutet. Sie wollte beten oder vielleicht meditieren, aber das war falsch; sie wollte nichts, überhaupt nichts. Sie hatte den Himmel bereits. Sie hob die Hand, und der Schmetterling flog auf, trieb unter der warmen Sonne über das Feld, verlor sich zwischen den Blüten. Sie seufzte, wandte sich wieder dem See zu und sah eines der Pferde, das ihr sehr nahe war und sie aus sanften Augen beobachtete.

Es war ein Hengst, und sie nahm an, er sei der König dieser kleinen Herde. Er war zweifellos von königlichem Blut und feiner und prachtvoller als jedes Pferd, das sie bisher gesehen hatte, mit schlanken Beinen, breiter Brust und kräftig geschwungenem Hals. Er war glitzernd, fast bläulichweiß wie frischer Schnee, aber seine Augen waren dunkel und warm. Sie streckte ihm die Hand entgegen, und er kam auf sie zu, wobei er sich so mühelos bewegte, daß er kaum das Gras niedertrat. »Freue dich«, sagte sie auf griechisch zu ihm, und er neigte den stolzen Hals und schnupperte an ihrer Hand. Sie streichelte seinen Kopf. »Ich glaube, es ist noch etwas Sesamkuchen da, wenn es das ist, was du erhoffst.«

Er schnaubte und schubberte an ihrer Handfläche, also ging sie zurück zu dem Felsen, auf dem sie ihren Imbiß genommen hatten, und nahm den Sesamkuchen aus der Satteltasche. Der Hengst schnupperte daran und geruhte dann, ihn zu verspeisen; als der Kuchen verzehrt war, schnupperte er an ihrer Schulter, und sie streichelte den glatten, geraden Rücken. Ihre Hand prickelte. »Du bist schön«, sagte sie, und er neigte in anmutiger Zustimmung den Kopf. »Bist du schon beritten? Wenn ich besser reiten könnte, würde ich dich wollen. Aber ich glaube, dich reitet niemand; du bist ein Pferd für die Götter, nicht wahr? Nun, wenn sie jemals zu mir kommen und sagen, sie wollten ein Pferd für ein Opfer, werde ich dich ihnen nicht geben; du bist zu schön. Da war eine Stute ...« Das Pferd stieß wieder mit der Schnauze an ihre Schulter, und sie lehnte sich an seine Seite, einen Arm über den warmen, glänzenden Rücken gelegt. »Da war eine Stute, die sie wegen meiner Heirat töteten«, flüsterte sie in sein Ohr, irgendwie erleichtert, das wenigstens einem Pferd erzählen zu können. »Und sie versuchte, dem Messer zu entfliehen. Wer hätte ihr das verdenken können? Weshalb sollte sie sterben, warum sollte der Sonnengott sich an einem toten Pferd erfreuen? Bestimmt wäre es ihm lebendig auf der Erde lieber, wo er es sehen könnte, statt als Rauch in der Luft und ein paar verbrannte, in einem Erdloch vergrabene Knochen. Wir haben eine herrliche und schöne Kreatur genommen, die, wie es heißt, von den Unsterblichen abstammte. Wir zerstörten sie und gaben dem Gott einen Kadaver; das ist unsere Verehrung. Ach, ich vermute, wir Sterblichen müssen den Göttern irgendwie zeigen, daß wir sie verehren; und zweifellos nehmen die Götter unsere Gaben in dem Geiste an, in dem sie dargeboten werden. Aber es ist ein schlechtes Omen, wenn ein Gott sich wehrt, und wenn man überhaupt an Vorzeichen glaubt, warum sollte man dieses dann zurechtbiegen und sagen, es gelte einem Krieg? Wenn das Töten des Pferdes mehr bedeutet als den Tod einer Stute, dann galt das Omen für diese Heirat. Auf die eine oder andere Weise war das Vorzeichen richtig, glaube ich. Die Ehe ist eine schlechte Ehe, und sie birgt den Tod in sich. Ich fühlte das damals, ich habe es wachsen gespürt, und ich kann dem nicht entkommen. Vielleicht wird es einfach mein Tod sein. Das ist vermutlich der beste Ausweg – besser, als wenn nichts geschieht oder einfach alles weitergeht. Nur manchmal ... jetzt ... habe ich das Gefühl, da ist etwas, das ich noch nicht gesehen habe, etwas Wundervolles, das ich begreifen sollte, jetzt, hier, solange es so nahe ist – aber, ich kann es nicht, ich weiß nicht wie, ich weiß nicht einmal, was es ist und wonach ich suche. Aber es ist so nahe, und ich habe so wenig Zeit!«

Sie merkte, daß ihre Stimme lauter geworden war und daß sie die Mähne des Pferdes umklammert hielt und voller Sehnsucht schüttelte, die wie die Freude aus dem Nirgendwo entsprungen schien. Das Pferd nickte mit dem Kopf, als habe es verstanden – dann drehte es sich plötzlich um, und taumelnd sah sie zu, wie es über die Wiese davongaloppierte. Es rannte mit schöner, fließender Gangart, streifte nur leicht das Gras und verschwand zwischen den Bäumen auf der anderen Seite der Wiese. Heliokleia sah ihm nach, bis es verschwunden war; dann setzte sie sich, legte den Kopf auf die Knie und schloß die Lider vor den unerklärlichen Tränen. Die Sonne schien warm in ihren Nakken; ein Käfer, grün und glänzend, krabbelte in eine Felsspalte. Nach einem Augenblick wackelte sie mit den nackten Zehen, und langsam kehrte das Glücksgefühl des Vormittags zurück.

Nach einer Weile erwachte Banai und fing an, die Pferde zu zählen. Davon erwachten Adake und ich, und wir gähnten, streckten uns, zogen die Stiefel an, sattelten die angekoppelten Pferde, und machten uns bereit, zum Hof zurückzureiten. Banai trieb die Stuten zusammen, als wir aufbrachen. Heliokleia drehte sich nach ihnen um, versuchte, sich die Erinnerung an die Tiere einzuprägen, die anmutig im hohen Gras weideten, vollkommen und voller Freude und unberührt vom Elend der Menschheit. »Wo ist der Hengst?« fragte sie Adake nach einer Weile.

»Wir halten hier keine Hengste, nicht um diese Jahreszeit«, erwiderte das Mädchen. »Nur Stuten. Die Hengste sind mit den gewöhnlichen Pferden unten auf der Waldweide.«

»Aber da war ein Hengst, ein sehr schöner Schimmel. Er war vorhin da. Kam er von einer anderen Weide?«

Adake starrte sie an. »Ein weißer Hengst?«

»Ja. Aus der königlichen Zucht.«

»Du mußt dich irren. Wir haben hier keine Schimmel, weder Stuten noch Hengste; es muß Wolkenbruch gewesen sein; er ist ein hellgrauer Wallach, und er reißt manchmal aus.«

»Nein, er war weiß, und er war ein Hengst. Er kam direkt auf mich zu und fraß einen Sesamkuchen aus meiner Hand. Ihr habt geschlafen.«

Adake starrte sie an; dann schaute sie weg und murmelte etwas. Ich starrte ebenfalls. Ich war erschrocken. Ein weißer Hengst, ein sehr schöner Hengst aus der königlichen Zucht, von den Pferden des Himmels abstammend. Es gab in Adlerhorst keine weißen königlichen Pferde; ich kannte die Zucht gut genug, um das zu wissen. Weiß ist eine Farbe, die dem Sonnengott besonders heilig ist, und darum werden alle Schimmel der königlichen Zucht in der Nähe von Eskati gehalten, auf den Ländereien des Hohepriesters; sie werden niemals geritten, sondern nur für Opfer verwendet. Doch wenn das Pferd ihr aus der Hand gefressen hatte, konnte nicht einmal Heliokleia sich diesbezüglich irren. Wieder erinnerte ich mich an den behauenen Stein auf dem Gut meines Vaters, auf dem Blumengaben den Namen Antimachos' verdeckten. Würde Antimachos' Nachfahrin etwas sehen, das den anderen vielleicht verwehrt war?

»Was ist los?« fragte Heliokleia.

»Nichts«, sagte Adake, mürrisch vor Angst und Ehrfurcht. »Aber wir halten hier keine Hengste.«

Es schien sinnlos, die Diskussion fortzusetzen; damit würde nur das zerbrechliche Glück dieses Tages erschüttert. Heliokleia wandte den Wallach wieder der Schlucht zu, und wir ritten schweigend nach Hause. Nur die klappernden Hufe der Pferde und das Zwitschern der in ihre Nester zurückkehrenden Vögel durchbrachen die Stille. Als der Hof auf dem Felsvorsprung vor ihnen in Sicht kam, ertappte Heliokleia sich bei dem Gebet, es möge lange, lange niemand kommen, um sie in die Stadt zurückzurufen.

8. Kapitel

Wir waren nicht lange in Adlerhorst, obwohl wir vielleicht etwas mehr Zeit dort verbrachten, als Heliokleia erwartet hatte. Es dauerte neun oder zehn Tage, bis wir auch nur erfuhren, wie die Begegnung des Königs mit den Tochari ausgegangen war. Damit erging es uns immer noch besser als den meisten Leuten im Tal, die von dem ganzen Krieg erst erfuhren, als er vorüber war. Für meine Mutter und für den Rest meines Volkes am Ostende von Ferghana war es ein Sommer der Arbeit; sie arbeiteten von der Morgen- bis zur Abenddämmerung, und bei Vollmond arbeiteten sie auch, um die Ernte ohne die Hilfe der Männer einzubringen. »Alle sagten, der König hätte die Armee früher zum Exerzieren einberufen sollen«, erzählte meine Mutter mir hinterher. »Aber nein, sagten sie, er sei ja mit seinem Yavana-Bündnis beschäftigt gewesen. Er rief sie erst, als seine Hochzeit vorbei war und es *ihm* paßte, ohne Rücksicht auf die Ernte! Wenn er sie vor der Schafschur nicht einberufen konnte, dann hätte er warten sollen, bis die Ernte eingebracht war. Das sagten alle. Ich frage mich, was aus uns geworden wäre, wenn er das getan hätte!«

Natürlich hatten die Tochari mit Absicht die Erntezeit für ihre Invasion gewählt. Sie waren damals echte Nomaden, die weder pflanzten noch ernteten, sondern von ihren Schafen und ihrem Vieh lebten und zum Weiden von Ort zu Ort zogen. Sie hatten nichts zu verlieren, wenn sie in der Erntezeit angriffen – aber sie wußten, daß das bei uns anders war. Sie schoren ihre Schafe, sammelten ihre Reiter, ritten nach Süden, ohne kaum je Pause zu machen, und rechneten damit, uns unvorbereitet zu überraschen. Diesmal waren es drei Feindesstämme, mehr als fünfzigtausend berittene Bogenschützen: wie Rauch verdunkelten sie die Ebenen. Aber Mauakes hatte in seinen geheimen Überlegungen, die er keinem Berater verriet, genau das erwartet – und wir waren auf sie vorbereitet.

Der König verließ Eskati am gleichen Tag wie seine Frau. Die Himmelsberge fallen in einem Gebirgskamm zum Jaxartes ab, und dahinter wendet sich der Fluß nach Norden; ein Nebenfluß strömt von diesem Kamm her in den Jaxartes und verschließt den ganzen Eingang des Tales. Der König hatte vor, den Feind an einem Punkt unterhalb des Nebenflusses zu treffen, wo es – zumindest im Sommer – Furten durch den Jaxartes gibt. Er nahm an, daß sie auf diesem Wege kommen würden und nicht auf der südlicheren Route, die nicht nur länger ist, sondern auch über steileres Gelände führt. Er brach also am gleichen Tag auf wie wir, nahm aber die Straße, die am Nordufer des Flusses entlangführt. Es war kurz nach Mittag, als er ausritt, gefolgt von den Lanzenträgern und Bogenschützen, den Elefanten und der Artillerie, insgesamt etwa zwanzigtausend Mann. Die Bürger von Eskati jubelten ihm laut zu, als er den Palast verließ, klatschten und stampften mit den Füßen. Mauakes schaute grimmig drein. Man hatte ihm von der Rede seiner Frau an den Pöbel erzählt, und er war sehr wütend darüber.

»Sie haben dich nie zuvor so bejubelt«, sagte einer der königlichen Offiziere zu seinem Herrn, als die Stadttore hinter ihnen geschlossen wurden.

Mauakes knurrte. »Anscheinend hat meine Frau ihnen gesagt, sie müßten ihre Ergebenheit mir gegenüber beweisen, da ich daran zweifle und ihr keine Gelegenheit gebe, das selbst zu tun.«

»Nun, anscheinend hat sie das Richtige gesagt; ich bin froh. Ich hätte es nicht gern, wenn die Stadt uns ausgerechnet in diesem Augenblick feindlich gegenüberstünde.«

Mauakes knurrte wieder. »Ja«, stimmte er schließlich zu und schloß geräuschvoll den Mund.

Itaz, der gleich hinter ihm ritt, konnte den unausgesprochenen Zusatz hören: »Aber sie hatte kein Recht, ihnen etwas zu sagen, das ich selbst ihr niemals gesagt hatte.« Er seufzte und schaute auf den Hals seines Pferdes nieder; er dachte, eigentlich sollte er sich freuen, daß sein Vater die Königin nun genauso beargwöhnte wie alle anderen. Aber er freute sich nicht, und das verwirrte ihn einen Augenblick. Behutsam tastete er seine eigenen Gefühle ab wie ein Mann, der mit einem Stock prüft, ob eine Schlange wirklich tot ist. War er traurig darüber? Jetzt, zu Beginn eines Krieges, hatte er noch Zeit, traurig zu sein, weil sein Vater einer Frau mißtraute, die er selbst gleichzeitig verabscheute und begehrte? Schiere, sinnlose Torheit! Doch es war so, die Frau tat ihm leid – und sein Vater tat ihm auch leid. Mauakes hatte wieder einmal alle überlistet und übertölpelt: die Tochari, die Ratsmitglieder und seine eigene Familie – und er war allein, entsetzlich allein. Er ritt an der Spitze einer großen Armee, gekleidet in die vergoldete Rüstung und gekrönt mit dem Helm des Königs, der die Glorie der Sonne empfangen hat – aber er könnte ebensogut allein reiten. Jeder, der ihm folgte, war ein potentieller Feind, und es gab niemanden, auf den er sich verlassen konnte.

War es immer so gewesen? Itaz ging seine Erinnerungen durch und entschied, daß es nicht immer so gewesen war – Mauakes hatte seiner ersten Frau vertraut; hatte hier und da Vettern vertraut, die jetzt tot waren; hatte für eine kurze Weile sogar seinem ältesten Sohn vertraut. Doch Jahr um Jahr war der Argwohn gewachsen und das Vertrauen geschrumpft. Vermutlich gab es schon lange niemanden mehr, dem der König Zutritt zu seinen geheimen Gedanken gewährte. Itaz erinnerte sich an seine Jahre in Parthien, die schon in die Ferne gerückt waren wie ein Traum. Wenn er viele Jahre früher nach Hause gekommen wäre – wenn er vor dem Tod seines Bruders zurückgerufen worden wäre –, hätte er dann das Vertrauen seines Vaters gewinnen können? Vielleicht – vielleicht auch nicht. In einem Anfall von Zärtlichkeit hätte der König seine junge Frau ins Vertrauen ziehen können – wenn sie jünger, weniger klug, weniger kalt und lieblos gewesen wäre – oder einfach aufrichtiger. Aber er würde sich niemals auf eine Frau verlassen, wie sie es war, ein kluges und schönes Rätsel mit einem Herzen wie eine verschlossene Schatulle. Obwohl es, soweit Itaz wußte, nichts gegen ihre Rede an die Bürger von Eskati einzuwenden gab, die den König so aufgebracht hatte.

Itaz schaute wieder auf seinen Vater. Der König saß in seiner vergoldeten Rüstung steif auf dem braunen Hengst und sah zutiefst verdrossen aus. Seine Offiziere unterhielten sich, wenn sie überhaupt sprachen, im Flüsterton. Unter dem Helm war Mauakes' Gesicht bleich und angespannt, und seine Augen flogen rasch über die Straße vor ihm. Plötzlich begriff Itaz, daß er nicht wütend war. Die nervösen Offiziere glaubten das, aber in Wirklichkeit hatte der König Angst. Es ist schon furchterregend genug, dem Feind entgegenzureiten, wenn man in der Kameradschaft seiner Freunde aufgehoben ist; ist man ganz allein, muß es das blanke Entsetzen sein. Impulsiv lenkte der junge Mann sein Pferd an die Seite seines Vaters. »Woher wußtest du, daß die Tochari jetzt kommen würden?« fragte er.

Mauakes warf ihm einen scharfen, gereizten Blick zu. »Weil ich so handeln würde, wenn ich ein Tochari-Führer wäre«, sagte er kurz angebunden.

Itaz lächelte ihm zu. »Das hast du dem Rat nie gesagt.«

Der König schnaubte, aber irgendwie weniger wütend, ermutigt durch die Erinnerung an seine eigene Schlauheit, so wie sein Sohn gehofft hatte. »Natürlich nicht. Wenn ich den Ratsmitgliedern sage, was ich erwarte, und das tatsächlich eintrifft, dann meinen sie, es sei ihre eigene Idee gewesen. Trifft es nicht ein, werden sie nie vergessen, wie ich mich geirrt habe. Und ich hätte mich irren können.«

»Dabei hattest du die ganze Zeit recht, nicht?« sagte Itaz ruhig. »Und ich hatte unrecht. Eine Allianz mit den Parthern hätte überhaupt nichts geholfen. Zur Erntezeit wären die Parther nicht gekommen, solange kein Feind in Sicht war. Und der Feind hat uns keine Zeit gelassen, jetzt noch irgend jemanden zu rufen. Ich dachte wie ein Kind, als ich mich dir widersetzte. Wir alle taten das. Ich bin sehr froh, daß wir in Ferghana einen König hatten, der weise für uns geplant hat.«

Der König sah ihn überrascht an, mißtrauisch und endlich mit gerührter, nervöser Freude. »Du bist jung«, sagte er und lächelte eigenartig schlau. »Du wirst noch lernen.«

»Laß mich in der Schlacht neben dir bleiben«, bat Itaz ihn ernsthaft. »Laß mich selbst dafür sorgen, daß dir kein Schaden zugefügt wird.«

Das brachte ihm wieder einen mißtrauischen Blick ein, der wiederum langsam verging. »Ich dachte daran, dich mit der Königin wegzuschicken«, knurrte Mauakes.

»Als ich hörte, daß du sie wegschickst, fürchtete ich, du könntest das tun. Ich war froh, daß du es nicht getan hast.«

»Hmm. Wenn ich meinen Sohn und meine Frau weggeschickt hätte, wären die Yavanas überzeugt gewesen, daß keine Hoffnung besteht. Außerdem brauchen wir die ganze Reiterei. Nein, Itaz, du reitest mit der Garde. Ich erwarte von dir, daß du der ganzen Armee den Mut unseres Hauses vorführst. Ich meinerseits...« Plötzlich stieß der König ein rauhes Lachen aus. »Ich werde diese Schlacht auf dem Rücken eines Elefanten schlagen. Und allen zeigen, was ich von meinem Bündnis halte.«

Itaz starrte seinen Vater überrascht an und wandte sich dann nach den Elefanten um, die gleich hinter der königlichen Garde trotteten; ihre großen Köpfe waren deutlich und in furchterregender Größe über den glitzernden Helmen und flatternden Fahnen zu sehen. Man erwartet von unseren Königen, daß sie ihre Armeen auf einem der Sonnenpferde leiten, und das haben sie immer getan. Diese Schlacht, erkannte Itaz, würde anders sein als jede andere, die wir je ausgefochten haben. Doch er hatte das unangenehme Gefühl, daß sein Vater nicht auf dem Elefanten reiten wollte, um das Bündnis zu betonen, sondern weil es sicherer sein würde. Er schluckte. »Ich werde mein Bestes tun, um unserem Haus Ehre zu machen«, brachte er schließlich hervor. Mauakes schnaufte und war zufrieden.

Sie erreichten die Furt des Jaxartes am zweiten Tag nach der Abreise aus Eskati, und zwar um die Mitte des Nachmittags. Am östlichen Ufer fällt das Land steil ab, aber wo die Flußbiegung ist, gibt es ein breites Kiesbett, das mit Bäumen und Gebüsch bewachsen ist. Das Westufer besteht ebenfalls aus trockenen, gebüschbedeckten Abhängen, und die Straße, die diesseits der Furt wenig mehr ist als ein Sandweg, hört auf der anderen Seite ganz auf. Wenn man von Ferghana aus die Südstraße nimmt, ist es anders; diese Straße führt nach Maracanda, Tarmita und Baktra, besiedelten Territorien. Es ist eine gute Straße, teilweise gepflastert und hier und da mit Wegzeichen, Schreinen für die Götter und Denkmälern versehen. Die Nordseite führt nur in die Steppen, in das Land der Nomaden, ein Gebiet ohne Städte und wegelos wie der Himmel; tausend Stämme haben dort gelebt, gekämpft und sind gestorben, ohne eine Spur zu hinterlassen.

Der König schickte gerade seine Späher aus, damit sie nach den Tochari Ausschau hielten, als Schreie ertönten, und die Vorhut zeigte aufgeregt auf die Tochari-Späher, die in vollem Galopp den Fluß durchquerten. Mauakes hielt inne und beobachtete, wie die Reiter den Hügel auf der anderen Seite des Jaxartes erklommen. Dann gab er seinen eigenen Spähern weitere Befehle, als sei nichts geschehen. Die ganze Armee jedoch wurde unruhig und begann zu flüstern wie ein Vogelschwarm, der sich für die Nacht niederläßt; die Schlacht stand unmittelbar bevor, und wieder hatte sich gezeigt, daß der König recht hatte.

Nach weniger als einer Stunde kehrten die Späher des Königs zurück und berichteten, die Hauptmacht des Feindes sei nicht weit entfernt und bewege sich in einer riesigen Masse auf die Furt zu, die Wagen in der Mitte einer Wolke von Reitern. Inzwischen hatte der König seine Artillerie auf dem Abhang über dem Fluß aufstellen lassen, und befahl nun seinen Leuten, sofort die Pferde zu tränken, anzubinden und das Lager aufzuschlagen, sich selbst und die Reittiere jedoch jeden Augenblick kampfbereit zu halten. Er selbst setzte sich neben den Elefanten, den er ausgewählt hatte, und begann, die Abteilungen für das Lager und für die Schlachtreihe einzuteilen. Itaz stand dabei und sah ihm einen Augenblick zu. Dann machte er sich daran, seine eigenen Leute aufzustellen. Er hatte dreißig Gardesoldaten und einen Trupp der stehenden Armee; kein großes Kommando für einen Königssohn, aber es erforderte dennoch seine ganze Aufmerksamkeit.

Die Tochari kamen ungefähr um die Tageszeit, zu der der pflügende Bauer seine Ochsen nach Hause treibt. In der einen Minute waren die Hügel jenseits des Flusses leere Abhänge mit gebleichtem Gras, das sich unter dem Wind beugte – in der nächsten erschien auf dem Kamm eine Reihe von Reitern, die sich schwarz vom Hintergrund abhoben, um dann den Hügel zum Fluß hinunterzuströmen und den Abhang zu verdunkeln. Mauakes stand da, beobachtete sie aufmerksam, eine Hand halb erhoben und bereit, seinen Männern das Signal zum Aufsitzen zu geben. Doch die Schar der Pferde machte auf halbem Weg hügelabwärts halt und schwärmte aus; die Wagen rollten auf den Hügelkamm und drehten ab. Die Tochari schlugen ebenfalls ihr Lager auf. Es war zu spät am Tag, um eine Schlacht auszutragen, und sie wollten ausruhen, ehe sie angriffen. Der König setzte sich wieder hin und wartete.

Noch ehe die Wagen stillstanden, schickte der Feind eine Abordnung zum Fluß hinunter, um zu verhandeln. Zwölf Männer kamen aus dem Lager den Hügel herunter; zwischen zwei Pferden trugen sie einen bronzenen Schalenaltar mit sich. Der Rauch des heiligen Feuers wehte in düsteren grauen Schwaden hinter ihnen her. Am Flußufer stießen die Reiter ihre Speere in den Boden, hängten ihre Bogenhüllen auf, setzten den Altar ab und warteten. Mauakes verließ den Elefanten und ging zu seinem Pferd, wobei er Itaz, Kanit und einem seiner Offiziere ein Zeichen gab, ihm zu folgen.

»Worüber wollen sie reden?« flüsterte Itaz seinem Vater zu, während sie hügelabwärts ritten. »Sie können doch nicht annehmen, daß wir hergekommen sind, um uns zu ergeben!«

Mauakes schnaubte. »Sie haben niemals damit gerechnet, daß wir auf sie vorbereitet sind. Sie dachten, sie könnten uns ohne Kampf stehlen, was ihnen gefällt. Nun möchten sie feststellen, ob sie wenigstens einige Dinge kampflos bekommen können, ob wir bereit sind, uns loszukaufen.«

»Wieso reden wir dann mit ihnen? Wenn wir jetzt angreifen

würden, ehe sie Zeit hatten, sich auszuruhen und ihre Pferde zu tränken...«

Sein Vater sah ihn mit nachsichtiger Belustigung an. »Wir werden nicht angreifen. Wir wollen, daß sie uns angreifen. Nein, nein, laß uns hören, was sie zu sagen haben – vielleicht weichen sie diesmal von allein zurück, obwohl ich das bezweifle.«

Schweigend ritten sie weiter zum Fluß hinunter; sie konnten das Rauschen und Gurgeln des Wassers über den Steinen hören, als sie näher kamen. Die Tochari auf der anderen Seite verharrten vollkommen still. Nur gelegentlich bewegte ein Pferd den Kopf oder wedelte mit dem Schweif die Fliegen weg. Die Tochari-Pferde trugen keine Rüstungen außer Brustplatten, die mit Riemen an den Sätteln befestigt waren, aber ihr Zaumzeug war mit Gold geschmückt, und an den Zügeln hingen Quasten. Die Rüstungen der Männer waren grob gearbeitet, aber nicht nur mit Stahlplatten und Hornplatten besetzt, sondern auch mit Bronze und Gold; ein Mann trug Schulterstücke aus Jade. Drei der Männer trugen Helme mit goldenen Greifenköpfen – es waren die Herren der drei Stämme, die gekommen waren, um uns anzugreifen. Die untergehende Sonne brannte in ihrem Rücken und warf ihr orangefarbenes Licht über die trockenen Hügelabhänge, die steinigen Ufer, die Zitterpappeln und das rasch dahinströmende Wasser. Mauakes stieß seinen Speer in die Kieselsteine am Ufer und ritt in den Fluß, und seine Gefolgsleute taten es ihm gleich. Als der letzte Speer in den Kies gestoßen wurde, ritten die Tochari ebenfalls in den Fluß. Auf einer Sandbank mitten im Wasser trafen die beiden Parteien aufeinander.

Mauakes sprach als erster. »Seid gegrüßt, o Herren der Tochari«, sprach er mit seinem mildesten Lächeln. »Was führt euch nach Ferghana?«

Die Tochari sprechen alle eine Sprache, die unserer sehr ähnlich ist, wenn auch ein Stamm, die Kushans, noch eine andere, eigene Sprache spricht. Sie verstanden den König ohne Schwierigkeiten und sahen einander fragend an, unsicher, wer von ihnen zuerst sprechen sollte. Itaz, der reglos hinter seinem Vater zu Pferde saß, während das Wasser die Beine seines schwarzen Hengstes umspülte, betrachtete sie aufmerksam und versuchte zu erraten, wie sie kämpfen würden. Er betrachtete die taschentuchgroßen Quasten, die von den Zügeln und Geschirren der Pferde hingen, und erkannte erschrocken, daß es menschliche Skalps waren, den Toten abgenommene Trophäen. Er erinnerte sich an seinen im Vorjahr von den Tochari getöteten Bruder Goar, biß die Zähne zusammen und umklammerte fest die Zügel, um still sitzenzubleiben.

»Wir sind gekommen, um das Unrecht zu rächen, das ihr unseren Brüdern voriges Jahr zugefügt habt«, sagte der mit den Schulterstücken aus Jade – wie wir später erfuhren, war es Kajula, der Herr des Kushan-Stammes, ein sehr kühler, gerissener und gewalttätiger Mann. Sein Sohn Huviska, der jetzt die Kushans regiert, ist aus dem gleichen Holz geschnitzt, und ihr Stamm fängt an, die Oberhand über die anderen zu gewinnen.

»Unrecht?« fragte Mauakes. »Ein paar Banditen, zweifellos Renegaten und Verbrecher, von eurem Volk ausgestoßen, griffen uns letztes Jahr an, mit Absichten wie gewöhnliche Pferdediebe; wir haben sie bestraft, denn solche Kreaturen müssen wirklich bestraft werden. Aber wir haben keinem Steppenvolk ein Unrecht angetan, und wir möchten nur in Frieden unseren eigenen Angelegenheiten nachgehen.«

»Ihr habt Tausende von meinem Volk abgeschlachtet!« brüllte einer der anderen Tochari-Führer, der Herr der Pasii, mit denen wir zuvor gekämpft hatten, und sein Gesicht war wutverzerrt. »Dafür werden wir Rache nehmen! Wir werden eure berühmten Pferde nehmen oder was wir sonst wollen und eure Frauen zu unseren Huren und eure Kinder zu unseren Sklaven machen!«

»Oh, ihr seid also auch Banditen!« rief Mauakes mit gespielter Überraschung aus. »Wirklich! Nun, ihr seid willkommen und könnt euch nehmen, was ihr wollt – falls ihr stark genug seid. Ich glaube allerdings, daß es euch nicht besser ergehen wird als voriges Mal. Ich trinke meinen Wein aus dem Schädel deines Bruders, Herr Bandit, und auf meinen Sieg werde ich aus deinem Schädel trinken.«

Kajula hob eine Hand, um seinen Gefährten zurückzuhalten, der den Dolch schon halb aus der Scheide gezogen hatte. »Wir brauchen nicht zu kämpfen«, sagte er im gleichen milden Ton wie Mauakes. »Unsere Völker haben durch die gewalttätigen Hunnen Ländereien, Pferde und Vieh verloren, und wir müssen uns das, was wir brauchen, bei anderen holen. Trotzdem aber brauchen wir nicht zu kämpfen. Schaut, ihr Herren von Ferghana. Seht ihr die Armee, die euch auf dem Hügel hinter uns gegenübersteht? Sie ist mehr als doppelt so groß wie eure, und alle Männer sind geschickt und tapfer. Gebt ihr uns aber einige Pferde aus eurer königlichen Zucht – sagen wir, hundert für jeden unserer Stämme – und ein paar tausend eurer anderen Pferde, dazu einige Geschenke, dann werden wir fortgehen und euch in Frieden euren Angelegenheiten nachgehen lassen.«

»Die königlichen Pferde sind das geheiligte Geschenk des Sonnengottes an uns und der Ruhm des Königs!« rief Kanit hitzig. »Es ist ein Sakrileg, sie von uns zu fordern.«

Mauakes machte eine beschwichtigende Geste und warf den Führern der Tochari einen seiner nachsichtigen Blicke zu. »Wir sind durchaus bereit, euch Geschenke zu geben«, sagte er liebenswürdig. Als sie ihn überrascht und mit beginnender Verachtung anstarrten, fuhr er mit der gleichen leisen, milden Stimme fort: »Aber es werden Geschenke unserer Wahl sein, und ich glaube, es wird euch keine Freude machen, sie in Empfang zu nehmen. Ihr seid willkommen jenseits des Flusses, Führer der Tochari. Kommt, kommt heute abend, kommt morgen, wann immer ihr wollt. Ihr könnt sehen, daß wir bereit sind. Warum sollen wir uns über Zahlen Sorgen machen, da ihr doch nur ein Haufen zerlumpter Banditen seid, Abfall, den die Hunnen zurückgelassen haben, wir aber freie Männer und Krieger sind? Eure Brüder haben das festgestellt – wir haben ihre Leichen aufgehäuft und verbrannt wie Unkraut, und das werden wir auch mit euch machen. Ein Tiger fürchtet sich nicht vor einer Horde stinkender Schakale; so fürchten auch wir uns nicht vor euch – Hunden.« Abrupt wendete er sein Pferd und ritt durch den Fluß zurück, seine Begleiter im Gefolge. Itaz schaute sich um und sah die Tochari untereinander diskutieren; der Führer der Pasii hatte den Dolch gezogen und wollte anscheinend den Sakas nachreiten, um auf der Stelle mit dem Kampf zu beginnen. Itaz war erleichtert, als er seinen Speer wieder aus dem Kies gezogen hatte und sicher in der Hand hielt.

»Vielleicht greifen sie doch heute abend noch an«, sagte Kanit mit besorgter Stimme zu Mauakes.

»Das werden sie nicht tun«, sagte Mauakes. »Solche Narren sind sie nicht. Sie haben einen harten Tagesritt hinter sich und bisher noch nicht einmal ihre Pferde getränkt.«

»Warum hast du sie beleidigt?« fragte Itaz leise. Er kannte seinen Vater gut genug, um zu wissen, daß es dafür einen Grund gab.

Mauakes grinste ihn an und zeigte dabei seine schlechten Zähne. Sein Gesicht war wieder blaß, aber er schien mit sich selbst zufrieden. »Ich wollte absolut sichergehen, daß sie uns schnellstens angreifen. Ich will die Armee nicht ein oder zwei Tage in der heißen Sonne warten lassen. Wir können nicht angreifen, weil wir es uns nicht leisten können, den Vorteil des Verteidigers aufzugeben; wir müssen auf die Tochari warten. Aber sie haben einen weiteren Weg zurückgelegt als wir, und sie sind schnell geritten, und sie und ihre Pferde haben eine Rast nötig. Die werden sie jetzt nicht mehr wollen.« Er schnaubte.

Mauakes' Gefolgsleute schauten einander an. »Unser Herr, der Sonnengott, hat uns eine Gunst erwiesen«, sagte Kanit fromm, »als er Mauakes zu unserem König erkor.« Itaz sah seinen Vater nur an und grinste vor Stolz.

Die beiden Armeen verbrachten die Nacht auf den gegenüberliegenden Ufern des Flusses, von unzähligen Schildwachen beschützt. Beide waren vor Morgengrauen auf den Beinen und tränkten am Fluß die Pferde, wobei sie schweigend einen nicht erklärten Waffenstillstand einhielten. Itaz wusch sich im schnellfließenden Wasser Gesicht und Hände und starrte dann über das flache Wasser, während der Hengst trank. Auf der anderen Seite tranken die Pferde der Tochari im Nebel der fahlen Dämmerung. Nach einem Augenblick wandte Itaz sich wieder nach Osten, wo der Himmel über den Bergen das erste safranfarbene Morgenlicht zeigte, hob die Hände zum Gebet und gab sich in die Obhut des Weisen Herrn Ahura Mazda, des Herrn des Unendlichen Lichts, der jene beschützt, die ihm getreulich folgen, ob sie in ihm leben oder sterben.

Als die Sonne aufging, sommerlich heiß und weiß an einem Himmel, der zart und rosa war wie Rosenblüten, hatten beide Armeen gefrühstückt und stellten sich in Schlachtordnung auf. Mauakes, der am Vorabend zu seinen Truppen gesprochen hatte, verfolgte ungeduldig, wie die Stämme auf dem ganzen gegenüberliegenden Abhang Aufstellung nahmen. Die stehende Armee des Königs war schon kampfbereit. Die Männer standen neben ihren Pferden: voran die königliche Garde mit dem König und den Elefanten, dann die zweitausend anderen, die auf seinen Befehl warteten. Ringsum nahmen die Ratsherren ihre Plätze ein und sprachen zu ihren eigenen Leuten. Der Hügel war hell von Flaggen und Rüstungen, man hörte Pferde trappeln und Metall klirren und das Surren von Bogen, die ausprobiert wurden. Auch die Tochari waren aufgesessen und bereit, doch ihre Führer begannen vor ihren eigenen Leuten auf und ab zu reiten und sie zum Kampf zu ermutigen; die Pferde fingen an zu tänzeln, die Fahnen wurden gehoben, die Rüstungen glänzten im Licht, und die Männer zupften an ihren Bogen und ließen sie singen. Mauakes schnaufte ungeduldig und wandte sich dann endlich an den obersten der Yavana-Techniker, der neben ihm wartete. »Beginnt zu schießen«, befahl er. »Zuerst nur mit den Pfeilen; das Feuer benutzt ihr erst, wenn der Feind mit dem Angriff begonnen und den Fluß erreicht hat.«

»Aber sie haben noch nicht angegriffen«, protestierte Kanit, als der Yavana nickte und ging, um den Befehl zu geben.

Mauakes zuckte mit den Schultern. »Wir kürzen nur die Reden ab.«

Die Tochari waren weit außerhalb der Reichweite von Bogenschützen und hielten sich für sicher. Sie mußten die Katapulte bei der Armee gesehen haben, aber keiner von ihnen kannte die Reichweite der Maschinen, wenn auch einige ihrer Kämpfer im Vorjahr solchen Geschützen bei ihren Angriffen auf die Yavana-Städte am Oxus schon begegnet waren. Sie fuhren mit ihren Reden fort und schauten nicht einmal nach den Maschinen, als sie gespannt, in Stellung gebracht und geladen wurden; die Yavanas zielten sorgfältig an den Schäften entlang, ein kurzes, stotterndes Krachen ertönte, und sechzehn eisenummantelte Katapultgeschosse schrammten fast gleichzeitig über Eisenplatten. Die erste Salve traf die Tochari wie Frost in der Pflanzzeit – verheerend, weil unerwartet. Kajulas Pferd wurde unter ihm erschossen, und eine Handvoll Männer der Vorhut waren auf der Stelle tot; der tatsächliche Schaden war nicht groß, da die meisten der Männer an den Maschinen nur halb ausgebildet waren, aber der Effekt war verblüffend. Die Techniker spannten die Skorpione wieder und feuerten erneut. Die Tochari liefen in völligem Chaos durcheinander, ihre Schreie tönten schwach und verworren über den Fluß; sie stürmten vorwärts – und dann schwankten sie, sahen sich nach Befehlen und Anweisungen um, die vor Verblüffung keiner gegeben hatte. Die Katapulte feuerten zum dritten Mal. Mein Vater, der in dieser Schlacht kämpfte, sagte, es hätte ausgesehen, als seien wir Adler, die vom Himmel aus ungerührt das Töten beobachteten; es sei gar nicht wie ein Krieg gewesen, sagte er, keiner habe so etwas je zuvor erlebt. Scheinbar stundenlang standen die Tochari auf dem gegenüberliegenden Hügel, und die Katapulte schossen auf sie. Dann begann der Feind endlich hügelabwärts in Richtung Furt auszuschwärmen. Als sie sich dem Ufer näherten, schossen die Yavanas die Feuerkanister auf sie ab.

Die Phantasie der Yavanas muß entsetzlich gewesen sein, daß sie solche Waffen erfinden konnten. Bei lebendigem Leib verbrennen! Die erste Angriffsreihe löste sich in Schreien, sich aufbäumenden Pferden, vor Qual brüllende Männer auf, die sich brennend wie Fackeln, den Hügel hinunter ins Wasser stürzten oder im Staub wälzten; die Reiter in den folgenden

Reihen trampelten sie nieder oder drehten sich um sich selbst, weil die Pferde vor den Flammen scheuten. Die Katapulte wurden auf die neuen Ziele ausgerichtet und feuerten wieder, schleuderten weiteres Feuer oder Geschosse, deren Wucht selbst Stahlrüstungen durchdrang. Und die ganze Zeit über standen wir still, ohne einen Pfeil zu verschießen oder einen einzigen Speer zu heben. Mauakes sah zu, ausdruckslos wie der Mond, und ohne das Zeichen zum Angriff zu geben.

Die Tochari hätten sich vielleicht zurückgezogen und neu gruppiert, wenn das Feuer nicht gewesen wäre. Das Naphta hatte das trockene Gras entzündet, und die Flammen fraßen sich schon hügelaufwärts durch die Armee wiehernder Pferde in Richtung des Lagers und der Wagen. Das kühle grüne Wasser des Flusses schien Sicherheit zu versprechen. Die Pferde rasten durch Katapultsalven und Feuer darauf zu, galoppierten in den Fluß, Mähnen oder Schweife in Flammen, und stolperten über die Steine; einige versuchten, den Fluß oberhalb oder unterhalb der Furt zu durchqueren und wurden von der Strömung umgerissen. Weitere strömten herunter, und das Flußbett war breit genug, daß die Tochari ihre Reittiere wieder unter Kontrolle bringen, sich sammeln und schreiend und fluchend auf uns zustürmen konnten. Als die ersten Kämpfer unser Ufer erreichten, gab der König endlich das Zeichen zum Angriff, und die Ratstruppen galoppierten hügelabwärts dem Feind entgegen, während die Bogenschützen bereits ihre Pfeile abschossen. Der König stieg auf seinen Elefanten.

Mitten in der Schlacht weiß niemand, was vor sich geht. Wenn man um sein Leben kämpft, ist es schwer, an etwas anderes als den nächsten Schlag zu denken; mein Vater sagt, er könne nie mehr tun, als seinen eigenen Leuten zuzurufen, sie sollten kehrtmachen und erneut losgaloppieren, um wieder anzugreifen. In Schlachten gegen die Nomadenvölker, also allen Schlachten, die er je erlebt hatte, wird viel galoppiert und angegriffen, während der Feind zurückweicht und sich neu formiert. Bogenschützen reiten aufeinander zu und aneinander vorbei und schießen, solange sie Pfeile haben. Die gepanzerten

Lanzenträger greifen an, kehren um und greifen erneut an. Die Schlacht ist zu Ende, wenn die Pferde müde sind, und kann am nächsten Tag anderswo weitergehen; gewöhnlich sind die Verluste nicht allzu schwer. Doch diese Schlacht war anders. Mein Vater und meine Brüder ritten mit ihren Freunden und Pächtern hügelabwärts, und zunächst entstand das übliche Gewimmel von Männern und Pferden, einander kreuzenden Bogenschützen, zischenden Pfeilen, surrenden Bogen und dem Aufprall der Lanzen – bis die Elefanten zu trompeten begannen und die Pferde durchdrehten.

Der König hatte alles mit größter Sorgfalt arangiert. Die Ratsarmeen fingen den ersten Schlag des feindlichen Angriffs auf und stoppten ihn für einen Augenblick, indem sie den Feind am Flußufer einkreisten; dann ging die Armee des Königs mit den Elefanten und der vollen Wucht der königlichen Garde auf ihn los und warf den entsetzten Gegner in den Fluß zurück, wo er festsaß. Die Bäume am anderen Ufer brannten noch immer, und die Pferde scheuten sowohl vor dem Feuer als auch vor den Elefanten. Die Tochari unternahmen ein paar vergebliche Versuche, unsere Reihen zu durchbrechen, aber die Pferde wieherten und gingen durch, trampelten Männer unter ihren Füßen nieder und waren zu dicht gedrängt, als daß die Männer hätten schießen können. Wenn die Tochari ausschwärmten, gerieten sie in tieferes Wasser, stürzten und ertranken, oder sie ließen ihre Waffen fallen und schwammen ans Ufer; die ganze Zeit über ritten unsere Bogenschützen am Ufer entlang und schossen auf sie, und die Lanzenträger griffen immer und immer wieder die wimmelnde Masse von Männern und Pferden in der Furt an. Es war keine Schlacht, sondern eine Metzelei. Leichen stauten den Fluß, und das Wasser war rot. Meilen flußabwärts sahen die Sakaraukai den Jaxartes blutig fließen und wunderten sich über das Omen.

Noch vor Mittag war es vorbei. Kajula und die Kushans flohen bald galoppiernd vor dem Grauen im seichten Uferwasser nach Norden, und die übrigen folgten ihnen. Mauakes schickte ihnen auf unserer Flußseite die Armee nach, die über den Fluß hinweg auf sie schoß. Die Tochari versuchten gar nicht erst, das übliche Manöver durchzuführen und zurückzukommen. Sie galoppierten, bis sie das Feuer umgangen hatten und ritten dann hügelaufwärts und davon, ihre brennenden Wagen und unbestatteten Toten hinter sich lassend. Es war nicht die erste Schlacht, die wir mit den Tochari ausfochten, und auch nicht die letzte, aber es war die größte. Mehr als achtzehntausend von ihnen starben innerhalb von zwei Stunden – wir selbst verloren nur dreihundert Mann. So groß war der Ruhm unseres Königs Mauakes von Ferghana.

Itaz hatte seine eigenen Leute in den Kampf geführt, als der Feind in der Furt saß, und war ihm auf unserer Flußseite nordwärts gefolgt, bis er davongaloppierte. Als es vorbei war und die Tochari in den Hügeln auf der anderen Seite des Jaxartes verschwunden waren, ritt er langsam am Ufer entlang zurück. Zuerst lagen nur ein paar Leichen im flachen Wasser, und ein paar Verwundete kämpften sich außerhalb der Reichweite der Bogenschützen das andere Ufer hinauf; Pappeln und Gebüsch schwelten noch, aber die Hügel waren schwarz und tot. Das Feuer jedoch brannte noch, jenseits der Hügelkämme und außer Sicht, und ein dicker schwarzer Rauchvorhang hing in der heißen, stillen Luft. Als Itaz sich der Furt näherte, war das Wasser bereits rot gefärbt, und als er um die Flußbiegung kam, sah er den Damm aus Leichen, der den Fluß staute. Er hielt sein Pferd einen Augenblick an, dann ritt er weiter, starrte auf die verrenkten, im Fluß aufgehäuften Leichen von Männern und Pferden. Er folgte dem aufgestauten Wasser bis zu der Stelle, an der die Stauung hoch und schlammig begann. Dort hielt er wieder an und schlug zitternd mit dem Geschmack von Tränen auf der Zunge die Hände vor sein Gesicht. Dieses Massaker war für niemanden außer den König stolz und ruhmreich. Und obwohl jedermann im Tal stolz ist auf diesen großen Sieg, habe ich tatsächlich nie einen Saka getroffen, der von seiner eigenen Rolle dabei anders als mit Scham erzählen kann. Nur die Yavanas, die für die Artillerie verantwortlich waren, sind stolz. Sie erzählen, wie oft sie ihre Katapulte in einer Minute abgefeuert haben oder wie die Schnur riß und sie sich abmühten, um sie zu ersetzen, und schildern das Gefecht, als sei es ein heroischer Einzelkampf gegen einen tapferen Mann gewesen. Für die Yavanas ist der Krieg eine Wissenschaft; sie schreiben Bücher darüber. Aber sie sind keine Krieger.

Itaz' Freund Azilises berührte seine Schulter, und Itaz senkte die Hände, rang um Fassung und befahl dann seiner Truppe, zum König zu reiten und weitere Befehle einzuholen.

Mauakes stand auf halber Höhe des Abhangs neben seinem Elefanten, wo er an diesem Morgen gestanden hatte, und schrie Offizieren und Männern fröhlich Glückwünsche und Befehle zu, wobei er gelegentlich einen Schluck aus einem Weinschlauch nahm, den Kanit ihm gegeben hatte. Alle ringsum begannen zu lachen, zu scherzen und einander auf die Schulter zu klopfen: die Tochari waren geschlagen! Itaz saß ab und bahnte sich einen Weg durch die Menge. Mauakes sah ihn und strahlte, eilte ihm dann entgegen, umarmte ihn und schlug ihm auf den Rücken. Er war einen ganzen Kopf kleiner als sein Sohn, und seine Hände erzeugten ein klirrendes, klingendes Geräusch auf dem heißen, schweren Schuppenpanzer. Der König lehnte sich auf den Fersen zurück und lächelte zu seinem Sohn empor: »Nun, wir haben es geschafft, nicht?« rief er glücklich. »Und du hast unserem Haus Ehre gemacht, mein lieber Itaz; ein größeres Lob für deinen Mut gibt es nicht.«

Itaz wußte nicht, was er sagen sollte. Mut? Noch immer war ihm übel vor Scham und Abscheu über das Gemetzel. Es war sehr heiß, unter der schweren Rüstung war er schweißnaß, und er sehnte sich verzweifelt danach, anderswo zu sein – irgendwo hoch im Schnee der Berge, wo es kühl und hell und still und niemand in der Nähe war. Nach einem Augenblick wurde ihm klar, daß er seinem Vater zu seinem Sieg hätte gratulieren sollen; Mauakes liebte es, gelobt zu werden, und verdiente es. Aber es war bereits zu spät. Der König hatte sich schon entfernt, sich jemand anderem zugewandt und rief einen weiteren Befehl. Und die beglückwünschenden Worte, die er auf der Zunge hatte, kamen ihm lau und schwach vor. Als der König sich wieder zu ihm umdrehte, sagte Itaz bloß: »Laß mich wirklich meinen Mut zeigen, Vater. Laß mich den Tochari folgen.«

Mauakes lachte. »Ich habe ihnen bereits Späher nachgeschickt, die herausfinden sollen, wohin sie gehen, und dafür sorgen, daß sie weitergehen, aber warum sollten wir sie in eine weitere Schlacht verwickeln? Wir hätten dabei mehr zu verlieren als sie. Nein, nein, laß sie laufen. Aber wenn du noch etwas tun willst, dann nimm alle Männer der Garde und sammele alle Nachzügler des Feindes ein, die du finden kannst, sie und ihre Pferde. Wir können sie als Sklaven verkaufen, nicht? Sie wollten unsere Frauen und Kinder zu Sklaven machen, aber sie enden selbst auf dem Block, ha!«

Die meisten der Umstehenden lachten aufgeregt; Itaz verbeugte sich und ging, um die restlichen Gardesoldaten zu sammeln.

Es war kurz nach Mittag, und die Luft kochte. Überall setzten sich Männer an jedes schattige Fleckchen, das sie finden konnten, legten Helme und Rüstungen ab und befreiten die schwitzenden Pferde von den Sätteln. Mißtrauisch schauten sie auf den Fluß, der erst gesäubert werden mußte, bevor sie trinken konnten. Itaz und die königliche Garde bahnten sich vorsichtig einen Weg um und über die Leichen und ritten ans andere Ufer, um nach den Nachzüglern Ausschau zu halten. Stromabwärts fanden sie viele von ihnen, Männer, die im Fluß ihre Pferde und Waffen verloren hatten, verletzte Menschen und Pferde mit gebrochenen Beinen, die ächzend am Ufer lagen. Sie töteten die Schwerverletzten und zogen die übrigen mit gefesselten Händen an Seilen hinter ihren Pferden her. Doch es waren zu viele, als daß die königliche Garde allein mit ihnen fertig geworden wäre; sie mußten jemanden zurückschicken, um Männer der Armee anzufordern.

Als Itaz am späten Nachmittag mit den Gefangenen zurückkehrte, war man noch immer dabei, die Furt zu säubern. Die meisten Leichen waren bereits in einem Haufen auf der geschwärzten Erde des Westufers aufgeschichtet. Kanit und einige andere Priester schauten zu, wie die Leichen entkleidet wurden.

Rüstungen, Bogen aus Horn und eiserne Dolche; goldene Armreifen, Broschen mit Lapislazuli und Jade; mit goldenen Adlern und Greifen verziertes Zaumzeug und Geschirr; buntgefärbte Kleider aus Wolle und goldbesticktem Leder: alle Dinge, die die Tochari stolz getragen und verloren hatten wie die Schlacht und die Welt der Lebenden, waren in Stapeln aufgehäuft, um unter die Sieger verteilt zu werden. Der Fluß zerrte ungeduldig an den verbleibenden Leichen und verrenkte die verbrannten, zerhackten, zertrampelten Gliedmaßen in seinem reinigenden blaugrünen Strom.

Itaz führte die Gefangenen zu seinem Vater, der den Elefanten weggeschickt hatte und vor seinem Zelt saß. Er zählte seine Truppen und die Toten und versuchte, die Aufteilung der Beute zu bestimmen. Als Itaz kam, hielt er inne und betrachtete zufrieden die lange Reihe von Gefangenen, die an ihm vorbeigeführt wurde. Es waren fast achthundert Mann und ungefähr fünfhundert verirrte Pferde.

»Ausgezeichnet«, sagte der König und lächelte seinem Sohn leutselig zu. »Wir können sie ihren eigenen Leuten für ein goldenes Vier-Drachmen-Stück pro Kopf zurückverkaufen – wenn die lange genug stehenbleiben und meinen, diese Hunde seien es wert. Wenn nicht, verkaufen wir sie an die Baktrier. Aber diesen nicht.« Er beugte sich mit glänzenden Augen vor und gab den vorbeiziehenden Gefangenen ein Zeichen, stehenzubleiben. Dann stand er auf und ging auf einen einzelnen Mann zu, um ihn sich anzusehen. Es war der Führer der Pasii-Tochari, der so begierig auf den Kampf gewesen war und bei der Verhandlung seinen Dolch gezogen hatte. Itaz hatte ihn ebenfalls bemerkt, aber nichts gesagt in der stillen Hoffnung, Mauakes werde ihn übersehen. Der Mann war auf das Ufer gestürzt, als sein Pferd unter ihm getötet wurde, und hatte sich den Kopf aufgeschlagen und einen Arm gebrochen; das Feuer war über ihn hinweggegangen und hatte ihm nur ein paar Verbrennungen an Gesicht und Händen zugefügt, aber er war benommen und hatte Schmerzen und wußte kaum, wo er war; ausdruckslos erwiderte er den Blick unseres Königs. »Dich müssen die Götter hergebracht haben«, sagte Mauakes grinsend zu ihm. »Ich habe gesagt, ich würde aus deinem Schädel auf meinen Sieg trinken, und der Sonnengott in seiner Gerechtigkeit hat dich in meine Hand gegeben. Ich werde also mein Versprechen halten. Itaz, schlage ihm den Kopf ab.«

Itaz zuckte zusammen. Er war nie ein Mann gewesen, der absichtlich Gefangene tötet, und an diesem Tag hatte er schon zuviel Tod gesehen. »Er versteht dich nicht einmal, Vater«, protestierte er rasch. »Er hat sich den Kopf aufgeschlagen. Bitte, laß ihn. Laß ihn zu seinem Stamm zurückkehren und sich für den Rest seines Lebens an diesen Tag erinnern.«

»Ich sagte, ich würde aus seinem Schädel trinken«, sagte Mauakes mit leicht erhobener Stimme. »Die Götter haben gesehen, wie er sein Volk drängte, uns anzugreifen, und ihn dafür bestraft. Tu, was ich sage, Itaz!«

Itaz zog sein kurzes Schwert, zögerte dann wieder und sah den Gefangenen an, der ausdruckslos vor sich hin starrte und auf seinen Füßen schwankte. Vermutlich war dies der Mann, der die ganze Invasion angestiftet hatte, und er war eindeutig gierig auf den Kampf gewesen. Trotzdem wehrte sich Itaz' ganzes Wesen dagegen, einen Mann zu töten, der gefangen und benommen war und Schmerzen litt. »Aber wenn du ihn zurückschickst«, sagte er, »wird er für sein ganzes Volk ein lebender Beweis deiner Macht sein. Wenn wir ihn umbringen, ist er für seine Brüder nur ein weiterer Toter, für den sie Rache nehmen wollen.«

Mauakes sah Itaz an; die Zufriedenheit wich aus seinem Gesicht. Er hatte gedacht, endlich habe er die Loyalität seines Sohnes errungen; er hatte sich ihm näher gefühlt als je zuvor – und nun widersprach ihm Itaz vor der ganzen königlichen Garde, ehe noch die Sonne über seinem großartigen Sieg untergegangen war! Er stand noch immer auf dem Prüfstand; noch immer wollte ihm niemand vertrauen. Das schmerzte. »Warum gehorchst du mir nicht, Itaz?« fragte er mit milder Stimme, die nur einen Anflug seines explosiven Zorns verriet.

»Ich töte nicht gern hilflose Gefangene«, antwortete Itaz sofort und erwiderte offen den Blick seines Vaters. »Bitte, verlange es nicht von mir.«

Der Gefangene schien endlich zu begreifen, was vor sich ging, und begann sich entsetzt umzusehen. »Töte ihn«, sagte Mauakes leise und wild und schaute dabei jetzt nicht den Gefangenen, sondern seinen Sohn an. »Töte ihn, wie ich dir befohlen habe.«

Itaz tat einen tiefen, unsicheren Atemzug. Niemand in der Armee würde das Töten als schmachvoll betrachten, obwohl sie vielleicht die Entscheidung begrüßt hätten, den Mann zu verschonen. Itaz selbst – ein Teil seiner selbst – sah die Berechtigung dieses Todes ein. Doch einem anderen Teil seines Ichs wurde übel, übel von all den Toten des Tages, am meisten aber von diesem. Er verfolgte schweigend, wie der Gefangene ein verwirrtes, bestürztes Wimmern von sich gab und davonzustolpern versuchte, wie Azilises ihn am Arm packte, ihm die Beine unter dem Leib wegtrat und ihn vor Itaz zu Boden stieß. Der feindliche Führer faßte nach seinem gebrochenen Arm, schrie vor Schmerz und begann in verwirrter Qual zu jammern. Das Geräusch ging Itaz durch Mark und Bein. Er biß die Zähne zusammen und wollte auf einmal nichts mehr, als diese schreckliche Sache hinter sich zu bringen und diesen Lauten und dem Schmerz und dem Elend ein Ende zu machen. Er kniete auf den Schultern des Gefangenen nieder, packte sein Schwert mit beiden Händen und schlug mit aller Kraft zu; mit einem lauten, deutlichen Krachen brach das Genick, und das Schluchzen hörte auf. In der folgenden Stille durchtrennte Itaz den restlichen Hals, stand dann auf, faßte den Kopf an den Haaren und reichte ihn seinem Vater.

»So ist es besser«, sagte Mauakes und ging zu seinem Stuhl. Er setzte sich und ließ den Kopf neben seine Füße fallen, ohne ihn anzusehen. »Die übrigen sollen gefesselt und in der Mitte des Lagers gesammelt werden. Wir werden ihren Freunden einen Boten schicken und sehen, ob jemand sie freikaufen will.«

Itaz ekelte sich so vor sich selbst, daß er nicht sprechen konnte. Er verneigte sich vor seinem Vater und gehorchte schweigend.

9. KAPITEL

Die Armee blieb einige Tage an der Furt des Jaxartes, handelte Lösegelder aus und begrub die Toten. In der Nacht nach der Schlacht kampierten die Tochari etwa zwölf Meilen von der Furt und zwei Meilen vom Fluß entfernt auf der geschwärzten Ebene. Es war ein elendes Lager ohne Wasser und Weideplätze – und ohne Obdach, denn sie hatten alle ihre Zelte und alle Vorräte in den verbrannten Wagen verloren. Mauakes' Bote, der in der gleichen Nacht ausgeschickt wurde, um mit ihnen zu verhandeln, traf die Feinde hungrig und besiegt an, auf der Ebene verstreut in Kreisen neben den Pferden kauernd. Sie willigten ein, ihre gefangenen Gefährten freizukaufen, und schickten am Tag nach der Schlacht für jeden Mann einen goldenen Armreif – sie besaßen keinerlei Münzen. Sobald die Gefangenen sich zu ihnen gesellt hatten, ritten sie hastig nach Norden, so schnell es ihnen möglich war – sie hatten auch alle Reservepferde verloren, und wir hatten die von uns eingefangenen Pferde behalten, so daß viele von ihnen zu zweit auf einem Tier reiten mußten. Aber sie nahmen diese Demütigung auf sich, um fortzukommen. Die Konföderation der Sakaraukai hatte sofort begonnen, ihre Männer zu sammeln, als die Tochari erschienen waren, und den Tochari war nicht nach einer weiteren Schlacht mit einem frischen Feind zumute.

Die Sakas verbrannten die Leiber der toten Feinde nicht, wie Mauakes es angekündigt hatte; nach dem Feuer gab es nichts mehr, womit man sie hätte verbrennen können. Statt dessen hoben sie auf dem Abhang Gräben aus, warfen die Leichen hinein, immer hundert auf einmal, und bedeckten sie mit Steinen. Unseren eigenen Toten errichteten sie eine Steinpyramide, die an der Furt bis auf den heutigen Tag zu sehen ist, und die Pferde der Gefallenen wurden dem Sonnengott geopfert und mit ihnen begraben. Alles in allem kehrte die Armee erst zehn Tage nach dem Aufbruch nach Eskati zurück, obwohl die Nachricht sofort überbracht worden war.

Als er endlich zurückkam, hatten die Bürger ihrem König einen Empfang vorbereitet. Als er das Tor passierte, wurde er mit Blumen überschüttet, und wieder waren die Straßen mit Bannern geschmückt. Auf dem ganzen Weg zum Palast begrüßten ihn Lieder und Triumphschreie, und auf dem Marktplatz überreichten ihm die Führer der Stadt als Geschenk eine goldene Krone, was sie aus freiem Willen nie zuvor getan hatten. Alle Sakas waren verblüfft, doch im Nu fielen sie in das Singen und Rufen der Yavanas ein; die Männer der königlichen Garde sprangen von ihren Pferden und tanzten auf dem Marktplatz mit den Stadtmädchen. Eukleides, der die Abordnung zur Königin angeführt hatte, überreichte dem König das Geschenk der Stadt, und da er ein Yavana war, hielt er dabei eine Rede. Er pries den König, pries den Sieg – und erinnerte alle daran, daß das Erreichte nur durch den Erfindungsreichtum der Yavanas erreicht worden war, denn ohne die Katapulte, die Elefanten und das Bündnis des Königs mit Baktrien hätten wir entweder schreckliche Verluste oder eine Niederlage erlitten. Daraufhin jubelten die Yavanas noch lauter, aber die Sakas widersprachen nicht.

Mauakes reagierte nur mit mildem Lächeln und dankte der Stadt für die Krone. Als er jedoch wieder im Palast war und das Gold auf den Eßtisch geworfen hatte, schnaubte er und sagte: »Nun, ich nehme an, die Königin hat mit ihrer Rede keinen Schaden angerichtet.« Er sah zu Itaz auf, der ihm schweigend vom Marktplatz aus gefolgt war, und sagte: »Du solltest besser gehen und sie nach Hause holen. Sie ist in Adlerhorst.«

Seit Itaz' Ungehorsam vor dem Gefangenen hatte Mauakes kaum mit seinem Sohn gesprochen, und Itaz hatte seinen Vater nicht angeredet. Er fühlte sich sehr müde, beschämt und niedergeschlagen; bei Nacht träumte er davon, Menschen abzuschlachten, die wie Vieh in Ställe gepfercht waren, und manchmal träumte er von der Tötung der weißen Stute bei der Hochzeit seines Vaters. Sogar die Gesellschaft seiner Freunde bedrückte ihn; er sehnte sich danach, allein zu sein und Zeit zum Nachdenken und zum Beten zu haben. »Warum ich?« fragte er jetzt unwillig beim Gedanken an Heliokleia. Der einzige Vorteil seines Elends schien darin zu bestehen, daß es sein Verlangen anscheinend abgetötet hatte.

»Du bist der Hauptmann ihrer Garde, hast du das vergessen? Nimm deine neuen Gardisten mit und geleitet sie rasch nach Hause. Wir werden warten, bis sie zurück ist, und dann erst die Siegesfeiern abhalten. Das wird den Leuten gefallen. Du kannst gleich aufbrechen. Es bleibt noch ein oder zwei Stunden hell, und wenn du dich beeilst, kannst du vor der Dunkelheit noch eine ganze Strecke zurücklegen.«

Itaz stand einen Augenblick reglos da. Dann seufzte er, verneigte sich und gehorchte.

Die vierunddreißig Männer der Garde der Königin auf ihren Schlachtrössern legten den Weg nach Adlerhorst schneller zurück als die Königin mit ihrer Eskorte aus alten Männern. Sie erreichten den Hof am frühen Nachmittag des dritten Tages, nachdem sie Eskati verlassen hatten. Die Nachricht vom Sieg bei der Furt des Jaxartes war schon längst eingetroffen, und sie wurden begeistert begrüßt, doch die Königin war nicht da.

»Sie ist heute morgen in die Berge geritten, mit ihrer Hofdame Tomyris und meiner Tochter Adake«, sagte die Frau des Verwalters zu Itaz. »Sie wird aber bei Einbruch der Nacht zurück sein, und ihr könnt morgen früh aufbrechen.«

»Mein Vater wollte, daß sie schnell zurückkommt«, antwortete Itaz. »Er wartet auf ihre Rückkehr, bevor er die Siegesfeiern abhält. Ich würde den Rückweg lieber heute nachmittag antreten, wenn das möglich wäre. Wohin ist sie geritten? Wenn ihre Damen schon mit dem Packen beginnen, reite ich hinauf und hole sie.«

Nach einigen Diskussionen bekam Itaz einen Jungen, der ihn führen sollte, und ritt in die Berge, während die restlichen Gardisten der Eskorte halfen, den Wagen für die Begleitung der Königin herzurichten.

Als sie aufbrachen, bemerkte Itaz einen Altar neben dem Tor. Adake hatte ihrer Mutter von dem weißen Hengst berichtet. Als hätte das allein noch nicht ausgereicht, um die Arbeiterinnen des Hofes zu beeindrucken, hatte die Königin selbst unschuldigerweise den ganzen rätselhaften Argwohn bestätigt, indem sie dem Pferd noch einmal begegnete. Da sie dem verlegenen Schweigen der Leute entnommen hatte, daß der Hengst ihr wirklich nicht gehörte, hatte sie versucht, die Hirtinnen zu veranlassen, ihn seinem Besitzer zurückzugeben: dieser Altar war das einzige Ergebnis ihres Befehls. Itaz sah, daß er frisch mit Blumen geschmückt war und duftender Pinienrauch aus seiner Vertiefung aufstieg. »Ist das für den Sieg?« fragte er seinen Führer.

Der Junge, ein scheuer zehnjähriger Knabe, schüttelte den Kopf. »Nein. Den haben wir nach der Ankunft der Königin errichtet, weil... Er ist für den Gott Antimachos.«

Itaz betrachtete wieder den Altar, diesmal mit scharfem Blick, und erinnerte sich an das amüsierte Gesicht, das von den Münzen lächelte und sich über seine eigene erklärte Göttlichkeit lustig machte. Heliokleia förderte also die Verehrung ihres Vorfahren? Er schnaubte wie sein Vater und ritt schweigend weiter.

Der Knabe war Adakes kleiner Bruder, und er erklärte, seine Schwester sei zu einem Adlerhorst geritten, da sich da die Königin für die Nester der großen Vögel interessiert habe. Itaz nickte und drängte sein Pferd ungeduldig voran. Er hatte es eilig, die Königin zu finden und nach Hause zu kommen. Doch der Horst der Adler war weiter entfernt, als er erwartet hatte. Sie waren nahezu zwei Stunden unterwegs, galoppierten über die Hochwiesen, erreichten auf schlechten Wegen eine Reihe von steilen Abhängen, kamen ab und zu an Schafherden vorbei und ritten an Schluchten vorüber auf scheinbar undurchdringliche Felswände zu. Endlich erreichten sie einen Hain aus Kiefern und dunklen Rhododendren an einem Bergbach, und der Junge deutete auf eine steile Felsspitze in der Ferne. »Dieses Jahr nisten dort ein halbes Dutzend Adler«, sagte er; tatsächlich flogen zwei der Tiere mit riesigen Schwingen auf den Horst zu, noch während er das sagte. Itaz nickte ungeduldig und verzweifelt. Sie würden niemals rechtzeitig von dort zurückkehren können, um noch am gleichen Abend aufzubrechen. Er hätte ebensogut warten können, bis die Königin von selbst zurückkehrte. Nachdem er aber schon so weit geritten war, mußte er seinen Weg fortsetzen.

Gerade ließ er sein Pferd antraben, als er über den Lärm des rauschenden Wassers und des Windes hinweg in den Kiefern das Lachen von Frauen hörte. Sie hielten inne. »Wahrscheinlich sind sie das«, sagte der Junge. »Sicher haben sie die Adler schon gesehen und auf dem Rückweg angehalten, um etwas zu trinken. Da drüben gibt es einen Teich.« Er zeigte in Richtung des Lachens in das dichte Unterholz.

Itaz nickte, wendete sein Pferd in Richtung der Geräusche, sah sich aber einer Wand dunklen Grüns gegenüber. Also saß er ab und führte sein Reittier am Ufer des Baches entlang.

Er senkte den Kopf, um unter den niedrigen Kiefernästen hindurchzugehen, und erreichte auf einmal eine kleine Lichtung, wo rosa Heidekraut und wilder Thymian einen kleinen Felsteich einrahmten, auf dem golden Kiefernnadeln schwammen. Aus dem Teich ergoß sich der Bach in einem kleinen Wasserfall in den Abhang gegenüber. Das Rauschen übertönte die Geräusche seiner Annäherung. Drei Pferde waren an den Bäumen neben dem Teich angebunden, und drei Frauen lachten auf der anderen Seite in der Sonne. Eine kauerte auf dem Felsen und rief den anderen Ermunterungen zu; diese standen bis zu den Schenkeln im Wasser, starrten eifrig hinein und hatten zwischen sich einen Gazeschal gespannt. Eine der Frauen im Wasser war Heliokleia. Ihr dunkelgoldenes Haar hing in losen Strähnen über ihre Schultern, und ihr weißes Baumwollgewand war naß, klebte an ihren Brüsten und war ungeschickt um die Taille geschürzt. Die weißen Beine schimmerten durch das Wasser. Sie lachte und sah kaum älter aus als das Hirtenmädchen an ihrer Seite. Itaz stand reglos wie ein Stein und wagte nicht zu atmen. Er empfand kein Verlangen, nicht in diesem Augenblick. Er empfand Verwunderung und Erstaunen, als habe er plötzlich eine Tür aufgestoßen, die aus einem Gefängnis in den Sonnenschein führte, als sei das blutüberströmte Wasser des Jaxartes in seiner Erinnerung in Licht verwandelt.

»Er ist in diese Richtung geschwommen«, rief die Frau auf den Steinen. (Das war ich, obwohl Itaz das damals nicht merkte, da er nur Augen für die Königin hatte.) »Nein, da drüben! Da! Ihr habt ihn. Oh, schaut, schaut!«

Die beiden Fischerinnen sprangen vorwärts, zogen den Schal zwischen sich her und hoben ihn rasch an: eine große Forelle zappelte in seinen Falten. »Wir haben ihn!« krähte das Hirtenmädchen. »Schnell, schnell, gib mir dein Ende des Netzes!«

Doch die Königin lachte zu sehr, um zu gehorchen, und der Fisch schnellte aus dem Schal und sprang zurück ins Wasser. Das Mädchen stöhnte; die Königin setzte sich auf einen Felsen, lachte noch heftiger, strich sich das Haar aus den Augen – und dann sah sie Itaz.

Das Lachen verstummte sofort. Heliokleia sprang auf die Füße. Ihre Wangen wurden rot, und die blaugrünen Augen starrten Itaz weit aufgerissen und beunruhigt an. Itaz öffnete den Mund, konnte aber nichts sagen. Er spürte, wie sein eigenes Gesicht heiß wurde. Er konnte sich nicht bewegen; er fühlte sich wie in einem Traum. Der Augenblick schien eine Ewigkeit zu dauern.

»Sei gegrüßt, Adake!« rief Itaz' Führer und drängte an ihm vorbei. »Der Sohn des Königs ist gekommen, um die Königin nach Hause zu führen.«

Abrupt wandte Heliokleia den Blick ab. Sie sprang aus dem Wasser, zog eilig ihre Röcke herunter und sah sich nach ihren Hosen um. »Bitte, Herr«, sagte sie, ohne Itaz anzusehen. »Ich muß mich anziehen. Geh auf den Weg zurück, ich hole dich dann ein.«

Itaz nickte, schluckte und ließ sein Pferd wenden. Als er sich umdrehte, sah er, wie die Königin ihre Hose von den Ästen eines Baumes zog. Das Bild, wie sie dort stand und nach oben griff, schien sich in seine Augen einzubrennen wie die Sonne;

selbst als er sich abgewandt hatte, fand er es hinter allem, was er sah. Kaum war sie in seinem Rücken, schlug das Verlangen, das zuvor überdeckt gewesen war, wieder heftig zu. Er lenkte sein Pferd auf den Weg zurück und wartete. Er biß die Zähne zusammen und versuchte, an etwas anderes zu denken, aber das Bild der Königin mit dem nach oben gestreckten Arm verwirrte ihn noch immer. Er konnte es nicht abschütteln. Wieder und wieder folgten seine Augen der Linie ihres Körpers, von dem erhobenen Arm über die Kurve von Brust und Schenkel hinab zu den schlanken Beinen, all das mit entsetzlicher Klarheit durch das naß klebende Gewand enthüllt. Er versuchte, an andere Frauen zu denken, versuchte verzweifelt, sich an die Bilder der Schlacht zu erinnern, die ihn die ganze Woche gequält hatten – alles war verloren, verwirrt, untergegangen im heißen Nebel des Begehrens. Er schloß die Augen, blinzelte die Tränen zurück und lehnte den Kopf an sein Pferd. Der Hengst berührte mit der Schnauze die Schulter seines Herrn, beruhigend greifbar, und Itaz versuchte in seinem Elend zu beten.

Die Königin stieg eilig in ihre Hose, zog das nasse Kleid aus, wrang es aus und streifte es dann zerknittert wieder über. Sie war noch immer rot vor Verlegenheit, die mir schon damals übertrieben erschien, da der Sohn des Königs sie doch nur beim Fischen ertappt hatte – aber ich wußte, daß er sie nicht mochte, und führte es darauf zurück. Nach einigen Minuten erschienen wir angezogen auf dem Hauptweg, doch Heliokleias Haar war so hastig festgesteckt worden, daß lose Strähnen um ihr Gesicht hingen. Sie führte Schatten am Zügel, hielt jedoch inne, ehe sie Itaz erreichte, und saß auf, während Adake und ich uns noch unter den Rhododendren bückten. Itaz sprang hastig auf seinen Hengst und ritt vor ihr den Weg hinunter, ohne sich umzudrehen.

Etwa eine Stunde lang ritten sie in vollkommenem Schweigen, Itaz vorweg, die Königin hinterher. Itaz war quälend bewußt, daß er sie aus Respekt vor seinem Vater vor sich hätte reiten lassen müssen, aber er wollte nicht so reiten, daß er sie sehen mußte, und er trieb sein Pferd an, weil er wieder in sichere Nähe der Eskorte gelangen wollte. Inzwischen ritt Itaz' Führer, der vorhin vorangeeilt war, neben seiner Schwester und machte sein vorheriges gehetztes Schweigen dadurch wieder gut, daß er ununterbrochen mit ihr und mir redete, und wir drei blieben nach und nach hinter dem schweigenden Paar an der Spitze zurück. Bald waren die beiden um die Wegbiegung vor uns verschwunden, und jedesmal, wenn wir sie wieder sehen konnten, waren sie weiter entfernt.

Auf dem Kamm eines Hügels, von dem der Pfad sich durch Salbei und Berglorbeer zu einer Weide hinunterschlängelte, drehte Itaz sich um. Heliokleia war nicht weit hinter ihm, sie ritt steif mit von ihm abgewandtem Kopf. Wir anderen waren nicht mehr zu sehen. Widerstrebend hielt Itaz an. Die Königin hielt gleich hinter und fast neben ihm, aber sie sahen einander nicht an. Einen Augenblick blieben sie in angespanntem Schweigen sitzen, schauten über die Weide und die niedrigen Hügel in die schimmernde Hitze des tief unten liegenden Tales. Dann sagte Heliokleia plötzlich leise: »Schau!«

Ein Pferd galoppierte über die Weide am Fuß des Abhangs, ein Schimmel, der sich leicht wie eine Wolke bewegte. Itaz hielt den Atem an und beobachtete ihn. Das weiße Fell hob sich wie Schnee vom grünen Gras ab, und sein Gang glich fließendem Wasser. Das Pferd überquerte die Weide, lief zu einem bewaldeten Bach am anderen Ende, hielt inne, drehte sich um und schaute direkt in ihre Richtung. Dann verschwand es zwischen den Bäumen. Itaz stieß mit einem Seufzer den Atem aus. »Ist das eines von deinen Pferden?« fragte er die Königin und vergaß für einen Augenblick vor Verwunderung über die vollkommene Schönheit des Anblicks sein Elend.

»Ich weiß es nicht«, antwortete Heliokleia. »Alle hier sagen, daß ich keinen weißen Hengst besitze und daß es in Adlerhorst keinen gibt. Aber ich habe ihn schon mehrmals gesehen. Einmal fraß er mir einen Sesamkuchen aus der Hand. Er ist nicht wild, und offensichtlich weidet er hier, selbst wenn er aus einer anderen Herde entlaufen ist.«

Itaz sah sie einen Augenblick verwirrt an. Natürlich kannte er die Abstammung der königlichen Pferde, und er wußte, daß sie recht hatte. Doch selbst aus der Entfernung war dieses Pferd unverkennbar von königlicher Abstammung, und ein Hengst aus der königlichen Zucht geht nicht einfach verloren, ohne daß es jemand bemerkt. »Er muß irgendwie entlaufen sein«, sagte er. »Wir sollten ihn in die Stadt zurückbringen und zurückgeben.«

Heliokleia schüttelte den Kopf. »Kurz nach meiner Ankunft habe ich versucht, jemanden dazu zu bewegen. Aber niemand wollte ihn einfangen. Sie sagten, wenn jemand ein solches Pferd verloren hätte, würde er es bestimmt suchen. Als ich das Pferd zum zweiten Mal sah, befahl ich den Hirtinnen, danach zu suchen, aber sie sagten, sie könnten es nicht finden. Sie haben allerdings nicht sehr lange gesucht. Ich nehme an, sie halten es nicht für ein königliches, sondern für eines der gewöhnlichen Pferde, und ich bin zu unerfahren, um den Unterschied zu erkennen – und jedesmal, wenn ich es sehe, scheint gerade niemand in der Nähe zu sein. Wahrscheinlich glauben sie, ich hätte den Hengst erfunden, um ihnen zusätzliche Arbeit zu machen – jedenfalls wollen sie nicht darüber reden, und es scheint ihnen nicht zu gefallen, wenn ich davon spreche. Ich habe nicht darauf bestanden, ich ... ich will hier nicht stören. Nun hast du es auch gesehen, ich ... was ist los?«

Itaz starrte sie erschüttert und ungläubig an. Ohne zu antworten, jagte er sein Pferd in rücksichtslosem Tempo den steilen Pfad hinunter. Als er die Weide erreichte, galoppierte er in die Richtung, die der weiße Hengst eingeschlagen hatte, abwärts in Richtung Fluß. Doch das geheimnisvolle Pferd war nirgends zu sehen. Itaz saß ab und ging zu Fuß am Flußufer entlang: keine Spuren, weder zum Wasser hin noch vom Wasser weg. Doch der Boden war steinig. Er hielt inne, stand vollkommen still und lauschte. Der Fluß strömte rasch und klar dahin, flüsterte leise, und die Pappeln zitterten grün und silbern und warfen lange Schatten in der niedrigen Nachmittagssonne. Pferdehufe erschollen auf der Wiese hinter ihm, und er fuhr herum – aber es war nur Heliokleia, die zu ihm geritten kam. Sie hielt am Wasser inne, blieb reglos im tanzenden Schwarz und Gold des durch die Blätter fallenden Sonnenlichts sitzen und sah ihn an. »Weißt du, wem er gehört?« fragte sie endlich.

Itaz erschauerte. »Ja, vielleicht.« Er warf seinem Hengst die Zügel über den Hals und sprang wieder in den Sattel.

»Wem denn? Wenn er mir nicht gehört, muß ich ihn zurückgeben.«

»Tu doch nicht so, als verstündest du nicht!« rief Itaz wütend. Sie hatte ihn Angst, Elend, Tränen und schlaflose Nächte gekostet; es war unerträglich, unglaublich, daß sie in aller Unschuld solchen Schmerz verursacht haben sollte, und er empfand es als Erleichterung, haßerfüllt auf sie loszugehen und sie bei einer offensichtlichen Lüge zu ertappen. »Vermutlich hast du das irgendwie arrangiert. Du hast das Pferd selbst hierher gebracht! Genauso, wie du diesen Altar hast errichten lassen!«

»Was für einen Altar?« fragte sie scharf. Ihr Gesicht war unbewegt, doch ihre Augen wurden hell vor Zorn. »Ich habe keine Ahnung, wovon du sprichst. Bitte erkläre es mir.«

»Der Altar für Antimachos auf dem Hof! Du hast ihn mit Girlanden bekränzen lassen, nicht wahr?«

Er erkannte sofort, daß dem nicht so war. Sie hatte nicht einmal gewußt, daß es einen solchen Altar gab. Tatsächlich war sie seit unserer Ankunft jeden Tag ausgeritten. Was den Altar betraf, hatte man sie nicht zu Rate gezogen, und sie hatte nie danach gefragt. »Ich dachte, er sei für den Sonnengott, um den Sieg zu sichern«, sagte sie nach einem Augenblick der Verwirrung. »Aber wenn er für Antimachos ist, dann ist das nichts weiter als eine höfliche Geste. Und ich verstehe nicht, was das mit der Rückgabe eines entlaufenen Pferdes zu tun hat.«

Itaz stieß zischend den Atem aus. »Ein weißes Pferd, ein Hengst, ein Schimmel, der so schön ist, daß einem das Herz stehenbleibt, ein Pferd, das so leicht läuft, daß es keine Spuren hinterläßt – das nicht hier sein sollte, das niemand sonst gesehen hat? Du verstehst nicht? Du bist nicht dumm, Königin, was immer du sonst sein magst!«

Ihre Miene veränderte sich nicht, und ihre Stimme blieb leise und gleichmäßig, aber er erkannte den Zorn an der Haltung ihrer Schultern, dem Griff ihrer Hände um die Zügel, dem steifen Rücken. »Du hast es gesehen«, erwiderte sie. »Und ich verstehe es nicht – was immer ich sonst sein mag, Herr. Was willst du damit sagen? Ich würde gern wissen, Herr, wessen du mich für schuldig hältst – außer, daß ich der falschen Familie und Nation angehöre.«

Sie sah ihn ebenso direkt an wie er sie. Wieder spürte sie auf verwirrende und ängstigende Weise, wie gut er sie verstand. Er wußte, daß sie nicht bloß wütend war, sondern verletzt und ängstlich. Sie war allein in einer fremden Welt, wurde ohne eigene Schuld von allen beargwöhnt und mit einer plötzlichen Anschuldigung konfrontiert, die sie nicht verstehen konnte. Er wandte den Blick ab. Wieder war alles Verwirrung. Ihm blieb nicht einmal die Genugtuung, sie zu hassen. »Vielleicht verstehst du es tatsächlich nicht«, gab er hilflos zu. »Du bist eine Fremde. Du bist Buddhistin. Glaubst du überhaupt an die Götter?« Er sah sie an, begegnete ihrem wütenden, verletzten Blick und fuhr fort: »Aber du mußt doch erraten haben, was du nach Meinung der Leute hier gesehen hast.«

Stirnrunzelnd starrte sie ihn an. »Meinst du, sie denken, daß das Pferd ... eines von den Pferden des Sonnengottes ist? Wollen sie deshalb nicht darüber reden?«

Er nickte.

Sie schüttelte den Kopf. »Aber das ist absurd.« Nach einem Moment trat ein amüsierter Ausdruck in ihr Gesicht. »Ich habe ihm Sesamkuchen gegeben.«

Müde wandte Itaz sein Reittier wieder dem Weg zu. »Und?«

»Was würde ein Unsterblicher mit Sesamkuchen anfangen?«

»Was fangen die Götter mit Opfern an?«

»Ich glaube nicht, daß die Götter Opfer wollen«, antwortete sie überraschend. »Ein Gott, der von den Sterblichen abhängig wäre, wäre weder göttlich noch der Verehrung wert. Gott, wenn er wirklich Gott ist, braucht nichts, sondern ist vollkommen, genügt sich selbst. Warum sollten wir glauben, daß wir einem

Gott, der die Dinge schuf, die wir zu seinen Ehren zerstören, irgend etwas geben können?«

Wieder hielt Itaz sein Pferd an und schaute sie an. Sie erwiderte seinen Blick herausfordernd. »Glaubst du, daß wir den Göttern gleichgültig sind?« fragte er. »Daß es ihnen nichts bedeutet, ob wir sie ehren oder nicht?«

Sie zuckte mit den Schultern. »Ich weiß nicht. Ich nehme an, wir sollten die Götter ehren. Wenn wir es nicht tun, versuchen wir vielleicht, ihren Platz einzunehmen. Aber es ist blasphemisch zu sagen, die Götter bräuchten Verehrung oder sonst etwas von Geschöpfen wie uns.«

»Blasphemisch? Ist es nicht schlimmer, wenn man sagt, sie seien gleichgültig? Und was den Versuch betrifft, Gottes Platz einzunehmen, so hat dein Urgroßvater genau das getan!«

»Das war Dichtung«, sagte sie, wenn auch etwas beschämt. »Könige sind wie Götter. Sie regieren die Welt, in der wir wohnen, und machen die Gesetze, nach denen wir leben; vielleicht ist es für die Menschen leichter zu verstehen, was ein König ist, wenn sie an die Götter denken. Antimachos war der erste König von Ferghana, und er mußte seinem Volk das so erklären, daß es ihn verstehen konnte. Ich glaube nicht, daß die wirklichen Götter etwas dagegen hatten, genausowenig, wie ein König etwas dagegen hat, wenn Kinder König spielen.«

»Du redest, als hätte alles auf dieser Welt nicht mehr Wert als das!« rief Itaz aus.

»Ist es denn nicht so?«

»Natürlich nicht! Die Welt ist kein Spielzeug, und es spielt eine Rolle, was wir darauf tun, für uns und für Gott! Die Erde ist ein Schlachtfeld, kein ...« Er hielt an sich. Es war sinnlos, sich mit ihr auf ein religiöses Streitgespräch einzulassen. Er könnte Dinge sagen, die er nicht zurücknehmen könnte.

Doch die Königin sah ihn noch immer an und sagte: »Sprich weiter. Sag mir, was du glaubst. Wir werden jetzt zusammenarbeiten müssen; da sollte ich es wissen.«

Itaz atmete tief ein. Er lenkte sein Pferd wieder zurück auf den Weg und starrte vor sich hin, während er sich bemühte, der

Verwirrung seiner Seele Herr zu werden. Er hatte eine merkwürdige Angst davor, Heliokleia seine Überzeugungen zu erklären, dem Dämon der Wollust die Geheimnisse seiner Verteidigung gegen ihn zu zeigen. Es war, als lege man auf einem Schlachtfeld die Rüstung ab und biete sich nackt den Speeren dar. Und doch wollte er, daß sie verstand. »Zu Beginn des Lebens«, sagte er schließlich, »gab es zwei Geister. Einige sagen, es seien die beiden Söhne Zurvans gewesen, des Herrn der Unendlichen Zeit und des Raums. Und der Heilige, den wir den Weisen Herrn nennen, Ahura Mazda, sah, daß das Universum leer war, ohne Grenzen und ohne Form, und aus sich selbst schuf er die Welt, aus Liebe zu dem, was ist, damit das Universum voller Wonne sei. Doch als der andere Geist sah, was sein Bruder getan hatte, war er voller Eifersucht, und aus Eifersucht erschuf er das Böse, das wie eine Krankheit über die Welt seines Bruders herfiel, sie angriff und verwundete und Kummer und Leid schuf, wo vorher nur Freude war. Und der Heilige sagte zum Bösen: ›Weder unsere Gedanken noch unser Wille noch unsere Worte noch unsere Taten noch unsere Seelen sind damit einverstanden.‹ Und seit dieser Stunde befinden sich die beiden im Kampf um den Besitz des geschaffenen Universums. Ahura Mazda, um es der Freude wiederzugeben, Angra Mainyu, um es für immer zu zerstören. Alle Dinge auf Erden gehören der einen oder anderen Seite an, und die Menschheit, die beiden verbunden ist, muß letztlich zwischen ihnen wählen. Die Welt ist sowohl gut als auch böse, sowohl ein Haus der Freude als auch ein elendes Gefängnis; die Wahl, die wir hier treffen, ist ein Teil eines Kampfes, der im Himmel ausgetragen wird, und wenn wir Ahura Mazda verehren – und ich glaube, wir können ihn als die Sonne verehren, die sein Schatten ist –, wählen wir die Freude und entzücken Gott, der uns wie ein Vater liebt.«

Heliokleia ritt lange schweigend dahin; mit einem Seitenblick erfaßte er ihr Profil, die nachdenklich gesenkten Lider, die Unterlippe, die sie zwischen die Zähne gezogen hatte. »Es ist nicht so lächerlich, wie ich gedacht hatte«, sagte sie endlich. »Aber ich könnte niemals daran glauben.«

»Warum nicht? Weil du glaubst, daß die ganze Welt böse ist? Oder weil du glaubst, daß die Götter sich überhaupt nicht für die Sterblichen interessieren?«

»Ich glaube nicht, daß die Welt böse ist – nur, daß sie vergeblich und voller Leid ist. Böse, gut – böse zu wem, und gut für was? Ein Mann war im Begriff, sich an einem Baum zu erhängen, als er zwischen seinen Wurzeln einen verborgenen Schatz fand. Er ließ den Strick zurück und trug den Schatz froh nach Hause. Doch der Mann, der den Schatz versteckt hatte, kam zurück und fand ihn nicht mehr. Da nahm er den Strick und erhängte sich. Das Gute des einen war das Übel des anderen.«

»Nein! Du spielst mit Worten; das sind Yavana-Spitzfindigkeiten. Gut war das Leben, für beide; das Übel war, daß sie so dringend Geld brauchten, daß sie sterben wollten. In einer guten Welt würde es kein Geld geben, und keiner würde jemals aus Geldmangel sterben.«

»Trotzdem ... ist es sinnvoll, über das Gute und Böse in der Welt zu sprechen? Meine Philosophie liebt das Gute. Wir, die wir ihr folgen, sollen nach Gleichheit und Nächstenliebe streben und jede Art von unrechtem Handeln meiden – aber ist die *Welt* gut und böse? Wenn ein Mann auf eine Schlange tritt und sie ihn beißt, ist die Schlange dann böse? Oh, ich weiß, du sagst, alle Schlangen seien böse – aber nimm an, der Mann sei ein Räuber und im Begriff, einen unschuldigen Reisenden zu ermorden? Oder sagen wir, der Mann stolpert über einen Stein, stürzt, schlägt sich den Kopf auf und stirbt: ist der Stein dann böse? Derselbe Stein könnte benutzt werden, um einen Tempel zur Verehrung der Götter zu bauen: ist er noch immer böse? Nur die Wahl kennt Tugend und Laster, Gerechtigkeit und Unrecht. Wenn es so etwas gibt wie das natürliche Böse, dann muß es so eng mit dem Guten verbunden sein, daß man das eine nicht ohne das andere haben kann.«

»Schon wieder diese Yavana-Wortspiele«, sagte Itaz ungeduldig. »Jeder weiß, was das Böse ist. Verhungern ist ein Übel; Pestilenz, Unheil und Grausamkeit sind Übel; alles Leiden und Sterben Unschuldiger ist übel.«

»Der Krieg auch?«

»Ja!« sagte Itaz heftig und erinnerte sich wieder an die Greuel bei der Furt. »Ja, der Krieg ist ein Übel. Manchmal ein notwendiges Übel, um ein noch größeres Übel abzuwenden, aber dennoch ein Übel.«

»Wenn du das Böse nur durch das Böse bekämpfen kannst, wie willst du dann gewinnen? Ist es nicht besser, auf das Böse zu verzichten, selbst wenn du dabei auch auf etwas Gutes verzichten mußt?«

»Du kannst nicht auf das Gute verzichten! Wie kann irgendwer von dem Guten, Reinen und Freudvollen ablassen, nur um der Gefahr des Leidens zu entgehen? Er wäre wie ein Feigling, der vor einer Schlacht davonläuft!«

»Er wäre eher wie ein freigelassener Sklave, der ohne Grund von einem launenhaften Herrn gequält oder belohnt wurde.«

»Die Welt ist doch mehr als das!« rief Itaz und sah sie direkt an. »Es muß eine Zeit gegeben haben, in der du glücklich warst, in der du das Gefühl hattest, mit einer Hand den Himmel zu berühren. Denke daran zurück, und dann sage, ob du meinst, daß die Welt vergebens ist und das Gute bedeutungslos.«

Heliokleia wurde rot. »Es gab einen Augenblick ... aber meistens habe ich Freude in der Meditation, im Streben nach Erlösung gefunden. Wenn du selbst nach Erlösung gesucht und ihre Schönheit gesehen hättest, würdest du nicht in diesem Ton davon reden.«

»Die Schönheit darin? In der Erlösung vom Leben? Und wohin soll die führen?«

»Ich weiß nicht. Ins Nirwana. Vielleicht in deine Unendliche Zeit und deinen Unendlichen Raum.«

»Für mich hört sich das an wie der Tod. Es ist nicht ... als ich zu diesem Teich kam und ihr lachend in der Sonne gefischt habt – wie kannst du sagen, daß der Tod oder die Unendlichkeit oder das Nirwana besser wäre als das? Es gab auf der ganzen Welt nichts so Schönes. Dein bloßer Anblick ließ mein Blut vor Freude singen.«

Sie hielt inne und starrte ihn verzweifelt an. Die untergehende Sonne vergoldete ihr Gesicht und die Falten ihres zerknitterten Gewandes. Langsam wie in einem Traum streckte er den Arm aus und berührte ihre Hand. »Heliokleia«, flüsterte er. Es war das erste Mal, daß er ihren Namen ausgesprochen hatte.

Sie zog die Hand unter seiner weg, hob sie und legte sie an die Wange; sie starrte ihn einen langen Augenblick an, zweifelnd, verwirrt, sehnsüchtig. Dann schüttelte sie den Kopf und ließ ihr Pferd antraben. »Ich verstehe nicht, was du meinst«, rief sie über die Schulter zurück, in einem Ton, der durchblicken ließ, daß sie nicht verstehen wollte.

Itaz blieb einen Augenblick stehen. Er war wütend auf sich selbst und freudig erregt. Er hatte recht gehabt, eine religiöse Diskussion zu fürchten; er hatte sich selbst und die Gefahr, die die Königin darstellte, dabei vergessen. Doch gleichzeitig begann sein Blut wieder zu singen. Die Hand, die er berührt hatte, hatte sie wie liebkosend an die Wange gelegt. Auch sie empfand etwas. Nicht für seinen Vater. Für ihn.

Er spornte sein Pferd an und holte sie ein. »Wir sollten uns beeilen«, sagte er zu ihr. »Die anderen müssen uns überholt haben, während wir unten am Fluß waren; wir müssen schnell reiten, um sie einzuholen.«

Heliokleia war froh, daß die Aufforderung, nach Eskati zurückzukehren, zu spät gekommen war, um noch am gleichen Tag aufzubrechen. Sie wünschte sich Zeit, um auf sanfte Art Abschied von ihrem Glück zu nehmen. In dieser Nacht lag sie lange auf dem Strohlager wach, betrachtete das Mondlicht, das durch das Dachgesims über ihr fiel, und versuchte sich an alles zu erinnern, was sie in Adlerhorst geliebt hatte – den Tanz der Staubkörner; den Schmetterling; die grasenden Pferde; die Fische im Teich; das galoppierende weiße Pferd. Sie dachte nicht so an das Pferd, wie ich das getan hätte, nämlich in Ehrfurcht vor einem Zeichen göttlicher Gunst, sondern erinnerte sich einfach seiner Schönheit und Freiheit wegen daran. Vielleicht war ich früher den Yavanas gegenüber ungerecht. Die meisten von ihnen sind nicht unfromm – nur skeptisch und vorsichtig. Aber aus welchem Grund auch immer, sie glauben nicht so leicht an Wunder. Man findet keine Bücher mit Regeln für Wunder, und Untersuchungen von Wundern bringen nicht viel; deshalb behandeln die Yavanas sie wie Hornissen und halten sich von ihnen fern.

Doch wenn die Erinnerung an das Pferd sie auch nicht an die Götter gemahnte, so doch an Itaz, und die ruhige, melancholische Rückschau wurde plötzlich sehr viel heißer und verworrener. Zum ersten Mal wurde ihr klar, daß sie ihn nicht nach der Schlacht und nach dem Wohlergehen seines Vaters gefragt hatte. Natürlich hatten sie von beidem erfahren, als die Tochari geschlagen waren – aber trotzdem hätte sie fragen sollen. Sie wand sich in ihrem Bett. Wie gefühllos sie war! Wie verachtenswert!

Dann fiel ihr wieder ein – obwohl sie sich heftig bemühte, die Erinnerung zu vergessen oder wegzuschieben –, wie er zu ihr gesprochen hatte, wie leidenschaftlich er die Schönheit der Welt verteidigt und sie selbst dafür als Beispiel angeführt hatte; wie er ihre Hand berührt und ihren Namen geflüstert hatte und wie seine warmen und lebendigen Augen sie dabei angesehen hatten. Das ausgehungerte Mädchen, das sich schlicht und einfach nach Glück, nach Freundlichkeit, nach Liebe sehnte, erwachte wieder in ihr. Die Leidenschaft war kindisch, schwach, verächtlich, ermahnte sie sich, aber sie blieb wahrer und süßer als alles, was sie je berührt hatte. Sie war zerrissen. All ihre Gewißheit in bezug auf sich selbst und ihr Handeln, ihr Vertrauen in ihre kalte Philosophie schwanden plötzlich. Wie eine Landschaft im Nebel wurde die vertraute Welt fremd, und sie wanderte darin umher und suchte nach Wegzeichen. Wieder drehte sie sich im Bett um und legte die Hand an die Wange; das Herz klopfte ihr bis zum Hals. Schon früher hatte sie darum gekämpft, ihren Geist zu disziplinieren; seit dem Erscheinen der Tochari hatte sie nicht mehr an Itaz gedacht, und sie hatte geglaubt, sie habe Erfolg gehabt. Jetzt sah sie, wie sehr sie gescheitert war, und sie war entsetzt.

»Diones Tochter, Liebe«, sagt der Yavana-Dichter, *»schone mich!«*
Sei unersättlich nicht
In Leidenschaften und Betrug und Ränken
Und Liebeszauber, welcher blutig endet.
Kenntest du Maß und Ziel! In allem sonst
– Das zu bestreiten kommt auch mir nicht bei –
Bist du die lieblichste der Göttinnen.«

Natürlich kennt jeder das Verlangen, und oft benutzen wir das Wort *Liebe*, um es damit zu bemänteln – aber wahre Liebe, die uns plötzlich überkommt, ist eine schreckliche Gottheit und kein Spiel, das wir zum Vergnügen spielen. Alles, was wir zu sein glaubten, alles, wovon wir überzeugt waren, alles, was wir für uns selbst erwarteten – all das kann uns entgleiten. Wir werden uns selbst fremd und sind leer und hilflos. Ich erinnere mich, wie ich viel, viel später eines Morgens im Hause meines Vaters stand und mein Vater sagte, er werde mit der Familie eines gewissen jungen Mannes sprechen, dessen Namen ich ihm am Abend zuvor anvertraut hatte. Ich weiß noch, daß ich mich fühlte wie ein Krug im Brennofen, gleichzeitig leer und brennend, und nicht mehr Macht über mich hatte als ein Krug in der Hand des Töpfers. Ich war entsetzt. Dabei war dies eine ruhige und ordentliche Angelegenheit: zwei Familien arrangieren die Heirat ihrer Kinder, mit Lächeln und Komplimenten und einer geschäftsmäßigen Diskussion der Mitgift. Hilflos in einer Liebe gefangen zu sein, die zu nichts als Unheil und Übel führen kann – welche Qual, welcher Schrecken muß das sein!

Heliokleia hörte auf, die Hand an die Wange zu pressen, und biß sich statt dessen hinein, biß zu, bis sie Blut schmeckte, als könne sie das Band zwischen ihr und ihrem Stiefsohn durchtrennen, indem sie die Stelle bestrafte, an der er sie berührt hatte. Dann rollte sie sich auf den Bauch und verschränkte die Hände hinter dem Kopf, bemühte sich um Losgelöstheit. Sie dachte an das Königreich ihres Bruders, an die Tochari, an die Bedeutung des Bündnisses; sie dachte an die Bürger von Eskati, ihr Vertrauen zu ihr, an die Rede, die sie vor ihnen gehalten hatte. Sie dachte an ihren Gatten, der in der Stadt auf sie wartete. Das war ein Fehler. Die Demütigung und Scham, die sie unter seinen Händen empfunden hatte, als ihr Körper noch verschlossen und unerweckt gewesen war, schien jetzt tausendmal schrecklicher. Und sie mußte zurückkehren. Es gab kein Entkommen; sie mußte für den Rest ihrer Tage damit leben. Hilflos und lautlos begann sie in das Stroh zu weinen, zitternd vor Angst. Ihr Fleisch lehnte sich auf gegen das, was der Wille forderte.

Nach langer Zeit hörte sie, daß sich in dem Bett neben ihrem etwas rührte, und dann sagte Padminis Stimme: »Kind?«

Heliokleia setzte sich auf und versuchte, mit geballten Fäusten das Schluchzen in ihren Mund zurückzustopfen. »Ich will nicht zurückgehen, Padmini«, flüsterte sie hilflos. »Ich will nicht; ich hasse ihn.«

Ich schlief nicht weit von den beiden entfernt, und ich erwachte und hörte das griechische Geflüster. Ich lag ganz still. Ich hatte das Gefühl, ich sollte das nicht hören, und gab später niemals zu, daß ich es gehört hatte. Aber unwillkürlich lauschte ich aufmerksam in der Dunkelheit.

»Pssst!« sagte Padmini sanft und legte die Arme um ihre Herrin.

»Aber ich hasse ihn!« sagte Heliokleia, noch immer in verzweifeltem Flüsterton, und drückte ihren Kopf wie ein kleines Kind an Padminis Schulter. »Ich kann nicht, ich kann nicht dahin zurückgehen.«

»Pssst! Was sagst du da? Du willst doch nicht etwa hierbleiben?«

»Wie könnte ich? Welchen Grund könnte ich anführen? Nein, ich weiß, ich weiß, ich muß gehen. Oh, bei Anahita, ich wünschte, ich wäre tot!«

»Na, na! Du bist müde und redest wirr. Er ist ein König, und für einen Barbaren ist er ein großer König. In den meisten Dingen hat er sich dir gegenüber sehr angemessen verhalten – er hat dir Ländereien und Bediente gegeben, dich in der Öffentlichkeit mit Respekt behandelt, und er hat nicht von dir erwartet, daß du sein Haus mit einer Horde von Geliebten teilst. Viele Königinnen haben weitaus Schlimmeres zu ertragen, selbst bei den Griechen. Ich bin sicher, daß du viel zu vernünftig bist, um lange in Tränen und leidenschaftlichen Reden zu schwelgen. Du hast eine Stellung, die du wahren mußt.«

Heliokleia nickte, aber noch immer zitterte sie vor Abscheu; Padmini spürte das Schaudern, tief und unregelmäßig, an ihrer Seite. Sie streichelte das zerwühlte Haar. »Da ist noch etwas«, flüsterte sie. »Ich wollte es später mit dir besprechen, nach unserer Rückkehr ins Fernste Alexandria, aber ich kann es dir ebensogut gleich sagen. Es ist klar, mir und Antiochis jedenfalls, daß dein Gemahl dich in mancher Hinsicht nicht so behandelt, wie es deinem Rang entspricht. Darum müssen wir uns kümmern. Du bist die Tochter des Eukratides, die Nichte Menanders, eine Nachfahrin Alexanders des Großen. Du hast ein Recht auf Respekt, sowohl privat als auch in der Öffentlichkeit. Wenn du solchen Abscheu vor deinem Mann empfindest, daß du dir wünschst, tot zu sein, dann sollte man ihm sagen, daß er dich besser behandeln muß. Wenn du einverstanden bist, werde ich zu ihm gehen, sobald wir zurück sind, und ihm erklären, was er einer Prinzessin schuldig ist, die von so vielen Königen abstammt.«

»Padmini!« flüsterte Heliokleia und zog sich erschrocken von ihrer Hofdame zurück. »Er ... er haßt es, wenn man ihm widerspricht. Sogar sein Sohn ... bestenfalls würde er dich in Ungnade nach Baktra zurückschicken!«

»Das ist das Äußerste, was er tun könnte«, berichtigte Padmini. »Ich bin nicht *seine* Dienerin. Und wenn er es tut, was schadet es mir? *Er* wäre in Ungnade, sobald ich deinem Bruder erzählte, warum ich weggeschickt wurde. Kind, ich habe darüber nachgedacht, seit wir die Stadt verlassen haben. Ich glaube, so ist es am besten.«

Zweifelnd sah Heliokleia sie in der Dunkelheit an. Sie war erstaunt. Trotz Padminis scharfem, sachlichem Ton war es keine Kleinigkeit für eine Hofdame, einem König einen Vortrag über seine Pflichten gegenüber seiner Gattin zu halten. Padmini bot ihr an, ihre Stellung, möglicherweise sogar ihr Leben zu riskieren. Sofort war die Königin tief beschämt über ihre eigene Passivität – und tief gerührt. »Was ist mit Antiochis?« fragte sie.

Beide schauten hinüber zu Antiochis, die fest schlafend und leise schnarchend in einem Bett auf der anderen Seite ihrer Herrin lag. Padmini schnaubte. »Wir haben über die Sache geredet, während du dauernd ausgeritten bist. Wir sind beide der Meinung, daß etwas getan werden muß – aber du kennst Antiochis; ihr fehlt es an Stärke, sie fürchtet sich davor, ihre Meinung zu sagen. Aber sie hat gesagt, sie würde mir beistehen, wenn ich das Reden übernehme. Es gehört sich nicht für einen König, seine Königin wie eine Konkubine zu benutzen, sich jede Nacht und die ganze Nacht von ihr das Bett wärmen zu lassen, sie nicht über ihren eigenen Haushalt gebieten zu lassen, ihr den Zutritt zu seinem zu verweigern, sie nach Belieben hierhin und dorthin zu kommandieren, von ihr zu erwarten, daß sie unverzüglich die skandalösen Bräuche seines eigenen Volkes übernimmt, sie dann mit einer Eskorte zwielichtiger Krüppel auf lange Reisen zu schicken, um auf der anderen Seite seines Königreichs in Schmutz und Elend zu leben, und alles nur wegen dummer, häßlicher und grundloser Verdächtigungen. Wir sind mit dir aus Baktra gekommen, um dich ehrenvoll untergebracht zu sehen; wir sind dafür verantwortlich, daß niemand dich respektlos behandelt.«

»Ach, Padmini...« Heliokleia starrte sie eine lange Minute an und senkte dann beschämt den Kopf. »Ich bin feige«, sagte sie. »Ich hätte es entweder schweigend ertragen oder mich selbst wehren sollen.«

»Sei keine Närrin«, versetzte Padmini. »Man kann von keiner wohlerzogenen Jungfrau erwarten, daß sie mit solchen Problemen umgehen kann. Und du, Kind, warst immer zu weltfern für dein eigenes Wohl, zu sehr auf diese mönchische Selbstverleugnung versessen. Deshalb brauchst du Dienerinnen von Rang und Erfahrung. Vertraue uns. Natürlich kann es sein, daß der König sich jetzt ohnehin würdiger verhält, nachdem diese Wilden besiegt worden sind; Männer sind im Krieg oft unmöglich. Wir warten eine Weile ab, nachdem wir wieder in der Stadt sind. Aber wenn die Dinge sich dann nicht bessern, werden Antiochis und ich sie in die Hand nehmen. Und jetzt, Liebling, lege dich hin und schlafe. Morgen steht uns schon wieder eine dieser gräßlichen Reisen bevor.«

Heliokleia legte sich nieder und hörte das Stroh rascheln, als Padmini dasselbe tat. Die Königin lag wieder auf dem Rücken und starrte nach oben; der Mond war untergegangen, und der Speicher war dunkel. Sie konnte nicht schlafen. Sie hatte wenig Zuversicht, daß Padmini irgend etwas würde erreichen können, aber ihre Loyalität rührte sie tief und tröstete sie. Wieder dachte sie an ihren Gatten, diesmal mit resigniertem Kummer, und dann wieder an Itaz. Sie setzte sich auf. Padmini schlief jetzt, und alles war still. Heliokleia kreuzte die Beine und bemühte sich erneut, ihren Durst aufzugeben und ihr Verlangen zu zerstören. Als ich wieder einschlief, saß sie noch immer so da, reglos und in tiefer Meditation.

Sie kann in dieser Nacht nicht mehr als eine Stunde geschlafen haben und war abgehärmt und still vor Erschöpfung, als wir früh am nächsten Morgen zur Stadt aufbrachen. Sie sprach kein Wort mit Itaz. Er schien damit vollkommen zufrieden und verbrachte die ganze Zeit damit, die Reisegesellschaft zur Eile anzuhalten.

Diesmal dauerte die Reise dreieinhalb Tage, obwohl ein am dritten Tag vorausgeschickter Bote dem König am Vorabend unsere bevorstehende Ankunft in der Stadt meldete. Die Königin ritt auf dem größten Teil des Weges neben dem Wagen ihrer Damen oder neben mir oder unterhielt sich mit dem alten Palak. Erst als die Stadt in Sicht kam, nahm sie ihren Platz an der Spitze der Reisegesellschaft ein, neben Itaz – und dann starrten beide geradeaus und vermieden es sorgfältig, einander anzusehen.

Als wir jedoch auf das Osttor zuritten, sahen wir, daß der König beschlossen hatte, unsere Ankunft in die Siegesfeier einzubeziehen. Das Tor stand offen, war mit Bannern geschmückt, und die Mauern waren von laut jubelnden Menschen gesäumt, als wir uns näherten. Itaz zog unglücklich die Schultern ein.

»Gnädige Anahita!« murmelte er. »Schon wieder eine Parade! Ich wünschte, er würde uns wenigstens zuerst ausruhen lassen.«

Heliokleia entspannte sich genug, um ihn anzusehen und die angespannte Qual in sich aufzunehmen, die, deutlich wie alle seine Gefühle, von seinem Gesicht abzulesen war. »Ich dachte, du wärest begierig, diesen Sieg zu feiern«, sagte sie. »Du schienst es so eilig zu haben.«

»Ich wollte die Reise rasch hinter mich bringen«, sagte er zu ihr. »Aber was die Feiern angeht... nun ja, es war kein freudiger Sieg, nicht für mich.«

Sie runzelte die Stirn. »Man sagte mir, es sei ein großer Sieg gewesen, und ein sehr billiger, mit geringen Verlusten an Menschenleben.«

»Oh, das war er. Ja.« Endlich gingen seine Blicke nicht mehr durch sie hindurch, als sei sie aus Glas, und hefteten sich auf ihr Gesicht. »Aber er war... anders. Es war keine Schlacht, wie wir es gewöhnt sind. Es gab keinen wirklichen Kampf. Man brauchte keine Kraft, kaum Geschicklichkeit, und Mut brauchte man gar nicht; es war nicht ruhmreich. Die Feinde... wir haben Tausende von ihnen getötet. Für sie war es nicht billig.«

Sie war verwirrt. Die Yavanas stellen ihre Stärke und Geschicklichkeit in athletischen Spielen zur Schau. Ein Krieg ist für sie ein ernsthaftes Geschäft, kein Sport, und muß um jeden Preis gewonnen werden. Sie hoffen auf Erfolg, nicht auf Ruhm. Ich sagte schon, daß sie keine richtigen Krieger sind. Aber ich vermute, daß sie immer mit Tod oder Versklavung bestraft wurden, wenn sie verloren. Obwohl wir schon so lange ein seßhaftes Volk sind, erinnern sich unsere Krieger noch immer an die Sitten der Steppe. Wenn man dort einen Krieg verliert, wandert man anderswohin. »Wenn der Feind hohe Verluste hatte, muß man dann nicht desto mehr feiern?« fragte Heliokleia Itaz. »Gewiß ist es jetzt doch unwahrscheinlicher, daß er wiederkommt.«

»Vermutlich«, murmelte er und zog wieder die Schultern ein – aber sie begriff, daß weder die Frage noch die Anwort etwas mit dem zu tun hatten, was ihn an der Schlacht so verstört hatte.

Indem sie eine solche Frage ausgesprochen hatte, hatte sie sich außerhalb irgendeiner Grenze zwischen Ehre und Verachtung gestellt. Sie starrte ihn an, noch immer verwirrt und mit leisem Ärger. Itaz erwiderte den Blick und fuhr dann plötzlich fort: »Mein Vater hat hinterher von mir verlangt, einen Gefangenen hinzurichten. Für mich war die ganze Schlacht so. Zweifellos hatte der Mann darauf gedrungen, uns anzugreifen, aber er war verletzt und hilflos, und er tat mir leid. Ich wollte ihn nicht töten. Es ist gut, daß ich nicht der König bin. Ich hätte versucht, den Tochari in einem fairen Kampf zu begegnen, und wir hätten verloren.«

Gnade verstand sie viel besser als Ruhm. »Hast du den Gefangenen hingerichtet?« fragte Heliokleia nach einer Weile.

»Ja. Schließlich. Aber ich wollte nicht. Mein Vater ist deshalb zornig auf mich.«

»Zornig auf dich? Warum? Wenn du doch getan hast, was er wollte ...«

»Ich hätte ihm freudig gehorchen sollen!« sagte Itaz heftig, plötzlich wütend und voller Abscheu vor ihr und dem Teil seiner selbst, der ihren Worten zustimmte. »Er hatte geschworen, aus dem Schädel des Mannes auf seinen Sieg zu trinken; er hat den Tochari eine Niederlage bereitet, an die sie sich ihr Leben lang erinnern werden. In allem, was er tat, hat er recht behalten. Die Götter selbst brachten ihm den Mann als Gefangenen – und als er von mir verlangte, ich solle dem Kerl den Kopf abschlagen, zögerte ich und machte Ausflüchte. Er hat recht, zornig zu sein! Ich war im Unrecht; ich hätte freudig alles tun sollen, was er von mir verlangte.«

Heliokleia wandte den Blick ab und schwieg einige Minuten. Sie ritten dem Tor entgegen, und ein Chor von Knaben und Mädchen aus der Stadt begann, eine Ode zu singen, in der die Königin in der siegreichen Stadt willkommen geheißen wurde. Die Königin hob die Hand und winkte anerkennend, aber ziemlich abwesend. »Mir scheint«, sagte sie zu Itaz, als sie innerhalb der Stadtmauer waren, »daß er ein Recht auf Gehorsam hat. Aber Freude kann niemand von Rechts wegen einfordern.«

Itaz schüttelte ärgerlich den Kopf. »Was nutzt es, etwas nur der Form halber zu tun, wenn man nicht mit dem Herzen dabei ist? Niemand mag Gehorsam ohne Liebe.«

Sie zuckte zusammen. Mauakes hatte ganz bestimmt einen bitteren Abscheu vor Gehorsam ohne Liebe. »Liebst du ihn?«

»Ja, natürlich«, sagte Itaz ärgerlich. Wieder erinnerte er sich an die Szene mit dem Gefangenen, und diesmal sah er, im Gegensatz zu jenem Augenblick, den Schmerz hinter dem Zorn in den Augen seines Vaters. Er spürte eine Woge von reuiger Zuneigung, verwirrendem Mitleid und Beschützerdrang gegenüber einem Mann, der immer siegreich und mächtig gewesen war. »Er ist mein Vater«, fügte er abwehrend hinzu.

»Liebt man jemanden, nur weil er ein Vater ist? Ich habe meinen Vater kaum gekannt. Ich habe immer versucht, pflichtbewußt zu sein und seinen Wünschen zu gehorchen, aber wenn ich gesagt hätte, ich liebte ihn, wäre das eine Lüge gewesen. Soll ich sagen, daß ich meine Pflicht nicht erfüllt hätte, weil ich nicht liebte?«

»Schon wieder eine dieser Yavana-Spitzfindigkeiten«, sagte Itaz wütend. »Wortspielereien. Ich weiß nicht, warum ich die Sache dir gegenüber überhaupt erwähnt habe. Kein Yavana hat je sein ganzes Herz für die Ehre eingesetzt.«

Heliokleia warf den Kopf in den Nacken und sah ihn verächtlich an; sie gestand sich nicht ein, daß sie verletzt war. »Ich habe das gesagt, weil es mir schien, als hättest du mehr Grund zum Zorn als er. Du hast gehorcht; er war nur zornig, weil du gnädig sein wolltest. Ich bin Yavana und natürlich eine Buddhistin, die nicht weiß, wie man gut handelt, aber wir glauben, daß es verdienstvoll ist, gnädig zu sein, und daß Töten selbst dann ein Übel ist, wenn es notwendig ist... aber vielleicht sieht dein Glaube die Dinge anders.« Sie wandte rasch den Kopf ab und winkte der rufenden Menge zu. Itaz fiel nichts ein, was er noch sagen konnte, und so ritt er schweigend, wütend und grollend mit ihr auf den Marktplatz.

Der König stand vor dem Tempel von Zeus Helios, in seine vergoldete Rüstung gekleidet, und alle Priester und Priesterinnen der Sonne flankierten den Altar hinter ihm. Die königliche Garde hatte einen Weg zwischen der dichten Menschenmenge freigehalten, und langsam überquerte die Reisegesellschaft der Königin den Platz. Die Garde folgte ihr, dahinter schloß sich die Menschenmenge zu einem dichten Gedränge von Gesichtern. Vor der Terrasse hielten sie an. Heliokleia war sich schmerzlich bewußt, daß alle Augen auf sie gerichtet waren. Sie trug nur die Reitkleidung aus weißer Baumwolle, staubig von der Reise, einen breitrandigen Hut und keinerlei Schmuck. Mauakes auf der Terrasse strotzte von Gold. Sie wünschte, er hätte ihr eine Botschaft geschickt und ihr sein Vorhaben verraten, dann hätte sie sich darauf vorbereiten können.

Itaz sprang von seinem Hengst und bot ihr die Hand, um ihr beim Absteigen von ihrer Stute zu helfen. Heliokleia ignorierte die Hand und saß allein ab; ich saß ebenfalls ab und hielt ihr Pferd und mein eigenes. Die Königin atmete tief ein, ohne Itaz oder Mauakes anzuschauen, und bemühte sich wie immer um Losgelöstheit. Dann erstieg sie entschlossen die Terrasse und verneigte sich vor dem König. Mauakes ergriff ihre Hände und küßte sie, und das Volk jubelte. Sie schaute in sein Gesicht. Er war unverändert – der runde, gestutzte graue Bart, die schlechten Zähne, der dicke Hals, der in dem vergoldeten Schuppenpanzer verschwand, die unergründlichen braunen Augen. Er lächelte sie milde an und küßte sie nochmals, diesmal auf den Mund. Daraufhin jubelte das Volk noch lauter.

»Willkommen daheim, o Königin«, sagte Mauakes so laut, daß alle ihn hören konnten. »Du bist wirklich zurückgekehrt, um meinen Sieg zu feiern, wie du versprochen hast.« Er winkte Kanit, und der Priester kam herbei, den purpurnen Umhang und die goldene Krone tragend, die Geschenke der Stadt. Mauakes legte ihr den Umhang um die Schultern; sie nahm ihren Hut ab, und er setzte ihr die Krone auf den Kopf. Unter den Jubelrufen der Menge sah sie sich einen Augenblick selbst: eine verstaubte Reisende, die von ihrem Herrscher in eine Königin zurückverwandelt wurde. Worte waren nicht nötig. Er hatte den Bürgern wieder gezeigt, daß sie das, was sie war, nur durch ihn war, und er hatte es ihnen so gezeigt, wie sie es mochten. Der Teil ihres Geistes, der die Macht studiert hatte, bewunderte das. Doch der wollene Umhang war erstickend warm, und die Krone rutschte auf dem Saka-Zopf unangenehm nach vorn. »Vielleicht möchtest du wieder zum Volk sprechen?« fragte Mauakes und führte sie an den Rand der Terrasse.

Sie wußte nicht, ob das eine Spitze gegen ihre letzte Ansprache vor dem Volk war oder eine ehrliche Aufforderung. Wie auch immer, es würde ihn wahrscheinlich kränken, wenn sie sich weigerte. »Wenn du es wünschst, mein Herr«, sagte sie zögernd. Er lächelte, trat zurück und lud sie mit einer Geste zum Sprechen ein.

Sie starrte auf das Gesichtermeer vor ihr. Der Marktplatz war voller Menschen. Leute hingen aus den Fenstern aller umliegenden Gebäude und hockten auf den Piedestalen der Statuen. Ein großer Teil der Armee und alle Bürger waren da, schwitzend in der heißen Sonne zusammengedrängt, und beobachteten sie – freudig, denn dies war ein Sieg, die Erlösung von der Angst und die Hoffnung auf die Zukunft. »Bürger des Fernsten Alexandria«, begann sie auf griechisch – und hielt dann inne. Plötzlich fühlte sie sich schwach und krank. Sie straffte ihren Rücken, nahm die Schultern zurück und fuhr fort: »Ich habe versprochen, zurückzukommen, um euren Sieg zu feiern, und nach dem Willen der Götter ist es so gekommen!« Hochrufe ertönten. »Laßt uns zuerst die unsterblichen Götter preisen, die uns vor unseren Feinden gerettet haben; danach wollen wir den König preisen, unseren Wohltäter, dessen Weisheit Unheil abgewendet hat. Denn dank seiner Voraussicht fand der Feind uns nicht unvorbereitet. Im Gegenteil, er hat eine solche Niederlage erlitten, daß er es sich gut überlegen wird, ob er jemals wieder gegen Ferghana reitet. Darin sind wir uns alle einig, Sakas und Griechen gleichermaßen – aber weil ich Griechin bin, will ich mehr sagen. Ich will die Weisheit des Königs preisen, sich und seine Nation mit uns zu verbünden!« Weitere Jubelrufe, durchsetzt mit Gelächter. »Ja, und ich danke dem König auch, daß er uns Gelegenheit gegeben hat, uns vor ihm zu beweisen. Denn ihr habt euch nun wirklich bewiesen, Bürger des Fernsten Alexandria. Ihr habt euch als ebenso tapfer und loyal erwiesen wie diejenigen, die durch Geburt Untertanen des Königs sind; ihr habt die Ehre der Griechen auf die Höhe des Verdienstes erhoben, und ich freue mich sehr mit euch.« Dies löste donnernden Jubel und rhythmisches Händeklatschen und Füßestampfen aus, und es dauerte einige Minuten, bis die Königin fortfahren konnte. Als das Volk sich schließlich soweit beruhigt hatte, daß es sie wieder hören konnte, setzte sie auf sakan hinzu: »Und auch mit euch, ihr Sakas von Ferghana, freue ich mich und preise eure Kühnheit und Stärke, die den Fluß mit Feinden gestaut und eure Feinde zurück in die Wildnis geschlagen hat. Die Sänger werden den Kindern eurer Enkel von eurem Mut berichten, und ihr könnt froh sein! Saka und Yavana sind nun in Freude verbunden, in Frieden verbunden durch diesen Sieg. Ich bete zu den Göttern, daß eure Freude dauern möge und das Glück unserem Königreich noch viele Generationen lang hold ist. Preise die Götter, o Volk von Ferghana!«

Sie priesen die Götter, jubelnd und trampelnd, und stimmten den Siegesschrei der Sakas und griechische Lobeshymnen an. Mauakes lächelte und nahm den Arm seiner Frau. »Wie kommt es«, murmelte er ihr ins Ohr, »daß ihr Yavanas alle so gut mit Worten umgehen könnt? Aber ihr studiert das Reden, nicht wahr? Mehr, als ihr den Krieg studiert. Gut gemacht, gut gemacht.«

Der König hatte angeordnet, daß nach der Begrüßung seiner Gemahlin dem Sonnengott Pferdeopfer gebracht werden sollten. Und Heliokleia stand in ihrem warmen Umhang steif dabei und sah zu, wie Kanit und die anderen Priesterinnen und Priester ein weißes Hengstfohlen und ein weißes Stutenfohlen aus der königlichen Zucht und ein Dutzend der in der Schlacht gefangenen Tochari-Pferde töteten. Danach gab es wie üblich ein Festmahl – für das Volk auf dem Marktplatz, für den Adel im Palasthof. Ich konnte Terek wieder besteigen und Schatten in die königlichen Ställe geleiten, mich ausruhen und umkleiden, ehe ich zum Festmahl nach unten ging. Heliokleia stieg mit ihrem Gatten gleich die Stufen zum Palasthof hinauf, wo sie ihren nun üblichen Platz neben ihrem Gemahl einnahm und mit grimmigem Lächeln die Festlichkeiten durchstand. Auf dem Höhepunkt des Festmahls brachten die Diener des Königs seine neueste Trinkschale, nun in geprägtes Leder gefaßt und goldgerändert, und er trank, wie er versprochen hatte, aus dem Schädel seines Feindes auf seinen Sieg. Gierig schlürfte er den Wein und leckte sich mit dicker nasser Zunge die Tropfen aus dem Bart. Heliokleia dachte an Itaz und sein Widerstreben, einen verletzten Gefangenen zu töten. Ihr wurde so übel, daß sie kaum den Pflichtschluck von ihrem eigenen Wein aus dem schlichten Glasbecher trinken konnte.

Gegen Abend hatte sie heftige Kopfschmerzen und fühlte sich sehr krank. Es gelang ihr, sich am Ende des Festmahls zu entschuldigen, als die Männer heftig zu trinken begannen. Sie ging nach oben in ihr Zimmer. Sie ließ den Umhang zu Boden fallen und warf sich in der staubigen Reitkleidung auf die Couch. Die Krone rollte herunter und fiel mit leisem Klirren auf die Fliesen.

Lange lag die Königin reglos da. Die Lampe war entzündet, aber keine der Hofdamen war im Raum: Padmini und Antiochis waren, von der Reise erschöpft, einige Zeit früher nach oben gegangen und schliefen schon im Nebenzimmer. Inisme und ich waren in unserem eigenen Raum und wuschen uns. Wir hörten die Königin hereinkommen, aber es war vereinbart worden, daß Armaiti und Jahika sich um sie kümmern sollten. Heliokleia wollte schlafen, aber sie fühlte sich zu krank, zu erhitzt und zu schmutzig. Sie wollte baden, war aber zu müde, um sich zu bewegen. Nach einer Weile erschien Armaiti und fragte sie, ob sie etwas wünsche.

Heliokleia richtete sich auf die Ellbogen auf und bat um eine Schüssel warmes Wasser. Damit hatte man natürlich gerechnet; die Sklavinnen hatten in der Küche Wasser erhitzt und holten es sofort herein. Heliokleia setzte sich auf, begrüßte sie müde und stand dann auf, um sich von Armaiti aus dem schmutzigen und zerknitterten weißen Baumwollgewand und der Hose helfen zu lassen. Als das Bad bereit war, wusch Heliokleia sich langsam. Das Wasser war wunderbar kühl und mit Narden parfümiert. Es schien die klebrige Übelkeit abzuspülen, die sie seit dem Einreiten in die Stadt befallen hatte, und den verschütteten Wein vom Festmahl, das Blut der toten Pferde, die Berührung ihres Gatten abzuwaschen. Als sie endlich sauber war, stand sie nackt am Bett, kämmte ihr Haar und spürte die Kühle der Nacht auf ihrer Haut. Der Kopfschmerz, noch immer vorhanden, schwand zu einem Schatten, der auf ihren Schultern hockte. Sie war verwöhnt und selbstsüchtig gewesen, dachte sie, während sie die Eleganz und Geräumigkeit ringsum, die Sklavinnen, die das Badewasser wegtrugen, und die sauberen Laken betrachtete. Die meisten Frauen hatten weit Schlimmeres auszuhalten als sie und ertrugen es schweigend. Auch sie mußte das tun.

Es klopfte an die Tür, und Jahika kam herein. »Herrin«, sagte sie beinahe entschuldigend, »der König geht jetzt zu Bett und läßt dich bitten, zu ihm zu kommen.«

Heliokleias Entschlossenheit ging in einer Flut des Widerwillens unter. Sie war gerade erst sauber – wie konnte sie sofort wieder in den Schmutz zurückkehren? Sie ließ den Kamm fallen und hob ihn dann wieder auf. Nicht heute nacht, dachte sie mit wachsender Panik. Sie war zu müde. War das nicht Grund genug? Es war eine lange Reise gewesen; gewiß würde sogar Mauakes das verstehen. »Sag... sage dem König«, stammelte sie, »daß ich mich nicht wohl fühle und müde von der Reise bin und ihn bitte, mich zu entschuldigen.«

Jahika nahm das kommentarlos hin, verneigte sich und ging hinaus. Doch nach einer Minute kam sie zurück. »Der König befiehlt dir zu kommen, Herrin«, sagte sie – lächelnd, als sei das Beharren des Königs reizend. Sie war ein heißblütiges Geschöpf.

Eine Saka-Frau hätte sich vielleicht einem solchen Befehl trotzdem verweigert; die Frauen hier betrachten es als ihre Entscheidung, ob sie mit einem Mann schlafen oder nicht. Doch alle griechischen Ehemänner, nicht nur die Könige, haben das Recht, den Körper ihrer Frau zu besitzen, wann immer sie wollen, und es kam Heliokleia nicht in den Sinn, den Gehorsam zu verweigern. Sie neigte den Kopf und sah sich dann nach etwas um, was sie anziehen konnte, um nach unten zu gehen. Armaiti reichte ihr den purpurnen Umhang, den jemand aufgehoben und über die Kleidertruhe gelegt hatte. Angemessen. Die Königin zog ihn über, hielt ihn mit gebeugten Armen zusammen und ging langsam hinunter in das Schlafzimmer ihres Gatten.

10. Kapitel

Mauakes saß nackt auf dem Bett, halb betrunken und gereizt. »Warum hast du dich geweigert zu kommen?« fragte er, sobald seine Gattin eingetreten war.

»Ich habe mich nicht geweigert, Herr«, antwortete sie leise und schloß die Tür hinter sich. »Ich habe dich gebeten, mich zu entschuldigen, weil ich müde war und mich nicht wohl fühlte. Du hast befohlen, und da bin ich.«

Er schnaubte und sah sie zwinkernd an. »Es geht dir nicht gut? Was ist das für eine Entschuldigung? Den ganzen Tag schienst du wohlauf.«

»Herr, ich hätte mich kaum wegen eines Kopfwehs von deiner Siegesfeier zurückziehen können. Um deiner Gäste willen mußte ich so tun, als ginge es mir ausgezeichnet.«

»Dann kannst du das jetzt um meinetwillen auch tun. Komm her.«

Steif trat sie näher. Er begann, an ihrem Umhang zu zerren – und hielt dann zu ihrer Überraschung inne. Ganz sanft strich er ihr mit gebogenem Finger das feuchte Haar aus der Wange. »Es tut mir leid«, sagte er leise zu ihr. »Ich wollte nicht wieder mit dir streiten, nicht heute nacht. Der Krieg ist vorerst vorbei, und ich wollte auch mit dir Frieden schließen. Aber ich wollte dir etwas sagen, du wolltest nicht kommen, und ich habe zuviel getrunken. Komm, laß es uns noch einmal versuchen. Die Dinge standen nicht zum Besten zwischen uns. Vielleicht hätte ich sanfter mit dir umgehen und wissen sollen, daß du vielleicht gar nicht so selbstsicher bist, wie du scheinst. Vielleicht habe ich dir zu viele Kontrollen auferlegt. Und du hättest vielleicht ehrlicher zu mir sein sollen. Laß uns alles vergessen, alles, was vorher passiert ist. Ich bin bereit, noch einmal von vorn zu beginnen. Du auch?«

Es mußte ihn Qualen gekostet haben, eine solche Rede zu halten, vor allem, nachdem sich die Königin erst geweigert hatte, zu ihm zu kommen. Er hatte sein Angebot in der Stärke und Zuversicht des Sieges gemacht: einen neuen Anfang, die Behebung alter Fehler, die Verwandlung einer distanzierten und überlegenen Rivalin in eine liebevolle, bereitwillige Partnerin. Die Zuversicht hatte nicht lange angehalten. Als sie in sein Zimmer gekommen war, in Purpur gehüllt, mit reserviertem, maskenhaften Gesicht, makellos korrekt und leicht vorwurfsvoll, waren alle alten Zweifel wieder wachgeworden. Aber er sehnte sich nach einer Verbindung voller Freundlichkeit und Zuneigung, wie seine erste Ehe es gewesen war, und versuchte seine Zweifel wegzuschieben. Er sagte das, was er sich zurechtgelegt hatte, und sah sie jetzt mit merkwürdig offenen, kindlichen Blicken an, eine Hand um ihre Wange gelegt.

Sie erwiderte seinen Blick ungläubig. Ein Teil von ihr registrierte erstaunt, daß er noch nie etwas geäußert hatte, das einer Entschuldigung so nahe kam. Doch zugleich schreckte sie noch immer vor dem zurück, was nun kommen würde. Der Geruch nach Wein, der Schmutz und das Blut, die dicken Hände und der behaarte, tierische Körper widerten sie an. Vor Müdigkeit konnte sie nur langsam denken; sie brauchte lange, um zu begreifen, wieviel der Augenblick bedeutete, um sich eine Antwort auszudenken und ihm auf irgendeine Weise zuzustimmen. Als ihr etwas einfiel, war es schon zu spät. Das Schweigen zwischen ihnen war in Kälte umgeschlagen. Der König betrachtete das noch immer nicht als Weigerung; er beugte sich vor, schob ungeschickt den Umhang zur Seite und küßte ihre Brust. Es war als intime, zärtliche Geste gedacht, sollte einen neuen Anfang versprechen, doch sie erschauerte unwillkürlich und heftig. Er blickte auf; die offenen Augen verdunkelten sich vor Kränkung, noch immer wie bei einem Kind, doch einem Kind, das geschlagen wurde, als es Trost suchte. »Bei unserem Herrn, dem Sonnengott«, flüsterte er. »Ich kann den größten Sieg erringen, der meinem Volk je gelang, und dann mein Gesicht im Schmutz reiben, um dir zu gefallen – doch du bist noch immer zu stolz, um dich von mir berühren zu lassen.«

»Nein!« stammelte sie. »Nein, das ist es nicht, es ist nur, daß ich so müde bin. Ich kann nicht richtig denken.«

Doch der Schaden war angerichtet. »Ich kann dir nicht gefallen, nicht wahr?« sagte der König bitter. »Ich könnte dir mein Herz auf einem Teller darbieten, und du würdest darauf spukken. Ich bin nicht gut genug, nicht für dich! Du bist die Urenkelin eines Gottes und zu fein, um dich von barbarischen Händen beschmutzen zu lassen! Meine Eltern waren von Adel, ich gewann den Thron aus eigener Kraft, und ich bin der einzige Mann im Königreich, der weiß, wie man den Unbesiegbaren Demetrios schlägt oder die Tochari besiegt. Was stimmt nicht mit mir, hm?«

Etwas in ihr schnappte ein. »Gib nicht unseren Vorfahren die Schuld«, sagte sie eisig. »Der Fehler liegt bei dir. Du bist älter, als mein Vater jetzt wäre, wenn er noch lebte, du bist häßlich, und du stinkst. Erwartest du, daß ich vor Verzückung in Ohnmacht falle, wenn du mich berührst? Du kannst doch nicht wirklich glauben, daß es mir gefallen kann, mit dir zu schlafen. Du gibst dir nicht einmal Mühe, mich nicht zu verletzen, ganz zu schweigen davon, daß du mich erfreuen möchtest.«

Er sprang auf die Füße und starrte sie an. Plötzlich schaute er an seinem Körper hinab. Dann sah er sie wieder mit dem Blick des verletzten Kindes an, als habe er jetzt erst begriffen, daß er nicht mehr der prachtvolle junge Mann war, der er vielleicht einst gewesen war. Und dann wurde er wütend. »Ich habe mich also getäuscht?« begann er und erhob dabei die Stimme zu dem erstickten Brüllen, das bei solchen Streitigkeiten in jedem Land und in jeder Lebenslage üblich ist. »Du bist nicht die kühle Dame, für die ich dich gehalten habe, sondern eine gewöhnliche Dirne, die sich nach einem jungen, heißblütigen –«

»Ich bin als Jungfrau zu dir gekommen«, unterbrach ihn Heliokleia scharf und gebieterisch. »Und du und die Götter, ihr wißt, daß ich seither keusch gewesen bin. Ich brauche keine Lust, und ich brauche keine Liebe. Ich bin vollkommen damit zufrieden, dich zu ehren, dir treu zu sein und dir zu gehorchen; ich habe meinen Eid bei der Hochzeit ernst gemeint, und ich bin willens, ihn zu halten. Was kannst du vernünftigerweise mehr erwarten? Du hast mich nicht aus Liebe geheiratet.«

Er starrte sie lange schweigend an. Sein dicker, behaarter grauer Brustkorb hob und senkte sich im dämmrigen Lampenlicht. Heliokleia saß steif auf dem Bett, die Hände zwischen den Knien gefaltet, den heißen, juckenden Umhang auf den Schultern, und begegnete seinen Blicken mit einer stolzen Maske der Ruhe. Dahinter verbarg sich panische Angst; sie bedauerte schon, daß sie die Beherrschung verloren hatte. Was hatte sie gesagt? Das Gesicht, das in ihres schaute, schien erst erschrokken, dann wütend zu sein und wurde schließlich vollkommen mondartig und unergründlich.

»Nein«, sagte Mauakes endlich, »ich habe dich nicht aus Liebe geheiratet.« Er trat einen Schritt näher zu ihr, und sie mußte den Kopf in den Nacken legen, um ihm in die Augen sehen zu können. »Ich habe dich wegen der Elefanten und der Artillerie deines Bruders geheiratet, und die waren sehr nützlich.« Er trat noch einen kleinen Schritt näher. »Und ich gebe zu, ich hatte die Hoffnung, du könntest die Yavanas der Stadt auf meine Seite bringen – was du freundlicherweise ja auch getan hast. Ich habe also keinen Grund, mich zu beklagen, nicht wahr? Es war mein Fehler zu glauben, wir sollten einander lieben, wenn wir könnten. Ich dachte, das würde die Dinge für uns beide angenehmer machen. Du ziehst es offensichtlich vor, bei einem geschäftlichen Arrangement zu bleiben. Hast du jemals jemanden geliebt?«

Sie sah ihn eine Minute lang schweigend an. Die Kopfschmerzen waren wieder da, schlimmer denn je. Noch immer konnte sie nicht klar denken, nicht schnell genug. Seine Frage war beißend und fast rhetorisch gewesen, aber sie erwog sie dennoch mit voller Aufmerksamkeit, ehrlich und ernsthaft. Hatte sie jemals jemanden geliebt? Sie blickte zurück auf ihr Leben, auf ein Chaos aus Jahren und Gesichtern, und es war leer, kahl und trocken. Es gab Menschen, die sie mochte, Menschen, an denen sie hing, aber niemanden, dessen Tod oder Abwesenheit ihr einen Teil ihrer selbst geraubt hätte: keine Liebe. Und auch kein Haß. Itaz' Gestalt tauchte im Vordergrund auf, lichtgesäumt, aber sie sah mit bitterer Klarheit, daß sie ihn nicht liebte, sondern nur glaubte, ihn lieben zu können. Sie empfand schreckliches Bedauern und Scham angesichts ihrer kalten Leere, aber auch die ebenso starke Überzeugung, daß sie in Ehren nichts tun konnte, um ihr ein Ende zu machen. »Nein«, antwortete sie schließlich leise. »Als ich klein war, hatte ich eine Kinderfrau, die ich liebte. Aber ich glaube nicht, daß ich sonst jemanden geliebt habe. Niemals. Ich bin zufrieden...« Sie hielt inne und kämpfte etwas in ihrem Inneren nieder, das ihr zuschrie, sie wähle den Tod bei lebendigem Leibe. »Ich bin zufrieden, es dabei zu belassen.«

»Aha. Vielleicht würdest du es vorziehen, wenn ich mir eine Geliebte suche und dich in Ruhe lasse? Das tun die Yavanas doch unter solchen Umständen, nicht wahr?«

»Ja«, sagte sie, und ihre Stimme wurde heiser vor Hoffnung, »das würde ich vorziehen. Dann bräuchte auch niemand mehr zu fürchten, daß ich durch meine Kinder die Nachfolge gefährde.«

»Du perverse Hexe! Du willst mich zum Ehebrecher machen!« brüllte Mauakes. Seine milde Vernunft war urplötzlich in schreckliche Wut umgeschlagen. Er stützte ein Knie auf das Bett, packte sie bei den Schultern und schüttelte sie heftig. »Glaubst du, wir Sakas dulden die Laster, die dein Volk bevorzugt? Du Hure, wie kannst du es wagen, mir einen solchen Vorschlag zu machen?«

»Es war dein Vorschlag!« protestierte sie keuchend. »Ich habe ihm nur zugestimmt!«

»Widersprich mir nicht«, brüllte er und warf sie zurück auf das Bett.

Ihren Kopf durchfuhr ein blendender Schmerz, als habe das schwellende Kopfweh ihren Schädel gesprengt wie eine überreife Frucht. Alles wurde rot und drehte sich um sie, und sie fühlte sich, als stürze sie in eine Grube. Sie wurde gestoßen, und eine Bestie zerrte an ihr. Sie versuchte zu schreien, aber ihre Stimme war fort, sie versuchte sich zu bewegen, aber ihre Hände waren zu Stein geworden, und sie konnte sie nicht rühren. Wieder durchzuckte ein heißer Schmerz ihren Kopf, und sie stürzte erneut. Erstaunt merkte sie, daß sie starb, wünschte, es würde nicht so lange dauern, und flehte verzweifelt die Götter um Erlösung an. Es gab einen weiteren Stoß, sie atmete tief ein, und dann merkte sie, daß sie schließlich doch nicht starb. Aber der Schmerz war entsetzlich. Sie hatte nicht gewußt, daß Kopfschmerzen so weh tun können.

Dann bemerkte sie verschwommenes Licht, eine Hand auf ihrem Gesicht und eine verzerrte, unverständliche Stimme, die etwas sagte. Sie empfand Übelkeit und rollte sich auf die Seite, um sich zu übergeben, aber als sie den Kopf hob, spürte sie wieder den plötzlichen Schmerz, der sie wieder in die Grube taumeln ließ. Dann hielt jemand ihre Schulter; sie lag auf der Seite und würgte heftig. Alles stank, alles war verworren und verzerrt und beängstigend. Sie schloß die Augen und versuchte, ihren Geist auf die Gebete ihres Glaubens zu konzentrieren. »Das Juwel ist im Lotos«, flüsterte sie, und jemand sagte: »Was?«

Sie antwortete nicht. In ihrem Hinterkopf breitete sich jetzt Kühle aus, und wenn sie ganz still lag, war der Schmerz erträglich und alles ringsum weniger verschwommen und übelkeiterregend.

»Sie wird sich in wenigen Tagen erholen, wenn die Götter gnädig sind und der Knochen nicht gesplittert ist«, sagte eine Stimme an ihrer Seite auf griechisch. »Aber sie sollte nicht gestört werden. Am besten bleibt sie für einige Zeit, wo sie ist.«

»Natürlich«, sagte eine andere Stimme an ihrer anderen Seite in der gleichen Sprache, aber mit starkem Akzent; sie brauchte einen Augenblick, um sie als die Stimme ihres Gemahls zu erkennen. »Aber sie wird doch wieder gesund? Sie bewegt sich nicht...«

»Sie sollte sich nicht bewegen. Sie hat eine schlimme Gehirnerschütterung. Vermutlich wird sie bald einschlafen. Wenn du einverstanden bist, o König, werde ich hierbleiben und sie für dich bewachen, um sicher zu sein, daß ihr nichts zustößt.«

Heliokleia öffnete die Augen. Noch immer war alles undeutlich und verschwommen, und sie schloß sie wieder. »Habe ich mir den Kopf gestoßen?« fragte sie in ihrer eigenen Sprache. Ihre Stimme war nur ein winziges Flüstern wie das Tappen von Mäusepfoten in der Dunkelheit.

»Was ist?« fragte die erste Stimme eifrig.

»Habe ich mir den Kopf gestoßen?« fragte sie wieder.

»Du bist gefallen und mit dem Kopf auf die Bettkante geschlagen«, sagte Mauakes auf sakan. »Ich habe deinen Landsmann Apollodoros holen lassen, der dich pflegt. Lieg still, meine Liebe, er sagt, du wirst wieder gesund.« Er tätschelte ihr die Hand.

»Oh«, sagte sie. Es erleichterte sie, zu erfahren, was passiert war; jetzt wußte sie, daß der Schmerz eine natürliche Ursache hatte und sie nicht blindlings aus dem Chaos der Welt und ihrer eigenen leeren Qual heraus angesprungen hatte. Sie entspannte sich, gab endlich den Kampf um achtsame Losgelöstheit auf und schlief ein.

Wir in den oberen Zimmern erwachten, als wir die Dienerschaft nach dem Arzt laufen hörten. Jahika, die ohnehin wach war, ging hinunter, um zu sehen, was die Unruhe zu bedeuten hätte. Sie kam entsetzt zurückgelaufen. Im gleichen Augenblick trat Padmini mit einer Lampe aus ihrem Schlafzimmer. »Die Königin ist verletzt!« platzte Jahika heraus. »Sie schicken nach dem Arzt.«

»Gnädige Anahita!« rief Antiochis, die halb angezogen an der Tür erschienen war und irgendwie die Worte auf sakan einwandfrei verstand. »Er hat sie umgebracht!«

Niemand äußerte sich hinterher darüber, daß keine von uns dem widersprach. Uns allen erschien es grauenhafterweise möglich, daß er sie getötet hatte. Padmini befahl den anderen, an Ort und Stelle zu bleiben – »Sie werden keine nutzlos herumstehenden Dienerinnen brauchen« –, nahm mich zum Übersetzen und ging nach unten, um die Wahrheit herauszufinden.

Der Arzt war noch nicht eingetroffen. Heliokleia lag bewußtlos auf dem Bett des Königs, die Decke bis zum Kinn hochgezogen. Ihr Gesicht war im Licht der Lampe sehr blaß, überall auf den Laken war Blut, und ihr Haar war naß und rot. Der König war angezogen, saß ängstlich an der Tür und sah unglücklich aus. Als wir hereinkamen, stand er auf und kam zu uns. »Eure Herrin ist gefallen und mit dem Kopf auf die Bettstatt geschlagen«, sagte er auf griechisch, da er wußte, daß Padmini kaum Sakan sprach. Wir schauten nach der Bettstatt und sahen das Blut darauf und Haut- und Haarfetzen an der Vergoldung. »Ich habe nach einem Arzt geschickt. Bitte geht wieder zu Bett.«

»Lebt sie noch?« fragte Padmini, scheinbar ganz ruhig.

»Ja.«

Padmini nickte, ging dann zu Heliokleia und berührte ihre Stirn. »Ich würde lieber hierbleiben, falls sie zu sich kommt«, sagte sie leise. »Ich werde ruhig sein und sie bestimmt nicht stören. Sie ist das einzige Kind ihrer Mutter und war mir seit ihrer Geburt anvertraut.« Fragend sah sie zum König auf.

»Dann bleibe«, sagte er, »aber sei ruhig.«

Padmini nickte und ließ sich schweigend auf dem Fußboden neben dem Bett nieder. Mit einem Winken schickte sie mich wieder nach oben.

Nachdem der Arzt eingetroffen war und seine Diagnose gestellt hatte, kam Padmini zu uns herauf und teilte uns gefaßt mit, die Königin sei nicht in Gefahr, sondern habe das Bewußtsein bereits wiedererlangt und gefragt, was geschehen sei. Dann setzte sie sich auf die Couch der Königin. Nach einem Augenblick schlang sie die Arme um ihren Körper, als sei ihr kalt, und nach einem weiteren Augenblick verzog sich ihr scharfgeschnittenes Gesicht, und sie begann zu weinen. Antiochis setzte sich neben sie, umarmte sie und weinte ebenfalls. Inisme holte beiden einen Becher Wasser.

»Sie hätte niemals herkommen sollen!« rief Padmini leidenschaftlich, als sie wieder sprechen konnte. »König Demetrios' Enkelin – gegen ein Bett geschleudert und vergewaltigt vom selben barbarischen Unhold, der ihren Großonkel ermordet hat! Wie konnte Heliokles dem zustimmen? Wilde, ungehobelte, skrupellose Wilde, Tiere!«

»Keine Tiere«, sagte Antiochis leise. »Liebste, die Mädchen hören zu; sage nicht Dinge, die du nicht wirklich meinst.«

Padmini brach wieder in Tränen aus, und Antiochis hielt sie im Arm und tröstete sie. Nach einem Augenblick schickte Inisme uns übrige wieder in unsere Zimmer und zu Bett.

»Sie hat schreckliche Dinge über den König gesagt«, meinte Armaiti erschrocken.

»Sie war sehr unglücklich«, sagte Inisme vorwurfsvoll. »Natürlich ist sie das. Als die Ehe vereinbart wurde, hat man ihr ganzes Lebenswerk aufs Spiel gesetzt, ohne im geringsten an sie zu denken. Und wenn alles schiefgeht, ist alles, was sie geschaffen hat, zerstört. Es ist sehr schwer für sie, sehr schwer für sie beide; schon herzukommen war schwer. Sie hatten in Baktra ihre eigenen Heime, Ehemänner und Kinder, und hier sind sie Fremde. Sie sind verheiratete Damen von Stand und Rang, und sie werden genauso behandelt wie wir, müssen sich ein Zimmer teilen und leben wie unverheiratete Mädchen. Und jetzt ist die Königin verletzt. Natürlich ist Padmini sehr unglücklich. Wir können doch nicht wiederholen, was sie in einem solchen Augenblick sagt – das können wir doch nicht.« Herausfordernd starrte sie Armaiti und mich an.

Ich schaute Inisme mit großen Augen an. Von Anfang an hatte ich angenommen, sie wolle sich bei Padmini und Antiochis einschmeicheln; als Heliokleia mit Dankbarkeit von ihr gesprochen hatte, hatte ich geglaubt, es besser zu wissen als sie. Aber ich hatte mich geirrt. Inisme mochte die beiden Hofdamen. Sie war von der gleichen Art, und sie verstand sie viel zu gut, um irgend etwas anderes für sie zu empfinden als Mitgefühl.

»Ich würde keinem erzählen, was sie gesagt hat«, sagte ich. Armaiti sprach mir das nach, und Inisme löschte zufrieden die Lampe.

Nachdem sie sich ausgeweint hatte, ging Padmini wieder nach unten, um am Bett der Königin zu wachen, dem Arzt gegenüber. Als sie am nächsten Morgen nach oben kam, um ein wenig zu schlafen, nahm Antiochis ihren Platz ein. Die Königin schlief bis in den Nachmittag.

Als Heliokleia erwachte, hörte sie jemanden leise eine Melodie auf der Kithara zupfen. Sie lag still und starrte mit offenen Augen vor sich hin. Sie sah, daß sie sich noch immer im Zimmer des Königs befand und auf einer Seite seines Bettes lag. Das Dämmerlicht ringsum war nicht länger undeutlich und verschwommen. Nach einer Weile hörte die Musik auf, und Antiochis erschien vor ihr, das Instrument in einer Hand haltend. »Bist du wach?« fragte die Dame eifrig.

»Ja«, antwortete Heliokleia. Ihr Kopf schmerzte noch immer, und sie fürchtete, ihr könnte übel werden, wenn sie sich bewegte. Also blieb sie regungslos liegen.

Antiochis streichelte ihre Stirn. »Möchtest du etwas, meine Liebe? Soll ich den Arzt rufen? Er schläft im Nebenzimmer.«

»Was ist passiert?« fragte die Königin, ohne zu antworten, und dann, nach einem Augenblick: »Ach ja, sie sagten, ich hätte mir den Kopf gestoßen.«

»So ist es, Liebste. Der König hat dir den besten Arzt der Stadt rufen lassen – er ist natürlich Grieche und hat in Baktra studiert. Er scheint seinen Beruf zu verstehen. Er sagt, du hättest eine Gehirnerschütterung, rechnet aber damit, daß du dich bald erholst. Aber du mußt dich ausruhen, Liebste, und versuchen, dich nicht zu bewegen.«

»Wie spät ist es?«

»Ungefähr drei Stunden vor Sonnenuntergang. Du hast seit gestern nacht geschlafen. Doktor Apollodoros machte sich zuerst Sorgen, aber heute um die Mittagszeit sagte er, er sei zufrieden, denn du schliefest jetzt einen normalen Schlaf. Dann ging er, um sich selbst etwas auszuruhen. Padmini und ich haben abwechselnd an deinem Bett gesessen. Wir haben uns große Sorgen gemacht.«

Heliokleia antwortete eine Zeitlang nicht, sondern lag da und dachte nach. »Antiochis«, sagte sie endlich, »kann ich heute abend in mein eigenes Zimmer gehen?«

»Der Arzt sagte, du solltest dich nicht bewegen«, sagte Antiochis. »Dein Gemahl hat dir sein Bett gegeben, bis du wieder gesund bist; er hat sich von den Dienern ein anderes Bett hereinbringen lassen, um dich nicht zu stören.«

Er würde also in ein paar Stunden ins Zimmer zurückkommen? Sie versuchte, sich aufzusetzen, doch von dem heftigen Schmerz wurde ihr übel, und sie blieb wieder still liegen. »Ich wäre lieber in meinem eigenen Zimmer«, sagte sie. »Bitte, Antiochis. Laß mich von jemandem nach oben tragen.«

»Der Doktor war sehr entschieden, Liebste.« Antiochis sah sie ängstlich an. Dann beugte sie sich vor und fragte mit gesenkter Stimme: »Was ist passiert? Ich meine, als du mit dem Kopf aufgeschlagen bist? Padmini denkt ... nun ja, mach dir nichts daraus. Wie ist es passiert?«

Heliokleia dachte einen Augenblick nach. »Es war ein Unfall«, sagte sie endlich. »Wir stritten uns. Er warf mich auf das Bett, und ich muß mit dem Kopf auf den Rahmen geprallt sein.«

»Ihr habt euch gestritten?« wiederholte Antiochis unglücklich.

»Ja. Ich habe einige Dinge gesagt, die ich nicht hätte sagen sollen. Ich ... ich möchte ihn nicht sehen. Noch nicht. Bitte, ich möchte lieber nach oben.«

Eine Tür öffnete sich, und Mauakes kam herein; sie erkannte den schweren Schritt, noch ehe sie ihn sah, und biß sich auf die Lippen. Sie war zu erschöpft und krank, um die Tränen zurückzuhalten, und sah mit nassen Augen, wie das Gesicht ihres Mannes über Antiochis' Schulter erschien. Es war so rund und undurchdringlich wie immer.

»Es tut mir leid«, sagte sie bekümmert, ehe er sprechen konnte. »Ich habe einige Dinge gesagt, die ich nicht hätte sagen sollen, einige schändliche Dinge.«

Doch das schien ihm peinlich zu sein. »Denke nicht mehr daran«, sagte er hastig und tätschelte ihre Schulter. Sie zuckte bei der Berührung zusammen, und er zog die Hand weg – dann legte er sie sanft wieder hin.

»Bitte, Herr«, sagte sie, »ich bin dir im Weg. Laß mich nach oben in mein eigenes Zimmer gehen, bis ich wieder gesund bin.«

»Der Arzt sagt, du sollst nicht bewegt werden«, antwortete er. »Bleib still liegen und ruhe dich aus.« Er blieb einen Augenblick stehen und sah sie an, dann fügte er hinzu: »Ich bin froh, daß du wieder bei Bewußtsein bist. Ich werde jetzt gehen, damit ich dich nicht störe.« Er tätschelte wieder ihre Schulter, küßte sie auf den Mund und ging.

Heliokleia rieb sich mit zitternder Hand den Kuß von den Lippen. »Ich wünschte, ihr würdet mich nach oben lassen«, sagte sie. »Dort würde ich mich viel wohler fühlen.«

Antiochis sah sie besorgt an. »Hat er dich so gestoßen, daß du dir den Kopf angeschlagen hast? Was hattest du zu ihm gesagt?«

Mit fahrigen Fingern rieb Heliokleia die Tränen weg und ließ dann die Hand fallen. »Dinge, die ich nicht hätte sagen sollen. Welchen Sinn hat es, darüber zu sprechen? Da ist nichts zu machen. Es war ein Unfall.« Und tatsächlich erzählte sie niemandem die Einzelheiten der häßlichen Szene. Erst viel später, als sie nicht mehr wichtig waren, sprach sie darüber.

Antiochis antwortete nicht, aber ihr weiches, rundliches Gesicht war zornig. Sie schaute ihre Herrin noch einen Augenblick an, nahm dann die Kithara und wandte den Kopf ab. Sie konzentrierte sich auf ihre Finger und spielte rasch ein Lied ohne Worte.

Heliokleia lehnte sich im Bett zurück und lauschte schweigend mit geschlossenen Augen, bis Antiochis innehielt und das Instrument weglegte, weil sie dachte, ihre Herrin sei wieder eingeschlafen. Aber die Königin schlug die Augen auf. »Antiochis«, sagte sie träumerisch, »erinnerst du dich an meine alte Kinderfrau?«

»Wen? Meinst du diese Datis? Ja, ich erinnere mich an sie. Warum, Liebste?«

»Ich dachte gerade an sie. Ich weiß noch, wie sie einmal bei mir saß, als ich krank war, und mir etwas vorsang... Ich erinnere mich nicht an die Worte, aber sie sang auf baktrisch, nicht wahr?«

»Höchstwahrscheinlich«, sagte Antiochis verächtlich. »Sie war Baktrierin und sprach Griechisch wie eine Bäuerin.«

»Ich habe sie geliebt.«

»Ja, das hast du. Daran erinnere ich mich«, antwortete Antiochis jetzt lächelnd. »Du hast sie Mai-mai genannt. ›Ich will Mai-mai‹, hast du immer gesagt, wenn eine von uns versuchte, dein Haar zu kämmen. Niemand außer Mai-mai durfte es anrühren. Ich weiß noch, wie du ihr nachgetrottet bist – Herakles! Du kannst nicht älter gewesen sein als zwei! –, sie am Rock gezogen und sie angestrahlt hast, bis sie dich aufhob. Das hat uns immer geärgert, weil wir sie nicht mochten.«

»Daran erinnere ich mich. Ich verstand nie, warum.«

»Ach, sie war einfach ein dummes Bauernmädchen. Sie ließ sich von irgendeinem jungen Mann schwängern und verlor dann das Baby. Sie war wirklich völlig ungeeignet als Kinderfrau für eine Königin, aber sie war die erste Amme, die dein Vater nach dem Tod deiner Mutter finden konnte. Sie war eine dicke, schlampige Person; wenn sie länger gelebt hätte, hätte sie irgendeinen stämmigen Wachmann geheiratet und so viele Kinder bekommen wie eine preisgekrönte Muttersau. Sie verwöhnte dich und verhätschelte dich unglaublich, und sie widersprach uns, wenn wir versuchten, sie eines Besseren zu belehren. Manchmal redete sie in ihrer eigenen Sprache mit dir, was nicht erlaubt war – obwohl ich annehme, daß dir das half, als du später barbarische Sprachen lerntest. Ach, wenn ich zurückschaue, nehme ich an, sie war eine sehr gute Kinderfrau. Sie hat dich bestimmt geliebt, und du warst damals ein so glückliches Kind; wenn jemand dich nur ansah, lächeltest du schon. Das hatte ich fast vergessen. Aber als sie krank wurde und starb, gnädige Anahita! waren Padmini und ich mit unserer Weisheit am Ende. Du weintest und jammertest und wolltest dies nicht tun und schriest, wenn du das tun solltest, und du wolltest monatelang nicht essen. Wenn eine Tür geöffnet wurde, ranntest du jedesmal hin, um zu sehen, ob es Datis war, und jedesmal brachst du wieder in Tränen aus, wenn du sahst, daß sie es nicht war.«

»Daran erinnere ich mich auch.«

»Wirklich? Du warst noch sehr klein, gewiß nicht älter als fünf.«

»Aber ich erinnere mich daran. Ich glaube nicht, daß ich seither jemals wieder jemanden wirklich geliebt habe. Nicht einmal dich und Padmini. Es tut mir leid. Es muß bitter sein, sein Leben und seine Ergebenheit auf so unfruchtbares Land wie mich zu verwenden. Ich wünschte, ich wäre anders. Tugend ist kalt und trocken, und freudloser Gehorsam gefällt niemandem. Vermutlich hassen das sogar die Götter.«

»Kind! Du kannst Liebe nicht an der Hingabe eines Kindes an seine Kinderfrau messen! Wenn das der Maßstab wäre, würde keiner von uns je wieder jemanden lieben. Das ist eine Phase. Du wärst über sie hinausgewachsen, weißt du.«

»Nein«, sagte Heliokleia nachdenklich. »Nein, es wäre anders geworden, aber ich wäre nicht darüber hinausgewachsen. Sie hätte jetzt hier bei mir sein können.«

Antiochis stieß damenhaft die Luft durch die Nase. »Das mag sein, aber du warst durchaus liebevoll genug, um jedem vernünftigen Menschen zu gefallen. Keine Dame bei Hofe hatte je eine freundlichere oder rücksichtsvollere Königin. Ach, wir ärgerten uns, Liebe, wenn du nicht genug Respekt vor deiner Stellung hattest, aber wir haben uns auch glücklich geschätzt. Es hieß nämlich, Menanders Königin Agathokleia sei eine richtige Tyrannin, und erst die Frau deines Bruders! Nun ja, das weißt du ja. Nein, Liebste, mach dir um uns keine Sorgen. Und ... mach dir keine Sorgen darüber, was dein Mann zu diesem Thema sagen könnte. Vermutlich ist er inzwischen zur Besinnung gekommen.«

Heliokleia lächelte schwach und wenig überzeugt und sagte nichts. Nach einem Augenblick nahm Antiochis die Kithara wieder auf. Innerlich beschloß sie erneut, erst mit Padmini und danach mit dem König zu sprechen.

Am folgenden Morgen erwarteten Padmini und Antiochis den König, als er sein Zimmer verließ, und fragten, ob sie ihn sprechen dürften. Er war leicht erstaunt, winkte sie aber in sein Arbeitszimmer.

»Nicht dort«, sagte Padmini entschieden. »Ich möchte die Königin nicht aufregen, falls sie uns hören sollte.«

Er zögerte und führte sie dann in den Gästeraum auf der anderen Seite des Arbeitszimmers. Es war gerade von einem der Offiziere des Königs geräumt worden, der auf seine eigenen Ländereien zurückgekehrt war, nachdem die Siegesfeiern vorüber waren; das Zimmer war schmutzig, die Bettspreite lag auf dem Fußboden, und die Teppiche waren verrutscht. Padmini rümpfte die Nase. Der König setzte sich auf die Couch und sah die beiden Damen besorgt und fragend an. »Habt ihr Grund, um die Gesundheit der Königin zu fürchten?« fragte er höflich auf griechisch.

Die beiden sahen sich an. »Ja«, sagte Padmini. »Dürfen wir offen sprechen, o König?«

»Unbedingt.«

»Herr«, sagte Padmini förmlich, »wir beide sind mit Königin Laodike, Königin Heliokleias Mutter aus Indien gekommen, und wir haben uns seit ihrer Kindheit um deine Königin gekümmert. Unser ganzes Leben war dem Hause des Antimachos gewidmet. Wir möchten, daß du verstehst: Alles, was wir sagen, sagen wir nur aus Liebe und Ergebenheit, nicht aus Bosheit. Wir haben unsere Herrin in dein Königreich begleitet, um darauf zu achten, daß ihr die Ehre und Würde zuteil werden, die ihrem Rang angemessen sind. Wir dachten, in einem Jahr würde sie einen richtigen Haushalt und neue Hofdamen haben, junge Frauen, die zu einer jungen Königin passen, außerdem Verwalter, Diener, vielleicht sogar ein Kind. Wir dachten, wir könnten beruhigt nach Baktra zurückkehren und unsere ganze Aufmerksamkeit unseren eigenen Familien zuwenden, in der Gewißheit, daß unsere Herrin glücklich und alle unsere Pflichten erfüllt wären. Aber die Götter haben es anders bestimmt, und wir sehen die Stellung unserer Herrin hier seit einiger Zeit mit Besorgnis. Nach diesem letzten ... Unfall ... haben wir das Gefühl, nicht länger schweigen zu dürfen, sondern, wenn wir unsere Pflicht gegenüber dem königlichen Hause des Antimachos und König Heliokles' ernst nehmen, bei dir gegen die Behandlung unserer Königin protestieren zu müssen. Die Tochter des Eukratides und Nichte Menanders ist keine gefangene Metze, die man gegen eine Bettstatt schleudern und vergewaltigen kann.«

Mauakes starrte sie an. Sein Gesicht war vollkommen ausdruckslos, aber seine Nüstern weiteten und verengten sich im raschen Rhythmus seines Atems. »Ich verstehe die Damen nicht«, sagte er leise. »Bitte erklärt euch.«

»Herr«, sagte Padmini scharf und sah ihn kühl an, »du verstehst mich sehr gut. Du sagst, es sei ein Unfall gewesen, sie sagt, es sei ein Unfall gewesen – und bestimmt wolltest du nicht, daß sie mit dem Kopf aufschlägt. Aber du mußt sie sehr heftig gestoßen haben, um sie so schwer zu verletzen – und als du mich einließest, um sie zu versorgen, sah ich, daß ihr Blut überall auf den Laken war. Du hast sie dort eine Weile festgehalten, obwohl sie verletzt und bewußtlos war. Und sie hat frische Prellungen und Schürfungen. Du hast sie auf barbarische Weise benutzt – diesmal war es am schlimmsten, aber dieses Mal war nicht das erste Mal. Sie hat sich nicht beklagt, aber sie kann die Spuren nicht verbergen, nicht vor uns. Sie hat uns lediglich erzählt, daß du böse bist, weil sie dich nicht mit Liebe willkommen heißt. Liebe, Herr, ist nichts, was man von einer Königin verlangen kann.«

»Meine Damen«, sagte Mauakes kalt, »es kommt euch nicht zu, mir Vorträge darüber zu halten, wie ich meine Gemahlin behandeln soll. Aber ich glaube, daß ihr aus Ergebenheit zu ihr sprecht, und ich werde euch verzeihen, daß ihr dabei zu weit geht.«

»Wirklich, Herr?« sagte Padmini noch kälter. »Ich bin froh, das zu hören. Ich bin nämlich noch nicht fertig. Eine Königin sollte die Herrschaft über ihren eigenen Haushalt besitzen und für ihre Leute und Bediensteten die oberste Autorität sein. Du hast ihr ein paar Mädchen gegeben, die zuallererst dir gegenüber loyal sind, lauter Sakas, keine einzige Griechin darunter, und ... ich habe beobachtet, Herr, daß du sie von Zeit zu Zeit zu dir kommen läßt, um über ihre Herrin zu berichten. Du hast ihre Autorität weiter untergraben, indem du sie jede Nacht in dein Bett nimmst, so daß sie in ihren eigenen Gemächern kaum mehr ist als ein Gast. Du hast ihr keinen eigenen Verwalter und keine eigenen Beamten für ihren Haushalt gegeben; alle ihre Güter werden von deinen Leuten verwaltet, und du hast ihr verboten, mit ihnen zu sprechen. Alles, was sie wünscht, muß sie von dir erbitten. So ist es natürlich bei vielen Wilden Brauch – aber ich hatte gehört, bei den Sakas wäre es anders, und Saka-Königinnen könnten eher mehr Macht erwarten als griechische Königinnen, nicht weniger. Königin Heliokleia ist eine Dame, die sich bewundernswert gut für eine wichtige Rolle in der Regierung eignet, aber du hast sie zu deinem Spielzeug gemacht und benutzt sie als Sprachrohr für die Petitionen deiner griechischen Untertanen. Und du mißtraust ihr noch immer. Du kaufst Sklaven, die dir berichten, was sie schreibt; du hast ihr eine Garde gegeben, nur um sie zu bespitzeln. Und vor allem hast du sie, als Krieg drohte, mit einer Eskorte nutzloser Krüppel hinaus aus der sicheren Stadt in eine schreckliche armselige Wildnis ohne jede Bequemlichkeit geschickt, auf die jede zivilisierte Person, schon gar eine Königin, ein Anrecht hat. Die Götter wissen, daß sie nichts getan hat, um eine solche Behandlung zu verdienen. Tatsächlich hat sie mehr getan, um sich dir zu unterwerfen, als du erwarten durftest. Sie hat die Sprache und die Bräuche deines Volkes so weit übernommen, daß es ihrem eigenen Volk skandalös vorkommen wird, wenn man in Baktra darüber berichtet. Sie hat sogar dieses elende Balg als deinen Erben akzeptiert, anstelle möglicher eigener Kinder. Herr, es ist unerträglich. Ich rufe alle Götter als Zeugen dafür an, daß ich, Padmini, dies nicht aus Ehrgeiz sage oder um Schaden anzurichten, sondern aus Achtung vor den Rechten des Hauses meiner Herrin, dem ich seit meiner Kindheit gedient habe. Mögen die Götter gewähren, daß es zu seinem Besten ist.«

Der König sah sie lange aus zusammengekniffenen Augen an. »Hast du«, fragte er endlich, »all das der Königin gesagt?«

»Nein«, sagte Antiochis an Padminis Stelle ernsthaft. »Wir haben uns immer bemüht, sie auf die Ehren aufmerksam zu machen, die du ihr erwiesen hast, und im übrigen geschwiegen. Wir wollten keine Unruhe zwischen euch stiften. Wir sind heute nur gekommen, o König, weil ... weil wir das Gefühl hatten, daß du die Grenzen des Anstands überschritten hast.«

Mauakes knurrte und sah sie noch immer mit zusammengekniffenen Augen an. »Und die andere Sache? Ich glaube, ihr habt der Königin gesagt, ich solle mir eine Geliebte nehmen.«

»Mag sein, daß ich etwas dergleichen gesagt habe«, erwiderte Padmini kühl, »aber das brauchte sie kaum von mir zu hören, da sie ja die Beipiele ihres Vaters und ihres Bruders vor Augen hatte.«

»Wir Sakas billigen den Ehebruch nicht«, sagte Mauakes scharf. »In dieser Hinsicht unterscheiden wir uns von den Griechen.«

»Aber es ist kein Ehebruch«, antwortete Antiochis erstaunt. »Nicht für einen Ehemann. Nur für eine Ehefrau.«

»Für uns ist es Ehebruch«, sagte Mauakes. »Meine Damen, wie ihr gesagt habt, seid ihr Dienerinnen des Königs der Baktrier. Ihr versteht unsere Bräuche und unsere Sprache hier in Ferghana nicht, und es kommt euch nicht zu, mir zu raten, wie ich die Angelegenheit in meinem Königreich regeln oder nicht regeln soll. Außerdem habt ihr anscheinend versucht, die Moral meiner Königin mit euren üblen Ratschlägen zu korrumpieren. Wäret ihr meine Untertanen« – seine Beherrschung wankte, ging aber nicht ganz verloren –, »so würde ich euch beide auspeitschen lassen. So wie die Dinge liegen, müßt ihr gehen, alle beide, sofort zurück zu eurem eigenen Volk. Ich lasse mich von Dienstboten nicht belehren. Geht und packt eure Sachen!«

Padmini starrte ihn giftig an und nickte kurz und höflich, Antiochis rang die Hände. »Aber Heliokleia ist krank!« rief sie verzweifelt. »Sie darf nicht aufgeregt werden; wie kannst du uns in diesem Augenblick fortschicken?«

Mauakes knirschte mit den Zähnen und zog die Schultern hoch, während er um Beherrschung rang. »Daran hättet ihr denken sollen, bevor ihr euch entschloßt, mich zu beleidigen!« sagte er zu ihnen. »Aber gut. Trotz allem, was ihr gesagt habt, ist mir das Glück meiner Königin teuer; ich möchte nicht, daß sie betrübt wird, solange sie krank ist. Ihr könnt bleiben, bis sie genesen ist. Ihr werdet ihr nichts von diesem Gespräch sagen und sie keinesfalls mit Berichten darüber oder Bitten, hierbleiben zu dürfen, aufstören. Wenn ich herausfinde, daß eine von euch das doch getan hat, werde ich euch trotz alledem auspeitschen lassen. Wenn die Königin wieder so gesund ist, daß sie die Treppe zu ihrem eigenen Zimmer hinaufsteigen kann, dann müßt ihr fort. Und jetzt geht mir aus den Augen!«

Padmini und Antiochis verneigten sich mit kühler Korrektheit und gingen hinaus. Sie begaben sich sofort nach oben und erzählten uns – das heißt, den vier Hofdamen, nachdem sie die Sklavinnen hinausgeschickt hatten – von dem Gespräch und seinem Ausgang. Wir waren verblüfft. Ich staunte, daß der König es so ruhig aufgenommen hatte; ich hatte noch nie gehört, daß er in seinem ganzen Leben eine solche Rede hingenommen hätte. Inisme schüttelte dauernd den Kopf und klagte hinterher darüber, wie falsch die beiden die Lage beurteilt hätten. »Sie verstehen die Sakas einfach nicht!« jammerte sie bestürzt, und das stimmte. Doch Padmini berichtete uns auch von der Anweisung, die Königin dürfe bis zu ihrer Genesung nichts von dem Streit oder ihrer Abreise erfahren. »Eine sehr vernünftige Vorsichtsmaßnahme«, sagte Padmini. »Ich bete zu allen Göttern, daß er die Wahrheit gesagt hat und das Glück unserer Herrin ihm wirklich teuer ist; mehr kann ich nicht tun – außer, sie und ihre Ehre euch anzuvertrauen.« Sie sah jede von uns an und faßte dann nach Inismes Händen. »Ich weiß, daß euch an diesen Dingen etwas liegt«, sagte sie ernst und fiel dann plötzlich aus dem Griechischen in eine unbeholfene Mischung aus volkstümlichem Baktrisch und Sakan. »Seid meiner Herrin treu. Sie ist eine sehr freundliche und ehrenwerte Königin.«

Inisme küßte die Hände, die ihre erfaßt hatten. »Sie wird hier nicht entehrt werden«, versprach sie, und Padmini lächelte schwach.

Der König ging inzwischen hinunter zu den Ställen, nahm sein Pferd und seine Rüstung und übte eine Stunde lang auf dem Exerzierfeld schießen, bis das Pferd schäumte und er sich wieder beruhigt hatte. Als er in den Palast zurückkam, ging er als erstes zu seiner Frau.

Padmini und Antiochis waren inzwischen wieder im Zimmer des Königs. Heliokleia saß von Kissen gestützt im Bett und hörte zu, wie Antiochis ihr vorlas; Padmini saß spinnend dabei. Die beiden Damen sprangen auf, als der König eintrat, und wichen rasch zurück. Mauakes ignorierte sie und ging geradewegs zu seiner Frau. Sie war sehr blaß, ihre Augen waren groß, und ihr offenes Haar wirkte in dem prachtvollen Bett zerbrechlich und erschrocken. Er küßte sie zärtlich auf die Stirn und tätschelte ihre Hand. »Ich freue mich, dich wieder sitzend zu sehen«, sagte er zu ihr.

Er hatte sie nicht verletzen wollen. Erst hatte er gar nicht gemerkt, daß sie verletzt war. Sie hatte sehr still auf dem Bett gelegen, auf das er sie geschleudert hatte, aber sie lag immer still, eingeschlossen in ihre Losgelöstheit. Er hatte sie, wie Padmini gesagt hatte, »dort festgehalten« – bis zu dem grauenhaften, unvergeßlichen Moment, als ihr Kopf willenlos auf die Seite rollte und er entdeckt hatte, daß ihr Haar ganz blutig war. Einen schrecklichen Augenblick lang wußte er, daß er eine Tote umarmte, und war vor Entsetzen bis ins Mark erschüttert. Erst nach einigen Minuten konnte er sich überwinden, sie noch einmal zu berühren, um festzustellen, ob sie noch lebte. Das Pochen ihres Pulses unter seinem Finger war für ihn wie der Fluß gewesen, der dem trockenen Land Leben bringt. Er hatte sie nur unterwerfen wollen, den Stachel ihrer Worte und ihrer Zurückweisung beseitigen wollen; der Gedanke, sie könne sterben, brachte ihn unerwartet zum Weinen. Als er sah, daß sie überleben würde, hatte er ihr mit Freuden alles verziehen.

Er hatte einen Fehler gemacht. Zu diesem Schluß war er gekommen. Als sie eingetroffen war, hatte er sich von ihrem Selbstvertrauen täuschen lassen und beiläufig von ihr Besitz ergriffen, als sei sie ein wohlgeübtes Reitpferd. Jetzt wurde ihm klar, daß sie jung, unschuldig und übererregbar war wie eine ungezähmte, edle Stute. Natürlich war sie verletzt und erschrocken gewesen und hatte versucht, ihn abzuwerfen. Er würde jetzt sanfter sein, er würde freundlich sein, er würde seine Grobheit und Ungeduld wiedergutmachen. Schließlich würde sie nicht mehr zurückzucken und scheuen, wenn er sie berührte; sie würde sich beruhigen, begreifen, daß er sie liebte und begehrte und ihr keinen Schaden zufügen wollte; sie würde sich ihm ergeben und ihn lieben. Der größte Teil der Probleme, sagte er sich jetzt, war von ihren Hofdamen verursacht worden. Sie selbst war ehrenwert und gefällig; sie hatte sich ihm angepaßt, ihre Frauen nicht. Die beiden und der Hof ihres Bruders hatten ihr beigebracht, Liebe sei keine Angelegenheit für Königinnen. Er würde die Frauen nach Hause schicken, und bald würde sie sich seiner Sicht der Dinge anschließen und sich ganz von ihm leiten lassen.

Er fragte sich nie, warum er sich so verzweifelt ihre Liebe wünschte, obwohl die Liebe bei seinen Heiratsplänen keine Rolle gespielt hatte. Er begriff nicht, warum ihre Zurückweisung ihn so schmerzte. Damals erschien er mir voller Willkür und Unvernunft. Erst als ich viel später darauf zurückblickte, wurde mir eines klar, was er wohl nie verstanden hatte. Noch mehr als uns andere verfolgte ihn der spöttische Geist von Antimachos dem Gott, dem er das Königreich gestohlen hatte. Es spielte keine Rolle, daß Antimachos gestorben war, als Mauakes noch ein Knabe war, und daß Mauakes Antimachos' Erben Demetrios besiegt hatte. Er hatte immer mit diesem Schatten auf den Schultern regiert, diesem unbewußten Vergleich in den Köpfen seines Volkes. Einem ungerechten Vergleich. Antimachos hatte keine Rebellionen niedergeschlagen – wer hätte eine Rebellion anführen sollen, wo alle Saka-Adeligen im Exil waren? Antimachos hatte die Menge des bebaubaren Landes im Tal verdoppelt und sein Volk reicher gemacht – doch ihm standen der ganze Wohlstand und Erfindungsreichtum der baktrischen Griechen zur Verfügung, und Mauakes hatte nur ein kriegführendes Land. Yavanas sind zu klug und in zu vielen Dingen zu geschickt. Kein Saka-König, nicht einmal Mauakes, konnte je mit dem Erfindungsreichtum eines Griechen Schritt halten, und wenn dazu noch der Anspruch auf Unsterblichkeit besteht, kann kein Saka-Adeliger die Konkurrenz bestehen. Wie kann ein Mensch einen Gott besiegen? Mauakes hatte es nicht versucht. Er hatte den Kult seines Vorgängers unberührt gelassen und kaum je auch nur darüber gesprochen. Und zwar nicht nur aus politischen Gründen, glaube ich. Was er für diesen hellen Schatten empfand, war mehr als bloße Rivalität. Auch er war Antimachos' Erbe, und er liebte den lächelnden Geist ebenso, wie er ihn haßte. Für ihn war Heliokleia ein Abbild des Antimachos – klug, schön und voll leiser Verachtung für ihn und sein Volk. Seit er sie zum ersten Mal gesehen hatte, hatte er sich danach gesehnt, sie möge ihn lieben, diesen Geist versöhnen und zur Ruhe bringen. Wenn sie anders gewesen wäre – wenn sie häßlich oder dumm gewesen wäre oder nur ein anderes Lächeln gehabt hätte –, dann hätte sie ihn nicht so verstören können, und er hätte sich nicht so verzweifelt gewünscht, sie für sich zu gewinnen. Und er erkannte nicht, daß er in den bloßen Schatten verliebt war, den sie auf seinen Geist warf, und sie selbst überhaupt nicht kannte oder verstand.

11. Kapitel

Am sechsten Tag nach dem Unfall hatte sich die Königin so weit erholt, daß sie die Treppe hinaufgehen konnte, und nun berichteten wir ihr über Padminis' und Antiochis' Entlassung. Sie sagte nichts, sondern sah sie nur entsetzt an und umarmte sie dann. Sie baten sie nicht, beim König ein gutes Wort für sie einzulegen, und sie bot das auch nicht an. Bestimmt nahm sie an, wenn die beiden weiter in Mauakes' Palast bleiben, würde ihr Leben unerträglich sein. Aber sie schrieb ihnen Briefe, in denen sie ihnen für ihre ergebenen und hingebungsvollen Dienste dankte, und überschüttete sie mit Geschenken.

Der König traf die angemessenen Vorbereitungen, um die beiden Frauen zurück nach Baktra eskortieren zu lassen. Er hatte ohnehin einen Gesandten in die benachbarte Hauptstadt schicken wollen, um seinem Verbündeten, dem König Heliokles, einen genauen Bericht über die Schlacht zu liefern und um weiteres Naphta zu bitten. Es beunruhigte ihn etwas, was die beiden Damen dem König von Baktrien erzählen würden, deshalb beschloß er, ein Geschenk zu übersenden, nämlich einige der eroberten Tochari-Pferde und Waffen zusammen mit einem Brief, in dem er die Behauptungen der Frauen als unwissende weibliche Hysterie und Heimweh abtat. Er diktierte seinem Yavana-Sekretär diesen Brief ein Dutzend Male, bis er damit zufrieden war. Dann vertraute er den Brief, die Botschaft und die Eskorte seinem Sohn an.

Itaz war noch nie in Baktrien gewesen, und ihm widerstrebte die Reise. Er protestierte – er habe keine Erfahrung als Botschafter, sein Griechisch sei unbeholfen, er müsse die Garde der Königin in Eskati organisieren, statt über den Oxus hin- und herzulaufen. Aber Mauakes bestand darauf. »Der Hauptmann ihrer Garde sollte die Hofdamen der Königin nach Hause eskortieren«, sagte er milde zu seinem Sohn. »Das ist nur angemessen. Und Heliokles wird dich vor seinem Volk respektvoll behandeln, während er einen anderen Mann vielleicht mißachten würde. Du kannst doch die Würde Ferghanas in Ehren halten, nicht wahr, mein Lieber?«

Itaz zog die Schultern hoch. Traurig machte er sich bewußt, daß sein Vater ihn aus dem Weg haben wollte. Wahrscheinlich plante der König irgendeinen obskuren Schritt gegen die Ratsmitglieder, die sich ihm widersetzt hatten. Doch er mußte gehorchen, und so brach er an einem heißen, klaren Morgen im Spätsommer mit zwanzig Gardesoldaten (darunter meinen Bruder Havani), zwei Versorgungswagen, den Damen in ihrem Wagen und zwei Dutzend mit erbeuteten Dolchen und Gold beladenen Pferden aus Eskati auf.

Die zweiwöchige Reise war unbequem. Die Damen behandelten ihn mit steifer, mißbilligender Höflichkeit, und das Geschwätz der Gardesoldaten langweilte ihn. Es war ihm zunehmend schwerer gefallen, mit seinen Freunden zu sprechen; die Kameradschaft, die er früher genossen hatte, entglitt ihm, und sein Einsamkeitsgefühl verstärkte sich, wie immer in enger Gemeinschaft. Er war erleichtert, als sie endlich in Baktra ankamen.

Baktra ist ein Wunder. Am Ende bin ich selbst dort gewesen, vor zehn Jahren, und es ist die prachtvollste Stadt, die ich je gesehen habe. Es hat vier Tore wie Eskati, aber die beiden Straßen, die sich auf dem Marktplatz treffen, sind keine gewöhnlichen Durchgangsstraßen. Eine ist die Straße aus Ferghana, die auch aus den an Pelzen und Gold reichen Steppenländern kommt und durch Baktra hindurch in die Hochländer und gewürzreichen Wüsten von Gedrosia führt; die andere ist die große Straße, die aus Indien und den östlichen Seidenländern in den fernsten Westen nach Seleukia am Tigris, Antiochia und zum Mittelmeer führt. Es sind die beiden größten Handelsstraßen der ganzen Welt. Die Straßen von Baktrien sind mit Statuen, Säulengängen und Steinmetzarbeiten geschmückt, die den ganzen Einfallsreichtum der Yavanas zeigen, so daß der Weg von Göttern und Königen bevölkert scheint – und er ist tatsächlich bevölkert, mit Reitern und Elefanten der königlichen Garden, mit den Wagen und Kamelkarawanen der Händler und Unmengen von Fußgängern in den Trachten aller Stämme von hier bis Indien. Auf dem Marktplatz kann man Pelze und Gold aus dem Norden, Baumwolle und Pfeffer aus Indien, Perlen aus Taprobane, Weihrauch aus Gedrosia, Purpur, feine Wolle und Glas aus Syrien und Ägypten kaufen – ja, und auch Seide aus dem fernsten Osten! In der Mitte des Marktplatzes steht der Tempel der Anahita, eines der Wunder des Ostens, auf seinen Säulen schwebend wie ein schwimmender Zauberpalast aus einem Kindermärchen; innen befindet sich eine Statue der Göttin, groß wie drei Männer, die aus massivem Gold besteht und in einen Umhang aus Biberfell gehüllt ist. Gleich südlich vom Tempel liegen die Zitadelle und der Königspalast. Der Palast von Eskati wirkt daneben wie eine Schäferhütte, denn Baktrien ist das Juwel Asiens, und sein Reichtum ist legendär.

Itaz hatte sich und seinen Auftrag beim Gouverneur von Alexandria Oxiana angemeldet, als er den Oxus überquerte, und erhielt eine zusätzliche Eskorte für die Reise durch das eigentliche Baktrien. Er und sein Gefolge wurden sofort in die Stadt eingelassen und von den Wächtern vom Tor zur Zitadelle geleitet. Itaz ritt langsam und staunte mit offenem Mund. Auch ich staunte, als ich die Stadt zum ersten Mal sah – bei der Sonne, das tat ich. Ich hatte nicht gewußt, daß Sterbliche etwas so Prachtvolles bauen können, und auch nicht, daß sich so viele Leute an einem Ort aufhalten können, ohne daß ein Krieg sie dazu zwingt. Eskati ist die einzige Stadt in Ferghana, und neben Baktra ist sie winzig. Natürlich war ich auf etwas Wunderbares eingestellt, als ich ankam. Itaz hatte seinen Haß auf die Baktrier, seine Verachtung für die Dynastie der Eukratiden und den Tod seines zweiten Bruders in einem Yavana-Krieg nicht vergessen. Er kam zornig und widerwillig und wollte die Parther bevorzugen – und dennoch bestaunte er die yavanische Hauptstadt. Ihre Vielfalt und Schönheit entwaffneten und verwirrten ihn.

König Heliokles der Gerechte, dreißigjährig, häßlich und freundlich, kam heraus, um den Sohn seines Verbündeten und Schwagers auf dem Marktplatz zu begrüßen. Er hielt den Zügel von Itaz' Pferd, während dieser absaß, umarmte ihn förmlich und nannte ihn »Bruder«. Itaz murmelte undeutlich eine Antwort und fühlte sich höchst unbehaglich. Ein Teil seiner selbst beharrte noch immer darauf, daß die Verwandtschaft mit Heliokles schmachvoll sei; ein anderer Teil erinnerte sich an Heliokles' Schwager und nahm die Höflichkeit bereitwillig hin. Da er nicht wußte, was er sonst tun sollte, reichte er dem König den Brief seines Vaters, und der König lächelte und dankte ihm.

Obwohl es Abend war, hatte sich ein großer Teil der Bevölkerung auf dem Marktplatz versammelt, um den Empfang des Botschafters zu verfolgen, und König Heliokles zog als echter Yavana-König die Begrüßung für das Volk in die Länge. Er machte viel Wesens um die Übergabe der erbeuteten Pferde und Waffen und widmete einige der Speere und Bogen sogleich der Göttin Anahita, in deren Tempel er sie aufhängte. Das ist bei den Yavanas nach einem Sieg Brauch; sie danken den Göttern dafür, machen ihn aber auch publik, indem sie die Trophäen zur Schau stellen. Das Gold jedoch behielt der König für sich und ließ es in seine eigene Schatzkammer bringen.

Antiochis und Padmini verschwanden noch vor dem Opfer in einer Horde von Dienstboden und Hofbeamten. Nach der Zeremonie führte man Itaz' Garde zu den luxuriösen Unterkünften, die für die Eskorten fremder Fürsten reserviert waren, und richtete ihnen ein Bankett aus, das Havani mir hinterher in allen unglaublichen Einzelheiten schilderte. Itaz selbst wurde in den Palast gebeten. Die Diener führten ihn in ein Schlafgemach, das so groß war wie der Speisesaal seines Vaters, boten ihm ein Bad an – was er zu ihrer Überraschung annahm –, schnitten ihm das Haar, reichten ihm als Geschenk einen neuen Umhang und geleiteten ihn zum Abendessen mit dem König.

Trotz all seiner Pracht brachte der Palast ihn nicht aus der Fassung. Der Parther Suren, bei dem er aufgewachsen war, besaß ebenfalls einen prunkvollen Palast – obwohl er kein Stadtbewohner war. Die Aussicht, mit König Heliokles zu Abend zu essen, war verstörender. Er wußte nicht mehr, wessen Diener er eigentlich war: Der Unfall der Königin, über den vom ersten Augenblick an in ganz Eskati geflüstert wurde, hatte ihn in ein solches Durcheinander widerstreitender Gefühle und Ergebenheiten gestürzt, daß er versuchte, überhaupt nicht mehr daran zu denken. Jetzt war er Heliokles' Gast, Gesandter Ferghanas in einem Land, das er noch immer mit Feindseligkeit betrachtete, und dazu verpflichtet, das Verhalten seines Vaters gegenüber Heliokles' Schwester zu rechtfertigen. Er besaß kein diplomatisches Geschick, und sein Griechisch, das er von den Händlern und Verwaltern Eskatis aufgeschnappt hatte, klang grob und unbeholfen. Heliokles sprach Griechisch wie ein Orator und kannte keine andere Sprache. Itaz wünschte verzweifelt, sein Vater hätte einen anderen Botschafter gefunden.

Doch wieder war der König ganz Lächeln und Höflichkeit. Er ließ Itaz auf seiner eigenen Couch Platz nehmen – die Yavanas sitzen oder lagern vielmehr immer zu zweit oder dritt auf einer Couch, und gewöhnlich stellen sie bei einer Essenseinladung drei Couchen an drei sichelförmig zusammenstehenden Tischen auf. Es ist ihnen sehr wichtig, wer wo sitzt; die Couch an der Spitze, die des Gastgebers, ist der ehrenvollste Platz. Heliokles hatte auch einige seiner Offiziere und Minister zu dem Essen eingeladen, doch er schenkte Itaz besondere Beachtung, sorgte dafür, daß ihm Speisen serviert wurden, schenkte ihm Wein ein und dankte ihm für die Mühe, als Botschafter »meines geschätzten Verbündeten, des Königs Mauakes«, gekommen zu sein. Die Minister jedoch lächelten hinter vorgehaltenen Händen. Itaz hatte nur in dem Bordell jemals liegend gegessen, und er fegte mit den Falten des sperrigen neuen Umhangs, den er nicht richtig drapiert hatte, seinen Becher vom Tisch – Yavana-Umhänge sind sehr weit, und nur die Götter wissen, wie man sie richtig drapiert. Ich werde keinen solchen Umhang tragen; nie gelingt mir der Faltenwurf richtig. Itaz biß die Zähne zusammen und ignorierte das Lächeln.

Mauakes' Brief lag, noch ungeöffnet, unter einer goldenen

Schale mit Rosenwasser. Itaz schaute darauf und fühlte sich, als säße er, einen Teller balancierend, auf der Tischkante und könnte jeden Augenblick hinunterfallen; unglücklich wartete er darauf, daß der König den Brief lesen und seine Freundlichkeit verlieren werde. Doch Heliokles hatte es nicht eilig; statt dessen bat er um einen Bericht über die Schlacht gegen die Tochari, den er dann mit seinen Offizieren besprach und bewunderte. Itaz kämpfte sich ungeschickt durch die Speisenfolge und wurde immer zorniger und verlegener. Die Yavana-Minister lächelten über sein fehlerhaftes Griechisch; er verschüttete seinen Wein; er ließ den Saum seines Umhangs in die Sauce hängen und sein Brot fallen; er fühlte sich in jeder Hinsicht als unbeholfener Wilder und verachtete sowohl sich selbst als auch die Yavanas.

Endlich war der Hauptteil der Mahlzeit vorüber, und der König befahl den Dienern, weiteren Wein auszuschenken; er bat seine Gäste, ihn zu entschuldigen. Er wolle den Brief seines Verbündeten lesen, »damit wir alles diskutieren können, was der Diskussion bedarf«. Itaz ballte unter dem Tisch die Fäuste und wartete. Heliokles las der Gesellschaft den Brief vor, wobei er nach und nach langsamer wurde, die Augenbrauen hochzog und Itaz einen fragenden Blick zuwarf. Itaz schaute zu Boden. Er begriff, daß es ein Fehler gewesen war, dem König den Brief gleich zu geben; er hätte ihn behalten und ihn unter vier Augen überreichen sollen. Aber er hatte ihn loswerden wollen, und er hatte nicht erkannt, daß Heliokles annehmen würde, es handele sich um eine offizielle Angelegenheit.

»Dein Vater scheint besorgt, ich könne auf das hören, was die Hofdamen meiner Schwester über sie zu berichten haben«, sagte Heliokles. »Was *haben* sie denn zu berichten, Herr Itaz?«

Verdrossen schaute Itaz in seinen Becher. Er wußte ungefähr, was sie zu berichten hatten. Jedermann in Mauakes' Palast wußte das, wenn auch niemand sagen konnte, woher es alle erfahren hatten. So sind Paläste nun einmal. »Sie hatte kurz vor unserer Abreise einen Unfall«, sagte er zu Heliokles. »Ihre Damen meinen, mein Vater sei daran schuld gewesen. Und sie finden, daß er ihr nicht genug Macht einräumt. Sie ... sie verstehen nicht, daß er ihr einfach nicht die Rechte geben kann, derer sich die meisten Königinnen unseres Volkes erfreuen. Die Herren des Rates würden das nicht akzeptieren, ehe sie sie besser kennen.« Er erinnerte sich an seine eigene Opposition ihr gegenüber und wurde rot. Wieder wünschte er sich, sein Vater hätte jemand anderen geschickt.

»Aha.« Heliokles faltete den Brief zusammen und steckte ihn ein. Dann bot er seinem Gast einige mit Pfeffer gefüllte Pflaumen an. Er selbst nahm auch eine und kaute nachdenklich.

»Es war ein Unfall«, sagte Itaz abwehrend. »Tatsächlich schätzt mein Vater deine Schwester sehr.«

»Hmmm«, sagte Heliokles und schluckte. »Das sagt er auch in seinem Brief. Was ist mit ihr passiert?«

»Sie stürzte und stieß mit dem Kopf gegen die Bettstatt. Als ich Eskati verließ, hatte sie sich schon wieder erholt.«

»Ich verstehe.«

»Das ganze Königreich bewundert deine Schwester«, fuhr Itaz fort. Er war sich darüber klar, daß er schwafelte, konnte aber nicht aufhören. »Viel mehr, als wir vorher erwartet hatten.« Einer der Minister grinste, und hitzig fuhr Itaz fort: »Wir hatten nicht damit gerechnet, daß sie unsere Sprache spricht oder so viel Verständnis für unsere Gepflogenheiten hat. Wir dachten – ich dachte –, eine Yavana-Königin werde uns von oben herab behandeln wie so viele aus deinem Volk.« Der König warf seinen Freunden einen amüsierten Blick zu, den sie mit herablassendem Lächeln erwiderten. »Deine Schwester ist nicht so. Wenn sie ausreitet ...«

»Reitet? Auf einem Pferd, meinst du? Meine kleine Schwester?« Der König starrte ihn an. Der grinsende Minister lachte laut auf.

»Natürlich – wenn sie sich zu Pferd unter das Volk begibt oder die Armee kontrolliert, dann vergessen die Sakas, daß sie eine Fremde ist, und bewundern sie genauso, wie es die Yavanas tun.«

»Auf einem *Pferd!* Um die *Armee* zu kontrollieren!« sagte

König Heliokles. »*Ma ton Apollon!*« Er schüttelte den Kopf und trank noch einen Schluck Wein. »Und dein Volk heißt das gut? Dein Vater heißt es gut?«

Itaz starrte ihn verwirrt an. Die meisten der Yavana-Frauen in Ferghana hatten schon einige der Sitten ihrer Saka-Nachbarn übernommen; bis jetzt hatte er nicht begriffen, wie anders die Dinge am königlichen Hof Baktras waren und wie radikal die Königin die Bräuche ihres eigenen Volkes aufgegeben hatte. »Natürlich«, sagte er zu Heliokles. »Eine Saka-Königin muß reiten können. Wie ... wie könnte sie sonst Königin sein? Sie kann nicht in einem Wagen sitzen wie ein Bauer, der zum Markt fährt.«

Heliokles schüttelte erneut den Kopf. »Gnädige Anahita! Doch es ist wohl verdienstvoll, daß sie sich euren Sitten anpaßt. Obwohl ich mir, unter uns gesagt, wünschte, ich hätte sie zurückgehalten und anderweitig verheiratet.« Nachdenklich trank er von seinem Wein und fügte hinzu: »Ich habe sie nie sonderlich beachtet, als sie klein war, aber als ich sie fortschickte, bedauerte ich es, sie zu verlieren. Sie ist hübsch, nicht wahr?«

»Sie ist so liebreizend wie die Sonne am Himmel«, sagte Itaz aufrichtig und arglos und ertappte sich bei dem Zusatz: »Und sie ist ehrenwert, klug und tapfer. Sie ist ein Juwel, das überall glänzen würde.« Dann biß er sich auf die Zunge.

Heliokles sah überrascht aus. Dann lächelte er und tat die Worte als Extravaganz eines ungebildeten Barbaren ab. »Sie ist hübsch und klug«, räumte er ein, »und ernsthaft der Tugend ergeben. Du hast recht, sie wäre eine gute Frau für jeden Mann – und jedem anderen Mann würde sie Erben schenken, die seine Macht mit meiner verbinden würden. Mit allem Respekt vor deinem Vater, dessen Freundschaft mir so wert ist wie mein halbes Königreich, ein gewöhnlicher Bündnisvertrag hätte gereicht. Ich wurde ... überredet« – mit einem ironischen Blick zu dem grinsenden Minister –, »den Vertrag mit der Hand meiner Schwester zu besiegeln.« Betretenes Schweigen folgte. Nach einem Augenblick fuhr der König fort: »Wenn ihre Kinder sie nicht beerben sollen, könnte das Schwierigkeiten zwischen meinem Nachfolger und dem Nachfolger deines Vaters verursachen. Ich verlange natürlich nichts; bei Vertragsschluß war ausgemacht, daß dein Vater den Erstgeborenen seines Erstgeborenen zum Nachfolger ausersehen hatte – dennoch würde es den Frieden bis in die nächste Generation sichern, wenn der Nachfolger deines Vaters und mein Nachfolger Vettern wären. Du könntest deinem Vater sagen, er möge das bedenken. Natürlich will ich ihm keine Vorschriften machen.«

Itaz starrte ihn verständnislos an. Heliokles erwiderte den Blick forschend. Das Wohlbefinden seiner Schwester war ihm völlig gleichgültig; so als bestehe ihr einziger Daseinszweck darin, halb-yavanische Erben hervorzubringen, die Ferghana regieren sollten. Itaz fiel wieder ein, wie die Königin ihren Hofdamen Lebewohl gesagt hatte – dünn und blaß, noch immer leidend, hatte sie beide umarmt und mit resigniertem Kummer fortgehen sehen. Sie verdiente Besseres. »Ich hörte«, sagte er in einer plötzlichen Aufwallung von Ärger, »daß deine Minister dir zu der Heirat und dem Bündnis rieten, weil sie Angst hatten, deine Schwester könne dir etwas von ihren Missetaten berichten.«

Plötzlich herrschte absolute Stille. Die Minister lächelten jetzt nicht mehr. Heliokles sah Itaz rasch an. »Tatsächlich?« fragte er. »Wo hast du das gehört?«

»Von ... von einem Verwandten, einem Edelmann, der ungefähr zur Zeit der Heirat Baktra besuchte. Er sagte, deine Schwester spreche die Sprache deiner Untertanen und habe dadurch Dinge erfahren, die deine Minister vor dir geheimhalten wollten.«

»Tatsächlich?« fragte Heliokles wieder. »Das erzählte man sich also in Baktra? Und was wollten sie geheimhalten?«

»Das weiß ich nicht. Ich weiß nichts über die Angelegenheiten Baktriens, König Heliokles. Ich hörte nur, daß deine Schwester aus diesem Grund meinen Vater heiraten konnte, ohne daß er den Sohn meines Bruders enterbte. Aber nachdem ich deine Schwester kennengelernt und ihre große Klugheit und ihre Tüchtigkeit gesehen habe, kommt mir das sehr glaubwürdig vor.«

Heliokles senkte die Lider und schaute von Itaz zu seinen Ministern. Nach einer langen Minute lächelte er. »Natürlich kenne ich meine kleine Schwester wahrscheinlich weniger gut als du«, sagte er. »Ich hatte immer so viel mit Staatsgeschäften zu tun; die Dinge im Palast überlasse ich meinen Ministern, zu denen ich volles Vertrauen habe. Ich bezweifle, daß an den Gerüchten, die dein Vewandter unter den Händlern am Markt hörte, etwas Wahres ist. Ich erinnere mich allerdings, daß meine Schwester ein eigenartiges Kind war. Es tut mir leid, was du von ihr erzählst – daß sie mit den Männern der Armee ausreitet, womöglich auch noch in diesen schrecklichen Hosen? Beim Herakles! Man kann auch zu viele Sitten seiner barbarischen Untertanen übernehmen. Aber bestimmt ist es nützlich, ihre Sprache zu sprechen. Vielleicht sollte ich selbst Baktrisch lernen. Was meinst du, Archemedos?« wandte er sich höflich fragend an den grinsenden Minister.

»Ich sehe keinen Sinn darin, barbarische Sprachen zu erlernen«, antwortete Archemedos. »Mir scheint das unter der Würde eines Königs zu sein, der vom Eroberer der Welt abstammt. Wir sind die Herren, und wer mit uns Handel treiben möchte, sollte unsere Sprache erlernen. Möchtest du einen Hof wie König Menander führen, wo die Hälfte der Männer, die sich als Verwandte des Königs bezeichnen, kaum Griechisch sprechen, und wo Alexanders Nachfahren ihr Blut mit indischen Barbaren mischen und sich vor den eingeborenen Mönchen und heiligen Männern verneigen? Dabei haben die Inder wenigstens ihren eigenen Adel, während die Baktrier von Natur aus Sklaven sind. Aber natürlich, wenn du es für vorteilhaft hältst, o König...«

»Es scheint, als könne es sehr vorteilhaft sein«, antwortete Heliokles lächelnd. »Man hört so interessanten Klatsch.«

Archedemos wandte den Blick ab und begann, um das Thema zu wechseln, über interessanten Yavana-Klatsch zu sprechen, den er gehört habe. Heliokleia wurde nicht mehr erwähnt. Itaz verließ, Müdigkeit vorschützend, die Tafel und ging zu Bett, sobald er das mit Anstand tun konnte. Dann lief er in dem riesigen Schlafzimmer auf und ab und verfluchte im stillen König Heliokles. Er war sich nicht klar darüber gewesen, daß er gehofft hatte, der König werde eingreifen und von seinem Vater mehr Freiheiten für die Königin fordern oder vielleicht sogar auf einer Scheidung bestehen. Nun war er nicht nur enttäuscht, sondern auch wütend auf Heliokles und über sich selbst beschämt, weil er sich etwas gewünscht hatte, das für seinen Vater und seine Nation schändlich war. Endlich legte er sich auf sein Bett und versuchte verzweifelt zu beten.

Itaz und seine Begleitung verbrachten vier Tage in Baktra, damit die Pferde sich vor der Rückreise nach Ferghana etwas erholen konnten. Sie wurden durch die Stadt geführt und erhielten Geldgeschenke und feine Kleidung. Die jungen Männer der Eskorte gaben das ganze Geld auf den Märkten und in den Bordellen aus und verkauften ihre Reservekleidung und ihren Schmuck, um noch mehr ausgeben zu können. Havani kam mit Geschenken beladen zurück. Er gab mir einen Onyx-Siegelring mit einem eingeschnittenen springenden Pferd, den ich noch heute besitze; er stammte aus dem Westen, und die gravierten Linien sind so fein und vollkommen wie die Flügel eines juwelenartigen kleinen Käfers. Itaz jedoch schloß sich den anderen nicht an. Am zweiten Tag des Besuches entdeckte er bei einem Rundgang durch die Stadt einen Feuertempel der Mazda-Anhänger und empfand das verzweifelte Bedürfnis zu beten.

Baktra war schon eine mazdaistische Stadt, ehe es yavanisch wurde; einige sagen, der Prophet Zarathustra sei dort geboren. Es gibt einen sehr schönen und großen Tempel außerhalb der Stadtmauern, der vor den Tagen des Königs Alexander erbaut wurde. Itaz besuchte ihn und brachte eine Gabe dar, fand ihn aber für seine private Andacht zu überlaufen und zu voll mit Griechen. Aber als er durch die Stadt geführt wurde, entdeckte er in einer Gasse abseits der Hauptstaße einen kleinen Tempel in stark yavanischem Stil, mit einem rechteckigen Mittelbau und einer Säulenveranda. Itaz hätte ihn nicht als Tempel erkannt, aber der Führer, den der König ihm mitgegeben hatte, zeigte auf den Tempel und sagte: »Das ist ein Tempel für Zeus-Mazda.

Er wurde von einem parthischen Händler erbaut und ist noch ganz neu.«

Der alte Tempel außerhalb der Stadt war ebenfalls »Zeus-Mazda« geweiht; man sah sofort, daß die Yavanas den Weisen Herrn mit ihrem eigenen obersten Gott identifizierten. Itaz starrte den Bau neugierig an. »Darf ich hineingehen?« fragte er.

»Nur wenn du ein Verehrer des Feuers bist, ein Mazdaist«, sagte der Führer. »Sie mögen es nicht, wenn Leute anderen Glaubens dem Feueraltar zu nahe kommen.«

»Aber ich bin ein Anhänger Mazdas«, sagte Itaz und ging eifrig auf den Tempel zu.

Auf der Tempelveranda stand ein yavanischer Opferaltar, dahinter führte eine Tür in den eigentlichen Tempel. Itaz berührte sie; sie war unverschlossen. Sein Führer setzte sich ergeben auf die Tempelstufen, als Itaz eintrat.

Das Innere des Gebäudes war dunkel, nur von ein paar Fensterschlitzen hoch oben in der Nähe der Decke erhellt. Der Altar für das heilige Feuer befand sich von Vorhängen geschützt am anderen Ende; darüber sah man im Feuerschein eine Yavana-Statue von Zeus, gekrönt mit der Sonnenscheibe und einen Blitz haltend. Es roch nach Weihrauch, Holzkohle, Leder und Seife. Ein kleiner, verschrumpelter Mann in der weißen Robe eines Priesters schrubbte geschäftig den polierten Marmor des Fußbodens. In einem großen Tempel wäre das unter seiner Würde gewesen, aber Itaz nahm an, daß es einer kleinen Kapelle wie dieser an Tempelsklaven fehlte und der Priester und seine Familie sich nicht nur um den Gottesdienst kümmerten, sondern auch um das Gebäude. Der Priester setzte sich auf die Fersen, als Itaz, vom Tageslicht geblendet, eintrat. »Was wünschst du?« rief er auf baktrisch.

»Ich möchte den Gott ehren«, erwiderte Itaz auf sakan, das, wie er festgestellt hatte, leicht verstanden wurde. »Ich bin ein Anhänger der guten Religion, der aus dem Norden zu Besuch gekommen ist.«

»Ach, dann bist du willkommen!« Der Priester zog eine Ledermatte heran und legte sie in die Mitte des Raumes, wo der

Fußboden schon trocken war. »Möge der helle Himmel, das selige Paradies dir für jeden deiner Schritte zwölfhundert Schritte entgegenkommen«, zitierte er aus dem Gottesdienst der Mazda-Religion – und wischte dann weiter den Fußboden.

Itaz setzte sich auf die Matte und versuchte, um Anleitung zu beten. In Baktrien hatte er sie nötiger denn je. All seine alten Gewißheiten galten nicht mehr. Er stellte fest, daß er die Yavanas nicht einmal mehr haßte, und er wußte nicht, was richtig war und was falsch. Er fühlte sich in einem Netz von Widersprüchen gefangen; nicht einmal sich selbst gegenüber konnte er ehrlich sein, da er nicht mehr wußte, wer er eigentlich war. Er bat Ahura Mazda, den Herrn des Lichts und der Wahrheit, ihn in seiner Dunkelheit und Verwirrung zu erleuchten und ihn vor der Macht der Lüge zu schützen. Doch es schien, als habe der Gott sein Antlitz abgewandt, und seine Bitten verhallten ungehört.

Nach langem, schweigendem Kampf hörte er neben sich etwas rascheln, und als er die Augen öffnete, stand der alte Priester neben ihm. Der Fußboden war sauber. »Du scheinst verwirrt, mein Sohn«, sagte der alte Mann freundlich. »Möchtest du Gebete oder Rat?«

Itaz nickte müde. Der alte Mann hockte sich neben ihn auf die Gebetsmatte. »Glücklich der Körper, der sich um seine eigene Seele müht«, sagte er. »Was beunruhigt dich?«

Itaz saß lange schweigend da. Dann sagte er schwermütig: »Ich werde von einem bösen Dämon der Wollust gequält.« Doch gleich erschien ihm das als eine Art Verrat an seinen Gefühlen, denn er hatte viel zu einfach ausgedrückt, was inzwischen sehr viel tiefer ging als Wollust und so sehr von Zweifel umgeben war.

»Aha«, sagte der Priester duldsam. »Das kommt bei jungen Männern häufig vor; kämpfe dagegen an, mein Sohn, und meide Dirnen, welche die Lüge als Falle für dich aufgestellt hat. Doch tröste dich mit dem Gedanken, daß andere auf dieselbe Weise leiden.«

Itaz schüttelte ungeduldig den Kopf. »Du verstehst nicht. Die Frau... die Frau ist verheiratet.«

»Oh.« Der Priester zupfte an seinem dünnen weißen Bart.

»Oh, ich verstehe; das ist viel schlimmer. Du hast recht, den Gott um Hilfe zu bitten. Ist sie eine Gläubige?«

»Nein, sie ist... eine Ungläubige. Aber sie ist ehrenhaft. Sie ermutigt mich nicht. Ich versuche, sie mir aus dem Kopf zu schlagen, aber es gelingt mir nicht.«

Der Priester schwieg einen Augenblick. »Bist du von Adel?« fragte er endlich. »Einer von den Sakaraukai?«

»Ich bin ein Saka aus Ferghana.«

»Ah!« sagte der Priester in verändertem Ton, und sein altes Gesicht straffte sich. »So ist das; ich habe dich in Anahitas Tempel gesehen, und ich erkenne dich jetzt. Du bist der Sohn des Königs Mauakes. Vergib mir. Ich wußte nicht, daß du ein Mazdaist bist.« Das freute ihn; resigniert erkannte Itaz, daß er sich damit vor rivalisierenden Sekten brüsten würde. Er biß die Zähne zusammen und wünschte, er hätte seine Probleme für sich behalten. Doch der Priester nickte jetzt. »Aha, jetzt verstehe ich, warum du so verstört bist. Es ist viel schlimmer für den Sohn eines Königs, wenn er von Wollust für die Frau eines Untertanen seines Vaters gequält wird, als für einen Privatmann. Du wagst in deinem Heimatland, in deinem eigenen Tempel nicht einmal darüber zu sprechen, denn der Ehemann könnte es ja erfahren und gekränkt sein. Nein, nein, habe keine Angst, hier bist du sicher... Ich werde es niemandem erzählen.« Er runzelte die Stirn. »Hast du darum gebetet, daß es besser wird, und keinen Erfolg gehabt?«

»Ich habe gebetet und geopfert, aber es wird jedesmal schlimmer, wenn ich sie sehe«, sagte Itaz gequält. »Ich würde der Frau aus dem Weg gehen, wenn ich könnte, aber das kann ich nicht.«

Der alte Mann runzelte die Stirn und brummte mitfühlend. »Dann muß es wahrhaftig das Werk eines Dämons sein. Wir müssen eine Läuterungszeremonie abhalten, um ihn zu vertreiben.«

»Ja!« sagte Itaz, der einen Hoffnungsschimmer erblickte. »Das würde ich gern tun. Wann könnten wir das machen? Ich muß die Stadt übermorgen wieder verlassen.«

»Ehh... heute um Mitternacht? Morgen ist ein günstiger Tag,

der Tag der Danksagung für die Erschaffung der Erde. Wenn wir die Zeremonie bei Nacht abhalten, kannst du aus der Danksagung am nächsten Morgen Nutzen ziehen.«

»Ausgezeichnet«, sagte Itaz und lächelte dem alten Mann zu.

Der Priester strahlte zurück und tätschelte seine Hand. »Ich werde also alles für heute nacht vorbereiten. Mein Enkel und ich können die Zeremonie durchführen; mein Sohn übernimmt die Morgenandacht für das Volk. Aber« – er wurde verlegen – »ich muß dich bitten, dem Tempel etwas Geld zu spenden. Wir haben viele Arme hier in der Stadt, und dazu kommen die Besucher, die manchmal auf der Straße ausgeraubt worden sind – immer wenn Krieg ist, sammeln sich die Banditen wie Geier, und Männer in Lumpen kommen zu uns, weil sie all ihre Habe verloren haben; sie erbetteln nur etwas zu essen, damit sie genug Kraft finden, wieder nach Hause zu gelangen...« Er verstummte beschämt. Itaz bemerkte, daß das weiße Gewand geflickt war, und er spürte Zuneigung zu dem alten Mann. »Und dann ist da noch das Haoma«, schloß der Priester und schnaubte reuig. »Der Preis steigt und steigt.« Haoma ist eine Bergpflanze, die von den Mazdaisten bei ihren Zeremonien benutzt wird. Ein Sud aus seiner Wurzel soll Visionen erzeugen; die Laien unter den Mazdaisten nehmen gewöhnlich nur einen Schluck aus einem gemeinsamen Becher, aber bei besonderen Gottesdiensten berauschen sich die Priester manchmal daran und sagen, sie sähen alle Geheimnisse von Himmel und Hölle.

Itaz nahm seine Börse heraus und leerte den gesamten Inhalt, auch die Geschenke von König Heliokles, vor dem alten Priester auf die Matte. »Nimm, was du brauchst, und gib den Rest den Armen«, sagte er, und der Priester strahlte, ergriff seine Hände und dankte ihm herzlich.

Itaz erzählte dem Führer und später den Bedienten des Königs Heliokles, er wolle in dieser Nacht zu einem besonderen Gottesdienst in den Tempel zurückkehren. Sie schüttelten in duldsamer Belustigung die Köpfe. Er verließ den Palast nach dem Abendessen, lehnte die angebotenen Begleiter ab und begab sich sogleich zum Tempel. Die Tür war noch immer unverschlossen, wie er gehofft hatte. Innen kam jetzt das einzige Licht von dem heiligen Feuer, ein schwaches, orangefarbenes Glühen, das durch die Vorhänge gerade noch zu sehen war. Er setzte sich in der Dunkelheit auf den Boden und betete ungeduldig; er hoffte, in wenigen Stunden würden all seine Zweifel und Qualen vergangen sein.

Der alte Priester kam etwa eine Stunde vor Mitternacht. Er trug eine Laterne und wurde von einem Knaben begleitet. Er begrüßte Itaz leise, verneigte sich vor dem Feuer, und er und der Junge zündeten die Lampen an, die an Silberketten über die Länge des Gebäudes verteilt waren. Dann legte der Priester die Handschuhe und die Baumwollmaske an, die sie tragen, damit ihr Atem nicht das heilige Feuer verseucht, und zog die Vorhänge um das Feuer auf dem Altar zurück. Er legte Sandelholzstäbe und Salbei in das Feuer, bis die Flamme hell aufloderte und klares Licht und einen süßen, reinen Duft verbreitete. Der Priester wandte sich vom Feuer ab und Itaz zu und sprach: »Gesegnet sind die Frommen, die zu diesem Opfer kommen!«

Itaz stand auf und flüsterte den Gebetsspruch: »Ich komme in die Welt, ich nehme Kummer und Leid hin, ich finde mich mit dem Tod ab.«

Der Gottesdienst dauerte lange. Der Junge sang, der Priester betete und rezitierte die langen Hymnen und Anrufungen, das Feuer brannte. Irgendwann nach Mitternacht trat Itaz an den Altar, und der Priester benetzte seine Handflächen mit dem geweihten Wasser und verspritzte weiteres Wasser mit einem Bündel geweihter Tamarisken- und Granatapfelzweige. Er hob den Mörser, in dem die Haoma-Wurzel lag. »Gewähre eine Waffe für die Reinen, um den Körper zu schützen, o goldenes Haoma«, intonierte er feierlich. »Gegen die Geister der Wollust, begabt mit magischer Kunst, um Begehren zu erzeugen, das sich voranbewegt wie eine vom Wind getriebene Wolke; gewähre eine Waffe für die Reinen, um den Körper zu schützen.« Mit zitternden Händen zerstieß der alte Mann das Haoma, vermischte es mit Milch und goß es in einen goldenen Becher. Er nahm einen Schluck und reichte den kostbaren Trank dann

Itaz. »Trinke alles aus«, flüsterte er. Itaz gehorchte, und der Priester betete wieder, breitete die Hände über dem heiligen Feuer aus und bat den Gott, den Dämon zu zerstören, der seinen Diener quäle, und seinen Geist zu läutern, so wie Feuer die Erde läutert. Als das Gebet beendet war, führte er Itaz zu einer Nische an einer Seite des Feueraltars, in der ein weicher Teppich lag. »Nun schlafe«, sagte er zu ihm. »Wenn du morgen erwachst, danke für die Erschaffung der Erde, neu und geläutert mit reinem Herzen.«

Itaz nickte. Er fühlte sich sehr benommen und war froh, sich hinzulegen. Als er jedoch die Augen schloß, schien der Raum sich so wild um ihn zu drehen, daß er sie wieder öffnete. Offenbar hatte es länger gedauert, als er geglaubt hatte, denn der Priester war nirgends zu sehen, und alle Lampen bis auf eine waren gelöscht. Diese hing unmittelbar vor der Nische, und ihre hohe Flamme brannte still und orangegolden. Sie gemahnte ihn an Heliokleia – und dieser Gedanke erfüllte ihn mit starker, reiner Sehnsucht, erregte sein Fleisch und trieb ihm die Tränen in die Augen. Er setzte sich auf und begann verzweifelt und verloren zu schluchzen. Der Gott hatte nichts geändert. Er liebte sie noch immer.

Nach einer Weile wurde ihm kalt, und er zog sich den Teppich um die Schultern, saß zusammengekauert in der Nische und wartete auf den Morgen. Doch im Tempel schien es immer dunkler und kälter zu werden; die Steine knirschten wie unter einer schweren Last, als wäre der Tempel tief in der Erde vergraben. Die Lampe brannte noch immer, aber ihre Strahlen schienen von der undurchdringlichen Dunkelheit erstickt und immer trüber zu werden. Als sie nur noch einen blauen Schimmer gab, konnte Itaz das drückende Gewicht der Dunkelheit nicht mehr ertragen. Er stand auf, vertrat sich die kalten Füße und ging näher zur Lampe. Der Docht war fast heruntergebrannt, und die Flamme ertrank im Öl. Im schwachen Licht sah er, daß der Fußboden schneebedeckt war. Damals fand er das nicht merkwürdig, sondern suchte nur nach etwas, mit dem er den Docht beschneiden konnte. Er fand keine Zange, daher nahm er seinen Dolch und hob den Docht damit an; die Flamme züngelte wieder auf und warf einen Kreis goldenen Lichts. Am Rande dieses Kreises sah er seinen Vater, der ihn vorwurfsvoll anstarrte. Sobald er seinem verbitterten Blick begegnete, wußte er, daß der König alles wußte – die ganze geheime Sehnsucht, die er nie gestanden hatte –, daß er alles wußte und es verachtete und daß es ihn tief im Herzen traf.

»Vater!« sagte er laut, gelähmt vor Schuldgefühlen.

Mauakes trat näher und zog sein Schwert. Itaz spürte sein eigenes Messer griffbereit in der Hand. Entsetzt und voller Abscheu sah er es an. Welcher Mann ermordet seinen Vater, weil er dessen Gemahlin begehrt? Wild schleuderte er das Messer in die Dunkelheit. »Vater!« sagte er wieder. »Ich *will* es nicht tun!«

Mauakes antwortete, indem er das Schwert hob. Doch dann ertönte aus der Schwärze plötzlich ein entsetzlicher Laut, und sein Vater wirbelte herum. Er riß den Mund zu einem tonlosen Schrei auf, als sich aus der Finsternis eine riesige, formlose Gestalt auf ihn stürzte. Es war ein Chaos aus Zähnen und Augen, geschwungenen Hörnern und gelben Klauen, Haarbüscheln, sich windenden Schlangen und Blutgestank; das namenlose Ding fiel über den König her und wollte ihn zerschmettern. Mauakes schlug mit dem Schwert darauf ein, aber das Eisen klapperte nutzlos in seiner Hand. Er schrie einmal, sein Brüllen wurde zu einem Kreischen erstickt, und dann verschwand sein Gesicht in dem Grauen, und der Arm mit dem Schwert wurde abgerissen und fiel blutend zu Itaz' Füßen nieder. Itaz schrie, griff hilflos nach seinem leeren Gürtel, rannte dann auf das tödliche Gewühl zu, rutschte im Schnee aus und stürzte. Etwas Heißes kam über ihn, und er schrie wieder, kam auf die Knie und starrte wild um sich.

Sein Vater, das Grauen und der Schnee waren verschwunden. Er kniete vor dem Feueraltar, und der alte Priester kauerte neben ihm, hielt seine Schulter umfaßt und sagte: »Sohn, sei ruhig, sei ruhig, Sohn. Du bist hier sicher, alles ist gut.«

Itaz starrte noch einen Augenblick keuchend ins Leere. Er

griff an seinen Gürtel. Der Dolch war wieder da. Er lehnte sich auf die Fersen zurück und legte zitternd die Hände vor die Augen.

»Du hast eine Vision gesehen«, sagte der Priester. »Was war es?«

»Mein Vater...«, sagte Itaz. »Da war... da war ein Ding... es riß ihn in Stücke... o gnädige Anahita!« Tränen drohten ihn zu ersticken.

»Komm und setze dich«, sagte der Priester beruhigend. Er führte ihn zurück in die Nische. Als Itaz sie sah, blieb er wie angewurzelt stehen und schüttelte den Kopf.

»Nein!« sagte er. »Dahin gehe ich nicht wieder.«

Der Priester zögerte, dann führte er ihn in die andere Richtung, aus dem Tempel heraus und über die Straße zu einem kleinen Haus. Die Sterne verblaßten, und der Himmel war grau. Auf der Straße spürte man schon die Hitze des baktrischen Sommers. Itaz zitterte und fror jetzt etwas weniger. Der alte Priester führte ihn in das Haus und ließ ihn in der Küche Platz nehmen. Der Raum war voll von Broten in Zopfform mit glänzender Kruste, die nach Kassia dufteten, von irdenen Töpfen und Lehmfiguren von Menschen und Tieren für die morgendliche Danksagungsfeier. Der Priester holte einen Becher Wasser. »Was hast du gesehen?« fragte er wieder, als Itaz das Wasser getrunken hatte.

»Meinen Vater... da war ein Ding, ein ungeheures... ein Ding, das nichts auf Erden gleicht. Es griff ihn an und riß ihn in Stücke. Ich konnte nicht helfen. Sein Arm fiel vor meine Füße, da war Blut...« Er schaute auf seine Stiefel. Sie hatten keine Blutflecken.

»Pssst!« sagte der Priester. Er schwieg einen Augenblick, lächelte dann und tätschelte Itaz' Arm. »Das muß der Dämon gewesen sein, der dich gequält hat. Du hast gesehen, was er tun wollte – das Königreich deines Vaters zerreißen, indem er dich zu einer verworfenen Tat mit der Frau eines Untertanen verleitete. Aber du warst zu stark für ihn. Was du gesehen hast, kann jetzt nicht mehr passieren.«

»Wirklich?« fragte Itaz zweifelnd.

»Dafür haben wir gesorgt!« sagte der alte Mann. »Die Zeremonie hat ihn vertrieben. Du hast seine wahre Gestalt gesehen und läßt dich von ihm nicht mehr täuschen.«

»Aber ich liebe noch immer...«

»Nein, nein«, sagte der Priester zuversichtlich. »Du wirst sehen, daß das jetzt vergeht. Ruhe dich eine Weile aus, dann komm mit mir zur Danksagung für die Erschaffung der Erde.«

Itaz glaubte ihm nicht. Aber er war zu müde, um zu disputieren, und außerdem mochte er den alten Mann. Er ruhte sich aus, ging dann mit dem alten Priester und seiner Familie wieder über die Straße und sah zu, wie der Sohn des Priesters den Danksagungsgottesdienst für eine Gemeinde einheimischer Ladenbesitzer und parthischer Händler abhielt. Aber er hatte kein Vertrauen in die Deutung, die der alte Mann für seine Vision gegeben hatte, und war nie in seinem ganzen Leben weniger dankbar gewesen.

12. Kapitel

Am Morgen vor seiner Abreise suchte er Padmini und Antiochis auf, da er annahm, die Königin werde wissen wollen, wie es ihnen ging. Beide Damen waren mit Offizieren aus König Heliokles' Garde verheiratet und bewohnten Gemächer im Palast. Itaz wurde zu Padminis Zimmer geleitet und fand dort die beiden Frauen beim Weben. Padminis Tochter, eine schlanke, dunkle Sechzehnjährige, saß neben ihrer Mutter, und Antiochis' Jüngste, ein plumpes Mädchen von acht Jahren, spann fleißig, die Zunge zwischen den Zähnen. Als Itaz den Raum betreten hatte, wurden beide Mädchen sofort hinausgeschickt, da sie zu jung und tugendhaft waren, um dem Blick eines unbekannten jungen Barbaren ausgesetzt zu werden. Wieder erkannte er, wieviel die Königin von ihrer Vergangenheit hinter sich gelassen hatte, als sie einen Saka heiratete.

»Meine Damen«, sagte Itaz höflich, »ich bin gekommen, um zu fragen, ob ihr irgendeine Botschaft an Königin Heliokleia zu senden habt.«

»Danke, Herr Itaz«, sagte Padmini, die wie üblich für beide sprach. »Überbringe ihr unsere Liebe und Ergebenheit und sage ihr, daß es uns gutgeht.«

Eine unbehagliche Pause entstand. »Sind eure Familien wohlauf?« fragte er.

»Ja, das sind sie. Sie freuen sich natürlich, daß wir zurück sind.«

»Sage der Königin, daß mein Ältester in die königliche Garde eingetreten ist, und zwar in die Truppe seines Vaters«, warf Antiochis ein. »Und Padminis Nikolaos hat den ersten Preis im Schulwettbewerb für Rhetorik gewonnen. Meine kleine Gorgo gewann den Mädchenwettstreit ihres Jahrgangs auf der Lyra.«

»Ich werde versuchen, es mir zu merken. Habt ihr ... habt ihr noch eine Position bei Hofe?«

Padmini rümpfte die Nase. »Der König hat uns für unsere Tätigkeit weder gelobt noch getadelt. Wir behalten also unseren Rang als ›Freunde des Königs‹, haben aber keine Pflichten. Es steht uns frei, uns unseren eigenen Haushalten zu widmen; den Göttern sei Dank, daß es uns da an Beschäftigung nicht mangelt!«

»Glaubt er nicht, was ihr ihm erzählt habt?«

Padmini sah ihn aus verengten Augen an. »Er glaubt uns, tut aber so, als glaube er uns nicht. Dein Vater ist nicht gerade für seine Freundlichkeit berühmt; die Leute hier haben seine Überfälle noch in guter Erinnerung. Der König wußte, daß seine Schwester vielleicht leiden würde, als er in die Heirat einwilligte. Verstehst du das? Er wollte, daß die Tochari geschwächt und von seinem Volk ferngehalten würden; er bewertet das Bündnis zu hoch, als daß er es mit Protesten bei deinem kostbaren Vater erschüttern würde. Wenn unsere Herrin geschrieben und sich beklagt hätte, hätte er das vielleicht zur Kenntnis nehmen müssen, aber das hat sie nicht getan und wird sie nicht tun. Sie hat das Risiko, unglücklich zu werden, ebenso akzeptiert wie ihr Bruder; sie wird jetzt nicht wanken oder weglaufen. Aber *uns* steht es frei zu protestieren, und das haben wir getan. Wir dachten, König Heliokles sollte wissen, wie eine griechische Prinzessin bei den Sakas empfangen wird.«

Beschämt wandte Itaz den Blick ab.

Plötzlich warf Antiochis ein: »Warum hast du dem König gesagt, daß unsere Herrin ihn über einige Verbrechen seiner Minister informieren wollte?«

»Weil ich das gehört hatte«, sagte Itaz. »Stimmte es denn nicht?«

»Sie hatte etwas gehört«, sagte Padmini, »aber ohne Beweise hätte sie nichts gesagt. Natürlich waren die Minister beunruhigt – vor allem Archemedos. Da hast du in ein Wespennest gestochen. Der König untersucht die Angelegenheit jetzt, und der ganze Palast steht kopf.«

»Tatsächlich?« fragte Itaz überrascht. »Er machte nicht den Eindruck, als ob ... ich meine, ich dachte, er hätte meinen Hinweis als Gerücht abgetan.«

»O nein«, sagte Padmini. »Hältst du ihn für dumm? Er ist ein sehr fähiger König und keiner, der Korruption begünstigt. Er hat bereut, daß er mit dieser Hochzeit kein besseres Geschäft gemacht hat, und er hat sich gefragt, warum Archemedos so darauf drängte. Aber er hört nie, was irgend jemand auf baktrisch sagt. Er wünscht sich – jetzt! –, er hätte besser nachgedacht, bevor er seine Schwester verheiratete. Er hätte dieser Heirat niemals zustimmen dürfen« – heftig –, »niemals!«

»Dein Vater verdient sie nicht«, warf Antiochis ein. »Ich hatte immer gehofft, sie würde ihren Vetter heiraten, Menanders Sohn, Straton. Nun, ich werde zu den Göttern beten, daß sich alles zum Besten wendet.«

Itaz nickte und sah elend aus.

Beide Frauen starrten ihn überrascht an. »Was ist mit dir?« fragte Padmini. »Du hast sie am meisten verabscheut und versucht, den Rat gegen sie aufzubringen.«

»Ich ... ich habe meine Meinung geändert«, erwiderte Itaz. Die beiden Frauen sahen ihn wieder neugierig und argwöhnisch an, und plötzlich wünschte er sich verzweifelt, ihnen zu entkommen, zu verschwinden ... nicht nach Hause, sondern irgendwohin, wo er allein war. »Ich muß gehen«, sagte er zu ihnen. »Meine Männer sind zur Rückreise nach Eskati bereit. Freut euch! Ich werde der Königin eure Nachrichten überbringen.«

»Freue dich«, antworteten sie verwirrt, und er floh.

Heliokles ritt mit ihm bis zum Stadttor und gab ihm dort zwei Briefe, einen für Mauakes und einen für Heliokleia. »Eine private Angelegenheit«, sagte er, als er Itaz den Brief an die Königin aushändigte. »Sie betrifft einige Freunde von ihr hier in Baktra. Gib ihn ihr selbst, nicht dem Sekretär deines Vaters. Angenehme Reise, Bruder. Freue dich!«

Jeder wünschte ihm Freude, aber Itaz verließ Baktra noch verwirrter und gequälter, als er es betreten hatte. Er beschleunigte das Tempo, drängte die Eskorte nach Hause, obwohl er sich vor der Heimkehr fürchtete. Die Männer brummten. Es war heiß, es gab keinen Grund zur Eile, die Pferde waren müde. Itaz erwiderte knapp, sie seien zu lange fort gewesen. Die Anstrengung des scharfen Rittes war tröstlich. Er mußte die Straße im Auge behalten, die Leistungsgrenzen der Pferde berücksichtigen, die Männer antreiben, und das nahm all seine Aufmerksamkeit in Anspruch. Er hatte keine Zeit, sich düsteren Grübeleien hinzugeben. Sie erreichten den Oxus in einem Tag, Maracanda in drei Tagen. Dann wandten sie sich auf der Hochstraße ostwärts nach Eskati.

Am Ende des Sommers wird das Wasser entlang dem Gebirgskamm knapp. Die sprudelnden Schmelzwasserbäche des Frühjahrs sind größtenteils ausgetrocknet, und die Winterregen stehen noch aus. Itaz war gezwungen, die müden Pferde zu schonen und früher am Tag haltzumachen, wo immer sich noch ein Rinnsal Wasser in einem Bachbett fand. Die Soldaten der Garde schlugen das Lager auf, jagten Wild, saßen an den Lagerfeuern und aßen frisches Fleisch, wobei sie sich über die Wunder von Baktra unterhielten oder Lieder sangen und sich die alten Geschichten von Helden, Ungeheuern und Kriegen erzählten. Itaz saß schweigend bei ihnen. Bei jeder Rast schien seine Not größer. Es war, als breite sie sich von allein aus, als sei sie nicht mehr auf die ursprüngliche Situation beschränkt, sondern wuchere wie ein Baum, der jede seiner Handlungen in sein tiefes Wurzelwerk und seine dornigen Äste zerrte. Er sorgte sich nicht mehr nur darüber, ob es richtig wäre, seinen Vater oder die Königin zu lieben; er zog unfreiwillig alle Regeln in Zweifel, nach denen er lebte – die Lebensweise seines eigenen Volkes, die Heiligkeit von Eiden, den Wert der Liebe, die Güte der Götter und ihre Weisheit bei der Erschaffung der Welt. Er war wütend; auf die lachenden jungen Gardesoldaten, auf die staubige Straße und die ausgetrockneten Bäche, auf die Baktrier, auf das Volk von Ferghana, auf seinen Vater, die Königin, auf sich selbst. Die Wut erstickte ihn, wallte bei kleinen Anlässen plötzlich auf – über ein zerrissenes Halfter oder einen Stein im

Huf seines Hengstes; er saß mit den anderen um das Abendfeuer herum, schmeckte die Wut tief in seiner Kehle und wagte nicht zu sprechen.

Am dritten Tag, nachdem sie Maracanda verlassen hatten, wand sich sein Pferd in der Dämmerung aus dem Halfter und lief das letzte Bachbett am Weg hinauf, und er fluchte laut und empfahl es Angra Mainyu. Am liebsten hätte er das Tier erschossen und Schluß machen mögen. Doch selbst wenn es kein geschätzter Diener gewesen wäre, es war schließlich ein Hengst aus der königlichen Zucht und mußte wieder eingefangen werden. Er nahm das Halfter und eine Handvoll Korn zum Anlokken und stapfte das Bachbett hinauf. Die anderen lachten ihn aus, und keiner bot ihm Hilfe an. Sie waren seiner Eile und seiner Wutanfälle müde, und er konnte es ihnen nicht verdenken. Wahrscheinlich, dachte er, wäre er besser tot – und der völlige Ernst, mit dem er das dachte, erschreckte ihn so, daß er für einen Augenblick ganz ruhig wurde.

Der schwarze Hengst hatte gleich hinter der Biegung des Baches haltgemacht und knabberte an den Weiden. Itaz näherte sich ihm langsam, pfiff und schnalzte mit der Zunge, aber der Hengst legte die Ohren an und ging weiter den Bach hinauf, unterwegs Blätter rupfend. Itaz fluchte wieder lautlos und folgte ihm. Er dachte, das Tier sei bestimmt zu müde, um weit zu gehen.

Doch an diesem Abend hatte ein Dämon von dem Pferd Besitz ergriffen, wie es manchmal geschieht. Es ging das Bachbett hinauf, ohne Eile, aber doch so schnell, daß er es nicht erreichte; wenn er zu nahe kam, scheute es und legte die Ohren an. Es ignorierte seine Rufe, Pfiffe und Flüche und verschmähte Korn oder Blätter aus seiner Hand. Itaz verlor die Beherrschung und schrie; das Pferd scheute, bleckte die Zähne und hielt sich von da an noch weiter entfernt. Es wurde dunkel, und das Bachbett stieg steil an. Itaz konnte das Pferd kaum noch sehen, aber er hörte, wie es Blätter zermalmte oder weiter nach oben stieg. Ihm fiel ein, daß es in dieser Gegend Tiger und Schneeleoparden gab. Es war gefährlich, das Pferd hier zurückzulassen und darauf zu hoffen, daß es allein den Heimweg fand. Müde kämpfte er sich weiter voran. Er stolperte und verstauchte sich an einem Stein den Fuß. Er blieb stehen, zitternd vor Wut, und starrte zu dem Pferd, das nur wenige Schritte entfernt war. Es schnaubte und stieg weiter aufwärts. Itaz stieß einen Schrei der Erschöpfung und Verzweiflung aus, und das Tier fiel in Trab und verschwand in der Dunkelheit. Itaz lehnte sich an eine Weide und rieb seinen Knöchel. Er merkte, daß er vor Müdigkeit zitterte und keine Ahnung hatte, wie weit er sich vom Lager entfernt hatte. Ringsum flüsterten die Bäume in der weiten, leeren Stille der Berge. Plötzlich überkam Itaz ein Gefühl, das jeder kennt, der allein in der Wildnis war, daß nämlich die Welt anders ist, als sie scheint, und uns feindselig beobachtet. Itaz schloß die Augen, legte die Hand an seinen Dolch, flüsterte ein Gebet, um sich zu beruhigen, und stolperte dann müde dem Pferd nach.

Er hatte noch kein Dutzend Schritte getan, als er Holzrauch roch. Er hielt inne und ging dann hoffnungsvoller weiter. Die Hänge wurden sowohl von Sogdianern als auch von Sakas als Sommerweiden benutzt, und es war nicht ungewöhnlich, hier einen Hirten anzutreffen. Vielleicht konnte der Bursche ihm helfen, das Pferd einzufangen.

Das Bachbett öffnete sich auf eine Wiese, grau und uneben in der Dunkelheit, und ein Feuer brannte niedrig im Kies des trockenen Bachbettes. Ein Mann, nicht mehr als eine schwarze Gestalt im roten Licht, saß mit gekreuzten Beinen davor und starrte in die Glut. Hinter ihm befanden sich zwei Pferde: ein angebundenes weißes Tier und Itaz' schwarzer Hengst, der das trockene Gras ausrupfte. Itaz kletterte aus dem Bachbett und blieb keuchend vor dem Feuer stehen. Der Mann blickte auf und erhob sich dann. »Dein Pferd?« fragte er auf sakan.

»Ja«, sagte Itaz und sah das Tier haßerfüllt an.

Der andere Mann kicherte. »Ist dir wohl durchgegangen, was? Laß es mich für dich einfangen.«

Itaz knurrte und setzte sich ans Feuer. Sein Knöchel schmerzte, und er war mit seiner Beherrschung am Ende. Ein frischer, ruhiger Mann hatte wesentlich bessere Chancen, das Pferd zu fangen, als er selbst. Er beobachtete, wie lange der andere brauchen würde.

Es war im Nu geschehen. Der Mann ging einfach langsam und mit ausgestreckter Hand auf das schwarze Pferd zu, faßte seine Schnauze und führte es zu seinem Herrn. »Da ist es«, sagte er.

Itaz stieß einen bewundernden Pfiff aus und stand auf. Er schob dem Tier das Halfter über den Kopf und befestigte es sicher. Dann tätschelte er den Hengst, streichelte seinen Nacken und versuchte, ihn und sich selbst nach der wütenden Jagd zu beruhigen und dem Tier begreiflich zu machen, daß er ihm nichts Böses wollte. Das Pferd schnupperte an seiner Schulter und suchte nach dem Getreide, das er ihm vorhin angeboten hatte; Itaz nahm eine Handvoll aus der Tasche und ließ das Tier fressen. »Danke«, sagte er zu seinem unerwarteten Helfer.

»Nicht der Rede wert«, antwortete der andere. »Kampiert ihr unten an der Straße? Das Pferd hat sich jagen lassen, wie? Das ist ein steiler Anstieg in der Dunkelheit, und man kann leicht stürzen.«

Itaz knurrte, noch immer das Pferd streichelnd. Seine Wut schien ausgebrannt und hatte nur eine ungeheure Müdigkeit hinterlassen.

»Abwärts ist es noch unwegsamer«, sagte der Hirte. »Wenn ich du wäre, würde ich auf den Mondaufgang warten, ehe ich es versuchte. Du kannst gern mein Feuer teilen.«

»Danke«, sagte Itaz. Der andere gab ihm ein Seil, und gemeinsam banden sie das schwarze Pferd neben dem weißen an. Das weiße Tier war zwar nur ein blasser Umriß in der Dunkelheit, aber dennoch offensichtlich eine Handbreit höher als das schwarze, und Itaz hielt inne und starrte es verwirrt an. Er sah sich auf der Weide um. In der Schwärze der Nacht war das schwer zu erkennen, aber zwischen den Buckeln und Vertiefungen schienen keine weiteren Tiere zu ruhen. Er schaute seinen Gefährten an, der das Pferd an einen Busch band. »Ich dachte, du wärest ein Hirte«, sagte er.

»O nein.« Der andere ging zum Feuer zurück und setzte sich.

»Ich bin in Geschäften unterwegs. Abseits der Straße sind die Weiden besser.« Er legte etwas Holz nach.

Itaz stand neben dem Mann und starrte auf ihn herunter. Im Aufflackern des Feuers konnte er den roten und purpurnen Umhang erkennen, das Schimmern einer Goldbrosche und zwei scharfe, amüsierte Augen in einem rasierten Gesicht unter einem flachen Hut. Ein reicher Yavana. Er setzte sich. »Was für Geschäfte?« fragte er und empfand eine plötzliche instinktive Zuneigung zu dem anderen. »Wenn du nach Eskati willst, könntest du dich uns anschließen.«

»Ich komme aus Eskati«, antwortete der andere. »Ich mußte dort einen Mann treffen.« Er lächelte. »Und woher kommst du, guter Herr?«

»Baktra.«

»Eine schöne Stadt. Bist du vorher schon einmal dort gewesen? Ach, was für ein Vergnügen, jung zu sein und zum ersten Mal Baktra zu sehen!«

»Für mich war es kein großes Vergnügen«, sagte Itaz säuerlich. »Ich... ich hatte zu tun.«

»Wie schade.« Der Yavana saß einen Augenblick schweigend da, beobachtete Itaz aus klugen, mitfühlenden Augen und sagte dann: »Ohne dich kränken zu wollen, ich finde, du siehst bedrückt aus. Hat dich eine so traurige Angelegenheit nach Baktra geführt?«

»Ja.« Itaz saß eine Minute schweigend da, starrte in das Feuer und erinnerte sich wieder an das weiße Gesicht der Königin, als sie sich von ihren Damen verabschiedet hatte. Er zog die Schultern ein und blickte auf. Der Reisende beobachtete ihn noch immer mit schweigender Sympathie. Plötzlich verspürte Itaz den Drang, sich diesem Mann anzuvertrauen, dem er zufällig und ohne ihn zu kennen an einem dunklen Berghang begegnet war und der bei Tageslicht einen einsamen Mann, der nachts einem durchgegangenen Pferd nachlief, keinesfalls mit dem Sohn des Königs von Ferghana in Verbindung bringen würde. »Ich mußte dem Bruder der Frau meines Vaters eine Botschaft überbringen«, sagte er.

»Ist sie krank?«

»Sie ist krank, die Ehe ist unglücklich, und ihren Bruder kümmert es nicht.«

»Aber dich kümmert es.«

»Ja. Früher habe ich die baktrischen Yavanas gehaßt. Aber sie ist ... ich weiß nicht mehr, wo ich stehe. Und auch sonst nichts. Ich habe versucht, sie zu hassen, aber das kann ich nicht. Ich versuche, meinen Vater nicht zu hassen, aber ich tue es dennoch.«

Der Yavana sagte nichts und sah Itaz freundlich und aufmerksam an, bereit, zuzuhören oder das Thema zu wechseln, ganz, wie dieser wollte.

»Nein, ich hasse ihn nicht«, gestand Itaz. »Das Wort ist zu stark, viel zu stark. Aber er hat unrecht. Er hatte unrecht, sie zu heiraten, aber wenn er es schon tun mußte, dann hätte er sie sanft behandeln, ihr vertrauen und versuchen sollen, sie zu verstehen. Er ist wie ein Bauer, der eine raffinierte Yavana-Maschine in Gang bringen will und sie mit jedem Versuch mehr zerstört. Er weiß nicht, was er tut, aber ich kann es sehen, selbst wenn ich es nicht sehen will. Sie ist ... gnädige Anahita! ... sie ist – nun ja, es hat keinen Sinn zu reden.« Er verstummte wieder.

»Ich nehme an, daß sie die zweite Frau deines Vaters ist«, sagte der Yavana trocken. »Und dir im Alter näher als ihm. Er hat sie des Geldes wegen oder der Beziehungen wegen geheiratet, und du bist in sie verliebt.«

Itaz blickte ruckartig auf, biß sich auf die Lippe und bereute seine Aufrichtigkeit. Aber der andere winkte nur amüsiert – amüsiert und gerührt. »Keine Angst«, sagte er sanft. »Es steht mir nicht an, davon zu erzählen, selbst wenn ich es wollte, und ich will nicht. Deine Lage muß schmerzhaft genug sein; ich will sie nicht verschlimmern. Aber weißt du, das ist nichts so Ungewöhnliches. Man kann nichts dagegen tun, daß man sich verliebt, und solche Dinge geschehen, ob es uns paßt oder nicht.«

»Oh, bei allen Göttern, ich liebe sie«, sagte Itaz jetzt leidenschaftlich. Die Worte laut auszusprechen war eine ungeheure Erleichterung; Heimlichkeiten gingen ihm vollkommen gegen die Natur. »Ich habe nie zuvor so für eine Frau gefühlt. Anfangs begehrte ich sie, mehr, als ich je irgendeine Frau begehrt hatte, aber inzwischen ist es sogar noch schlimmer, obwohl ich das nicht für möglich gehalten hätte. Ich weiß nicht, was ich tun soll. Ich habe die Götter um Hilfe angefleht, aber sie haben mir nicht geholfen, und jetzt weiß ich kaum noch, wo ich bin. Ich muß zu ihr zurück. Ich muß sie jeden Tag sehen – und sie ... sie empfindet ähnlich für mich, da bin ich mir sicher. Ein bißchen wenigstens. Ich weiß nicht, was ich tun soll.«

»Du hast zu den Göttern gebetet?« fragte der Yavana nach einem Augenblick stirnrunzelnd. »Die Götter hineinzuziehen ist eine gefährliche Sache. Sie tun nicht immer das, was wir von ihnen erwarten. Das habe ich einst am eigenen Leib schmerzlich erfahren. Zu welchen Göttern hast du gebetet?«

»Ahura Mazda. Und Anahita. Ich bin ein Anhänger der guten Religion. Das macht es schlimmer. Ich weiß, was richtig ist; ich weiß, daß dies böse ist – aber ich kann trotzdem nicht anders. Zuerst dachte ich, ein Dämon erzeuge dieses Verlangen. Ich habe gebetet, ich habe geopfert, in Baktra war ich in einem Tempel und habe eine ganze Läuterungszeremonie durchgemacht, aber meine einzige Vision war ein so schrecklicher Alptraum, daß ich mich gar nicht mehr daran erinnern mag. Der Gott will mir nicht helfen, und die Probleme sind schlimmer denn je. Ich schwöre, daß ich nichts getan habe, um das zu verdienen, nichts!«

»Warum ist es böse?« fragte der Yavana unerwartet.

Itaz starrte ihn einen Augenblick ungläubig an. »Sie ist die Frau meines Vaters!«

»Aber nicht deine Mutter. Nach dem Brauch der Sakas könntest du sie heiraten, wenn dein Vater tot wäre.«

Itaz spürte Hitze und Übelkeit. »Um seine Erbfolge zu wahren, ja, das ist erlaubt! Aber er ist nicht tot; ich wünsche ihm nicht den Tod! Ich bin nicht so verderbt, ihm den Tod zu wünschen!«

»Das ist dir gar nicht in den Sinn gekommen?« fragte der andere leicht ironisch.

Itaz hielt den Atem an und starrte ins Feuer. Die heiße Übelkeit ließ nach und verschwand dann so vollkommen wie vorhin seine Wut. Wieder blickte er in den schwarzen Morast, in dem er sich abmühte, und erkannte ganz klar, daß genau dies der größte Schrecken, die Wurzel seiner Wut und seines Hasses, das Ungeheuer gewesen war, das seinen Vater in Stücke gerissen hatte.

»Aber ich wünsche ihm nicht den Tod«, protestierte Itaz leise und verwirrt, mehr zu sich selbst als zu dem anderen sprechend.

Und zu seiner Überraschung und Erleichterung stimmte das. Es war, als habe er vor langer Zeit eine schmerzhafte Verletzung erlitten, die Wunde aber aus Angst vor dem Befund nicht untersucht oder behandelt und nun, da er dazu gezwungen war, kein verquollenes Gangrän entdeckt, sondern einen sauberen, gewöhnlichen Schnitt, der zwar wund, aber leicht zu heilen und nicht weiter beunruhigend war. »Ich wünsche ihm nicht den Tod«, wiederholte er erstaunt und schaute wieder auf. »Das heißt, es gibt etwas Böses in mir, das ihn wünscht, ja, aber das bin nicht *ich*. Ich liebe ihn und meine eigene Ehre zu sehr. Ich könnte nicht mit mir selbst leben, wenn ich mein Glück nur durch seinen Ruin gewonnen hätte; am Ende würde ich die Frau und mich selbst hassen. Der bloße Gedanke ist mir so zuwider, daß ich ihn nicht zulassen wollte. Selbst in der Vision habe ich meinen Dolch lieber weggeworfen, als ihn gegen meinen Vater zu benutzen.«

»Es wäre vielleicht einfacher gewesen, wenn du den Gedanken zugelassen und dann verworfen hättest«, sagte der Yavana trocken. »Aber mach dir nichts daraus. Abgesehen davon, ist es schlecht, diese Frau zu lieben? Ich meine, ist sie eine schlechte Frau? Du hast mit einer gewissen Bewunderung von ihr gesprochen.«

Itaz dachte lange nach. Der alte Abscheu und Argwohn schwanden dahin wie Wolken bei starkem Wind. Er sah, daß er sich mit beidem lange abgeschirmt hatte, um sie nicht so zu sehen, wie sie war. Aber es war zu spät, sich noch weiter etwas vorzulügen. »Ja«, sagte er endlich, und bei diesem Wort verging der

Zweifel. Wieder fühlte er sich schwach vor Erleichterung, als hätte er die Hälfte der Widersprüche, in denen er sich verfangen hatte, mit einem Schlag beseitigt. »Ich bewundere sie tatsächlich. Sie ist sehr tapfer. Sie ist edelmütig und stark und aufopfernd. Sie nimmt sich auch sehr ernst und besteht darauf, alles mit den Augen des Geistes und nicht denen des Körpers zu sehen, und sie weiß nicht, wann sie lachen sollte – aber sie könnte es lernen, sehr leicht.«

»Dann bleibt mein Einwand bestehen. Es ist eigentlich nichts Böses dabei, daß du diese Frau liebst. Das Böse ist nur eine Nebensache, es liegt in dem Umstand begründet, daß sie mit deinem Vater verheiratet ist. Ich weiß, ich weiß, ich soll dich mit den Yavana-Philosophien in Frieden lassen! Aber mir kam es so vor, als seist du zornig auf die Götter, weil sie dir nicht geholfen haben. Vom Himmel aus sehen die Dinge anders aus als auf der Erde. Schau, was ist das?« Der Yavana zeigte auf das Wasserrinnsal im Kies des Bachbettes, das vom Widerschein des Feuers golden und rot glänzte.

»Das?« fragte Itaz verwirrt. Er streckte die Hand aus und berührte es leicht. »Wasser natürlich.«

»Wasser. Aber was ist das? Es ist Dampf in der Luft, es ist Schnee, es ist Regen, es ist breite Ströme und Eishöhlen. Es gibt der Erde Leben und trägt Berge ab, bis sie nur noch Staub sind. Es bildet Meere, die tiefer sind als die Berge hoch, und in den weiten Wassern leben Dinge, für die kein Mensch auf Erden Namen hat. Ohne es sind wir alle Staub. Ihr Sakas tränkt euer Vieh damit und baut Reis und Weizen an. Wir Griechen leiten es durch Kanäle und holen es aus tiefen Brunnen, saugen es an und pumpen es, drehen damit Räder und zermahlen Steine damit wie Getreide. Doch kann einer von uns sagen, daß er es versteht?«

Itaz starrte seine nassen Finger an. »Was hat das mit den Göttern zu tun?« fragte er nach einem Augenblick. »Willst du damit sagen, daß sie uns nicht hören und unsere Gebete nicht verstehen?«

Der Yavana lächelte. »Keineswegs. Aber warum sollte man

erwarten, daß sie so reagieren, wie ein menschliches Wesen reagieren würde? Wir Menschen leben in einer Welt, die unser eigener Verstand gemacht hat. Wir sagen ›Wasser‹ – oder ›hydor‹, wenn wir Griechen sind –, graben unsere Bewässerungskanäle und bilden uns ein, wir kennten die Wahrheit über die Dinge. Aber die Götter leben ganz und gar nicht in dieser Welt. Unsere Regeln und unsere Überzeugungen und unsere Namen für die Dinge ändern sich von Ort zu Ort und von Zeit zu Zeit, aber wenn ein Gott ein Gott ist, dann lebt er immer und überall mit dem Wahren. Wasser ist für ihn das Ding über oder unter all unseren Namen und Verwendungen, das Ding an sich. Und Liebe ist mindestens so tief wie tiefes Wasser und sicherlich ebenso schwer zu begreifen. Sie läßt sich nicht einengen durch die von uns gegrabenen Kanäle namens ›Ehe‹ oder ›Begehren‹, auch wenn sie zweifellos fröhlich darin fließt, solange wir nicht verlangen, daß sie bergauf fließt. Aber unsere menschlichen Gesetze sind kein Teil ihrer Natur, und sie kann so leicht darüber hinfließen wie Bäche über Steine. Und wenn die Götter sich überhaupt darum kümmern, dann kümmern sie sich um das Ding an sich, nicht um menschliche Regeln. Wenn du also zu ihnen betest, sie sollten dich davon befreien, sind sie wahrscheinlich ein wenig verwirrt. Wenn eines gewiß ist bei den Sterblichen, dann, daß sie Liebe wollen; sie können ohne Liebe nicht leben, haben niemals genug davon, bitten die Götter immer darum. Wenn du einen Gott anrufst, um die Liebe loszuwerden, und sagst: ›Geh fort, böser Dämon!‹, dann wird das nicht funktionieren. Sie ist nicht böse, und vielleicht hat der Gott sie dir sogar geschickt. Alles Böse liegt bei uns; in unserer Entehrung der Ehe, in unserer Gier, Schwäche, Wollust und Selbsttäuschung.«

Itaz starrte den Mann einen Augenblick mit offenem Mund an. Er war seinen Argumenten gefolgt, hatte ihnen sogar zugestimmt – doch die Schlußfolgerung widersprach seinem Glauben. »In der guten Religion verehren wir einen guten Gott, keinen Gesetzesbrecher!« sagte er hitzig. »Anahita ist anders als eure Yavana-Dirne Aphrodite!«

»Ja«, sagte der Yavana, »aber wessen Gesetze brichst du?«

»Die geheiligten Gesetze der Ehe, erlassen von unserem Herrn, der Sonne, der das Bild des Weisen Herrn ist.«

Der andere seufzte. »Aber was beinhalten sie? Als deine Ahnen durch die Steppen zogen, durften verheiratete Männer und Frauen schlafen, mit wem immer sie wollten. Ein Mann hängte einfach seinen Köcher draußen vor den Wagen einer Frau und konnte sich ohne Bedenken an ihr erfreuen. Eure Vettern, die Massagetai, leben bis heute so. Nun, ihr habt eure Bräuche geändert, nachdem ihr seßhaft geworden seid, aber eure Vorfahren schworen ihre Heiratseide genau wie ihr bei der Sonne. Wie kannst du annehmen, daß die Sonne sich daran erinnert, welche Regeln ihr gerade anwendet?«

»Das sind nur Yavana-Spitzfindigkeiten«, sagte Itaz ärgerlich. »Ich hätte nicht sprechen sollen.«

Der Mann sah ihn einen Augenblick an und lächelte dann amüsiert und so offen und liebevoll, daß Itaz seinen Groll dahinschmelzen spürte. »Ich sage das nicht einfach aus Sophisterei«, sagte der Yavana.

»Was meinst du dann damit?«

»Welches ist das größere Übel: Ehe ohne Liebe oder Liebe ohne Ehe? Findest du nicht, daß man diese Frage stellen muß? Nur die menschliche Perversion erzwingt eine Wahl. Wenn die Welt gut wäre, so wie die Götter sie zweifellos gewollt haben, dann wären beide dasselbe. Gib nicht den Göttern die Schuld, daß dein eigenes Volk die Heiratsgesetze mißbraucht. Und bitte sie nicht, dein natürliches Gefühl für diese Frau abzutöten, wie einen Tausendfüßler, nur weil die Umstände dir nicht erlauben, sie zu heiraten.«

Itaz runzelte die Stirn. Er erinnerte sich an seine Antwort auf Heliokleias Geschichte von den beiden Männern und dem Schatz: daß der Widerspruch eine Illusion sei, da das wirkliche Übel im Bedürfnis der Welt nach Geld liege. Er schüttelte sich. »Ehebruch ist schlecht!« erklärte er wild. »Er ist Eidbruch und Diebstahl und Betrug zugleich, und in diesem Fall wäre er auch Inzest. Nach welchen Regeln andere Völker auch leben mögen, wir haben diese angenommen, und sie sind besser als die Bräuche der Steppen. Jedermann weiß das, und kein normaler, anständiger Mensch würde es leugnen. Wenn all diese feinen Worte über die Götter und die Liebe nur gut sind, um einen Ehebruch zu entschuldigen, dann sind sie trotz ihrer ganzen Klugheit sinnlos.«

»Aber du willst keinen Ehebruch begehen«, meinte der Yavana lächelnd. »Und du wünschst deinem Vater nicht den Tod. Beides hast du eben gesagt. So. Du bist einfach verliebt. Die Tat ist böse, aber ist es auch der Gedanke?«

»Gedanken bringen Taten hervor!«

»Richtig. Aber was ist dein Gedanke? Du sagtest, es sei nicht nur Begierde. Was ist es dann?«

Itaz starrte ihn mit gerunzelter Stirn schweigend an. Das Feuer zischte leise; hinter ihnen in der Dunkelheit bewegte sich ein Pferd, und in der Ferne schrie kummervoll eine Eule.

»Die Menschen legen die Dinge zu schnell fest«, sagte der Yavana bedauernd. »Am Ende kennt der Körper nur vier Bedürfnisse – Hunger und Durst, Verlangen und Müdigkeit. All die tausend Impulse und Sehnsüchte unseres Wesens definieren wir mit diesen vier Wörtern. Ich erinnere mich, wie ich einmal an einem Bach entlangritt. Plötzlich sah ich, daß ein Bewässerungskanal aus diesem Bach so viel Land wässern würde, wie sechzig Gespanne pflügen konnten. Ich entflammte vor Verlangen nach diesem Kanal, nach Reisfeldern und Alfalfaweiden voll grasender Pferde, wo vorher nur verkrustete Erde und Disteln waren. Das wollte mein Geist. Aber ich sage dir, alles, was mein Körper kannte, war eine Agonie der Wollust. Wie sonst konnte er verstehen? Verlangen kann gleichzeitig echt und falsch sein. Wenn es nur um die Befriedigung der Wollust ginge, könnten wir rasch in ein Bordell gehen und damit unser Leben lang so zufrieden sein wie ein Säugling an der Mutterbrust. Doch meist ist der Zeugungsakt beinahe unwichtig. Was willst du wirklich? Warum willst du diese Frau und nicht eine andere?«

Itaz saß lange schweigend da. Auf einmal konnte er denken,

wo vorher sein Geist vor einer unerträglichen Sehnsucht nach der anderen zurückgeschreckt war. Er sah Heliokleia wieder vor sich, wie er sie zum ersten Mal gesehen hatte, in ihren safranfarbenen Gewändern außerhalb der Stadtmauern stehend und zu seiner eigenen rastlosen, leidenschaftlichen Feindseligkeit emporlächelnd. Die Szene sah jetzt anders aus; alles sah anders aus, vor allem er selbst – dieser junge Mann, der den Blick der Königin mit Furcht und Stolz erwidert hatte, ein Prinz mit blindem Verlangen nach Güte und Ehre, der bei seiner zornigen Flucht ins Bordell soeben entdeckt hatte, daß er seinem Vater und seinem Land in keiner Weise von Nutzen war. »Mein ganzes Leben lang war ich eingeengt«, flüsterte er mehr der Nacht und dem Feuer zu als seinem Zuhörer. »Als ich zu meinen Pflegeeltern gegeben wurde, war ich ein Fremder unter einem fremden Volk, ohne Pflichten und ohne Rechte. Ich habe nie etwas anderes gelernt als Kämpfen – Reiten und Schießen und Lanzenwerfen und heroische Taten, wie sie die Bänkelsänger beschreiben. Ich bin ein unwissender Saka-Barbar, ja.« Rasch blickte er den anderen an und suchte nach überlegener Verachtung.

Er fand keine. »Mein eigenes Volk ist alles andere als weise«, murmelte der Yavana. »Nur klug.«

»Aber es gab nicht viel zu kämpfen«, fuhr Itaz fort. »Und es war nicht genug, wartend herumzusitzen. Also nahm ich die gute Religion an. Und dann kam ich nach Hause. Auch dort ist es eng, noch enger sogar. Jeder Schritt, den ich über die Grenzen hinaus tue, ist ein Schritt in den Verrat oder in eine Missetat. Ich will die Grenze nicht überschreiten, aber ich kann nicht stillhalten. Ich bin wie ein Wiesel im Käfig, das hin und her läuft. Wohin könnte ich gehen, was könnte ich mit mir selbst anfangen? Sie aber war ruhig. Von Anfang an, ruhig wie das Licht an einem stillen Ort. Also wollte ich sie. Ich wollte sie halten, wollte bei ihr sein. Teilweise, nehme ich an, weil sie sehr schön ist und mein Blut brennt, wenn ich in ihrer Nähe bin. Und teils, weil ... es ist, als wäre sie eine Seite meiner selbst, die ich anders nicht kennenlernen kann, wo es Raum zum Atmen gibt. Sie ist so anders als ich ... anders als das, was ich zu sein glaubte, aber wenn ich mit ihr zusammen bin, merke ich, daß ich sie verstehe und anders denke und fühle. Sie nicht zu lieben bedeutet, Dinge zu verlieren … Wissen …, das ich noch nicht entdeckt habe. Es ist, als wäre ich blind gewesen und müsse nun meine Augen herausnehmen, nachdem sie zu sehen beginnen, weil sie verbotene Dinge erblicken.« Er schaute auf und zog eine Grimasse. Er war wütend auf den anderen, weil er die Frage gestellt hatte, und auf sich selbst, weil er geantwortet hatte. »Das«, sagte er schwerfällig, »will ich, und darum will ich es.«

Der andere kicherte. »Gut gesagt! Aber mußt du sie dazu … besitzen? Für das Wissen, meine ich, nicht für das Feuer im Blut.«

Itaz setzte zu einer Antwort an und hielt dann inne. »Nein«, sagte er verwundert.

»Gut«, sagte der Yavana. »Unbefriedigtes Begehren ist schmerzhaft genug, ohne daß du es bekämpfst und dein eigenes Herz haßt. Jedes Feuer erlischt mit der Zeit, wenn man es nicht nährt.«

Itaz schaute in die orangefarbene Glut, noch immer erstaunt blinzelnd. Friede. Ja. Nach all dem Aufruhr und der Verwirrung war dies der Weg zu Frieden – und, mehr noch, zu einer Art bittersüßem Glück. Er konnte sie lieben, konnte von ihr lernen, konnte ihr zu helfen versuchen; vielleicht könnte er ihr sogar das Lachen beibringen. Wenn er sie nicht anrührte, wäre alles gut. Er würde vielleicht sogar irgendwann vergessen, wie verzweifelt er sie begehrte, eine andere heiraten und friedlich in ihrer Gesellschaft alt werden.

Eine ungeheure Müdigkeit drückte seine Augenlider nieder, als habe er einen langen Kampf hinter sich gebracht und könne sich endlich hinsetzen und ausruhen. »Ihr klugen Yavanas«, sagte er laut. »Danke.«

»Nicht der Rede wert«, sagte der andere lächelnd. »Der Mond ist noch immer nicht aufgegangen. Möchtest du ein bißchen schlafen und morgen früh wieder zu deinen Freunden gehen?«

»Danke«, sagte Itaz wieder, legte sich hin und rollte seinen Umhang als Kopfkissen zusammen.

Als er erwachte, dämmerte es. Das rötliche Licht ergoß sich über die Wiese und gab dem Rinnsal im Bachbett die Farbe neuen Kupfers. Er rollte sich auf den Rücken und schaute in den Himmel; der Mond stand noch da, jetzt aber bleich und im Blau vergehend. Der Morgenstern zitterte weiß über den Gipfeln. Er setzte sich auf.

Sein schwarzes Pferd lag schlafend bei seinem Busch, allein. Das Feuer war erloschen, und das weiße Pferd und sein Herr waren fort. Itaz stand auf und humpelte zu seinem Hengst hinüber, steif von der im Bachbett verbrachten Nacht. Er sah sich nach dem Yavana um; dann dachte er, der Mann habe sein Pferd vielleicht zu einer besseren Wasserstelle geführt, und hielt nach Spuren Ausschau. Die Erde neben dem Busch war feucht, enthielt noch etwas von der moorigen Nässe, die im Frühjahr die Wiese überziehen würde. Seine eigenen Spuren und die seines Pferdes waren deutlich im weichen Boden zu erkennen, hierhin und dorthin gehend. Doch von den beiden anderen, Mann und Pferd, gab es keine Spur.

Lange starrte Itaz den Boden an, kalt vor Schreck. Dann begann er sorgfältig zu suchen, ging zum Feuer zurück, studierte die graue Asche. Er konnte Vertiefungen im Kies sehen, wo er gesessen und geschlafen hatte; andere Spuren aber gab es nicht. Wäre das erloschene Feuer nicht gewesen, hätte er das Ganze geträumt haben können. Er schaute nach Osten, wo der Himmel heller war, machte eine Geste, um Böses abzuwehren, ging dann eilig zu seinem Pferd zurück und löste den Strick.

Das Pferd schnaubte und stand auf. Itaz schlang ihm den Strick um den Hals und befestigte das lose Ende als behelfsmäßigen Zügel am Halfter. Er hielt ihn fest und blieb stehen. Im Busch hatten sich drei lange weiße Haare aus einem Pferdeschweif verfangen, drei Haare, die im Morgenlicht zu leuchten schienen. Hastig klaubte er sie heraus und starrte sie an. Dann wandte er sich nach Osten. Gerade erschien die Sonne über den Bergen, zu hell, um hineinzuschauen, und am Bach sangen laut die Vögel. Plötzlich wallte pure Freude in ihm auf. Er hob die Hände zur Sonne, wollte singen, kannte aber weder Worte noch

Musik, die diesem Morgen entsprachen. Warum sollten die Götter so reagieren, wie ein menschliches Wesen es tun würde? Aber sie hatten ihn gehört und ihn befreit. Endlich sagte er wie vorher schlicht »Danke«, steckte die drei Pferdehaare in seine Börse, saß auf und begann den Abstieg durch das Bachbett zur Straße.

Als er das Lager erreichte, stellte er fest, daß die anderen bereits die Vorratswagen packten und sich ängstlich über sein Verbleiben unterhielten. Er ließ seinen Rappen mitten ins Lager galoppieren und hielt grinsend an.

»Herr Itaz!« rief der Knabe Rajula, der mit von der Partie war. »Wo bist du gewesen? Wir hatten Angst, ein Tiger hätte dich getötet!«

»Sei kein Narr«, sagte Itaz gutmütig. »Das Pferd war so weit weggelaufen, daß ich den Rückweg lieber erst am Morgen antrat. Gibt es irgend etwas zum Frühstück?«

Nachdem er dem Pferd Futter gegeben und selbst gefrühstückt hatte, machte sich die Gesellschaft wieder auf den Rückweg nach Eskati. Er lenkte sein Pferd neben Rajulas. »Rajula«, sagte er so leise, daß er gerade noch zu verstehen war, »du hast doch gesagt, du hättest eine Münze aus Baktra, die du als Glücksbringer behalten wolltest, eine alte Münze von Antimachos dem Gott. Darf ich sie sehen?«

Überrascht, aber willfährig fischte der Junge die Glücksmünze aus seiner ansonsten leeren Börse. Es war eine Silberdrachme. Itaz betrachtete sie im klaren Morgenlicht: das rasierte Gesicht, die klugen, amüsierten Augen unter dem flachen Hut und das leise, selbstironische Lächeln. Langsam stieß er den Atem aus, umklammerte fest die Münze und schaute erneut zur Sonne. Dann gab er Rajula die Drachme zurück. »Danke«, sagte er.

»Warum wolltest du sie sehen?« fragte Rajula.

Itaz schwieg einen Moment – dann lachte er. »Ich glaube, ich hatte letzte Nacht eine Vision«, sagte er.

»Wirklich?« fragte Rajula ehrfürchtig. Er betrachtete respektvoll seine Münze. »Von ihm? Von Antimachos? Was hat er gesagt?«

»Ach, nichts weiter. Aber er hat mich jedenfalls aufgeheitert. Das war auch sehr nötig, wirst du sagen, und du hast recht; es tut mir leid. Bei der Sonne, das wird wieder ein heißer Tag. Ich werde froh sein, wenn wir zu Hause sind.«

13. Kapitel

In Eskati erholte sich Heliokleia nur langsam von ihrer Kopfverletzung. Obwohl sie eine Woche nach dem Unfall wieder gehen konnte, hatte sie häufig bohrende Kopfschmerzen und Schwindelanfälle; sie fühlte sich krank und erschöpft und mochte nicht essen. Der König war besorgt und befahl uns – also ihren Saka-Hofdamen –, tagsüber abwechselnd bei ihr zu sitzen. Nachts war der König selbst bei ihr. Noch immer ging sie hinunter und schlief in seinem Bett, aber er rührte sie nicht an und schlief auf einer Matte neben dem Bett, um sie nicht zu stören.

Der König verbrachte viel Zeit mit seiner Frau. Er umwarb sie wie ein junger Liebhaber, schenkte ihr Blumen, Schmuck und feine Kleider. Er ließ sich von ihr bezüglich der Yavanas in der Stadt beraten und stimmte einigen ihrer Bitten im Namen der yavanischen Bevölkerung zu. Er ließ Bänkelsänger, Geschichtenerzähler und Spaßmacher kommen, um sie zu unterhalten, und war äußerst zärtlich und fürsorglich. Und es war vollkommen klar – mir jedenfalls –, daß sie all das genauso haßte wie zuvor seine unverblümte Roheit. Sie hatte keinerlei Interesse an Schmuck oder Kleidern und stand mit gefrorenem Lächeln Lieder und Geschichten durch, weil sie zu höflich war, um den Sängern und Erzählern zu sagen, sie sollten still sein und sie ruhen lassen. Immer, wenn Mauakes ging, setzte sie sich sofort hin und meditierte, und oft meditierte sie immer noch, wenn er das nächste Mal erschien, und man mußte sie gegen ihren Willen in die wache Welt zurückrufen. Selten verließ sie die Frauengemächer des Palasts – obwohl das teilweise an ihren neuen Gardesoldaten lag. Ständig standen zwei von ihnen an der Treppe zu den Frauengemächern, jeden Tag von der Morgen-

bis zur Abenddämmerung, und wenn sie ausging, fragten sie, wohin sie ging, begleiteten sie und paßten auf sie auf. Da die einberufenen Waffenträger in ihre Heimatländer zurückgekehrt waren, wählte der König die übrigen sechsunddreißig Männer ihrer Garde selbst aus, und er tat dies unter seinen eigenen Gefolgsleuten. Die neuen Männer, die der Königin nichts schuldeten, betrachteten sich als unter dem Befehl des Königs stehend, nicht unter ihrem, und benahmen sich eher wie Gefängniswärter denn wie eine Ehrengarde. Sie äußerte sich nicht darüber, aber ich sah, daß sie es verabscheute und daß es ihr widerstrebte, unter bewaffneter Begleitung auszugehen.

An einem heißen Abend, als ich sie mit dem Befehl des Königs, nach unten zu kommen, aus ihrer Meditation riß, saß sie einen Augenblick still und starrte auf die Lampe, die gelbweiß in der drückenden, trockenen Luft brannte. Dann streckte sie die Hand aus und drückte den Docht aus. Sie studierte die Asche an ihren Fingern. »Wohin geht ein Feuer, wenn es gelöscht wird?« fragte sie träumerisch.

Ich starrte den dünnen Rauchfaden an, der von dem Docht ausging. Draußen vor dem Fenster zitterten die Sterne im Hitzedunst, weiß und riesig wie Distelblüten. »Geht es irgendwohin?« fragte ich. »Es ist fort, das ist alles.«

Sie lächelte ihr leises, spöttisches Lächeln, und ich war nicht sicher, ob sie meine Schlichtheit oder ihre eigene Subtilität lächerlich fand. »Wir alle brennen«, sagte sie flüsternd, und ihr Lächeln verging. »Alles, was wir sehen, hören, riechen, schmekken oder berühren und alle Vorstellungen unseres Geistes verbrennen uns bei lebendigem Leib. Leidenschaft quält uns. Wir können nur hoffen zu entkommen, wenn wir das Feuer löschen und gegen die Lust ebenso gleichgültig werden wie gegen das Leid. Wohin geht es, ein erloschenes Feuer?« Sie schaute ernst zu mir auf, als könne ich ihr die Antwort verraten.

Da wurde mir klar, daß der Gedanke nicht von ihr stammte, sondern ein Teil ihrer Philosophie war. Da ich selbst nichts von Philosophie verstand, fragte ich einfach, ob ihr heiß sei und ich ihr einen Becher Wasser holen solle. Sie schüttelte den Kopf und schaute wieder auf den Ruß an ihrer Hand. »Ja, danke«, sagte sie nach einem Augenblick mit leiser, demütiger Stimme. »Ich bin durstig.«

Ich brachte das Wasser, und sie trank es. Dann stand sie einen Augenblick da und starrte in den goldenen Becher. Das Gold war von der Kühle des Wassers beschlagen und glänzte nur schwach. Ich sah, daß sie wieder an das alles verzehrende Feuer dachte, aber diesmal teilte sie ihren Gedanken nicht mit. Statt dessen ging sie zur Nische neben der Tür und stellte den Becher sorgfältig und präzise neben den alabasternen Wasserkrug. »Gute Nacht«, sagte sie höflich. Ihr Gesicht wurde so ausdruckslos und unbewegt wie das einer Statue, und sie verließ den Raum. Erst nachdem sie gegangen war, wurde mir klar, daß die Frage sich eigentlich um den Tod gedreht hatte.

Um diese Zeit schrieb sie einen weiteren Brief an Nagasena – obwohl sie noch keine Antwort auf den letzten erhalten hatte.

Heliokleia sendet ihrem Lehrer Nagasena Grüße. Ich hoffe, Herr, daß dieser Brief dich bei guter Gesundheit antrifft. Ich selbst leide an einer Kopfverletzung, die ich mir bei einem Sturz zugezogen habe; ich bete zu den Göttern um Kraft, um sie ruhig zu ertragen.

Herr, ich bin beschämt, dich wieder um Hilfe auf dem achtfachen Weg bitten zu müssen. Meine Willenskraft und meine Aufmerksamkeit sind beinahe dahin, und obwohl mich jeder Luxus umgibt, ist mein Geist an einem dunklen, trockenen Ort eingeschlossen, an dem ich erstarre. O Herr, selbst meine Liebe zu dem Weg, dem göttlichen und ruhmreichen Pfad zur Erlösung, scheint geschwunden; selbst er erscheint mir dürr und kalt wie wasserloses Steppenland ohne einen lebensspendenden Fluß. Welchen Nutzen hat Tugend ohne Freude? Sie ist sogar denen verhaßt, denen sie zugute kommt, und den Tugendhaften selbst bringt sie keinen Gewinn. Ich träume von meiner Kinderfrau, von menschlicher Liebe, und sehne mich danach, in den falschen Befriedigungen der sündigen Welt zu versinken. Durst, ja, ich weiß, der Durst, der die Wurzel unseres Leidens ist. Ich habe nicht die Kraft, ihn aufzugeben. Du mußt viele Heilmittel für diese Müdigkeit des Geistes kennen, Herr. Bitte, nenne mir eines.

Der König, mein Gemahl, hat zwei Frauen fortgeschickt, die mit mir aus Baktra gekommen waren. Sie waren Hofdamen, weltliche Frauen, aber ehrenwert und ehrbar, und sie hatten mich seit meiner Kindheit aufgezogen. Ich sehne mich so nach ihnen, daß ich mich häufiger als je zuvor in meinem Leben beim Gedanken an weltliche Dinge ertappe, nur, um mich an sie zu erinnern. Ich habe sie im Stich gelassen. Man hat mir zu verstehen gegeben, wenn ich mich hier in öffentliche Angelegenheiten einmischte, würde ich die Autorität meines Gatten untergraben. Ich habe also keine Gelegenheit, etwas Verdienstvolles zu tun, und so bin ich wieder gescheitert. Es fällt mir nicht leichter als zuvor, mich meinem Ehemann zu unterwerfen. Ich verabscheue seine Berührung, und inzwischen trauert auch er, weil ich ihn nicht liebe: Auch ihn lasse ich im Stich. Ich kann mich nicht zur Liebe zwingen, es gelingt mir sogar kaum noch, die einfache Freundlichkeit zu zeigen, zu der ich verpflichtet bin. Mein Wille ist ein schwaches Ding, mein Geist und meine Vorstellungskraft so machtlos wie die eines Kindes. Es ist, als sei ich noch hinter den Punkt auf dem Weg zurückgefallen, den ich zuvor erreicht hatte, in den Haß und die Sehnsucht derer, denen die Sinne alles sind. Herr, hilf mir! Das Rad der Welt rollt über mich hinweg; lehre mich, mich mit ihm zu drehen und Erlösung zu finden.

Die Königin schrieb diesen Brief in ihren eigenen Gemächern in Eskati und versiegelte ihn gleich. Hätte sie ihn mir gegeben, hätte ich ihr gehorcht und ihn ungeöffnet einem Yavana-Kaufmann übergeben, der nach Sakala reiste. Mir hatte das Spionieren nie gefallen, nicht einmal, als ich die Königin nicht mochte, und ich hätte das Siegel gewiß nicht erbrochen und meine Nase wieder in ihr privates Leid gesteckt. Doch als die Königin den Brief beendete, war gerade Inisme an der Reihe, bei ihr zu sitzen. Inisme erbot sich, den Brief sofort dem Kaufmann zu überbringen, und Heliokleia vertraute ihn ihr an. Natürlich brachte Inisme ihn statt dessen dem König.

Mauakes ließ seinen Sakaraukai-Sklaven kommen, der den Brief vorlas. Als der Mann stockend die Worte der Königin vorgetragen hatte, runzelte der König die Stirn. »Weißt du irgend etwas über diesen Nagasena?« fragte er Inisme.

»Nein, Herr«, antwortete sie verlegen. »Sie sagte, sie schreibe an ihren Lehrer.«

»Das geht ja aus dem Brief hervor«, sagte Mauakes ungehalten. Er gab dem Sklaven ein Zeichen, ihn noch einmal vorzulesen. Dieses Mal traf ihn der Ton tiefen Unglücks weniger; er entschied, ihr Kummer sei eine Folge ihrer Krankheit. Im Grunde war es ermutigend, daß sie sich nach Liebe sehnte, Angst hatte, seine Autorität zu untergraben, und sich Vorwürfe machte, ihn im Stich zu lassen. Was immer sie von diesem Nagasena erwartete, sie rechnete eindeutig nicht damit, daß er ihr riet, sie solle sich ihrem rechtmäßigen Ehemann widersetzen. Und er würde sie trösten, würde ihr eine andere Aufgabe geben, die sie als besser und reicher empfinden würde als jede Art von Autorität oder irgendeine kalte Philosophie: eine liebende Ehefrau und Mutter zu sein. »Nun«, sagte er, als der Sklave fertig war, »ich denke, der Brief ist harmlos.« Er nahm ihn wieder an sich, starrte ihn einen Augenblick an und gab ihn dann Inisme zurück. »Bringe ihn dem Kaufmann, wie sie es dir aufgetragen hat.«

»Ja, Herr. Was ... was soll ich ihm über das Siegel sagen?«

»Natürlich, daß ich den Brief gelesen habe. Das ist mein Recht. Hier, gib ihn mir, ich werde ihn neu versiegeln; ich möchte nicht, daß irgend jemand sonst ihre privaten Gedanken liest, selbst wenn sie religiöser Art und harmlos sind.«

»Und was soll ich der Königin sagen?« fragte Inisme, während der König den Brief mit seinem Siegel neu versiegelte.

»Sage ihr nichts«, antwortete Mauakes, ohne aufzublicken. »Ich möchte sie nicht berunruhigen.«

Als Inisme in die Gemächer der Königin zurückkehrte, hatte ich mein Pferd bewegt und spülte mir den Staub vom Körper. Nervös und dem Blick der Königin ausweichend, schlich Inisme ins Zimmer.

»Du warst lange fort«, sagte Heliokleia ruhig. »Hast du meinen Brief abgegeben?«

»Ja ... ich, eh, ich konnte das Haus nicht gleich finden«, sagte Inisme.

Ich starrte sie an und wußte, was geschehen war, ohne daß es weiterer Worte bedurfte. Mir war übel vor Wut. Ich hatte oben in Adlerhorst gelernt, Heliokleia zu mögen. Nun welkte sie vor meinen Augen dahin wie ein entwurzelter und in die Wüste gepflanzter Baum, und noch immer ließ der König sie nicht in Ruhe, noch immer spionierten die anderen ihr nach.

Heliokleia schaute auf ihre gefalteten Hände nieder und schmeckte wieder die salzige, lähmende Dunkelheit ungeweinter Tränen. »Hat der König ihn sehen wollen?« fragte sie, noch immer ruhig, und sah Inisme wieder an.

Inisme wurde rot, zögerte einen Moment und sagte dann: »Nein, Herrin, ich dachte, es sei ein privater Brief!«

»Das war er auch«, antwortete sie müde. »Es spielt keine Rolle.«

Sie war nicht überrascht. Der König hatte sie derartig eingeengt, daß er ihre privaten Briefe bestimmt nicht unangetastet lassen würde.

»Hast du wieder Kopfweh, Herrin?« fragte Inisme ängstlich. »Soll ich ein paar Blutegel oder etwas gekühlten Wein holen?«

»Nein«, antwortete Heliokleia. »Ich möchte meditieren.« Auf der Couch, wo sie saß, kreuzte sie die Beine und schloß die Augen.

Inisme stand da und schaute die Königin an, bis ich sie aus dem Zimmer schob. »Du hast ihm den Brief gezeigt!« beschuldigte ich sie draußen auf dem Gang.

»Natürlich habe ich das«, erwiderte Inisme. »Das hat er uns befohlen. Auch du hast ihm Briefe gezeigt.«

»Nein, das habe ich nicht. Ich habe ihm gesagt, was in dem anderen Brief stand, aber ich habe ihm den Brief nicht gezeigt. Und das war, bevor ich sie kennengelernt habe.«

»Er hat uns allen befohlen, ihm zu berichten, was sie tut«, gab Inisme zurück und schaute zu mir auf. »Er hat uns gesagt, daß wir ihm gehorchen müssen, als er uns auswählte. Wenn dir das nicht gefällt, solltest du zu ihm gehen und ihm sagen, daß du die Stellung nicht mehr willst.«

»Und sie kleinen Verräterinnen wie dir ausliefern?« sagte ich angewidert. »In diesem Brief stand nichts Verräterisches oder Ungehöriges. Mehr wollte er nicht wissen, und mehr braucht er auch nicht zu wissen. Es stand ihm nicht zu, den Brief zu sehen; er war weder an einen Liebhaber noch an einen Feind gerichtet.«

»Das weißt du doch gar nicht«, antwortete Inisme. »Du warst nicht hier, als sie ihn schrieb. Du weißt nicht, was darin stand, nicht einmal, an wen er gerichtet war.«

»Ich brauche ihn nicht gelesen zu haben, um zu wissen, daß sie ehrlich ist. Sie ist lange genug hier, um jeden vernünftigen Menschen davon zu überzeugen. Ich wette zehn zu eins, daß er an diesen Mann Nagasena in Sakala gerichtet war, ihren Lehrer – oder an Padmini.«

»Er war an Nagasena«, sagte Inisme etwas erstaunt. Und plötzlich erzählte sie mir alles – was in dem Brief stand, was der König gesagt hatte, daß sie »sich geschämt hatte, aber kann es ihr schaden, wenn er erfährt, was sie wirklich über ihn denkt? Sie sagt ihm niemals irgend etwas!«

Ich wollte es nicht wissen. Ich versuchte, sie zu unterbrechen, aber Inisme redete einfach weiter. Vermutlich spionierte sie ebenso ungern wie ich und erleichterte ihr Gewissen, indem sie darüber sprach. Vielleicht versuchte sie auch, mich gegen meinen Willen in die Sache hineinzuziehen.

Am Ende schrie ich so laut »Sei still«, daß man es bis in die Küchen gehört haben muß, und Inisme verstummte. Schwer atmend schaute sie mich an.

»Die Königin behält ihr Elend für sich«, sagte ich. »Es steht dir nicht an, es im Palast herumzuerzählen. Spioniere ihr nach, wenn du mußt, aber laß mich aus dem Spiel. Was mich betrifft, so ist sie meine Herrin, und ich bin ihre ergebene Dienerin. Ich warne dich. Ich will mit Verrat nichts mehr zu tun haben. Und sie hast du auch nicht täuschen können; sie weiß, daß du sie betrogen hast.«

»Der König sagte, er wolle sie nicht beunruhigen«, sagte Inisme abwehrend.

»Und du glaubst, es beunruhigt sie nicht, daß sie die ganze Zeit bespitzelt wird?« fragte ich wütend. »›Ich möchte meditieren‹! Gnädige Anahita, sie tut den ganzen Tag nichts anderes mehr als meditieren! Und nur, weil sie es nicht ertragen kann, hier zu sein, eingesperrt wie eine Partherin in einem Harem, und von allen bespitzelt zu werden. Sie hat unvergleichliche Fähigkeiten als Königin, aber sie darf nicht einmal laut denken! Wenn ich sie wäre, würde ich dir befehlen, deine Sachen zu packen. Aber nicht einmal das darf sie noch, nicht wahr? Er würde eingreifen. ›Nein, nein‹, würde er sagen, ›sie ist eine ergebene Dienerin‹ – und du würdest bleiben, sicher wie ein Floh auf einem Igel. Eine richtige Saka-Königin könnte mehr Ergebenheit fordern, aber weil sie eine Yavana ist, glauben alle, sie könnten nach Gutdünken mit ihr umspringen, und sie kann nichts tun als meditieren. Aber jetzt wird sie keinem von uns mehr trauen, nicht einmal mir.«

»Das tut sie ohnehin nicht«, bemerkte Inisme boshaft, wirbelte herum und ging in das Gemach zurück.

Heliokleia traute keiner von uns und hegte, nachdem sie sich in der Meditation lange darum bemüht hatte, auch keinen Groll mehr. Sie war in der Hoffnung nach Ferghana gekommen, eine richtige Königin zu werden, sie hatte hingebungsvoll und hart arbeiten und sich um die Anliegen des geringsten ihrer Untertanen kümmern wollen. Doch anscheinend war eine derartige Königin – zumindest eine derartige Yavana-Königin – unerwünscht, und trotz ihrer ernsthaften Studien besaß sie ohnehin nicht die Verbissenheit, die sie gebraucht hätte, um eine zu werden. Auch das war Karma und mußte geduldig und mit Würde ertragen werden. Krank und erschöpft, eingeengt, von den gewöhnlichen Menschen durch ihre Garde und ihre Dienstboten abgesondert und wirklicher Autorität beraubt, zog sie sich in sich selbst zurück und vernachlässigte die Welt. Die Kopfschmerzen wurden nicht besser, sie verlor an Gewicht, ihr Haar begann auszufallen, und ihr Zahnfleisch blutete. Sie war immer noch schön – ihr Gesicht würde noch als Totenmaske schön sein –, aber man sah auf den ersten Blick, daß sie sehr krank war. Der König beobachtete sie ängstlich und war aufmerksamer denn je.

Dann kehrte Itaz aus Baktra zurück.

Er kam an einem Spätnachmittag im Frühherbst in die Stadt und ging zuerst zum König, um ihm König Heliokles' Brief zu überbringen, der geziemende Grüße, Glückwünsche und das Versprechen enthielt, weiteres Naphta und »alle anderen Vorräte, die du vielleicht benötigst« zu schicken. Er verließ Mauakes, der dies mit seinen Offizieren und seinem Yavana-Techniker besprach, und ging dann zur Königin.

Heliokleia war in ihrem Zimmer und spielte Vier Armeen. Das ist ein indisches Brettspiel. Sie besaß ein Brett und Spielfiguren, die mit ihrer Mutter aus Indien gekommen waren, und zum Zeitvertreib hatte sie uns vier Mädchen das Spiel beigebracht, obwohl nur drei von uns gleichzeitig spielten, denn es ist ein Spiel für vier Teilnehmer. Die Figuren heißen Reiter, Fußsoldaten, Elefanten und Wagen, und jeder Spieler hat eine Königsfigur, welche die anderen Spieler gefangenzunehmen versuchen. Heliokleia war sehr gut in diesem Spiel und besiegte uns andere mühelos. Zuerst hatte mir das Spiel Spaß gemacht, doch nachdem ich ein paarmal verloren hatte, gefiel es mir weniger. Ich hasse es, besiegt zu werden, selbst von einer so anmutigen Siegerin wie der Königin. Sie beobachtete gerade resigniert, wie ich mit einem Reiter einen fatalen Fehler machte, als es klopfte. Die Tür öffnete sich, und Itaz kam herein, verstaubt, nach Pferden riechend und mit einem Strauß orangefarbener Taglilien. Über den Raum hinweg trafen sich ihre Blicke, und sie fühlte sich, als würde ihr der Boden unter den Füßen weggezogen.

Itaz ging zögernd und vorsichtig durch das Zimmer und streckte ihr auf Armeslänge die Blumen hin. »Für dich, o Königin«, sagte er. »Auf... auf Wunsch deines Bruders. Ich hatte gehofft, dich ganz genesen zu finden, aber du scheinst noch immer krank zu sein.«

Langsam nahm Heliokleia die Lilien; die Blüten hatten orangene und braune Leopardenflecken und dufteten heiß und wild. Sie sah sie verblüfft an. Sie glaubte nicht, daß ihr von seinem Königstum besessener Bruder jemals daran gedacht hätte, ihr durch Itaz Blumen bringen zu lassen – aber fast genauso unglaublich war es, daß Itaz selbst darauf gekommen sein sollte. »Es geht mir viel besser, Herr Itaz«, sagte sie. »Danke.«

»Du siehst nicht so aus«, antwortete er.

Sie senkte die Lider und schaute dann wieder auf. »Hattest du eine angenehme Reise?«

»Es war heiß.« Nach einem Augenblick fuhr er fort: »Dein Bruder ist bei guter Gesundheit, und deinen Damen geht es gut; sie sind wieder mit ihren Familien vereint, o Königin. Man hat ihnen gestattet, ihren Rang im Palast zu behalten, wenn auch ohne Pflichten. Eh ... die Dame Antiochis bat mich, dir auszurichten, daß ihr ältester Sohn in die königliche Garde eingetreten ist, in die Truppe seines Vaters. Und Padminis Sohn hat den ersten Preis in irgendeinem Schulwettbewerb gewonnen, während Antiochis' Tochter Gorgo einen anderen Wettbewerb gewonnen hat, in Musik, glaube ich.«

»Oh!« Sie starrte ihn überrascht an. »Danke. Bestimmt war es Musik. Gorgo war immer sehr musikalisch. Wie ihre Mutter. Es geht ihnen also gut, und sie sind glücklich?«

»Sie machten sich Sorgen um dich. Ansonsten waren sie glücklich.«

»Oh!« Sie dachte an sie, glücklich in Baktra im Kreis ihrer Familien, und senkte den Blick, um die Tränen zu verbergen, die ihr in die Augen traten. Sie war nicht eifersüchtig auf das Glück der Frauen; es waren Tränen der Erleichterung. Obwohl sie selbst gescheitert war, ging es Padmini und Antiochis gut; tatsächlich waren sie wohl wesentlich glücklicher, als wenn sie geblieben wären. Die Last, die ihr plötzlich von den Schultern genommen war, machte sie fast benommen. »Danke«, sagte sie wieder.

Itaz nickte und setzte sich neben mich auf die Couch. Er zog König Heliokles' Brief aus seinem Gürtel und legte ihn auf das Spielbrett. »Dein Bruder sendet dies«, sagte er. »Er sagte, es sei eine private Angelegenheit, die einige deiner Freunde in Baktra betrifft. Er bat mich, dir den Brief persönlich zu geben.«

Heliokleia nahm den Brief auf und sah, daß das Siegel unverletzt war. Sie schaute Itaz an; er studierte das Spielbrett. Sie gab Inisme die Blumen und sagte ihr, sie solle sie ins Wasser stellen. Danach erbrach sie das Siegel und las schweigend den Brief.

Ich habe ihn nicht gelesen; sie sagte mir später, was darin stand. König Heliokles wünschte ihr Gesundheit, sei betrübt zu hören, daß sie einen Unfall erlitten hätte, und noch betrübter darüber, daß ihr Gatte sie offenbar unfreundlich behandelte. Er sei überzeugt, daß eine Tochter des Eukratides alle Hindernisse mit Würde überwinden würde. Er hätte gehört, sie mißtraue der Amtsführung seiner Minister Archemedos und Demochares. Könnte sie ihm sagen, wer sie von ihren Missetaten informiert hätte und was sie verbrochen hätten? Hätte sie handfeste Beweise, oder handelte es sich nur um Vermutungen oder Gerüchte? Er bereute – bei Apollo! –, daß er nicht mit ihr gesprochen hätte, ehe er in die Heirat einwilligte; er bereute die ganze Heirat, die ein schlimmer Fehler sei, aber er könnte nicht riskieren, Mauakes mit seiner Einmischung zu beleidigen, da doch die Tochari noch immer eine so große Bedrohung seiner nördlichen Grenzen darstellten. Könnte sie jemanden empfehlen, der Baktrisch sprach und ihn in Zukunft über die Gerüchte auf dem Markt informieren könnte?

Heliokleia legte den Brief hin. Ihre Nachforschungen bezüglich Archemedos und Demochares, die sie damals so vollkommen in Anspruch genommen hatten, schienen jetzt sehr fern. Jemand anderer hatte das getan; eine ernsthafte junge Frau, die damit rechnete, Regentin zu werden. Das plötzliche, intensive Interesse ihres Bruders an diesen Leuten kam ihr bizarr vor. Ihr über die Taten seiner Minister in Baktra zu schreiben! Auf einmal sah sie ihn vor sich, wie er in seinem melodiösen attischen Griechisch eifrig eines der baktrischen Putzmädchen befragte, das ihr von den Marktgerüchten erzählt hatte, und zum ersten Mal seit Tagen mußte sie lächeln. Itaz schaute vom Spielbrett auf und lächelte zurück. Sein Lächeln erhellte sein ganzes Gesicht und strahlte noch einen Moment in seinen Augen, nachdem sein Mund wieder ernst war.

»Ist der Brief lustig?« fragte er.

»Er möchte...« begann sie und hielt dann inne. Aber was spielte es für eine Rolle, wenn Itaz wußte, was er wollte? »Ich hatte Gerüchte über einige seiner Beamten gehört, als ich noch in Baktra war – ich hörte oft Geschichten, die den meisten Leuten im Palast entgingen, weil ich Baktrisch sprechen konnte. Irgendwie hat er davon erfahren und möchte Einzelheiten wissen. Daher schickt er *mir* einen Brief über seine eigenen Minister in Baktra!«

»Das ist mein Fehler«, sagte Itaz. »Es tut mir leid.«

»Dein Fehler? Wieso weißt du davon?«

»Ich hatte Gerüchte gehört, die Minister deines Bruders hätten ihn überredet, dich mit meinem Vater zu verheiraten, weil sie dich loswerden wollten. Das sagte ich König Heliokles. Er war ohnehin ärgerlich auf die Minister, weil sie auf diese Ehe gedrängt hatten; er glaubte es sofort.«

Sie starrte ihn an. »Aber ... aber ...« Sie erinnerte sich an den glatten, selbstzufriedenen Archemedos, der Änderungen des Steuerzensus unterschlagen und verkauft haben sollte, und an den hageren Demochares mit den nassen Lippen, der angeblich mit dem Schmuggel von Sklavenmädchen in Verbindung stand, von denen einige frei geboren und entführt worden waren. Ohne diese Männer und ihre eigenen Nachforschungen wäre sie vielleicht noch in Baktra, Jungfrau, unversehrt, ernsthaft, voller Hoffnung. Mauakes wäre vielleicht weiterhin nur ein Name – vielleicht wäre sie jetzt sogar in Indien und mit einem Vetter am Hofe ihres Onkels Menander verheiratet. Sie hätte jetzt in Sakala sein, den Predigten Nagasenas und den Disputationen der Gelehrten lauschen können. »Aber ...« sagte sie wieder und preßte die Hände vor die Augen, um Tränen der Wut und Verzweiflung zurückzuhalten. Ihr Leben vergeudet, ihr ganzes Leid, nur weil Archemedos und Demochares sie loswerden wollten! Itaz sprang auf, wollte auf sie zugehen und hielt dann inne.

»Es tut mir leid«, sagte er wieder. »Habe ich einen Fehler gemacht?«

»Nein«, sagte sie gepreßt. »Ich wußte nur nicht, daß es noch einen Grund gab. Ich dachte, das Bündnis allein sei wichtig genug.«

»Bestimmt ist es das.«

»Nein. Mein Bruder hätte sonst nicht eingewilligt, nicht, wenn meine Kinder nicht Thronnachfolger würden. Damals dachte ich nicht daran, aber jetzt ist es natürlich vollkommen klar. Alles ist sinnlos, es gab nie einen Grund für mich herzukommen; es ist alles vergebens!«

»Ich bin froh, daß er dich mit meinem Vater verheiratet hat«, sagte Itaz. »Wenn er es nicht getan hätte, hätte ich dich nie kennengelernt.«

Mit tränenüberströmtem Gesicht schaute sie zu ihm auf. »Du hast mich seit dem Moment meiner Ankunft gehaßt«, sagte sie, jetzt wieder ruhig und bitter.

»Ja, das habe ich. Aber jetzt tue ich es nicht mehr.«

Sie sah ihn zweifelnd an und schaute dann auf den Brief nieder. Sie faltete ihn und steckte ihn in ihren Gürtel. »Du mußt mir verzeihen«, sagte sie, ohne ihn anzusehen. »Ich wollte keine weiblichen Gefühle zur Schau stellen.« Mit dem Ärmel wischte sie sich das Gesicht ab.

»Bitte... ich möchte nicht... ich meine, du hast ein Recht darauf. Auf weibliche Gefühle, meine ich.«

Sie warf ihm einen scharfen Blick zu. Yavana-Königinnen haben keine derartigen Rechte. »Geht es der Familie meines Bruders gut?« fragte sie nach einer Pause.

»Ja.«

Ein weiteres Schweigen folgte; dann zeigte Itaz auf meinen falsch gezogenen Reiter. »Diese Figur wirst du verlieren«, sagte er zu mir.

»Kannst du spielen?« fragte Heliokleia überrascht.

»Ja, ich habe es in Parthien gelernt. Dort spielten wir es oft.«

»Du kannst meinen Platz einnehmen«, sagte ich und sprang eilig auf. Wie ich schon sagte, hasse ich Verlieren – und ich hatte die vage, wenn auch noch sehr zweifelhafte Hoffnung, ein Spiel mit Itaz könne die Königin vielleicht aufheitern.

Als Mauakes eine halbe Stunde später hereinkam, fand er seine Frau und seinen Sohn über das Spielbrett gebeugt, während Armaiti und Inisme nur noch zusahen und die Figuren nach Anweisung bewegten. Itaz starrte mit wildem Stirnrunzeln auf das Brett; Heliokleia hatte das Kinn in die Hand gestützt. Ihre Augen glänzten, und sie beobachtete ihn mit einem leisen, triumphierenden Lächeln auf den Lippen.

Mauakes kam es vor, als säßen sie an einem eigenen Ort, als sei die Luft um sie herum anders als sonst im Zimmer, heller, geheimnisvoll, still. Er blieb in der Tür stehen. Einen Augenblick lang fühlte er sich, als werde sein Herz in Staub vergraben – dann wurde ihm klar, daß er sich keine Sorgen zu machen brauchte. Es war nur Itaz, der die Königin haßte. Er trat ins Zimmer; beim Geräusch seiner Schritte blickte die Königin auf, und das schwache Lächeln schwand. Itaz sah sich um, stand dann höflich auf und begrüßte ihn mit herzlichem Lächeln. Er war aus Baktra zurück, dachte Mauakes fast unpassend fröhlich. »Was machst du hier?« fragte der König seinen Sohn.

»Ich war gekommen, um der Königin einen Brief ihres Bruders zu geben«, antwortete Itaz sofort. »Und um ihr von ihren Freunden in Baktra zu berichten. Ich bin geblieben, um Vier Armeen zu spielen. Das habe ich nicht mehr gespielt, seit ich Parthien verließ. Ich war im Begriff zu verlieren.« Er grinste.

»Du hast eine schwache Stellung übernommen«, sagte Heliokleia höflich.

»Ich habe eine gefährliche Gegnerin übernommen«, berichtigte Itaz.

Mauakes schaute auf das unterbrochene Spiel. »Vielleicht sollte ich das Spiel lernen«, sagte er. »Würdest du es mir beibringen, meine Liebe?«

Sie schlug die Augen nieder und verzog keine Miene. »Wenn du es wünschst, Herr.«

»Ich könnte es dir ebenfalls beibringen«, erbot sich Itaz. »Es wäre einfacher mit zwei Spielern, die die Regeln kennen. Obwohl ich mein Pferd darauf wetten würde, daß du sehr gut sein wirst; es ist ein Kriegsspiel, also wirst du gewinnen.«

Mauakes knurrte nur. »Was war das für ein Brief?« fragte er. Vermutlich, dachte er, lächelte die Königin deshalb.

»Er war von meinem Bruder, Herr, und betraf einige Bekannte in Baktra.«

Der König knurrte wieder. »Was wollte er?«

Die Königin zuckte mit den Achseln. »Er wollte wissen, ob sie ehrlich sind.«

»Zeige ihn mir.«

Heliokleias Hand senkte sich auf den Brief in ihrem Gürtel, und sie starrte den König an. Vor einer halben Stunde hätte sie ihm den Brief vielleicht gegeben oder wenigstens mehr von dem erzählt, was darin stand. Jetzt merkte sie, daß sie gereizt war. »Herr«, sagte sie glatt, »es tut mir sehr leid. Der Brief ist vertraulich, und es wäre sehr ungehörig, wenn ich ihn dir zeigen würde. Mein Bruder erwartet, daß ich seine Erörterungen über Verfügungen in seinem eigenen Palast geheimhalte, und bestimmt wirst du mir verzeihen, wenn ich über seine Angelegenheiten dir gegenüber ebenso geziemendes Schweigen wahre, wie ich es ihm gegenüber tun würde, wenn er nach deinen fragte.«

Er erwiderte ihre Blicke. Sein Gesicht war zu einer ausdruckslosen Maske geworden. »Du bist meine Gattin«, sagte er milde. »Gewiß gibst du der Ergebenheit deinem Bruder gegenüber nicht den gleichen Rang wie der, die du mir schuldest?«

»Aber gewiß nicht, Herr«, erwiderte sie liebenswürdig. »Wenn du mir befiehlst, dir den Brief zu geben, muß ich natürlich gehorchen. Aber bestimmt wirst du meine Ergebenheit ihm gegenüber zu hoch schätzen und meine Bescheidenheit und Diskretion zu sehr achten, um mir einen solchen Befehl zu geben. Du wirst die Vertraulichkeit nicht verletzen wollen, die den Angelegenheiten eines verbündeten Königs zusteht, indem du deine Autorität über seine Schwester mißbrauchst.«

Sie wußte, wie man sich in solchen Fällen verhält. Aber es war nur zu erwarten, daß ihr Widerstand den Argwohn des Königs anstachelte. Mauakes sah sie aus verengten Augen an. »Nun ja – falls der Brief wirklich nur das enthält, was du sagtest«, bemerkte er leise. »Ich habe dafür nur dein Wort.«

»Herr«, antwortete sie ohne Zittern in der Stimme, »gewiß wirst du meine Antwort auf diesen Brief sehen und dich so zweifelsfrei meiner Ehrlichkeit vergewissern.« Ihre Stimme war ruhig und unbewegt, aber die Verachtung in ihrem Ton war tief genug, um darin zu ertrinken.

Mauakes biß die Zähne zusammen. Die Muskeln seiner Kinnbacken wölbten sich unter dem dicken grauen Bart. Er ging auf sie zu und blieb dann stehen. Er legte die Hände auf den Rücken, als fürchte er, seine selbstauferlegte Sanftheit sei an ihre Grenzen gelangt. Dann blieb er stehen und dachte nach. Schließlich traf zu, was sie gesagt hatte; sie war nicht einfach widerspenstig. Die Verfügungen eines Verbündeten in seinem eigenen Palast gingen nur ihn etwas an – und falls der Brief mehr als eine Bitte um Auskunft erhielt, würde er das aus ihrer Antwort erfahren. »Also gut«, sagte er ruhiger, »behalte den Brief. Itaz, ich habe dich noch einiges über Baktra zu fragen.« Mit einer Handbewegung forderte er seinen Sohn auf, ihm zu folgen, und stampfte aus dem Zimmer. Itaz, der schockiert und verwirrt aussah, verneigte sich entschuldigend vor Heliokleia und ging.

Heliokleia lehnte sich auf ihrer Couch zurück, zog den Brief aus dem Gürtel und hielt ihn in beiden Händen. Sie schloß einen Moment die Augen und versuchte, das Triumphgefühl loszulassen, so wie sie versucht hätte, Haß oder Zorn loszulassen. Dann öffnete sie die Augen wieder und schaute auf das unterbrochene Spiel. Mit dem Rand des Briefes schob sie die Figuren beiseite. »Räumt es fort«, befahl sie. »Es hat keinen Sinn, es jetzt noch zu beenden.«

Während Inisme ihren Befehl ausführte, las die Königin den Brief noch einmal. Eigentlich, gestand sie sich, wäre es kein schlimmer Vertrauensbruch gewesen, wenn Mauakes ihn gesehen hätte. Er enthielt ein paar Dinge, die Heliokles peinlich gewesen wären, wenn Mauakes sie gelesen hätte, und falls Archemedos und Demochares unschuldig waren, wäre es natürlich ungünstig gewesen, sie noch einmal mit Verhandlungen mit Ferghana zu betrauen. Dennoch hätte Mauakes all das von jedem Reisenden, der kürzlich Baktra besucht hatte, selbst erfahren können – und das meiste hatte sie Itaz bereits erklärt. Dennoch wollte sie nicht, daß ihr Gemahl den Brief jetzt sah. Am besten wäre es, ihn zu vernichten. Sie sah sich im Zimmer um; keine der Lampen brannte. Sie stand auf. »Ich gehe hinunter in die Küchen«, sagte sie zu uns.

»Nein, Herrin, du solltest ruhen«, sagte Inisme. »Sage mir, was du wünschst, und ich werde es holen.«

»Ich möchte Feuer, um dies zu verbrennen«, erwiderte Heliokleia gelassen.

»Ich ... ich könnte den Brief für dich nach unten bringen und in den Herd stecken«, stammelte Inisme nach einer Pause.

»Lieber nicht«, sagte die Königin kalt. »Ich bringe ihn selbst hinunter.«

Ich grinste. Das war viel besser, als darüber zu meditieren, fand ich. »Ich komme mit dir«, sagte ich. Inisme rümpfte die Nase, aber Armaiti lächelte mir zu.

Wir gingen aus dem Zimmer. Die üblichen zwei Gardesoldaten standen am Fuß der Treppe Wache. Sie nahmen Haltung an und fragten die Königin, wohin sie gehe. Heliokleia sah sie kalt an. »Ich brauche eure Begleitung nicht«, sagte sie. »Ihr könnt hierbleiben.« Und sie ging weiter, während die beiden sich verwirrt fragten, ob sie gehorchen sollten. Auf der anderen Seite des Hofes verfolgten in dem Anbau, der die Küchen enthielt, die Köche verblüfft, wie ihre Königin an den Backofen trat und den noch zusammengefalteten Brief auf die angehäufte Glut fallen ließ. Er schrumpelte langsam zusammen, wurde schwarz und zerfiel dann zu grauer Asche. Heliokleia nahm ein Schüreisen, stocherte sicherheitshalber in der Glut, versetzte der Asche einen letzten ärgerlichen Stoß und legte dann das Schüreisen aus der Hand. Ich schob die Glut wieder zusammen und schloß die Ofentür. Wir sahen einander an; ich grinste noch immer. »Gehandelt wie eine Königin«, sagte ich zu ihr. »Herrin, es kommt ihm nicht zu, dich auszuspionieren. Und nach unseren eigenen Bräuchen solltest du viel mehr Autorität und Freiheit haben, als er dir einräumt. Du solltest nicht bloß meditieren. Du solltest dich wehren. Und du solltest Inisme loswerden.«

Heliokleia sah mich prüfend an und machte sich dann auf den Rückweg in ihre Gemächer, ohne etwas zu sagen. Als wir jedoch auf dem Gang allein waren, blieb sie stehen. »Dürfte ich das, wenn ich wollte?« fragte sie.

Ich hörte zu grinsen auf. »Ich weiß nicht. Du solltest es dürfen, also solltest du es versuchen.«

»Wenn ich eine Saka-Königin wäre«, sagte Heliokleia langsam, »dann wären du und die anderen Mädchen Leute, die ich aus meines Vaters Haus mitgebracht hätte. Ihr wäret meine Freundinnen und Dienerinnen, und ich könnte euch einstellen und entlassen, wie es mir gefiele. Doch wie die Dinge liegen, hat der König euch alle ausgewählt, und ich würde ihn bitten müssen, euch zu entlassen. Würde er eine Dienerin entlassen, weil sie genau das getan hat, was er ihr befohlen hat? Und selbst wenn er es täte, ist es gerecht, Inisme zu bestrafen, weil sie dem König gehorcht hat? Ihre Familie verwaltet eines seiner Güter, nicht wahr? Sie wären wütend auf Inisme, weil sie ihn gekränkt hätte, und würden sie des Verrats beschuldigen. Und deine Familie ist mit Kanit verwandt, nicht wahr?«

Ich spürte, wie mein Gesicht heiß wurde. Ich hatte die vage Ahnung gehabt, sie wisse, daß der König von mir verlangt hatte, ihr nachzuspionieren, aber dies war das einzige Mal, daß sie das mir gegenüber erwähnte – und es war typisch für sie, daß sie es so vorsichtig und indirekt tat: »Deine Familie ist mit Kanit verwandt« statt »Warum sollte ich denken, ich könne dir mehr vertrauen als Inisme?« Wenn ich heute zurückblicke, ist die wirkliche Überraschung wohl, wie wenig mir Onkel Kanit noch bedeutete, wie vollständig sich meine Loyalität verschoben hatte – aber daran dachte ich damals gar nicht. »Eh, ja...« stammelte ich und schaute in ihr müdes, hoffnungsloses, fragendes Gesicht. »Ja, Kanit ist mein Onkel, und weder ihm noch meiner Familie wäre es recht, wenn ich den König kränkte. Aber weißt du, mein Vater ist aus eigenem Recht Ratsherr. Wir sind dem König ergeben, er hat uns stark gemacht, aber es gibt Grenzen. Mein Vater und meine Mutter wären in Ehrenfragen meiner Meinung, und wir alle glauben, daß eine Dienerin ihrer Herrin gegenüber ergeben sein sollte. Der König ... wenn es nach dem König ginge, dann gäbe es keinen Rat, keine privaten Ländereien, überhaupt keinen unabängigen Adel. Ich bin nicht wie Inisme, Herrin, bitte glaube mir das. Ich möchte dich stark sehen. Ich weiß, zuerst war es anders, das gebe ich zu ... ich sollte ihm berichten, was du tust, dir nachspionieren, und ich habe es getan, ein wenig. Aber du bist nicht so, wie ich dachte; du hast viel mehr von einer Saka, als ich erwartet hatte. Du könntest eine Königin werden, wie Ferghana nie zuvor eine gehabt hat. Und ich würde mich freuen, dir zu helfen. Meine Eltern haben mich nach der Königin der Massagetai genannt, die den Großen König besiegte. So einer Königin möchte ich dienen.« Die Worte sprudelten nur so aus mir heraus. »Gib mir nur eine Chance, Herrin«, sagte ich. »Vertraue mir, und *ich* werde dich nicht im Stich lassen.«

Kaum hatte ich zu Ende gesprochen, merkte ich, daß ich wieder einen Fehler gemacht hatte. Ich hatte sie Königin der Sakas genannt und die Erinnerung an die berühmte Führerin der Massagetai heraufbeschworen, doch Heliokleia sah mich mit einem rein antimachidischen Gesicht an – distanziert, reuig, selbstironisch. Ich hatte nicht so sehr das Ziel verfehlt als vielmehr auf die falsche Scheibe geschossen. Sie würde nicht für ihre Rechte kämpfen. Nicht, weil sie dazu nicht fähig wäre oder es nicht gewünscht hätte, sondern weil auf eine mir unverständliche Weise das Problem der königlichen Autorität überhaupt nicht zählte. Sie wollte Autorität und fühlte sich gedemütigt, weil man sie ihr verwehrte – aber das erschütterte dieses zurückhaltende und schwer zu erreichende Herz nicht. Ich hatte vollkommen recht, als ich sagte, man könne ihr vertrauen: den zentralen Punkt, das, was der König ihr vorenthielt und das wirklich tiefgreifend war, konnte ich nicht benennen. Ich sah sie bestürzt an.

»Oh, Tomyris!« Heliokleia schüttelte den Kopf. »Ich bin keine Massagetai-Königin, nicht einmal eine Saka-Königin. Ich bin der Abstammung nach griechisch und in meinem Glauben indisch. Ich bin die Tochter des Eukratides, der viele Kriege gegen dein Volk führte, und die Urenkelin von Antimachos, der euch besiegte und euren Adel ins Exil schickte. Kein Saka in Ferghana würde mich gegen den König unterstützen. Die meisten Leute im Tal finden, mein Gatte erlege mir noch viel zu wenige Einschränkungen auf. Ich kann unmöglich auf die Unterstützung des Rates zählen, das mußt du doch einsehen! Ich habe hier gar nichts außer dem, was mein Gemahl mir gewährt. Vielleicht sollte Inisme bleiben, und du solltest dir eine andere Stellung suchen.«

Ich wußte nicht, was ich denken sollte. Ich sah sie nur verwirrt an. »Du möchtest mich entlassen?« fragte ich endlich. »Du würdest dem König erzählen, was ich gerade gesagt habe?«

»Nein«, sagte Heliokleia müde. «Nein, natürlich nicht. Aber ich bin nicht die Königin Tomyris der Massagetai und werde wohl auch keine werden. Der König traut mir nicht, und das Volk wird mir niemals trauen. Ich bin einfach die falsche Königin, für ihn, für das Volk – und auch für dich. Du hast nie hierher gehört, und im Unterschied zu mir hast du keinen Grund zu bleiben.« Sie berührte meine Schulter und senkte die Stimme. »Und es könnte schlimmer werden, meine liebe Freundin. Wenn ich das Pech haben sollte, einen Sohn zu bekommen, hättest du nur die Wahl, Mitgefangene oder Wächterin zu werden – oder in deine Heimat zurückzugehen.«

»Du unterschätzt dich selbst, Herrin«, sagte ich nach einer erschrockenen Pause. »Und du unterschätzt die Welt; sie ist nicht so trostlos, wie du glaubst. Manchmal gibt es etwas Hoffnung; es gibt nicht nur Leid und noch einmal Leid. Die Menschen würden dich unterstützen. Ich kenne das Tal besser als du; ich weiß, was sie akzeptieren werden. Alle Yavanas sind ohnehin auf deiner Seite, aber einige der Sakas wären es auch; es ist bei uns *Brauch,* Königinnen einige Freiheit zu gewähren; es ist nicht *richtig,* daß er alle deine Briefe liest und deine Güter durch seine Beamten verwalten läßt. Es gab Sakas, die für das Haus des Antimachos kämpften, als Mauakes ins Tal zurückkam, und es gibt Ratsmitglieder, die dich unterstützen würden. Jeder kann sehen, daß du keine gewöhnliche, arrogante baktrische Yavana bist, wie sie jeder haßt. Schau Herrn Itaz an. Er mißtraute dir früher mehr als alle anderen. Er versuchte, seinem Vater das Bündnis auszureden, und trank sich in der Nacht vor der Hochzeit um den Verstand, aber jetzt hat er seine Meinung geändert.«

Die Hand fiel von meiner Schulter, und sie wandte den Blick ab. Ich begriff es damals nicht, aber natürlich wollte sie nicht an Itaz denken. Als Feind war er schon verstörend genug gewesen, aber als Freund... gegen ihren Willen sah sie wieder sein Lächeln, das lange, scharfgeschnittene, aufleuchtende Gesicht, die blitzenden Zähne, den warmen Glanz, der einen Moment in seinen Augen blieb. Sie atmete tief ein und ging weiter. »Das sagt er. Er sagt auch, daß ich eine gefährliche Gegnerin bin. Vielleicht bin ich einfach genug geknebelt, so daß er keine Angst mehr vor mir hat. Er ist ein tapferer und großzügiger Mensch. Er kämpft gern gegen einen gleichwertigen Gegner und ist gnädig zu den Besiegten. Wenn ich die Autorität hätte, die du willst, wäre er viel weniger vertrauensvoll.«

»Nein, ich glaube, er hat einfach entschieden, daß du ehrlich bist«, sagte ich hartnäckig und eilte ihr nach. »Er würde dich vielleicht sogar unterstützen, wenn du dem König erklärtest, daß du eigene Verwalter und eine selbst gewählte Dienerschaft haben willst. Er hat den Brief deines Bruders nicht geöffnet, und er war entsetzt, als der König ihn sehen wollte; das habe ich bemerkt. Vielleicht...«

»Tomyris, es reicht!« sagte Heliokleia scharf und wurde binnen eines Augenblicks wieder zu meiner Königin und Herrin. Dann fügte sie sanfter hinzu: »Ich will nichts mehr davon hören, nicht jetzt. Ich bin sehr müde. Ich möchte ruhen.«

Am liebsten hätte ich die Frau gepackt und geschüttelt. Was hatte es für einen Sinn, passiv zu leiden, wenn man etwas dagegen tun konnte? Aber ich erinnerte mich, wie schnell sie seit ihrer Kopfverletzung ermüdete, und schweigend folgte ich ihr bis in ihr Zimmer.

Zumindest in einer Sache hatte ich allerdings recht. Itaz war entsetzt gewesen, daß sein Vater verlangt hatte, einen privaten Brief eines verbündeten Königs zu sehen, und noch entsetzter über die Entdeckung, daß jede Antwort abgefangen werden würde. Er folgte dem König unwillig in sein Arbeitszimmer und beantwortete die Fragen über Baktra abwesend, während er in seinem neuen Eifer, der Königin zu helfen, darüber nachdachte, wie er seinen Vater überzeugen könnte, daß dies falsch war – bis er merkte, daß sein Vater um die zentrale Frage herumredete, wie König Heliokles aufgenommen hatte, was Padmini und Antiochis ihm erzählt hatten. Itaz hielt mitten in einer gestammelten Antwort inne und starrte seinen Vater an. Mauakes starrte gereizt zurück.

»Sprich weiter«, befahl er.

»Warum fragst du nicht geradeheraus?« sagte Itaz verwirrt.

»Was denn?«

»Hat der König geglaubt, was die Hofdamen der Königin ihm erzählt haben?«

Mauakes zuckte zusammen, knurrte und schwieg dann. Erschrocken erkannte Itaz, daß der König sich vor dieser Frage fürchtete. Er hatte schon früher geargwöhnt, Heliokles könne bereuen, seine Schwester so billig hergegeben zu haben. Nun hatte der baktrische König einen Vorwand, einzugreifen oder sogar eine Scheidung vorzuschlagen. Und diese Aussicht war so verstörend, daß Mauakes sich sogar vor dem Gedanken daran ängstigte – denn er begehrte sie mehr, als er für gut hielt, und hatte nicht die Absicht, sie gehen zu lassen. Kein Wunder, daß er den Brief hatte sehen wollen.

»Also gut«, sagte Mauakes endlich. »Hat er es geglaubt?«

Itaz wandte den Blick ab. »Mir schien es, als akzeptiere er deine Darstellung der Angelegenheit und halte die Sache für erledigt. Aber die Frauen sagten, er habe ihnen geglaubt, doch so getan, als glaube er ihnen nicht, um dich nicht zu kränken. Ob das stimmt oder nicht, weiß ich nicht.«

Mauakes knurrte erneut, diesmal vor Erleichterung. Was immer König Heliokles glaubte, er würde jedenfalls nichts *tun*.

Itaz starrte auf die Füße seines Vaters. Er empfand anders für die Königin, aber eindeutig auch für seinen Vater. Dieser ängstliche Besitzerdrang war etwas Neues, war nicht mehr die Mischung aus herrschsüchtiger Befriedigung und Mißtrauen, mit der der König seine Frau zuvor betrachtet hatte. Jetzt war Itaz selbst wieder verwirrt. Warum empfand er das als bedrohlich? Der Königin wegen, weil es sie verletzen könnte – oder seiner selbst wegen, weil sein Vater sie liebte und sie vielleicht lernen würde, seine Liebe zu erwidern?

Itaz atmete scharf ein. Gefühle waren verräterisch. Am besten überging er sie und machte so weiter, wie er es vorgehabt hatte. »Er wäre sehr gekränkt gewesen, wenn er wüßte, daß du seinen Brief an sie sehen wolltest«, sagte er.

Der König lachte verächtlich. »Meinst du? Vermutlich rechnet er damit. Er ist kein Unschuldslamm. Nicht wie du. Ich nehme nicht an, daß du den Brief gelesen hast, oder? Bei der allsehenden Sonne! Zuerst verlangst du eine Garde für sie und Schutzmaßnahmen gegen sie, aber wenn du die einfachste und naheliegendste Vorsichtsmaßnahme in der Hand hast, machst du keinen Gebrauch davon!«

»König Heliokles hat den Brief mir gegenüber erwähnt. Er sagte, er enthielte ... was sie gesagt hat. In Baktra herrschte große Aufregung wegen einiger Minister, die man der Korruption verdächtigt, und es kursierte das Gerücht, sie habe davon gewußt, und die Minister hätten auf die Heirat gedrängt, um sie loszuwerden. Nein, dieser Brief hat mir überhaupt keine Sorgen gemacht. Und ich dachte ... bevor du sie heiratetest ... daß sie eine wirkliche Königin sein würde.« Vorsichtig tastete Itaz sich voran wie an einem Felsabhang und versuchte, nicht zu stolpern. Instinktiv spürte er, daß die Eifersucht seines Vaters, einmal geweckt, nie wieder einschlafen würde. »Ich dachte, sie würde die üblichen Rechte und Vollmachten haben und eine ernst zu nehmende Gegnerin sein. Mir war nicht klar, daß du sie so ... kontrollieren wolltest.«

»Ich wollte ein Auge auf sie haben«, antwortete Mauakes. »Ich gebe zu, ich habe sie mehr eingeengt, als ich ursprünglich beabsichtigt hatte. Sie ist gefährlicher, als ich erwartet hatte. Du und Tasius, ihr habt das auch gesehen, nicht? Und einen eigenen Plan gemacht, sie zu beobachten. Alles unnötig. Ich habe nie eine königliche Garde gebraucht. Es gibt einfachere Methoden, eine Frau unter Kontrolle zu halten. Aber...« Er hielt inne und sah seinen Sohn abschätzend an. »Aber sie gefällt dir besser, nicht?« Er schwieg einen Moment. Sein Gesicht war nachdenklich, zufrieden und verwirrt zur gleichen Zeit. Itaz wußte, daß er an ihren Körper dachte, und plötzlich durchflutete ihn eine Welle dieser heißen, kranken Wut, die er überwunden zu haben glaubte. Er schaute auf seine Hände nieder, die er im Schoß verschränkt hatte, und sagte sich wieder und wieder, sein Vater habe ein Recht auf die Königin; er war derjenige, der keines hatte.

»Sie gefällt mir besser, als ich erwartet hatte«, brachte Itaz schließlich heraus. »Sie ist ehrbar und aufrichtig. Und Baktra... war auch nicht so, wie ich erwartet hatte. König Heliokles ist... nun ja, er ist dir sehr ähnlich.«

Mauakes sah seinen Sohn überrascht und gekränkt an.

Itaz grinste. »Ich meine... er geht die Dinge immer sehr gründlich an und überlegt, ehe er etwas sagt; er läßt sein Gefolge im unklaren über seine Gedanken, aber das Wohl seines Königreichs schien ihm am Herzen zu liegen. Er ist ein guter Regent.«

Mauakes kicherte erfreut. »Das ist mein Sohn. Du bist inzwischen also meiner Ansicht? Was die Yavana-Allianz, die Elefanten und sogar die Königin betrifft.«

Itaz breitete zustimmend die Hände aus. »So sehr, daß ich es für unnötig halte, ihre Briefe zu lesen. Ich glaube nicht, daß sie irgend etwas Verräterisches tun würde... und es sah aus, als machte ihr das Sorgen. Sie sieht sehr krank aus, Vater.« Auch das hatte ihn entsetzt. »Ich dachte, sie würde inzwischen wieder gesund sein. Ich...« Er mußte seinem Vater einen Grund für seine plötzliche Besorgnis um die Königin nennen. Es gab einen, einen wahren sogar, soweit das möglich war. »Ich hatte Mitleid mit ihr.«

»Deshalb hast du aufgehört, Vier Armeen zu spielen, nicht?« Der König war jetzt jovial, zufrieden, daß König Heliokles nicht eingreifen würde. Er betrachtete das offene, ernste Gesicht seines Sohnes mit Zuneigung. »Nach einer Kopfverletzung wird man oft schwach und depressiv; jedenfalls hat ihr Arzt mir das gesagt. Er ist zufrieden, weil sie keinen bleibenden Schaden erlitten hat. Sie wird sich wieder ganz erholen, wenn man ihr Zeit läßt. Nein, ich möchte sie jetzt genau im Auge behalten, Itaz. Es stimmt, sie ist keine Verräterin – aber sie hat etwas Störrisches an sich und verrät nicht viel von sich. Ich weiß nie, was in ihrem Kopf vorgeht – aber ich möchte ihr vertrauen, ich möchte ihr vertrauen können. Sie ist keine gewöhnliche Frau. Sie hat mehr von Antimachos geerbt als das Lächeln. Sie ist klug und fähig und könnte mehr sein als nur das Symbol eines Bündnisses – wenn ich sicher sein könnte, daß sie mir gehört und mir ergeben ist! Ich will immer wissen, wohin sie geht, ich will von jedem wissen, den sie sieht, und alles erfahren, was sie sagt; ich möchte alles wissen, was in ihrem Kopf und ihrem Herzen vorgeht. Wenn ich ihrer sicher bin, kann ich meinen Griff lockern. Nicht vorher. Sie ist es wert, daß man Schwierigkeiten in Kauf nimmt.«

»Aber ...« Itaz erinnerte sich an ihr Gesicht, die distanzierte Ausdruckslosigkeit, die es angenommen hatte, als sein Vater ins Zimmer kam. Etwas »Störrisches«? Was sollte das bedeuten? Er hatte nie eine weniger störrische, beherrschtere Frau kennengelernt. Er hatte den plötzlichen, erschreckenden Verdacht, daß dieses »Störrische« ihre wahre Natur war, auf die sein Vater einen Blick erhascht hatte, die er aber nicht verstand und nicht wollte. »Aber ... aber wie kannst du erwarten, *alles* zu erfahren, was im Kopf und im Herzen eines anderen vorgeht?« stammelte er. »Das kannst du nicht; oft wissen wir nicht einmal, was in unserem eigenen Kopf vorgeht! Auf manche Dinge muß man einfach vertrauen. Wenn du darauf vertraust, daß sie dich nicht verraten wird, dann muß das genügen. Du kannst nicht erwarten, sie noch strenger zu überwachen, ohne sie zu verletzen. Sie ist ... sie ist kein offenherziger Mensch, sie ist sehr ... zurückhaltend, und wenn jemand in ihren privaten Gefühlen herumstochert, kränkt sie das. Du hast sie bereits sehr unglücklich gemacht.«

Mauakes, in einem seltenen Moment der Offenheit überrascht, war getroffen, um so mehr, als er auf der Stelle begriff, daß Itaz die Wahrheit gesagt hatte und er es sich nicht eingestehen konnte. Er scheute vor der Erkenntnis zurück, daß er sie unglücklich gemacht hatte und weiter unglücklich machen würde, und blinzelte seinen Sohn an. »Du hast mich nicht zu belehren!« sagte er wütend. »Sie ist nicht unglücklich, nur deprimiert aufgrund einer Verletzung. Ihr Arzt sagt, das sei vollkommen normal und zu erwarten. Und ich werde dafür sorgen, daß es ihr bessergeht, ich bin ihr Ehemann, ich werde sie glücklich machen. Meinst du, dazu sei ich zu alt? Du denkst, du könntest es besser, nicht? Oder hoffst du, mit ihr zu einer Übereinkunft zu kommen, etwas Macht für sie gegen etwas Macht für dich einzuhandeln? Hinaus! Geh jetzt, und ich werde zu vergessen versuchen, was du gesagt hast.«

Itaz öffnete den Mund und schloß ihn dann wieder. Er stand auf, verneigte sich vor seinem Vater und ging zur Tür. Dort blieb er stehen und schaute sich nach Mauakes um, der ängstlich zusammengekauert und noch immer blinzelnd an seinem Schreibtisch saß, und wieder einmal empfand er überraschend Mitleid mit dem alten Mann. »Es tut mir leid«, sagte er leise. »Ich wollte dich nicht kränken, Vater.«

Mauakes grunzte nur. Hilflos verließ Itaz den Raum.

Er wollte beten, den Frieden zurückgewinnen, den er an diesem Morgen empfunden hatte. Aber er durfte nicht vergessen, daß er Kommandeur der Garde der Königin war. Deshalb entschied er, es sei seine Pflicht, diese zuerst zu kontrollieren: Er ging also zu den Unterkünften im Palast und wollte hinterher beten.

Dort erwischte er die Garde der Königin bei einer Prügelei. Die neuen Gardesoldaten hatten die kleinsten Baracken der königlichen Garde bekommen, und die Garde des Königs war mit ihren Kameraden in den anderen Gebäuden zusammengedrängt worden. Die Gardisten des Königs waren wütend, weil sie umziehen mußten; die Gardisten der Königin waren ebenfalls wütend, weil die Baracken zu klein waren; sie waren schon eng für die neunundsiebzig Mann, die in Eschate zurückgeblieben waren, und nun noch enger, nachdem die zwanzig Mann, die nach Baktra gereist waren, zurückgekommen waren. Die Männer aus Baktra behaupteten, da die Königin sie selbst ausgewählt habe, und dies Wochen vor den anderen, müßten sie die besten Plätze bekommen; die anderen antworteten empört, sie schliefen dort schon seit drei Wochen, der König habe die meisten ausgewählt, und sie seien nicht zum Umzug verpflichtet. Als Itaz kam, waren einige Männer von gegenseitigen Beleidigungen zum Prügeln übergegangen, und die übrigen standen im Kreis um sie herum und schrien Anfeuerungsrufe.

»Beim Sonnengott!« rief Itaz aus. Er nahm einem Zuschauer eine Reitpeitsche ab, trat in den Ring, trennte die Kämpfenden mit Peitschenschlägen und verlangte schreiend von der ganzen Truppe eine Erklärung. Beschämt gehorchten die Männer. Er hörte zu, sah an den Baracken entlang und entschied, alle Schlafplätze seien neu zu verteilen. Um Streitereien zu vermeiden, sollten sie die Räumlichkeiten so aufteilen, als wären sie das Tal von Ferghana. Die aus Eskati sollten am westlichen Ende unterkommen, die vom Fluß Terek im Osten und so weiter. Und wenn es weiteren Streit um die Sache gäbe, würden die Streithähne überhaupt nirgends schlafen, sondern die Nacht über Latrinen putzen.

Die Männer waren zufrieden – mit einem System, das jeder verstehen und akzeptieren kann, sind die meisten zufrieden. Doch es dauerte einige Zeit, die neuen Unterkünfte zu bestimmen. Als endlich alle Schlafmatten oder Hängematten am richtigen Platz waren, war es dunkel und die Abendessenszeit lange vorüber. Itaz gab jede Hoffnung auf, an diesem Abend noch zu den Göttern beten zu können. Müde machte er sich auf den Weg zu seinen Gemächern im Palast. Am Tor zu den Baracken traf er jedoch seinen Freund Azilises.

»Willkommen daheim«, sagte Azilises und musterte ihn von oben bis unten. »Wie war es in Baktra?«

Itaz zuckte mit den Achseln. »Heiß.«

Azilises lachte. »Das habe ich gehört! Aber mein kleiner Bruder sagte, du hättest dich gar nicht in der Hitze aufgehalten, sondern die ganze Zeit in irgendeinem Mazda-Tempel zugebracht. Das ist nicht gut für dich, weißt du.«

Itaz lächelte. Er war nicht gekränkt; Azilises sprach nur sehr selten im Ernst. »Zu den Göttern beten ist nicht gut für mich? Es bringt Unglück, so etwas auch nur zu sagen. Du solltest ihnen sofort etwas opfern, um sie zu besänftigen.«

»Das wollte ich gerade tun«, gab Azilises grinsend zurück. »Ich wollte Aphrodite ein großes Opfer bringen, drüben in Gyllis' Bordell. Willst du mitkommen?«

Itaz lachte, schüttelte aber den Kopf. »Aphrodite ist eine Yavana-Hure. Für mich ist Anahita gut genug.«

Doch Azilises lächelte jetzt nicht mehr und schaute vorwurfsvoll. »Was ist mit dir los?« fragte er. »Du bist den ganzen Sommer ausschließlich beim Exerzieren und im Palast gewesen – und du hast mit Herrn Tasius und meinem Vater Pläne ausgeheckt. Bist du inzwischen zu stolz, um dich mit deinen alten Freunden abzugeben?«

»Nein!« protestierte Itaz. »Es ist nur so, daß ... ich hatte zuviel anderes im Kopf.«

»Nun, vergiß es für heute abend. Ich habe meinem kleinen Bruder Rajula gesagt, ich würde ihn zu Gyllis mitnehmen, weil er für die Garde der Königin ausgewählt worden ist, und nach dem Krieg und seiner Reise nach Baktra ist heute die erste Gelegenheit, ihn hinzuführen. Komm mit uns. Die kleine Philomela hat nach dir gefragt; du warst seit der Hochzeit nicht mehr da.«

Trotz seines Versprechens war er nicht zurückgekehrt. Er blieb einen Augenblick im Tor stehen, absurd unglücklich über ein lächerliches Versprechen, das er einer jungen Dirne gegeben hatte, und spürte den Groll seines Freundes. Azilises' Bruder Rajula erschien hinter ihm. Seine Augen leuchteten vor Erregung. »Oh, kommst du auch mit?« fragte er eifrig. »Ich wollte dich einladen, Herr, aber ich dachte, das würde dich beleidigen.«

»Ich komme nur auf ein Glas mit«, sagte er rasch entschlossen.

»Aber ich kann nicht lange bleiben. Morgen muß ich euch einteilen, und nach dem, was ich heute gesehen habe, wird das eine langwierige Sache.«

Rajula lachte schüchtern, und die drei jungen Männer machten sich auf den Weg zum Bordell.

Philomela war im Speiseraum, als Itaz mit seinen beiden Freunden eintrat, und sogleich lächelte sie strahlend. Eifrig wollte sie auf ihn zugehen, doch dann hielt sie nervös inne und kehrte auf ihren Platz zurück. Das Bordell war nicht voll, da jeder junge Mann im Tal Eskati in diesem Sommer schon besucht hatte und erst zum Neujahrsfest zurückkommen würde – dennoch war eine Handvoll Männer da, Saka-Krieger und Yavana-Kaufleute, die bereits im Speisezimmer lagerten und den Darbietungen zuschauten. Die Madame machte großen Wirbel um Itaz, der sie abschüttelte, indem er auf Rajula zeigte und ihr sagte, dies sei der erste Besuch des jungen Herrn, worauf sie ihre Geschäftigkeit sofort ihm zuwandte. Die drei wurden zu einer Couch am oberen Ende der Tafel gebeten und mit Wein und Speisen versorgt. Zwei Mädchen tanzten, eine andere spielte Flöte, Philomela die Lyra. Rajula sah entzückt zu. »Das ist so gut wie in Baktra!« rief er aus, als eine der Tänzerinnen einen Handstand rückwärts machte, ohne ihre Kastagnetten fallen zu lassen.

»Ja?« fragte sein Bruder. »Ich hätte gedacht, die Baktrierinnen wären besser, da sie von Yavanas regiert werden. Natürlich haben wir jetzt auch eine Yavana-Regentin. Vielleicht hilft das.«

»Sehr viel regieren darf sie nicht«, sagte Rajula. »Aber wenn sie es dürfte, würde sie kein Bordell unterstützen.«

Azilises lachte und gab seinem Bruder einen Klaps auf das Ohr. »Er bewundert unsere Königin«, erklärte er Itaz. »Er meint, eine Frau, die so schön ist, müsse auch gut sein. Ich wünschte, er hätte recht.«

»Nun, hat sie denn seit ihrer Ankunft irgend etwas Unehrenhaftes getan?« fragte Rajula hitzig. »Und alle in Baktra dachten, es sei ein Fehler gewesen, sie gehen zu lassen. Immer, wenn ich sagte, ich sei aus Ferghana, sagten sie das. Sie wissen besser als wir, was sie wert ist. Ich schäme mich nicht, in ihrer Garde zu sein; ich bin stolz, daß sie mich für würdig befunden hat!«

»Gut gesagt!« rief Itaz aus.

»Ich dachte, du magst sie nicht«, sagte Azilises argwöhnisch.

»Ich habe meine Meinung geändert«, sagte Itaz zum zweiten Mal an diesem Tag.

»Er hatte unterwegs eine Vision«, warf Rajula plötzlich ein. »Von König Antimachos dem Gott.«

Philomela hörte zu spielen auf, und auch die Flötenspielerin verstummte; plötzlich hatte sich ein drückendes Schweigen über den Raum gesenkt. Ich habe schon gesagt, daß Antimachos noch immer im ganzen Tal verehrt wird, und sein Schatten hatte von Anfang an über der Heirat gehangen. Niemand zweifelte daran, daß er erscheinen könne, um seine Nachfahrin gegen ihren Feind zu verteidigen. Alle starrten Itaz an. Er schaute zu Boden und fluchte innerlich.

»Was?« fragte Azilises und starrte Itaz an. »Ist das wahr?«

»Eines Nachts ging sein Pferd durch, und er stieg ihm in die Berge nach«, berichtete Rajula. »Als er am nächsten Morgen zurückkam, sagte er mir, er habe eine Vision von König Antimachos gehabt – stimmt das nicht, Herr Itaz?«

»Und du mußt das in einem Bordell ausposaunen!« schimpfte Itaz und stand auf. »Was ich gesehen oder nicht gesehen habe, geht niemanden etwas an.«

»Hast du ihn denn gesehen?« fragte Philomela von ihrem Platz an der Seite aus und beobachtete Itaz rundäugig und ehrfurchtsvoll. »Was hat er gesagt?«

»Nichts, das dich betrifft!«

Philomela senkte blinzelnd die Lider, und er fühlte sich unbehaglich. Er sagte sich, er schulde ihr nichts, aber er ging nicht, obwohl er es vorgehabt hatte.

»Es tut mir leid«, sagte Rajula demütig. »Ich hätte nichts sagen sollen. Mir war nicht klar, daß du es geheimhalten wolltest.«

Itaz setzte sich wieder hin. Die Madame füllte hastig seinen Becher mit Wein, und Philomela begann wieder zu spielen. Diesmal sang sie auf griechisch ein altes Lied:

Einer meint, Reiter, ein andrer, Soldaten mit Lanzen.
Schiffe seien die stärkste Macht, sagt ein dritter.
Was aber mich allein zu bezwingen vermag,
Das ist die Liebe.

Leicht zu begreifen für jeden ist mein Geständnis.
Denn auch Helena, die alle sterblichen Frauen
Weit überstrahlte an Schönheit, floh ihren Gatten,
ohne zu zögern.

Treulos war sie, und ungehorsam den Eltern.
Selbst die Tochter verließ sie, folgte dem Rufe
Paris', des Priamos Sohn, ließ sich verführen
Willig und gern.

Heilig allein war ihr Aphroditens Gebot,
Wenn auch darüber das prächtige Troja zerfiel.
So bin auch ich hörig der Kypris und denke
Nur an mein Mädchen.

Mehr als die Streitkräfte Lydiens entzückten mich stets
Gang und Gestalt und die Augen Anaktorias.
Teurer sind mir Gefühle als Schiffe und Krieger,
Fußvolk und Waffen.

Liebe, Liebe, Liebe: es stimmt, daß kein Sterblicher davon je genug hat. Philomela sang von einer Liebe, die eine Stadt in Feuer und Blut gestürzt hatte, die zwei Nationen zehntausend Verluste auferlegte und eine mit Toten übersäte Ebene zurückließ, und sah dabei sehnsüchtig den Mann an, von dem sie einst geglaubt hatte, er liebe sie; Itaz starrte tief in die safranfarbenen Flammen der Lampe über dem Regal und dachte an Heliokleia.

Er hatte einen Becher Wein trinken und dann gehen wollen, aber Gyllis füllte seinen Becher nach, seine Gefährten drängten ihn, bei ihnen zu bleiben, und er war der Gebete und des Reisens müde. Es fiel ihm schwer zu gehen. Er war halb betrunken, benommen vom Lampenlicht, der Musik und den sich windenden, springenden Körpern der Tänzerinnen. Er sah, daß die Männer ihre Wahl trafen, und Gyllis trat an seine Seite und flüsterte: »Herr, möchtest du heute nacht Philomela haben? Oder eine andere?« Und das Mädchen, Azilises' Arm um ihre Taille, sah ihn bittend an.

»Ich möchte Philomela«, sagte er. Sie wurde herangewinkt und ging mit ihm, errötend und lächelnd, die dunkle Treppe zu ihrem Schlafzimmer hinauf.

Sie schloß die Tür hinter ihnen und drückte sich an ihn, seine Hand an ihre Brust legend. »Du magst mich also?« fragte sie flüsternd an seinem Hals.

Er konnte nicht antworten. Er hatte nicht kommen wollen und mahnte sich, daß er gehen sollte – aber seine Hand mochte sie, sein Körper mochte sie. Er stand ein paar Minuten da, streichelte sie und versuchte, sich loszureißen. Dann fand er sich auf dem Bett sitzend wieder, Philomela halbnackt auf seinem Schoß.

»Warum bist du nicht zurückgekommen?« fragte sie ihn zwischen den Küssen. »Du sagtest, du würdest bald wiederkommen, aber es hat Monate gedauert; ich dachte, du würdest überhaupt nie wiederkommen – zumindest nicht zu mir.«

Er löste sich von ihr und legte eine Hand auf ihr Gesicht, um die Küsse zu beenden. Sie wurde sehr still, und ihre Augen schauten traurig in seine. »Du magst mich also nicht?« sagte sie. »Du hättest mir nicht zu sagen brauchen, daß du mich magst, weißt du? Niemand sonst sagt dergleichen.«

»Doch, ich mag dich«, sagte er. »Aber ... Ach, Anahita! Ich hätte überhaupt nicht zurückkommen sollen.«

Sie runzelte die Stirn. »Azilises hat mir gesagt, die Mazdaisten hielten es für schlecht, zu Dirnen zu gehen. Er sagte, deshalb kämst du nicht wieder.«

»Ja«, sagte er erleichtert. »Das ist der Grund.«

»Oh.« Sie berührte leicht seine Wange. »Warum meinst du, es sei schlecht?«

Itaz öffnete den Mund, hielt inne, schüttelte den Kopf. Entgegen seiner Absicht hatte sich seine Hand wieder verirrt. »Es ist... es ist ein Mißbrauch der Schöpfung«, sagte er endlich. »Ahura Mazda erschuf Männer und Frauen, damit sie einander lieben und die Erde bevölkern. Angra Mainyu erschuf die Dirnen. Sie locken die Männer vom Pfad der Rechtschaffenheit, damit sie ihren Samen und ihre Seele an unfruchtbaren Boden verlieren.«

»Der böse Gott schuf uns?« Sie stand von seinem Schoß auf. »Du glaubst, daß ich böse bin?«

»Nein, nein... nicht du. Aber... das hier ist schlecht. Du solltest nicht hier sein. Du solltest heiraten und Kinder haben. Das ist der gute Weg. Nicht dieser hier.«

»Ich kann nicht!« protestierte sie. »Ich bin eine Sklavin. Es ist nicht gerecht, daß du mich für etwas beschuldigst, das ich tun muß! Ich will keine Dirne sein! Ich liebe Kinder; diesen Sommer wurde ich schwanger, aber Gyllis gab mir einen Trank. Ich wollte ihn nicht nehmen, aber sie zwang mich dazu, sie sagte, sie werde den Stock nehmen und mich an einen indischen Händler verkaufen, wenn ich nicht tränke, und so mußte ich es tun. Der Trank machte mich krank, und ich verlor das Kind und weinte und weinte und weinte. Und ich dachte, du würdest mich vielleicht kaufen und freilassen, und ich könnte von dir ein Kind bekommen, ein winziges, eigenes Baby, und ein kleines Haus...« Sie weinte wieder. »Und du sagtest, du würdest wiederkommen, aber du bist nicht gekommen, und jetzt sagst du, ich sei schlecht...«

»Nicht du! Dieses ganze Geschäft!«

Sie setzte sich auf das Bett und schluchzte. Er legte den Arm um sie, und sie lehnte sich an ihn und schluchzte noch heftiger. »Das ist es auch«, schluchzte sie. »Das ist es. Ich hasse Gyllis. Ich hasse sie, ich hasse sie, ich hasse sie. Oh, ich wünschte, ich wäre frei!«

»Ich werde dich kaufen. Ich werde dich freilassen«, sagte er verzweifelt. »Bitte hör auf zu weinen!«

Sie hörte auf, sah schniefend zu ihm auf und wischte sich mit dem Rand ihrer indischen Baumwolltunika die Nase ab. »Wirst du das tun?«

»Sieht so aus, als müßte ich es tun, nicht wahr?« sagte er resigniert. Vermutlich, sagte er sich, versuchte sie diesen Trick bei allen ihren Liebhabern. Er hatte das Gefühl, sie habe ihn zum Narren gemacht – aber als er ihre strahlenden Augen sah, war er ihr nicht böse.

»Oh!« Sie küßte ihn. »Oh, ich danke dir! Versprichst du es mir?«

»Ich schwöre es, bei Ahura Mazda.«

»Oh, ich danke den unsterblichen Göttern! Und du wirst mir ein kleines Haus kaufen und mich besuchen kommen, und vielleicht –«

»Nein.«

»Nein? Was –«

»Ich hätte nicht herkommen sollen. Es ist... es ist nicht richtig. Ich kann dich nicht aushalten – ich werde dir statt dessen eine Mitgift geben. Wenn ich dir sechs halb-königliche Pferde gebe, kannst du wahrscheinlich jeden Bauern heiraten, den du willst. Das wäre dir doch recht, oder?«

Ihre Lippen zitterten, und sie wischte sich erneut die Nase und starrte ihn vollkommen verwirrt an. »Ich verstehe nicht«, sagte sie klagend. »Wenn ich aufhöre, eine Dirne zu sein – was wäre daran falsch? Hat dein Vater dir gesagt, du solltest dich verheiraten? Warum also...« Sie hielt inne, und ihre Lippen zitterten stärker. »Du liebst eine andere.«

Er zuckte zusammen und sagte nichts. Philomela wischte sich wieder die Nase und rieb sich die Augen. Es war eine der Regeln ihrer Welt, daß Männer sich immer in eine andere, eine Freie verliebten und sie verließen. Es tat weh, aber es war nicht so qualvoll wie der Verlust der Hoffnung auf ein kleines eigenes Haus, in dem sie sich zu schaffen machen konnte, auf einen einzigen Liebhaber und ihr eigenes Kind. Fast alle Dirnen sind

Sklavinnen, die als Säuglinge verkauft und schon vom zwölften Lebensjahr an prostituiert werden. Wenn sie lange genug überleben, um ihr gutes Aussehen zu verlieren, werden sie gewöhnlich an einen Sklavenhändler verkauft und sterben in irgendeiner ärmlichen Hütte in Indien oder Parthien. Wenn kein Liebhaber sie kaufte und freiließ, hatte Philomela nichts zu erwarten als verschwitzte Nächte, erzwungene Abtreibungen und einen frühen Tod. Natürlich war sie glücklich, von der Angst davor befreit zu sein. Aber sie war bereit gewesen, Itaz zu lieben, ihn uneingeschränkt anzubeten; wieder kamen ihr die Tränen, sie schlang die Arme um ihren Körper und versuchte, den Kummer zurückzuhalten. »Ich verstehe dich überhaupt nicht«, sagte sie. »Warum willst du mich kaufen, wenn du mich nicht liebst?«

»Ich mag dich«, sagte er, ohne nachzudenken. »Warum sollte ich dich nicht glücklich machen?«

Sie erwiderte seinen Blick, noch immer blinzelnd, und berührte zögernd seine Hand; als er sie nicht wegzog, faßte sie mit beiden Händen zu. »Du bist so gut zu mir«, sagte sie demütig. »Ich hoffe, sie macht dich glücklich, wer immer sie ist. Ist sie sehr schön?«

Der Gedanke schmerzte ihn noch immer. »Ja«, sagte er kurz.

»Warum sagst du das so? Ist sie schon verheiratet?«

»Laß das!« versetzte er barsch; sofort gehorchte sie und senkte den Kopf, verzweifelt bemüht, ihn nicht zu kränken, damit er nicht seine Meinung änderte und wieder fortging, diesmal wirklich endgültig. Da er nicht wußte, was er tun sollte, und ihn Verlangen und Verwirrung und Erschöpfung quälten, küßte er sie wieder, und er beendete die Nacht in ihrem Bett, so wie er es die ganze Zeit über nicht gewollt hatte.

14. Kapitel

Am nächsten Tag hatte Itaz eine Unterredung mit der Bordellbesitzerin Gyllis, und nach einigem Handeln einigten sie sich auf einen Preis für Philomela. Es war ein hoher Preis, und Gyllis wollte den Betrag in Münzen, nicht in Form von Vieh. Itaz ging also zu seinem Vater und bat ihn um eine bestimmte Summe.

»Ich kann dir das Gold aus meinem Anteil an der Beute von der Furt geben«, sagte er zu Mauakes, »aber die verdammte Frau will Geld mit dem Kopf eines Königs darauf und gibt sich mit nichts Geringerem zufrieden.«

Der König schnaubte. Ich habe schon gesagt, daß er nicht reich an Silber war. Wir haben Pferde, Ziegen, Kamele, Schafe, Wolle, sogar Metallarbeiten aus Gold und Bronze – aber Yavana-Silber müssen wir einhandeln, und der König muß dafür Steuern erheben, und er hat nie soviel, wie ihm lieb wäre. »Wozu willst du es haben?« fragte Mauakes gereizt.

Itaz wurde rot und scharrte mit den Füßen. »Für ein Mädchen«, sagte er verlegen. »Eine Dirne aus Gyllis' Bordell. Ich will sie kaufen und auf meinem Hof in der Nähe der Stadt unterbringen.« Noch während er das sagte, wurde ihm klar, daß er nichts Besseres hätte sagen können. Falls sein Vater seine wahren Gefühle für Heliokleia argwöhnte, würde dies seinen Verdacht einschläfern.

Mauakes starrte ihn einen Augenblick an und kicherte dann. »Und sie freilassen?«

»Nun ... ja.«

»Hm. Wie heißt sie?«

»Philomela.«

»Jung und hübsch?«

»Jung, hübsch – und weichherzig. Sie verabscheut es, eine

Dirne zu sein. Sie würde lieber häuslich werden und Kinder haben.«

»Ha! Aber du darfst sie nicht heiraten. Du kannst jetzt ein paar Bastarde bekommen, wenn du willst, aber gib ihr eine Aussteuer, damit sie sich einen Mann ihrer eigenen Klasse kaufen kann, wenn du sie freilassen willst. Ich hoffe, du verstehst das. Ich lasse nicht zu, daß mein Sohn eine Hure aus Eskati heiratet. Wenn es gilt, eine Frau für dich zu finden, brauchen wir eine parthische oder Sakaraukai-Prinzessin, um die alten Bündnisse aufrechtzuerhalten. Eine der Töchter deines Herrn Suren, wenn er dazu bereit ist; er hat genug davon.«

Itaz schluckte schwer. »Ich habe nicht vor, das Mädchen zu heiraten«, sagte er. »Und diese ... diese andere Sache ... du hast doch mit keinem darüber verhandelt, oder? Denn sonst ... müßte ich sie wieder loswerden.«

»Ich hatte die Absicht, dich in etwa einem Jahr wieder nach Parthien zu schicken, damit du Herrn Suren den Vorschlag machst. Aber das hat keine Eile.« Er kicherte erneut. »Hier, ich werde dem Schatzmeister sagen, er soll dir das Geld aushändigen. Geh und kaufe deine Freundin.«

Er war wieder leutselig, die Streiterei des Vortages war vergessen, der monströse Verdacht, der sich geregt hatte, unerkannt wieder eingeschlafen. Itaz dankte seinem Vater, ging die Münzen holen und trug dann den kleinen, klimpernden Beutel in das Bordell. Mit einer unter Tränen strahlenden Philomela kam er wieder heraus. Er ließ den Vorarbeiter eines kleinen Gestüts, auf dem er gleich außerhalb der Stadt einige königliche Pferde hielt, zu sich kommen und befahl ihm, das Mädchen dorthin zu bringen und es ihr wohnlich zu machen. So zog Philomela davon, hinter dem Vorarbeiter sitzend und fest an dessen Sattel geklammert. Sie war so strahlend glücklich, daß jeder, der sie sah, ihr Lächeln erwiderte. Itaz sah ihr nach; dann kehrte er zum Palast zurück. Als er an diesem Abend aus der Stadt ritt, stießen seine Männer einander an und lachten. Er sagte keinem, daß er nur den Feuertempel der Mazdas aufsuchen wollte.

Drei Tage brachte er mit der Unterweisung der Männer zu, prüfte sie und beobachtete, wie sie zusammenarbeiteten; dann, am Morgen des vierten Tages, teilte er sie in Kompanien ein, fünf Kompanien von je zwanzig Mann, auf die er gleichmäßig Bogenschützen und Lanzenreiter, Edelleute und gewöhnliche Bürger verteilte; er wählte jeweils die aus, von denen er annahm, sie würden gut zusammenarbeiten. Havani, der es wissen mußte, sagte, er habe eine sehr gute Wahl getroffen, und alle Männer respektierten ihn. »Wir arbeiten gern für ihn, auch wenn er viel verlangt«, erzählte er mir. »Er ist gerecht, er hat keine Lieblinge, und er weiß immer, was zu tun ist. Der König sollte ihm den Befehl über die gesamte königliche Armee geben.« Jede Kompanie hatte ihren eigenen Offizier, und für diese Stellungen wählte er erfahrene Männer aus, die der Königin ergeben waren. (Havani war nicht dabei – er besaß die Ergebenheit, aber nicht die Erfahrung.) Als er jedem Mann seinen Posten zugewiesen hatte, ließ er alle auf dem Platz vor den Unterkünften antreten und hielt ihnen einen Vortrag, den keiner vergessen sollte.

»Freie Männer der Garde der Königin«, sagte er mit klarer, ruhiger Stimme. »Ihr wißt, daß ihr für eine ehrenwerte Aufgabe ausgewählt worden seid, nämlich zum Schutz der Gattin eures Königs. Mein Vater hat gesagt, daß euer Rang unter allen Kriegern Ferghanas nur dem seiner eigenen königlichen Garde nachsteht; und außer dieser Garde habt ihr allein das Recht, die königlichen Pferde zu reiten, die von den Pferden unseres Herrn, des Sonnengottes, abstammen: das ist eine große Ehre. Ihr sollt wissen, daß die Ehre eurer Aufgabe keiner anderen nachsteht! Die Herrin, der ihr dient, stammt von vielen Königen ab. Sie ist tapfer, schön und weise, und Baktrien ist betrübt, daß es sie hat ziehen lassen. Doch sie hat ihr eigenes Volk verlassen und ohne zurückzuschauen unsere Bräuche übernommen, um unsere Königin zu werden. Ich habe gehört, wie einige von euch sie ›die Yavana‹ nannten und darüber stritten, ob sie ihren Anweisungen gehorchen sollten oder nicht. Wenn mein Vater die Absicht gehabt hätte, euch zu ihren Aufsehern zu machen, dann hätte er euch seiner Garde angegliedert und keine Truppe unter ihrem Befehl aufgestellt! Sie ist die Königin Ferghanas, und ihr alle seid Ferghaner und ihre Untertanen; ihr müßt ihr ebenso gehorchen, wie ihr dem König selbst gehorchen würdet.

Ich weiß, man hat behauptet, ich hätte meinem Vater diese Garde vorgeschlagen, um die Königin zu überwachen. Das kann ich nicht leugnen. Doch inzwischen bin ich zu der Überzeugung gekommen – durch meinen Vater, durch das edle Verhalten der Königin während des Krieges und durch die Eifersucht der Baktrier –, daß die Dame, die wir schützen werden, in jeder Weise unseres ergebenen Gehorsams würdig ist. Ich akzeptiere diese Gehorsamspflicht jetzt von ganzem Herzen, und als euer Kommandant verlange ich dasselbe von euch. Wenn ihr Königin Heliokleia nicht gehorchen wollt, dann ist es am besten und ehrenhaftesten, ihren Dienst jetzt zu verlassen.«

Einen Augenblick herrschte verblüfftes Schweigen; dann schaute jeder seine Nachbarn an, um zu sehen, ob sie ebenso erstaunt waren wie er, und schließlich wurde allgemeines Gemurmel laut, als alle einander fragten: »Meint er das ernst?« Während die ersten Gardisten, die von der Königin beim Wettstreit ausgewählt worden waren, ihre Stellung ernstgenommen hatten, glaubten die anderen, vom König eingestellten, ihre Hauptaufgabe bestehe darin, das Volk vor der Königin zu schützen und nicht die Königin vor dem Volk. Als sie erfuhren, wer sie kommandieren sollte, waren auch die Erstgenannten schwankend geworden. Nun mußte die ganze Truppe erneut nachdenken. Das Gemurmel wurde lauter und entlud sich plötzlich in einer Frage, die Itaz aus der Mitte der Männer zugerufen wurde: »Herr! Ist es wahr, daß du eine Vision von König Antimachos dem Gott hattest und daß er dir befahl, deine Feindschaft gegenüber der Königin aufzugeben?«

Itaz schwieg einen langen Moment. Er stand sehr gerade und starrte auf die Reihen seiner Männer, deren Augen ihn neugierig, ängstlich oder undurchdringlich anschauten. Dann antwortete er, noch immer mit klarer, ruhiger Stimme: »Ja.«

Alle begannen zu reden. Itaz wartete eine Weile. Dann klopfte er an die Barackenwand, um ihre Aufmerksamkeit zu gewinnen, und fragte, ob irgend jemand den Dienst der Königin zu verlassen wünsche.

Natürlich wollte das niemand. Es ist, wie Itaz gesagt hatte, eine große Ehre, Mitglied einer königlichen Garde zu sein, und die gibt man nicht leichtfertig auf. Selbst wer Bedenken hatte, behielt die für sich. Als seine Frage durch das Schweigen beantwortet war, dankte Itaz den Männern, befahl ihnen, bei den Unterkünften zu warten, rief die fünf Offiziere zu sich und führte sie in den Palast, um sie der Königin vorzustellen.

Ihre Gemächer wurden von zwei Leuten des Königs bewacht, da ihre eigenen beschäftigt waren. Itaz befahl einem von ihnen, hineinzugehen und die Königin zu fragen, ob sie bereit sei, die Offiziere ihrer Garde zu empfangen. Der Wächter war überrascht, da er erwartete, die Offiziere der Garde der Königin würden einfach anklopfen und eintreten, aber er tat wie geheißen. Nach einem Augenblick kam er zurück und erklärte, die Königin werde sie empfangen. Hintereinander gingen sie die Treppe hinauf und in ihr Zimmer.

Heliokleia saß mit mir, Jahika und dem König am Spielbrett. Itaz spürte einen Stich heftiger Enttäuschung, seinen Vater dort vorzufinden, aber er biß die Zähne zusammen und erinnerte sich an dessen Rechte. Die Königin sah sehr blaß und abwesend aus, der König hatte eine besonders undurchdringliche Miene aufgesetzt, aber etwas an seinem ausdruckslosen Blick und der Haltung seiner Schultern verriet Itaz, daß er schlechter Laune war. Itaz verneigte sich zuerst vor seinem Vater, dann vor der Königin, und trat beiseite, damit die anderen neben der Tür Aufstellung nehmen konnten.

Der König hatte seine Gattin gedrängt, ihm Vier Armeen beizubringen – in Abwesenheit seines Sohnes –, und zwar am Tag, nachdem er sie mit Itaz hatte spielen sehen. Doch Vier Armeen ist ein kompliziertes Spiel und nicht leicht zu erlernen; Heliokleia spielte es sehr gut. Sie schlug ihn bei jeder Partie. Er war ein noch schlechterer Verlierer als ich, und wenn sie versuchte, ihn gewinnen zu lassen, war es noch schlimmer. Nach einer Weile gab sie es auf, absichtlich falsche Züge zu machen, und spielte statt dessen mit kühler, distanzierter Verbissenheit und beendete jede Partie mit demütigender Schnelligkeit, weil sie das Spiel hinter sich bringen wollte. Doch jedesmal, wenn Mauakes verlor, bestand er auf einer Revanche, auch wenn die anderen Spieler sich danach sehnten, endlich aufzuhören, und die Königin vor Kopfschmerzen schneeweiß war. Ich begann das Geräusch seiner Schritte auf der Treppe zu hassen, und fast wünschte ich mir, wie Heliokleia meditieren zu können, um mich hinterher zu beruhigen. Itaz' Ankunft war eine große Erleichterung. Wir alle hofften, danach werde der König das Spiel forträumen und uns ausruhen lassen.

Itaz verneigte sich wieder vor seinem Vater, dann vor der Königin. »Königin Heliokleia«, sagte er, »dies sind die Männer, die ich nach Können und Charakter für die geeignetsten als Offiziere deiner Garde halte. Darf ich sie dir vorstellen und dich fragen, ob du mit ihnen einverstanden bist?«

Heliokleia nickte einmal zustimmend, stand auf und ging um das Spielbrett herum, um die Männer zu empfangen. An diesem Morgen war sie im Yavana-Stil gekleidet und trug eine weiße Baumwolltunika und einen purpurnen Umhang – einen aus Baumwolle, den sie aus Baktrien mitgebracht hatte, nicht den wollenen, den die Stadt ihr geschenkt hatte. Sie sah sehr griechisch und sehr reserviert aus, als sie vor ihren Gardesoldaten stand, wie eine fremde Gefangene, die ihren neuen Gefängniswärtern höfliche Aufmerksamkeit erwies. »Ich danke dir, Herr, daß du dich dieser Angelegenheit angenommen hast«, sagte sie förmlich. »Ich bin sicher, daß die Offiziere sich gut für ihre Stellung eignen.«

Itaz stellte den ersten vor, einen Lanzenträger aus der stehenden Armee des Königs. Dieser Mann war tüchtig genug, um Mitglied der Garde des Königs zu sein, doch er war übergangen worden, weil sein Vater ein Yavana aus Eskati war, wenn auch ein Landbesitzer, der eine Saka-Frau geheiratet und seinem Sohn einen Saka-Namen gegeben hatte. »Pakores, Sohn des Diodotos«, sagte Itaz und ließ ihn vortreten.

Pakores trat einen Schritt vor, verneigte sich, nahm die Hand der Königin und drückte sie an seine Stirn, die Geste, die Yavana-Diener ihren Herren gegenüber verwenden. »Freue dich, o Königin!« sagte er auf griechisch.

Itaz mußte ein Grinsen unterdrücken, als er das Erstaunen der Königin sah.

»Freu dich, o Pakores«, antwortete die Königin, als sie sich von ihrer Überraschung erholt hatte, und neigte grüßend den Kopf.

»Ich freue mich in der Tat, o Königin«, sagte er ernsthaft. »Ich bin sehr froh über diese Gelegenheit, dir zu dienen.«

»Ich danke dir für deine Ergebenheit«, sagte sie ein wenig unsicher. Sie warf Itaz einen verwirrten Blick zu; er grinste wieder und stellte den nächsten Mann vor. Dieser war zwar ein Saka-Edelmann, kam aber aus einem Teil des Tales oberhalb der Mitte des Jaxartes, wo der Boden karg ist und völlig unfruchtbar wäre, wenn es nicht das von König Antimachos gebaute Bewässerungssystem gäbe. In dieser Gegend bringen sogar Ratsmitglieder aus purer Dankbarkeit dem Antimachos Opfer dar. Der Offizier verbeugte sich sehr tief, und nach einem Augenblick des Zögerns tat er es Pakores nach und drückte die Hand der Königin an seine Stirn. »Es ist eine Ehre, der Nachfahrin des Gottes Antimachos zu dienen«, sagte er inbrünstig zu ihr.

Und so ging es fort. Jeder der fünf Männer gab seinem Entzücken darüber Ausdruck, der Königin dienen zu dürfen, und drückte demütig ihre Hand an seine Stirn; mit wachsender Verwirrung dankte sie ihnen für ihre Loyalität. Nachdem er alle fünf Offiziere vorgestellt hatte, fügte Itaz hinzu: »Und auch ich selbst, o Königin, fühle mich geehrt, deine Garde zu kommandieren – und dir zu dienen, wie es meine Pflicht ist.« Er hatte erwogen, ihre Hand an seine Stirn zu drücken, wie es die anderen getan hatten, aber er wagte nicht, die unsichtbare Barriere zwischen ihnen zu überschreiten. Statt dessen fuhr er fort: »Wenn du Wert darauf legst, die restlichen Männer zu sehen – sie warten bei ihren Unterkünften und wären erfreut, ihre

Königin zu empfangen. Natürlich nur, wenn du frei bist« – mit einem entschuldigenden Blick zu seinem Vater – »und dich dazu genügend bei Kräften fühlst.«

»Ich danke dir, Herr Itaz«, sagte Heliokleia und sah ihm in die Augen; der tiefe, blaugrüne Blick machte ihn benommen. »Wenn mein Gemahl mich entschuldigen will, möchte ich gern meine Gardesoldaten sehen.« Sie schaute Mauakes fragend an.

Die Augenlider des Königs hatten sich gesenkt; er lag zurückgelehnt auf dem Sofa und beobachtete ausdruckslos die Szene. »Natürlich«, sagte er geschmeidig. »Ich werde mit dir kommen. Vielleicht könnten die Offiziere die Männer anweisen, sich bereit zu machen, und du und ich und Itaz suchen sie in ein paar Minuten auf, ja?«

Itaz nickte und entließ die Offiziere mit einer Geste. Als die Tür sich hinter ihnen geschlossen hatte, setzte der König sich auf, schlug mit der Hand auf das Spielbrett, so daß die Figuren umkippten, und fragte: »Was im Namen aller Götter fällt dir eigentlich ein?«

»Ich habe einige Offiziere ausgewählt, die der Königin ergeben sein werden«, sagte Itaz.

»Das hast du allerdings! Einen Halb-Yavana, einen Halb-Baktrier, einen Verehrer von Antimachos und einen Kerl, der so von ihr hingerissen ist, daß er stottert wie ein Idiot und rot wird, wenn er ihre Hand nimmt. Nach dem Aussehen der vier ersten kann ich mir den Verstand des fünften vorstellen. Ich habe ein paar zuverlässige Männer für diese Garde ausgewählt. Wo sind sie?«

»Vater, es *sind* zuverlässige Männer«, sagte Itaz. »Zumindest erscheinen sie mir zuverlässig. Ich habe nur solche ausgewählt, die Kriegserfahrung haben, von edlem Blut sind und eine gewisse Vorstellung davon haben, wie man sich in einem Palast benimmt. Was ist nicht recht an ihnen?«

Mauakes kniff die Augen zusammen. »Was hält dein Freund Tasius von ihnen?«

»Ich bin nicht verpflichtet, Tasius' Rat einzuholen, wen ich der Königin als Offizier ihrer Garde empfehlen soll.«

»Es wird ihm nicht gefallen, daß sie der Königin ergeben sind, wie du es ausdrückst. Als diese Garde vorgeschlagen wurde, hatte ich den Eindruck, sie solle vor allem dem Rat ergeben sein.«

»Du warst zornig darüber«, bemerkte Itaz. »Und ich habe eingeräumt, daß du recht hattest, sowohl mit dem Bündnis als auch mit der Heirat. Erst neulich sagtest du, es brauche keine Garde, um deine Königin zu überwachen. Also gab ich den Gedanken auf, dem Rat ergebene Männer auszuwählen, und entschied mich für Offiziere, die für sie arbeiten wollen und von denen ich annahm, sie würden ihr gefallen. Ich habe ihnen allen, Offizieren und Mannschaften, zudem gesagt, wenn du Aufpasser haben wolltest, hättest du sie deiner eigenen Garde unterstellt; sie müssen Heliokleia gehorchen. Wenn das deinen Wünschen nicht entspricht, tut es mir leid; dann wirst du es ihnen sagen müssen.«

Mauakes starrte seinen Sohn lange schweigend an. Heliokleia stand, wo sie die Offiziere empfangen hatte, vor der Couch, auf der ihr Gatte saß, und schaute zu Boden. Ihre Wangen waren gerötet.

»Ich habe eine Geschichte gehört, die mir absurd vorkommt«, sagte der König schließlich. »Daß du eine Vision von König Antimachos dem Gott hattest.«

»Warum ist das absurd? Götter erscheinen manchmal den Menschen.«

Mauakes stieß zischend den Atem aus. »Wann war das? In Baktra, in irgendeinem Feuertempel? Während du berauscht warst von dieser Wie-heißt-sie-noch-Wurzel?«

Itaz zuckte zusammen. »Es war auf dem Heimweg, auf der Straße am Gebirge entlang«, sagte er scharf. »Ich war nicht berauscht. Mein Pferd war entlaufen, ich ging ihm nach, ich... traf einen Mann, der an einem Feuer saß, und wir unterhielten uns. Es war alles ganz ruhig und normal. Ich fand es eigenartig, daß der Mann einen Schimmel hatte, der größer war als mein Pferd, und daß ein reicher Yavana so weit entfernt von der Straße allein an einem Feuer saß, aber ich dachte nicht weiter darüber nach. Aber am nächsten Morgen... er hatte keine Spuren hinterlassen. Der Boden war weich, und ich konnte sehen, wo ich und wo mein Pferd gegangen waren, aber von ihm war nichts zu sehen. Und von seinem Pferd nur dies.« Er suchte in seiner Börse und nahm die drei weißen Haare heraus; wieder schienen sie von innen heraus zu leuchten. Heliokleia hob den Blick und starrte sie an; ihre Lippen teilten sich, aber sie sagte nichts. »Und ich habe das Gesicht des Mannes im Feuerschein ganz deutlich gesehen. Hinterher betrachtete ich eine Münze von Antimachos; es war dasselbe Gesicht. Ich wollte es keinem erzählen, aber ich mußte mir die Münze ausleihen, und so wurde es bekannt – und seit es bekanntgeworden ist, will ich keine Lügen darüber erzählen.«

Ein langes, angespanntes, kaltes Schweigen folgte. Dann sagte Mauakes mit besonders sanfter Stimme: »Ich verstehe. Du bist also jetzt bereit, meinen Vorgänger Antimachos ebenso zu verehren wie Ahura Mazda und den Sonnengott? Ich hätte gedacht, deine Religion würde ihn nicht nur als bloßen Menschen, sondern auch als ungläubigen Häretiker ansehen, der dazu verdammt ist, in den Schlund der Hölle zu fahren.« Bei den letzten Worten wurde sein Ton etwas weniger sanft, und die rohe Eifersucht und der Haß dahinter schienen durch wie Stein unter einem Gazeschleier.

»Vater, ich weiß nicht mehr annähernd so viel über die Götter wie letztes Frühjahr«, sagte Itaz schlicht. »Warum sollten wir glauben, sie zu verstehen? Wir sprechen von ›Wasser‹ und die Yavanas von ›hydor‹, aber wir meinen dasselbe. Bestimmt ist es schwerer, eine Gottheit zu erkennen als Wasser.«

»Aber mein Vorfahr Antimachos war keine Gottheit«, sagte Heliokleia plötzlich und sah Itaz wieder an. »Wir wissen vielleicht nicht, was Wasser ist – aber wir wissen, daß es kein Staub ist. Götter sterben nicht. Antimachos war ein Mensch.«

»Das war der Buddha auch«, erwiderte Itaz rasch.

Doch sie zuckte nur mit den Achseln. »Wir Buddhisten leugnen das nicht. Der Buddha hat uns nicht einmal über die Götter belehrt – nur darüber, wie man dem Leiden entgeht.«

»Du glaubst doch nicht wirklich«, sagte der König zu Itaz, »daß Antimachos ein Gott *war*? Wenn er es war, warum ist er mir dann nicht zürnend erschienen, als ich einen seiner Söhne aus Ferghana verjagte und aus dem Schädel des anderen eine Trinkschale machte?«

Itaz zögerte. »Ich glaube nicht, daß er ein Gott war«, sagte er schließlich, »aber er war ein König, und er hielt die Glorie der Sonne genauso hoch wie du. Und er war ein guter Mensch, der sogar die Ergebenheit derer gewann, die er erobert hatte. Wir glauben, daß die Seelen der Gesegneten über die Brücke des Todes zu uns hinüberschauen können. Ich hatte die Götter gebeten, mir den Weg zu weisen. Aber die Götter sind sehr hoch und groß, und selbst wenn sie uns antworten, fällt es uns schwer, sie zu verstehen. Warum also sollten sie sich nicht eines Sprechers mit menschlichem Antlitz bedienen? Und warum sollte ein König, der die Glorie der Sonne hochhielt, nicht die Pferde der Sonne ausleihen, um sich in die Welt zurücktragen zu lassen? Vor allem, wenn Menschen auf der Erde ihn noch immer verehren und um Hilfe anrufen und wenn sein Haus und unseres verbunden sind? Sagen wir also, er war ein Geist, ein Geist, der in Freundschaft kam, um mir zu raten. Ich war froh, daß ich ihn getroffen hatte, und dankbar für seine Hilfe.«

Mauakes schnaubte wütend. »Du hattest«, sagte er zu Itaz, »bloß einen Traum.« Sein Gesicht zeigte Zorn und Verachtung, doch seine Hände verrieten Angst; sie umklammerten einander in seinem Schoß, bis die Knöchel in der Stille knackten. Er war kein Freund des Hauses von Antimachos. Verzweifelt verbarrikadierte er seinen Verstand gegen den Gedanken an eine Wiederkehr dieses Geistes. Das war und konnte nicht wahr sein, sagte er sich.

Heliokleia sah Itaz mit dem zarten, selbstironischen Lächeln des Antimachos an. Langsam streckte sie die Hand aus und nahm eines der drei weißen Pferdehaare; sie drehte es um ihre Finger. »Darf ich das behalten?« fragte sie, ohne sich zu seiner Geschichte zu äußern. Er sah deutlich, daß sie glaubte, er habe nur geträumt, aber er sah auch, daß der Traum ihr gefiel und sie sich daran erinnern würde.

»Aber bitte«, sagte er und lächelte sie an.

Ihr Lächeln verging. Sie schlang das einzelne weiße Haar um ihr Halsband und verknotete das Ende. Dann wandte sie sich an Mauakes. »Herr«, sagte sie höflich, »wenn wir die Gardesoldaten sehen wollen, sollten wir sie nicht warten lassen.«

Mauakes schnaubte wieder, nahm aber ihren Arm und führte sie aus dem Zimmer. Itaz folgte langsam. Er hatte Heliokleia mit seiner Auswahl der Offiziere erfreuen, aber nicht seinen Vater reizen wollen. Und gewiß hatte er nicht vorgehabt, über seine Vision in den Bergen zu sprechen. Wieder einmal war alles anders gekommen, als er es geplant hatte.

Die Gardesoldaten brachten Hochrufe auf die Königin aus und stießen mit ihren Speeren auf den Boden, als sie erschien. Sie dankte ihnen für ihre Ergebenheit, begrüßte viele von ihnen mit Namen und hielt eine kurze Rede, in der sie ihre Ordnung und Loyalität lobte. Sie genossen es. Itaz beobachtete Heliokleia und sah, daß auch sie sich freute. Mauakes lächelte milde und sagte nichts. Trotzdem war seinem Sohn klar, daß er sich keineswegs freute und trotz seiner Worte nicht gewollt hatte, daß die Garde der Königin ergeben war – übrigens auch nicht dem Rat, sondern niemandem außer ihm selbst. Aber das konnte er Itaz oder seiner Gemahlin nicht eingestehen, und darum gab er vor, einverstanden zu sein.

Als die Königin wieder in ihr Zimmer gehen wollte, bot jeder der fünf Offiziere an, Gardesoldaten aus seiner eigenen Kompanie zu stellen; sie lächelte, wählte den nächststehenden und bat Itaz, einen Turnus einzurichten. Mauakes lächelte ihr nachsichtig zu und ging, um sich mit einem seiner Minister zu treffen, während Itaz und die ausgewählten Gardesoldaten die Königin begleiteten. Heliokleia schritt leichtfüßiger dahin als seit Wochen, mit erhobenem Kopf und von den geraden Schultern flatterndem purpurnen Umhang. Itaz merkte, daß er lächelte. Früher hätte er es bedrohlich gefunden, daß sie soviel Vergnügen daran hatte, eine Garde zu kommandieren; jetzt verstand er sie. Sie hatte sich selbst gelehrt, eine Königin zu sein, und verstand es nicht, nur ein königliches Dekorationsstück darzustellen. Sie freute sich an der Garde wie ein Tischler an einem Stück gutem Holz oder ein Weber an guter Wolle; es war die Befriedigung, das richtige Material für eine Aufgabe zu finden. Es hatte sich gelohnt, seinen Vater zu kränken, um ihr das zu geben. Als sie das Zimmer der Königin erreicht hatten, blieb er an der Tür stehen. »Da wäre noch eine andere Angelegenheit, o Königin, falls du Zeit hast«, sagte er.

Sie blieb stehen und sah ihn an. »Welche andere Angelegenheit, Herr Itaz?«

»Vor einiger Zeit schlug mein Vater vor, wir sollten die Vorschläge über Veränderungen in der Regierung besprechen, die der Rat und die Stadt gemacht haben. Er sagte, er werde alles gewähren, worauf wir beide uns einigen könnten. Nun – sollen wir sie erörtern?«

»Er sagte ›alles, worauf die Yavanas und ihre schlimmsten Gegner‹ sich einigen können«, berichtigte Heliokleia. »Irgendwie scheint mir, daß du nicht länger ein Gegner bist, Herr Itaz.«

Er zuckte mit den Schultern, noch immer lächelnd. »Nicht deiner, o Königin. Aber ich bin noch immer ein Saka und Ratsmitglied, und du bist noch immer die Wohltäterin der Stadt. Wir haben verschiedene Ansichten über die Dinge. Wenn wir uns unterhalten, könnten wir uns gegenseitig Punkte aufzeigen, die der andere übersehen hat. Vielleicht können wir uns auf einige Ideen verständigen, die meinem Vater gefallen würden.«

Sie sah einen Augenblick ausdruckslos zu ihm auf – und lächelte dann. »Vielleicht«, sagte sie. »Wäre es dir recht, jetzt darüber zu sprechen?«

Tasius war nicht erfreut, als er entdeckte, was sein Verbündeter mit der Garde der Königin gemacht hatte. Er erschien am folgenden Abend, als Itaz sich anschickte, aus der Stadt zu reiten. Mit unterdrückter Wut fragte er, ob er ihn begleiten könne, »um ein oder zwei Dinge zu erörtern«. Itaz stimmte zu und wartete geduldig auf den Ausbruch.

Er brauchte nicht lange zu warten. »Was im Namen aller Götter fällt dir eigentlich ein?« fragte Tasius wie zuvor Mauakes, sobald sie die Palaststallungen verlassen hatten. »Ich und meine Freunde haben uns die größte Mühe gegeben, diese Garde zu bekommen! Und sie ist so ziemlich alles, was wir jemals beim König erreicht haben!«

»Ich dachte, ihr hättet schon einige Männer ausgewählt, die unterwegs sind, um die Yavana-Steuereintreiber zu beobachten.«

»Die Beobachter zählen nicht! Sie dürfen bloß dem betreffenden Ratsherrn und dem König Unregelmäßigkeiten melden. Sie sind zahnlos und stumm. Aber diese Yavana-Hexe hat den König überredet, ihre Freunde in der Stadt mit allen möglichen Ehren zu überschütten! Diese Garde war alles, was wir hatten, um sie zu zügeln. Wir alle dachten, mit dir als Kommandeur hätten wir eine echte Chance, sie von der Verwaltung fernzuhalten – aber du hast diese Chance verschenkt, hast einen Haufen Yavana-Freunde als Offiziere ausgewählt und den übrigen befohlen, der Königin zu gehorchen!«

»Du darfst Königin Heliokleia nicht ›Yavana-Hexe‹ nennen«, sagte Itaz eisig. »Nimm diesen Namen zurück, oder das Gespräch ist hiermit beendet.«

Tasius starrte ihn mit einer Mischung aus Wut und Unglauben an. Itaz beachtete ihn nicht, sondern schaute auf die vor ihm liegende Straße. Sein Rappen und der Braune seines Schwagers überquerten den Marktplatz und schlugen den Weg nach Osten ein.

»Also gut, ich nehme den Namen zurück«, sagte Tasius schließlich, »obwohl es einigen so vorkommen könnte, als hätte die Königin dich verhext.«

Itaz zuckte mit den Schultern. »Ich hatte mich in ihr getäuscht. Ich habe meine Meinung geändert. Das hat nichts mit Magie zu tun – nur mit der Bereitschaft, Ehrlichkeit zu erkennen.«

»Keine Magie? Ich habe kürzlich ein paar sehr seltsame Geschichten über dich und einen sogenannten Gott Antimachos gehört. Es gab zwei oder drei Versionen, wie er angeblich erschien, in einer Wolke oder in einem blendenden Licht, aber alle stimmen darin überein, daß er dir sagte, du solltest deine Feindschaft gegenüber der Königin aufgeben – was du sehr gründlich getan hast, und zwar weitgehend auf Kosten der Menschen, die dachten, sie könnten sich auf dich verlassen. Ich habe gehört, daß einige dieser Buddhisten Magie anwenden und ihre Anhänger glauben machen, sie sähen tausend Unmöglichkeiten – und die Yavanas waren stets süchtig nach Hexerei. Was immer dir auf dem Rückweg von Baktra zugestoßen ist, ich glaube nicht, daß du den Geist eines vergötterten toten Yavana gesehen hast.«

Itaz seufzte und beherrschte sich mühsam. »Was immer ich auf meinem Rückweg aus Baktra gesehen habe – und ich wünschte, ich hätte das für mich behalten können! –, es bestätigte nur, was ich ohnehin in Eskati gesehen hatte, aber nicht hatte glauben wollen. Die Königin ist vollkommen aufrichtig und ehrlich. Wenn sie dem Ehrgeiz abschwört, dann meint sie es auch so. Sie hat sich große Mühe gegeben, unsere Sitten zu übernehmen, und tut ihr Bestes, um den Sakas eine gute Königin zu sein; sie kann nur nicht besser sein, weil sie nicht über die Hälfte der Möglichkeiten verfügt, die sie verdient. Sie hat keinerlei Zugriff auf die Verwaltung, sie darf nicht einmal mit einem Verwalter reden. Wenn sie die Freiheit hätte, die eine Königin aus unserem Volk erwarten dürfte, dann würden das Volk und die meisten Ratsmitglieder sie anbeten. Ein paar von ihnen tun das ohnehin. Ich denke, ich hätte das nach meiner Rückkehr nach Eskati sowieso glauben müssen, aber die Vision machte es mir leichter. Und noch einmal: Wenn du sie als Hexe bezeichnest oder durchblicken läßt, sie hätte mich durch Magie gewonnen, dann ist dieses Gespräch beendet.«

Wieder schaute Tasius ungläubig. »Was gibt es da noch zu sagen?« fragte er. »Du bewunderst die Yavana, und du hast die Möglichkeit verschenkt, sie im Auge zu behalten. Vielleicht ist wirklich keine Magie im Spiel. Du wolltest das Kommando über eine Truppe ausgewählter Männer, und mit Hilfe des Rates hast du es bekommen. Also glaubst du, du könntest dem Rat den Rücken zuwenden. Du hast mich und deine Verbündeten betrogen. Ich hoffe, dein Vater ist mit dir zufrieden.«

Itaz biß die Zähne zusammen und erwiderte den Blick. »Du bist zu schnell mit Anschuldigungen bei der Hand. Ich habe euch nie irgendeinen Eid geschworen und nie versprochen, meine Augen vor der Wahrheit zu verschließen, um meine Meinung nicht ändern zu müssen. Ich habe einem Plan zugestimmt, ihn meinem Vater eröffnet und euch im Rat darin unterstützt. Nicht du hast mich zum Kommandeur der Garde der Königin gemacht: das war die Idee der Königin. Aber ich habe dem Rat nicht den Rücken zugewandt. Willst du einen Sitz im Rat der Stadt Eskati?«

»Was soll das heißen?« fragte Tasius wütend.

»Willst du einen Sitz im Stadtrat von Eskati, verbunden mit dem Recht, bei seinen Erörterungen zu sprechen und für seine Ämter zu stimmen, und der Verpflichtung, dem Stammesrat über seine Aktivitäten zu berichten?« Tasius starrte ihn verwirrt an, und Itaz fuhr sarkastisch fort: »Denk nur an all die Gelegenheiten zu Intrigen! Die Unterstützung dieses oder jenes angehenden Magistrats kann man gegen die Förderung dieser oder jener Politik einhandeln! Denk an die Geschäfte, die Verhandlungen, die Durchstechereien! Gegen den Parteihader des Stadtrats wirkt der Stammesrat zahm, zumindest hat man mir das gesagt. Würdest du nicht gern Mitglied sein?«

»Wie meinst du das?« fragte Tasius wieder und wurde rot.

»Die Königin und ich stimmen darin überein, daß im Stadtrat von Eskati Vertreter des Stammesrates sitzen sollten, die den Standpunkt der Sakas vortragen könnten, wenn die Stadt eine neue Steuer oder was auch immer vorschlägt. Ich sagte, ich glaube, du wärest ein guter Vertreter. Du sprichst fließend Griechisch. Aber vielleicht habe ich da einen Fehler gemacht.«

»Aber ...« Tasius starrte ihn an. Itaz sah, wie er innerlich die Idee überdachte, sie hin und her wendete und abtastete, wie ein Mann, der ein Pferd kaufen will. »Aber ... würde der König das zulassen?«

»Ich weiß nicht. Er hat gesagt, er würde alles gewähren, worüber die Königin und ich uns einigen könnten. Das war natürlich vor dem Krieg und bevor ich ... meine Meinung änderte. Vielleicht denkt er jetzt anders darüber. Die Königin wollte ihn fragen, sobald sie Gelegenheit dazu hat.«

Tasius war zu dem Schluß gekommen, dieses Pferd sei ein gutes Geschäft. Niemand brauchte ihn darauf hinzuweisen, welche Vorteile es hätte, ein entscheidendes Bindeglied zwischen dem Willen des Stammesrates und den Plänen der Stadt zu sein; was Einfluß oder Intrigen anging, konnte ihm niemand etwas beibringen. »Die Königin war damit einverstanden?« fragte er ungläubig.

»Das sagte ich dir doch. Sie möchte eine gute Königin sein, für die Saka ebenso wie für die Yavanas. Wir haben entschieden, daß die größten Probleme früher dadurch entstanden sind, daß der Graben zwischen beiden so tief war. Früher haben sie uns natürlich gehaßt und wir sie, aber inzwischen haben wir einen gemeinsamen Feind und ein freundschaftliches Bündnis; wir sollten den Graben überbrücken. Dies war eines der Mittel, mit denen wir glaubten, das erreichen zu können. Uns sind noch ein paar andere eingefallen, und vielleicht hast du auch eigene Ideen – falls du bereit bist, sie einem Mann anzuvertrauen, der dich betrogen hat und der unter dem Bann einer Yavana-Hexe steht.«

Tasius ritt einen Augenblick schweigend dahin. Dann lächelte er ein rasches, falsches Lächeln. »Du hattest recht; ich war voreilig«, sagte er. »Ich habe die Situation nicht richtig eingeschätzt. Ich dachte, du hättest uns den Rücken zugewandt, aber in Wirklichkeit hast du einfach eine bessere Methode gefunden, etwas zu bewirken; ich entschuldige mich. Du hast ganz recht. Wir erreichen unsere Ziele viel eher durch Diskussionen und Kompromisse als durch Konfrontationen mit dem König. Für diese Idee kann ich dir meine volle Unterstützung versprechen.«

Itaz gab einen der verächtlichen Schnaufer seines Vaters von sich, akzeptierte jedoch das Angebot und hörte sich kommentarlos Tasius' Vorschläge an, wie man dem Rat mehr Macht in Yavana-Angelegenheiten geben könne.

Sie erreichten die Wegbiegung, die zu Itaz' kleinem Gestüt führte, und Tasius hielt sein Pferd an. »Ich mache hier halt«, sagte er und grinste leutselig. »Wir haben wohl alles gesagt, was gesagt werden mußte – und ich bin sicher, ich wäre ein unwillkommener Gast.«

»Was?« sagte Itaz, der zum Feuertempel hatte weiterreiten wollen; dann: »Ach – ja. Vielleicht ein anderes Mal.«

Tasius winkte, ließ sein Pferd kehrtmachen und galoppierte mit selbstgefälliger Miene zurück in Richtung Stadt. Itaz sah ihm mit einer Mischung aus Belustigung und Verachtung nach. Dann schaute er wieder auf den Weg zu seinem Gestüt. Er hatte Philomela nicht wiedergesehen, seit er sie gekauft hatte. Er hatte sich vor ihrer Dankbarkeit gefürchtet und seiner eigenen Natur mißtraut. Er wollte nicht mehr mit ihr schlafen. Er fühlte sich wie ein Jongleur, der auf gefährliche Weise in der Luft mit Wünschen und Verpflichtungen hantiert: eine weitere Komplikation, und der ganze Reigen könnte zusammenbrechen. Dennoch war er für das Mädchen verantwortlich. Er hatte sie gekauft und wenn sie sich auf seinem Gestüt elend fühlte, würde er etwas unternehmen müssen.

Aber was würde er tun? Schuldbewußt machte er sich klar, daß er sie zum Lügen benutzte, ohne die Lüge wirklich auszusprechen, und daß er mit ihr versuchte, sich trotz aller Verdächtigungen seines Vaters etwas Luft zum Atmen zu verschaffen. Wahrscheinlich gefiel es ihr ganz und gar nicht, auf dem Land in einem kleinen Bauernhof eingeschlossen zu sein und nur den Vorarbeiter und seine Familie und Sklaven zur Gesellschaft zu haben; wahrscheinlich würde sie ihn bitten, sie in die Stadt zurückzubringen und ihr einen Ehemann zu suchen. Wie lange konnte er sie hinhalten?

Nur eine kleine Weile, sagte er sich ernsthaft, nur so lange, bis sich nicht mehr alles ringsum veränderte und er ein sicheres Gleichgewicht finden konnte. Er hatte Philomela die Freiheit geschenkt; gewiß konnte sie ihm doch sechs Monate oder ein Jahr Sicherheit schenken? Er ließ sein Pferd kehrtmachen und ritt langsam und schuldbewußt auf seinen Hof zu.

Als Itaz ankam, war Addac, der Vorarbeiter, gerade dabei, mit Hilfe der beiden Hofsklaven, die acht königlichen und zweiundzwanzig halb-königlichen Pferde in die Ställe zu bringen. Er grüßte seinen Herrn ruhig, verneigte sich und nahm den schwarzen Hengst, als Itaz absaß. »Wie lange wirst du bleiben, Herr?« fragte er.

»Zum Abendessen«, sagte Itaz. Der Mann nickte und begann, sein Pferd abzusatteln. »Wo ist Philomela?«

Addac hielt inne; er sah unglücklich aus. Dann fuhr er fort, die Gurte zu lösen. »Im Haus, Herr«, antwortete er.

Itaz sah ihn besorgt an. »Ist sie hier nicht glücklich? Hat sie sich nicht gut eingelebt?«

»O doch, Herr«, antwortete der Vorarbeiter, »sie hat sich sehr gut eingelebt.« Er übergab das Pferd einem Sklaven, der es abreiben sollte. »Gib ihm nur ein leichtes Mischfutter und nicht zuviel Wasser«, befahl er. »Herr Itaz braucht es heute abend noch.« Er wischte sich die Hände ab. »Ich führe dich ins Haus, Herr.«

Philomela war in der Küche des Hofes und knetete Brotteig; Addacs vierjährige Tochter hockte neben ihr auf dem Tisch. Addacs Mutter, rot und fett, säuberte den Backofen. Der Vorarbeiter führte Itaz herein und stand dann verdrießlich an der Tür. Er beobachtete aufmerkam, wie Philomela erschrak und dann lächelnd mit teigverkrusteten Händen winkte.

»Herr Itaz!« sagte sie. »Schau! Ich backe Brot!«

»Ich backe auch Brot«, sagte das kleine Mädchen. Die Großmutter am Ofen drehte sich um und strahlte.

»Ja, das tust du«, antwortete Philomela und rieb sich den Teig von den Fingern. »Du bist mir eine große Hilfe, Herzchen. Weil ich nicht gewußt habe, wie man das macht, nicht?«

»Nein«, sagte das Kind wichtigtuerisch. »*Ich* habe es gewußt. *Du* konntest singen, aber du konntest kein Brot backen.«

Philomela hatte den Teig abgerieben. Sie hob die Kleine vom Tisch und stellte sie sicher auf den Boden, küßte sie auf den Kopf und ging dann zu Itaz hinüber. Sie strahlte ihn an. Er dachte, sie würde ihn küssen, aber sie blieb nur vor ihm stehen, ein wenig auf den Zehen wippend wie ein aufgeregtes Kind. »Ich danke dir so sehr, daß du mich hergeschickt hast«, sagte sie. »Alle sind so nett, und es gibt so viel zu tun, und mir gefällt alles! Bleibst du zum Abendessen? Bleibst du über Nacht?«

»Ich bleibe zum Abendessen«, sagte Itaz, »aber nicht über Nacht.«

»Aha.« Sah sie enttäuscht oder erleichtert aus? »Vor zwei Tagen habe ich einen Kuchen für dich gebacken, falls du uns besuchen solltest. Jetzt wird er nicht mehr so gut sein wie vor zwei Tagen, aber er enthält Sesam und Nußkerne und Honig...«

»Kann ich etwas davon haben?« fragte das kleine Mädchen und faßte Philomelas Rock.

»Natürlich, Liebes!« sagte Philomela zärtlich. Dann erinnerte sie sich plötzlich und bedauernd: »Das heißt, wenn Herr Itaz es erlaubt. Es ist sein Kuchen.«

Itaz lachte. »Sie kann etwas davon haben. Und wenn du wieder einen Kuchen bäckst, dann mach dir nicht die Mühe, ihn aufzuheben; falls ich komme, nehme ich, was immer im Haus ist.«

Nach der Mahlzeit ging der Vorarbeiter mit Itaz zum Stall hinaus und hielt eine Fackel, während ein Sklave sein Pferd für den Rückweg zum Palast sattelte. »Dieses Mädchen, eh...« begann er, als Itaz aufsitzen wollte.

»Ja?« Itaz hielt inne. Er entließ den müden Sklaven mit einem Winken, damit er zur Ruhe gehen konnte, und nahm selbst den Zügel des Hengstes.

»Sie sagt, daß du... daß du nicht vorhast, sie als Konkubine zu behalten. Daß du sie aus Freundlichkeit gekauft hast, weil sie unglücklich war.«

»Das stimmt. Und ich bin froh, daß ich es getan habe. Dieses Mädchen war nicht zur Dirne bestimmt.«

»Hm.« Das Grunzen schien Zustimmung auszudrücken. »Sie sagt, du würdest ihr als Mitgift sechs halb-königliche Pferde geben. Eh... möchtest du, daß ich einige auswähle?«

»Ja. Sechs gute Pferde. Aber... noch nicht gleich.«

Addac sah beunruhigt aus. »Nein? Soll sie noch nicht heiraten? Aber du willst doch nicht über Nacht bleiben?«

Itaz starrte ihn einen Moment an. Der Vorarbeiter war ein großer, langsamer, leise sprechender Mann, Sohn eines Sklaven, der meist bedächtig und ruhig war und sehr gut mit Pferden umgehen konnte. Jetzt war sein breites Gesicht von Angst gezeichnet. Itaz fiel ein, daß er Witwer war; seine Frau war vor zwei Jahren gestorben. Er lachte. »Du willst doch nicht sagen, daß du sie selbst heiraten willst!«

»Eh ... nun ja, Herr, mein kleines Mädchen hat sie sehr liebgewonnen. Und sie liebt das Kind. Und sie ist ein reizendes Mädchen, Herr, und wie du so richtig gesagt hast, war sie nie zur Hure bestimmt, das war seit dem Augenblick ihrer Ankunft sonnenklar. Läuft herum, will bei allem helfen, schwatzt die ganze Zeit; ein entzückendes Mädchen. Und wenn du sie nicht willst und sie nur aus Freundlichkeit und Frömmigkeit gekauft hast, um ihr das Bordell zu ersparen, nun, siehst du ... und die sechs Pferde, nun, das ist eine gute Mitgift; meine alte Mutter sagt, etwas Besseres könnte ich nicht kriegen. Und die Sache ist tatsächlich so, Herr, ich möchte sie heiraten. Mit deiner Erlaubnis natürlich.«

Itaz schwieg einen Augenblick. Der Rappe zog am Zügel und bewegte sich ungeduldig hin und her, und abwesend tätschelte Itaz ihm die Schulter. »Ich mußte von meinem Vater Geld leihen, um das Mädchen zu kaufen«, sagte er endlich. Er schämte sich seiner selbst und war froh um das dämmerige Licht, das seine leicht durchschaubare Miene verbarg. »Ich mußte ihm gegenüber so tun, als wolle ich sie für mich selbst; ich kann euch also nicht sofort heiraten lassen. Warte bis zum Mittsommer. Dann kannst du sie mit meinem Segen haben, und die Pferde auch. Falls du ... falls du nicht auf sie warten kannst und sie dich schon vorher haben will, dann seid diskret – und ich gebe dir die Pferde im Mittsommer. Aber bis dahin schweige, sonst wird mein Vater ärgerlich, weil ich sein Geld verbraucht habe.«

Addacs Miene hellte sich auf. »Ja, Herr! Du willst also nicht, eh ...«

»Ich werde nicht mit ihr schlafen, nein. Unser Herr, der alles sehende Sonnengott, weiß, daß ich sie nur gekauft habe, damit sie sich redlich verheiraten und glücklich sein kann.«

»Ja, Herr«, sagte der Vorarbeiter wieder, diesmal mit ungeheurer Befriedigung. »Mögen die Götter dich segnen für deine Güte zu ihr.«

Itaz schwang sich in den Sattel und nahm die Zügel. Er schaute auf Addac nieder und dachte an Philomela. Sie würden zusammen sehr glücklich sein, das sah er plötzlich. Sie würden Kinder bekommen und in Frieden, Fülle und Liebe alt werden. Er hatte beiläufig etwas getan, worin sich Großzügigkeit und schuldhafte Täuschung verbanden, und durch göttliches Geheimnis war dies dabei herausgekommen. Und falls er sonst in seinem Leben nichts mehr tun sollte, war diese Tat es vielleicht wert, gelebt zu haben. Wieder waren die Götter unerwartet freundlich gewesen, und er war dankbar. »Danke den Göttern, die dich begünstigt haben«, sagte er zu dem Vorarbeiter. »Bete für mich.« Er spornte den Hengst an und ließ ihn in Richtung Stadt zurückgaloppieren.

Bis zum Mittsommer, dachte er dankbar, war es noch eine ganze Weile hin. Wenn er bis dahin keinen festen Boden auf dem unsteten Grund zwischen dem König und der Königin gefunden hatte, würde er ihn wohl überhaupt nie finden.

Königin Heliokleia sprach noch am gleichen Abend mit dem König über die Vorschläge, auf die Itaz und sie sich geeinigt hatten. In ihren Gemächern im Obergeschoß wusch sie sich, salbte sich mit Myrrhe und setzte sich dann lange hin, um zu meditieren – was sie sonst abends nicht tat. Als sie schließlich seufzte, sich streckte und um einen Umhang bat, fragte ich sie, ob die Meditation gut verlaufen sei; mir fiel nicht ein, wie ich sie sonst fragen konnte, warum sie überhaupt um diese Zeit meditiert hatte.

Sie lächelte bedauernd. »Nein. Es ist sehr schwer. Aber wie es in dem Sprichwort heißt: ›Sage nicht, daß Güte schwer zu erreichen ist, denn Tropfen für Tropfen füllt sich der Eimer bis zum Überfließen.‹« Sie streckte ihre Hand nach dem Umhang aus, den sie an diesem Tag getragen hatte, und ich reichte ihn ihr. Sie stand auf. »Ich wollte einige Dinge mit meinem Gemahl erörtern, ein paar Verwaltungsvorschläge, auf die Herr Itaz und ich uns geeinigt haben«, fuhr sie fort, während sie den Umhang um sich drapierte und ein Ende über ihre Schulter warf. »Ich dachte, daß ich das am besten mit klarem Kopf tun sollte.« Sie fuhr sich mit beiden Händen von der Stirn her über das offene Haar und strich es sich aus dem Gesicht. Der Ausdruck von Ernst und Reue schwand wie vom stumpfen Ende eines Griffels ausradiert, und nur ausdruckslose Ruhe blieb. Ich sah sie verzweifelt an.

»Herrin, du weißt, daß er diese Miene haßt«, sagte ich zu ihr. »Wenn sie von der Meditation kommt, dann solltest du lieber zuerst reiten gehen und mit unklarem Kopf sprechen.«

Ein wenig Ausdruck kehrte zurück: Überraschung. »Welche Miene?«

»Du hast ein Gesicht wie Marmor, wenn du nach unten gehst. Wie die reine Anahita, die auf die Menschen herabschaut.«

Das löste ein schnelles, müdes kleines Lächeln aus. »Und wie sollte mein Gesicht sein?« Sie strich den drapierten Umhang glatt und fuhr leise und ohne mich anzusehen fort: »Ich kann nicht freudig lächeln wie eine Ehefrau, die ihren Gatten liebt. Ich kann nicht mehr tun als meine Pflicht, und vielleicht haßt er es, wenn er das meinem Gesicht ansieht; ja, tatsächlich, ich weiß, daß er das tut. Aber welche anderen natürlichen Gefühle könnte ich denn zeigen außer Haß und Wut? Ich habe meditiert. Ich hasse ihn nicht, und ich bin nicht wütend. Das ist das Ziel, das zu erreichen ich mich bemüht habe.« Und mit diesen Worten schlüpfte sie aus der Tür und ging barfuß und still die Treppe zum Zimmer ihres Mannes hinunter. Wie so oft war ich verwirrt; doch nach einer Weile wurde mir klar, daß sie mir zum ersten Mal so etwas wie Vertrauen entgegengebracht hatte.

Mauakes war bereits im Schlafzimer und saß halb bekleidet auf der Couch. Sie begrüßte ihn ruhig und bat um seine Erlaubnis, die Vorschläge zu erörtern. Dann erklärte sie sie so bescheiden, wie es ihr möglich war. Er hörte ausdruckslos zu. Als sie fertig war, sagte er: »Du hast all das mit meinem Sohn besprochen? War das seine Idee?«

»Ja, Herr«, antwortete sie leise. »Du hattest vorgeschlagen, daß wir das tun sollten, und gesagt, du würdest jeden Vorschlag gewähren, auf den wir uns einigen könnten. Ich glaube, Herr Itaz ist jetzt sehr begierig, für den Erfolg deines Bündnisses zu arbeiten und neue Bande zwischen deinem und meinem Volk zu schmieden.«

Mauakes grunzte. »Gewiß ist Itaz sehr begierig«, sagte er säuerlich. »Aber mir scheint, er ist begierig, dich auszunutzen, um für sich selbst eine sehr einflußreiche Stellung zu bekommen. Eine weit einfachere und fruchtbarere Methode als der Versuch, den Rat zu überreden, sich mir zu widersetzen. Er hat ein paar Ideen eingebracht, die die Ratsmitglieder entzücken und ihm einige Unterstützung verschaffen werden, nicht wahr? Ich nehme an, die waren von ihm, und die Vorschläge, die darauf abzielen, die Macht der Stadt zu stärken, waren von dir? Oder hat die neue Begeisterung für den göttlichen Antimachos ihn in die Arme des Yavana-Stadtrates getrieben?«

Die Vision seines Sohnes verwirrte ihn. Im Herzen glaubte er daran, aber das konnte er nicht einmal vor sich selbst zugeben. Er entkam der eifersüchtigen Angst vor dem lächelnden Geist, indem er seinen Sohn noch mehr beargwöhnte. Itaz, so sagte er sich, spielte irgendein Spiel und hoffte auf einen geheimnisvollen Vorteil durch das angebliche Zusammentreffen mit einem Gott. Man würde ihn schärfer denn je im Auge behalten müssen. Itaz' neue Anteilnahme an Staatsangelegenheiten schien seinen Verdacht zu bestätigen.

Doch Heliokleia schüttelte den Kopf. »Herr, wir beide haben nichts weiter getan, als Pläne zu besprechen, die von unterschiedlichen Gruppen vorgetragen wurden, Kompromisse zwischen ihnen zu finden und dir diese vorzuschlagen. Du allein hast das Recht zu handeln. Alles, was die Stadt oder den Rat erfreut, wird von dir allein verkündet werden, und dir werden sie dankbar sein.«

»Sie werden schon wissen, wem sie zu danken haben«, sagte

Mauakes schroff. »Und das werde nicht ich sein. Dafür könnte jeder sorgen, der Verstand hat, und Itaz hat Verstand, auch wenn er sich kühn und gedankenlos gibt.«

Heliokleia leckte sich die Lippen und versuchte wieder, vernünftig zu sein. »Herr, es war deine Idee, daß dein Sohn und ich miteinander sprechen und sehen sollten, worauf wir uns einigen könnten. Wenn wir auf deine Anweisung hin Vorschläge erarbeiten, wenn du daraus deine Wahl triffst, die dummen Vorschläge ablehnst und die übrigen verbesserst und dann durch deine Minister und deinen Rat ausführen läßt, warum sollte das Volk dann einem anderen danken als dir?«

»Hm«, sagte Mauakes. »Traue Itaz nicht. Er spielt ein Spiel um Macht. Und es steht ihm nicht zu, den Versuch zu machen, sie durch dich zu bekommen. Er hätte dich überhaupt nicht belästigen sollen; du bist noch krank.«

Sie schwieg einen Augenblick. Die Erinnerung an Itaz war fast so konkret, als würde er an der Tür auf sie warten. Warum in aller Welt, überlegte sie, mißtraute Mauakes ihm? Kein König hatte je einen ehrlicheren und ergebeneren Sohn gehabt oder einen, der ihn mehr liebte. Aber sie konnte deutlich sehen, wie der König das einschätzte: Itaz schmeichelte ihr und benutzte sie für seine eigenen politischen Zwecke. Und fast alles, was sie sagte, um ihn zu verteidigen, würde Mauakes' Argwohn nur nähren. Aber sie mußte versuchen, etwas zu sagen. Auch Schweigen würde seinen Verdacht anfachen. »Herr Itaz war bereit, jede Erörterung der Vorschläge zu verschieben, falls es mir nicht gutginge«, sagte sie zu Mauakes. »Aber ich stimmte sofort zu; wir dachten beide, das würde dich erfreuen. Und tatsächlich«, fuhr sie, wenn auch widerstrebend fort, »geht es mir viel besser.« Das stimmte; die unerwartete Treue der Gardesoldaten und die Arbeit des Abstimmens und Vortragens der Vorschläge hatten sie aus ihrer resignierten Verzweiflung gerissen. Seit sie wieder Mut gefaßt hatte, waren die Kopfschmerzen fast verschwunden. Das war gut – aber sie wußte, wenn sie ganz genesen war, würde der König im Bett wieder seine Rechte verlangen, und davor fürchtete sie sich. Dennoch mußte sie dem irgendwann ins Auge sehen, und wenn Mauakes darin Befriedigung fand, wäre er vielleicht bereit, nachsichtiger über Itaz zu denken. Und es funktionierte; sie sah, wie ihr Mann zufrieden den Mund spitzte und eine Hand auf ihren Schenkel legte. »Herr«, schloß sie und versuchte zu lächeln, »ich glaube nicht, daß dein Sohn irgendeine andere Absicht hatte, als seine frühere Opposition gegen deine Wünsche wiedergutzumachen. Er hat versucht zu helfen.«

»Am meisten hilft er mir, indem er sich nicht länger einmischt«, sagte Mauakes, seine Zufriedenheit verlierend. »Fluch über ihn, und Fluch über diese Offiziere, die er für dich ausgesucht hat! Sag mir, wie lange hat dieser Sarozi dagestanden und dich glotzäugig angestarrt, bevor seine Schicht heute morgen begann?«

Schon verursachten die Offiziere ebensoviel Besorgnis wie Stolz. Der König mißtraute ihnen, wartete auf Anzeichen ungehöriger Gelüste, beobachtete ihr Verhalten ihnen gegenüber, fragte sie nach ihnen aus. Sie wagte kaum noch, mit ihnen zu sprechen. »Ich weiß nicht, was du meinst«, sagte sie zu Mauakes. »Keiner meiner Offiziere starrt mich ›glotzäugig‹ an. Sie sind aufmerksam und respektvoll; wäre es anders, würde ich sie tadeln.«

»Hm. Dieser Bursche Sarozi hat dir Blumen geschenkt, als er seine Wachschicht antrat. Wilde Rosen, sagte er, auf dem Lande gepflückt, weniger hell und schön als du. War das ›respektvoll‹?«

Sie seufzte und fragte sich, wer von den Mädchen ihm das erzählt hatte. »Ja, Herr, das war es. Es war eine normale höfische Aufmerksamkeit, wie jede Königin sie täglich ein halbes Dutzend Male erfährt, vor allem, wenn sie krank gewesen ist. Man hat mir gesagt, deine erste Gattin sei ebenso behandelt worden. Ich bin sicher, daß sie damit ihren Respekt vor dir zeigen wollen.«

Er grunzte; er war nicht überzeugt. »Itaz hätte mich die Offiziere der Garde auswählen lassen sollen.«

»Er ist ihr Kommandant. Es war seine Pflicht, sie auszuwählen! Und als ich ihn wählte, schienst du sehr erfreut, daß er Kommandant sein sollte. Sicher ist dir ein Sohn lieber, der sich wie ein Prinz benimmt und seine Pflichten in der Armee und Regierung erfüllt, als einer, der sich in Luxus und Trägheit vergeudet!«

Mauakes schnaubte. »Aber beim Sonnengott, er tut auch das! Er hat zweihundert Drachmen von mir geborgt, um sich eine Eskati-Hure zu kaufen. Er hat sie auf seinem Gestüt am See untergebracht und reitet jeden Abend dorthin, nachdem er deine Garde zu Bett geschickt hat.«

Doch der Gedanke daran schien ihn eher aufzuheitern. Heliokleia akzeptierte ihn schweigend. Einen Augenblick lang hatte sie ein Gefühl von Verlust, doch dann war sie erleichtert. Itaz hatte eine Geliebte; er war beschäftigt, in Sicherheit. Trotz seines herzlichen Lächelns und des Leuchtens in seinen Augen konnte er nicht wirklich nach ihr verlangen; ihr dürre Tugend war außer Gefahr, und sie konnte sich, nur von Bedauern und nicht von Angst gequält darauf konzentrieren, ihre ungebärdige Seele in der Meditation zu unterwerfen. »Ist das Luxus?« fragte sie ihren Gatten. »Er schickt zuerst die Garde zu Bett.«

Mauakes lachte. »Das tut er. Zuerst die Garde, dann die Dirne; man kann von einem jungen Mann keine bessere Pflichterfüllung verlangen, als das eine wegen des anderen aufzuschieben. Nun ja, soll er doch; ich nehme an, er wird häuslich werden. Geht es deinem Kopf wirklich besser?«

»Wie ich dir sagte«, antwortete sie und regte sich nicht, um jedes Zeichen von Abscheu zu vermeiden. »Es geht mir viel besser.«

Er faßte ihre Arme und zog sie auf seinen Schoß. Sie versuchte, seinen Geruch nicht zu bemerken, den Gestank von schlechten Zähnen, altem Schweiß und alterndem Fleisch. Einen Mann zu mögen, weil er jung und stark und hübsch ist, und einen anderen zu verachten, weil er alt ist und riecht, bedeutet, Illusion für Wahrheit zu nehmen. Jugend und gutes Aussehen sind wie die Liebe ein Trugbild; in einem Augenblick sind sie noch da, im nächsten in einer Wüste von Leid verschwunden. Die Pflicht ist real. Ihre Pflicht war, eine gute Ehefrau zu sein. Sie erholte sich von ihrer Verzweiflung und nahm ihre ganze Willensstärke zusammen, um diese Pflicht zu erfüllen, um von vorn zu beginnen und sich Verdienst zu erwerben, indem sie ihre Aufgabe gut erledigte.

Mauakes tastete nach ihrem Hinterkopf und berührte durch das dichte Haar die leichte Verdickung am Knochen; sie zuckte nicht zusammen. »Du fühlst dich besser, nicht wahr?« sagte er erfreut und streichelte sie. »Gut genug, um mit deinem Gemahl zu schlafen?«

Sie schlug die Augen nieder und unterdrückte streng ihr Schaudern. »Ja.«

»Sehr gut!« rief er entzückt aus und begann, seine Kleider abzulegen. »Ich werde über deine Pläne für die Stadt nachdenken, ja? Vielleicht einige davon bei der Mittwintersitzung des Stammesrates vortragen, und wenn der Rat sie schluckt, werde ich sie der Stadt gewähren. Aber bis dahin wahre Stillschweigen darüber.«

»Wie du wünschst, Herr.«

»Gut«, sagte er und wandte seine Aufmerksamkeit wieder ihr zu. Er war so zärtlich und sanft, als sei sie aus zartester Gaze, und sie verabscheute es, genau wie sie erwartet hatte.

Als sie am nächsten Morgen nach oben kam, hatte ihr Gesicht den gleichen leeren, pflichtbewußten Ausdruck wie am Vorabend, und er verschwand nicht einmal nach ihrem gewohnten Bad. Sie zog sich an und setzte sich hin, um zu meditieren. Dann sah sie mich plötzlich an. Ich war die einzige Bedienstete im Raum, da die anderen nach dem Bad hinausgegangen waren, um etwas zu essen zu holen. Ich legte gerade den alten Umhang zum Waschen beiseite, da er verschwitzt war. »Tomyris«, sagte sie, »war dein Zuhause so wie Adlerhorst?«

Ich legte den Umhang aus der Hand und lächelte bei der Erinnerung. »Sehr ähnlich«, sagte ich. »Vielleicht ein bißchen wilder, vor allem in den gebirgigen Teilen des Anwesens. Im Terek-Tal gibt es weniger Menschen.«

»Warst du ... dort ... glücklich?«

»Ja«, sagte ich schlicht. »Meistens.«

Stirnrunzelnd senkte sie den Blick. »Aber ich nehme an, man könnte selbst an so einem Ort unglücklich sein. Die meisten Menschen dort, die Armen, die Bauern, die an ihre Plackerei gebunden sind – sie müssen unglücklich sein.«

Ich war zuerst schockiert, dann wütend. »Willst du damit sagen, daß wir unsere Pächter schlecht behandeln?« fragte ich. »Daß wir sie zuviel arbeiten lassen und ihnen zuwenig zu essen geben? Meine Familie ist edel und ehrenwert. Wir könnten selbst nicht froh sein, wenn es denen schlecht ginge, die von uns abhängig sind. Ich kann dir versprechen, das tun wir nicht. Sie sind so glücklich wie Menschen nur irgendwo.«

»Und wie glücklich ist das?« fragte die Königin bitter. Ich merkte, daß sie nicht vorgehabt hatte, irgend etwas gegen meine Familie zu sagen, und vergaß meine Empörung. Sie war ausschließlich mit ihrem eigenen Unglück beschäftigt, das ihrer Überzeugung nach schwer auf der ganzen Erde lag.

»Die meisten Menschen sind glücklich, glaube ich«, sagte ich ruhiger. »Oh, jeder hat etwas, das ihm Kummer macht. Etwas, das er sich wünscht und nicht haben kann, etwas, das ihm lieb und wert ist und zerbricht, Tiere und Vieh, die verlorengehen, Menschen, die sterben. Aber ich denke, im großen und ganzen haben die meisten Menschen ihr Leben gern. Wie dein eigenes Volk sagt, ist es köstlich, das Sonnenlicht zu sehen.«

Sie schüttelte den Kopf. »Mein eigenes Volk glaubt, daß wir nur das eine kurze Leben leben und danach für immer im Schatten weilen, als schnatternde Geister an den Ufern des Flusses der Vergessenheit. Aber die Philosophen sagen, daß wir dem Sonnenlicht nicht entgehen können, daß wir nach dem Tode wiedergeboren werden, und wenn ein Leben glücklich ist, dann ist das nächste sicherlich voller Leid. Vielleicht...« Müde blickte sie auf. »Vielleicht war ich in meinem letzten Leben ein Mann und habe eine Frau vergewaltigt oder mißhandelt, und so erfordert die Notwendigkeit, daß ich in diesem Leben ... eine solche Ehe führe, wie ich sie führe.«

Ich schwieg einen Augenblick. Ich hatte von der indischen

Auffassung gehört, daß die Seele viele Male geboren wird und stirbt, und ich wußte, daß die Buddhisten glühend an dieser Idee festhielten, aber dieser Gedanke interessierte mich nicht. Ich konnte nie glauben, daß ich jemals ein anderer wär als ich selbst, und selbst wenn irgendein Teil von mir einst Teil eines Mannes oder eines Pferdes oder einer Ziege gewesen war, so bin ich doch nichts dergleichen. Welche Rolle spielte es also? Vielleicht war das Brot, das ich heute morgen aß, aus Weizen gebakken, der auf Land wuchs, das vor langer Zeit von menschlichen Leichen fruchtbar gemacht worden war, aber deswegen bin ich keine Kannibalin. Ich interessierte mich viel mehr für das, was die Königin mich über die Mißgestalt ihrer Ehe wissen ließ, über die Sache, die mich erschreckt und verstört hatte und über die keiner reden wollte.

»Empfindest du Haß auf ihn, Herrin?« fragte ich, ehe ich mir die Frage verbeißen konnte.

Sie seufzte. »Nein. Aber ich verstehe ihn nicht, und er versteht mich nicht. Er sagt, er liebe mich. Dabei fühle ich mich wie eine Fliege, die von einer Spinne mit einem Faden nach dem anderen umwickelt wird, bis sie keinen Fuß oder Flügel mehr rühren kann, und die darauf wartet, ausgesaugt zu werden. Ich weiß nicht, was er liebt; jedenfalls nicht mich. Nein, ich habe unrecht: ich darf das nicht sagen und nicht fühlen. Ich werde es von neuem versuchen.« Sie kreuzte die Beine.

»Warum sagst du ihm nicht einfach, daß du mehr Autorität willst?« fragte ich. »Warum wehrst du dich nicht?«

»Autorität!« sagte sie mit müdem Abscheu. »Kampf! Tomyris, ich kam nach Ferghana, weil ich Frieden stiften wollte zwischen meinem und deinem Volk. Wenn ich um Rechte und Autorität kämpfen würde, würde ich die Yavanas und Sakas gegeneinander aufbringen; ich würde genau da versagen, wo ich am meisten zu erreichen hoffte. Die einzige Macht, um die es sich zu kämpfen lohnt, ist die Macht über meine eigene Seele. Vielleicht ergibt sich das übrige von selbst, wenn ich gelernt habe, meiner selbst Herr zu werden und meinen Gatten zu verstehen. Was nutzt es, Macht über andere zu erlangen, wenn man die Macht über sich selbst und seine eigenen Absichten verliert?«

Darauf konnte ich nichts antworten – diese Denkweise lag mir ganz fern. Heliokleia neigte den Kopf und faltete meditierend die Hände, und zum ersten Mal sah ich, daß ihre Reglosigkeit nicht statuenhaft, passiv und hilflos war. Sie war wie die eines Bogenschützen, der seinen Pfeil auf ein schwieriges Ziel richtet und versucht, nichts anderes zu sehen und zu denken. Und plötzlich setzte sich alles zu einem vollständigen Bild zusammen, und ich verstand sie. Noch ehe sie eine Philosophie kennengelernt hatte, die ihre Gedanken bestätigte, hatte sie geglaubt, daß man in der Welt nicht nach Glück suchen kann. Die Welt betrügt uns mit Verlust und Tod. Unser einzig mögliches Glück besteht darin, sich nichts zu wünschen, das die Welt geben kann, sondern statt dessen die absolute und rücksichtslose Herrschaft über unsere eigene Seele zu gewinnen. Für sie war dies das Wichtigste, das Entscheidende; ihre ganze Kraft, ihr Mut, ihre Klugheit und Tüchtigkeit waren darauf gerichtet, das trügerische und ungebärdige Selbst zu unterwerfen. Doch genau diese Herrschaft wollte auch Mauakes. Sein Eindringen in ihre Domäne bereitete ihr so viel Schmerz und war der Grund, warum sie ihn nie lieben würde. Weil sie stark war – in ihrem Willen und ihrer Konzentration viel stärker als er, unendlich viel stärker als ich, würde sie in dieser Sache nicht um Haaresbreite nachgeben.

Danach gab ich es auf, mit ihr zu argumentieren. Aber wieder hatte ich das Gefühl, daß diese Ehe noch schlimmeren Kummer erzeugen würde als alles, was ich bisher gesehen hatte, und ich hatte Angst.

Heliokleia richtete ihre ganze eindrucksvolle Selbstdisziplin und Konzentration auf das Ziel, sich wie eine gute Ehefrau und gute Königin der Sakas zu verhalten, und für eine kleine Weile sah es fast so aus, als könne sie sogar den König zufriedenstellen. Gehorsam sprach sie mit niemand anderem über die Vorschläge für die Reform der Regierung und sagte Itaz nur, sein Vater habe eingewilligt, die Vorschlääge vor dem nächsten Zusammentreten des Stammesrates zu bedenken. Danach versuchte sie, dem Sohn des Königs aus dem Weg zu gehen, obwohl seine Gesellschaft für sie wie frisches Wasser für ein durstiges Land war. Sie konnte sich Bitterkeit oder Reue nicht leisten. Sie mußte die Rebellion ihrer Seele meistern. Mauakes begann, glücklicher auszusehen.

Der Herbst schleppte sich in den Winter. Die Königin fühlte sich häufig krank und ertrug es stoisch. Dann, ein paar Wochen vor Mittwinter, wachte sie mit dem Bedürfnis auf, sich zu übergeben, zählte die Tage nach und erkannte, daß sie schwanger war und es schon eine Zeitlang gewesen sein mußte.

Davor hatte sie sich seit dem Tag ihrer Ankunft in Ferghana gefürchtet. Die Sakas würden befürchten, ihr Kind, falls es ein Junge war, würde Nachfolger des Königs; die Baktrier würden sich das wünschen; der Junge selbst würde buchstäblich als Gefangener heranwachsen, und sie mit ihm eingekerkert, gerade, als die Dinge etwas leichter zu werden begannen. Doch die Verzweiflung und der Widerwille, die sie bei der Entdeckung empfand, waren noch schlimmer, als selbst in ihrer elenden Situation angebracht. Sie liebte Mauakes nicht, und all ihre Bemühungen, ihren Ekel und Abscheu abzulegen, hatten beides nur tiefer nach innen getrieben; jetzt hatten sie in ihrem Schoß gekeimt, und Mauakes' Kind wuchs in ihr. Ihr Körper gehörte ihr nicht mehr, nicht einmal tagsüber; ihr Mann hatte ganz von ihm Besitz ergriffen.

Mauakes äußerte mildes Mitgefühl, als sie sagte, sie fühle sich nicht wohl; sie taumelte nach oben in ihr eigenes Zimmer und übergab sich.

Natürlich hatten wir in unserer gräßlichen Intimität bemerkt, daß die Königin seit einiger Zeit ihre monatliche Regel nicht mehr gehabt hatte. Doch da sie um die Zeit des Unfalls ausgesetzt hatte, bedeutete das nicht viel. Inisme flüsterte jedoch schon seit über einem Monat, es sei Zeit, daß sie wieder einsetze. Sie hatte das Gesicht, das Haar und die Figur der Königin begutachtet und Kommentare abgegeben, bis ich ihr sagte, sie solle still sein. »Sehr wohl«, hatte sie unwirsch zurückgegeben und mich angeschaut, »aber ich glaube, sie ist schwanger, und wenn ihr morgens übel wird, werden wir alle wissen, was das bedeutet.«

Noch bevor die Sklavinnen mit dem Saubermachen fertig waren, begannen wir entzückt aufzuschreien, sogar ich: »O Herrin, du mußt guter Hoffnung sein!« – »Mögen die Götter dir einen Sohn schenken!« – »Leg dich nieder, ich hole dir etwas Wasser mit Narden – es ist ein gutes Zeichen, wenn dir sehr übel ist, es bedeutet, daß das Kind stark ist.«

Trotz allem, was sie damals im Korridor gesagt hatte, kam ich gar nicht auf den Gedanken, daß Heliokleia vielleicht kein Kind haben wollte. Jeder im Tal betrachtet Unfruchtbarkeit als das größte Unglück für eine Frau und gesunde Kinder als das größte Geschenk, das die Götter gewähren. Außerdem mag ich Kinder. Als meine kleine Schwester Tistrya starb, war das der größte Kummer, den ich je gekannt hatte. Ich erinnerte mich an den Traum, den ich vor dem Aufbruch nach Eskati gehabt hatte, und glaubte ihn plötzlich zu verstehen. Heliokleia würde eine Tochter haben, ein schlankes, lächelndes kleines Mädchen, das sie und uns übrige aus der elenden Leere unseres Lebens befreien würde, so wie Tistrya mich am Ort des Todes aus dem trockenen Fluß gerettet hatte. Ich hätte vor Freude weinen können: endlich würde doch noch alles gut werden.

Natürlich war das für Heliokleia keine Hilfe. Wortlos legte sie sich hin. Mehr denn je wünschte sie sich, Padmini wäre da, und sie könne sie um Rat fragen. Padmini hätte nicht gebilligt, was Heliokleia beabsichtigte, aber sie würde die Klugheit darin sehen und wissen, was zu tun war. Sie kannte Kräuter und Heilmittel für solche Dinge.

Hinterher wurde mir klar, daß sie fast sofort versteckt auf das Thema hinzuweisen begann. »Gibt es Dinge, die ich nicht essen sollte?« fragte sie, während wir geschäftig umherliefen und ihre Sachen holten. »Ich habe gehört, es gibt Kräuter, die Fehlgeburten auslösen...«

Aber wir wußten nicht, welche Kräuter jemand nehmen mußte, um eine Fehlgeburt auszulösen. Wir alle empfahlen hilfsbereit gute Speisen für die Schwangerschaft – Stutenmilch, weißes Brot, Sesamkuchen. Inisme lief, um es dem König zu sagen, und gleich darauf kam sie mit ihm zurück. Er grinste.

»Es heißt, es gebe einen Grund für dein Unwohlsein«, sagte er zu ihr, setzte sich neben ihr auf die Couch und tätschelte ihren Bauch. »Gut... gut.« Er erkannte den blanken Haß in ihrem Blick und hörte zu grinsen auf. »Freust du dich nicht?« fragte er.

»Warum sollte ich?« fragte sie sehr kühl. »Du willst kein Kind von mir. Niemand will ein Kind von mir. Es wäre besser, wenn es nie geboren würde.«

»Ts, ts! Vielleicht wird es eine Tochter.«

»Und was ist, wenn es keine Tochter wird?«

»Du brauchst dich nicht zu sorgen, meine Liebe; ich würde mich über einen Sohn freuen. Niemand hier würde ihm etwas zuleide tun.« Der König sagte die Wahrheit; er mochte Kinder und war ein liebevoller Vater gewesen – bis seine Söhne alt genug waren, um eine Bedrohung darzustellen. Kleine Kinder waren keine Gefahr, und er konnte mit ihnen die schlichte Zuneigung genießen, die er ansonsten nicht äußern konnte. Er lächelte wieder voller Vorfreude auf ein dickes, fröhliches Baby, mit dem er spielen konnte, auf einen Sohn, den ihm diese stolze Nachfahrin des Antimachos schenken würde. »Er wird ein loyaler Untertan seines... eh, Neffen sein, da bin ich sicher«, sagte er genüßlich. Ihr ausdrucksloser Blick veränderte sich nicht, und er tätschelte wieder ihren Bauch und sagte duldsam: »Bleib eine Weile liegen, dann geht es dir wieder besser.«

Er ging. Heliokleia bedeckte ihren Kopf mit ihrem Umhang und weinte, bis sie sich erneut erbrechen mußte.

Alle machten viel Wesens um sie. Die Gardesoldaten machten ihr Geschenke, die Tochter und die Schwiegertochter des Königs kamen zu Besuch, um uns vier Hofdamen zu unterweisen und um uns beizubringen, wie man eine schwangere Frau pflegt. Sie hielten auch Heliokleia Vorträge darüber, was sie essen und anziehen und tun oder nicht tun sollte. Ihre guten Absichten waren jedoch schon von Befürchtungen durchsetzt, und sie redeten betont über das Kind Moki. Heliokleia brachte wieder das Thema gefährlicher Kräuter und anderer zu vermeidender Dinge auf, aber die Frauen schienen überhaupt nicht zu verstehen. »Reite nicht zu viel«, war alles, was Amage dazu sagte. »Das soll angeblich schlecht sein. Und iß während der ersten Monate häufig und vermeide Kälte und zu große Hitze.«

»Wirklich«, sagte Heliokleia. »Ich dachte daran, zu... zum See zu reiten, um zu Anahita für eine sichere Niederkunft zu beten.«

»Ach, das richtet keinen Schaden an«, sagte Amage. »Als ich meinen Ältesten trug, pflegte ich regelmäßig doppelt so weit zu reiten, und ich hatte immer das Gefühl, es sei gut für ihn.«

Choriene rümpfte nur die Nase und bemerkte, zur Göttin zu beten, sei eine sehr löbliche Absicht. »Und vielleicht«, fügte sie hinzu, »solltest du um eine Tochter beten, da ein Sohn... Schwierigkeiten verursachen könnte, wenn er herangewachsen ist.«

»Ich werde um eine Tochter beten«, sagte Heliokleia unglücklich, und die beiden Frauen waren es zufrieden.

15. Kapitel

Am Tag nach dem Mittwinterfest ritt die Königin hinaus zu Anahitas Schrein. Es war der erste Tag der Winterversammlung des Stammesrates, und Mauakes war beschäftigt. Er schickte Itaz, mich, Inisme und zehn der Gardesoldaten als Eskorte mit auf die fromme Mission der Königin. Itaz war vollkommen klar, daß sein Vater die Reformvorschläge selbst vortragen, allen Beifall dafür einheimsen und seinen unzuverlässigen Sohn aus dem Weg haben wollte. Das schmerzte ein wenig, und er fühlte sich leicht und auf unbestimmte Weise betrogen, aber er fand sich damit ab. Dennoch widerstrebte ihm die Reise. Anahitas Schrein lag gleich gegenüber dem mazdaistischen Feuertempel, und dort war er häufiger gewesen, als er irgend jemanden wissen lassen wollte. Trotzdem war am festgesetzten Tag unsere Gesellschaft rechtzeitig fertig, und im hellen, klaren Licht des Wintermorgens brachen wir auf.

Im Winter ist es kalt im Tal. Oben am Ende des Terek haben wir viel Schnee. Unten am anderen Ende des Tales, am See von Eskati, fällt weniger Schnee, und es ist nicht so kalt; dennoch friert der See manchmal von Ufer zu Ufer zu. Wir hatten für den Ausritt der schwangeren Königin einen milden, sonnigen Morgen gewählt, an dem nur geringer Frost herrschte. Eine dünne, frisch gefallene Schneedecke glitzerte in der Morgensonne, und der Atem der Pferde stieg in weißen Dampfwölkchen auf. Die Königin war in den purpurnen Wollumhang gehüllt und ritt zusammengekauert im Sattel, eine Saka-Mütze über die Ohren gezogen – diese Mützen sehen mit ihrem spitzen Zipfel und ihren Ohrenklappen ziemlich albern aus, sind aber bei kaltem Wetter sehr warm. Inisme und ich hatten versucht, sie auch zum Tragen eines pelzgefütterten Saka-Mantels statt des Umhangs zu überreden, aber sie behauptete, mit den Ärmeln könne sie nicht richtig reiten. Wie jemand mit Ärmeln nicht reiten kann, in einem drapierten griechischen Umhang aber schon, ist mir rätselhaft. Itaz sah sie unterwegs dauernd an. Unwillkürlich empfand er etwas wie Eifersucht und Groll bei dem Gedanken, daß sie das Kind seines Vaters trug, aber er wußte nichts von dem, was sie fühlte. Er stellte sich vor, sie freue sich, und verstand gar nicht, warum sie so grimmig blickte und so schweigsam war. Wir erreichten den Tempel nach knapp einer Stunde, da er ziemlich nahe ist. Der Feuertempel ist der einzige Mazda-Tempel in Ferghana: er liegt da, wo der Jaxartes in den See fließt. Anahita wurde hier verehrt, noch ehe der Feuertempel selbst errichtet wurde, doch die Mazda-Anhänger sind der Göttin gegenüber sehr aufmerksam und errichteten ihr einen kleinen, aber eleganten weißen Tempel am Seeufer, Ahura Mazdas geheiligten Feuertempel am Flußufer gegenüber. Hier hatten wir haltgemacht, um zu beten, als ich zum ersten Mal nach Eskati gekommen war. In diesem Frühling hatte der Tempel weiß vor dem blauen Wasser geglänzt, doch als wir an diesem Wintermorgen ankamen, kauerte er dunkel vor einer Ebene aus schneebedecktem Eis. Der Feuertempel selbst stand inmitten eines Schlammsees. Das Mittwinterfest ist das Dankesfest der Mazdaisten für die Erschaffung des Viehs, und alle mazdaistischen Grundbesitzer der Gegend hatten am Vortag ihre Tiere zum Segnen gebracht; der Tempelhof sah aus wie ein Kuhstall. Heliokleia betrachtete resigniert den bedrückenden Ort. Itaz, seines Glaubens wegen verlegen, schickte hastig einen Gardesoldaten, um den Priester zu holen.

»Bei gutem Wetter ist es viel schöner«, sagte er entschuldigend zur Königin, »aber innen sind beide Tempel sehr schön. Und der Feuertempel wird warm sein, wir machen zuerst dort halt, und ich werde sehen, ob der Priester dir etwas gewärmten Wein bringen kann.«

Heliokleia schüttelte den Kopf. »Ich werde zuerst zu Anahita beten. Dazu bin ich hergekommen. Und sollte ich nicht fasten, bevor ich ein Opfer bringe?«

»Wir fasten nicht«, erwiderte Itaz. »Festmähler sind Gaben Ahura Mazdas, und der Hunger gehört dem Übel an; außerdem gibt es davon ohnehin genug.« Er betrachtete sie aufmerksam. »Willst du damit sagen, daß du heute morgen gar nichts gegessen hast?«

Sie neigte leicht den Kopf und wechselte das Thema. »Was sind das für Türme?« Sie wies auf eine Reihe steinerner und hölzerner Plattformen auf dem Hügel über der Straße jenseits des Tempelhofes. Schwarz standen sie vor dem Himmel; Vögel flatterten und kreisten um die nächstgelegenen.

»Bestattungsplattformen«, sagte Itaz kurz. Fromme Mazdaisten begraben ihre Toten nicht in der Erde, wie es die Sakas tun, da sie das für eine Verschmutzung der Erde halten; noch schlimmer ist die griechische Sitte, die Toten zu verbrennen: dadurch verschmutzt man das heilige Feuer. Nach ihren eigenen Worten werden ihre Toten »im Himmel bestattet«. Das hört sich gut an, bis man erkennt, was das bedeutet. Sie zerhacken die Leichen und legen sie auf einer Plattform aus, damit sie von den Vögeln gefressen werden. Greifvögel und Geier sind keine sehr ordentlichen Esser, und der Boden um diese Plattformen herum ist übersät mit zerrissenen, halb verschlungenen Leichen, vermischt mit dem Kot der Vögel. Der Gestank ist entsetzlich.

Heliokleia starrte noch einen Augenblick dorthin; dann wandte sie ihre Aufmerksamkeit wieder dem Tempel zu, aus dem der Gardesoldat mit dem Priester herauskam.

Der Priester begrüßte den Sohn des Königs respektvoll und herzlich, sprach aber zu Itaz' großer Erleichterung nicht über die extreme Frömmigkeit, die er in letzter Zeit an den Tag gelegt hatte. Wieder lehnte Heliokleia ein warmes Getränk und einen Platz am Feuer ab; sie wollte gleich zu Anahitas Schrein gehen und ihr Opfer darbringen.

In dem kleinen Gebäude war es kalt; der heilige Teich vor dem Tempel war zugefroren; wir standen in dem düsteren Innenraum herum und zitterten. Die Königin machte dem Tempel ein Geldgeschenk; dann legte sie die Mütze und den purpurnen Umhang ab und kniete vor Anahitas Feuer nieder. Der Priester berührte ihre Handflächen mit Eis aus dem Teich anstelle von Wasser, dann ihre Stirn, ihre Lippen und ihre Brust, und betete, die Göttin möge ihr gnädig sein und ihr eine sichere Niederkunft gewähren. Sie neigte bei seinem Segen demütig den Kopf und betete im stillen, die Göttin möge sie von ihrer Bürde befreien oder ihr vergeben, wenn sie Schritte unternähme, um sich selbst davon zu befreien.

Nachdem die Gebete beendet waren, legte sie ihren Umhang wieder um, und wir alle gingen nach draußen, wo sie Anahita ihr Opfer brachte – ein Dutzend Tauben. Anahita bevorzugt Vogel- und Blumenopfer, und Blumen waren im Winter nicht zu haben. Der Priester befreite die Vögel einen nach dem anderen aus ihrem Käfig und warf sie in die Luft. Eine Taube nach der anderen flog nach links, nordwärts, und die dunklen Flügel flatterten ungleichmäßig am Seeufer entlang. Das war an sich schon ein schlechtes Omen, aber es wurde noch katastrophaler. Ein Greifvogel, der von Norden her zu den Bestattungsplattformen geflogen war, wurde auf die Tauben aufmerksam. Er schoß auf sie herab und attackierte und tötete die dritte.

Inisme und ich schrien, ausnahmsweise einig, gleichzeitig entsetzt auf; der Priester stieß einen Ruf aus und machte eine Geste, um das Omen abzuwenden. Pakores, der mitreitende Gardeoffizier, rannte am Ufer entlang und vertrieb den Greifvogel von seiner Beute; dann kam er zurück, die tote Taube in der Hand. Heliokleia sah sie ausdruckslos an und streckte dann die Hand aus, um sie zu berühren. Die weichen, schimmernden Federn an ihrem Hals waren blutbefleckt; der Körper war noch warm. »Was soll ich damit tun?« fragte sie Pakores.

Er schaute von ihrem ruhigen, weißen Gesicht auf den toten Vogel und wieder zurück. Er hatte keine Ahnung. Er hatte das Omen des Todes umkehren wollen und dabei vergessen, daß der Tod unerbittlich ist. Schweigend bot er den Vogel dem Priester dar, der ihn neben dem zugefrorenen Teich in den Schnee legte.

»Wir müssen noch einmal zur Göttin beten«, sagte der Priester ernst. »Vielleicht ändert sie dann ihre Meinung.«

»Sehr gut«, sagte Heliokleia, »ich werde beten.« Sie wandte sich nach Osten und hob nach griechischer Art die Hände. Der Wind vom See zerrte an ihren Haaren und blähte den purpurnen Umhang dunkel wie Blut hinter ihr auf. »Artemis-Anahita, Beschützerin, rein, vollfließend, heilend«, rief sie mit leiser, klarer Stimme, »wenn ich je zu dir gebetet und dir geopfert habe, so höre mich jetzt und erfülle, was mein Herz wünscht! Sei gnädig, und ich werde im Frühling dankbar kommen, um dir Opfer aus Weihrauch und lichten Blüten darzubringen.«

Der Priester nickte energisch. »Das wird sie hören. Und ich werde auch beten und ihr und Ahura Mazda Opfer für die Gesundheit deines Kindes bringen. Und nun solltest du hineinkommen und dich ausruhen.«

Heliokleia schaute in den Himmel, der sich bezog. »Herr, ich glaube, wir sollten besser den Rückweg in die Stadt antreten«, sagte sie. »Der Wind frischt auf, es könnte einen Sturm geben. Vielleicht gewähren die Götter, daß ich wiederkommen kann, wenn das Wetter besser ist.«

Niemand hatte etwas dagegen einzuwenden, und wir alle saßen auf und machten uns auf den Rückweg in die Stadt. Doch das Wetter verschlechterte sich weiter. Kaum hatten wir die Bestattungstürme passiert, als die Sonne in einer Wand dicker weißer Wolken verschwand. Der Wind drehte sich und wehte jetzt aus den Steppen; er blies uns scharf den losen Pulverschnee ins Gesicht. Die Königin saß mit lockerem Umhang aufrecht im Sattel, um den Wind einzulassen, und hoffte, der Ritt und die Kälte würden ihr genug Schaden zufügen, um das Omen zu erfüllen. Als es noch kälter wurde, begannen Inisme und ich uns zu sorgen, es könne so kommen.

»Bitte, Herrin, schließe deinen Umhang«, rief Inisme ihr zu, als wir ein paar Meilen vom Tempel entfernt waren, und zwar so laut, daß sie den Wind übertönte. »Du wirst dich erkälten.«

Heliokleia zog an ihrem Umhang, aber er wurde gleich wieder aufgerissen. Diese Yavana-Faltereien! fluchte ich im stillen.

»Wir müssen anhalten«, sagte ich. »Der Wind ist zu stark, und es wird jeden Augenblick anfangen zu schneien.«

»Mir geht es gut«, sagte Heliokleia hartnäckig. Sie fühlte sich schwach und krank, ihre Zähne klapperten, ihre Finger waren taub, aber sie begrüßte die Beschwerden. Sollte doch der Körper, der Mauakes gehörte, leiden; sollte doch Mauakes' Kind halb geformt aus der Welt gleiten, sollte seine Seele im Rad der Wiedergeburt einen anderen Platz finden.

Inisme und ich schüttelten die Köpfe und schauten auf Itaz, der sein Pferd neben der Königin gehen ließ, um nach ihrem Befinden zu sehen. »Wir sollten anhalten«, sagte ich. »Herr Itaz, hast du nicht in der Nähe einen Hof?«

Itaz zögerte verlegen, sah dann Heliokleias Gesicht mit den blauen Lippen an und sagte: »Ja, gleich westlich von hier. Wir werden anhalten, und du kannst ausruhen, bis der Wind sich legt, o Königin.«

»Es geht mir gut«, protestierte Heliokleia wieder. Dann fiel ihr ein, daß Itaz auf seinem Hof angeblich seine Geliebte hielt. Eine Geliebte, die eine Dirne gewesen war. Wenn überhaupt jemand, dann würde sie wissen, mit welchen Drogen man eine Fehlgeburt auslösen konnte. »Aber ich hätte nichts dagegen, für eine Stunde anzuhalten.«

Bis wir den Hof erreichten, hatte es zu schneien begonnen, und der Wind nahm immer noch zu. Draußen im Hof war niemand. Itaz half der Königin vom Pferd, überließ es den anderen, die Tiere in den Stall zu bringen, und führte die taumelnde Königin ins Haus. Er öffnete die Außentür, schob die dahinter hängende Tierhaut beiseite und geleitete sie in den zentralen Raum, die Küche.

Was sie dort vorfanden, erfuhr ich viel später von Philomela. Der Vorarbeiter Addac saß vor dem Küchenfeuer auf dem Fußboden, Philomela auf dem Schoß. Sie hatte ihren Arm um seine Schulter geschlungen und ihren zerzausten Kopf an seine Brust gelehnt. Ihre Finger waren ineinander verflochten. Addacs kleine Tochter spielte mit der Kithara, die Philomela aus dem Bordell mitgebracht hatte, und zupfte müßig an den Saiten. Bei dem plötzlichen kalten Luftschwall drehten alle drei sich um. Philomela errötete und sprang auf. Addac saß breitbeinig da und starrte sie mit offenem Mund an. Heliokleia starrte erstaunt zurück.

»Herr Itaz!« rief Philomela aus. »Wir hatten dich nicht erwartet!«

Offensichtlich nicht, dachte die Königin. Doch Itaz schien keineswegs verärgert über die zärtliche Szene, die sie soeben unterbrochen hatten. »Diese Dame ist die Königin«, sagte er mit tadelndem Blick zu dem Vorarbeiter. »Auf dem Rückweg von Anahitas Schrein hat uns der Schnee überrascht. Besorge sofort einen Sitz und ein heißes Getränk für sie; sie ist guter Hoffnung. Und du wirst die Pferde im Stall umstellen müssen; wir sind mit vierzehn Personen unterwegs.«

»Natürlich, Herr«, sagte Addac und rappelte sich auf. Er nickte mit dem Kopf, zog für die Königin eine Bank vor das Feuer und rief nach seiner Mutter. Philomela starrte sie einen Augenblick scheu an und lief dann nach einem Topf, um Wein zu erhitzen. Addacs Mutter kam mit einem Teppich herein, und Itaz ging mit dem Vorarbeiter wieder hinaus, um nach den Pferden zu sehen und den Rest der Reisegesellschaft hereinzuholen.

Die Königin betrachtete das Mädchen, das geschäftig den Wein wärmte, während die alte Frau das Feuer schürte. Jung, schlank und hübsch auf eine sanfte Art. Liebte Itaz sie? Wenn Itaz sie liebte, wie konnte sie dann aus freiem Willen vor dem Feuer auf dem Fußboden sitzen und den Sohn eines Sklaven umarmen? Und warum sollte Itaz das dulden?

Das Mädchen goß den heißen Wein in einen hölzernen Becher und brachte ihn mit nervösem Lächeln der Königin. Mit einem Kopfnicken reichte sie ihn ihr. Heliokleia schüttelte den Kopf. »Bist du das Mädchen, das Herr Itaz für zweihundert Drachmen gekauft hat?« fragte sie.

Das Mädchen nickte wieder, noch immer mit dem nervösen, beschwichtigenden Lächeln. »Ja, o Königin«, sagte sie. »Er war sehr, sehr freundlich zu mir.«

»Was... was hast du getan, als ich hereinkam?«

»Oh!« Das Mädchen zögerte und lachte dann verlegen. »Oh,

eigentlich dürfte ich das nicht sagen. Aber ich kann es nicht ertragen, daß du vielleicht glaubst, ich würde Herrn Itaz hintergehen, der für mich wie ein Gott ist. Ich werde Addac heiraten, der hier Vorarbeiter ist, und Herr Itaz wird mir eine Mitgift von sechs Pferden geben. Bitte, nimm dies, o Königin; du siehst aus, als sei dir sehr kalt.«

Heliokleia nahm den Becher Wein und umfaßte ihn mit tauben Fingern. »Und Herr Itaz ist damit einverstanden?«

»O ja!« Wieder das nervöse Lachen. »Er sagte, ich solle mir einen Ehemann suchen. Die meisten Männer tun nur so, als hätten sie fromme Absichten, aber in Wirklichkeit sind sie voller Wollust; Itaz tut so, als sei er wollüstig, obwohl er in Wirklichkeit großzügig und fromm ist. Er hat mich aus reiner Freundlichkeit gekauft, weil ich ihm leid tat, aber er mußte sich das Geld für den Kaufpreis von seinem Vater leihen. Also tut er so, als habe er mich für sich haben wollen, damit ihm der König nicht gram ist, weil er Geld verschwendet. In Wirklichkeit hat er mich nicht angerührt, seit er mich gekauft hat; er sagt, ich solle mich redlich verheiraten und Kinder haben. Aber er hat Addac gesagt, wir müßten das bis zum Mittsommer geheimhalten; danach würde sein Vater meinen, er habe den Gegenwert für sein Geld bekommen, und es ihm nicht übelnehmen.«

»Aber... aber er kommt jeden Abend hier hinaus, nicht wahr?«

»Jeden Abend? O nein. Einmal in einer oder zwei Wochen. Deswegen waren wir so überrascht, ihn heute zu sehen.«

»Aber...« begann Heliokleia verwirrt. Die Tür öffnete sich mit einem weiteren kalten Luftschwall, und Inisme und ich kamen herein, gefolgt von den Gardesoldaten, Itaz und Addac. Alle rieben sich die Hände und stampften mit den tauben Füßen auf. Philomela sprang auf und eilte zum Feuer, um mehr Wein zu erhitzen.

Die Königin saß schweigend in der überfüllten Küche, trank ihren Wein und dachte nach. Das Mädchen hatte offensichtlich die Wahrheit gesagt; Itaz' ganzes Verhalten bestätigte es.

Warum also ritt er jeden Abend so demonstrativ in Richtung seines Gestüts? Wohin ging er? Und warum ließ er darüber alle im unklaren?

Sie hatte den schrecklichen Verdacht, den Grund zu kennen. Sie wies ihn sofort als unmöglich zurück. Warum sollte sich alles um sie drehen? Itaz nahm vielleicht bloß zu dieser Täuschung Zuflucht, um sich frei mit seinen Freunden aus dem Rat unterhalten zu können, ohne den ständigen Argwohn seines Vaters zu wecken. Vielleicht spielte er auch ein »Machtspiel«, wie sein Vater annahm. Vielleicht hatte er auch irgendwo eine andere Geliebte, eine verheiratete Frau – obwohl sie das bei einem der guten Religion so ergebenen Mann kaum glauben mochte. Was immer seine Gründe waren, es war bestimmt besser, sie nicht zu kennen. Sie stellte den Becher ab und saß sehr gerade auf der Bank; ihr schwindelte vor Erschöpfung.

»Herrin, möchtest du dich hinlegen und eine Weile ausruhen?« fragte ich ängstlich und eilte an ihre Seite. Sie war noch immer so blaß wie Sommergras und sah krank aus.

»Ja, danke«, sagte die Königin. »Vielleicht kann dieses Mädchen – wie ist dein Name? – mir einen Platz zeigen, wo ich allein sein kann.«

»Ich heiße Philomela, o Königin«, zirpte das Mädchen und trat eifrig näher. »Es ist mir eine Ehre, dir zu dienen.«

Heliokleia stand auf, lehnte mein Angebot, sie zu stützen, ab und ließ sich von Philomela in einen Nebenraum führen, um sich auszuruhen. Es war ein schöner Raum, dessen Wände mit Gemälden von Pferden geschmückt waren; die wollene Bettdecke trug kühne Zickzackmuster in Rot und Blau. Sie nahm an, daß das Zimmer für Itaz bestimmt war, wenn er den Hof besuchte. Es lag auf der Rückseite des Herdes und war warm. Die Königin setzte sich in das Bett und zog die Bettdecke über ihre kalten Füße. Sie kauerte sich zusammen, um sich zu wärmen, und Philomela legte ihr schüchtern den aus der Küche geholten Teppich um die Schultern und wollte dann gehen.

»Bleib noch einen Augenblick«, sagte Heliokleia. Gehorsam machte Philomela kehrt, kam zurück und blieb aufmerksam und mit gefalteten Händen vor ihr stehen. »Du hast einen griechischen Namen. Bist du Griechin?«

Das Mädchen zögerte. »Nur zur Hälfte, o Königin, obwohl ich sage, ich sei Yavana, wenn jemand fragt. Ich komme aus Baktrien. Mein Vater war griechischer Soldat in Alexandria am Oxus; meine Mutter war eine seiner Sklavinnen. Mein Vater verkaufte mich, als ich zehn war. Meine Mutter nannte mich immer Lota, aber Gyllis, die Bordellbesitzerin, die mich kaufte, gab mir den Namen Philomela, weil die Männer Yavana-Mädchen bevorzugen.«

»Ich habe gehört, daß Herr Itaz dich aus einem Bordell freigekauft hat.«

»So war es, Herrin. Er war sehr freundlich zu mir, und ich bin ihm überaus dankbar.«

»Warst du sehr unglücklich dort?«

»O ja! Ich haßte es. Und Gyllis war grausam. Wenn ein Mädchen schwanger wurde, mußte es einen Trank einnehmen, und wenn der nicht wirkte, probierte Gyllis alle anderen Mittel aus, selbst wenn das Mädchen daran starb. Gyllis erlaubte keiner, das Kind in aller Stille zu bekommen. Sie sagte, es lohne sich nicht, das Mädchen zehn Monate lang durchzufüttern, ohne daß ein Mann sie anrühre.«

Heliokleia schwieg einen Augenblick und stellte sich das Elend eines solchen Lebens vor. Sie schämte sich für ihren eigenen Luxus. Sie hatte direkt nach dem Trank und anderen Mitteln fragen wollen, doch dieses Mädchen empörte sich sogar bei der Erinnerung an die Abtreibung. Es war nicht die professionelle Kurtisane, die sie sich vorgestellt hatte und die ihr gegen Bezahlung die entscheidende Information geben würde. »Hat Gyllis in Baktrien viele Mädchen gekauft?« fragte sie statt dessen.

»O ja. Sie hat alle ihre Mädchen in Baktrien gekauft; Yavanas aus Eskati konnte sie nicht nehmen, denn jeder würde sich schämen, sie an einen Ort zu verkaufen, wo er sie wiedertreffen könnte. Jedes Jahr reist sie mit einer oder zwei Karawanen hinunter und kommt mit einigen Mädchen zurück. Sie bringt ihnen das Flötenspielen oder Tanzen bei, ehe sie anfangen zu arbeiten.«

»Ich verstehe. Sind es lauter Sklavinnen, die von ihren Eltern verkauft wurden, so wie du?«

»Nein, Herrin. Ein paar von ihnen wurden gestohlen. Gyllis kannte einen Mann, der viele Mädchen verkauft, und einige davon hat er illegal erworben. Aber er sagte, ihm könne nichts passieren, er werde beschützt.«

»Von Demochares, dem Minister meines Bruders?«

Philomela starrte sie mit verblüffter Bewunderung an. »Ja, Königin, das erzählte man sich.«

»Ich hatte in Baktrien davon gehört. Mein Bruder führt eine Untersuchung durch und wäre froh, wenn er mehr darüber erführe. Sage mir, wie hieß der Mann, der sagte, er genieße den Schutz von Demochares?«

»Dionysios, Herrin, Sohn des Pantaleon von Euthydemia.«

Nach so einem Namen hatte sie bei ihrer Untersuchung vor einem Jahr, vor einem ganzen Leben, vergeblich gesucht: dem Namen eines Mittelsmannes, einer Kreatur Demochares', den man dazu verlocken oder erpressen könnte, seinen Herrn zu verraten. Jetzt, da es zu spät war, sich darüber groß zu freuen, hatte sie die Information bekommen. Doch Freude hin oder her, sie wußte, was sie mit dem Namen zu tun hatte. »Dionysios, Sohn des Pantaleon von Euthydemia«, wiederholte sie nachdenklich. »Danke, Philomela. Ich werde meinen Bruder unterrichten.«

Philomela hüpfte und strahlte vor Erregung. »*Dir* sei Dank, o Königin! Ach,wenn ich mir vorstelle, daß ich vielleicht geholfen habe, dem ein Ende zu setzen! Wie wunderbar! Du bist wirklich eine so große Königin, wie alle sagen, und gnädig, sogar zu mir.«

Heliokleia schlug einen Augenblick beschämt die Augen nieder. Dann ging sie entschlossen ihr Hauptanliegen an. »Ich wollte dich in einer Sache um deine Hilfe bitten, Philomela.«

»Meine Hilfe?« zwitscherte das Mädchen entzückt. »Was immer du willst, o Königin.«

»Du hast von Tränken und Mitteln gegen Schwangerschaft

gesprochen«, sagte Heliokleia leise. »Ich würde gern wissen, woraus sie bestehen.«

Das Mädchen starrte sie an; die entzückte Erregung verwandelte sich langsam in Verwirrung und Unglauben. »Aber warum ... warum willst du das wissen?«

Die Königin seufzte. »Weißt du, daß ich ein Kind erwarte?«

»Ja! Die ganze Stadt redet darüber; alle Yavanas haben den Göttern dafür gedankt.«

»Warum sollten sie dafür danken? Dieses Kind wird ihnen nichts als Kummer machen. Wenn es ein Junge wird, wird er vom Augenblick seiner Geburt an Konflikte schaffen, und sein ganzes Leben wird es nur zwischen Verrat und Gefangenschaft wählen können. Er darf den König nicht beerben, und die Baktrier werden fest davon überzeugt sein, daß ihm das doch zusteht. Die Yavanas von Eskati werden auf der Seite der Baktrier sein und die Sakas auf der Seite des Königsenkels Moki. Niemand will das Kind; es hat in niemandes Plänen einen Platz. Es wäre viel besser, wenn es nie geboren würde.«

»Aber ... gewiß, ein solches Kind ... das auf einer Seite von Antimachos, auf der anderen Seite von den Saka-Herren abstammt ... wie kannst du nicht wollen ...«

»Ein solches Kind sollte entweder König oder tot sein. Mein Gatte wird nicht zulassen, daß es König wird. Ich habe dich um Hilfe gebeten, Philomela.«

»Aber vielleicht wird es ein Mädchen, Herrin! Du hast zu Anahita gebetet; vielleicht wird sie dir gnädig ihre Hilfe gewähren.«

»Anahita hat mir ein Todesomen gegeben. Ich hoffe, daß es eintrifft. Wenn nicht, muß ich selbst Schritte unternehmen. Ich darf dieses Kind nicht austragen.«

»Aber ein kleines Baby ... ach, wie schrecklich. Ich hätte nie gedacht, daß eine Königin ... Es tut mir so leid, Herrin. Natürlich werde ich dir helfen, aber es tut mir so *leid*! Für dich muß es furchtbar sein.«

Heliokleia antwortete nicht. Wieder schämte sie sich. Offenbar war das Mädchen zu dem Schluß gekommen, daß Mauakes diese Abtreibung verlangte. Es konnte nicht glauben, eine bewunderte Yavana-Prinzessin habe selbst darüber entschieden. Wahrscheinlich, dachte sie, war es wirklich eine furchtbare Tat. Aber sie sah keine Zukunft für das Kind und nur eine geringe Zukunft für sich als dessen Mutter – und sie glaubte, die Seele, die sie am Eintritt in die Welt hinderte, werde einfach anderswo hingehen. Also fragte sie leise: »Welche Droge benutzt man am besten?«

Philomela berichtete ihr von den Dingen, mit denen in Bordellen Abtreibungen ausgelöst werden – Getränke aus Leinsamen und Wermut, Kügelchen aus gemahlenen Lupinen, die man in den Schoß einführte, Fasten, Blutungen, das Heben zu schwerer Gegenstände. Heliokleia hörte aufmerksam zu, und als das Mädchen stockend innehielt, fragte sie auch gleich nach empfängnisverhütenden Mitteln – und erfuhr von Wollknäueln, in Öl und Bleiweiß getränkt, Pasten aus Granatapfelschalen und Galläpfeln, Schwämmen mit Weinessig und Myrrhenöl. O ja, ich weiß von diesen Dingen. Ich habe Philomela später recht gut kennengelernt, und wir sprachen über Heliokleia und das, was Heliokleia hatte wissen wollen. Die Königin lauschte mit unbewegtem Gesicht, innerlich heiß vor Verlegenheit und bemüht, sich alles gut einzuprägen. Wieder hielt Philomela ernst inne, als jemand an die Tür klopfte.

Itaz hatte die Königin etwas unbehaglich mit Philomela hinausgehen sehen. Er konnte nicht sagen, warum es ihn unglücklich machte, beide Frauen – die ungeliebte, mit der er geschlafen hatte, und die geliebte, mit der er nicht geschlafen hatte – zusammen in dasselbe Zimmer gehen zu sehen, aber es war so. Ihm war auch klar, daß die Königin seine Täuschung durchschaut haben mußte, wenn auch nichts darüber gesagt worden war. Er wollte unbedingt mit ihr sprechen und sie bitten, seinem Vater nichts davon zu erzählen. Als Philomela nicht gleich zurückkam, wurde ihm immer ängstlicher und unbehaglicher zumute, bis er schließlich an die Tür klopfte. »Darf ich hereinkommen, o Königin?« fragte er.

Ein Schweigen folgte. Dann sagte Heliokleias Stimme »Ja«,

und Itaz betrat das Zimmer, das seines gewesen war, und sah die Königin blaß und aufrecht in seinem eigenen Bett sitzen, das Haar vom Wind zerzaust. Er machte sich keine Illusionen, er wußte, dies war der einzig passende Ruheraum für eine Dame ihres Ranges – aber er fühlte sich, als sei er ausgeblutet bis zur Ohnmacht. Einen Augenblick klammerte er sich an die Tür; dann gelang es ihm, eine Entschuldigung für die Störung vorzubringen: »Es schneit stärker denn je, Königin, und es ist Essenszeit. Wir können in ein paar Minuten eine Mahlzeit zu uns nehmen, wenn dir das recht ist – oder möchtest du zuerst schlafen?«

»Ich danke dir, Herr Itaz«, sagte Heliokleia ruhig. »Ich brauche nicht zu schlafen. Wenn das Essen bereit ist, werde ich aufstehen, und wenn wir fertig sind, können wir zurückreiten.«

Itaz bemerkte Philomela, die neben dem Bett kauerte; er sah, daß etwas sie erschüttert hatte. Er wäre selbst am liebsten vom Hof geritten, doch der Schneesturm draußen wurde immer stärker. »Vielleicht müssen wir über Nacht bleiben«, sagte er widerstrebend zur Königin. »Du solltest bei diesem Wetter nicht reiten, in deinem Zustand.«

»Aber es ist nicht weit bis zur Stadt, nicht wahr?« fragte Heliokleia. »Und ich glaube nicht, daß dein Vater es billigen würde, wenn ich über Nacht ausbliebe.«

»Nein«, räumte Itaz ein. »Das würde er nicht.« Wieder sah er zu Philomela und fügte, an sie gerichtet, hinzu: »Wenn die Königin dich nicht mehr braucht, solltest du sie besser ruhen lassen.«

Hastig stand das Mädchen auf.

»Philomela war sehr hilfreich, und ich bin ihr zutiefst dankbar«, sagte die Königin und schenkte dem Mädchen ein mattes Lächeln. »Sie konnte mir den Namen eines baktrischen Griechen nennen, für den sich mein Bruder interessieren wird.«

Philomelas Miene erhellte sich plötzlich. Itaz begriff, daß sie danach noch über etwas anderes gesprochen haben mußten, das sie so erschüttert hatte. Über ihn selbst und seine Täuschung? Was hatten sie gesagt?

»Ich bin sehr glücklich, wenn ich dir einen Dienst erwiesen habe, o Königin«, sagte Philomela, zur Tür gehend. »Und ... und es tut mir sehr leid.« Sie ging hinaus.

Itaz schloß rasch die Tür und faßte ihren Arm, ehe sie in den Hauptraum zurückgehen konnte. »Was tut dir leid?« fragte er.

»Oh, Herr Itaz«, sagte Philomela traurig, »ich glaube nicht, daß die Königin dieses Kind bekommen wird.«

»Was? Hat sie sich verletzt? Blutet sie? Soll ich eine Hebamme holen?«

»O nein! Nichts dergleichen. Sie denkt ... sie denkt bloß, daß sie es nicht bekommen wird.« Das Mädchen starrte ihn neugierig an. »Ich dachte, daß du sie nicht magst.«

Itaz ließ ihren Arm los und lehnte sich an die Wand. »Ich habe meine Meinung geändert«, sagte er wieder einmal. »Es stimmt, bei Anahitas Tempel gab es ein schlechtes Omen. Wahrscheinlich hat sie es mehr erschreckt, als sie zugeben will.«

Philomela berührte scheu seine Schulter. »Du machst dir Sorgen um sie.«

Er nickte.

»O Itaz«, flüsterte sie, »sie ist es, nicht wahr? Sie ist diejenige, die du liebst. Ich hätte es sehen sollen, als du eben hereinkamst; du sahst aus, als hättest du eine Vision gehabt. Kein Wunder, daß du so unglücklich warst. Ach, wie schrecklich!«

»Kannst du denn nie den Mund halten?« herrschte er sie an. »Laß mich allein.«

»Es tut mir leid«, sagte sie wieder unglücklich und ging in die Küche zurück, um bei der Zubereitung des Essens zu helfen. Nach einem Augenblick folgte Itaz ihr.

Heliokleia, die aufgestanden war, um an der anderen Seite der Tür zu lauschen, als sie Itaz' erste Frage mitgehört hatte – sie fürchtete, das Mädchen könne verraten, was sie gefragt hatte –, schloß die Augen und lehnte sich an den rauhen Türvorhang. Sie war gleichzeitig so erschrocken und überglücklich, daß ihr schwindlig wurde. Itaz liebte sie, liebte sie so sehr, daß Menschen seiner Umgebung sein Unglück bemerkt hatten, so sehr, daß er zu Täuschungen greifen mußte, um es zu verbergen. Sie erwartete nichts als Qual von dieser Liebe; sie ermahnte sich an ihre Pflicht; sie sagte sich, es sei schandbar, einen Mann zu lieben, von dessen Vater sie ein Kind trug – doch der ausgehungerte Teil ihrer selbst, den er schon früher geweckt hatte, begann vor Freude zu hüpfen. Der, den sie liebte, liebte auch sie, und ihr ganzer Pessimismus und ihre ganze Philosophie reichten nicht aus, dieses triumphierende Glück zum Schweigen zu bringen.

Als unser Zug sich nach dem Mittagessen wieder in Bewegung setzte, stob noch immer der Schnee vom Himmel, und die Straße war nicht zu sehen. Itaz hatte verlangt, wir alle sollten über Nacht auf dem Hof bleiben, doch die Königin hatte erneut darauf hingewiesen, dies würde ihren Gatten erzürnen, und der Hof sei nicht weiter als zwei Meilen von der Stadt entfernt. Wir brachen also auf, in unsere Mäntel gehüllt, die Mützen fest über die Ohren gezogen, schweigend im heulenden Wind. Der Schnee fiel so dicht, daß ich nicht weiter sehen konnte als bis zu dem Pferd vor mir – dem Pferd der Königin namens Schatten, das im weißen Schneegestöber wirklich nur ein Schatten war. Itaz ritt an unserem Zug auf und ab. Sein großer Rappe dampfte in der Kälte, während Itaz sich vergewisserte, daß alle noch da waren. Nachdem die Pferde den Stall erst unwillig verlassen hatten, wollten sie nun möglichst schnell ihre Ställe in der Stadt erreichen und eilten mit sicherem Tritt auf der gepflasterten Straße unter dem Schnee zurück zu den verschneiten Stadtmauern von Eskati.

Heliokleia muß den Schmerz in den Lenden schon in dem Augenblick gefühlt haben, in dem sie wieder ihr Pferd bestieg, aber sie sagte nichts, und ich dachte, sie reite so vorgebeugt, um ihr Gesicht vor dem Wind zu schützen. Als wir jedoch endlich die Palaststallungen erreicht hatten, blieb sie bleich und zitternd zusammengekauert im Sattel sitzen. Zuerst bemerkte das niemand. Die Pferde blieben dampfend und stampfend im Hof stehen, und die Pferdeknechte, die uns ängstlich erwartet hatten, rannten heraus, um sie zu versorgen. Ich glitt von Terek hinunter und tätschelte ihren Hals, hauptsächlich um meine zitternde wundervolle Stute besorgt. Itaz wurde als erster auf die Königin aufmerksam. Er saß ab und ging sofort zu ihr, um ihr aus dem Sattel zu helfen. Einen Augenblick blieb sie mit eingezogenen Schultern sitzen, schaute in das schmale, dunkle Gesicht hinunter, das zu ihr aufblickte, registrierte abwesend den dicken Schnee, der sich an der rechten Seite seiner Mütze gesammelt hatte und seine Augenbrauen vereiste, und die geschmolzenen Schneeflocken, die als nasse Perlen in seinen Wimpern hingen. Sie nahm seine dargebotene Hand nicht. »Königin Heliokleia«, sagte er, und seine Miene wurde besorgt, »geht es dir gut?«

Sie schwang ein Bein über den Sattel und glitt vom Pferd. Als ihre Füße den Boden berührten, sank sie ohnmächtig in seine Arme.

Ich hörte Inismes scharfen, vogelähnlichen Schrei, wandte mich von meinem Pferd ab und sah die Königin schlaff in Itaz' Armen und Schattens blutbedeckten Sattel. Entsetzt und mit aufgerissenem Mund stand ich da. Zuerst verstand ich überhaupt nicht, was dies bedeutete – ich hatte keine Erfahrung mit Schwangerschaften und konnte nur mutmaßen, daß irgendein Feind ihr eine Stichwunde beigebracht hatte. Itaz kniete im Schnee nieder und begann seinen Mantel auszuziehen, um ihn ihr unterzulegen. »Steht nicht glotzend herum!« schrie er uns wütend an. »Tomyris, hole Licht! Inisme, du suchst einen Arzt! Pakores, komm und hilf mir, sie hineinzutragen!«

Als Heliokleia einen Augenblick später wieder zu sich kam, lag sie in einem Lichtkreis auf dem Boden, Itaz' Mantel unter sich. Itaz zog, vor Kälte zitternd, das dicke Leder unter ihrem Kopf glatt. Sie schaute auf, sah den weißen Himmel, den fallenden Schnee; dann fiel ihr Blick vom Wirbel der Schneeflocken auf ihr Pferd und verweilte auf dem geröteten Sattel. Anahita war gnädig und freundlich gewesen und hatte ihr Gebet erhört, ohne daß Drogen nötig waren. Tränen der Erleichterung stiegen in ihre Augen. Sie blinzelte. Itaz, der es sah und mißverstand, faßte nach ihrer Hand. »Lieg still«, drängte er sie zärtlich.

»Vielleicht wird doch noch alles gut. Es tut mir leid. Ich wußte, daß du dir Sorgen um das Kind machst, und das Wetter war schlecht – wir hätten doch auf dem Hof bleiben sollen.«

»Nein«, murmelte sie. »Nein, meine Gebete sind erhört worden. Sei nicht traurig.« Er starrte sie bestürzt an, und sie drückte die Hand, die ihre hielt. Er wandte den Blick ab und neigte den Kopf über ihre Hand, bis sie die Wärme seines Atems auf ihren Fingern spürte. Dann ließ er sie abrupt los und winkte Pakores, die andere Seite des Mantels zu nehmen. Zwischen sich trugen sie die Königin die Treppe hinauf in den Palast und legten sie auf ihre eigene Couch. Ich ging voraus, hielt die Lampe und öffnete ihnen die Türen. Ich fühlte mich wie betäubt.

König Mauakes hatte am Morgen die Ratssitzung beendet, als das Schneetreiben begann; dann war er nach Hause geritten und besorgt über seine Frau in seinem Schlafzimmer auf und ab gegangen. Gegen Mittag dachte er daran, Männer loszuschikken, um sie zu suchen; er fluchte vor sich hin, verfluchte Itaz, weil er die Gruppe anführte, und sich selbst, weil er den Ausflug gestattet hatte. Gerade wollte er zu den Stallungen hintergehen, als Inisme gerannt kam, errötet und vom Schnee durchnäßt, und keuchend meldete, die Königin sei zurück. Itaz trage sie in ihr Zimmer, sie habe eine Fehlgeburt, und wo der Arzt zu finden sei? Er schickte sie zu ihm, dann rannte er die Treppe hinauf, drei Stufen auf einmal nehmend.

Der König fand Heliokleia lächelnd auf dem Bett liegend. Ihre Hose und ihre Tunika waren blutdurchtränkt. Itaz und die Gardesoldaten standen linkisch um sie herum, während ich und die anderen Mädchen Wasser und Kompressen holten. Mein Verstand arbeitete wieder, auch wenn das einzig Nützliche, das mir einfiel, die fohlenden Stuten zu Hause waren.

»Ich habe nach dem Arzt geschickt«, sagte Itaz sofort zu seinem Vater.

Mauakes sah ihn an und stampfte zu seiner Frau. Das berauschte Lächeln lag noch immer auf ihrem Gesicht. Mauakes wandte sich an Itaz. »Du warst für die Eskorte verantwortlich!« schrie er. »Warum bei allen Göttern hast du sie in einem Schneesturm zurückreiten lassen? Warum hast du sie überhaupt ausreiten lassen?«

»Herr«, sagte Heliokleia, die sich auf einen Ellbogen stützte. »Herr, es war ein klarer, milder Morgen, als wir aufbrachen. Als der Sturm einsetzte, wollte Herr Itaz über Nacht auf seinem Hof bleiben; ich habe auf der Rückkehr bestanden. Ich glaubte, du würdest mir böse sein, wenn ich es nicht täte. Dies ist der Wille der Götter. Anahita hat mir heute morgen vor ihrem Tempel ein deutliches Zeichen gegeben.«

Mauakes starrte auf sie, auf das Blut, dann schüttelte er den Kopf. Er faßte nach ihrer Hand. »Es tut mir leid«, sagte er. »Ich werde dir ein anderes Kind schenken.«

Itaz bemerkte, wie ihr Lächeln sich verzerrte und verschwand, und jetzt glaubte er, was er zuerst nicht geglaubt hatte: Sie hatte nicht die Absicht, das Kind seines Vaters auszutragen. Plötzlich argwöhnte er, was sie mit Philomela besprochen hatte, und schlüpfte aus dem Zimmer, weil er Angst hatte, sein Gesicht könne Gefühle verraten, die er selbst kaum benennen konnte.

Er ging die Treppe hinunter in den Speiseraum, weil er nicht wußte, was er mit sich anfangen sollte. Seine Schwester Amage saß mit ihrem ältesten Sohn Goar, einem zwölfjährigen Knaben, am Tisch. Sie spielten Knöchelchen.

»Da bist du ja wieder!« sagte Amage aufblickend, als er hereinkam. »Vater hat sich den ganzen Nachmittag aufgeregt.«

Schwer setzte Itaz sich an den Tisch. »Warum bist du hier?« fragte er. Amage und Tasius hatten ihr eigenes Haus in der Stadt, und es war kaum das geeignete Wetter für einen Verwandtschaftsbesuch.

Amage grinste. »Ich wollte mit Vater sprechen und sollte nach der Ratsversammlung kommen. Ich wollte fragen, ob Goar zu seinem nächsten Geburtstag ein königliches Pferd bekommen könne.« Goar lächelte verlegen. »Aber Vater wollte nicht mit mir reden; zu besorgt um die Yavana. Also haben wir auf ihre Rückkehr gewartet. Jetzt hat er sie ja unversehrt wieder, oder?«

Itaz schüttelte den Kopf und zog sich die schwere, schneenasse Mütze vom Haar. »Du hast Blut an den Händen«, sagte Amage in verändertem Ton. »Was ist passiert?«

Itaz schaute auf die dunklen Flecken an seinen von der Kälte geröteten Händen, an seinem linken Ärmel, wo er ihn an den Sattel der Königin gelehnt hatte. »Die Königin hat das Kind verloren«, sagte er grimmig.

»Was? Jetzt eben? Gnädige Anahita!«

»Sie hätte bei diesem schlechten Wetter und ihrer angegriffenen Gesundheit niemals so weit reiten sollen. Ich hätte sie bei diesem Schneetreiben nicht zurückreiten lassen dürfen. Wir haben zum Mittagessen auf meinem Hof angehalten; dort hätte sie bleiben sollen.«

»Gnädige Anahita!« sagte Amage und seufzte dann. »Nun, wahrscheinlich ist es am besten so. Das Kind hätte nichts als Kummer gemacht, und zwar eine Menge. Sie wußte das, und sie wollte es selbst nicht. Goar, Lieber, der König wird jetzt bestimmt nicht mit uns sprechen wollen. Geh, sage den Dienern, sie sollten unsere Mäntel holen. Wir gehen nach Hause.«

Goar schaute enttäuscht drein, stand dann mißmutig auf, ging hinaus und warf die Tür hinter sich zu. Itaz sah seine Schwester lange an, und zum ersten Mal fiel ihm die berechnende Härte in ihrem runden Gesicht auf. »Woher weißt du das?« fragte er.

Amage zuckte mit den Achseln. »Es war vollkommen klar, daß sie sich nicht über die Schwangerschaft freute. Ich glaube nicht, daß sie sich das Kind gewünscht hätte, selbst wenn es Erbe geworden wäre, aber dann hätte sie sich damit abgefunden. So wie die Dinge lagen, hat sie mich und Choriene ständig gefragt, was für eine Schwangerschaft gefährlich wäre. Ich tat so, als verstünde ich sie nicht – aber ich wußte es. Ich sagte ihr, lange Ritte, Fasten und Erkältungen seien nicht gut, und sofort meinte sie, ja, sie habe daran gedacht, zu Anahitas Tempel hinauszureiten. Sie hatte nie zuvor auch nur einen Augenblick an Anahita gedacht, da kannst du sicher sein! Ich billige so etwas natürlich nicht, aber sie hat Verstand bewiesen, indem sie daran dachte.«

»Hast du ihr nicht gesagt, sie soll nicht so weit reiten?«

»Nein. Ich sagte ihr, ein kurzer Ritt wie dieser sei ungefährlich. Das hätte er auch sein sollen. Wenn sie wegen so eines Rittes eine Fehlgeburt hat, dann hätte sie die in jedem Fall bekommen. Du bist zornig darüber, nicht?«

Itaz wandte den Blick ab. »Sie wurde ohnmächtig, als ich ihr vom Pferd half. Sie war voller Blut. Sie hätte sterben können – sie wird vielleicht sterben.« Entsetzt wiederholte er: »Sie wird vielleicht sterben!«

Amage stieß einen langen, verärgerten, mitleidigen Seufzer aus. »Glaubst du, sie hätte bei der Entbindung nicht geblutet, mein lieber Itaz? Die wäre für sie viel gefährlicher gewesen als eine Fehlgeburt im dritten Monat. Du hattest recht, ihre Gesundheit war angegriffen und wäre sicher noch schlechter geworden, wenn sie das Kind ausgetragen hätte. Auf diese Weise war es schnell vorbei, und höchstwahrscheinlich wird sie sich genauso schnell erholen. Obwohl man bei Schwangerschaften nie sicher sein kann.«

»Vater wünschte sich dieses Kind.«

»Vater hat nicht nachgedacht. Er mag kleine Kinder, aber es hätte ihm nicht gefallen, einen Sohn aus den Dynastien der Antimachiden und Eukratiden zu haben, der ein Rivale für Moki wäre. Es hätte wegen dieses Jungen einen Krieg gegeben, Itaz; früher oder später hätten die Menschen sich seinetwegen umgebracht. Je mehr ich darüber nachdenke, desto vernünftiger erscheint mir die Reaktion der Königin. Und Vater wollte die Yavana sowieso nur fester an sich binden; er ist in sie vernarrt.« Sie sah ihren jüngeren Bruder aus verengten Augen an. »Es ist nicht gut, in sie vernarrt zu sein, Itaz. Und für Vater ist sie ganz bestimmt nicht gut. Nein, ich will sie nicht kritisieren; sie gibt sich große Mühe, unseren Vorstellungen zu entsprechen, sie ist sehr pflichtbewußt und tugendhaft – aber sie kann nicht lieben. Vater tut sein möglichstes, um etwas zu besitzen, das sich nicht zum Besitzen eignet. Er schaut – und sie ist sehr schön; er hört zu – und sie ist beredt und klug; er versucht zu lieben – und rennt kopfüber ins Leere. Sie zu lieben ist, als wolle man

Wasser in ein Sieb gießen. Jeder, der aus diesem Becher trinken möchte, bleibt durstig. Es ist gut, daß sie nicht Mutter wird.«

»Warum sagst du mir das?« fragte Itaz leise.

»Ich habe bemerkt, wie du sie ansiehst. Du siehst aus wie ein Kind, das sich nach dem Mond sehnt.« Amage tätschelte den Arm ihres Bruders. »Ach, ich weiß, du bist auch sehr pflichtbewußt und tugendhaft, und du würdest nicht im Traum daran denken, mehr zu tun, als zu schauen. Aber ich weiß, daß Vater dich trotzdem häuten würde, wenn er es merkte. Ich werde niemandem sonst davon erzählen. Aber sie ist nicht gut, mein Schatz. Je eher du das erkennst, desto besser.«

Itaz starrte sie lange schweigend an. Goar kam mit den Dienern und den Mänteln zurück. Amage tätschelte ihrem Bruder nochmals den Arm. »Glaub mir«, sagte sie, »so ist es am besten.« Sie stand auf, legte sich den Mantel um die Schultern und verließ den Raum.

Itaz blieb noch lange sitzen und dachte über das Leben der Königin nach. Ein Vakuum, eine lange Leere, ohne Liebe, ohne Kinder, ohne Hoffnung, nur von karger Pflicht erfüllt. Er dachte an das, was Amage nicht gesehen hatte – eine junge Frau, die in einem Gebirgsteich stand und fröhlich über einen Fisch lachte. Wo würde diese Frau in zehn, zwanzig Jahren sein? Gewöhnt an ihre lieblose Ehe, ihre Unfruchtbarkeit, ihre Einsamkeit: förmlich, streng, in Tugend erstarrt, das liebliche Gesicht für immer hinter der Maske der Ruhe verschwunden? Vielleicht würde sogar die Sanftheit vergehen, die reizende Freundlichkeit gegenüber Dienstboten und Untergebenen. Sie würde hart werden, gerecht, aber streng und unbeugsam. Vielleicht sogar verbittert und schroff. Er verstand, was Amage nicht verstehen konnte, nämlich wieviel da der Tugend geopfert wurde, bewußt geopfert wurde, durch eine lange, bittere Willensanstrengung. War es das wert?

Gewiß brachte Sünde kein Glück. Jeder sah, welches Elend und welche Vergeudung sie bewirkte. Also mußte es doch das Wichtigste sein, an der Tugend festzuhalten? Bisher hatte er das immer geglaubt.

Doch war nicht aus der Sicht der Götter, wie Antimachos ihm erklärt hatte, der Widerspruch zwischen Tugend und Liebe, Güte und Glück, von Anfang an ein falscher Widerspruch, ein Erzeugnis menschlichen Irrens, verwurzelt im Bösen auf der Welt? Wie konnte man das grausame Gewebe der leidenden Welt durchtrennen und die beiden Ströme wieder in einen gemeinsamen Kanal lenken, so daß Tugend fröhlich wäre und Glück gut? Oder hatten die Buddhisten doch recht? War Leid die erste und grundlegendste Wahrheit menschlichen Lebens?

»Ich komme auf die Welt, ich nehme Kummer und Leid an, ich finde mich mit dem Tod ab.« Vielleicht nahm auch sein eigener Glaube an, Leben sei Leiden. Aber gewiß war es ein Leiden zu einem Zweck, kein sinnloses, unaufhörliches, unentrinnbares Leiden, das selbst im Tode nicht endete. Warum sollten die Götter eine so schreckliche Welt schaffen? Die Götter hatten ihn einmal erhört, sie hatten gesprochen – warum sollten sie die Frau im Stich lassen, die er liebte?

Die Schlußfolgerung, zu der seine Gedanken ihn führten, gefiel ihm nicht. Er stand auf und floh davor; er rannte wieder hinunter zu den Baracken, um den Abend trinkend mit dem warmen, hirnlosen Geplauder seiner Freunde zu verbringen.

16. Kapitel

Amage hatte recht; die Königin erholte sich schnell von der Fehlgeburt. Schon am nächsten Tag war sie wieder auf den Beinen, und man hätte glauben können, sie habe nie im Leben geblutet. Sie interessierte sich sogar für die Debatten des Stammesrates. Die Herren und Damen des Rates waren, wie vorauszusehen, erfreut über den Einfluß auf die Yavanas und erbost über den Einfluß, den die Yavanas auf sie haben sollten; sie dankten dem König für ersteres, gaben der Königin aus Mitleid aber nicht allzuviel Schuld für letzteres, und akzeptierten murrend beides. Die städtischen Yavanas, die weniger zu verlieren hatten, waren entzückt. Sie schickten Abgesandte zur Königin, um ihre Dankbarkeit auszudrücken und ihr zu ihrem Verlust zu kondolieren. Sie empfing sie anmutig und antwortete angemessen, doch als sie gelobten, den Göttern Opfer zu bringen, um ihre zukünftige Fruchtbarkeit zu sichern, lächelte sie und sagte ihnen, das habe keine Eile. Am gleichen Tag schickte sie mich hinunter in den Kräuterladen in der Stadt, um Granatapfelschalen und Myrrhenöl, Schwämme und Wolle zu kaufen. Sie sagte mir, der Arzt habe ihr das empfohlen, um die Blutung zum Stillstand zu bringen, und zuerst glaubte ich ihr. Ich bemerkte jedoch, daß sie die Mittel weiter benutzte, nachdem die Blutung aufgehört hatte, und sie dem König gegenüber niemals erwähnte. Da wußte ich, wozu diese Zubereitungen in Wirklichkeit dienten. Ich sprach jedoch nicht darüber, und die anderen glaubten, diese Sachen hätten etwas mit der Leidenschaft der Yavanas fürs Baden zu tun. Früher war ich naiv gewesen, aber ich hatte dazugelernt. Es würde niemandem nützen, wenn die Königin wieder schwanger würde. Sie wollte es nicht, und es würde nur Böses dabei herauskommen.

Als ich jedoch zum zweiten Mal die Zubereitungen holte und die aromatisch duftenden Bündel durch die schneenassen Straßen der Stadt nach Hause trug, dachte ich wieder an meine kleine Schwester Tistrya. Sie pflegte mir zahnlos ins Gesicht zu grinsen und mich mit ihrer kleinen Patschhand zu tätscheln; als ich sie zum ersten Mal in die Ställe mitnahm, heulte sie vor Entsetzen, aber als ich sie wieder hinausführte, heulte sie ebenfalls und wollte wieder zurück. Keine solchen Babys für Heliokleia; kein Kind würde kommen, um uns aus diesem Ort des Todes zu erretten. Nur der trockene Fluß und die kalte und bedrückende Bedrohung am anderen Ufer. Ich mußte im Sonnentempel haltmachen und weinen.

Heliokleia versuchte, so weiterzumachen wie vorher, aber die strenge Selbstdisziplin, die sie vor der Schwangerschaft erreicht hatte, hatte einen Sprung bekommen. Sie verhielt sich so korrekt wie zuvor; nach außen hin war sie ihrem Gatten gegenüber so gefügig und gehorsam wie immer. Doch etwas, eine gewisse Gefälligkeit, fehlte, und der König ließ sich von ihr nicht mehr besänftigen. Vielleicht hatte er schließlich begriffen, daß sie den Gedanken verabscheute, ein Kind von ihm zu tragen; vielleicht konnte er sich auch nicht länger einreden, er könne die Königin in eine liebende Ehefrau verwandeln; vielleicht war er einfach ungeduldig, und die müßigen Winterstunden boten ihm nichts, worauf er sonst seine Aufmerksamkeit richten konnte. Aber irgendwie sah er ein, daß all seine Herrschaft über sie ein Schatten war und daß sie ihm trotz seiner linkischen Werbung, seinen Geschenken, seiner Aufmerksamkeit und seiner Zärtlichkeit ferner stand denn je. Er wurde rastlos, reizbar und anspruchsvoll. Er verbrachte seine Tage damit, die Königin zu beobachten, und weckte sie mitten in der Nacht, um sie zu besitzen. Er fragte sie ständig nach dem Verhalten ihrer Garde, der Bittsteller aus der Stadt, der Dienstboten und vor allem ihrer vier Hofdamen. Er verlor jede Geduld mit mir und wünschte meine Entlassung.

Das geschah zur Zeit des ersten Tauwetters, obwohl der König schon einige Zeit vorher unzufrieden mit mir gewesen war; ich ging nie mit irgendwelchen Spitzelberichten zu ihm hinunter, so wie es die anderen taten, und bei den seltenen Gelegenheiten, wenn ich zu ihm befohlen wurde, hatte ich nicht viel zu sagen. Doch als der erste Tau die Straßen freimachte, hörte Heliokleia von einem Yavana-Kaufmann, der eine Reise nach Baktra antrat, und sie schrieb einen Brief an ihren Bruder, in dem sie ihm den Namen des Sklavenhändlers nannte, den Philomela ihr gegeben hatte. Es war ein kurzer Brief, und sie schrieb ihn in Eile nach dem Frühstück. Sie unterzeichnete und versiegelte ihn und gab ihn mir, damit ich ihn dem Kaufmann bringen sollte. Ich nahm ihn langsam, stand da und hielt ihn eine Minute lang in der Hand; das Pergament war glatt unter meinen Fingern, der Lehm des Siegels noch feucht und schwer. Dann verbeugte ich mich vor der Königin und ging vom Palast aus geradewegs zum Haus des Mannes.

Der Kaufmann war erfreut über die Bitte, sich als königlicher Kurier zu betätigen, um so mehr, als ich ihm für seine Bemühungen ein Geschenk der Königin mitgebracht hatte. Er bot mir Speisen und Wein an; dann verstaute er den Brief in seiner Kassette, verschloß sie und versprach mir, ihn getreulich abzuliefern. Ich ging zum Palast zurück, stolz und ängstlich, aber endlich von der Beschämung des letzten Briefes erlöst, den ich nicht ungelesen übermittelt hatte. Und wie ich erwartet und befürchtet hatte, wurde ich am gleichen Nachmittag aufgefordert, den König in seinem Arbeitszimmer aufzusuchen.

Ich ging hinunter und stand mit gefalteten Händen vor ihm. Er sah mich an. Sein rundes Gesicht war mondähnlicher denn je. Es war ein grauer Tag im Spätwinter. Im Zimmer war es kalt, und das Licht war dämmrig. Zum ersten Mal erkannte ich mit einem Schock, daß das Haar um das flache Gesicht herum so grau war wie der Bart und daß tiefe Höhlen unter den achatähnlichen Augen lagen.

»Was stand in dem Brief?« fragte er ohne ein Wort der Begrüßung.

»Ich habe ihn nicht gelesen«, sagte ich ebenso unverblümt.

Wie müde und tiefliegend auch immer, die Augen selbst waren so scharf und durchdringend wie stets. »Als ich dir deine

Stellung gab«, sagte Mauakes leise zu mir, »fragte ich dich, ob du eine ergebene Untertanin seist. Hast du gelogen, als du mir geantwortet hast?«

»Nein, Herr, niemals«, sagte ich. »Ich bin eine ergebene Saka. Und deine Gemahlin ist ebenfalls ergeben und würde dich niemals verraten. Da bin ich vollkommen sicher, und ich brauchte ihren Brief nicht zu lesen, um zu wissen, daß er harmlos war.«

»Das kannst du nicht *wissen*, wenn du ihn nicht *gesehen* hast!« versetzte der König heftig. »Ich denke, ich kann besser beurteilen, was ich über die Ergebenheit meiner Gemahlin erfahren muß, als ein unwissendes Mädchen aus den Bergen! Ich bin dein König, und ich habe dir unmißverständlich gesagt, daß ich wissen will, was sie in ihren Briefen schreibt. Wenn du mir nicht gehorchen willst, was bist du dann anderes als eine elende Verräterin?«

»Mein Herr«, sagte ich, »ich habe nicht *gesehen*, wie morgen die Sonne aufgeht, aber ich *weiß*, daß sie aufgehen wird – und falls sie das nicht tut, wird alles so auf dem Kopf stehen, daß es keinen Sinn mehr hat, irgend etwas zu wissen. Meine Herrin Heliokleia hat eine Leidenschaft für die Tugend und würde sich eher den Hals durchschneiden, als gegen ihre Pflicht als Königin zu verstoßen. Wenn ich das inzwischen nicht wüßte, nachdem ich ihr in all diesen Monaten gedient habe, dann wäre ich mehr als unwissend, ich wäre einfach schwachsinnig. Ich bin keine Verräterin.«

»Du unverschämte, arrogante Eselin!« schrie der König und stand auf. Er schlug mich. »Du wirst den Brief zurückholen und mir noch heute sagen, was sie darin geschrieben hat, oder du kannst noch vor Ende der Woche zu deiner Familie zurückkehren!«

»Herr«, sagte ich zittrig, »der Brief ist bereits unterwegs« – was nicht ganz stimmte –, »und indem ich ihn ungeöffnet dem Mann überbracht habe, der ihn ausliefern wird, habe ich den Anordnungen der Herrin gehorcht, der ich nach deinem Willen dienen sollte. Wenn du von Anfang an von mir erwartet hast, ihre Befehle zu mißachten, obwohl sie nichts Verräterisches verlangt hat, dann hättest du mir das sagen sollen, als du mir die Stellung anbotest. Ich hätte sie gleich abgelehnt. Aber ich habe dich nicht betrogen, sondern mich nur geweigert, sie zu verraten. Und wenn du mich jetzt nach Hause schickst...« Ich mußte mir auf die Zunge beißen, um an mich zu halten. Ich hatte damit gerechnet, daß er mich vielleicht nach Hause schicken würde, aber ich hatte angenommen, er würde mir eine angemessene Frist gewähren, um irgendeine Ausrede zu erfinden. Wenn ich plötzlich entlassen würde, so wie er androhte, würden alle denken, es sei wegen eines Fehlers – Diebstahl, Unkeuschheit oder Lügen – geschehen. Ich wäre entehrt. Es würde meinen Eltern schwerfallen, einen Ehemann für mich zu finden. Meine Brüder wären vor der ganzen Armee blamiert. Ich versuchte, nicht daran zu denken, wie meine Ehre zu Unrecht verletzt würde. Ich stand da, versuchte nicht zu betteln, zwinkerte mit den Augen und ballte die Fäuste.

Der König funkelte mich an. »Du hast es gehört«, sagte er. »Ehe morgen die Sonne aufgeht, will ich wissen, was in diesem Brief stand. Und jetzt geh mir aus den Augen.«

Ich verneigte mich und ging.

Als ich nach oben kam, rieb ich mir noch immer die heiße Wange, auf die er mich geschlagen hatte, und blinzelte vor Anstrengung, um nicht zu weinen. Die anderen saßen spinnend oder webend zusammen – bis auf die Königin, die las. Inisme sah mich an und rümpfte die Nase; Jahika und Armaiti wandten nervös die Blicke ab. Heliokleia sah ungerührt auf und fuhr dann fort zu lesen, als habe sie nichts bemerkt. Wenig später rollte sie jedoch ihr Buch zusammen und gähnte. »Tomyris«, sagte sie, »ich muß mir die Füße vertreten. Komm mit mir hinunter zu den Stallungen.«

Ich nahm meinen Mantel. »Ich komme auch mit«, erbot sich Inisme, aber Heliokleia lächelte und schüttelte den Kopf.

»Ich werde mir von Tomyris erklären lassen, was die Pferdeknechte mit den Pferden machen«, sagte sie. »Hol mir nur meinen Mantel. Danke.«

Sie sagte nichts mehr, bis wir auf der Treppe waren, die aus dem Palast zu den Stallbauten führte, und niemand uns hören konnte. Dann fragte sie: »Hat dich mein Gemahl geschlagen?«

»Ja«, sagte ich, da ich keinen Grund zu lügen sah. Ich war über seine Drohung erschrocken und wollte jede Hilfe, die die Königin mir geben konnte. Schande ist etwas Furchtbares, selbst wenn sie gänzlich unverdient ist, und ich glaubte nicht, sie halbwegs elegant ertragen zu können. Ich würde mich beklagen und wüten und vor Gram bitter werden.

»Was hast du getan?« fragte Heliokleia.

»Ich habe etwas nicht getan«, sagte ich zu ihr.

»Dieser Brief?« fragte sie, blieb auf der Stufe unter mir stehen und schaute mir ins Gesicht. »Du meinst, du hast ihn ihm nicht gezeigt?«

»Natürlich nicht«, erwiderte ich wütend. »Es war ein privater Brief, und du hast mir gesagt, ich solle ihn gleich dem Überbringer geben.«

»Ach, Tomyris!« sagte sie, und ihre Stimme enthielt so viele Gefühle zugleich, daß ich sie nicht benennen konnte. »Natürlich habe ich das gesagt. Aber, liebe Freundin, ich habe niemals erwartet, daß du dir schnurstracks den Zorn des Königs zuziehst, statt ihm zu gehorchen!«

Ich biß die Zähne zusammen und war plötzlich wütend auf sie. Ich hatte meinen Ruf riskiert, um ihr treu zu bleiben, und sie hatte die ganze Zeit damit gerechnet, daß ich sie verraten würde! »Du hältst mich für eine Verräterin?« fragte ich sie. »Ist das alles, was du von mir weißt? Er hat mich so genannt. Aber ich bin keine Griechin – ich bin eine Saka-Adelige, und meine Ehre ist mir teuer, auch wenn niemand sonst einen Heller dafür gibt. Wenn du erwartet hast, verraten zu werden, warum hast du deinen verdammten Brief dann nicht Inisme gegeben?«

»Ich nehme an, ich hoffte, du würdest ihn lesen und ihm berichten, was er enthielt«, antwortete sie ruhig. »Inisme hätte ihn in seine Hand gegeben, und dieser Sakaraukai-Sklave hätte ihm jedes Wort vorgelesen und bei jeder Silbe gestottert und gezögert und nach unerlaubten Bedeutungen gesucht, und dieser Gedanke widert mich an. Aber es tut mir leid! Ich hätte dich besser kennen sollen. War der Schlag das Schlimmste, oder war da noch mehr?«

Ich erzählte ihr von der Drohung, mich noch in derselben Woche zu entlassen, wenn ich nicht herausfand, was in dem Brief stand. Sie hörte schweigend zu, noch immer gerade und reglos auf den nassen Stufen im grauen Licht stehend. Tauwasser rann über die nasse Treppe zu unseren Füßen und glitzerte auf dem blassen Stein. Als ich fertig war, seufzte sie und schüttelte den Kopf. Sie begriff ebenso schnell wie ich vorhin, was das bedeutete. »Nun«, sagte sie müde, »du wirst zurückgehen und den Brief holen müssen. Der Kaufmann bricht morgen auf, nicht wahr? Geh jetzt, richte ihm meine Entschuldigung aus und sage ihm, mir sei noch etwas eingefallen, das ich dem Brief hinzufügen muß. Bring ihn zurück, der König kann sich meiner Aufrichtigkeit vergewissern, und morgen kann der Brief dann abgehen.«

»Ich werde nicht mit dem Brief zum König zurückkriechen!« sagte ich heftig. »Ich bin keine Spionin, selbst wenn du bereit bist, dich bespitzeln zu lassen!« Noch immer schmerzte mich die Demütigung, sowohl vom König als auch von der Königin für eine Spionin gehalten zu werden, und wie ich schon sagte, ich hasse Niederlagen. Der Gedanke, nach meinem stolzen Widerstand gehorsam und demütig zum König zurückzukehren, machte mich krank, und noch wütender war ich, weil ich so gern ihrem Vorschlag gefolgt wäre.

Heliokleia sah einen Augenblick ernsthaft zu mir auf – dann lächelte sie ihr leises, selbstironisches Antimachiden-Lächeln, aber es lag eine Trauer darin, die unendlich viel älter war als meine Wut. Plötzlich war meinem Zorn der Boden unter den Füßen entzogen, und ich erwiderte ihren Blick verwirrt und ein wenig töricht. Damals in Adlerhorst hatte sie gesagt, sie möge mich, und sie hatte es gesagt, obwohl sie geglaubt hatte, ich bespitzle sie für den König – was ich ja auch getan hatte. Hatte ich irgendein Recht, empört zu sein oder stolz über die Falschheit der Yavanas zu sprechen?

»Was das Bespitzeln betrifft, welche andere Wahl haben du oder ich?« fragte sie. »Aber du brauchst dem König den Brief nicht zu bringen. Ich werde ihn selbst übergeben. Wenn er sich niederträchtig benehmen will, soll er wenigstens zugeben, daß er es tut; vielleicht schämt er sich so, daß er davon abläßt. Er ist ein stolzer Mann und haßt die Schande fast so sehr wie du.«

Ich starrte sie einen Augenblick an, ergriff dann ihre Hand und drückte sie einen Augenblick. Ich war glimpflich davongekommen. »Geh und hole den Brief«, befahl Heliokleia sanft, und ich lief los, um ihn zurückzuholen.

Binnen einer Stunde kam ich damit zurück, und am gleichen Abend übergab Heliokleia ihn ihrem Gemahl und sagte, sie habe mir befohlen, ihn zurückzuholen, als sie erfahren habe, daß er ihn sehen wollte. Sie erzählte mir nie, was er darauf gesagt hat. Ich nehme jedoch an, daß er sie bat, das Zimmer für ein paar Minuten zu verlassen, während er seinen Sakaraukai-Sklaven kommen ließ. Hinterher schickte er den Brief durch einen seiner eigenen Diener wieder an den Kaufmann zurück. »Es war kein sonderlich vertraulicher Brief«, sagte Heliokleia und tat meinen Dank achselzuckend ab. »Ich hatte damit gerechnet, daß er den Inhalt auf die eine oder andere Weise erfahren würde.«

Der König entschuldigte sich natürlich nicht. Statt dessen beschwerte er sich bei der Königin über meine »Unverschämtheit« – mit einem gewissen Recht, nehme ich an – und sagte ihr, ich solle entlassen werden. Doch die Drohung, mich selbst auf der Stelle fortzuschicken, wurde stillschweigend fallengelassen.

Heliokleia antwortete nicht gleich auf die Anschuldigung gegen mich. Sie wagte nicht, einfach zu sagen, sie habe mich gern; damit hätte sie den Groll ihres Gatten nur genährt. Statt dessen sagte sie nach kurzem Nachdenken: »Herr, sie hat keinen Fehler begangen, der eine Entlassung erforderlich macht – und ihre Familie wäre sehr gekränkt, wenn wir sie grundlos entließen. Es würde uns beiden schaden, wenn sie uns als ungerecht bezeichneten – vor allem mir, da sie meine Dienerin ist. Sie ist eine junge Frau, eigensinnig und leidenschaftlich, und wahrscheinlich wird sie selbst bald einen Mann finden, ihn heiraten und aus eigenem Willen gehen. Das können wir doch gewiß abwarten?«

Damit war Mauakes einverstanden; er ging sogar so weit, eine Anzahl in Frage kommender junger Männer aus seiner Garde vorzuschlagen, für die ich eine geeignete Eheanwärterin wäre. Als sie anfingen, mir Aufmerksamkeiten zu erweisen, war ich zuerst völlig verwirrt – die Königin hatte mir nicht erzählt, welchen Vorschlag sie ihrem Gatten gemacht hatte, um seinen Zorn abzulenken. Aber die Aufmerksamkeiten der jungen Männer gefielen mir recht gut, obwohl keiner von ihnen mir besonderen Eindruck machte. Und der König sah sie mit mir sprechen und tröstete sich über die Tatsache, daß ich immer noch da war, mit der Hoffnung hinweg, bald würde ich fort sein.

Allerdings war er nicht so beschämt, daß er das Bespitzeln seiner Frau unterlassen hätte. Die Episode war ein bitterer Stachel in seinem Fleisch, da er Scham haßte, aber seine rastlose Verzweiflung ließ ihm keine Ruhe. Er genoß weder die Liebe noch das Vertrauen seiner Frau, und die Tatsache, daß sie sich makellos korrekt benahm und er im Unrecht war, verstärkte nur seinen Groll gegen sie. Doch da er es nicht ertragen konnte, sie zu hassen, fand er andere, auf die er seinen Groll entlud. Sein nächstes Ziel war einer ihrer Gardeoffiziere, Sarozi.

Sarozi war ein großgewachsener, hellgesichtiger junger Mann, der stotterte und ein langsames, liebenswürdiges Lächeln hatte; Havani mochte ihn gut leiden und sagte, er sei der beste Offizier in der Garde der Königin, abgesehen von ihrem Kommandanten. Das mag ein Vorurteil gewesen sein; wie wir kam Sarozi aus dem Terek-Tal, und wir kannten seine Familie entfernt. Eigentlich konnte man nichts gegen ihn haben, denn er war ruhig und tolerant, aber er beging den Fehler, seine Herrin offen zu bewundern, und damit erregte er beim König noch größeres Mißfallen als zuvor ich.

Seine Geschichte war meiner sehr ähnlich; wochenlang

wuchs die Feindseligkeit des Königs, dann folgte die plötzliche Forderung nach seiner sofortigen unehrenhaften Entlassung. Die Forderung wurde diesmal an Itaz als Sarozis Kommandanten gestellt, und das Verbrechen, das sie auslöste, war lachhaft; Sarozi hatte lediglich den Fehler begangen, der Königin neuen Käse, den ersten der Saison, zum Geschenk zu machen.

»Werde ihn los«, sagte Mauakes zu Itaz.

»Was hat er getan?« fragte Itaz, allerdings mit dem unguten Gefühl, es bereits zu wissen.

»Er hat seine Herrin mit wollüstigen Blicken betrachtet«, versetzte Mauakes barsch. »Du mußt ihn aus der Garde entlassen.«

»Er hat sich in keiner Weise ungehörig verhalten!« protestierte Itaz. »Er ist ein vollkommen ergebener und gehorsamer Mann und ein guter Offizier. Ich kann ihn nicht entlassen.«

»Nicht ungehörig verhalten? Er sieht sie an, als sei sie eine Dirne, und versucht, sie mit Geschenken zu bestechen. Ich will, daß er seine Sachen packt!«

»Wenn es ein Verbrechen ist, deine Gemahlin zu bewundern«, sagte Itaz mit zusammengebissenen Zähnen, »dann mußt du jeden Mann bestrafen, der sie je gesehen hat. Sarozi würde nicht im Traum daran denken, sie respektlos zu behandeln; du solltest wissen, daß sie sich sofort über ihn beklagen würde, wenn er es täte.«

»Ich sagte, du sollst ihn entlassen!« sagte Mauakes wütend – dann hielt er plötzlich inne, setzte seine undurchdringlichste Miene auf und beobachtete seinen Sohn. »Natürlich hast du ihn eingestellt, nicht wahr? Er verdankt dir alles, und die anderen würden dir nicht mehr so vertrauen, wenn du ihn entließest. Hundert ausgewählte Reitersoldaten, nur dir ergeben, sollte man nicht aufgeben, oder? Selbst wenn dabei dein Vater entehrt wird.«

Itaz zog unglücklich die Schultern ein und seufzte. »Vater, ich kann keinen Mann entlassen, der nichts weiter getan hat, als die Königin auf eine Weise anzusehen, die dir nicht gefällt, und ihr ein Stück Käse zu schenken. Das ist weder richtig noch gerecht.

Ich behalte ihn im Auge, wenn du willst, und wenn er sich ihr gegenüber unverschämt benimmt, werde ich etwas unternehmen.«

»Er müßte sie also erst vergewaltigen, ehe du handelst?«

»Vater, es ist unvorstellbar, daß irgendein Mann aus dieser Garde ihr zu nahe tritt. Sarozi würde nicht wagen, ihr die Hand zu küssen. Gewiß, er bewundert sie, aber ich bezweifle, daß er sie überhaupt als Frau betrachtet; sie ist seine Herrin und Königin und so unberührbar wie Anahita. Ich werde ihn tadeln, wenn du willst, aber es wäre gegen alle Gewohnheiten und Sitten, ihn deswegen zu entlassen, und du würdest vor der ganzen Armee das Gesicht verlieren, wenn du es tätest.«

Den König ärgerte diese Antwort, aber sie war so unbestreitbar richtig – einen Mann wegen eines Stücks Käse aus der Garde zu entlassen! –, daß er sie am Ende akzeptierte, obwohl er seinem Sohn böse war. Doch der Anblick Sarozis, der weiterhin seine Gardetruppe am Fuß der Treppe befehligte, war ihm unerträglich. Schließlich bot er Sarozi eine Beförderung zu seiner eigenen königlichen Garde an, um ihn aus der Nähe der Königin zu entfernen. Sarozi jedoch widerstrebte es aus verständlichen Gründen sehr, sich dem Kommando des Königs zu unterstellen.

»A-a-aber warum?« stammelte er verwirrt, als Itaz ihm das Angebot des Königs unterbreitete. Itaz antwortete indirekt: Sarozi sei ein guter Offizier, der König wisse seine Fähigkeiten zu schätzen und biete ihm diese Möglichkeit zur Beförderung.

»A-a-aber der König hat sich immer wieder über den Wachantritt meiner Truppe und mein Benehmen beschwert«, sagte Sarozi erstaunt. »Ich kann ihm nichts recht machen. Immer heißt es: ›Zurück in die B-Ba-Baracken, und poliert eure Helme! Lächle nicht so, du bist im Dienst!‹ Und wenn wir irgendwohin reiten: ›Dein Pferd hat auf dem falschen Fuß die Gangart gewechselt!‹ Er hat nichts als Verachtung für mich. Warum bietet er mir dann eine Beförderung an?«

Itaz gab den Versuch auf, diskret zu sein. Sie waren ohnehin unter sich. »Der König weiß, daß du ein guter Offizier bist, aber er verabscheut deine Aufmerksamkeiten für seine Gattin«, sagte er.

Sarozi sperrte einen Augenblick nur den Mund auf. »Ich h-ha-habe der Königin keine ungehörigen Aufmerksamkeiten erwiesen!« protestierte er schließlich. »Ich würde jeden umbringen, der das täte! Ich bewundere sie, gewiß, aber wenn ein Mann eine sch-schöne junge Königin nicht bewundern darf, der zu dienen er die Ehre hat, wo ist er dann?« Nach einem Augenblick fügte er hinzu: »Hat *sie* sich über mich beklagt?«

Itaz schüttelte den Kopf. »Die Macht eines Königs ist groß und muß eifersüchtig gehütet werden«, sagte er sehr leise. »Und mit seiner Eifersucht ist nicht zu scherzen. Zuerst wollte er dich entlassen. Nimm die Beförderung an, Mann, und geh ihm aus dem Weg.«

»Das kann ich doch nicht, wenn ich die Beförderung annehme, oder?« erwiderte Sarozi.

»Wenn du sie annimmst, wird er zweifellos dafür sorgen, daß du es kannst«, antwortete Itaz trocken.

Schließlich willigte Sarozi ein. Havani, der über sein Ausscheiden aus der Garde der Königin sehr traurig war, richtete ihm ein Abschiedsbankett aus, zu dem er mich und ein paar andere Schwestern und Mütter von Gardesoldaten einlud. Als der Abend endete, fand ich mich außerhalb der Baracken wieder, wo ich lange in Kälte und Mondschein mit Sarozi flüsterte. Es war eine Erleichterung, eine ungeheure Erleichterung, sich bei jemandem über den ungerechten Argwohn des Königs beklagen zu können, der mich verstand, wenn ich auch hinterher stark bezweifelte, ob das klug gewesen war. Aber Sarozi verriet mich nicht.

Kaum hatte er den Dienst der Königin verlassen, wurde Sarozi auf Patrouille an den Jaxartes geschickt, und damit war er tatsächlich aus den Augen des Königs. Doch dessen Groll, eines Ziels beraubt, war noch immer unbefriedigt. Als nächsten traf er den armen Pakores, den halb-yavanischen Offizier, der die Dreistigkeit besessen hatte, mit der Königin in ihrer eigenen Sprache zu sprechen – und für mich blieb auch noch genug übrig. Allmählich hatte ich genug von diesem König und zürnte über all die trivialen und dummen Dinge, die er kritisieren zu müssen glaubte. Am liebsten wäre ich nach Hause gegangen, um ihn nicht mehr sehen zu müssen – nur fragte ich mich, was aus der Königin werden würde, wenn alle ihre Freunde fort wären und es keine Ersatzzielscheiben mehr gebe.

Doch der Winter verging; der Schnee schmolz; auf den Ebenen des Tieflandes erschienen die ersten blauen Irisblüten. Es war die Zeit des Jahresendes und des Jahresanfangs, das heiligste und freudigste Fest des Jahres. Am Jahresende widmen wir die Nacht den Toten und stellen auf einem Tisch Speisen für sie bereit; der Neujahrstag ist der Neuanfang des Lebens. Festmähler werden gehalten und Geschenke ausgetauscht. Die Mazda-Anhänger feiern den Tag genauso; sie sagen am Jahresende ebenfalls Dank für die Erschaffung der Menschheit und am Neujahrstag für die Erschaffung des Feuers, das die Welt läutert.

Der König beging die Feste öffentlich, brachte am Jahresende der Sonne Opfer dar und ließ Gaben von gebratenem Fleisch über Nacht im Tempel aufstellen – Speisen, die am nächsten Tag bei einem öffentlichen Bankett verzehrt werden sollten. Seine Gemahlin stand während des Opfers neben ihm und sagte und tat, was dem Anlaß angemessen war. Sie tat es mit der unfehlbaren Korrektheit, die zu einem subtilen Vorwurf geworden war und ihn nicht länger zufriedenstellte. Er hinterlegte Säuglingskleidung und eine Rassel in ihrem Zimmer, ein Opfer für den Geist ihres ungeborenen Kindes, und sie protestierte nicht – aber sie rührte die Sachen auch nicht an.

Als guter Mazdaist beging Itaz das Fest mit Eifer. Es war die Zeit der Erneuerung, und er sehnte sich danach, die Qual und Verwirrung des vergangenen Jahres abzustreifen und mit Lauterkeit und Hoffnung neu zu beginnen. Er ritt am Abend des Jahresendes zu einem langen Gottesdienst bei Lampenlicht zum Feuertempel hinaus. Es war Mitternacht, als er sich, beschwingt vom rituellen Trunk Haoma, auf den Rückweg machte, um vor der Morgendämmerung des Neujahrstages noch ein paar Stunden zu schlafen. Bei den Bestattungstürmen herrschte Ruhe, ungestört von schwarzem Flügelschlag, und die ganze Welt war still, als halte sie den Atem an. Der Tag der Erschaffung der Menschheit ist die Nacht der Toten, sagte er sich – aber der neue Tag wird der Tag des Feuers sein. Während er in der kalten Vorfrühlingsnacht unter den weißen glitzernden Sternen dahinritt, glaubte er fest daran. Für den Augenblick waren alle Zweifel beseitigt; Leid und Entsagung mußten in Freude enden.

Er erwachte unbeschwert und glücklich und begann den Tag mit frischer Milch und neuem Käse, die am Morgen traditionell verzehrt werden – weiße Speisen für ein Fest des Lichts. Er legte seine feinsten, rot gefärbten und mit Gold bestickten Kleider an und ging, um seine Familie zu begrüßen, ehe er wieder zum Tempel und zum wichtigsten Gottesdienst des Jahres aufbrach.

Mauakes und Heliokleia saßen im Speisraum und aßen in drückendem Schweigen den neuen Käse und die frischen Nüsse mit weißem Zucker. Itaz trat gleißend und lächelnd ein und nahm seines Vaters Hand. »Ein frohes neues Jahr!« sagte er, küßte die Hand und grinste in die unglücklichen Augen des Königs. Dann wandte er sich der Königin zu, nahm deren Hand und küßte sie ebenfalls. »Viel Freude im neuen Jahr, o Königin!«

Heliokleia schaute zu ihm auf. Ihre tiefen Augen waren umschattet, und ihr Gesicht war angespannt und schmal. Aber sie lächelte. »Auch dir viel Freude im neuen Jahr, o Itaz.« Ihre Finger schlossen sich einen Augenblick um seine und ließen dann los.

»Ich habe Geschenke für euch«, sagte Itaz zu ihnen. »Ich breche gleich zum Tempel auf, also gebe ich sie euch sofort. Sie sind nur klein.«

Mauakes schnaufte. Itaz grinste ihn wieder liebevoll an. An diesem Morgen schienen sogar die Wutanfälle und Verdächtigungen seines Vaters rührend, wie kleine Laster eines großen, aber leicht reizbaren alten Mannes. Er nahm die Geschenke aus der Tasche, die er in der Vorwoche sorgfältig ausgewählt hatte, und stellte das für seinen Vater auf den Tisch. Es war ein etwa faustgroßer, geschnitzter indischer Elefant aus Elfenbein. »Nun hast du sechs«, sagte er zu seinem Vater, »und sie brauchten nicht einmal zu kalben.«

Nach einem Augenblick lachte der König. Er schaute in das offene Gesicht seines Sohnes, und sein eifrig gehegter Groll schmolz dahin. Er nahm den kleinen Elefanten auf und rieb seinen fetten Rücken. »Kommt billiger als die anderen fünf«, bemerkte er.

»Nein, die anderen fünf trugen einen Schatz, den nur der Reichtum Baktriens sich leisten konnte«, sagte Itaz, »und den nur ein König wie du behalten konnte.« Doch das Gefühl freudiger Freiheit begann ihm schon zu entgleiten. Die Berührung der Hand der Königin, ihre weiche Haut unter seinen Lippen waren wie ein schwerer Schlag gewesen, der betäubt und hinterher erst schmerzt. Mit seiner üblichen Zurückhaltung wandte er sich ihr wieder zu. »Dies ist für dich, o Königin.« Er legte eine Silberbrosche in Form eines laufenden Pferdes vor ihr auf den Tisch.

Sie sah sie einen Augenblick an und schaute dann zu ihm auf, ohne die Brosche zu berühren. Sie lächelte nicht ganz, ihre Augen wirkten belustigt, wie unter dem Blick des Antimachos, aber sanfter. Wie Itaz sich gewünscht hatte, hatte sie sich erinnert, und er erwiderte ihr Lächeln, war dankbar für die Belustigung, lachte über sich selbst, weil er tief und ernsthaft an ein weißes Pferd und einen Mann glaubte, die er am Berghang lagernd getroffen hatte.

»Ich habe auch ein Geschenk für dich, Herr Itaz«, sagte sie zu ihm. »Aber nur ein kleines.« Sie hob eine feine Seidenschnur mit einem Anhänger von ihrem Hals und legte sie neben der Brosche auf den Tisch. Er sah, daß der Anhänger eine Münze war, eine mit dem geflügelten Blitz versehene silberne Drachme. Er nahm sie auf und spürte, daß sie noch warm war von ihrem Fleisch. Die Wärme ließ seine Hand zittern, als er die Münze umdrehte. Er hatte es gewußt; es war eine Münze von Antimachos dem Gott. Er schaute von dem geprägten in das Gesicht aus

Fleisch und Blut und sah, daß sie jetzt offen lächelte. Er berührte die Münze mit den Lippen. »Danke«, sagte er leise – und merkte gleich darauf, daß sein Vater ihn mit frischer und kälterer Mißbilligung ansah. »Es ist eine Münze von Antimachos«, erklärte er nach einem Augenblick.

»Tatsächlich«, sagte Mauakes trocken. »Deine bevorzugte Gottheit.«

Itaz lachte. »Nein! Ich bevorzuge Ahura Mazda. Und jetzt reite ich zum Tempel. Ein frohes neues Jahr, Vater, und das Glück sei dir hold.« Er legte sich die Schnur mit der Münze um den Hals und ging, um sein Pferd zu holen.

Mauakes starrte ihm ausdruckslos nach und wandte sich dann seiner Frau zu. Sie saß sehr still, ihre Wangen waren gerötet, und sie lächelte ein wenig. Als er ihr heute früh sein eigenes Neujahrsgeschenk gegeben hatte, einen teuren, goldbesetzten Gürtel, hatte sie nicht so gelächelt, obwohl sie die passenden Dankesworte gesprochen hatte.

Ein Mann, der dürstet, findet es schmerzlich, wenn er merkt, daß sein Becher kein Wasser halten kann; sein Schmerz und sein Zorn werden jedoch viel größer, wenn er glaubt, ein anderer Mann könne mühelos daraus trinken. Ich meinerseits kann dem König keinen Vorwurf machen, nicht heute, da ich selbst alt werde und etwas mehr über die Liebe weiß – wenn ich ihn auch damals unerklärlich grausam fand. Er war ein großer König, kein Tyrann, sondern ein Mann, der durch die Glorie der Sonne regierte und seinem Volk großen Nutzen brachte. Vielleicht hätte er weniger eifersüchtig seine Macht hüten sollen, hätte vielleicht keine Frau heiraten sollen, die so viel jünger war als er selbst, vielleicht hätte er nicht mehr von ihr verlangen sollen als die Treue und Willfährigkeit, die zu gewähren sie bereit war. Doch hätte er sich mit dem zufriedengegeben, was er leicht erringen konnte, dann wäre er niemals König von Ferghana geworden, und das Königreich, das er den Yavanas Baktriens entwunden hatte, wäre wieder von ihnen verschluckt worden. Die silberne Brosche lag, noch immer unberührt, auf dem Tisch vor der Königin. Der König griff danach, nahm sie auf und betrachtete sie. Sie war flüchtig und unbeholfen gemacht, eher Saka- als Yavana-Handarbeit – aber sie war anmutig und lebendig. Er schaute wieder seine Frau an. Sie hatte nicht protestiert, aber sie hatte zu lächeln aufgehört, und ihr Gesicht war wieder weiß. »Das ist ein billiges Ding«, sagte der König zu ihr. »Nicht gut genug für dich. Du wirst es nicht tragen.«

Sie neigte einen Moment den Kopf. »Ich finde es hübsch, Herr«, sagte sie und sah ihn wieder an, »und die Idee war reizend. Aber wenn du wünschst, daß ich die Brosche nicht trage, werde ich es nicht tun.« Sie betrachtete sie jedoch mit beinahe hungrigen Blicken.

»Sie ist ein schäbiges Ding. Ich werde sie wegwerfen«, sagte Mauakes zu ihr, und wieder neigte sie den Kopf und akzeptierte es schweigend.

Der Tag war angefüllt mit öffentlichen Banketten und Feierlichkeiten, und alle hatten zu tun – für uns vier Hofdamen bestand die Arbeit darin, stillzustehen und stillzusitzen und gelegentlich Wein einzuschenken. Ich war sehr müde an diesem Abend. Als die Königin sich ausgekleidet und gewaschen hatte und nach unten gegangen war, legte ich die Kleider, die sie am nächsten Tag tragen würde, über die Kleidertruhe. Den goldenen Gürtel, das Neujahrsgeschenk des Königs, legte ich obenauf. Es war ein schwerer Gürtel aus rotgefärbtem Leder mit aufgenähten Goldplatten. Das Gold war mit Badakshan-Rubinen und Jaspis und Lapislazulis besetzt und mit eingravierten Greifen, Tigern, Pferden und Adlern verziert, die sämtlich einherflogen und sprangen und liefen, daß das Auge vom bloßen Anblick ermüdete. Die Götter wissen, was der Gürtel gekostet haben muß. Ich betastete ihn, gähnte und ging zu Bett.

Als ich am nächsten Morgen aufgewacht war und mich angezogen hatte, ging ich, um die Kleider zu überprüfen, die ich am Vorabend bereitgelegt hatte. Sie waren alle da – aber nicht unberührt. Der Gürtel, der unbezahlbare und brandneue Gürtel, war beschädigt.

Ich konnte es nicht glauben. Ich starrte ihn an, nahm ihn auf und starrte weiter. Der halbe Gürtel war feucht, das Leder hatte Wasserflecken; zwei der Goldplatten waren verbogen, und die Schnalle war auf einer Seite zerdrückt. Der Gürtel sah aus, als hätte ihn jemand in die Badewanne geworfen und wäre dann darauf herumgetrampelt. »Inisme! Jahika! Armaiti!« schrie ich. Sie hielten in ihrer Beschäftigung inne und kamen zu mir. Alle waren entsetzt.

»Wer hat den Gürtel fallen lassen?« fragten wir uns gegenseitig. »Wer hat ihn zuletzt gehabt?« Mit einem unangenehmen Brennen im Magen wurde mir klar, daß ich ihn als letzte in der Hand gehabt hatte. Als ich ihn am Vorabend über die Truhe gelegt hatte, hatten die Sklavinnen schon geschlafen, und die anderen Hofdamen waren auf dem Weg in ihre Betten gewesen.

Jeder anderen hätte man das Mißgeschick vielleicht verziehen, mir jedoch nicht, das wußte ich bereits. Die Beschädigung eines so kostbaren Gegenstandes war ein Entlassungsgrund, den jedermann akzeptieren würde, und der König hatte mich auch ohne Grund entlassen wollen. Ich setzte mich hin, starrte den Gürtel an und leckte mir die Lippen. Doch Inisme war unerwartet entschlossen und hilfsbereit. »Wir bringen ihn nach unten und zeigen ihn dem König«, sagte sie, »und sagen ihm genau, was passiert ist. Vielleicht ist eine der Sklavinnen nachts darauf getreten, vielleicht wurde er beschädigt, als du ihn über die Truhe legtest, und du warst zu müde, um es zu bemerken. Es war ein Versehen, wir wissen nicht, wie es passiert ist, das werden wir ihm alle sagen.«

Wir gingen also nach unten, Inisme und ich, und klopften an die Tür des Königs. Sein Leibsklave ließ uns ein.

Mauakes war bis auf die Stiefel angezogen, aber Heliokleia war noch im Bett – eine zusammengekauerte Gestalt und wirres dunkelblondes Haar unter einer Decke. Wir verbeugten uns vor dem König, und Inisme streckte ihm den Gürtel hin.

»Was soll das?« fragte Mauakes überrascht.

»Ach, Herr!« sagte Inisme unglücklich. »Dein Geschenk an die Königin. Irgendwie ist es zu Schaden gekommen. Wir wissen nicht, wie es passiert ist, aber als wir heute morgen ihre Kleider bereitlegten, sah es so aus!«

Mauakes nahm den Gürtel und untersuchte den Schaden. Als er wieder aufblickte, war er so wütend, wie ich befürchtet hatte. »Wer hat ihn gestern abend weggelegt?« fragte er.

»Ich«, gestand ich kleinlaut. »Ich legte ihn über die Kleider, die die Königin heute morgen anziehen sollte. Und er war morgens auch noch da, aber er sah so aus. Ich war gestern abend sehr müde; vielleicht sah er schon so aus, und ich habe es nicht gemerkt.«

»Du! Natürlich du! Du schlampige kleine Füchsin!« brüllte der König. »Du hast ihn fallen lassen und bist darauf getreten, und jetzt lügst du, um der Strafe zu entgehen. Du eignest dich nicht, einer Königin zu dienen; du bist eine unverschämte, ungehorsame, faule kleine Schlampe, und du kannst noch heute zu deiner Familie zurückkehren!«

Ich stand sehr aufrecht und starrte ihn an. Irgendwie erschreckte mich der Gedanke nicht mehr so sehr wie beim letzten Mal. Diesmal war ich darauf gefaßt gewesen. Wenigstens, dachte ich, werden die Leute wissen, daß ich nicht wegen Unkeuschheit weggeschickt worden bin.

»Sie lügt nicht«, sagte Heliokleia plötzlich sehr deutlich. Wir alle schauten nach ihr. Sie saß aufrecht im Bett und hatte die Decke bis zu den Schultern hochgezogen. »Du brauchst sie nicht zu entlassen. Ich habe den Gürtel fallen lassen. Ich habe nicht gemerkt, daß er beschädigt war, als ich ihn wieder hinlegte.«

Ihr Gesicht war so ruhig und statuenhaft wie immer, aber es war schmutzig und von Tränenstreifen durchzogen. In ihrem zerzausten Haar hing ein kleiner Zweig, und die um die Knie geschlungenen Hände waren lehmig. Plötzlich hatte ich das schockierende Gefühl, daß die Maske, die sie seit unserer ersten Begegnung getragen hatte, die reservierte Würde, die sie für einen natürlichen Teil ihrer selbst gehalten hatte, zerbrochen und abgefallen war. Nur hatte sie es noch nicht gemerkt.

»Du hast ihn fallen lassen?« sagte Mauakes nach einem Augenblick erschrockenen Schweigens, als er ihr Aussehen bemerkte. »Wann?«

»Gestern nacht. Ich konnte nicht schlafen, darum ging ich nach oben. Ich ließ den Gürtel versehentlich fallen, als ich ihn von der Kleidertruhe nahm, und im Dunkeln konnte ich nicht sehen, was damit war. Ich habe ihn wieder auf die Truhe gelegt und bin nach unten zurückgegangen.«

»Und dann hast du dein Gesicht im Staub gewälzt?« fragte Mauakes milde. »Und geweint!«

Sie legte eine Hand an ihr Gesicht, merkte, in welchem Zustand es war, und ließ sie wieder sinken. Trotz der schmutzigen Tränenstreifen wurde sie noch ruhiger und königlicher. »Er fiel in den Hof«, sagte sie. »Ich mußte ihn suchen. Ich konnte ihn in der Dunkelheit nicht sehen.«

»Wie konnte er ›versehentlich‹ aus dem Fenster fallen?« brüllte der König entsetzt. Er hatte geglaubt, seine Frau fest in der Hand zu haben und zu wissen, was in ihrem Kopf vorging – und plötzlich schien es, als wisse er nicht einmal, wohin sie nachts ging. »Was hast du damit gemacht? Warum bist du nachts allein im Hof herumgelaufen? Warum hast du geweint? Warst du allein?« Er sah sie an, und vor Wut und Angst ging sein Atem rasch. »Warst du allein?«

Es war der falsche Moment für beleidigende Fragen. Was in der Intimität der letzten Nacht geschehen war, hatte sogar ihre eiserne Selbstdisziplin an den Rand des Zusammenbruchs gebracht. Nun verlor sie sie ganz, wie es erst einmal zuvor geschehen war – sie geriet nicht in Wut, sondern in die eisige, selbstgerechte Verbissenheit ihrer Sippe. Sie sah uns nacheinander an, und alle, sogar der König, wandten den Blick ab. Diese eisigen grünen Augen hatten etwas Unmenschliches. »Herr«, sagte sie mit einer Stimme, die so schneidend war wie der Winterwind aus der Steppe, »ich bin die Tochter eines Königs. Ich lüge nicht, breche meinen Eid nicht und benehme mich nicht wie eine gewöhnliche Metze. Natürlich war ich allein. Du kannst an mir zweifeln, Herr, wenn es dir gefällt. Ich kann es nicht verhindern, und du wirst an mir zweifeln, was immer ich auch tue.

Aber ich kann auf dem Altar jedes Gottes, den du nennen willst, schwören, daß mein Verhalten dir gegenüber seit der Stunde unserer ersten Begegnung untadelig war. Ich glaube nicht, daß es in diesem Königreich einen Menschen gibt, der verworfen genug ist, sich in Lügen zu begraben und etwas anderes zu behaupten. Außerdem hast du Männer, die das Haus bewachen und die wüßten, wenn ich hinausgegangen oder jemand anderer hineingekommen wäre. Du kannst ganz sicher sein, daß ich den Palast nicht verlassen habe. Es steht dir frei, mich vor Gericht zu stellen und dich wegen dieses entsetzlichen Verbrechens, dieses unerhörten Verstoßes, nachts durch den Hof meines eigenen Hauses zu gehen, von mir scheiden zu lassen. Und niemand wäre erfreuter als ich, wenn du es tätest. Aber du wirst dich nur vor jedem lächerlich machen, der davon hört. Was die Frage betrifft, wie der Gürtel aus dem Fenster gefallen ist, so wäre es weiser, sie nicht zu stellen, denn die Antwort ist nicht schmeichelhaft für dich, und wir haben Zeugen.«

»Verflucht seien die Zeugen!« schrie Mauakes. »Sag mir, was du letzte Nacht getan hast! Alles!«

»Sehr wohl«, erwiderte sie und spie die Worte aus, als ekele sie sich davor, auch nur mit ihm zu sprechen. »Gestern nacht, nachdem du mich geweckt und dein Geschäft mit mir zu Ende gebracht hattest – und die Götter wissen, wie mich das anwidert –, habe ich über dein Verhalten mir gegenüber nachgedacht: deine grundlosen Eifersüchteleien; dein durch nichts gerechtfertigter Groll und böser Wille gegen alle Dienerinnen und Gardesoldaten, die mir besonders ergeben sind; deine unablässigen Ansprüche an meine Zeit und meinen Körper; deine Einschränkungen meiner Freiheit und die Verweigerung der Rechte, die ich als Königin haben sollte. Als ich über alle diese Dinge nachdachte, wurde ich zornig, was wohl nur natürlich ist. Ich verließ dein Bett und ging nach oben in mein eigenes Zimmer, da ich allein sein wollte. Dort sah ich den Gürtel – den du mir gegeben hattest, als könntest du meine Zuneigung mit protzigen Kleinigkeiten erkaufen, während du mir Dinge wie Autorität und Freiheit vorenthältst. Da ich zornig war, wie ich schon sagte, nahm ich den Gürtel und warf ihn aus dem Fenster. Allerdings bin ich verpflichtet, dir eine ergebene Königin und gute Ehefrau zu sein, und so bereute ich hinterher, was ich getan hatte. Ich ging hinaus, fand den Gürtel nach einigem Suchen und brachte ihn zurück. Dann bemühte ich mich eine Zeitlang, meinen Zorn zu beherrschen und dein unvernünftiges und willkürliches Benehmen wie immer mit ergebenem Gehorsam hinzunehmen. Falls ich aus Wut oder weil ich mein Leben vergeude, geweint habe, so geht dich das nichts an. Ich habe dir schon einmal gesagt, daß ich deine Liebe nicht brauche. Ich füge jetzt hinzu, daß ich sie nicht will und auch sonst nichts, das du hast. Das einzige Geschenk, das du mir machen könntest und das ich freudig empfangen würde, wäre deine Abwesenheit. Aber die, das wissen die Götter, hast du mir nie geben wollen, und ich habe mein Schicksal angenommen, so elend es auch ist. Ich bin wie sonst in dein Bett zurückgekommen, und ich hätte von all dem nichts gesagt. Doch du verlangtest einen vollständigen Bericht über das, was ich tat. Nun hast du ihn.«

Mauakes starrte sie betroffen an und blinzelte. Seine Schultern waren gebeugt, und seine Hände hingen steif und schwer herunter. Er sah alt und zusammengeschrumpft und erschöpft aus. Er zweifelte nicht daran, daß sie die Wahrheit sagte, aber diese Wahrheit war so betäubend und schmerzlich, daß er nicht einmal Wut empfand. Er liebte sie, er liebte sie und den glänzenden, trügerischen Schatten der Yavana-Regentschaft. Er hatte gekämpft, um sie zu gewinnen, ihre Liebe zu erringen. Doch statt Liebe bekam er dies: Verachtung und Abscheu, gezügelt nur durch prüde, selbstbeherrschte Tugend. Das brannte wie griechisches Feuer, mit anhaftenden, unlöschbaren Flammen. Unverhüllter Haß und offene Feindschaft wären viel leichter zu ertragen gewesen.

Heliokleia starrte ihn eine Minute lang stolz und voller Verachtung an, und er senkte den Blick. Sie wandte sich an mich und Inisme. »Tomyris«, sagte sie, »leg den Gürtel fort und nimm meine Reitkleider heraus. Ich werde heute die Stadt verlassen und Anahitas Tempel aufsuchen. Wenn ich zurückkomme, werden wir alle versuchen zu vergessen, was gesprochen wurde.«

»Ich habe das Mädchen entlassen«, krächzte Mauakes, der nicht recht wußte, was er tun sollte oder ob er überhaupt etwas tun konnte.

»Ich habe sie nicht entlassen«, antwortete Heliokleia kühl. »Sie war mir eine bereitwillige und treue Dienerin – im Gegensatz zu den meisten ihrer Gefährtinnen.«

»Tomyris«, sagte Mauakes und nahm sich zusammen, »du wirst heute zu deiner Familie zurückkehren.« Doch er blinzelte noch immer, und seine Stimme war heiser.

»Wenn du sie fortschickst«, sagte Heliokleia ruhig, während ich steif und gerade dastand, obwohl ich weiche Knie hatte, »werde ich ihr weiterhin die Ehren und das Gehalt einer königlichen Hofdame zukommen lassen, und ich werde ihrer Familie sagen, daß sie die beste und ergebenste aller meiner Dienerinnen war. Ich entlasse sie nicht. Du machst dich nur lächerlich, wenn du sie fortschickst. Aber wenn du darauf bestehst – Tomyris, es tut mir leid, aber wir müssen dem König gehorchen. Du wirst deine Sachen packen und zu deiner Familie zurückkehren müssen. Ich werde mit dir zum Stadttor gehen.«

»Das wirst du nicht!« sagte Mauakes. Es klang eher wie das trotzige Schreien eines Kindes als wie ein königlicher Befehl.

»Nein?« fragte Heliokleia. »Was soll denn ich statt dessen tun? Dir vorsingen? Vier Armeen spielen? Inisme, bereite meine Reitkleider vor.«

»Du wirst heute hierbleiben.«

Heliokleia sah ihn einen Augenblick an und wandte sich dann bedächtig wieder an Inisme und mich. Inisme sah so bleich und erschrocken aus, wie ich mich fühlte. »Inisme«, sagte sie, »ich habe dir einen Befehl gegeben. Gehorche.«

Inisme warf dem König einen angstvollen Blick zu und rührte sich nicht.

»Wenn du mir nicht gehorchst«, sagte Heliokleia ruhig, »werde ich dich entlassen.«

»Ich gestatte dir nicht, sie zu entlassen«, sagte der König.

Heliokleia zog die Decken um sich und stand auf. »Du wirst mich nicht wieder bedienen«, sagte sie zu Inisme. Antimachos der Gott, vom Himmel herabgestiegen, hätte nicht würdevoller klingen können. »Wenn mein Gatte wünscht, dich als Spionin zu behalten, so kann er das tun. Ich lasse mich von dir nicht bedienen.« Inisme brach in Tränen aus; die Königin ignorierte sie und wandte sich an den König. »Da wir nun zusammen meine Dienerinnen entlassen haben, werde ich gehen und mich allein ankleiden.«

Mauakes stellte sich vor die Tür. Heliokleia zog die Decken um ihre Schultern glatt und starrte ihn an. Noch immer konnte er ihrem Blick nicht standhalten. »Was gedenkst du zu tun?« fragte sie in einem Ton unendlicher Verachtung. »Willst du mich nackt bei Brot und Wasser in diesem Zimmer einsperren, bis ich dich um Vergebung bitte? Oder willst du mich wieder gegen das Bett schleudern, bis ich einen Schädelbruch habe? Findest du das nicht ein bißchen übertrieben? Zwei königliche Hofdamen entlassen und eine Königin gefangengesetzt, weil ein Gürtel in einen Garten fiel? Wenn du mir den Weg freigibst, werde ich gehen und mich ankleiden; dann werde ich mit Tomyris zu den Stadttoren hinausreiten, und danach werde ich meinen Weg fortsetzen, in Anahitas Tempel beten und die Göttin bitten, gnädig zu sein und mir zu helfen, eine gute Ehefrau zu sein. Wenn ich zurückkomme, werden wir alle so tun, als sei dies nie geschehen. Das ist das einzig Vernünftige.«

Mauakes erwiderte ihren Blick. Sein Gesicht war jetzt vollkommen ausdruckslos. »Inisme«, sagte er, »lege die Kleider der Königin bereit, wie sie befohlen hat.«

»Inisme ist nicht meine Dienerin«, sagte Heliokleia.

»Aber wir werden so tun, als sei nichts geschehen«, sagte Mauakes und zog sich abrupt und geschlagen in sein mildestes Gebaren zurück. »Es wurden keine Hofdamen entlassen, und niemand wurde gefangengesetzt.« Er entfernte sich von der Tür.

Heliokleia sah ihn noch einen Augenblick fragend an, dann

wandte sie sich an uns beide. »Inisme – und Tomyris«, befahl sie, »bitte holt meine Reitkleidung.«

Wir verließen den Raum, so schnell wir laufen konnten.

Ich brauchte lange, um zu verstehen, was in diesem Morgen und in der Nacht zuvor geschehen war. Widerwillig und erschrocken war ich Zeugin eines Streits um einen Gürtel geworden – aber für Heliokleia war der Gürtel ganz unwichtig; viel wichtiger bei diesem Streit war ein Gegenstand, den sie überhaupt nicht erwähnte: die Brosche, die Itaz ihr geschenkt hatte. Sie hatte tausend größeren Forderungen nachgegeben und ihre Rebellion unterdrückt, aber sie wollte diese Brosche haben. Itaz hatte sie für sie gewählt, hatte sie aus dem Vorrat irgendeines Kaufmanns ausgesucht. Sie konnte sich vorstellen, wie er sie sah, lächelte und daran dachte, daß sie ihre Bedeutung verstehen würde. Wieder und wieder hatte sie während der endlosen öffentlichen Bankette und der Demütigungen der Nacht darüber nachgedacht.

Sie weinte nicht. Sie weinte nie vor ihrem Gatten; und sie würde ganz gewiß nicht weinen, wenn sie ein so brennendes Geheimnis verriet, falls sie es tat. Aber sie hatte an diesem Tag keine Zeit für ihre selbstentäußernde Meditation gehabt, und sie gab die Sehnsucht nach einem Geschenk nicht auf, das sie sich von dem Mann wünschte, den sie liebte. Sie träumte davon – träumte, die Brosche springe aus Mauakes' Hand und werde zu einem Schimmel, den sie bestieg und auf dem sie einen lichten Weg vom Palast hinunterritt und über die Stadt flog, zu einem Treffen mit... und der König weckte sie auf. Sie konnte nicht schlafen, als er mit ihr fertig war. Sie hörte auf, an die Brosche zu denken, und dachte nun an den Mann, der sie ihr geschenkt hatte. Sie stand auf, während ihr Mann schnarchend schlief, und schaute in die Kleidertruhe des Königs. Die Brosche war nicht da. Er mußte sie schon fortgeworfen haben. Vermutlich war das ein Glück, denn er würde sich erinnern, und wenn sie fehlte, würde er wissen, daß sie sie genommen hatte, und was würde er tun, wenn sein schlimmster Verdacht bestätigt worden wäre? Aber sie konnte nicht ins Bett zurückkehren. Ruhelos zog sie einen Umhang über und schlüpfte aus dem Schlafzimmer, hinauf in ihre eigenen Räume. Alle schliefen, und da hing der goldene Gürtel spöttisch über ihrer Kleidertruhe, eine Fessel, bereit, sich am Morgen um sie zu schließen. Sie nahm ihn, rollte ihn zusammen, ging zum Fenster und schleuderte ihn nach unten in den Hof.

Sie bereute es sofort. Auch daran würde er sich erinnern; er würde verstehen. Sie mußte ihn zurückholen. Sie lief die Treppe hinunter, vorbei am Zimmer des Königs, vorbei am Speisezimmer, hinaus in den dunklen Hof. Niemand war draußen; ihre Wache zog sich bei Anbruch der Dunkelheit in die Baracken zurück, und die Garde des Königs bewachte nur den Palasteingang. Das Pflaster war kalt unter ihren nackten Füßen. Der Mond war nicht zu sehen, und der Hof war nur grauer Stein und schwarzes Gebüsch. Wo mochte das Ding gelandet sein? Sie suchte zitternd danach, betastete das Gebüsch. Schließlich fand sie den Gürtel am Rand des Brunnens und hob ihn auf. Er hatte sich beim Fallen entrollt, und ein Ende war tropfnaß. Aber da war nichts zu machen. Mit klappernden Zähnen trug sie ihn wieder nach oben und legte ihn wie vorher über die Kleidertruhe. Dann setzte sie sich hin, um zu meditieren und ihrem Elend und Zorn zu entkommen. Doch zum ersten Mal schien resignierter Gehorsam schlimmer als die Wut. Sie wollte keine Tugend, sie wollte keine Erlösung im Nirwana. Sie wollte Liebe und eine Art Leben, das sie nie gekannt hatte. Zitternd saß sie neben der Truhe auf dem Boden, dachte an Itaz und begann zu weinen – lautlos, um niemanden aufzuwecken. Viel später ging sie wieder die Treppe hinunter, schlüpfte in das Bett des Königs und rollte sich unter den Decken zusammen, um ihre eisigen Hände und Füße zu wärmen. Dem Mann, den sie geheiratet hatte, wandte sie den Rücken zu. Als Inisme und ich am nächsten Morgen die Treppe hinunterkamen, war ihre Maske tatsächlich zerbrochen – oder, um es anders auszudrücken, sie empfand sie endlich als Maske, als falsche Fassade, nicht als echtes Ideal, und sie brachte es nicht über sich, sie wieder anzulegen.

Als Inisme und ich geflohen waren, verließ Mauakes ebenfalls sein Zimmer. Seine Beine zitterten, und er fühlte sich schwach. Er ging in den Speiseraum und setzte sich nieder. Er versuchte, sich einen Reim auf das zu machen, was seine Gattin gesagt hatte, und sich zu überlegen, was er tun sollte. Die Garde der Königin auflösen und sie von seinen eigenen Leuten bewachen lassen? Alle Dienerinnen entlassen und einige parthische Eunuchen kaufen, um sie, wie die Parther ihre Frauen, in Abgeschiedenheit zu halten? Er würde sich nur lächerlich machen und sein Volk kränken. Am besten tat er, was sie gesagt hatte, und gab vor, nichts sei geschehen. Schließlich ging es nur um einen Gürtel, der um Mitternacht in einem Wutanfall aus dem Fenster geworfen worden war.

Doch er konnte sich nicht davon überzeugen. Die Königin hatte ihn die ganze Zeit verabscheut. Er konnte kämpfen, soviel er wollte, all seine Feinde, wie groß auch immer, vernichten, allen möglichen Ruhm erkämpfen, es war nicht genug. Der spöttische Geist verachtete ihn, so wie er es die ganze Zeit getan hatte; und zu Recht. Er war tyrannisch und ungerecht gewesen – dabei hatte er das nie gewollt. Er hatte die ganze Zeit versucht, freundlich zu sein, ihre Liebe zu erringen. Er war in das Übel hineingezwungen worden; sie hatte ihn zu ihrem eigenen selbstgerechten Vergnügen dazu gezwungen, und nun verachtete sie ihn und forderte ihn heraus, sich noch schlimmer aufzuführen. Er konnte nichts dagegen tun. Nicht einmal das einzige Geschenk, das sie sich angeblich von ihm wünschte, Abwesenheit, konnte er ihr geben. Er liebte und begehrte sie noch immer. Er fühlte sich krank vor Erniedrigung; sein Vertrauen in sich selbst, in seine Fähigkeit, sein Volk zu beherrschen und zu kontrollieren, war bis in die Grundfesten erschüttert. Er wollte seine Minister oder die Offiziere seiner Armee nicht sehen; er hatte das Gefühl, daß sie hinter seinem Rücken über ihn die Nase rümpften, ihn insgeheim verachteten wie die Königin. Er war verwundet und verstand es nicht zu weinen. So saß er still und ohne jeden Ausdruck im Gesicht da.

Nach einer Weile kam Itaz herein. Die seidene Kordel, die die Königin ihm geschenkt hatte, hing um seinen Hals. Die Münze selbst, die er dicht am Herzen trug, war unter seiner Tunika verborgen. Er begrüßte fröhlich seinen Vater und befahl den Dienern, ihm ein Frühstück zu bringen. »Du hast nicht gegessen«, bemerkte er, da er den sauberen Tisch vor seinem Vater sah. »Wartest du auf die Königin?«

Mauakes sah ihn aus verengten Augen an. »Wartest du auf sie?«

»Nun, wenn du das wünschst... wird sie bald kommen?«

»Nein. Sie verläßt heute die Stadt, um in Anahitas Tempel zu beten.«

»Was? Davon hat sie mir nichts gesagt. Ich werde eine Eskorte zusammenstellen müssen.« Er klopfte auf den Tisch und sagte dem Diener, der den Kopf durch die Tür streckte: »Man soll mir kein Frühstück bringen, sondern nur etwas Brot zum Mitnehmen.«

»Du willst sie begleiten, nicht?«

Itaz sah seinen Vater überrascht an und merkte zum ersten Mal, daß etwas nicht stimmte. Mauakes erwiderte seinen Blick ausdruckslos. Itaz überdachte noch einmal die Ereignisse der letzten paar Tage und versuchte herauszufinden, womit er Argwohn erregt haben könnte. Der Königin eine Brosche zu schenken reichte doch sicher nicht aus, um Anstoß zu erregen? Es wäre unhöflich gewesen, ihr am Neujahrstag kein Geschenk zu machen. »Ja, ich dachte daran, mit ihr zu gehen«, sagte er unsicher. »Schließlich kenne ich die Priester im Tempel; ich könnte ihr zeigen –«

»Du wirst hierbleiben«, befahl Mauakes knapp.

Itaz blinzelte und zuckte mit den Schultern. »Wenn du es willst, Vater. Was soll ich tun?«

Der König zögerte und sagte dann glatt: »Ich drille heute die Armee; du hast noch immer einen Flügel unter deinem Kommando, und ich möchte, daß die Garde der Königin an den Übungen teilnimmt.«

»Aber heute ist Neujahrstag! Es bringt Unglück, heute zu

exerzieren. Und die meisten Männer feiern noch mit ihren Familien!«

»Dann wird der Befehl zum Sammeln sie um so mehr überraschen, nicht wahr? Eine ausgezeichnete Übung für einen Überraschungsangriff. Wir werden sehen, wie sie das bewältigen.«

»Ja, Vater«, sagte Itaz zweifelnd – und fuhr mit einem Finger an der Seidenschnur entlang.

Das war eine unglückliche Geste. Die Augen des Königs funkelten, und er sagte: »Trägst du diese Münze noch immer? Zeig sie mir.«

Verwirrt und widerstrebend zog Itaz sich langsam die Schnur über den Kopf und reichte seinem Vater die Münze. Mauakes schaute auf das silberne Gesicht nieder, das für immer in seinem selbstironischen Lächeln gefangen war. Er schloß die Faust darum. »Es gefällt mir nicht, daß du diesen Yavana-Tyrannen als Gott verehrst«, sagte er. Er schob die Münze in seine Börse. »Du wirst das nicht tragen.«

»Es gehört mir«, sagte Itaz beunruhigt. »Ich kann damit machen, was ich will. Gib es mir zurück.«

»Nein!« schrie Mauakes plötzlich wieder wütend und schlug auf den Tisch. »Ich sagte, du sollst das nicht haben. Es ist lächerlich und ekelhaft, einen Gott aus einem Mann zu machen, dessen Sohnes Schädel mir als Trinkschale gedient hat! Antimachos wird seit fünfzig Jahren von Maden gefressen, und du, du erbärmlicher kleiner Kriecher, beschließt, ihn zu verehren! Schlimm genug, daß du mit rasiertem Kinn wie ein Lustknabe aus Parthien zurückgekommen bist und dich für deinen fremden Gott mit Drogen berauschst. Nein, wenn du dir einen eingeborenen Gott aussuchst, dann nimmst du ausgerechnet den Feind deines eigenen Hauses! Selbst die Yavanas kannst du damit nicht so täuschen, daß sie dich unterstützen. Sie glauben bestimmt nicht, daß jemand so dumm sein kann!«

Itaz saß steif da und starrte seinen Vater an. Früher wäre er aufgesprungen und hätte sofort wütend widersprochen, doch die Monate hatten ihn diszipliniert, und er wartete, bis sein Vater mit seinem Ausbruch fertig war. Als Mauakes rotgesichtig und keuchend innehielt, stellte Itaz fest, daß seine erste zornige Aufwallung bereits der Verwirrung gewichen war. Sein Vater hatte nie versucht, die Verehrung des Antimachos zu unterbinden, die Allianz mit den Parthern geschätzt und dem Feuertempel gelegentlich Geschenke gemacht. Seine Beschwerden waren nur ein Vorwand. »Ich habe dir schon gesagt, wie ich zu Antimachos stehe«, antwortete er ruhig. »Ich verehre ihn nicht. Aber wir sind seine Erben, warum also sollten wir nicht respektvoll sein? Und die Königin hat mir diese Münze geschenkt. Du hast kein Recht, sie mir wegzunehmen. Was hat dich so aufgebracht?«

Mauakes gab ein unzusammenhängendes Geräusch von sich und schlug wieder auf den Tisch. Ein Diener kam mit dem Brot herein; Itaz winkte ihn wieder hinaus, stand auf und hockte sich an seines Vaters Seite. »Habe ich etwas getan?« fragte er.

Mauakes machte ein weiteres Geräusch und begann dann zu Itaz' Entsetzen zu weinen. Er schlug die dicken Hände vor sein Gesicht und schluchzte mit erstickten, schnaufenden Grunzlauten. »Vater!« sagte Itaz. »Was ist passiert?«

»Es ist diese verfluchte Frau«, sagte Mauakes gepreßt. »Du hattest recht; es stimmt, was du sagtest, als ich in die Heirat einwilligte. Sie kommt aus einem Volk, das immer unser Feind war, aus einer Familie ohne natürliche Zuneigung, und sie wird mir nichts als Kummer machen. Sie hat mich seit dem Tag unserer Begegnung verachtet und hinter meinem Rücken auf mich herabgesehen. Nichts ist gut genug für sie; sie verabscheut uns alle.«

»Aber das stimmt nicht«, sagte Itaz verstört. »Das tut sie nicht.«

»Und ob sie das tut! Sie hat es mir selbst gesagt.«

»Nein, das tut sie nicht – sie hat nie auf dich herabgesehen; sie hat immer mit großem Respekt von dir gesprochen. Und sie verabscheut uns nicht. Sie ist unseretwegen praktisch zu einer Saka geworden. Ich hatte unrecht, ich dachte, darin seien wir uns einig.«

»Sie hat gesagt, daß ...« begann Mauakes und hielt dann inne, unfähig, die demütigenden Worte zu wiederholen: alt, häßlich, stinkend, verächtlich, lächerlich, willkürlich und unvernünftig; sie wollte weder seine Liebe noch alles, was er hatte, nur seine Abwesenheit. »Lasterhafte, widernatürliche Hexe!« sagte er verzweifelt.

»Heliokleia?« sagte Itaz in scharfem, ungläubigem Ton.

Sein Vater sah ihn an. »Was ist sie für dich?«

Itaz sperrte fassungslos den Mund auf. »Eine Königin«, sagte er unsicher. »Vater, was immer sie gesagt hat, sie hat es nicht wirklich gemeint. Sie ist nicht lasterhaft. Aber sie ist sehr unglücklich, entsetzlich unglücklich. Ich habe dir schon gesagt, daß ich das glaubte. Wenn du ihr ein bißchen mehr Raum lassen würdest, würde sie ihre Seele dazu bringen, dir zu gefallen. Sie möchte eine gute Königin sein. Aber wenn du sie dauernd einengst und versuchst, ihr alle Geheimnisse ihres Herzens zu entreißen, wie kann sie dann –«

»Warum verteidigst du sie?« brüllte Mauakes. »Sie will eine gute Königin sein, ja. Sie will Macht. Sie will keine Liebe, aber gib ihr Macht, und sie wird glücklich sein. Sie alle, ihre ganze Familie, sie wollen nichts als Macht: Eukratides brachte seinen Herrn deswegen um, Platon seinen Vater, Heliokles seinen Bruder. Und ich verweigere ihr die Rechte einer Königin, nicht wahr? Und sie glaubt, sie kann sie von dir bekommen, das hat sie doch gesagt, nicht? Und du hast eingewilligt. Du bist begierig, ihr zu helfen! Ein feines Paar, das sich da gegen mich verschworen hat!«

»Wie kannst du ...« begann Itaz, verblüfft über diesen plötzlichen Angriff, wo er doch gerade Trost anbot.

»Verschwinde von hier!« brüllte Mauakes. »Geh zu deinen Männern. Wenn ich einen Beweis für ein Komplott zwischen dir und der Königin finde, dann wirst du dafür sterben, das kannst du mir glauben. Verschwinde!«

Weiß vor Empörung stand Itaz auf. Er öffnete den Mund, begegnete dem Blick seines Vaters und schloß ihn wieder. Er ging hinaus.

Im Korridor fiel ihm ein, daß Mauakes noch immer die

Münze hatte, und beinahe wäre er zurückgegangen, um sie zurückzufordern. Beinahe. Natürlich würde der König sie nicht zurückgeben, und die Vorstellung, sie seinem Vater gewaltsam, vielleicht unter Handgreiflichkeiten zu entreißen, hielt ihn zurück. Wie konnte er gegen einen alten Mann, erst recht gegen seinen eigenen Vater, um einer Silberdrachme willen Gewalt anwenden? Bestohlen, beleidigt und jeder Chance beraubt, sich auch nur zu verteidigen, machte er auf dem Absatz kehrt und ging mit einer Miene wie Blitz und Donner davon.

Im Zimmer hinter der Tür stützte der König den Kopf in die Hände und fühlte sich verlorener, verwirrter und einsamer denn je.

Mauakes ließ seine stehende Armee und die beiden königlichen Garden antreten und drillte sie den ganzen Tag im Schlamm des Exerzierfeldes. Viele der Männer waren über die Feiertage auf die Güter ihrer Familien zurückgekehrt; viele, die in Eskati geblieben waren, verbrachten den Tag bei Freunden und waren nicht aufzufinden. Die übrigen waren sauer. »Es verstößt einfach gegen den Brauch, am Neujahrsfest irgend etwas mit Krieg zu tun zu haben«, sagte Havani mir am folgenden Abend, als ob ich das nicht gewußt hätte. »Das ist ein schlechtes Omen für das kommende Jahr. Außerdem wollte ich mit meinem Freund Naru zum Abendessen gehen. Sarozi wollte auch kommen. Er ist für die Feiertage von der Patrouille zurück, und er sagte, ich solle dich einladen.« Daraufhin bedauerte ich ebenfalls, daß der König die Armee zu Übungen befohlen hatte, wenn ich mir inzwischen auch über ernstere Dinge Gedanken machen mußte.

Alle Gardisten und Soldaten hatten Feste und Einladungen und Jagdausflüge geplant gehabt, doch statt dessen mußten sie im Schlamm galoppierend Angriffe reiten, am Nachmittag sogar bei strömendem Regen. Sie waren verdrossen, unaufmerksam und linkisch; ihre Offiziere tadelten sie, und sie wurden noch verdrossener und empfanden giftige Wut. Im stillen verfluchten sie den König. Der König selbst ritt über das Feld und beobachtete sie ausdruckslos – außer als er einmal selbst einen

Angriff ritt. Er attackierte das Ziel mit so wilder Gewalt, daß seine Lanze splitterte und er aus dem Sattel gehoben wurde. Er stand auf, steif, wund und schlammbedeckt, und rief nach einer neuen Lanze. Itaz hörte plötzlich auf, ihn zu hassen, und begann Mitleid mit ihm zu empfinden. Wenn die Königin gesagt hatte, was immer sie gesagt haben mochte, dann weil sie unglücklich war. Nun war Mauakes ebenfalls unglücklich und versuchte verzweifelt, seinem inneren Schmerz durch hektische Aktionen und wilde Worte zu entkommen, an die er nicht wirklich glaubte. Amage hatte recht. Heliokleia war nicht gut für ihn.

Endlich, am späten Nachmittag, ritten die schlammigen Truppen durch den prasselnden Regen erschöpft und erbost zurück in ihre Baracken. Itaz ging mit seinen Leuten zu den Armeestallungen, sorgte dafür, daß die Pferde versorgt wurden, und entließ dann seine Männer mit der scherzhaften Bemerkung, nun könnten sie sich vor den Kameraden aufspielen, die nicht dagewesen waren. Dann kümmerte er sich um sein eigenes Reittier, das er getrennt von den anderen in den königlichen Stallungen zurückgelassen hatte. Als er in den Stallhof kam, sah er, daß die Königin mit ihrem Gefolge soeben zurückgekehrt war.

Die Königin hatte an diesem Morgen ihre Eskorte selbst zusammengestellt und die Führung Pakores übertragen. Sie war mit mir und Inisme zu Anahitas Tempel geritten und hatte zuvor in der Stadt haltgemacht, um Blumen und Weihrauch als Opfer für die Götter zu kaufen. Ihre Eskorte war verstört über die Wahl des Opfers, da sie sich daran erinnerte, daß sie genau dies der Göttin zuvor gelobt hatte – aber niemand sagte etwas darüber. Heliokleia war in der Tat noch immer in so kalter Wut, daß niemand sie überhaupt anzusprechen wagte.

Als wir die Stadt verlassen hatten, ließ Heliokleia mich neben sich reiten.

»Es tut mir leid, daß du heute morgen in einer so schwierigen Lage warst«, sagte sie.

Ich lachte nervös. »Ich fühlte mich wie eine Pinie zwischen

zwei Lawinen«, gab ich zu. »Aber ich danke dir, Herrin. Du bist sogar vor dem König persönlich für mich eingetreten.« Damals hatte mir der König nicht leid getan; es hatte mir eher gefallen, wie der Schwall eisiger Worte ihn schrumpfen ließ. Das Mitleid kam später mit Erinnerung und Verständnis.

Heliokleia seufzte und ritt eine Weile schweigend dahin, auf die Mähne ihres Pferdes starrend. »Tomyris«, sagte sie endlich und hob wieder den Blick, »gibt es im Palast irgendeinen jungen Mann, den du vielleicht heiraten möchtest?«

Ich dachte an Sarozi. Aber ich kannte ihn kaum, und im Augenblick war er ohnehin nicht im Palast. »Nein, Herrin«, antwortete ich. »Warum?«

»Weil es am besten wäre, wenn du jemanden finden würdest und meinen Dienst so schnell und unauffällig wie möglich verlassen könntest. Der König wird nicht vergessen, was ich heute morgen gesagt habe, und er wird es dir und mir nicht verzeihen. Dein Leben wird sehr schwierig werden, wenn du bleibst, und ich kann dir nicht versprechen, daß ich dir immer werde helfen können.«

»Aber Herrin, der König hat nachgegeben. Er hat eingesehen, daß er unvernünftig war.«

»Er hat nichts dergleichen getan. Er war einverstanden, so zu tun, als sei nichts geschehen. Er hat dein Land schon regiert, als du noch gar nicht geboren warst; hast du jemals gehört, daß er irgendwann nicht das bekam, was er wollte?«

Hilflos schwieg ich einen Moment. Dann sah ich die Königin an. »Aber diesmal wird er nicht bekommen, was er will, nicht wahr?« sagte ich leise. »Nicht von dir.«

»Vielleicht nicht«, sagte sie, »aber er wird nicht so leicht aufgeben. Und ... und ich glaube nicht, daß ich so weitermachen kann wie früher. Vorher habe ich mich bemüht, das zu sein, was er wollte – aber jetzt wäre all das Lüge. Alles hat sich verändert. Ich weiß nicht mehr, was ich glaube. Wenn meine Philosophie wahr ist, dann ist sie nicht auf die Weise wahr, an die ich geglaubt habe, sondern auf eine andere Weise, die ich nicht verstehe, und im Augenblick kann sie mir nicht helfen. Ich weiß nicht, was zwischen meinem Gemahl und mir passieren wird. Vielleicht werden wir beide am Ende den Kampf aufgeben, aber zuerst wird eine Wüste zwischen uns sein. Und vielleicht wird einer von uns sterben. Vielleicht werde ich es sein.«

Ihre Stimme war nur noch ein Flüstern, als sie endete, und plötzlich wußte ich mit vollkommener Klarheit, was sie voraussah, was sie sich vorbehielt. Die übliche Zuflucht griechischer Frauen, die man zu weit getrieben hat – ein Schal oder vielleicht ein Gürtel, ans Fenster gebunden und um den Hals geknotet, ein Sprung in den Hof, und mit einem Ruck am Hals kommt die Dunkelheit.

»Nein«, sagte ich erschüttert. »Nein. Gib die Hoffnung nicht zu schnell auf. Herrin, ich habe es dir gesagt. Du könntest das Volk auf deine Seite bringen, du könntest gegen ihn kämpfen.«

»Und ich habe dir gesagt«, antwortete sie mit ihrem Antimachidenlächeln, »daß ich nicht nach Ferghana gekommen bin, damit die Menschen einander bekämpfen.«

»Schick mich nicht fort«, war die einzige Antwort, die mir einfiel. »Du wirst Freunde brauchen. Verlange nicht, daß ich weglaufe und dich allein seiner Wut überlasse.«

Heliokleia seufzte. »Glaubst du, du könntest helfen? Jetzt? Das glaubst du doch selbst nicht. Jetzt kann ich keine Freunde brauchen – Menschen, die er an meiner Stelle verletzen kann. Besser, niemanden und nichts zu haben und stark zu sein. Außerdem werde ich nicht so vorgehen, wie es dir gefallen würde. Ich hätte das, was ich heute morgen gesagt habe, besser nicht ausgesprochen; ich habe die Beherrschung verloren. Heute abend werde ich nachgeben und ihn demütig um Verzeihung bitten, wenn Anahita mir die Kraft dazu gibt. Es ist wirklich nicht so schrecklich. Viele Frauen haben wesentlich Schlimmeres auszuhalten.«

Ich begann zu weinen. Heliokleia sah mich mit distanziertem Mitgefühl an. Dann beugte sie sich zur Seite und tätschelte meine Hand. »Siehst du, ich bin auch nicht die Art von Königin, der du dienen möchtest«, sagte sie sanft. »Keine großzügige, tapfere und liebevolle Frau, sondern nur eine kaltherzige, hinterhältige Yavana. Es tut mir leid.«

»Aber du könntest so tapfer und großzügig sein wie irgendeine Königin, die je gelebt hat«, schniefte ich verzweifelt. »Du könntest sogar jetzt eine große Königin sein, wenn du es tun würdest!«

»Ein großer Regent in einem Königreich ist genug«, erwiderte die Königin trocken. »Und ihr habt schon einen König.«

Schweigend ritten wir zum Feuertempel weiter. Er war voller Gläubiger, die den zweiten Tag des Neujahrsfestes mit Freudenfeuern und Musik feierten. Der Teich bei Anahitas Tempel, beim letzten Mal noch schwarz und zugefroren, war nun tief und kalt und blaugrün, und pfeilschnelle kleine Fische mit roten Flossen durchzogen ihn. Die Königin brachte ihr Opfer aus Blumen und Weihrauch dar und betete zur Göttin, und der Priester lud sie und ihre ganze Begleitung zum Festmahl und zum Nachmittagsgottesdienst im Feuertempel ein. Sie willigte ein und stellte ihm so viele Fragen über seine Religion, daß er ganz aufgeregt wurde und hoffte, sie werde sich bekehren.

Ich schlich mich hinaus, während der Gottesdienst für Mazda noch in vollem Gange war, und ging zurück zu Anahitas Schrein. Ich wollte beten, und ich betete lieber zu Anahita oder dem Sonnengott als zu dem Weisen Herrn, den ich nie wirklich verstanden hatte. Anahitas Priester blieb, wo er war, im Feuertempel, aber das war mir nur recht. Ich wollte allein sein.

Anahitas Tempel war bis auf eine alte Bäuerin verlassen, die neben dem heiligen Teich saß und Blumen verkaufte: gelbe und blaue Krokusse, blaue Iris und ein paar frühe Tulpen, rot wie Blut. »Bist du gekommen, um unserer lieblichen Herrin ein Opfer zu bringen?« lockte sie mich und hielt mir den Korb mit Blumen hin, als ich näher kam. »Bitte sie um einen guten Gatten und schöne Kinder, und sie wird dir antworten. Das wird sie wirklich, denn sie ist eine gute und gnädige Göttin und wird eine hübsche junge Dame wie dich sicher erhören.«

Ich lächelte, wahrscheinlich genauso müde wie Heliokleia, und gab der alten Frau ein paar Bronzemünzen mit einem groben Abbild von Heliokleias Vater; das reichte für alle Blumen, die ich tragen konnte, und ich ging mit ihnen in den Tempel.

Ich ging nicht zum Hauptaltar hinauf, zu der Statue Anahitas, die Heliokleia so ähnlich sah. Ich wollte zu der Göttin beten, die ich in meiner Kindheit gekannt hatte, dem unbeholfenen, großäugigen Saka-Puppenbild, das gnädig und freundlich war und die süßen Wasser aus den Bergen fließen ließ, um die Erde grün zu machen. Bei meinen früheren Besuchen hatte ich neben der Tür eine alte, vernachlässigte Statue gesehen, die vermutlich von der schönen Yavana-Skulptur verdrängt worden war und nicht mehr gebraucht wurde, die aber auch niemand so recht zu entfernen wagte. Sie war aus Holz, so unbeholfen geschnitzt, daß man die Spuren des Meißels sah, und die Bemalung war so dünn geworden, daß unter den rosa Wangen und dem Schwarz von Haar und Augen die Maserung des Holzes sichtbar wurde. Doch das grobe Gesicht hatte ein gleichzeitig geheimnisvolles und freundliches Lächeln. Das war meine Göttin. Ich legte meinen Armvoll Blumen zu ihren Füßen nieder und kniete vor ihr. Mit der Stirn berührte ich den kalten Steinboden.

»Reine Anahita«, sagte ich, hockte mich auf die Fersen und hob meine Handflächen zu ihr auf, »üppig fließende, heilende, jedes Lobes würdige Göttin, erhöre mich!« Und dann saß ich da und wußte nicht, wie ich fortfahren sollte.

Ich hatte schon hunderte Male zuvor zu Anahita gebetet: um Wasser und eine gute Ernte; für die Ehe oder das Kindbett von Kusinen und Freundinnen; für kranke Kinder; um Glück bei einer Reise oder einer Aufgabe. Am innigsten und leidvollsten hatte ich um das gebetet, was mir nicht gewährt worden war, Tistryas Leben. Doch jetzt wollte ich um etwas anderes beten, und ich merkte plötzlich, daß ich selbst nicht genau wußte, was das war. Ich wußte, daß ich Angst hatte um meine Herrin und um mich selbst und geheimnisvollerweise um das ganze Königreich – aber ich wußte nicht, was ich erbitten sollte, um diese Angst zu lindern. Ich sah sie vor mir, den König und die Königin, und dieses verzerrte und verfaulte Ding zwischen ihnen, eine Mißgestalt, ein gebrochenes, gangränöses Glied, das ihrer beider Leben und die Leben aller um sie herum vergiftete, dessen Gift in das ganze Königreich einsickerte, als würde es sogar den strahlenden Glanz der Sonne selbst verdunkeln. Und doch war diese vergiftete Ehe ein bei der Sonne und Anahita beschworener Bund. Wie konnte ich die Götter darum bitten, ihn zu zerbrechen? Doch worum sonst sollte ich beten? Daß die Königin Geduld hätte oder Mauakes freundlich sein möge? Die Königin war bereits viel zu geduldig, und Mauakes hatte schon versucht, freundlich zu sein, und das hatte alles nur schlimmer gemacht. Und wie konnte ich darum beten, daß Heliokleia zu lieben lernte? Um den König so lieben zu können, wie er das wollte, hätte sie ihre eigene Natur aufgeben müssen. Trotzdem hätte ich nicht gesagt, sie sei kalt und lieblos, nicht mehr. Nur... eine Antimachide. Ich erinnerte mich an die Beschreibungen ihres Onkels Menander, des Königs des Rades, des Heiligen, des Felsens, der von keinem Sturm erschüttert wurde. Ich wußte sehr wohl, daß meine Herrin sich quälte und litt und an den Tod dachte – und doch blieb sie sich treu, sie blieb sich vollkommen treu. Sie könnte Mauakes und das Königreich und ihr eigenes Leben zerstören, ohne sich untreu zu werden. Sie brauchte einen Ausweg, der ihrer eigenen Natur entsprach – aber wie sah der aus? Gab es ihn? Gab es irgend etwas, worum ich gerechterweise beten *konnte* – und würden die Götter mich erhören und es mir gewähren, wenn ich es täte?

Wenn die Götter uns immer hören, wie die Priester sagen, so gewähren sie doch nicht immer, was wir erbitten. Wieder dachte ich an die Bäche, die lachend von den Bergen strömen, und an die Erde, die in der warmen Sonne grün wird. Gewiß sind die Götter freundlich, wenn die Notwendigkeit es zuläßt? Sie hatten Itaz erhört und ihm auf eine Weise geantwortet, mit der er nicht gerechnet hatte. Warum sollten sie also mich nicht erhören?

»Du weißt, warum ich gekommen bin«, sagte ich Anahita unverblümt und schaute zu dem grob geschnitzten Gesicht mit der durchsichtigen Farbe auf. »Laß meine Herrin nicht sterben. Laß sie nicht weiter sinnlos leiden. Spüle das Übel fort und heile uns. Und du, Sonnengott, erhöre mich und hilf. Warum all das geschehen ist, weiß ich nicht, aber du bist ein Gott und weißt alles. Ich kann dir nichts Wertvolles anbieten, aber das Königreich ist dein, und die Ehe wurde in deinem Namen geschlossen; sie liegt in deiner Hand. Erhöre mich, und ich werde dich für den Rest meines Lebens freudig loben und dir Opfer bringen.«

Ich tastete unter den feuchten Blütenblättern der Blumen nach dem Fuß der Statue. Er war hart und hölzern und regte sich nicht, und im Tempel herrschte steinernes Schweigen. Ärgerlich und verzweifelt berührte ich nochmals mit der Stirn den Boden. Dann ging ich hinaus und zum Feuertempel zurück, um meiner Herrin aufzuwarten.

Um die Mitte des Nachmittags machten wir uns auf den Rückweg in die Stadt. Inzwischen regnete es, und die meisten anderen Gläubigen kehrten ebenfalls zurück, lachend und über die Nässe fluchend. Auf der Straße bei den Bestattungstürmen hielt Heliokleia inne. An diesem Tag waren zwei Türme besetzt, und die Krähen und Geier hockten darauf und zankten sich um die Beute. Die Königin wendete ihr Pferd und ritt darauf zu.

Damals konnte ich mir nur vorstellen, sie reite hin, um den Tod zu sehen, das Schicksal, das sie für sich selbst vorhersah. Aber vor ein paar Jahren habe ich gehört, der Buddha empfehle dies als Heilung von fleischlichem Verlangen: ein Totenhaus zu besuchen und die Leiber der Toten zu betrachten, um zu sehen, was aus dem Fleisch wird, das man so verzweifelt begehrt. Ich glaube, Heliokleia hatte das eine wie das andere im Sinn. Die Königin hätte nur unter Schwierigkeiten die Erlaubnis erhalten, ein Totenhaus zu besuchen: der Tod, so glauben wir und die Anhänger Mazdas, ist die äußerste Verschmutzung. Die ganze Eskorte schrie entsetzt auf, als sie auf den Turm zuritt, aber alle zögerten, ihr zu folgen. Selbst die Gläubigen, die auf der Straße zurückkehrten, hielten inne und riefen ihr zu, sie solle sich fernhalten. Ich folgte ihr schließlich, aber in einiger Entfernung, da ich mich vor den stillen Türmen und den großen Schwingen der Vögel fürchtete. Sie hielt jedoch erst an, als sie nahe genug war, um zu sehen. Der Boden unter dem Turm war mit Knochen und Vogelkot übersät, und der Gestank nach verfaultem Fleisch wurde durch die Kälte und den Regen gemildert. Eine Krähe pickte an etwas, das von dem Turm auf die Erde gefallen war; ihre gesträubten Federn sahen in der Nässe traurig aus. Heliokleia ritt näher heran und sah, daß sie von einem Kinderkopf fraß. Ihre Krallen standen auf dem langen, schwarzen Haar. Das halbe Gesicht war bereits fort, war nur noch nasse rote Haut auf weißem Knochen, doch die andere Hälfte war unberührt: eine weiche Wange, dem strömenden Regen zugewandt, geteilte, feuchte Lippen, dunkle Wimpern über dem Auge – nur ein Auge fehlte. Heliokleia starrte den Kopf lange an. Es war das Gesicht eines Mädchens gewesen. Wie war es gestorben?

Durch Fieber oder Durchfall, Ertrinken oder einen Sturz, und ihre Eltern hatten ihren Leichnam dem Himmel anvertraut und ihre Seele dem Paradies empfohlen. Die Menschen sterben leicht; wir alle sterben, und wenn wir uns im Grab verstecken und unsere Scham in Erde hüllen, so füttern wir nur Maden statt Krähen. Heliokleia schaute zu den Vögeln auf dem Turm auf. Ein Geier breitete seine riesigen weißen Schwingen aus, schüttelte sie in ihre Richtung und erwog, ob er auffliegen sollte. Die Krähe schaute mit schwarzen Knopfaugen von ihrem Festmahl auf. Die Königin ließ ihr Pferd wenden und ritt zurück zu mir und dem Rest ihrer entsetzten Eskorte, und ohne ein weiteres Wort setzte sie den Heimweg in die Stadt fort.

Es war dunkel, als wir im Stallhof des Palastes ankamen, und die Diener eilten uns mit Fackeln entgegen, deren Flammen im Regen spuckten und zischten. Heliokleia saß ab und übergab ihr Pferd einem Pferdeknecht, hob ihren nassen Umhang an und wollte ins Haus gehen – da sah sie Itaz aus dem Stall auf sich zukommen und blieb stehen.

»Sei gegrüßt, o Königin«, sagte Itaz und trat zu ihr. Sein Haar und seine Kleider waren naß und klebten auf der Haut, und seine Hosen und Stiefel waren schlammig. »Darf ich dich sprechen?«

»Natürlich, Herr Itaz«, sagte sie. »Sollen wir in den Palast gehen, wo es trocken ist?«

Er zögerte. Er wollte ihr sagen, wie verzweifelt der König über ihren Streit war, da er meinte, sie würde es sonst vielleicht nicht begreifen. Er vermutete, daß der König sie ungeduldig im Palast erwartete. Wenn sie hineingingen, könnte der Streit vielleicht aufflammen, bevor er eine Möglichkeit hatte einzugreifen. »Es dauert nur einen Augenblick«, sagte er. »Warum gehen wir nicht einfach in die Stallungen?«

»Gut. Inisme, Tomyris, wartet nicht auf mich. Herr Itaz?« Sie drehte sich um und ging aus dem Hof unter die schützenden Dachbalken des Stalles. Die Gardesoldaten der Eskorte, müde und nicht neugierig, führten ihre Pferde fort zu den Armeestallungen, da sie annahmen, ihr Kommandant wolle mit der Königin irgendwelche Angelegenheiten der Garde besprechen, und Inisme und ich führten unsere Stuten in ihre Ställe, übergaben sie den Pferdeknechten und gingen dann die Treppe zum Palast hinauf.

Unsere Pferde standen im vorderen Teil kurz vor dem Ende der Stallungen. Itaz sah sich nach einem abgeschiedenen Ort um und entschied sich für das andere Ende, wo sein Pferd und die Reittiere des Königs in der Dunkelheit ihr abendliches Futter kauten. Er nahm die Laterne eines Pferdeknechtes und führte Heliokleia zum Stall seines Hengstes, der durch eine Wand aus Heuballen vom restlichen Stall abgetrennt war. Er hängte die Laterne an den Dachbalken und wandte sich zur Königin um.

Der Stall war warm von den Leibern der Tiere und roch nach Dung, Pferden und sauberem Stroh. Die Laterne verbreitete in der staubigen Luft ein verschwommenes, goldenes Licht, so daß sie in Honig zu treiben schienen. Die Königin stand in der goldenen Dämmerung wie die Statue Anahitas in ihrem Tempel in Baktra. Ihr nasser Umhang war ihr von den Schultern geglitten, und ihr Haar klebte in sichelförmigen Locken über ihren unergründlichen Augen. Itaz spürte, wie ihm das Herz stehenblieb. Er vergaß, was er hatte sagen wollen, und sah sie nur an.

»Was wolltest du mir sagen, Herr Itaz?« fragte Heliokleia nach einem Augenblick.

Er fuhr zusammen und lächelte dann reuig. »Es tut mir leid. Verzeih mir, daß ich ... mich einmische, aber du hattest heute morgen einen Streit mit meinem Vater. Ich weiß nicht, was gesagt wurde oder warum, aber er war sehr verzweifelt. Ich dachte, er werde dir das vielleicht nicht sagen, aber ich fand, du solltest es wissen.«

»Was wissen?« fragte sie nach einem Augenblick verwirrt.

»Daß er sehr verzweifelt war. Er weinte, o Königin, und sagte einige sehr heftige Worte.«

Sie starrte ihn verblüfft und verwirrt an. »Er *weinte*?«

Hastig fuhr Itaz fort: »Noch einmal, ich weiß nicht, was gesagt wurde oder warum, aber ... aber ich dachte, du solltest wissen, daß ihm deine Meinung über ihn nicht gleichgültig ist, auch wenn er anders tut. Und wenn du freundlich zu ihm sprechen könntest ... bitte, sei sanft zu ihm. Er war verletzt.«

»Hat er dich gebeten, das zu sagen?«

»Beim Sonnengott, nein! Mein Vater, der mich bittet, dir so etwas zu sagen? Gnädige Anahita!«

»Nein, natürlich nicht.« Sie lehnte sich mit einem Arm gegen die Stallwand und schaute zu Boden. »Wahrscheinlich hat er irgendeinen Vorwand gefunden, dir gegenüber die Beherrschung zu verlieren, und hat dich Gott weiß wessen beschuldigt. Vielleicht, mit mir zusammen seinen Sturz zu planen.«

Itaz zuckte zusammen. Heliokleia schaute wieder auf und sah an seinem Gesicht, daß sie ins Schwarze getroffen hatte. Sie beobachtete ihn einen Augenblick – das dunkle, leidenschaftliche Gesicht und die klaren Augen, die Liebe und Sorge darin, die für jedermann sichtbar waren. »Und trotzdem bist du gekommen, um mir das zu sagen?« fragte sie ihn. »Du liebst ihn, nicht wahr? Aber das habe ich dich schon früher gefragt. Und du sagtest, ja, natürlich.«

»Er ist ein sehr großer König«, sagte Itaz, »und er ist so leicht gekränkt.«

Sie wußte, daß das für Itaz etwas Entscheidendes war: Mauakes war verletzt, und Itaz, der so leicht Mitleid empfand, bemitleidete ihn. Er hatte keinen Grund, seinen Vater zu lieben, aber er brauchte keinen Grund. Er liebte, weil das in seiner Natur lag, so wie es in der Natur des Pferdes liegt zu laufen. Plötzlich dachte sie an das Symbol ihrer eigenen Philosophie, das achtspeichige Rad. Jede Speiche war ein Aspekt des achtfachen Weges, ihre gleichmäßige Länge war Gerechtigkeit – aber das Zentrum, die Nabe, von der alle Speichen ausgingen, war liebende Freundlichkeit und Mitleid. Sie, die sich selbst als Buddhistin bezeichnete, war auf ihrem Weg weniger vollkommen als dieser Verehrer des Feuers, der dem brennenden Haus der Welt verpflichtet war.

»Ich liebe ihn nicht, und ich weiß nicht, wie ich versuchen soll, ihn zu lieben«, sagte sie müde. »Du sagst, meine Meinung über ihn sei ihm nicht gleichgültig. Ich wünschte, sie wäre es. Nichts, das ich tue, scheint ihn zufriedenzustellen. Er muß die Liebe meiner Seele haben, und die kann ich ihm nicht geben. Nicht, daß ich es nicht wollte, aber ich kann es nicht. Sie ist nicht für ihn da. Ich gebe zu, daß ich ihm nicht einmal mehr gefallen möchte, auch wenn ich das vielleicht sollte. Ich habe mir große Mühe gegeben, ihn nicht zu hassen, und selbst das scheint ein Fehler gewesen zu sein, denn jetzt empfinde ich beim Gedanken an ihn nur noch Abscheu, Erschöpfung und Verzweiflung. Könntest du ihn nicht bitten, mich in Ruhe zu lassen, nur ein wenig? Wenn er mir nur ein bißchen Luft zum Atmen geben würde, könnte ich vielleicht Zuneigung empfinden oder, wie du, Mitleid. Darauf könnte ich aufbauen.«

»Ich ... habe es versucht«, sagte Itaz, »aber du weißt, wie er ist. Er kann keinen Widerspruch ertragen.«

»Ich weiß.« Ihre Stimme wurde brüchig, nur ein wenig, so wenig, daß vielleicht niemand sonst das leise Zittern unter der Ruhe bemerkt hätte, aber seine Ohren vernahmen ihren leisesten Atemzug. »Ich kann ihm nichts recht machen, und ich kann nicht mit ihm streiten. Er fordert, fordert, fordert, und er gibt nichts. Er prüft mich ständig, beobachtet mich, bespitzelt mich, verfolgt mich unablässig. Ich wünschte, er wäre tot – oder ich.

Es tut mir leid. Ich sollte das nicht sagen. Ich werde heute abend freundlich zu ihm sein; das hatte ich ohnehin vor.«

»Oh«, sagte Itaz zärtlich und spürte ihren Schmerz fast wie seinen eigenen. Er machte eine leise Bewegung in ihre Richtung und hielt dann inne.

»Ich hätte das heute morgen nicht sagen sollen«, fuhr sie nach einem Augenblick fort. Sie wußte, sie hätte nach dem letzten Satz gehen sollen, aber sie konnte nicht, konnte nicht zu ihrem Gatten zurückkehren. Sie empfand die Nähe zu Itaz fast körperlich, als stünden sie zusammen in einem Wasserteich und spürten jede schwache Strömung, sobald der andere sich bewegte. »Aber ich war wütend. Und es war ein sehr dummer Streit, Herr Itaz, in dem es um lächerliche Dinge ging. Ich warf einen Gürtel, den er mir geschenkt hatte, letzte Nacht in einem Wutanfall aus dem Fenster, und heute morgen war er beschädigt. Er wollte wissen, wie das geschehen war, und dann wollte er wissen, warum, und so habe ich es ihm gesagt, und die Antwort hat ihm nicht gefallen.«

»Du hast sein Geschenk aus dem Fenster geworfen?« fragte Itaz und legte die Hand an den Hals, wo er kurz ihr Geschenk getragen hatte; sein eigener Streit mit dem König bekam plötzlich Sinn. »Warum?«

Sie zögerte. »Ich habe ihm nicht die ganze Wahrheit gesagt«, sagte sie mit plötzlicher, entschlossener Klarheit und erwiderte seinen Blick. »Er hat mir die Brosche, dein Geschenk, weggenommen, weil er gemerkt hat, daß sie mir besser gefiel als seines. Ich war wütend, und als ich nachts aufwachte, war ich noch wütender. Alles andere habe ich ihm gesagt, aber das nicht. Wenn ich es erwähnte, würde es alles nur noch schlimmer machen.«

»Auch mir hat er dein Geschenk weggenommen.«

»Nun, das war doch zu erwarten, nicht wahr?« fragte sie bitter. »Wenn ich ihn nicht liebe, darf ich auch niemand anderen lieben. Ich habe ihm gesagt, daß ich sogar das akzeptieren kann, aber es ist immer noch nicht genug.« Einen Moment lang sah sie ihn aufmerksam an; ihre Augen waren naß von den Tränen, die sie in Gegenwart ihres Gatten nie vergoß.

»O meine Königin«, sagte er und machte wieder die leise, tastende Bewegung in ihre Richtung. Diesmal aber beantwortete sie sie, ohne darüber nachzudenken, und kam plötzlich in seine Arme. Er war hart und feucht und roch nach nasser Wolle, Pferden, Lehm und Schweiß und lebendiger als irgend etwas sonst auf der ganzen weiten Erde. Sie lehnte sich zitternd an ihn. Sie hatte das Gefühl, über die Bahn des Mondes hinaus in eine fremde Welt katapultiert worden zu sein, in der alles anders war. Er spürte die Gestalt ihres Körpers durch die nassen Kleider, ihre Haut, kalt von dem Ritt, und ihr Haar, das durch den Pferdegeruch hindurch nach süßer Myrrhe und Weihrauch duftete. Er hatte das Gefühl, sein Körper sei in Feuer gehüllt. Er schloß die Arme um sie und küßte sie verzweifelt; ihr Mund schmeckte nach Honig und starkem Wein. Ihre Arme legten sich um ihn und umschlangen ihn krampfhaft; sie begann ihn ungeschickt und hungrig zu küssen, jede Stelle seines Gesichts, die sie erreichen konnte. Er legte eine Hand um ihren Hinterkopf und fuhr mit der anderen an ihrer Seite hinunter. »O Heliokleia!« flüsterte er gepreßt und küßte sie wieder, auf den Mund, auf die Augen, den Hals, spürte den schnellen, starken Puls unter seinen Lippen. Seine Hand erforschte die lieblichen Kurven ihrer Hüften, ihre Brüste preßten sich an ihn. Er sehnte sich danach, ihr die nassen, schweren Kleider auszuziehen und das weiche Gold ihrer Haut zu berühren, sie im schwebenden Licht zu halten bis ans Ende der Welt.

»Mein Leben und meine Seele«, sagte sie auf griechisch zu ihm, während sie mit ausgehungerter Zärtlichkeit sein nasses Haar streichelte. »Du weißt, daß ich dich liebe, nicht ihn. Und ich hörte damals, als wir auf dem Gestüt anhielten, das Mädchen sagen, du liebtest mich. Sag mir, daß du mich liebst. Laß mich nicht gehen. Bitte, laß mich nicht gehen.«

Einen langen, ekstatischen Augenblick konnte er nicht antworten. Seine Lippen waren in ihr vergraben, er war jenseits aller Sprache. Doch schließlich hob er den Kopf und schaute in ihr Gesicht hinunter. Sie war errötet und strahlte unter Tränen. Er küßte sie wieder und hielt sie zitternd vor Verlangen umarmt. »Ich kann nicht«, keuchte er endlich. »Du weißt, ich kann nicht – wir können nicht. Meine Liebste...« Er küßte sie noch einmal, aber diesmal zog sie sich zurück. Sie wand sich aus seinen Armen und lehnte sich an die Stallwand. Fast wäre er wieder auf sie zugegangen, doch dann hielt er inne und stand mit leeren Armen im Lampenlicht, noch immer zitternd.

»Ich muß gehen«, sagte sie atemlos. Ohne ein weiteres Wort raffte sie ihren Umhang und lief los, verschwand in der Dunkelheit jenseits des kleinen, goldenen Lichtkreises der Lampe.

17. Kapitel

Heliokleia rannte aus den Stallungen und die Treppe zum Palast hinauf, zitternd und voller Angst. Itaz war zumindest vorher schon verliebt gewesen – vielleicht nur oberflächlich in hübsche Kurtisanen vernarrt, aber dennoch leidenschaftlich genug. Er hatte gewußt, was Verlangen ist. Heliokleia war in einer politischen Heirat verkuppelt worden. Sie konnte sich kaum an Zuneigung erinnern und wußte nichts von Liebe; sie hatte die Wünsche des Körpers verachtet und ihr ganzes Vertrauen in die disziplinierte Kraft ihres Geistes gesetzt. Der Anblick der Toten war ihr ein Trost gewesen. Das Fleisch, das ihr solchen Kummer machte, würde eines Tages durchweicht und leidenschaftslos sein wie die regennasse Erde. Als sie mit Itaz in den Stall gegangen war, war sie müde und resigniert gewesen – dann hatte ihr Körper ihren Geist genommen, wie eine Hündin ihr Junges ins Maul nimmt, ihn zu einem unmöglichen Ziel getragen und gesagt: »Hier: *dahin* gehören wir«, in fast unwiderstehlichem Tonfall. Sie war verblüfft. Sie fühlte sich schwach, brennend, kraftlos; sie wollte zu Itaz zurückgehen. Sie wollte Itaz nie wiedersehen. Sie wünschte, er wäre tot – und sie wünschte, ihre Asche könne sich mit seiner vermischen, mit ihm zusammen vom Wind verweht werden.

Sie blieb stehen, als sie die Hintertür des Palastes durchschritten hatte, und außer Sicht der Wachen war. Sie hatte das Gefühl, was ihr zugestoßen war, müsse sie fast bis zur Unkenntlichkeit verändert haben. Der Körper, den sie als Gabe und Geschöpf der Illusion verachtet und dann als Mauakes' Spielzeug verabscheut hatte, dieser Körper wurde zu einem unschätzbaren Besitz, weil Itaz ihn liebte. Die Welt war kein flüchtiges, leeres Ödland mehr, sondern wunderbar gut und erschreckend böse gleichzeitig, höher und tiefer, als sie sich je vorgestellt hatte. Und sie war entsetzt über die Welt und über sich selbst.

Unsicher überquerte sie den Hof und ging die Treppe zu ihrem Zimmer hinauf. Sie setzte sich, noch immer zitternd, auf die Couch, und nach einem Augenblick kreuzte sie die Beine, um zu meditieren. Jahrelange Gewohnheit sagte ihr, sie müsse dieses inzestuöse, verabscheuungswürdige und fruchtlose Verlangen aufgeben. Aber als sie die Augen schloß und versuchte, sich von ihren Sinnen loszulösen, empfand sie nichts als Freude.

Ein paar Minuten später kam ich mit einem dampfenden Krug Wasser für das Bad der Königin herein – Armaiti besuchte an dem Tag ihre Familie, und Jahika war mit Freunden auf einem Neujahrsfest. Heliokleia saß unbewegt und aufrecht auf der Couch, mit gekreuzten Beinen und gefalteten Händen – aber gerötet und mit Regentropfen übersät wie eine Tulpe, die sich gerade öffnet. Sie sah völlig verändert aus, und ich fragte mich, ob sie sich für eine weitere Konfrontation mit dem König wappnete. Zögernd stellte ich den Krug ab. »Herrin?« fragte ich.

Heliokleia schlug sofort die Augen auf. »Ja?«

Ich wußte nicht, was ich sagen sollte. Daher fragte ich: »Ist Inisme mit dir heraufgekommen? Und möchtest du jetzt baden?«

»Ich würde gern jetzt baden – aber was fragst du, ob Inisme mit mir nach oben gekommen ist? Sie ist doch mit dir nach oben gegangen.«

Ich schüttelte den Kopf. Am Fuß der Palasttreppe war Inisme stehengeblieben, hatte mit den Fingern geschnippt und kehrtgemacht. »Sie hatte ihre Haarbürste in der Satteltasche vergessen«, sagte ich zu Heliokleia, »und sie ist noch mal in den Stall gegangen, um sie zu holen. Ich dachte, sie würde mit dir und Herrn Itaz zurückkommen.«

Heliokleia, die noch immer mit gekreuzten Beinen auf der Couch saß, verlor ihr gerötetes, strahlendes Aussehen. Sie starrte mich an, langsam wurde ihr Gesicht bleich, und die Haut schien sich vor meinen Augen über den feinen, schmalen Knochen zu spannen. »Wann ist Inisme umgekehrt?« fragte sie flüsternd.

»Wir waren noch nicht einmal am Ende der Treppe. Sie sagte nur, ach, sie habe die Haarbürste vergessen, und dann ging sie zurück... was ist los?«

»Sie hat mir nachspioniert«, flüsterte die Königin. »Ganz bestimmt. Und ich habe sie nicht gesehen.« Mit einem plötzlichen Ruck griff sie mit den Fingern in ihre Wange, als wolle sie in Trauer ihr Gesicht zerreißen – und blieb dann wie erstarrt sitzen. Eine lange Minute verging schweigend. Dann flüsterte sie: »Sie ist jetzt bestimmt beim König. Und erzählt ihm, was sie gesehen hat.« Sie streckte ihre Beine und sprang auf.

Ich starrte sie mit offenem Mund an, denn ich begriff noch immer nichts. Etwas war in den Stallungen geschehen, das war klar, doch Liebeserklärungen zwischen Heliokleia und Itaz kamen mir überhaupt nicht in den Sinn; wenn ich in der kalten, kranken Verwirrung des Augenblicks überhaupt etwas argwöhnte, dann war es eine politische Intrige gegen den König. »Ich... ich hätte nicht gedacht«, sagte ich stotternd, »daß es da etwas zu spionieren gab. Ich dachte, es ginge nur um Itaz und die Garde...« Ich verstummte und starrte in das Gesicht der Königin. Die gequälte Blässe war so schnell verschwunden wie das Strahlen; jetzt verkündete ihre Miene nur noch entschiedene Entschlossenheit.

»Bleibe hier«, befahl die Königin knapp. »Ich gehe zum König. Und wenn du mir auch nur ein bißchen ergeben bist, dann sage keinem, daß du mir von Inisme erzählt hast. Wenn er glaubt, ich käme aus freiem Willen zu ihm, könnte es wirken. Ist er in seinem Zimmer?«

Stammelnd erwiderte ich, ich glaubte schon, und fort war sie, so schnell sie konnte.

Keiner der Gardesoldaten hatte an diesem Tag am Fuß der Treppe Dienst, da die Königin nicht im Haus war. Niemand sprach Heliokleia an, als sie zur Tür des königlichen Arbeitszimmers lief. Sie klopfte scharf, und die Stimme des Königs befahl knapp: »Geh weg!«

»Ich bin es«, rief sie drängend. »Bitte, Herr, ich muß mit dir reden.«

Einen Augenblick herrschte Schweigen, dann öffnete sich die Tür, und Mauakes trat beiseite, um sie einzulassen.

Im Zimmer brannten zwei Lampen, die zu beiden Seiten der Becher auf dem Regal standen. Inisme stand am anderen Ende des Zimmers und sah erschrocken aus. Das runde Gesicht des Königs war ausdruckslos und undurchdringlich.

»Inisme!« sagte Heliokleia überrascht. »Ich dachte, du würdest mit Tomyris das Badewasser holen.«

»Ich sprach gerade mit ihr über ihre Stellung«, sagte der König glattzüngig, »da du ja heute morgen nicht von ihr bedient werden wolltest. Wolltest du darüber sprechen? Du scheinst betrübt.«

»Nein, Herr. Ich wollte über deinen Sohn Itaz sprechen.«

Das ausdruckslose, graubärtige Gesicht blieb unverändert, aber sie sah ein kurzes Aufflackern von Wut in seinem Blick und wußte, daß sie recht hatte: Inisme hatte ihm bereits etwas erzählt. Sie versuchte, sich ihre Vermutung nicht anmerken zu lassen. »Aber zuerst«, sagte sie, »möchte ich dich um Verzeihung bitten.«

»Um Verzeihung?«

»Ja. Meine Worte heute morgen waren maßlos, von unvernünftigem Zorn ausgelöst. Und gestern abend war ich eifersüchtig und undankbar und habe das schöne Geschenk beschädigt, das du für mich ausgewählt hattest. Ich habe zur Göttin gebetet und versucht, mein Herz wieder auf den richtigen Weg zu bringen, und ich werde dir nachgeben und so sein, wie du mich willst, soweit das in meinen Kräften steht. Ich bitte dich also für meinen Stolz und meine Undankbarkeit um Verzeihung.«

»Aha«, sagte Mauakes. »Hübsch ausgedrückt. Und was wolltest du über meinen Sohn sagen?«

»Nur – Herr, bitte, laß mich das Mädchen hinausschicken. Wir müssen allein miteinander sprechen.«

Mauakes zog die Augenbrauen hoch und gab Inisme dann

einen Wink. »Geh in die Gemächer der Königin und warte auf sie«, befahl er.

Inisme verbeugte sich, schlüpfte hinaus und kam nach oben. Ich mischte gerade das Badewasser und versuchte, bei der Sache zu bleiben, als ich ihre Schritte zögernd in den Raum kommen hörte. Als ich warmes und kaltes Wasser durchgerührt hatte, schaute ich so natürlich auf, wie ich konnte. Ich bin Heuchelei nicht gewöhnt, aber ein Blick auf Inisme verriet mir, daß ich mir keine Sorgen zu machen brauchte. Sie war selbst viel zu erschüttert, um etwas zu merken. »Um Himmels willen, was ist denn los?« fragte ich so überrascht, daß es vollkommen aufrichtig klang.

Inisme setzte sich auf die Couch, von der Heliokleia erst vor wenigen Augenblicken aufgestanden war. »Als ich in den Stall hinunterging...« sagte sie mit erstaunter Stimme. Dann richtete sie ihre Augen auf mich und stieß wie schon einmal einen Wortschwall aus, entweder, um ihre eigenen Gefühle loszuwerden, oder um mich hineinzuziehen. »Ich wollte hören, worüber sie sprachen, Itaz und die Königin. Du nennst das vielleicht Spionage oder Verrat. Aber was ich sah – das war Verrat.« Ich tat so überrascht, wie Inisme es sich nur wünschen konnte, und sie schüttelte den Kopf und sagte: »Ich würde es nicht glauben, wenn ich es nicht gesehen hätte; ich bin nicht sicher, ob er über sie herfiel oder ob sie sich ihm hingab. Ich konnte es nicht genau sehen, und ich konnte nicht hören, was sie sagten. Aber er hatte seine Hände überall. Es war ein Überfall, da bin ich jetzt sicher. Es sah aus, als wehre sie sich, und jetzt ist sie zum König gegangen, um es ihm selbst zu erzählen. Ein Überfall auf seine Stiefmutter! Und dabei ist er ein so frommer Mann!« jammerte sie. »So habe ich mir das nicht vorgestellt! Es sollte eine Ehre sein, als Hofdame zu arbeiten, aber hier gibt es nur Haß und Streit und Verrat. Ich wünschte, ich wäre zu Hause geblieben!«

Ich wußte nicht, was ich empfand, und erst recht nicht, was ich sagen sollte. Nach einer Weile dachte ich unvermittelt, während ich das dampfende Bad anstarrte, daß ich mehr heißes Wasser würde holen müssen.

Unten stand Heliokleia dem König mit starrerer Maske als je zuvor gegenüber, diesmal absichtlich eine Rolle spielend, die ihn täuschen sollte. »Nun, was ist?« fragte Mauakes. »Bei Anahita, du siehst krank aus.«

»Herr... ich denke, du solltest Itaz nach Parthien zurückschicken.«

»Was?« fragte er. Zum ersten Mal war er so überrascht, daß er Gefühle zeigte: Wut, Hoffnung und Unglauben jagten einander auf seinem Gesicht.

»Ja, Herr. Er hat sich... mir gegenüber... frech benommen... gerade eben in den Stallungen. Natürlich ist er noch jung und leidenschaftlich, aber das entschuldigt nicht ganz... sein freches Benehmen gegenüber deiner Frau. Bestimmt meint er es nicht böse, Herr, aber... er braucht etwas Zeit, um zur Ruhe zu kommen, und ich glaube nicht, daß ihm das hier gelingen wird, nicht als Kommandant meiner Garde. Wenn du ihn nach Parthien schickst, wo er Freunde hat, lernt er vielleicht, sich maßvoller zu benehmen. Vielleicht... vielleicht könnte er dort eine Gattin finden. Aber ich glaube nicht, daß er in Eskati bleiben sollte, nicht im Augenblick.«

»Was hat er getan?« fragte der König barsch.

»Er... er hat mich geküßt. Wir sprachen... über etwas anderes, und ich war... verzweifelt wegen des Streits heute morgen, und vielleicht dachte er, das würde mich trösten.«

»Er hat dich geküßt?« Der König trat vor und packte ihre Arme. »Wie hat er dich geküßt?« fragte er wild. »Auf den Mund? Hat er dich umarmt? Hat er dich angefaßt, hier, da, so? Hast du dich gewehrt?«

Heliokleia riß sich keuchend von ihm los. »Bitte!« rief sie, als er nach ihren Handgelenken griff, um sie wieder an sich zu ziehen. Es war zuviel: nach der bitteren Nacht und den Schrekken des Tages war das zuviel. Sie bekam keine Luft mehr und neigte den Kopf; ihre Brust bebte unter lautlosem Schluchzen.

Der König stand da, hielt ihre Handgelenke, starrte sie an. Sein Körper streifte ihren. Sie spürte, daß er eine Erektion hatte. Ihr Zittern wuchs, der heruntergeschluckte Kummer erstickte sie fast, sie spürte Entsetzen und Reue und konnte ein Schluchzen nicht unterdrücken. Lange zurückgehaltene Tränen strömten aus ihren Augen und nahmen ihr die Sicht.

»Beim Sonnengott«, sagte Mauakes, »er hat sich an dich herangemacht – deshalb bist du so verzweifelt. Er hat dich unter einem Vorwand in den Stall geführt und machte sich an dich heran. Inisme hat es gesehen. Sie hat es mir erzählt. Mein eigener Sohn, dieser verdammte, frömmelnde Heuchler! Dafür wird er sterben.«

»Nein!« schrie sie entsetzt und sah unter Tränen auf. »Herr, er ist ein dummer Junge, weiter nichts. Er war unverschämt und ungezogen, aber nicht... böse. Er wollte keinen Schaden anrichten; ich... habe ihn zurückgewiesen, und er hörte auf und ließ mich los. Ich wäre maßlos beschämt, wenn du meinetwegen deinen eigenen Sohn töten ließest. Herr, es gibt eine viel bessere Lösung: Schicke ihn nach Parthien.«

Mauakes antwortete nicht, sondern starrte sie nur wütend an. Er ließ eine ihrer Hände los, strich über ihre Wange und hielt die nassen Finger mit dem glänzenden Beweis ihrer Tränen triumphierend in das Lampenlicht.

»Herr, er hat mich nur geküßt!« protestierte sie. »Als ich ihn zurückstieß, ließ er mich los!«

»Inisme sagte, du hättest dich gewehrt, um freizukommen«, erwiderte der König. »Sie sagte, er hätte dich geküßt und du hättest dich gewehrt, um von ihm loszukommen, und seist weggelaufen. Und sie hat nicht alles gesehen, sagte sie.«

»Wenn sie mich beobachtet hat, warum hat sie dann nicht um Hilfe gerufen?«

»Sie war nicht sicher, ob es gegen deinen Willen geschah. Sie ist eine ergebene Dienerin und wollte mir sagen, wer der wirklich Schuldige war.«

»Wie konnte sie das tun? Wie konnte sie sich irgendwo verstecken und zusehen?«

Grinsend entblößte der König die Zähne. »Es war also ein Überfall; er wandte Gewalt an, und trotz deiner ganzen Philosophie weinst du deswegen.«

»Nein, nein, so war es nicht! Er küßte mich; ich stieß ihn zurück und rannte in meine Gemächer. Sobald ich mich wieder gefaßt hatte, bin ich gleich zu dir gekommen – aber ich glaube nicht, daß Itaz sich etwas dabei gedacht hat, es war nur eine Laune. Vielleicht war es auch ein Scherz, ein schlechter Scherz.«

»Seit Monaten gelüstet ihn nach dir«, antwortete der König wütend. »Zum ersten Mal sah ich es, als er aus Baktra zurückkam, aber ich traute meinen Augen nicht. Sogar vorher hat er dich schon beobachtet. Ich sah, wie er dich beobachtete, und dachte, er hasse dich. Er war hinter dir her, nicht wahr, hat mit dir geredet, hat versucht, sich dir zu nähern und dich zu berühren, hat dir Geschenke gemacht – dieser üble, verderbte Lügner! Er hat dir Macht angeboten, nicht wahr? Darüber wollte er heute reden, oder? Er wußte, daß du mit mir gestritten hattest, und sah seine Chance. Er dachte, du würdest einwilligen und ihn für ein paar eigene Verwalter und einen wirklichen Kommandeur deiner Garde unterstützen. Was hat er dir versprochen, wenn ich tot bin?«

»Herr, du siehst viel zuviel dahinter! Es gab keine Verschwörung. Er hat mir nie etwas angeboten. Und es ist nichts passiert. Er war so frech, mich zu küssen, und ich stieß ihn zurück.«

Er schnaubte, und sie sah, daß er ihr nicht glaubte. Natürlich sagte er sich, sie wolle ihren Ehrgeiz nicht eingestehen und übertreibe Itaz' Unschuld, um sich zu schützen.

Aber wenigstens hatte sie ihn davon überzeugt, daß er alles über den Vorfall wußte, was es zu wissen gab, und daß keine geheime Verschwörung zwischen ihnen bestanden hatte, kein langes, ehebrecherisches Verhältnis, für das Itaz und sie vielleicht sterben müßten. Und gewiß würde er seinen eigenen Sohn nicht wegen eines Kusses umbringen lassen?

»Herr«, flüsterte sie, »seine Frechheit hat mich empört, aber er hat mir keinen Schaden zugefügt. Und ... und er hat bewirkt, daß ich dich lieber mag.«

Mauakes fester Griff um ihre Hände lockerte sich ein wenig, und er sah sie forschend an. Ihr Gesicht war naß, entsetzt und verwundbar, nicht mehr voll stolzer Ruhe, sondern menschlich und gequält und ängstlich. Sie fürchtete nicht um sich selbst, sondern um Itaz, aber das wußte er nicht. »Er hat dich erschreckt und verletzt?« fragte er, sanfter jetzt, noch immer heftig, aber mit einem gewissen Triumph. »Er hat nicht damit gerechnet, daß du zu mir kommen und es mir erzählen würdest. Er dachte, du seist eine Dirne, die er mit Macht statt mit Gold kaufen kann. Das war sein Fehler.«

»Ich glaube nicht, daß er sich überhaupt etwas gedacht hat«, sagte Heliokleia mit leiser Stimme wie ein kleines Mädchen. »Er hat einfach... gehandelt. Ich möchte ihn nicht wiedersehen. Bitte, schicke ihn fort – weit fort, bis nach Parthien.«

Mauakes ließ ihre Hände los und faßte ihre Schultern. »Er hat sich nichts gedacht, nein«, stimmte er endlich zu. »Er hat sich nichts gedacht. Und ich werde ihn sehr weit fortschicken. Ja. Das werde ich tun.«

Sie schloß die Augen. Jetzt zitterte sie vor Erleichterung. Der König zog sie aus dem Arbeitszimmer in sein Schlafzimmer und behauptete dort erneut seine alleinige und unanzweifelbare Gewalt über den Körper, den sie verachtet hatte. Schweigend und mit geschlossenen Augen überließ sie sich ihm. Sie bemühte sich verzweifelt, sich nicht vorzustellen, sie gehöre Itaz an, denn jeder Gedanke an ihn und seine Abreise war unerträglich schmerzhaft.

Am nächsten Tag wartete sie darauf, daß Mauakes Itaz rufen ließe, um ihm zu sagen, er solle nach Parthien zurückkehren. Doch Mauakes war unergründlich und mild. Er begrüßte seinen Sohn beim Frühstück und sprach mit ihm über die Armeeübungen des Vortages. Heliokleia beobachtete ihn nervös und wagte nicht zu sprechen. Als sie nach dem Essen allein waren, sprach sie ihren Gatten an. »Wirst du ihn nicht fortschicken?« fragte sie.

Mauakes warf ihr nur einen nachsichtigen Blick zu. »Es dauert eine Weile, solche Dinge zu arrangieren. Er ist jetzt zwei Jahre hier und hat damit gerechnet, endgültig zu bleiben. Ich werde heute vormittag mit ihm sprechen und ihn mit einem Auftrag zu den Sakaraukai schicken, und dann... werden wir sehen, ob die Zeit reicht, um alles für seine wirkliche Abreise vorzubereiten.«

Itaz war nicht überrascht, als sein Vater ihn am gleichen Morgen zu sich rufen ließ und ihn als Gesandten zu einem der Sakaraukai-Stämme schickte. Es gab mit der Konföderation tatsächlich einiges zu erledigen, Fragen über die Tochari, die vor dem Sommer geregelt werden mußten – und Itaz hatte schon geahnt, daß der König ihn nach dem gestrigen Streit aus dem Weg haben wollte. Er machte keine Einwände; er war froh, daß die Königin, wenn auch sichtlich nervös und unglücklich, offenbar wieder in der Gunst des Königs stand. Er stimmte dem Auftrag als Botschafter sofort zu und hoffte, bis zu seiner Rückkehr werde sich alles beruhigt haben. Doch als er das Arbeitszimmer verließ, sah er, daß sein Vater noch immer die Münze mit Antimachos dem Gott trug, und in impulsiver Ehrlichkeit versuchte er, zurückzubekommen, was rechtmäßig ihm gehörte.

»Kann ich meine Münze wiederhaben?« fragte er so beiläufig er konnte und blieb in der Tür stehen.

Die Augen des Königs glitzerten, und er faßte nach der Seidenschnur. »Deine Münze? Wozu?«

»Als Glücksbringer. Wenn Antimachos irgendeinen Einfluß auf die Unsterblichen hat, dann sollte er damit die Interessen seines angeheirateten Ururenkels fördern. Und selbst wenn er das nicht tut, die Königin hat sie mir geschenkt.«

»Und deshalb ist sie dir wertvoll?«

Itaz lächelte. »Ja. Ich respektiere deine Gemahlin, Vater, und deine Weisheit bei ihrer Wahl.«

»Das habe ich gehört«, sagte der König ein wenig zu sanft. Itaz sah ihn einen Augenblick besorgt an und wappnete sich für einen weiteren Ausbruch. Doch der kam nicht. Mauakes nahm die Schnur mit der Münze ab und hielt sie einen Augenblick in der Hand, während er seinen Sohn mit durchdringendem Blick beobachtete. »Da hast du sie.«

Lächelnd nahm Itaz sie und legte sie um. »Danke, Vater. Ich wollte sie behalten.« Er verbeugte sich und ging hinaus; den haßerfüllten Blick auf seinen Rücken sah er nicht.

Am frühen Nachmittag brach er zu seinem Auftrag auf. Unmittelbar vorher ging er hinauf in das Zimmer der Königin, um sich zu verabschieden, erfuhr aber von Inisme, die Königin meditiere und habe Befehl gegeben, sie nicht zu stören. Er stand einen Augenblick auf dem Gang, dachte an sie und sehnte sich danach, sie zu sehen. Doch dann entschied er, daß es wahrscheinlich am besten so war. Die Begierde mußte durch Aushungern geschwächt werden, ehe sie sich wieder treffen konnten. »Dann richte der Königin meine respektvollen Grüße aus«, sagte er zu Inisme. »Und sage ihr, ich wünschte ihr gute Gesundheit.«

Inisme nickte. Itaz scharrte einen Augenblick mit den Füßen und ging dann raschen Schrittes hinunter zu den Armeestallungen, wo seine Eskorte wartete.

Inisme kehrte langsam in die Gemächer zurück. Sie war an diesem Morgen wieder zum König gerufen worden. Ich nehme an, er sagte ihr, sie solle alle Begegnungen der Königin mit Itaz beobachten. Uns anderen wurde nichts von dem Vorfall im Stall erzählt, und wahrscheinlich wagte Inisme nicht, dem König zu berichten, daß sie mir schon alle ihre Beobachtungen verraten hatte.

»Er läßt dir seine respektvollen Grüße ausrichten«, sagte Inisme zu Heliokleia, die steif auf der Couch saß. »Und er wünscht dir gute Gesundheit.«

Heliokleia nickte ruhig und sah Inisme dann forschend und nachdenklich an. Inisme hatte sich am Vorabend schon wieder in der Gewalt gehabt, ehe die Königin nach oben gekommen war; an diesem Nachmittag war sie so adrett wie immer, jedes Haar lag an seinem Platz, und ihr Gesicht zeigte keinen Triumph. »Inisme«, sagte die Königin leise, »wo warst du gestern? Als du mich ... beobachtet hast?«

»Ich habe mich hinter dem Stroh versteckt«, antwortete Inisme ohne Zögern. »Es war kein guter Platz, weil ich nichts hören konnte, und ich konnte auch nicht alles sehen, aber es war besser als gar nichts.«

»Warum hast du das getan?«

»Der König traut Herrn Itaz nicht, deswegen dachte ich, ich sollte herausfinden, was er von dir wollte. Zum Glück! Ich hätte mir nie träumen lassen, daß er der Gemahlin seines eigenen Vaters so etwas antun würde! Ich dachte, du ... wärest vielleicht zu beschämt, es vor dem König auch nur zu erwähnen. Ich bin sehr froh, Herrin, daß ich dir damit geholfen habe.«

»Der König sagte, zuerst hättest du gedacht, ich sei einverstanden gewesen.«

Inisme errötete leicht. »So sah es zuerst aus. Ich konnte nicht hören, was du sagtest, und als er dich in die Arme nahm, sah es aus, als küßtest du ihn. Dann sah ich, daß du dich wehrtest, und schließlich hast du dich losgerissen und bist fortgelaufen. Als ich dem König erzählte, was ich gesehen hatte, war ich nicht sicher, was das zu bedeuten hatte – aber als du so aufgeregt hereinkamst, wurde mir klar, daß du dich von Anfang an gewehrt haben mußtest. Das sagte ich dem König auch, Herrin. Ich hoffe, du glaubst mir, daß ich keine Lügen über dich erzählen würde.«

Heliokleia sah sie müde an und versuchte, sich die Szene im Stall im dämmrigen Lampenlicht von Inismes Posten hinter den Strohballen aus vorzustellen. »Du bist eine loyale Dienerin des Königs, nicht wahr?« fragte sie.

»Ja, Herrin«, sagte Inisme mit Nachdruck. »König Mauakes trägt die Glorie der Sonne, und er befreite ganz Ferghana von den Yavanas. Meine Familie hat er aus Armut und dem Exil zurückgeholt. Ich bin seine ergebene Dienerin, wie es sich gehört. Und ich war stolz, den Dienst in deinem Haushalt anzunehmen, da ich dadurch ihm diene. Ich wußte, eine richtige Königin wie du würde sich ihrem Gatten in allem unterwerfen. Darum habe ich immer geglaubt, daß du mir verzeihen wirst, wenn ich deine privaten Dinge berichte, um dem König gefällig zu sein.«

»Ich verstehe«, sagte Heliokleia leise. »Ich hatte dich unterschätzt.«

»Du dachtest, ich täte es wegen des Geldes wie eine Yavana, nicht wahr?« fragte Inisme.

»Nein, ich dachte, du tätest es zum Vorteil deiner Familie wie eine Saka. Doch anscheinend tust du es aus Prinzip.« Sie sah Inisme einen Augenblick mit einem halben Lächeln an. »›Hunde kläffen an, wen sie nicht kennen‹«, fügte sie auf griechisch hinzu.

»Wie bitte?« fragte Inisme argwöhnisch; ihr Griechisch war noch immer höchst lückenhaft.

»Ein Spruch von einem unserer Yavana-Philosophen darüber, wie schwer es den Menschen fällt, Fremde zu verstehen.«

Inisme sah sie an und schüttelte dann den Kopf. »Ich verstehe dich überhaupt nicht«, beschwerte sie sich.

»Ich verstehe dich auch nicht«, antwortete Heliokleia müde.

Die Tür öffnete sich, und Mauakes kam herein. Er sah zufrieden aus. »Er ist fort«, sagte er zu Heliokleia. »Hat er versucht, hierherzukommen und sich zu verabschieden?«

»Ja«, sagte die Königin ruhig.

»Hast du ihn vorgelassen?«

»Nein. Ich ließ ihm sagen, daß ich meditiere, und er ließ mir respektvolle Grüße ausrichten und wünschte mir gute Gesundheit.«

»Respektvolle Grüße! Ha! Er verstünde nicht einmal, Anahita selbst Respekt zu erweisen.« Er ließ sich auf die Couch fallen. »Sing mir vor«, befahl er.

»Wenn du es wünschst«, sagte die Königin und holte ihre Kithara.

In den nächsten paar Wochen verbrachte sie viel Zeit damit, dem König vorzusingen, zu lesen, zu meditieren und Vier Armeen zu spielen. Sie hatte nichts anderes zu tun. Es war ein Leben von lähmender Langeweile, aber sie ertrug es entschlossen. Was immer in ihren intimsten Gedanken vorging, sie behielt es für sich und vertraute sich niemandem an. Nicht einmal mir.

Ich war zutiefst verstört. Ich hatte inzwischen Zeit zum Nachdenken gehabt, und es war nun offensichtlich, daß sie und Itaz sich liebten. Ich sah, vielleicht klarer als sie selbst, daß beide gezwungen waren, sich auf ehrenhafte Weise und aus der Ferne zu lieben; sie hatten dem König Eide geschworen, und beide würden lieber sterben als das zu verraten, was über ihnen stand – ob das nun Gott oder die Tugend oder das Nirwana war. Bei allen Unterschieden war ihnen diese Verpflichtung gemeinsam. Aber ich konnte mir vorstellen, wie der König das sehen würde. Ich wollte helfen. Ich wollte meiner Herrin in dieser Stunde der Gefahr beistehen, ich wollte für sie kämpfen, ihre Botschaften überbringen oder wenigstens ihren Kummer teilen. Ich wollte sie wissen lassen, daß sie zumindest eine Freundin hatte, auf die sie sich verlassen konnte. Aber sie sagte nicht mehr zu mir als: »Könntest du das Pferd bewegen?« oder: »Bitte hole Myrrhe.« Sie hatte mich in eine Lüge verwickelt – daß sie spontan zum König gegangen sei –, und das war eine Lüge mehr, als ich je in meinem Leben unterstützt hatte. Doch sie sagte mir nie warum, oder was geschehen war. Alles, was ich damals wußte, hatte ich von Inisme. Ich lebte in einer Welt zweifelhafter Ahnungen und Vermutungen, die mich manchmal in Panik geraten ließen. Es war eine Qual, nichts zu wissen. Ich konnte weder richtig schlafen noch essen und fragte mich dauernd, wann der Sturm losbrechen würde. Ich war so verzweifelt, daß ich am liebsten etwas zerschmettert hätte. Doch immer, wenn ich mit Heliokleia zu reden versuchte, behandelte sie mich mit höflicher Aufmerksamkeit wie eine Mutter, die geduldig einem lästigen Kind zuhört. Ich quälte mich sehr. Ich dachte, sie gebe mir die Schuld daran, daß Inisme ihr nachspionieren konnte. Innerlich stritt ich erbittert mit ihr und erklärte ihr, wie ungerecht sie sei – aber wenn ich etwas davon laut auszusprechen versuchte, sah sie mich einfach mit ihrem kühlen grünen Blick an, und mir fehlten die Worte. Beinahe, dachte ich damals, beinahe könnte ich sie hassen.

Der König begann mit den Vorkehrungen, die er versprochen hatte. Er ließ den Vorarbeiter von Itaz' Gestüt kommen und befragte ihn. Addac behielt das Geheimnis seines Herrn nicht für sich. Er sah es als verdienstvoll an, ein armes Mädchen aus der Sklaverei eines Bordells zu befreien, und konnte sich nicht vorstellen, daß der König ernstlich böse werden würde, wenn er erfuhr, daß sein Sohn das geliehene Geld zu frommen statt zu wollüstigen Zwecken benutzt hatte. Außerdem war Philomela schwanger, und Addac wollte keinen Zweifel daran aufkommen lassen, wessen Kind das war. »Nein, er hat sie nie angerührt«, erklärte er dem König mit großer Befriedigung. »Er kam höchstens jede zweite Woche, und dann ritt er nach dem Essen wieder fort. Er sagte, ich könne sie mit seinem Segen haben, und er wollte ihr selbst eine Mitgift geben. Er hat sie aus reiner Freundlichkeit und Frömmigkeit freigekauft, aber er hatte Angst, du könntest denken, er verschwende dein Geld. Aber ich bin sicher, o König, dir ist es lieber, wenn dein Sohn sein Geld für fromme Zwecke ausgibt als für Huren. Du wirst ihm deswegen bestimmt nicht zürnen.«

»Hmm«, sagte Mauakes. »Wohin ist er dann gegangen, wenn er nicht deine... Frau besucht hat? Er hat die Stadt häufiger verlassen als alle zwei oder drei Wochen.«

Addac nickte mit noch größerer Befriedigung, weil der König Philomela als seine Frau bezeichnet hatte. »Ich bin sicher, daß er zum Feuertempel ging. Das tut er oft.«

»Natürlich«, sagte Mauakes. »Ich danke dir.«

Als Addac fort war, saß der König lange schweigend da und dachte nach. Er konnte den Priester Ahura Mazdas kommen lassen und nachprüfen, ob Itaz dort gewesen war – aber welchen Sinn hätte das? Er war sicher, daß sein Sohn an einer Intrige beteiligt gewesen war, während alle dachten, er besuche eine Dirne. Itaz wollte seines Vaters Krone und seines Vaters Frau. Seine ganze Offenheit und Ehrlichkeit waren nichts als Täuschung, und all die Bezeugungen seiner Sohnesliebe, die Mauakes unwillkürlich rührten, waren Lügen. Vermutlich lachte Itaz mit seinen Freunden darüber, diesen unbekannten Verbündeten, mit denen er Ränke schmiedete: »Ich sagte ihm, die Frau verabscheue ihn nicht, und er glaubte es beinahe, der alte Narr! Und als er fragte, was sie mir bedeute, sagte ich, sie sei eine gute Königin!« Der König konnte fast hören, wie sie laut und verächtlich lachten und höhnisch antworteten: »Nun, das wird sie ja auch sein, nicht?« Sie verachteten ihn; alle verachteten ihn. Er rief sich alles ins Gedächtnis, was Itaz seit seiner Rückkehr aus Parthien gesagt und getan hatte, alles, vor allem aber die Worte der Sympathie und des Respekts, bei denen er sich jetzt innerlich vor Erniedrigung wand. Er hatte sich überlisten und zum Narren halten lassen. Itaz hatte die ganze Zeit nach Macht gestrebt. Er hatte versucht, die Unterstützung des Rates gegen das Yavana-Bündnis zu bekommen, und als das fehlgeschlagen war und die Königin sich als schön erwiesen hatte, hatte er seine Pläne geändert. Er hatte versucht, sowohl die Yavanas als auch die Sakas hinter sich zu bringen, hatte Tasius, der Stadt und zweifellos noch anderen Versprechungen gemacht, hatte die Garde der Königin selbst übernommen. Und die ganze Zeit hatte er seinen Vater mit Lügen eingelullt und gelacht, wenn ihm geglaubt wurde. Aber er würde erfahren – sie alle würden erfahren, so wie Antimachos' eigene Söhne es erfahren hatten –, daß man König Mauakes von Ferghana nicht verachtete. Heliokleia ließ sich nicht verführen, und der König ließ sich nicht länger täuschen. Er lächelte vor sich hin und ließ dann Itaz' Freund Azilises rufen.

Als Itaz nach der Frühlingsmitte von seiner Botschaftermission zurückkehrte, kam sein Vater herunter zu den Armeestallungen, um ihn zu begrüßen. Die Männer der Eskorte waren abgesessen und versorgten ihre Pferde, als der König ankam; Itaz gab den Pferdeknechten Befehl, die Tiere zu füttern, und hielt sein eigenes Pferd am Zügel, bis er es in die königlichen Stallungen bringen konnte. Mauakes blieb an der Ecke des Gebäudes stehen und beobachtete seinen Sohn – die große, schlanke Gestalt, die flinken Hände, die vor den Pferdeknechten gestikulierten, das schmale Gesicht, das streng und ernst Befehle gab und plötzlich strahlend lächelte, wenn sie befolgt wurden. Die Diener und Gardesoldaten gehorchten ihm bereitwillig und gern; sie mochten und bewunderten ihn. Der König stand ganz still. Seine Kehle war zugeschnürt vor Kummer und unerwartetem Stolz. Er entsann sich, wie Itaz als Kind mit seinen Brüdern hinaus zu den Ställen gestürmt war, mit spitzen Ellbogen und voll aufgeregter Begeisterung; er erinnerte sich, wie er angelaufen gekommen war, um seiner Mutter etwas zu zeigen, und es ihr atemlos erklärt hatte. Dieses Bild, seit Jahren vergessen, stand ihm plötzlich wieder klar vor Augen: das Kind, das seinen Schatz hielt – eine Schnitzerei, fiel ihm jetzt ein, von irgendeinem Pferdeknecht oder Gardesoldaten – und mit eifrigen Fingern seine Linien nachzog; und die große Frau, die den Arm um die Schultern ihres Sohnes legte, lachte und etwas rief; die beiden schmalen, dunklen Gesichter strahlend vor geteilter Freude, dicht nebeneinander über das grob geschnitzte Stück Pinienholz gebeugt. Er hatte lange nicht mehr an seine erste Frau gedacht; die Erinnerung mußte aus einer Zeit kurz vor ihrem Tod stammen. Von ihr hatte Itaz seine Körpergröße und sein scharfgeschnittenes, schmales Gesicht, aber woher kam dieser ruhelose, leidenschaftliche Geist? Von seinem Vater – aber ohne dessen Schlauheit und Zurückhaltung –, oder war es eine Laune des Himmels? Mauakes atmete tief ein, halb blind vor Sehnsucht, Liebe, Bedauern – doch dann ermahnte er sich, daß die Aufrichtigkeit eine Illusion war, ein Mantel für inzestuöse und verräterische Absichten, und daß das leidenschaftliche Kind schon vor Jahren gestorben sein mußte; vielleicht hatte sein Leben mit dem der Mutter oder im parthischen Exil geendet. Zu spät, um die Welt zu verändern.

Mauakes trat lächelnd in den Stallhof und rief seinen Sohn beim Namen. Itaz drehte sich um, lächelte erfreut und umarmte seinen Vater. »Du bist also wohlbehalten zurück«, sagte Mauakes. »Aber beim Sonnengott, du siehst müde aus!«

»Es war eine lange Heimreise«, gab Itaz zu. »Die Weiden waren schlecht, und wir mußten eilen, um mit den Futtervorräten auszukommen. Mein Pferd ist erschöpft. Aber wie geht es dir? Und der Königin?«

»Gut, gut«, antwortete der König. »Komm, bringen wir das Tier in seinen Stall – du dort! Kümmere dich um diese Pferde!« Mauakes begann auf die königlichen Ställe zuzugehen, eine Hand auf dem Arm seines Sohnes; Itaz folgte ihm. Er führte den schwarzen Hengst am Zügel und berichtete seinem Vater von der Aufnahme der Botschaft.

»Es scheint gut verlaufen zu sein«, stimmte Mauakes ihm zu, als sie die Ställe erreicht hatten und ein Pferdeknecht den Hengst übernahm. »Hat dein Pferd etwas am Hinterhuf?«

»Er hatte heute nachmittag einen Stein darin. Es ist nichts passiert. Aber er ist müde.«

»Du auch, nach deinem Aussehen zu urteilen. Wie würde es dir gefallen, ein paar Wochen freizunehmen und auf die Jagd zu gehen?«

Itaz lächelte überrascht. »Das brauche ich nicht, Vater. Ich kann mich hier in Eskati ausruhen.«

»Aber ich möchte, daß du gehst. Ich habe nachgedacht, während du fort warst, und fand, daß du ein schweres Jahr hattest. Ein junger Mann braucht gelegentlich etwas Zeit, um sich zu amüsieren. Ich habe eine alte Jagdhütte für dich herrichten lassen, oben in den Himmelsbergen, drei oder vier Tagesritte von hier, und ich habe beschlossen, dir ein neues Pferd zu schenken.«

»Vater!« sagte Itaz gerührt und erstaunt. Glücklich und verwirrt sah er den König an. Mauakes mußte die heftigen Worte bereut haben, die er bei ihrem Streit benutzt hatte, und versuchte sicher, das wiedergutzumachen. Itaz hatte keine besondere Lust, auf die Jagd zu gehen, er wäre lieber in Eskati geblieben – aber er konnte unmöglich die Geschenke seines Vaters ablehnen. Er nahm Mauakes' Hand und küßte sie. »Ich danke dir. Es war sehr freundlich von dir, daran zu denken.«

Mauakes riß seine Hand los und glich das dann durch ein Lächeln wieder aus. »Warte, bis du das Pferd gesehen hast.«

Das Pferd war ein rotbrauner Hengst mit schwarzer Mähne und schwarzem Schweif, das beste Tier der königlichen Herde, drei Jahre alt und gerade fertig ausgebildet. Itaz war hingerissen.

»Und wenn du einen Jagdgefährten willst«, fuhr Mauakes fort, »ich habe deinem Freund Azilises Urlaub von meiner Garde gegeben.«

Itaz schnaubte. Er hatte vermutet, daß Azilises ihm böse war – weil er bei ihrem letzten Zusammensein Philomela genommen und seither Bordelle und Trinkgelage gemieden hatte. Azilises selbst hatte nichts zu ihm gesagt, aber er hatte andere die beißenden Kommentare wiederholen hören, die Azilises über seine vermeintliche Arroganz abgegeben hatte. Trotzdem, sagte er sich, war Azilises ein guter Kamerad. Er hatte sich mit ihm angefreundet, als er aus Parthien zurückgekommen und einsam und desorientiert gewesen war. Er wollte ihn nicht für immer als Freund verlieren: ein Jagdausflug mit ihm wäre vielleicht genau das Richtige. »Danke«, sagte er.

»Gut«, erwiderte der König zufrieden. »Azilises hat schon Vorräte vorbereitet, und du kannst morgen aufbrechen.«

Itaz breitete überrascht die Hände aus und willigte ein.

Wieder versuchte er am nächsten Morgen, sich von der Königin zu verabschieden, bevor er aufbrach, doch diesmal sagte man ihm, sie habe die Stadt verlassen und sei auf eines ihrer nahegelegenen Güter geritten, um die neuen Fohlen zu besichtigen. Er konnte seine Enttäuschung und seinen Groll nicht unterdrücken. Er hatte sie vermißt. »Wußte sie, daß ich heute aufbreche?« fragte er Inisme.

Sie zuckte mit den Achseln. Man hatte der Königin nicht einmal gesagt, daß Itaz zurückgekehrt war. »Ich weiß nicht«, sagte sie. »Sie hat nicht nach dir gefragt.«

»Oh«, sagte er unglücklich und besorgt. Wieder erinnerte er sich an die kurzen, ekstatischen Augenblicke im Stall, »Bitte, laß mich nicht gehen«, und an ihre ungeschickten, hungrigen Küsse. Ohne Selbsttäuschung und zweifelsfrei wußte er, daß er sie an Ort und Stelle hätte in den Heuschober zurückholen und nehmen können; dieses Wissen hatte ihn seither ständig gequält. Er hatte es nicht getan. Er hatte sie zu seinem Vater zurückgeschickt. Haßte sie ihn dafür? Er konnte nicht glauben, daß der Gedanke an Verrat und Inzest für sie nicht genauso unannehmbar war wie für ihn. Bestimmt war sie froh, daß er ihnen beiden das erspart hatte. Aber dennoch, war sie böse? War sie entschlossen, totzutreten, was sie für ihn empfand, war sie bereit, ihre ganze verbissene Willenskraft dafür einzusetzen und ihn nie wiederzusehen? Niemals?

»Bitte«, sagte er zu Inisme, »richte deiner Herrin meine Grüße aus und sage ihr, daß es mir leid tut.«

»Leid?« fragte Inisme überrascht. »Was?«

»Falls ich sie gekränkt habe. Und es tut mir leid, daß ich sie zweimal verpaßt habe. Es ist unhöflich, meinen Platz als Kommandant ihrer Garde zu verlassen, ohne mich von ihr zu verabschieden. Sage ihr einfach, daß es mir leid tut.«

»Ich werde es ihr sagen«, antwortete Inisme nervös und unglücklich. Itaz hätte vielleicht bemerken können, daß die Reaktion heftiger war, als die Botschaft es rechtfertigte, aber er dachte nur an die Königin. Er lächelte dem Mädchen zu und machte sich auf den Weg zu den Stallungen, wo Azilises ihn erwartete.

Inisme überbrachte ihrer Herrin Itaz' Botschaft erst am nächsten Morgen.

»Ich habe nicht gewußt, daß er zurück war!« rief Heliokleia. »Wohin ist er gegangen?«

»Auf die Jagd, Herrin. Er sagte, ich solle dir ausrichten, daß es ihm leid tue. Er behauptete, es sei unhöflich, wenn der Kommandant deiner Garde fortgeht, ohne sich von dir zu verabschieden, aber ich glaube, er meinte etwas anderes damit. Vielleicht tut es ihm in Wirklichkeit leid, daß er über dich hergefallen ist.«

Heliokleia sagte nichts, aber ihr Gesicht war hochrot. Es tat Itaz leid. Warum sollte es ihm leid tun? Sie trug alle Schuld; sie hatte sich ihm schamlos an den Hals geworfen. Wenn sie ihn nur allein sehen und ihm erklären könnte, was geschehen war, wenn sie ihm nur erzählen könnte, wie sie reagiert hatte, wenn sie ihn nur warnen könnte, auf der Hut zu sein, wenn er mit seinem Vater sprach! Aber sie durfte ihn niemals mehr allein sehen. Warum war er auf die Jagd gegangen?

Sie sprach an diesem Abend mit dem König darüber, als sie zusammen im Bett lagen. Mauakes war sehr schweigsam und reizbar und nahm sie grob; als er fertig war, lag er schwer neben ihr, die Augen in der Dunkelheit offen. Es schien kein guter

Augenblick, das Thema anzusprechen, aber selbst einer seiner Wutanfälle war der Qual der Unwissenheit vorzuziehen.

»Ich hörte heute, daß Herr Itaz auf die Jagd gegangen ist«, sagte sie zögernd.

Mauakes knurrte.

»Ich hatte gar nicht gewußt, daß er von seiner Botschaftermission zurück war«, sagte sie. »Hast du keine Vorkehrungen getroffen, ihn nach Parthien zu schicken?«

Der König schnaubte und schwieg eine weitere, lange Minute. »Er geht nicht nach Parthien«, sagte er endlich.

»Nein?« fragte sie. Sie spürte Kälte in Brust und Magen, ein Gefühl, das sie noch nicht als Angst identifizieren konnte. »Du sagtest, du würdest ihn fortschicken.«

»Das tue ich auch.« Ein weiteres langes Schweigen.

»Schickst du ihn dann wieder zu Sakaraukai?«

Der König lachte rauh; es klang gezwungen und unnatürlich. »Ich schicke ihn zur Hölle.«

»Wie? Wie meinst du das?« Sie stützte sich auf die Ellbogen und starrte ihren Gatten in der Dunkelheit an.

»Er wird nicht von diesem Jagdausflug zurückkommen. Er reitet zu einer Jagdhütte auf Azes' Land in den Himmelsbergen, drei oder vier Tagesritte im Osten. Ich habe sie für ihn herrichten lassen: die neue Holztäfelung ist mit Pinienharz getränkt. Sie wird beim geringsten Funken brennen wie eine Fackel. Dieser Bursche Azilises, Azes' Sohn, ist ehrgeizig – wie alle aus seinem Clan. Er hat mir seit Itaz' Rückkehr aus Parthien alles berichtet, was mein Sohn getan hat. Ich bot ihm das Kommando über deine Garde an, wenn er dem inzestuösen Heuchler am Abend ihrer Ankunft in der Hütte eine Droge in den Wein mischt und die Lampe auf den Fußboden wirft, ehe er hinausgeht. Hinterher wird er sagen, daß er aufgewacht und geflohen sei, weil die Hütte brannte, und daß Itaz betrunken war und zu lange schlief; es wird aussehen wie ein Unfall.«

»O nein«, schrie Heliokleia gequält. »Nein, das kannst du nicht tun, nicht mit ihm! Er ist dein Sohn, er liebt dich, du kannst nicht wollen, daß ihm das angetan wird!«

»Er ist ein gerissener Lügner, der hinter meinem Rücken gegen mich intrigiert hat und in meinem eigenen Palast über meine Frau hergefallen ist!« entgegnete Mauakes in blinder Wut. »Ich würde ihn vor meinen Augen köpfen lassen, jawohl, und aus seinem Schädel trinken, wenn ich nicht glaubte, daß das unter seinen Anhängern einen Aufruhr auslösen würde.«

»Aber es gab keine Verschwörung!« protestierte Heliokleia verzweifelt. Sie beugte sich über die Brust ihres Gatten und packte seine Schultern. »Bitte, glaub mir, er hat mir nie etwas versprochen. Er hat bloß den Kopf verloren. Er ist ein leidenschaftlicher junger Mann, sonst nichts, und er hat mit größerer Liebe und Ergebenheit von dir gesprochen als jeder andere in deinem Königreich! Als er mich in den Stall bat, wollte er mir erklären, du seist verzweifelt über unseren Streit, und mich bitten, mich bei dir zu entschuldigen. Ich glaube nicht, daß er etwas Böses im Sinn hatte! Und er hat mir eine Botschaft geschickt, es täte ihm sehr leid. Bitte, bitte, dafür sollte er doch nicht sterben!«

»Pah!« sagte Mauakes verächtlich. Er rollte sich herum, schüttelte ihre Hände ab und stützte sich auf die Ellbogen. »Es gab eine Verschwörung, ganz bestimmt. Ich glaube allerdings nicht, daß er damit sehr weit gekommen ist; ich konnte nicht herausfinden, wer seine Verbündeten sind – obwohl ich einige im Verdacht habe, das wissen die Götter. Er borgte Geld von mir, um diese Hure zu kaufen, aber das war ein Vorwand. Ich habe von seinen Bediensteten auf diesem Hof erfahren, daß er sie nie angerührt hat, nachdem er sie gekauft hatte. Er ritt jeden Abend aus der Stadt – *jeden Abend!* –, aber das Mädchen hat er nicht besucht. Er führte etwas im Schilde. Wenn du eingewilligt hättest, mit ihm zu gehen, dann hättest du auch daran teilgenommen, zweifle nicht daran.«

»Ich glaube es nicht«, sagte sie. Sie zitterte. »Er ist dein Sohn, er war dir immer ergeben.«

»Er war ein schmutziger Lügner«, schnaubte Mauakes. »Er setzte eine Unschuldsmiene auf und tat so, als sei er mir ergeben, aber insgeheim war er voller Wollust und Ehrgeiz. Er belog mich hundertmal, und dich hat er völlig zum Narren gehalten. Er brannte so nach dir, daß er sich nicht beherrschen konnte, deswegen beging er den Fehler, zu früh etwas zu unternehmen und dich mit Gewalt nehmen zu wollen. Aber ich zweifle nicht daran, daß er meine Krone ebenfalls wollte. Laß ihn brennen; jetzt wird er in alle Ewigkeit brennen.«

Sie schlug die Hände vors Gesicht und lag still. Laß ihn brennen. Sie sah ihn in der Jagdhütte liegen, während die Flammen die Wände verzehrten. Sie sah ihn aufwachen, berauscht und verwirrt, stolpern, fallen, schreien, bei lebendigem Leib verbrennen. »Nein!« schrie sie laut. »Oh, bei allen Göttern, nein!«

»Was geht es dich an, wenn er stirbt?« fragte der König, packte ihre Hände und zog sie ihr vom Gesicht. »Warst du etwa doch beteiligt?«

»Ich brauche ihn doch nicht zu lieben, um nicht zu wollen, daß er lebendig verbrannt wird«, flüsterte sie hitzig. »Kannst du dir nicht vorstellen, daß ich aus einem anderen Grund protestiere, wenn du deinen eigenen Sohn ermordest? Glaubst du wirklich, ich würde ihn wegen eines einzigen Kusses zu einem qualvollen Tod verurteilen?«

Mauakes lag einen Augenblick vollkommen reglos, halb über ihr, die Fäuste um ihre Handgelenke geballt. »Nein«, sagte er schließlich sehr leise. Er ließ sie los. »Nein. Aber er wird nicht leiden. Ich habe eine starke Droge für den Wein gefunden. Er wird nicht aufwachen. Er wird am Rauch ersticken, ehe er verbrennt, und er wird nichts spüren. Es muß getan werden.«

»Bitte! Schicke ihm einen Boten nach; rufe sie zurück und schicke ihn anderswohin.«

»Nein. Er hat mich überlistet und ausgelacht und gedacht, er könne nehmen, was mir gehört. Dafür wird er sterben. Außerdem ist es ohnehin zu spät. Es sind drei oder vier Tagesritte bis zur Jagdhütte, und sie sind schon zwei Tage unterwegs. Azilises will es so bald wie möglich hinter sich bringen; er tut es bestimmt am Abend nach ihrer Ankunft.«

Lange lag die Königin reglos da. Dann sagte sie gepreßt: »Herr, er war ein Mazdaist, selbst wenn er von der Güte seines

Glaubens abfiel. Laß mich morgen zum Feuertempel gehen und den Göttern, die er verehrte, zum Wohl seiner Seele Opfer bringen.«

Mauakes schwieg wieder. Er schüttelte den Kopf und rieb sich dann mit einer Hand das Gesicht. Er setzte sich auf und preßte beide Hände an die Augen. Dann stieß er plötzlich einen seiner erstickten, schnaufenden Schluchzlaute aus. »Ich habe ihn geliebt!« sagte er, nicht zu ihr, sondern zu irgendeinem unsichtbaren Ankläger. »Der allsehende Sonnengott weiß es, ich habe ihn geliebt, den schmutzigen Lügner! Ja, geh morgen zum Tempel, bete zu seinem Gott, er möge ihm vergeben und ihn in sein Paradies entlassen; ich gebe dir Gold, um die Opfer zu bezahlen. Geh morgen. Aber schweige darüber, warum du seinem Gott Opfer bringen willst; ich will nicht, daß seine Komplizen gewarnt werden.«

»Ja, Herr«, sagte sie, und zum ersten und letzten Mal küßte sie ihren Gatten unaufgefordert und mit einer sanften Zärtlichkeit, die fast wie Liebe war.

Am nächsten Morgen brach die Königin beim ersten Tageslicht zum Tempel auf, zusammen mit Inisme und zehn ihrer Gardesoldaten unter Pakores' Befehl. Ich wollte auch mitreiten – ich spürte, daß etwas in der Luft lag, wenn ich auch nicht wußte, was –, aber Heliokleia lehnte ab. »Bleibe hier und halte Ausschau nach einem Ehegatten«, sagte sie zu mir. Ich mußte also am nächsten Morgen in der Dämmerung grollend im Stallhof stehen und zusehen, wie die Gesellschaft aufbrach. Heliokleia trug den purpurnen Wollumhang über den weißgoldenen Reitkleidern; sie hatte ihre Krone aufgesetzt und ihr Halsband, ihre Ohrringe, den reparierten Gürtel und goldene Schulterspangen angelegt. An ihren Fingern glitzerten Ringe. Sie sah so nach Saka, so prunkvoll und königlich aus wie nur je in ihrem Leben, und sie saß gerade und stolz auf der hohen grauen Stute. Sie will oder braucht niemanden, sagte ich mir bitter. Meine glühend dargebotene Ergebenheit und treue Freundschaft war ihr ebenso unwillkommen wie die Liebe des Königs. Ich war ihr nur lästig. Sie würde ihren eigenen Weg gehen und allein in ihrer Tugend sterben – zur Hölle damit und mit ihr! Ich würde ihren Rat annehmen und mir jemanden zum Heiraten suchen, einen normalen Menschen, dem es wichtig war, ob ich ihn liebte oder nicht. Ich wandte mich ab und ging in den Palast zurück; in meinen Augen brannten Tränen der Scham, Trauer und sinnloser Wut.

Mauakes, der ebenfalls ihren Aufbruch beobachtete, betrachtete sie ebenfalls mit Bitterkeit, aber es war eine zufriedene Bitterkeit. Sein Sohn mochte verloren sein, aber endlich hatte er die Yavana-Frau ganz gewonnen. Er winkte ihr zu, als sie zur Stadt hinausritt, und sie drehte sich im Sattel um und winkte feierlich zurück.

Als die Gesellschaft am Feuertempel ankam, war seit dem Sonnenaufgang etwa eine Stunde vergangen, und der See glänzte im Licht eines strahlenden Frühlingsmorgens. Das Gekrächze der Aasfresser auf den Bestattungstürmen wurde fast von den Rufen der Enten und Kraniche am Ufer übertönt, und die Erde war grün und bunt von Blumen. Heliokleia ließ ihre Stute vor dem Tempel halten, wies die anderen an, einen Platz für die Pferde zu finden, und bat Pakores, in den Feuertempel zu gehen und den Priester zu holen. »Ich möchte zuerst Anahita ein kleines Opfer bringen«, sagte sie den anderen. »Inisme, warte hier einen Augenblick auf mich und richte die Opfergaben her.« Sie hatte etwas Räucherwerk mitgebracht, um es dem hinzuzufügen, was der Priester Ahura Mazda darbringen würde. Ein Packpferd trug es. Inisme nickte, saß ab und führte das Packpferd zu den Tempelstufen, wo sie ihm seine Last abzunehmen begann. Heliokleia ließ sich von ihr ein kleines Gefäß mit Weihrauch geben und ritt dann zu Anahitas Schrein hinunter.

Der Priester kam aus dem Tempel, aufgeregt, strahlend und überzeugt, er müsse die fremde Königin bekehrt haben, da sie so plötzlich erschien und seinem Gott üppige Opfer darbringen wollte; die Gardesoldaten sattelten ihre Pferde ab und banden sie unter den Bäumen hinter dem Tempel an. Inisme schichtete das Räucherwerk auf der Tempelveranda zu sauberen Häufchen auf; Narden, Sandelholz und Kassia. Als sie damit fertig war, war die Königin noch nicht aus Anahitas Schrein zurück. Pakores besprach mit dem Priester, wie und wo das Opfer abgehalten werden sollte. Inisme gab ihm das Räucherwerk. Der Priester rief seinen Diener und ließ es neben dem Feuer bereitlegen, und der Diener verstaute es sicher. Noch immer war die Königin nicht zurückgekommen. Inisme ging hinunter, um nachzusehen, was sie aufhielt.

Anahitas Tempel war geschlossen und abgesperrt. Offensichtlich war der Priester nicht da. Inisme ging zurück zum Feuertempel und berichtete das. Ahura Mazdas Priester ging, um nach seinem Kollegen zu suchen, und fand ihn bald bei der Pflege des Tempelgartens; er zog grüne Unkräuter aus dem Teich und warf sie auf seinen Komposthaufen. Anahitas Priester hatte die Königin nicht gesehen.

Pakores war beunruhigt, und Inisme erschrak. Sie suchten die Umgebung des Tempels ab. Heliokleia war nirgends zu finden. »Vielleicht ist sie in den See gefallen«, sagte Inisme schwach.

»Wie sollte das passiert sein?« fragte Pakores.

»Als sie zum Schrein kam und sah, daß der Priester nicht da war, wollte sie vielleicht eine Blume pflücken, während sie auf ihn wartete. Vielleicht ist sie hinausgewatet, um eine Lotosblüte zu pflücken – für sie ist das eine heilige Blüte. Ist er ... ist der See tief?«

Sie liefen hinunter zum See; von Heliokleia war nichts zu sehen. Der Priester schickte alle seine Diener aus, um nach ihr zu suchen, während Pakores und drei andere Gardesoldaten sich bis auf die Tuniken auszogen und in den See wateten. Ängstlich spähten sie in das kalte Wasser, tauchten nach abgefallenen Ästen und Felsbrocken. Die restliche Eskorte sattelte ihre Pferde wieder und ritt suchend und rufend das Seeufer ab.

Nach einiger Zeit kam ein Diener des Priesters zurück und berichtete, ein Pachtbauer habe die Königin vom Ufer aus nach Osten galoppieren sehen. Pakores stieg tropfnaß und zitternd aus dem Wasser und zog den Umhang um seine nassen Schultern. »Ist er sicher, daß es die Königin war?« fragte er.

»Sie ist nicht zu verwechseln, nicht in dieser Kleidung«, sagte der Diener.

»Nach Osten? Warum sollte sie... oh!« sagte Inisme und erbleichte.

»Aber warum sollte sie ostwärts reiten?« fragte Pakores verwirrt.

»Ich... ich weiß nicht«, ächzte Inisme, die nicht glauben wollte, daß sie es doch wußte. »Wir müssen ihr folgen und sie zurückholen.«

Pakores zog seine Hose an, fuhr mit den nassen Füßen in die Stiefel und ging ohne ein weiteres Wort zu seinem Pferd. Die ganze Gesellschaft galoppierte los, um mit dem Pachtbauern zu sprechen; mürrisch bestätigte er, die Königin gesehen zu haben. »Ungefähr eine Stunde nach Sonnenaufgang.« Jetzt war es fast Mittag. Nach einem Augenblick ängstlichen Zögerns befahl Pakores Inisme und einem der Männer, in die Stadt zurückzureiten und den König zu unterrichten, während er und die übrigen Gardesoldaten in die Richtung aufbrachen, die die Königin eingeschlagen hatte.

Inisme und der Gardesoldat kamen am frühen Nachmittag in den Palast zurück, wo sie feststellten, daß der König nicht da war. Er konnte es nicht ertragen, an diesem langen Tag allein mit seinen Gedanken dazusitzen, und so war er mit einigen seiner Gardeoffiziere zu einem Polospiel zum Exerzierplatz geritten. Dort fand Inisme ihn am späten Nachmittag, und dort berichtete sie ihm, was geschehen war.

Er verstand sofort, sagte aber nichts. Er glitt wie betäubt vom Pferd, setzte sich in den kalten Schlamm des Feldes und starrte ausdruckslos in den harten blauen Himmel jenseits der Berge hinauf.

»Herr!« sagte einer seiner Offiziere. »Bist du verletzt?«

»Sie haben mich betrogen«, sagte Mauakes gepreßt.

Alle sammelten sich um ihn und riefen: »Wer hat dich betrogen?« – »Was ist passiert?« – »Was meint er?«

Mauakes schaute auf und sah sich mit krankhaft weißem Gesicht um. »Antimachos«, flüsterte er. »Er hat das getan. Endlich hat er seine Rache.«

Keiner konnte wissen, wovon er redete, aber Schweigen kam über sie wie ein Schwertstreich, und alle standen wie angewurzelt. Ihre Nackenhaare kribbelten mit einem Gefühl des Erkennens. Wie ein Felsenriff unter dem Wasser eines Flusses störten die Götter den Lauf der wachen Welt. »Seid ihr mir ergeben?« flüsterte Mauakes mit echtem Zweifel. »Irgendeiner von euch?«

Einen Augenblick wurde das Schweigen um ihn noch drückender; dann kniete Inisme neben ihm nieder. »Herr«, sagte sie, »du bist unser König. Wir würden für dich sterben.« Und die Offiziere fanden, angeführt von ihrem Hauptmann Spalagdama, die Sprache wieder und fielen in die heftigen Ergebenheitsbekundungen ein.

»Meine Gemahlin sagte mir, mein Sohn sei über sie hergefallen«, sagte der König langsam und gequält. »Sie wußte, daß sie mit ihm gesehen worden war, also log sie, um sich zu retten. Sie bat mich, ihn fortzuschicken, aber ich wollte ihn töten lassen. Sie erfuhr davon, und sie konnte es nicht ertragen, ihn zu verlieren. Sie ist fortgeritten, um ihm zu helfen. Diese verlogene, verderbte, mörderische Eukratidenhure! Sie ist zu Itaz gegangen. Sie haben jeden Eid gebrochen, den sie je geschworen haben, alle beide! Entehrt!« Er fuhr mit den Händen in den Schlamm und schmierte ihn sich dann ins Gesicht. »Das haben sie mir angetan.«

Ein langes, benommenes Schweigen folgte. Dann sagte Spalagdama – in zögerndem, unsicherem Ton, weil er wie die anderen fast so entsetzt über das Eingeständnis des Königs war, seinen Sohn ermorden zu lassen, wie über den inzestuösen Ehebruch und den Verrat: »Dann müssen sie sterben, Herr.«

Mauakes blickte auf, sah ihn an und durch ihn hindurch. Sein Gesicht war eingesunken und grau unter dem Schlamm. »Sie werden sterben«, sagte er. Plötzlich war seine Stimme wieder zu erkennen. »Geh zurück in die Stadt, so schnell du kannst, und sage meiner Garde, sie soll ihre Pferde fertigmachen. Ich folge dir, und wir werden noch heute reiten.«

Spalagdama verbeugte sich und ritt in die Stadt zurück, so schnell sein Pferd galoppieren konnte. Der König folgte langsam wie ein Verwundeter. Aber als er im Palast eintraf, sah er, daß seine gesamte Garde damit beschäftigt war, zu satteln und sich zu bewaffnen, und nahm die Angelegenheit mit seiner üblichen Kraft und Klarsicht wieder in die Hand. Wenn es eine Verschwörung gegeben hätte, wäre sie fehlgeschlagen. Er befahl der Hälfte der Männer, wieder abzusatteln, und postierte sie statt dessen als Garnison im Palast. Er sorgte dafür, daß die Garde der Königin in ihren Baracken bleiben mußte, und befahl ihnen, ihre Waffen seinen eigenen Leuten auszuhändigen. Er versetzte die stehende Armee in Alarmbereitschaft und ließ die Stadt bewachen. Und er befahl, daß alle Bediensteten der Königin – selbst Inisme – bis zu seiner Rückkehr in ihren Zimmern eingeschlossen und von der Garnison bewacht werden sollten.

Ich saß im Zimmer der Königin und las eines ihrer Bücher, als Inisme hereinstolperte, eskortiert von vier nervösen Gardesoldaten. Ihr Gesicht und ihre Unsicherheit verrieten mir, was passiert war, obwohl ich es nicht erraten konnte. Als wir im Zimmer eingeschlossen waren, alle vier Hofdamen und die Sklavinnen, und Inisme uns flüsternd ihre Geschichte erzählte, kam es mir vor, als hätte ich das alles bereits vor langer, langer Zeit gehört.

»Was wird mit uns passieren?« jammerte Jahika, als Inisme fertig war.

Die alte Sklavin Parendi antwortete nach langem Schweigen: »Nichts«, sagte sie. »Wir wußten nichts davon. Das wissen alle. Sie hat uns nie irgend etwas erzählt.«

Armaiti sah mich an, und ich schüttelte den Kopf. »Ich weiß auch nichts«, sagte ich langsam. »Das wißt ihr. Sie hat seit Wochen kaum mit mir geredet.«

Und plötzlich sah ich die Zärtlichkeit, die Zuneigung hinter der Zurückhaltung, die so weh getan hatte. Es war wie damals am See auf Adlerhorst, als ich gemerkt hatte, daß die Dunkelheit hinter der Maske, vor der ich mich fürchtete, nur in meinem eigenen Kopf existierte. Sie hatte mir die ganze Zeit die Treue gehalten; sie hatte sich einfach geweigert, mich für sich leiden zu lassen. In gewisser Hinsicht hatte sie sogar dem König die Treue gehalten. Wenn Mauakes keinen Mord versucht hätte, hätte es auch keinen Ehebruch gegeben. Davon bin ich überzeugt. Sie war viel zu stark und viel zu stolz, um sich selbst ins Unrecht zu setzen. Vielleicht war die Situation wie ein Katapult: die Federn über den bogenähnlichen Waffen immer straffer und straffer gespannt, die Sehne zurückgezogen, bis sie knirscht, die ganze Maschine drohend angespannt. Aber wenn keiner den Auslöser bedient, dehnen sich die Federn allmählich und lockern sich, die Sehne wird schlaff, und die Kraft löst sich in müdes Versagen auf. Mauakes ließ dem Unheil – das die Omen von vornherein prophezeit hatten – freien Lauf. Und doch, rückblickend scheinen mir diese Verheerungen der beste Ausgang zu sein. Die schlimmste Hölle für alle drei wäre es gewesen, in sterilem, schwärendem Elend weiterzumachen, das ihr eigenes Leben und das ihrer ganzen Umgebung verseuchte, bis der eine oder andere aus natürlichen Ursachen starb. Wir erlassen die Regeln in unseren vergänglichen Reichen, sagen, was richtig ist und was falsch, wir leben danach und mißtrauen denen, deren Bräuche von unseren verschieden sind. Die Sitte ist, wie der griechische Dichter sagt, König. Ohne die Sitte könnte keine Frau ihre Kinder aufziehen und kein Mann die Erde bebauen. Ohne Sitte wären wir stimmlos, der Sprache beraubt und unwissend wie Tiere. Aber manchmal kommen die Götter unversehens über uns, zeigen uns eine andere Welt, suchen uns mit Unheil oder Liebe heim, und auf einmal sehen wir, daß die Sitte nicht in der Natur der Welt festgelegt ist: Jenseits der Sitte ist Gott, und jenseits des Gesetzes ringen unsere eigenen Naturen blind und allein mit der Wahrheit. Dies, glaube ich, meinte der Philosoph, als er erklärte: »Alle Dinge auf Erden werden vom Blitz gelenkt.«

Ich legte das Buch fort, das ich umklammert hatte, ging zur Parfümtruhe und nahm etwas Weihrauch, den ich für Anahita und alle Götter verbrannte. Ich bat sie, meine Herrin sicher ankommen und unversehrt aus dem Netz entkommen zu lassen, das hinter ihr ausgespannt wurde.

Es war dunkel, als der König aufbrach, und da er sich nicht darauf verlassen konnte, frische Pferde für hundertfünfzig Mann zu bekommen, kamen sie an diesem Abend nicht weit. Heliokleia hatte einen großen, großen Vorsprung.

18. Kapitel

Heliokleia war an diesem Morgen gleich an Anahitas Tempel vorbeigeritten, ohne anzuhalten, und einen Bauernweg nach Osten entlanggaloppiert. Itaz war zwei Tage zuvor zur Jagdhütte aufgebrochen, und es war ein drei- bis viertägiger Ritt – normalerweise. Jemand, der frische Pferde bekommen konnte und bereit war, scharf zu reiten, konnte es in kürzerer Zeit schaffen. Wenn Itaz es nicht eilig gehabt hatte, könnte sie ihn vielleicht gerade noch einholen. In dem Augenblick, in dem der König sich geweigert hatte, einen Boten zu schicken, hatte sie gewußt, was sie tun würde. Es war ihr plötzlich in den Sinn gekommen, klein und vollständig, wie eine Stadt, die man aus großer Höhe sieht. Still hatte sie neben ihrem Gatten gelegen und sich alles überlegt. Wenn sie ihre Krone und ihre Stellung aufgab, ihren Eheschwur brach, die Erwartungen ihres Bruders und seines Hauses enttäuschte, die losgelöste Tugend ihres Glaubens mißachtete und ihre Hoffnung auf Erlösung in einem anderen Leben aufgab – dann hatte sie eine knappe Chance, das Leben des Mannes zu retten, den sie liebte, wenn auch keine Garantie, mit ihm zusammen dem Zorn ihres Gatten zu entrinnen. Sie sagte sich, es sei verrückt, und doch wußte sie schon, daß sie es tun würde.

Heliokleia galoppierte etwa eine Stunde lang auf dem Bauernweg nach Osten; bei einem Bewässerungsgraben bog sie ab und ritt nun im Trab und Schritt auf die östliche Hauptstraße zu. Sie hatte an diesem Morgen all ihren Schmuck angelegt, da sie dachte, sie werde vielleicht Geld brauchen, doch nun nahm sie die Krone und das Halsband ab und steckte sie in die Satteltasche zu dem Gold, das Mauakes ihr für die Opfer im Tempel gegeben hatte. Sie war schon einige Meilen östlich von Eskati, als sie die Hauptstraße wieder erreichte. Die Menschen am Weg starrten sie an, sahen den purpurnen Umhang und das königliche Pferd und trauten ihren Augen nicht, aber sie warf ihnen nur einen kurzen Blick zu und galoppierte vorbei, da sie wußte, daß ihre Zuversicht die Leute beruhigen würde. Als ihre Eskorte sie bis zur Straße verfolgt und entdeckt hatte, in welche Richtung sie geritten war, war es bereits später Nachmittag und sie weit fort.

Schatten war eine wunderbare Stute und hatte sich an diesem Morgen nach Bewegung gesehnt. Die Königin ritt sie scharf, bis die Sonne tief stand. Doch selbst königliche Pferde können nicht in alle Ewigkeit galoppieren, und als die Sonne die Talmündung hinter ihr durchflutete, stolperte das Pferd vor Erschöpfung. Kühn ritt die Königin in die Stadt Sieben Pinien ein, mehr als dreißig Meilen von Eskati entfernt, und hielt ihr Pferd vor dem Hause des Stadtoberen an. Sie klopfte an seine Tür. Die Dienerschaft holte ihn an die Tür, und er erkannte sie. Er war zutiefst erschrocken, sie ohne Begleitung zu sehen, und befahl seinen Leuten, sich um ihr Pferd zu kümmern, während er sie in sein Haus bat, wo sie sich ausruhen sollte.

»Ich danke dir, Herr, aber nein«, antwortete sie fest. »Meinem Gemahl würde das mißfallen. Herr, ich muß dich um einen Gefallen bitten. Ich habe einen Freund, der dem Tode nahe ist. Ich bin so schnell von Eskati gekommen, daß meine Eskorte zurückgeblieben ist, wenn ich auch hoffe, daß sie mich noch vor Einbruch der Nacht einholen wird. Könntest du mir ein frisches Pferd leihen und auch meinen drei Gefolgsleuten frische Pferde geben, sobald sie hier eintreffen, was sicher bald geschehen wird? Ich möchte meinen Freund noch lebendig antreffen und muß mich beeilen.«

»Wo ist dein Freund?« fragte der Mann beruhigt. Er glaubte ihre Geschichte sofort: ihr Pferd war sehr gut und konnte durchaus die minderen Reittiere ihres Gefolges hinter sich gelassen haben. »Ich kann dir Leute zur Begleitung mitgeben.«

Sie lächelte. »Mein Freund ist auf den Gütern von Herrn Azes in den Bergen. Ich nehme an, er hat Männer ausgeschickt, die mich erwarten und mich führen werden. Du brauchst deine Leute nicht zu belästigen, und meine eigene Eskorte wäre böse, wenn andere ihren Platz einnähmen. Gib mir nur ein frisches Pferd; ich werde langsamer reiten, und meine eigenen Leute werden mich einholen.«

Er tat, worum sie gebeten hatte, gab ihr das beste Pferd aus seinem Stall und nach kurzem Nachdenken auch noch Wein und Brot für unterwegs. Sie dankte ihm und gab ihm ein Goldstück »als Zeichen meiner Dankbarkeit für die Mühe, die du dir gemacht hast«. Im Schritt ritt sie aus der Stadt, ließ das Pferd aber galoppieren, sobald sie außer Sicht war.

Der Stadtherr bereitete drei frische Pferde für die Eskorte vor und wartete dann ungeduldig auf deren Erscheinen. Als niemand kam und es dunkel wurde, schickte er ihnen Männer auf der Straße entgegen, und er sandte weitere Männer der Königin nach, um ihr auszurichten, ihr Gefolge verspäte sich. Keine der Gefolgschaften begegnete jemandem. Die Boten des Königs trafen erst am nächsten Vormittag ein.

Es war die Nacht des Halbmonds, und Heliokleia galoppierte weiter und trieb das Pferd hart an. Sie fürchtete, ihre Täuschung könne doch nicht so gut gelungen sein, wie es den Anschein gehabt hatte. Das Land lag still und grau im Mondschein, und die Gipfel der Berge schimmerten weiß. Sie verlangsamte ihren Ritt, aß das Brot und trank den Wein und trieb das Tier dann wieder zum Galopp. Wie weit war sie gekommen? Sie wünschte sich, das Tal besser zu kennen. Wie sollte sie die Jagdhütte finden, wenn sie Azes' Land erreicht hatte? Sie würde fragen müssen – nun, wenn sie schnell genug ritt, würde sie vor den Boten des Königs ankommen, und Azes würde sie vermutlich hinbringen. Sie lehnte sich über den Hals des Pferdes und sprach auf das Tier ein, um es anzutreiben.

Der Mond ging unter, und das Pferd wollte nicht mehr galoppieren; wenn sie ihm in die Flanken trat, trabte es ein paar Schritte, wurde gleich wieder langsamer und ließ den Kopf hängen. Es war schweißnaß, und Schaum tropfte aus seinem Maul. Die Königin führte es zu einer Baumgruppe an einem

Straßenbrunnen und versuchte, ihm den Sattel abzunehmen. Es war dunkel, und sie hatte noch nie ein Pferd abgesattelt; das hatten immer die Pferdeknechte für sie getan. Sie hantierte eine Weile an der Schnalle herum und gab dann auf. Das Pferd war durstig, aber sie wußte, daß sie es erst trinken lassen durfte, nachdem sie es auf und ab geführt hatte, um es abzukühlen. Sie war nicht sicher, wie lange sie das Pferd bewegen mußte, und so ging sie eine ganze Weile mit dem müde stolpernden Tier umher. Schließlich ließ sie es trinken – aber zuviel. Endlich band sie es an einen Baum und legte sich hin, um vor dem Morgen eine Stunde auszuruhen.

Sie konnte nicht schlafen. Bis zur Jagdhütte waren es drei oder vier Tagesritte; Itaz war jetzt drei Tage unterwegs. War es vielleicht schon zu spät?

Sie sagte sich, daß er nicht eilen würde. Er war gerade von einer langen Reise zurückgekehrt und würde das Tempo nicht forcieren wollen. Vermutlich würde er etwa um die Mitte des vierten Tages ankommen, sein Pferd in den Stall bringen, sich umschauen, dann eine Mahlzeit zu sich nehmen und mit seinen Freunden trinken. Azilises würde den Plan nicht vor Einbruch der Nacht ausführen, wenn ihr der König die Wahrheit gesagt hatte. Er würde vorgeben müssen, ebenfalls geschlafen zu haben, als die Hütte in Brand geriet, und das konnte er kaum am hellichten Tage. Sie mußte vor der Dunkelheit des nächsten Tages ankommen, aber wenn ihr das gelang, mochte es reichen.

In der ersten Morgenröte band sie ihr geliehenes Pferd los und stieg wieder in den Sattel. Das Pferd scheute, legte die Ohren an und wehrte sich schnaubend und stampfend gegen sie, aber sie trieb es wieder auf die Straße. Als es heller wurde, sah sie, daß der Sattel es am Bauch und Widerrist wundgerieben hatte. Es ging mit gesenktem Kopf, erschauerte, wenn der Gurt die Wunden berührte, war steif und geschwollen von zu wenig Ruhe und zuviel Wasser. Es konnte sich nicht schneller bewegen. Sie tätschelte es schuldbewußt und machte beim nächsten größeren Bauernhof halt.

Sie traf den Bauern beim Frühstück an und erklärte ihm wie

dem Stadtoberen von Sieben Pinien, sie reite zu einem Freund, der im Sterben liege. Sie bat ihn, das Pferd nach Sieben Pinien zurückzubringen und ihr ein frisches Reittier zu verkaufen. Er erkannte sie nicht, war also nicht überrascht, daß sie keine Eskorte hatte, und stimmte bereitwillig zu, da er wußte, daß er ihr einen hohen Preis abverlangen konnte. Sie bezahlte mit Gold für einen übellaunigen Klepper, den ihr der Bauer sattelte. Dann zog er ihm ihre eigenen Satteltaschen über. »Ein feines Pferd«, sagte er zu Heliokleia, die Mähre tätschelnd, die ihm die Zähne zeigte. »Kann den ganzen Tag laufen, ohne Schaden zu nehmen, und ist auch nicht zu langsam; wenn sie nicht laufen will, braucht sie die Peitsche, dann wird sie dir gute Dienste leisten.« Er gab ihr eine Reitpeitsche, wies ihr den Weg zu den Ländereien von Herrn Azes, und sie machte sich wieder auf.

Am vorigen Tag und in der Nacht hatte sie von Eskati aus knapp sechzig Meilen zurückgelegt, was zwei gewöhnlichen Tagesritten entsprach. Jetzt hatte sie einen Tag für eine Tagesreise; das konnte sie gewiß schaffen! Sie trat die Mähre in die Flanken, bis sie sich zum Galopp entschloß. Das Tier rüttelte ihr alle Knochen durch, aber es war schnell.

Gegen Mittag erreichte sie Trockene Gabel, wie dieser Ort genannt wird; der Boden ist schlecht und wird von Antimachos' Gräben bewässert. Herrn Azes' Land liegt etwas weiter flußaufwärts an einem Bergbach, der dort in den Jaxartes fließt. Heliokleias Herz hob sich. Sie hatte eine gute Strecke geschafft. Sie erkundigte sich bei einer Bauersfrau, die im Bach ihre Wäsche wusch, ob dies wirklich die richtige Abzweigung war; dann ließ sie ihr müdes Pferd traben, verließ die Hauptstraße und nahm den Weg in die Berge.

Sie hatte etwa eine Meile zurückgelegt, als das Pferd zu hinken begann. Wäre sie eine Saka gewesen, so wäre sie rasch abgesessen, hätte die Hufe des Tieres untersucht, den Stein aus dem Vorderhuf entfernt und wäre weitergeritten – aber sie war keine Saka. Sie hatte vor nicht einmal einem Jahr reiten gelernt und sich nie selbst um ihre Tiere gekümmert. Sie ritt eine Zeitlang weiter, ohne etwas zu merken. Erst als das Hinken so ausgeprägt wurde, daß das Pferd den Huf gar nicht mehr auf den Boden setzte, erkannte sie, was geschehen war. Sie saß ab. Das Pferd stand auf drei Beinen und setzte nur die Spitze des Vorderhufs auf die Erde. Es legte die Ohren an. Sie erinnerte sich, daß die Tiere manchmal Steine in den Hufen haben, legte sich die Zügel über den Arm, kniete nieder und untersuchte den angehobenen Huf. Der Stein war deutlich zu sehen, aber als sie ihn berührte, trat das Pferd aus und scheute; der Fußballen war rot und entzündet. Heliokleia versuchte es erneut, doch das Pferd warf sie beinahe um und versuchte dann, sie zu beißen. Zitternd vor Erschöpfung, band sie das Tier an einen Baum, legte ihm eine Handvoll Gras hin, kniete zwischen ihm und der Freiheit nieder und versuchte es erneut, wobei sie beruhigend auf das Pferd einsprach. Wieder trat das Pferd aus und stand dann schnaubend und zitternd da. Ihre hastigen Finger bekamen den Stein nicht zu fassen; sie erinnerte sich, daß ihre Garden manche Steine mit einem Messer heraushebelten. Sie durchsuchte die Satteltaschen; sie hatte kein Messer. Das Ende ihres goldenen Halsbandes jedoch war schmal und steif, vielleicht würde es damit gehen. Sie nahm die Kette heraus, kniete wieder neben das Pferd und nahm seinen Huf auf die Knie. Das Pferd entblößte warnend die Zähne. Sie klopfte auf den Huf, wie sie es die Garden hatte tun sehen, und versuchte dann, mit dem Ende des Halsbands den Stein herauszuheben.

Mehrere Dinge geschahen gleichzeitig. Der Stein flog heraus; das Halsband glitt ihr aus der Hand; das Pferd ging hoch und wimmerte schrill vor Schmerz. Seine Hufe teilten die Luft über Heliokleias Kopf, und sie konnte gerade noch schützend die Arme heben, ehe der verletzte Vorderhuf gegen ihren linken Arm prallte und sie auf das Gesicht fallen ließ. Die lose angebundenen Zügel wurden von dem Ast gerissen, und das Pferd scheute und galoppierte die Straße hinunter, die offenen Satteltaschen hinter dem leeren Sattel mitschleifend.

Heliokleia sprang auf und rannte auf die Straße; sie sah das Pferd gerade noch um eine Biegung verschwinden, genau auf dem Weg, den sie gekommen waren. Sie lief ihm eine Weile nach, doch das Tier strebte zu seinem vertrauten Stall zurück; sobald es sie sah, beschleunigte es sein Tempo, bis sie weit zurückgeblieben war. Wenn sie ihm den ganzen Tag folgte, könnte sie es vielleicht einholen – aber die Zeit hing wie ein Berg über ihrem Kopf; die Zeit begrub sie unter sich und zerschmetterte sie. Sie stand im Frühlingssonnenschein mitten auf dem Weg, ließ die Arme schlaff herabhängen und sah das Pferd davontraben – und mit ihm alles Geld, das sie so bedachtsam mitgenommen hatte, um für ihre Reise zu bezahlen.

Nach ein paar Minuten schlug sie die Hände vors Gesicht. Der Arm, den das Pferd getroffen hatte, schmerzte brennend. Wie weit war es noch? Bisher war sie gut vorangekommen; vielleicht, vielleicht war die Hütte nahe, und wenn sie sich beeilte, könnte sie es noch rechtzeitig schaffen. Sie begann, den Weg wieder hinaufzugehen, hielt ihren verletzten Arm und weinte lautlos vor sich hin.

Als sie die Stelle erreichte, wo sie ihr Pferd angebunden hatte, sah sie etwas Goldenes im Gras glitzern und erinnerte sich an das Halsband. Konnte sie wagen, damit ein anderes Pferd zu kaufen? Die Leute würden argwöhnisch sein, wenn es von einer zu Fuß gehenden Frau angeboten wurde; sie würden sie vielleicht aufhalten und zu ihrem Herrn bringen, weil man sie für eine Diebin hielt. Trotzdem könnte das Halsband noch zu etwas nützlich sein. Sie blieb stehen, hob es auf, und da sie es so am besten tragen konnte, legte sie es sich um den Hals. Dann ging sie rasch bergan, das Halsband mit dem verletzten Arm umklammernd. Es war um die Mitte des Nachmittags.

Sie war nicht gewohnt, weit zu gehen, und ihre Füße steckten in lockeren Reitstiefeln aus weichem Leder, weiß mit goldenen Riemen, spitzen Absätzen und Sohlen, die nicht dicker waren als ein Pfannkuchen. Der Weg war steinig und trocken, und nach zwei Meilen schmerzten ihre wunden Füße bei jedem Schritt. Sie stolperte vorwärts und versuchte, sich von ihren Sinnen loszulösen. Nach einer weiteren Meile sah sie eine Hirtin mit einer Ziegenherde, die sie anstarrte. Sie rief sie an, sagte, ihr Pferd sei durchgegangen, und versprach der Frau eine Belohnung, falls sie ein anderes besorgen könne – doch die Frau starrte sie nur an und begann dann, die Ziegen wegzutreiben. Entmutigt, mühsam, blind vor Müdigkeit, eilte die Königin weiter die steilen Hänge hinauf, und unter Schmerzen Meile um Meile zurücklegend.

In der Abenddämmerung traf sie einen Mann und einen Jungen, die Kühe zum Melken heimwärts trieben, und wieder fragte sie nach einem neuen Pferd. Beide starrten sie in wortlosem Argwohn an und machten eine Geste, um das Böse abzuwehren: daß eine schöne Frau, bleich und hellhaarig, zu Fuß in königlichen Reitgewändern und Purpurumhang unterwegs sein sollte, erschien ihnen so unglaublich, daß sie sie nicht für eine wirkliche Frau hielten, sondern für einen Dämon, der sie versuchen wollte.

»Ich habe einen Freund in einer Jagdhütte von Herrn Azes«, sagte sie verzweifelt. »Er ist dem Tode nahe, ich muß ihn heute abend noch erreichen. Mein Pferd ist durchgegangen; im Namen aller Götter, bitte, ich gebe euch dies« – sie hob das goldene Halsband –, »wenn ihr mir ein Pferd beschafft.«

»Du meinst die Jagdhütte, die der König für seinen Sohn hergerichtet hat?« piepste der Junge, während sein Vater wieder eine Geste gegen den bösen Blick machte. »Da bist du auf dem falschen Weg; du mußt drei Meilen zurück zu einer Abzweigung bei einer gespaltenen Eiche und dann zwölf Meilen geradeaus den Berg hoch. Du kannst die Hütte heute abend bestimmt nicht mehr erreichen, nicht einmal mit dem schnellsten Pferd in Ferghana.« Sein Vater gab dem Jungen eine Backpfeife, und der Junge rieb sich das Ohr.

»Bitte«, sagte Heliokleia mit gebrochener Stimme, »gebt mir ein Pferd. Es geht um ein Menschenleben.«

»Sprich nicht mit ihr«, schnauzte der Mann seinen Sohn an und begann, die Kühe so schnell wie möglich weiterzutreiben.

Die Königin drehte sich um und stolperte schluchzend den Weg wieder hinunter. Alles war vergebens. Die Leute des Königs würden sie am Morgen finden, sie würde bloßgestellt und bestraft werden, und Itaz würde tot sein. Doch vielleicht hatte sie die Tage nicht richtig gezählt; vielleicht hatte Itaz unterwegs angehalten, vielleicht hatte Azilises gemerkt, daß er den Auftrag nicht oder nicht sofort ausführen konnte. Sie konnte nicht aufgeben, nicht jetzt; sie mußte bis ans Ende gehen, selbst wenn das die rauchenden Trümmer einer Jagdhütte in den Bergen im kalten Licht des Morgens waren.

Ihre Finger drehten an dem goldenen Halsband und verfingen sich in etwas Dünnem, das um das Gold geschlungen war. Sie schaute hin und sah das einzelne weiße Pferdehaar, das Itaz ihr nach seiner Rückkehr aus Baktra gegeben hatte, im letzten Tageslicht schimmern. Sie zog es heraus und hielt es vor den rosa vergehenden Schimmer im Westen. Sie hatte nie an Itaz' Vision geglaubt, und sie glaubte auch jetzt nicht daran – aber sie war verzweifelt und schwach vor Erschöpfung und hätte alles versucht. »Wenn es wahr ist«, sagte sie laut, »dann schickt das Pferd jetzt hierher, Großvater Antimachos, und du, Sonnengott; schickt es, damit es mich rechtzeitig zu Itaz bringt!«

Nichts geschah. Mit bitterer Miene befestigte sie das Haar wieder an dem goldenen Halsband – es war der einzige Gegenstand, den Itaz ihr gegeben hatte und den sie hatte behalten dürfen – und stolperte weiter.

Drei Meilen wieder zurück, drei lange, qualvolle Meilen. Die Sonne ging unter, und der wächserne Mond warf ein weiches Licht über die leeren Felder und die dunkle Straße. Sie hatte keine Angst, allein durch ein fremdes Land zu gehen; ihr Herz war so bedrückt, daß sie den Tod willkommen geheißen hätte. Weiter unten auf dem Weg sah sie die gespaltene Eiche, auf die sie seit eineinhalb Meilen gewartet hatte; etwas Weißes stand daneben. Als sie näher taumelte, sah sie, daß es ein Pferd war.

Sie blieb wie angewurzelt stehen. Der Schimmel trat aus dem Schatten der Eiche, und sein Fell glänzte im Mondlicht. Er kam auf sie zu und schnupperte an ihrer Schulter; sein Atem war warm und roch nach sonnenbeschienenen Wiesen. Erschrocken und ängstlich streichelte sie seinen Hals, das seidenweiche Fell über den stahlharten Muskeln. Als sei das ein Signal, kniete das

Pferd nieder, und langsam wie im Traum stieg Heliokleia auf seinen Rücken.

Es brauchte keine Führung. Der Schimmelhengst bog unaufgefordert in den Weg ein und begann zu kantern, mühelos dahinfließend wie Wasser. Aus dem Kanter wurde Galopp und dann etwas anderes; man hörte keine Hufschläge auf dem steinigen Boden, sondern jeder Schritt strömte wie Musik in die Luft. Die Königin schaute nach unten und sah den Weg unter sich abfallen, die Bäume sich biegen. Die Berggipfel sangen freudig in den Himmel. Sie klammerte sich an die Mähne des Hengstes, der die Ohren aufrichtete und die Nüstern im Wind blähte. Einen scheinbar ewig dauernden Augenblick lang beugten sich die Berge hinüber zu den Sternen und sang der ganze Himmel vor Licht – dann eilten die Bäume heran, aus dem Flug wurde ein Galopp, aus dem Galopp ein Kanter, und das Pferd blieb vor einer Jagdhütte stehen, die dunkel in einer mondbeschienenen Waldlichtung lag. Heliokleia glitt vom Rücken des Pferdes. Sie war nicht mehr müde, und der Schmerz war aus ihrem Arm verschwunden. »Danke«, flüsterte sie dem Pferd zu, ohne das Wunder verstehen zu können; und der Hengst neigte den Kopf.

Sie wandte sich wieder der Hütte zu und erkannte jetzt, daß sie doch nicht ganz dunkel war. In einem Fenster schien Licht, rotes Licht. Feuer. Sie rannte darauf zu.

Die Tür war unverschlossen und öffnete sich auf ihren Druck. Drinnen war das Haus voller Rauch. Hustend wedelte sie den Qualm weg und rannte in einen Hauptraum. Die Wände waren von Flammen bedeckt. Sie rannte durch eine offene Tür: eine Latrine. Sie rannte hinaus und durch eine andere Tür. Im roten Licht erkannte sie den Umriß eines Mannes, der schlafend auf einer niedrigen Couch lag. Sie rannte zu ihm und packte seine Tunika. »Itaz!« schrie sie. »Itaz! Wach auf!«

Er rührte sich, öffnete die Augen und lächelte ihr zu – dann schloß er die Augen und schlief wieder ein. Sie schlug ihn. »Wach auf!« schrie sie. »Es brennt!« Sie zerrte ihn aus dem Bett; er fiel auf den Boden, machte die Augen wieder auf und runzelte verwirrt die Stirn. Sie riß an ihm. »Komm, bitte!« sagte sie. »Bitte!«

»Du bist es«, sagte er erfreut und durcheinander. »Was machst du hier?«

»So komm doch!« schrie sie. Die Flammen erreichten jetzt das Schlafzimmer. Sie zog an ihm und schob sich seinen Arm über die Schultern.

»Für dich – alles«, sagte er, lächelte verständnislos und rappelte sich auf die Füße. Sie stolperten aus dem Zimmer.

Im Hauptraum brannte das Dach, und brennende Trümmer fielen zu Boden. Die Tür, die sie offen gelassen hatte, war als schwarzer Umriß in einer Feuerwand zu erkennen. Sie zog Itaz hindurch; hinter ihnen stürzte das Dach ein, und wild loderten die Flammen auf.

Sie führte Itaz über die Lichtung und setzte ihn auf einen Laubhaufen unter einem Rhododendron. Er lehnte sich an sie und schüttelte in berauschter Verwirrung den Kopf. Sie schaute sich nach dem Haus um. Es stand jetzt in hellen Flammen, und aus dem steinernen Stallanbau dahinter hörte sie das entsetzte Wiehern eines Pferdes. Sie würden ein Pferd brauchen. Sie rannte zum Stall hinüber und fand den braunen Hengst darin angebunden. Er keilte und schnaubte in höchster Angst. Das Dach über dem Stall war aus Ziegeln und brannte nicht, aber es qualmte in der Hitze, und die Wände hatten schon Sprünge bekommen. Sie warf dem Hengst ihren Umhang über den Kopf, und als er stillhielt, gelang es ihr, ihn loszubinden und hinauszuführen. Dann beruhigte sie das Pferd und führte es zu den Rhododendren.

Die Nachtluft schien Itaz aus seiner berauschten Schläfrigkeit geweckt zu haben. Als sie mit seinem braunen Hengst erschien, blickte er rasch auf und starrte sie dann an. Sie band das Pferd an einen Ast und kauerte sich neben ihm nieder; er streckte die Hand aus und berührte ihr Gesicht. »Träume ich?«

»Nein.«

Er schaute auf das brennende Haus. »Ich scheine wach zu sein – aber wie...«

»Dein Vater befahl Azilises, dir ein Mittel in den Wein zu geben und das Haus anzuzünden. Ich bin gerade noch rechtzeitig gekommen, um dich herauszuholen.«

»Azilises? Ich bin mit Azilises hergekommen. Wo ist er?«

»Ich weiß nicht. Er muß gerade gegangen sein, als ich kam.«

Wieder starrte er sie an und berührte noch einmal zögernd ihr Gesicht. Sein eigenes Gesicht war im Schatten nicht zu sehen. »Es ist kein Traum, oder?« sagte er leise.

»Nein«, antwortete sie wieder. »Es ist Wirklichkeit.«

Seine Hand löste sich von ihr und ballte sich zur Faust. Er schüttelte den Kopf und schaute dann wieder auf die brennende Hütte. »Warum wollte mein Vater mich umbringen lassen?« schrie er so laut, daß seine Stimme das Zischen und Knistern der Flammen übertönte.

»Weil man uns gesehen hat, damals im Stall«, antwortete sie in drängendem Flüstern. »Inisme hat uns gesehen.«

Er starrte wieder, dann sprang er auf, faßte ihre Hand und zog sie hinaus in den Feuerschein. »Sie hat uns gesehen? Sie hat es ihm erzählt?« fragte er und musterte ihr Gesicht.

Sie nickte. »Ich fand das heraus, sobald ich wieder im Palast war«, flüsterte sie, »und so ging ich zu deinem Vater und sagte ihm, du hättest dich unverschämt benommen. Ich dachte, wenn er wüßte, wie sehr ich dich liebe, würde er dich noch mehr hassen. Ich dachte, er würde es hinnehmen, wenn ich sagte, du hättest einfach den Kopf verloren und dich frech benommen, ich dachte, er würde aufhören, nach irgendwelchen Verschwörungen zwischen uns zu suchen und dich einfach fortschicken. Aber ich war aufgeregt, ich habe die falsche Lüge erzählt, und ich habe sie schlecht erzählt. Es tut mir leid! Er vermutete, du seist der Mittelpunkt irgendeiner Intrige, mit der du sowohl mich als auch seine Krone gewinnen wolltest, und hättest versucht, mich zu vergewaltigen, als ich nicht mitmachte. Ich versuchte ihm klarzumachen, daß er unrecht hatte, und schließlich versprach er mir, er würde dich nur nach Parthien zurückschikken, aber das hat er nicht getan. Er fand heraus, daß du nicht mit dem Mädchen auf deinem Hof schliefst; das war für ihn der

Beweis, daß du ihn getäuscht und dich gegen ihn verschworen hättest. Er sagte, er würde dich zur Hölle schicken, aber er wollte, daß es wie ein Unfall aussah, damit deine Anhänger keine Schwierigkeiten machten.«

»Und er hat Azilises dazu gebracht...« fragte Itaz gequält. Azilises war auf der Reise zur Jagdhütte witzig und unterhaltend, an diesem Abend beim Essen aber still, nervös und unglücklich gewesen. »Ich bin müde und wund vom Reiten«, hatte er nur gesagt. Aber er hatte guten Wein besorgt und darauf bestanden, daß sein Freund davon trank, ehe er zu Bett ging.

»Er hat ihm versprochen, ihn an deiner Stelle zum Kommandeur meiner Garde zu machen.«

Itaz wandte unglücklich und verwirrt den Blick ab.

»Deshalb wollte ich dich warnen«, sagte Heliokleia atemlos. »Er hat es mir erzählt, als du zwei Tage fort warst, und ich ritt – bei den Göttern! Ich habe ihn belogen und bin ihm entwischt, und ich bin so schnell so weit gekommen! Mein Pferd ist durchgegangen, mit der Krone und allem Geld, das ich mitgebracht hatte, und ich mußte zu Fuß weitergehen. Ich dachte, ich käme zu spät. Gestern abend war ich sicher, ich würde zu spät kommen.« Sie faßte seine Arme, spürte die Muskeln durch die zerknitterte Tunika, die Wärme, und fühlte sich verwirrt, unglücklich und lebendig. »Ich danke allen Göttern!« sagte sie glühend.

Er stand einen Augenblick verblüfft still, dann faßte er ihre Schultern und schaute ihr ungläubig ins Gesicht. »Du bist ganz offen gekommen?« fragte er.

»Ich bin meiner Eskorte entwischt und geritten wie eine Verrückte. Zweimal habe ich die Pferde gewechselt; sie werden wissen, wohin ich geritten bin, und sie werden mir folgen; sie werden mit den Leuten reden, die mir die Pferde gaben. Wir haben vielleicht einen Tag Vorsprung, aber nicht mehr. Wir können nicht hierbleiben!«

»Er wird uns beide töten, wenn er uns jetzt erwischt! Er wird sicher sein, daß wir sowohl des Ehebruchs als auch des Verrats schuldig sind, und allein für den Ehebruch wird er uns töten.

Wenn du hier bei mir bist, braucht er es nicht einmal wie einen Unfall aussehen zu lassen. Er wird das ganze Tal aufscheuchen, um uns zu jagen! Warum bist du gekommen?«

»Ich hatte niemanden, den ich schicken konnte. Ich wollte dich nicht sterben lassen.«

»Aber ich werde ziemlich sicher ohnehin sterben, und das auch noch in Schmach und Schande. Alle werden sagen, ich sei ein Lügner und Ehebrecher gewesen! Ja, und du wirst auch sterben! Dafür wird er dich erwürgen und vor den Stadttoren aufspießen lassen! Du hast dich und mich ins Verderben gestürzt! Warum bist du gekommen?«

Sie atmete tief ein. »Ich will lieber für das sterben, was ich liebe, als so weiterleben, wie ich gelebt habe. Vielleicht entkommen wir auch; es war unmöglich, rechtzeitig herzukommen, und doch habe ich es geschafft, und wir sind beide am Leben. Und selbst wenn wir sterben, bin ich zufrieden, solange ich mit dir sterbe.« Sie legte ihre Hand auf sein Gesicht. »Die Welt ist nicht so, wie ich gedacht hatte. Vielleicht sind einige Dinge in ihr so gut, daß man jedes Leiden auf sich nehmen sollte, um sie zu erreichen.«

Wieder starrte er sie an. »Ich könnte nicht mit mir selbst leben«, hatte er zu Antimachos gesagt, »wenn ich das Glück nur durch meines Vaters Ruin gewänne; am Ende würde ich die Frau und mich selbst hassen.« Vielleicht hätte das gestimmt, wenn er sich gegen seinen Vater verschworen oder die Gemahlin seines Vaters verführt hätte. Doch sein Vater hatte ihn zum Tode verurteilt, und Heliokleia hatte alles aufgegeben und alles auf sich genommen, wahrscheinlich nur, um an seiner Seite zu sterben. Er legte die Arme um sie und küßte sie. Sie umschlang ihn, drückte sich an ihn und begann zitternd zu weinen. Er zog sie unter die Rhododendren zurück, breitete den purpurnen Umhang über die trockenen Blätter und legte sie nieder. Sie löste den goldenen Gürtel und stieß ihn, noch immer weinend, beiseite. Er küßte ihre Tränen und streichelte sanft ihr Gesicht; sie zog ihre Hose aus, und er half ihr aus der Tunika. Dann half sie ihm aus seiner. Nackt betrachteten sie einander. Ihre Körper waren gesprenkelt vom Schatten der Blätter im Licht des sterbenden Feuers. Ihr war, als sei sie ihr ganzes Leben lang durch eine öde Wüste auf diesen Augenblick zugegangen. Jetzt strömte das Wasser durch das trockene Gebüsch, und die Steppen wurden plötzlich frühlingsgrün. Sie hob die Arme und zog ihn auf sich hinunter, und ihre Glieder blühten auf wie das trockene Ödland, kostbare Kräuter tragend.

Sie liebten sich schnell und leidenschaftlich, zogen dann gegen die Kälte den Umhang um sich und schmiegten sich in die trockenen Blätter. Dann liebten sie sich wieder, langsam und zärtlich, und schliefen schließlich umschlungen ein. Sie erwachten im weißen, dunstigen Morgen, und sie fühlten sich steif und kalt. Itaz setzte sich verwirrt auf, fröstelte in der kalten Luft und sah dann auf Heliokleia nieder, die noch schlafend zusammengerollt in den Blättern neben ihm lag. Die Erinnerung an die Nacht kehrte deutlich zurück, als sei sie in Stein gemeißelt. Er betrachtete sie schweigend. Ihretwegen hatte sein Vater versucht, ihn zu töten; ihretwegen würde er unter einem Todesurteil stehen und konnte für den Rest seines Lebens höchstens Exil und Armut erhoffen.

Seinetwegen hatte sie eine Welt weggeworfen. Er streichelte sanft ihr Haar; sie lächelte, da sie ihn sogar im Schlaf erkannte, und rückte näher. Während er auf sie niederschaute, fühlte Itaz sich wieder wie von sich selbst abgetrennt. Er war ein neuer Mann, der sich selbst nicht kannte, nicht länger an Heim und Geburt und Stand gebunden, sondern wurzellos und frei. Es war, als sei er gerade erst geboren. Er schuldete nichts als Liebe, und das allein bestimmte ihn noch immer.

Er legte sich neben ihr nieder und küßte sie, und sie erwachte und rückte wieder in seine Arme. Wieder liebten sie sich in der Blätterhöhle, während ringsum im weißen Tageslicht die Vögel zu singen begannen.

Als sie fertig waren, bewegte sich Itaz als erster. Er setzte sich auf, schaute sich um und sah sein neues Pferd, das noch immer an den Ast gebunden war. Er griff nach seinen Kleidern, stand fröstelnd auf, bürstete sich Blätter und Erde von der Haut und zog sich hastig an.

»Du hast gesagt, sie seien nicht mehr als einen Tagesritt entfernt«, sagte er.

Sie nickte und griff nach ihrer Hose. »Ich habe meine Eskorte beim Feuertempel zurückgelassen. Ich weiß nicht, wann sie gemerkt haben, wohin ich geritten bin, aber es muß eine Weile gedauert haben. Dann werden sie jemanden in die Stadt zurückgeschickt haben, um den König zu fragen, was sie tun sollten. Er muß sofort begriffen haben, wohin ich wollte, und ist mir wahrscheinlich nachgeritten, sobald seine Pferde bereit waren. Aber er kann nicht viel früher als am Nachmittag aufgebrochen sein. Ich bin den größten Teil der letzten – der vorletzten, meine ich – Nacht durchgeritten, und das konnte er wohl kaum, es gab sicher nicht genug Pferde für alle seine Leute; aber vielleicht hat er einige vorausgeschickt, um uns zu fangen. Ich meine, er dürfte einen Tagesritt hinter uns sein.«

»Vielleicht kommt Azilises heute morgen zurück, um zu sehen, ob er Erfolg hatte«, sagte Itaz angewidert. »Wir sollten besser so bald wie möglich aufbrechen. Haben wir etwas zu essen?«

Heliokleia schüttelte den Kopf. Sie hatte am Vortag nichts gegessen und merkte jetzt, daß sie sehr hungrig war.

»Und du sagtest, du hast dein Geld verloren, als dein Pferd durchging?«

Sie nickte. »Das meiste. Ich habe ein wenig Silber in meiner Börse und etwas Schmuck.«

»Das könnten wir brauchen, falls wir davonkommen. In den Ställen war etwas zu essen, und ich hatte etwas Geld...« Er verstummte und schaute nach der Jagdhütte. Das Haus selbst war bis auf den Grund abgebrannt und nur noch ein Haufen geschwärzter Balken inmitten der Lichtung, doch die Stallwände standen noch, wenn auch das Dach eingestürzt war. Mit schnellen Schritten ging er hin, bahnte sich einen Weg durch die Trümmer und fing an, die Dachziegel beiseite zu schieben. Heliokleia kam und half ihm.

Sie fanden etwas Trockenfleisch, das in Streifen unter einem Balken gehangen hatte, und einige Laibe Brot an der Wand, staubig und rauchgeschwärzt, aber eßbar. Sie aßen zum Frühstück davon und spülten die Bissen mit Wasser aus der Quelle hinunter. Itaz grub seinen Sattel, die Satteldecke und das Zaumzeug aus, fand seinen Jagdbogen mit den Pfeilen in seiner Hülle und entdeckte dann einen Sack Getreide, den er seinem hungrigen Pferd brachte. Während das Tier fraß, durchsuchte er die Asche des Schlafzimmers und hielt nach dem Silber Ausschau, aber ohne Erfolg. Sein Schwert war noch da, wo er es aufgehängt hatte, am Kopfende des Bettes, aber die Bettstatt und die hölzerne Scheide waren zu Asche zerfallen, und das Schwert selbst war verzogen und unbrauchbar, der Handgriff war verbrannt. Er hatte keine Kleider mehr und keinen Mantel. »Gut, daß ich gestern abend zu müde war, um mich auszuziehen«, sagte er, auf die zerknitterte Tunika und Hose hinunterschauend.

»Es zahlt sich aus, in den Stiefeln zu schlafen«, stimmte Heliokleia mit unbewegter Miene zu.

Er küßte sie und sattelte dann das Pferd, während sie einige der Nahrungsmittel in die Satteltaschen packte. Er befestigte Bogen und Pfeile vor dem Sattel, half Heliokleia in den Sattel und sprang hinter ihr auf. Es war unbequem, zwischen Sattel und Satteltaschen war kein Platz für seine Beine. Er stieg in den Sattel, zog Heliokleia auf seinen Schoß, und sie machten sich auf den Weg.

»Wohin gehen wir?« fragte Heliokleia.

»Vor allem fort von hier«, antwortete Itaz. »Alles Weitere können wir uns unterwegs überlegen.«

Sie schwieg eine Minute und dachte nach. »Wir könnten so tun, als seien wir ein Händler und seine Frau«, sagte sie schließlich. »Wir könnten behaupten, daß wir uns einer Karawane auf der Südstraße anschließen wollen, das Tal durchqueren, eine richtige Karawane suchen und dann durch Baktrien nach Indien reisen.«

»Oh, großartig!« sagte er sarkastisch. »Warum reiten wir

dann einen königlichen Hengst – zu zweit? Und warum haben wir keine Waren? Niemand würde uns auch nur für einen Augenblick glauben, selbst wenn sie uns nicht erkennen würden, und viele werden uns erkennen. Vor allem dich; jeder, der dich einmal gesehen hat, erinnert sich an dich.«

»Ich könnte die Kleidung wechseln, und du könntest das Pferd wechseln.«

»Sie werden sich an *dich* erinnern, nicht an die Kleider. Selbst wenn du häßlich wärst, würden sie sich an deine Haare und Augen erinnern. Hellhaarige Yavana-Frauen sind zu selten, um unbemerkt zu bleiben, und du bist so schön, daß jeder dich zweimal anschaut.«

Sie lächelte ihr Antimachiden-Lächeln. »Das denkst du«, bemerkte sie.

»Es stimmt! Wir können nicht unentdeckt bleiben. Man kennt dich und man kennt mich. Und mein Vater wird das ganze Tal aufstören und überall herumschreien, daß seine Frau mit seinem eigenen Sohn durchgebrannt ist! Es wäre Verrat, uns zu helfen, und wahrscheinlich wird eine Belohnung auf uns ausgesetzt werden. Wir kämen niemals unbemerkt an Eskati vorbei.«

»Und wenn wir nachts reisten?«

»Würden wir trotzdem etwas zu essen brauchen. Und Futter für das Pferd. Wir haben nicht viel Geld, und wenn wir versuchen, die Juwelen einzutauschen, machen wir uns noch verdächtiger. Und selbst wenn wir herauskämen und es nach Indien schafften, was würden wir dort anfangen? Würde dein Onkel uns schützen?«

Sie schwieg einen Moment und erschauerte dann. »Nein. Er würde uns meinem Bruder zurückgeben. Ehebruch ist ein Übel, und er würde ihn nicht unterstützen.«

»Und dein Bruder würde...«

»Mich für den Rest meines Lebens in Schande in seinem Haus festhalten und dich deinem Vater übergeben. Wir können von niemandem Hilfe erwarten.«

Sie ritten schweigend. Durch den Nebel unter ihnen hörten

sie, wie sich Hufe näherten. Itaz sprang vom Pferd und führte es rasch ins Unterholz. Dort hielt er es fest, streichelte seine Nase und flüsterte ihm zu, um es ruhig zu halten, während vier oder fünf Pferde an ihnen vorbei den Weg hinaufgingen.

»Das ist Azilises, wahrscheinlich mit seinem Vater«, flüsterte Itaz, als die Geräusche verklungen waren. »Er wird merken, daß ich fort bin.«

»Wird er so genau in der Asche suchen?«

»Er wird nach dem Pferd im Stall sehen.«

»Aber er weiß nicht, daß du von der Droge im Wein weißt. Er wird denken, du seist nach seinem Weggang erwacht und aus dem Haus gelaufen, und er wird damit rechnen, daß du zur Festung seines Vaters gehst. Dort wärest du sicher. Sein Vater ist nicht in den Plan eingeweiht. Vielleicht könntest du dorthin gehen und ein zweites Pferd und ein paar Vorräte borgen.«

»Sei nicht töricht! Du könntest nicht mitkommen; wo würdest du warten? Und was ist, wenn mein Vater Boten vorausgeschickt hat? Ich würde auf der Stelle gefaßt. Und selbst wenn er das nicht getan hat, könnte ich kaum sagen: ›Sei gegrüßt, leih mir ein zweites Pferd und ein mit Lebensmitteln beladenes Packtier und schicke niemanden mit, wenn ich gehe!‹«

»Kritisiere mich nicht immer nur! Wenn dir meine Ideen nicht gefallen, dann denke dir selbst etwas aus!«

Itaz sprang wieder auf das Pferd und lenkte es grimmig schweigend weiter den Weg hinunter. Der Nebel hob sich allmählich.

»Es tut mir leid«, sagte Heliokleia nach einer kurzen Weile.

Er zog sie an sich und küßte sie. »Mir fällt nichts ein. Wir haben Nahrung für heute, vielleicht auch für morgen. So lange können wir reiten.«

»In welche Richtung?«

»Nach Westen, natürlich. Das ist der einzige Weg aus dem Tal.«

Heliokleia schwieg ein paar Minuten und starrte voraus in den Nebel. Dann erschauerte sie. »Es gibt noch den Terek-Paß«, flüsterte sie.

»Er ist geschlossen«, erwiderte Itaz. »Seit König Alexanders Tagen hat ihn niemand mehr überquert und ist zurückgekehrt.«

»Ich habe die Geschichte gehört«, sagte Heliokleia scharf. »Aber selbst wenn sie stimmt und es sich nicht in Wahrheit um Lawinen oder einen schon lange toten Tiger handelt – seit unzähligen Jahren war niemand mehr dort. Der Wächter schläft vielleicht oder ist tot. Oder vielleicht belästigt er diejenigen nicht, die nicht die Absicht haben zurückzukehren.«

»Nein«, flüsterte Itaz, und seine Augen begannen sich aufzuhellen, »vielleicht nicht.« Er hatte nie im Terek-Tal gelebt; für ihn war das Ding auf dem Paß nur eine Geschichte. Und die Furcht vor Schwertern läßt die meisten Leute ihre Furcht vor Dämonen vergessen. »Die Menschen auf der anderen Seite sind Sakas, heißt es, aber sie kennen meinen Vater nicht und kümmern sich nicht um ihn. Wir könnten dorthin gehen. Wir könnten deine Juwelen verkaufen, und ich könnte in irgendeiner Stadt als Söldner in Dienst gehen. Als Sohn eines Königs werde ich vielleicht Hauptmann. Wir könnten dort leben. Und keiner würde damit rechnen, daß wir diesen Weg nehmen. Sie würden nicht nach uns Ausschau halten.«

»Wie weit ist es?« fragte sie eifrig.

»Ein Wochenritt? Zehn Tage? Wir müssen den Naryn überqueren, dann einen Bogen schlagen und das Terek-Tal hinaufreiten.«

»Könnten wir das schaffen? Deine Einwände gegen den Weg an Eskati vorbei gelten dort genauso. Wir brauchen Nahrung und Futter für das Pferd, und man wird uns bemerken.«

»Wenn wir in den Bergen bleiben, werden wir nur wenigen Leuten begegnen, und wir müßten von der Hand in den Mund leben können. Die Weiden sind um diese Jahreszeit gut, und Wild gibt es in Hülle und Fülle. Ich habe meinen Bogen, und wenn wir nichts fangen, können wir unser Silber ausgeben. Es ist eine Chance, mein Leben; wenn mein Vater uns hier nicht findet, wird er im Westen nach uns suchen. Wir haben zu zweit nur ein Pferd, und wir können nicht schnell reiten – aber wenn wir nach Osten gehen, wo niemand von uns weiß und niemand uns sucht, dann haben wir eine Chance!«

»Auf nach Osten!« sagte die Königin eifrig. »Und mögen die Götter uns ihre Gunst gewähren!«

Itaz erinnerte sich daran, daß sie Ehebrecher und Meineidige waren, und die würden kaum von den Göttern begünstigt. Vielleicht würde der Wächter des Passes sie beide ergreifen. Er schloß die Arme und betete insgeheim zu Ahura Mazda um Verständnis und Vergebung.

Sie ritten nicht zur Hauptstraße hinunter, sondern folgten Wegen, die durch Wälder und über offene Hügel an den Berghängen entlangführten, auf denen nur einige Ziegen lebten. Es war ein kalter, feuchter Tag, und sie waren so hoch in den Bergen, daß Itaz in seiner Tunika vor Kälte zitterte. Gegen Mittag hielten sie bei einer armseligen Hütte, wo sie einer nervösen und abweisenden Hirtin ein wenig Ziegenmilch und einen Schafsfellmantel abkauften. Heliokleia bezahlte mit etwas von ihrem Silber. »Einen alten Mantel können wir uns leisten«, sagte sie, als Itaz protestierte. »Und du brauchst ihn.«

Itaz zog den Mantel an. Er war abgenutzt, schmutzig und zu klein, aber besser als nichts. Sie tranken die Milch, stiegen wieder auf das Pferd und ritten weiter. Die Hirtin schaute ihnen argwöhnisch nach, und sie ritten geradewegs nach Süden, bis sie außer Sicht waren, da sie wußten, sie würde ihrem Herrn von ihnen berichten.

Am Spätnachmittag scheuchten sie einen Schwarm Fasanen aus dem schützenden Gebüsch, und Itaz konnte rechtzeitig einen Pfeil in seinen Bogen einlegen, um einen der Vögel zu schießen. Am Abend brieten sie ihn an einem Spieß über einem Lagerfeuer, aßen ihn dann mit etwas Brot, lehnten sich aneinander und starrten in die Glut. »Tut es dir leid, daß du gekommen bist?« fragte Itaz, Heliokleias Haar streichelnd.

»Nein«, antwortete sie ohne Zögern. Sie lehnte den Kopf zurück, um in seine Augen zu sehen. »Tut es dir leid, daß ich gekommen bin?«

»O nein!« sagte er, küßte sie und berührte ihre Brüste. »Ich war noch nie so glücklich.« Sie erschauerte vor Freude und rückte näher an ihn heran, und er hielt sie in vollkommener, ruhiger Wonne. Es stimmte, er war noch nie so glücklich gewesen. Dabei hatte er seinem Vater bei Ahura Mazda und bei der Sonne geschworen, er werde ihn nie hintergehen, und seinen Eid gebrochen. Er sollte Scham empfinden. Sein Vater hatte versucht, ihn ermorden zu lassen. Er sollte entsetzt sein. Sein Freund hatte ihn betrogen. Er sollte bekümmert sein. Er stand vor Exil und Tod. Er sollte Angst haben. Statt dessen war er beseligt und glücklich. Sein ganzes Leben lang hatte er versucht, seinem Vater zu gefallen, seinen parthischen Gastgebern zu gefallen, den Göttern zu gefallen. Jetzt war er gescheitert. Aber im Scheitern hatte er etwas anderes gefunden, einen Schatz in den Ruinen, und alles um und in ihm schien zur Ruhe zu kommen. Er konnte sein Glück, sein Empfinden, daß das Leben gut und schön war, weder rechtfertigen noch auch nur erklären, aber er konnte den Betrug nicht bereuen, der ihm aufgezwungen worden war. Wieder erinnerte er sich daran, was Antimachos über den Unterschied zwischen menschlicher und göttlicher Sichtweise gesagt hatte. Er lachte. »Ihr klugen Yavanas!« sagte er leise.

»Ich, und wer noch?« fragte Heliokleia ihn lächelnd.

»Dein Vorfahr Antimachos – oder mit wem auch immer ich auf diesem Berg sprach. Er sagte, unser ganzes Leid sei die Folge menschlicher Perversion, und ich denke, er hatte recht.«

Zu seiner Überraschung lächelte sie nicht nachsichtig, sondern setzte sich gerade auf und schaute ernst. »Etwas habe ich dir noch nicht erzählt«, sagte sie und beschrieb die Mondscheinbegegnung mit dem Schimmel. »Vielleicht habe ich es geträumt«, schloß sie. »Ich war verzweifelt vor Angst und so müde, daß ich nicht mehr wußte, wo ich war. Es ist durchaus möglich, daß ich es geträumt habe.« Sie nahm das Halsband heraus und schaute nach dem weißen Pferdehaar, das sie darumgebunden hatte – aber es war fort.

Itaz runzelte die Stirn. Er nahm die beiden Haare heraus, die er behalten hatte – er hatte sie um die Münze von Antimachos gewickelt –, und schüttelte dann den Kopf. Vielleicht hatte sie geträumt – aber er glaubte das nicht. »Vielleicht schenken uns die Götter nach all dem doch ihre Gunst«, flüsterte er ehrfürchtig.

»Ich bete darum!« sagte sie inbrünstig. »Wenn einer von ihnen uns sicher über diesen Paß bringt, dann werde ich ihn zeit meines Lebens verehren.«

»Ich auch«, sagte Itaz. Er nahm seine Hand von der Münze, legte sie wieder auf seine Brust und fügte hinzu: »Wir sollten ausruhen – aber was mich betrifft, bin ich dazu nicht imstande, ohne vorher etwas anderes zu tun.«

Ihre Augen begannen wieder zu lächeln. »Und das wäre?«

»Ah! Was würdest du tun, wenn ich sagte: ›Einen Schluck Wasser trinken‹?«

Sie richtete sich auf die Knie auf und küßte ihn leidenschaftlich, während sie seinen Mantel löste. Sie zog den Mantel weg und ließ ihre Hände unter seiner Tunika an seiner Brust hinaufgleiten. Es nahm ihm völlig den Atem. »Was ist jetzt mit dem Schluck Wasser?« flüsterte sie lächelnd; das Mädchen, das er in Adlerhorst gesehen hatte, war wieder da. »Wirst du aufstehen und ihn dir holen?«

Er hatte nicht die Absicht.

Wieder schliefen sie im Gebüsch auf der Satteldecke, den purpurnen Umhang über sie beide gebreitet, erwachten in der Frühe und ritten weiter. So ging es einige Tage, ohne daß sie jemand anderen sahen als gelegentlich Hirten mit ihren Herden. Es gab Wild in Fülle, das Pferd konnte ausreichend weiden, und das Wetter war angenehm. Sie waren so strahlend glücklich, daß sie beinahe die unsichtbare Verfolgung vergaßen, die im Tal zu ihrer Rechten brodelte.

Am Nachmittag des sechsten Tages nach dem Verlassen der Jagdhütte erreichten sie das Tal des Flusses Naryn, der von Nordosten in den Jaxartes fließt wie der Terek von Südosten. Es widerstrebte ihnen hinabzureiten, denn sie wußten nur zu gut, daß es im dichter bevölkerten Flußtal sehr viel schwieriger sein würde, unbemerkt zu bleiben – aber sie mußten das Tal durchqueren, wenn sie die Sonnenberge und den Terek-Paß erreichen wollten. Sie rasteten ein paar Stunden, ritten dann abends ins Tal hinunter und legten bis spät in die Nacht einen möglichst großen Teil der Strecke zurück – doch das Pferd mußte beide tragen, und brauchte vor dem nächsten Morgen Rast. Und am folgenden Tag mußten sie ihm Futter besorgen und sich selbst Nahrung, denn der Brotvorrat war schon lange verbraucht, und das Trockenfleisch hoben sie für den Paß auf. Auf dem Hof, wo sie die Dinge kauften, starrten die Leute sie an und murmelten; Arbeiter blieben auf dem Weg zum Feld gaffend stehen, wenn sie vorbeiritten, und beide wußten, daß die Leute sofort zu irgendeinem Herrn liefen, um zu fragen, wer und was sie seien. Aber keiner hielt sie auf, keine Hufschläge folgten ihnen, und wenn die Botschaften irgend jemanden erreichten, der sie ernst nahm, dann nicht rechtzeitig.

In der Dämmerung waren sie auf der anderen Seite des Tales angelangt und ließen sich erleichtert an einem Lagerfeuer in den Vorbergen nieder. Die Berge rings um den Terek-Paß waren damals der am dünnsten besiedelte Teil von ganz Ferghana. »Wir haben es geschafft!« erklärte Itaz jubelnd. »Keiner hat nach uns gesucht; vielleicht hatten sie nicht einmal von unserer Flucht gehört! Wir haben meinen Vater überlistet. Jetzt wird uns keiner mehr fangen! Wir sind fast da!«

»Wir haben es *beinahe* geschafft«, berichtigte Heliokleia. »Wir haben es erst hinter uns, wenn wir auf der anderen Seite des Passes sind.«

Den ganzen nächsten Tag über begegneten sie niemandem. Sie ritten an den Bergflanken entlang aufwärts in südlicher Richtung durch eine Wildnis aus Wacholder, Kiefern, dunklen Rhododendren und federblättrigen Ephedren. Der Bergfrühling, der später als im Tal kam, war in voller Blüte: Vögel sangen, und die Erde war violett von Krokussen und blau von Iris. Wieder gab es reichlich Wild, das leicht zu fangen war. Itaz schoß ein Wildschaf, und sie hatten Fleisch zum Braten für den Tag und etwas Vorrat für den nächsten. »Morgen sollten wir den Paß erreichen«, sagte Itaz. »Mögen die Götter geben, daß wir unversehrt durchkommen!«

Doch der nächste Tag war ein Tag der Verzögerungen – sie mußten an einem Felsabhang kehrtmachen und sich einen anderen Weg suchen, ein Bach zwang sie halb ins Tal hinunter, ehe sie eine Furt fanden, und als sie endlich durch das Terek-Tal selbst in die hohen Berge kletterten, lag Schnee. Der Schnee bleibt auf den Sonnenbergen lange liegen, und am Paß selbst schmilzt er nie. Als sie in dieser Nacht kampierten, waren sie noch unter der Baumgrenze und einige Meilen vom Paß entfernt. Sie machten ein Feuer aus Treibholz auf dem Kies neben dem Fluß, wo der Schnee geschmolzen war, und kauerten sich die ganze Nacht zwischen dem Feuer und dem Pferd zusammen, um sich vor der Kälte zu schützen.

Der folgende Morgen dämmerte klar und strahlend, die Sonne stand weiß an einem Himmel voller Adler. Sie gaben dem müden Pferd den Rest des gekauften Futters, aßen das restliche Wildschaf, dann saßen sie auf und machten sich am Bach entlang an den Aufstieg.

Der Weg war beschwerlich. Bald kamen sie in tiefen Schnee, und sie mußten absitzen und das Pferd durch die Schneewehen führen, das in der Kälte schauderte und stampfte. Mittags waren ihre Füße taub und ihre Lippen blau vor Kälte. Sie waren inzwischen oberhalb der Baumgrenze und in der Nähe des Passes, und es gab nichts, womit man ein Feuer machen konnte. Aber sie hielten inne, um Atem zu holen, setzten sich in den Schutz einer Schneewehe und hielten einander im Arm, um sich zu wärmen.

Plötzlich hob das Pferd mit geblähten Nüstern den Kopf und legte die Ohren zurück. Und in diesem Augenblick spürten sie das Ding, das wir im Terek-Tal immer neben diesem Bach gespürt haben: es war wie etwas Lebendiges hoch über ihnen, das sich mit tiefster, unausgesprochener Bosheit umsah. Itaz sprang auf die Füße, schaute zurück, schaute über nackten Fels und tiefen Schnee und Stille. Er sah auf Heliokleia nieder. Sie nahm seine Hand und stand auf. Sie sahen sich an, sagten sich im stillen, es seien die Nerven, die Spannung, dem Entkommen so nahe zu sein. Aber sie wagten nicht, das laut auszusprechen, weil sie sich vor der Leere von Worten in dieser Stille fürchteten. Wortlos nahmen sie das Pferd beim Zügel und gingen eilig weiter.

Sie waren noch nicht weit gegangen, als der Bach mit seinen tiefen Driften nach links abbog. Sie betrachteten den Abhang direkt vor sich und sahen die Felskämme zu einer Stelle abfallen, wo der Himmel hell war, ohne daß ihn Berge versperrten: das war der Paß selbst. Sie schauten einander wieder an, reichten sich die Hände und begannen, den Abhang zu erklettern.

Sie kamen jetzt viel leichter voran. Der Wind hatte den meisten Schnee fortgeweht und nur eine dünne Eisschicht hinterlassen, die unter den Füßen knirschte. Es war ein ruhiger, sonniger Tag, windstill, und die Luft war beinahe warm. Bis auf den knirschenden Schnee unter ihren Füßen herrschte völlige Stille. Kein Wind summte in den Felsen, keine Adler kreisten an der flachen blauen Himmelsscheibe. Hell und ruhig – aber die Stille schien während des Aufstiegs schwerer zu werden, bis ihre Schritte ihnen in den Ohren dröhnten und sie unter ihrem keuchenden Atem ihr Herz schlagen hörten. Jede Bewegung war mühsam; die Füße schienen am Boden zu kleben. Das Pferd zitterte und schwitzte und fuhr grundlos zusammen, und es hatte solche Angst, daß man das Weiße in seinen Augenwinkeln sah. Itaz hielt es fest, da er fürchtete, es werde durchgehen.

Endlich erreichten sie den Kamm des Abhangs und hielten ächzend inne. Vor ihnen lag offen der Paß, dessen Boden mit Schnee und vom Wind freigewehtem Geröll belegt war, und dessen Wände aus schierem Fels bestanden, die von heruntergefallenen Felsblöcken und Schotter gesäumt waren. Es gab hier nichts außer Sonnenlicht und Stille. Jenseits, weit jenseits, fielen rote, gefaltete Berghänge ab: die andere Seite, der Osten, die unbekannte Welt.

Sie sahen sich mit leuchtenden Augen an und wandten sich dann ein letztes Mal zu dem blaugrünen Dunst des Tales unter ihnen um.

Über den Abhang und am Fluß entlang konnten sie eine Reihe bewaffneter Reiter ausmachen. In der Mitte wandte gerade eine gedrungene, kräftige Gestalt in vergoldeter Rüstung das goldbraune Reittier dem Hang hinter ihnen zu. Selbst über die Entfernung hinweg spürte Itaz, wie ihn die Augen des Vaters trafen. Irgend jemand hatte Mauakes genug gesagt, um ihn erraten zu lassen, wohin sie gehen wollten; er hatte sie genau auf der Schwelle zur Freiheit eingeholt. Itaz stieß einen unartikulierten Schreckensschrei aus und wandte sich wieder seinem Pferd zu. Heliokleia kletterte bereits in den Sattel; er sprang hinter ihr auf und trieb das Pferd in den Paß hinein, wobei er seinen Bogen aus der Hülle nahm und spannte.

Der Boden des Passes war flach, aber uneben, und das Pferd war müde und hungrig. Trotz ihrer Angst und ihres Drängens konnte es nicht schnell gehen. Itaz beugte sich vor, drückte Heliokleia mit einem Arm an sich, hielt in der anderen Hand den Bogen und wartete. Nach kurzer Zeit kam das Geräusch, das er gefürchtet hatte: ein leises Pfeifen in der Luft. Ein Pfeil fiel auf den Kies hinter ihnen, noch einer. Schreie ertönten, weitere Pfeile flogen. Dann stieg das Pferd auf und wieherte auf vor Schmerz, landete stolpernd, galoppierte ruckhaft und tänzelnd ein paar Schritte. Mit hörbarem Schlag wurde es von einem weiteren Pfeil getroffen – und stürzte. Itaz packte Heliokleia und rollte sie von dem Tier fort. Wieder ertönte ein Pfeifen, und zitternd stand ein Pfeil im Geröll neben ihnen.

Itaz drückte Heliokleia hinter dem Pferd nieder, das jetzt still und tot dalag, mit einem Pfeil im Rumpf und einem weiteren in der Flanke. Itaz nahm seine Bogenhülle vom Widerrist des Tieres, spannte den Bogen, legte einen Pfeil an und starrte grimmig auf die Männer, die auf ihn zugaloppierten. Sie trugen Rüstungen, aber die Schuppenpanzerdecken waren den Pferden abgenommen worden, wahrscheinlich, weil sie auf dem steilen Paß zu schwer wären. Er erhob sich auf die Knie und schoß. Ein Pferd stürzte. Er griff nach einem zweiten Pfeil und schoß wieder. Schreie ertönten. Die anderen Reiter wendeten ihre Pferde und ritten zurück, wobei sie über die Schultern schossen; sie hielten gleich außer Schußweite an und warteten am anderen Ende des Passes. Heliokleia packte Itaz am Arm und zeigte auf einen Felsblock hinter ihnen, der von Geröll und halb geschmolzenem Schnee umgeben war. Er nickte; sie ließen das Pferd zurück und rannten zu dem Felsblock hinüber. Seine Spitze lehnte an der Felswand, und in den losen Steinen darunter war eine Vertiefung. Dort knieten sie. Itaz spähte unter dem Schutz des Felsens hervor und sah, daß die Garden des Königs wieder angeritten kamen.

Still und methodisch legte er einen neuen Pfeil ein und schoß. Ein weiteres Pferd fiel. Er schoß wieder, tötete noch ein Reittier, dann wartete er, den Bogen gesenkt und die Federn des Pfeils scharf vor seiner Wange, bis er die Gesichter der Reiter erkennen konnte. Einer von ihnen war Azilises. Er biß die Zähne zusammen und ließ die Sehne los. Der Pfeil flog direkt auf den Verräter zu und traf ihn ins Auge. Azilises stürzte, und sein Pferd lief weiter; Itaz schoß auf den Mann, der es am Zügel zu fassen versuchte, und traf ihn in das ungeschützte Knie; er schoß weiter und verwundete noch ein Pferd. Die Reiter kehrten um und verschossen Pfeile, die in den Kies fielen. Itaz rannte hinaus zu dem Pferd; Heliokleia glitt aus dem Versteck und begann schweigend, die Pfeile vom Kies aufzuheben. Eine weitere Gardetruppe kam in ihre Richtung galoppiert und schoß auf Itaz, als dieser auf halbem Wege zu dem Pferd war. Mit einem Satz sprang er zu dem Felsblock zurück und duckte sich dahinter, um wieder und wieder zu schießen. Heliokleia reichte ihm einige weitere Pfeile.

Die Gardetruppe zog sich zurück; ihre Pfeile prallten nutzlos von den Steinen ab, und sie sammelten sich außer Schußweite, um sich zu besprechen. Azilises' Pferd stand in der Mitte des Passes, mit hängenden Zügeln und verwirrt gesenktem Kopf.

»Wir werden es nicht einfangen können«, sagte Heliokleia leise, eine Hand auf Itaz' Arm. Er warf ihr einen Seitenblick zu und starrte dann wieder auf die Reiter am anderen Ende des Passes. »Wir müssen es versuchen. Wenn wir aus dem Paß herauskämen ...«

»Sie würden uns folgen. Es gibt keinen Grund, warum sie auf dieser Seite der Berge bleiben sollten.«

Er sah sie wieder an. »Willst du dich denn ergeben?« fragte er.

»Nein«, sagte sie leise. »Ich sagte doch, ich bin zufrieden, wenn ich mit dir sterbe. Ich bereue nichts. Möge dein Gott dir sein Paradies gewähren, Itaz, mein Leben.«

Er legte den Bogen hin, nahm ihre Hände und schaute in ihr ernstes Gesicht. Er küßte sie. »Ich habe das Paradies hier gehabt«, sagte er zu ihr. »Der Gott wird mir im Tod kein anderes geben.«

Ihr Mund verzog sich zu ihrem Antimachiden-Lächeln. »Ich meine, mich zu erinnern, daß du gefragt hast, ob wir wirklich alles Wissenswerte über die Götter wissen.«

»Vielleicht«, antwortete er. Er starrte sie noch einen Augenblick an, lernte ihr Gesicht auswendig – die von der Kälte gerötete Haut, das wirre, schmutzige Haar, die strahlenden Augen, die so zärtlich in seine eigenen schauten. »Hoffst du immer noch auf Erlösung?« fragte er sie.

»Und wohin soll die führen? Ich weiß nicht mehr annähernd so viel darüber wie früher. Ich weiß nicht, was mein Leben jetzt ist, vom Tod ganz zu schweigen. Vielleicht sind die Götter gnädig. Ich weiß allein, daß ich dich liebe, und ich bereue nichts.«

Sie küßten sich wieder mit einem langen Kuß voller Versprechungen. Dann schaute Itaz unter dem Felsblock hervor und sah, daß eine andere Gruppe von Reitern auf sie zukam, diesmal im Schritt. Einer von ihnen trug eine vergoldete Rüstung. »Mein Vater will reden«, bemerkte er. »Wir ergeben uns nicht?«

»Nein.«

Die Gesellschaft des Königs hielt neben Itaz' Pferd an, und der König sah sich nach ihnen um. Itaz stand auf, den Bogen in den Händen, einen Pfeil eingelegt. Sein Vater lenkte sein Pferd zu ihm herum, hielt es an und blieb reglos stehen. Er war so nahe, daß sein Gesicht unter dem vergoldeten Helm deutlich sichtbar war, und er starrte Itaz mit bitteren, anklagenden Augen an, Augen, die alles wußten und ihn verachteten. Itaz hatte plötzlich das seltsame Gefühl, diese Szene schon einmal erlebt zu haben; er nahm den Pfeil aus dem Bogen, denn er empfand eine Furcht, die keiner ähnelte, die er jemals gekannt hatte.

»Vater«, sagte er.

»Verlogener Heuchler!« erwiderte Mauakes wild. »Wo ist sie?«

Heliokleia erhob sich ebenfalls. Der König sah sie verächtlich an. »Du Hure«, sagte er, und zu Itaz: »Weißt du, daß sie dich der Vergewaltigung beschuldigt hat?«

»Ich weiß, wessen sie mich beschuldigt hat und warum«, antwortete Itaz. »Warum wolltest du mit uns sprechen?«

»Wenn du ruhig mitkommst und mir deine Komplizen nennst, dann schicke ich die Hure nach Baktra zurück«, sagte Mauakes zu ihm. »Du bekommst eine ehrenwerte Hinrichtung, aber sie wird leben. Das ist das einzige Angebot, das ich machen werde, und es ist mehr, als ihr verdient.«

Itaz sah Heliokleia an. Sie schüttelte den Kopf. »Nein«, sagte sie leise. Dann hob sie die Stimme und sagte zu Mauakes: »Nein. Es tut mir leid.«

Itaz wandte sich wieder seinem Vater zu. »Nein. Sie will nicht gehen – und ich habe keine Komplizen. Ich habe dir nie Schaden zufügen wollen. Ich liebte, wo ich nicht lieben sollte, aber ich hätte dich nicht betrogen. Abgesehen von einem Kuß in einem Stall war nichts Unehrenhaftes zwischen mir und deiner Königin. Vater, bitte glaube mir.«

Als Antwort zog Mauakes sein Schwert. Der verächtliche Ausdruck war auf seinem Gesicht erstarrt, aber darunter sah Itaz den Schmerz, die Qual von Scham, Verlust, Demütigung und Einsamkeit, die der König nicht eingestehen konnte. Itaz sah Heliokleia an, sah seinen gesenkten Pfeil an, blieb dann vollkommen reglos stehen. »Ich werde nicht gegen dich kämpfen«, sagte er. »Ich habe dich immer geliebt, und ich wollte nie deinen Ruin. Beende es, wie du willst.«

Mauakes' Augen brannten sich in seine eigenen, und der König ritt auf dem goldbraunen Pferd näher heran, das Schwert erhebend. In der Kälte, in dem Schnee unter seinen Füßen fiel Itaz plötzlich ein, wo er all das schon einmal erlebt hatte, und er schrie im gleichen Moment auf, in dem auf dem Paß ein grauenhaftes Geräusch ertönte. Man hörte Schreckensrufe. Mauakes drehte sich um, riß den Mund zu einem lautlosen Schrei auf. Das Ding, das den Paß bewachte, stürzte sich durch die Reihen seiner Männer und packte ihn mit seinen Fängen.

Itaz schrie und bückte sich nach seinem Pfeil. Die Gardesoldaten spritzten in alle Richtungen auseinander, wirbelten auf ihren Pferden herum und schossen auf das Ding. Die Pfeile, ihre und Itaz', prallten unbemerkt von ihm ab. Mauakes hackte mit dem Schwert nach den Fangarmen und schrie auf, als der Stahl in seiner Hand zerbrach; sein Schrei erstickte zu einem Kreischen, dann waren der König und sein Pferd in einem Gewirr von Fangarmen, Zähnen, Klauen und Augen verschwunden. Ein Schwanz prallte gegen einen berittenen Mann und schleuderte ihn gegen einen Felsen; sein Schädel brach, und Blut sickerte in den Schnee. Die Fangarme und Klauen lockerten sich, und Mauakes' Arm flog durch die Luft und landete auf dem Abhang gleich unter dem Felsblock. Dann wurde Mauakes' aufgerissener Rumpf sichtbar. Das Ding fuhr durch die Reihen der Gardesoldaten wie eine Reitpeitsche durch eine Hühnerschar; überall blieben tote und zerfetzte Menschen- und Pferdeleiber zurück. Die Soldaten wendeten ihre Reittiere und flohen schreiend und heulend in wildem Galopp aus dem Paß. Heliokleia starrte zitternd unter dem Felsblock hervor und flüsterte immer wieder: »Gnädige Anahita!« Itaz suchte nach einem weiteren Pfeil und konnte keinen finden; er weinte so sehr, daß er kaum sehen konnte. Er ließ sich auf den Bauch fallen und schaute. Das Ding zerriß einen Gardesoldaten und verschluckte dessen Kopf. Dann sah es sich um. Es schien in Schatten gepanzert, und die Luft flirrte um ihn wie die Luft über einem Ofen. Es hatte die Größe eines Elefanten, war aber länger, besaß Reißzähne und stank. Aus der Schulter wuchs ihm ein zweiter Kopf, grinsend und mit roten Augen, und sein Schwanz war gezahnt. Das Wesen war eine Mißgeburt verschiedenster Monstren und auf entsetzliche Weise real. Es drehte sich um sich selbst wie Rauch, schimmernd und dunkel, schob sich über den Paß und kehrte dann zum Leichnam des Königs zurück, den es beschnüffelte. Itaz tastete den Kies ab und fand einen Pfeil, einen einzigen Pfeil, den letzten. Er wollte sich auf die Knie erheben, um ihn anzulegen. Heliokleia faßte seinen Arm.

»So kannst du es nicht umbringen!« flüsterte sie. »Du hast doch gesehen, Pfeile und Eisen prallen von ihm ab wie Staub. Es hat uns noch nicht gesehen, und wenn wir uns still verhalten, wird es uns vielleicht auch nicht sehen.«

»Wir können doch nicht zulassen, daß es ihn *frißt*!« antwortete Itaz ebenfalls flüsternd.

»Er wird es nicht spüren. Und ich möchte nicht so sterben!«

Das Ding verließ den König und begann, dessen Pferd zu verschlingen. Es hob den stinkenden Kopf mit bluttriefendem Maul und sah sie mit entsetzlicher, bewußter Bösartigkeit an.

Itaz legte den Pfeil wieder in den Bogen. »Es spielt mit uns. Es ist kein Tier oder irgendein natürliches Geschöpf. Es weiß, daß wir hier sind, und wartet auf uns. Wir können hier sitzen, bis wir erfrieren, oder wir gehen hinaus. Wir können es auch schnell zu Ende bringen.«

Heliokleia neigte den Kopf und preßte die Hände zusammen. Ihre Schultern zuckten, aber sie weinte nicht. »Gut«, flüsterte sie gepreßt. »Tod ist Tod, wie wir auch zu ihm kommen. Ich werde versuchen, tapfer zu sein. Mögen die Götter Erbarmen mit uns haben!«

Itaz erhob sich auf die Knie. Seine Hände zitterten so sehr, daß er nicht schießen konnte. Er wartete. Das Ding fraß jetzt wieder von dem Pferd und beachtete ihn nicht. Itaz hörte hinter sich den Kies knirschen, drehte sich rasch und krank vor Entsetzen um – und sah ein Pferd, ein weißes Pferd reglos im Schnee am Fuß des Abhangs stehen. Mit einem langen Keuchen stieß er den Atem aus und kniete reglos, da er sich nicht zu rühren wagte. Es war ein Traum, sagte er sich: All das war ein Traum.

Die Luft roch gleichzeitig nach Aas und nach Sonnenschein, und seine Hände waren rot vor Kälte. Wenn es ein Traum war, dann einer, aus dem er nicht erwachen konnte. Er wagte kaum zu atmen und kroch langsam vom Felsblock weg auf den Hengst zu. Dann stand er auf und streckte die Hand nach ihm aus. Das Pferd kam zu ihm. Sein Schritt war so leicht, daß es keine Spuren im Schnee hinterließ. Es beugte den schimmernden Hals und berührte seine Hand. Sein Atem war warm. Heliokleia war aufgestanden, lehnte mit dem Rücken am Felsblock und starrte das Tier unter Tränen an.

Unsicher tätschelte Itaz das Pferd. Es kniete im Schnee nieder und wartete auf ihn. Er schluckte, dann stieg er auf seinen Rücken, den Bogen in der Hand, den Pfeil über den Knien. Das Pferd drehte sich um und sprang über den Felsblock in die Luft; es schien unbeweglich in den Sonnenstrahlen zu stehen, halb aufgelöst im weißen Licht. Das Ding unten schaute auf, sah das Pferd und gab ein so brüllendes Gebell der Wut und Verblüffung von sich, daß der Schnee von den Gipfeln glitt und in einem Strom von Fels und Eis die Hänge hinunterpolterte. Das Pferd tat noch einen Sprung, einen Schritt, der es auf die andere Seite des Passes trug, und das Ding drehte sich und folgte ihm. In der Mitte des Passes sprang das Ungeheuer in die Luft und streckte seine Klauen aus; dann fiel es mit einem die Felsen erschütternden Aufprall wieder zu Boden. Es bellte erneut. Die Luft ringsum zitterte vor Entsetzen. Itaz legte den Pfeil in den Bogen und wendete mit den Beinen den Hengst; er konnte das Sonnenlicht wie Wind auf seinem Gesicht spüren. Das Ungeheuer sprang wieder hoch und griff nach oben. Seine Klauen zerrissen die Luft neben seinem Knie, und er spürte seinen heißen Atem. Es landete schwer, schaute zu ihm hoch und bellte wieder. Itaz schoß den Pfeil durch den roten Schlund in sein heißes, dunkles Inneres.

Das monströse Gebell ging in einem Schwall ausgespienen Blutes und halbgegessenen Fleisches und einem gurgelnden Röhren unter. Das Ding sprang noch einmal, stieß mit den Klauen in die Luft, dann schlug es auf die Erde, rollte sich herum, und seine Fangarme verdrehten sich. Der Boden unter ihm wurde aufgewühlt wie Schlamm unter einem Pferdehuf, Steine bedeckten seine Schuppen, und es grub sich in den Fels wie eine Schlange in den Staub. Der Schnee ringsum schmolz, das Ding vermischte sich mit den nackten Knochen der Erde, drehte sich, verblaßte, sank ein und war fort.

Das weiße Pferd stieg nieder und traf mit seinem Huf den Stein. Ein Blitz flammte auf, und der Fels lag so glatt da wie zuvor; nur ein einzelner Hufabdruck zeichnete sich darauf ab wie das Schloß an einer Tür. Der Hengst drehte sich um und lief in leichtem Galopp über den Paß. Heliokleia stand wartend am Felsblock. Itaz glitt vom Pferd und in ihre Arme. Als sie sich geküßt und umarmt und gegenseitig ihre Namen gehaucht hatten, drehten sie sich um. Das Pferd war verschwunden.

Mauakes' Leichnam, zerrissen und verstümmelt, lag noch da, wo das Ding ihn hatte fallen lassen. Itaz ging hin und kniete daneben nieder. Das Gesicht seines Vaters war blutbedeckt, der Mund noch aufgerissen zu diesem letzten Schrei. Die verbleibende Hand umklammerte das Heft seines zerbrochenen Schwertes. Itaz nahm eine Handvoll Schnee, wusch ihm das Blut vom Gesicht und schloß die erstarrten Augen.

Heliokleia kam, stellte sich neben ihn und schaute auf den Leichnam nieder. Itaz' Vater, den Itaz geliebt hatte. Im Tode sah er kleiner aus. Das Blut, das Itaz von seinen Wangen gewaschen hatte, befleckte noch immer den grauen Bart und das Haar. Das Gesicht war schmerzverzerrt, und die Falten schienen vertraut. Sie enthüllten etwas, das sie nie zuvor bemerkt hatte. Der Schmerz war nicht neu. Nicht nur die Gewalt des Todes, sondern ältere Schmerzen, tausendfacher Verrat, Tode, Enttäuschungen und Mißerfolge hatten diese Linien gegraben. Für sie jedoch war dieses Gesicht seit dem Augenblick ihrer Ankunft im Tal die Maske von Autorität und Unterdrückung gewesen, die sie mit Disziplin und Abscheu ertragen hatte. Jetzt, plötzlich und zu spät, sah sie das Gesicht unter der Maske. Für einen schrecklichen Augenblick hatte sie eine Vision ihres eigenen Gesichts, vernarbt von dreißig Jahren Disziplin und Elend, und sah, wie ähnlich sie ihm war – und das Mitleid, das sie nie hatte empfinden können, überflutete sie; zu spät. Sie kniete im Schnee neben Itaz nieder.

Sie hörten Pferdehufe hinter sich knirschen und blickten rasch auf – aber es war Azilises' Pferd, das beim Erscheinen des Alptraums verschwunden war und nun wieder in Richtung

Heimat trottete. Es war beruhigt, Menschen zu sehen, und kam herbei, um an Itaz' Schulter zu schnuppern. Itaz faßte den Zügel und stand auf, noch immer ernst den Leichnam des Vaters betrachtend.

»Er liebte uns«, sagte Heliokleia verwundert und glaubte es im gleichen Moment.

Itaz nickte. »Ja«, stimmte er einfach zu. »Aber er war... ungeschickt... im Lieben, und er wußte nicht, wie man damit lebt.«

Heliokleia beugte sich über den Leichnam. »Es tut mir leid«, sagte sie zu ihm. »Ich konnte nie geben, was du wolltest – und am Ende habe ich dich betrogen. Verzeih mir!« Worte, leere Worte, gesprochen zu einem, der sie nicht hören konnte. Unter Tränen schaute sie zu Itaz auf. »Sollen wir ihn begraben?« fragte sie zögernd. »Ich will ihn nicht wie Aas hier liegenlassen.«

Itaz starrte auf sie nieder, auf seinen Vater und die Witwe seines Vaters. »Er sollte in Eskati begraben werden«, sagte er langsam. »Und wir könnten ihn hinbringen. Die Gardesoldaten werden uns jetzt nicht mehr angreifen. Wir brauchen nicht mehr zu fliehen.«

Er ging zurück zu dem Felsblock, holte den Arm seines Vaters von der Stelle, an die er geschleudert worden war, und steckte ihn in den zerrissenen Ärmel. Gemeinsam rollten sie die Leiche in ihren Umhang und befestigten das blutbefleckte Bündel mit Gürteln, die sie den Leichen Azilises' und der Gardesoldaten abnahmen. »Wir können sie später holen«, sagte Itaz und schaute bedauernd auf den Körper des Mannes, den er getötet hatte.

Sie legten den Leichnam des Königs über das Pferd, und zu beiden Seiten des Tieres gehend, führten sie es den Weg zurück, den sie gekommen waren, den Abhang hinunter zum Fluß Terek.

Die königlichen Gardesoldaten warteten am Fluß und berieten sich entsetzt und unsicher. Sarozi war bei ihnen – weil der König ihm in Eskati nicht traute, nicht, weil er ihn auf der Reise bei sich haben wollte – und erzählte mir später davon. Sie waren zum Paß geritten, weil sie König Mauakes ergeben und stolz auf ihre Ehre und ihren Mut waren; jetzt war der König tot, und sie waren weggelaufen. Keiner wollte wieder den Abhang hinaufgehen; sie hatten sogar Angst, an Ort und Stelle zu bleiben. Aber sie schämten sich, in die Stadt zurückzugehen und gestehen zu müssen, daß sie, die königliche Garde, ihren Herrn im Stich, seinen Leichnam unbestattet und seinen Tod ungerächt gelassen hatten. Spalagdama, der zweite Befehlshaber, schlug vor, sie sollten unter die Baumgrenze absteigen und der Sonne Opfer bringen, um dann am nächsten Tag bei Morgengrauen zurückzukehren und sich dem Ungeheuer zu stellen. »Aber der Sonnengott wird uns nicht helfen«, wandte einer der Gardesoldaten ein. »Dieses Ding ist nicht sein Geschöpf. Du hast es gesehen!« – »Der Sonnengott ist der Herr der ganzen Welt!« protestierte Spalagdama. »Es ist Blasphemie, wenn du sagst, der Terek-Paß sei außerhalb seiner Macht!« – »Aber dieses Ding muß so alt sein wie die Sonne selbst«, antwortete der Mann. »Konntest du das nicht spüren?« – »Als die Welt begann«, flüsterte ein anderer, »muß es dagewesen sein, und seither hat es den Sonnengott und seine Schöpfung immer gehaßt; es ist überhaupt kein sterbliches Ding, sondern eine Schimäre oder ein Drache aus der Dunkelheit vor der Zeit.« »Es ist ein Geschöpf der Nemesis«, sagte ein anderer, »und diese Göttin nimmt keine Opfer an und kann mit Opfergaben nicht besänftigt werden.« Und sie begannen darüber zu streiten, was das Ding sei und welchen Gott sie anrufen könnten, um es zu besiegen.

Dann stieß Sarozi, der nervös den langen Abhang hochgeblickt hatte, einen Schrei aus. Alle drehten sich um und sahen Itaz und Heliokleia auf sich zukommen; sie verstummten und starrten sie ungläubig an. »Wir hatten gesehen, wie das Entsetzliche den König und ein halbes Dutzend anderer nahm«, erzählte er mir später. »Wir hatten es *gesehen*. Nichts Sterbliches konnte gegen dieses Ding kämpfen. Nichts, dachten wir, konnte ihm entkommen. Als wir Herrn Itaz und die Königin auf uns zukommen sahen, das Pferd führend, dachten wir, das sei ein Dämonentrick, um uns zu vernichten. Wenn einer von uns sich gerührt hätte, dann wäre die ganze Truppe auf und davon und das Tal hinuntergeritten, so schnell wir galoppieren konnten. Aber wir waren alle so verblüfft und elend, daß wir uns nicht einmal rühren konnten. Keiner hob den Bogen.

Als sie näher kamen, sah ich, daß sie keine Wahnbilder waren, sondern real: ihre Hände waren rot von der Kälte, und die Königin klapperte mit den Zähnen. Und wir sahen das Bündel in dem Umhang des Königs auf dem Pferderücken liegen, wir sahen das Blut daran, und wir errieten, was sie herunterbrachten. Wir konnten nicht glauben, daß sie davongekommen waren, noch weniger, daß sie den König zurückgebracht hatten. Wir standen einfach da und starrten sie an. Es war so still, daß man die Hufe des Pferdes im Schnee knirschen und den Fluß hinter uns fließen hörte. Herr Itaz und die Königin führten das Pferd in unsere Mitte und blieben dann stehen. Itaz legte die Hand auf den Pferdekörper und verkündete: ›Das Ding, das den Paß bewacht hat, ist mit Hilfe unseres Herrn, des Sonnengottes, tot.‹ Er sprach mit einer Stimme wie ein Gott. ›Hier ist mein Vater, den ich nie betrügen wollte. Ich möchte nach Eskati zurückkehren und ihn bestatten.‹

Wir alle sahen einander an und schauten dann wieder zum Paß empor. Wir konnten es noch immer nicht glauben. Itaz sah, daß wir es nicht glaubten, denn er wiederholte: ›Der Paß ist frei. Der Wächter ist tot, und das Sonnenpferd hat seinen Huf auf seinen Grabstein gesetzt. Ich kann euch den Abdruck auf dem Stein zeigen.‹

Wir wußten nicht, was wir sagen sollten. Wir waren gekommen, um diese beiden Menschen zu töten. Nun jedoch war unser König tot, und sie waren aus dem Schlund der Hölle zurückgekehrt und sagten uns, der Teufel, der ihn bewache, sei fort. Wir schwiegen alle. Schließlich sagte die Königin: ›Da oben sind noch andere Leichen, die Leichen eurer Kameraden. Wollt ihr sie unbestattet lassen? Wenn ihr wollt, gehen wir mit euch zum Paß hinauf, und ihr werdet selbst sehen, daß dort nichts mehr ist außer den Toten.‹ Und dann sah sie uns mit ihren Augen an, die wie die Augen eines Gottes sind, und irgendwie glaubten wir ihnen. Wir bewegten uns, und dann drängte sich plötzlich Spalagdama von hinten heran und fiel vor Itaz auf die Knie. ›Unser König ist tot‹, sagte er. ›Der Sonnengott hat dir seine Glorie gegeben. Sei unser König, Herr Itaz.‹ Und wir anderen, als habe jemand einen Bann von unseren Zungen genommen, bildeten einen Kreis und riefen: ›Sei König, Herr Itaz, sei König!‹

Itaz war zutiefst erstaunt; man sah, daß er dies zuallerletzt erwartet hatte. Er begann zu protestieren und sagte uns, er würde niemals den Platz des Sohnes seines Bruders Goar einnehmen.

›Er ist ein Kind, und wir brauchen jetzt einen König!‹ sagte Spalagdama. ›Der Sonnengott hat dich begünstigt, wer kann jetzt noch daran zweifeln, daß dein Vater dich zu Unrecht verurteilt hat? Goars Sohn kann König werden, wenn er erwachsen ist, aber heute sei du unser König!‹

Itaz sah Heliokleia an; sie sagte nichts. Er schüttelte den Kopf. ›Der Stammesrat hat zu entscheiden, wer König wird‹, sagte er zu Spalagdama. ›Was uns betrifft, so müssen wir nach Eskati zurückkehren und meinen Vater bestatten. Besorgt mir ein Pferd und eines für die Königin, und ich werde euch hinaufbegleiten, um die restlichen Toten zu holen.‹«

Sarozi sagte, von diesem Moment an hätten alle gewußt, daß Itaz König werden und zusammen mit Heliokleia regieren würde. Sarozi gab der Königin sein eigenes Pferd, und die ganze Gesellschaft ritt zum Paß hinauf und stellte wie versprochen fest, daß er bis auf die Toten und einen Hufabdruck im nackten Berggestein verlassen war. Sie bargen die Toten und machten sich beim letzten Sonnenlicht wieder auf den Rückweg ins Tal.

Zwölf Tage später kamen sie in Eskati an. Die Geschichte der Ereignisse auf dem Paß war ihnen vorangeeilt, zuerst als wildes Gerücht, dann, als Itaz und Heliokleia Boten vorausschickten, um Vorkehrungen für die Bestattung des Königs zu treffen, als Tatsache. Ich hörte das Gerücht nicht, denn wir wurden erst aus den Gemächern der Königin befreit, als der Bote eintraf. Der Mann, dem der König die Leitung der Garnison anvertraut hatte, nahm seine Aufgabe ernst. Wenn es nach ihm gegangen wäre, hätten wir uns wohl noch immer im Zimmer der Königin gezankt, als sie zurückkam, Inisme, Jahika, Armaiti, die vier Sklavinnen und ich – aber als die sichere Nachricht vom Tod des Königs eintraf, nahm Kanit die Geschicke der Stadt in die Hand. Kanit entließ uns aus unserer Gefangenschaft und sagte uns, wir sollten den Empfang unserer Herrin vorbereiten.

Als die Königin wieder in die Stadt einritt, wartete ich also mit den anderen auf der Tempelterrasse wie damals, als ich sie zum ersten Mal gesehen hatte. Wieder war die Stadt überfüllt – seit die Gerüchte kursierten, waren Leute aus dem ganzen Tal herbeigeströmt. Weitere hatten sich dem Gefolge des Königs auf seinem Rückweg vom Paß angeschlossen, so daß Itaz und Heliokleia, als sie durch die Tore ritten, eine Vielzahl von Ratsherren und Kuhhirten, Kriegern und Schafhirtinnen folgten, die Mauakes Lebewohl sagen und den neuen König ehren wollten. Doch als erste ritten Itaz und Heliokleia ein, zu beiden Seiten von Mauakes' Leichnam, der nun auf einem unterwegs beschafften Wagen lag. Die Garnison bahnte ihnen einen Weg durch die Menge, als sie den Marktplatz erreichten, genau wie bei der Hochzeit ein Jahr zuvor, doch diesmal gab es keine Lieder, nur drückendes, feierliches Schweigen. Die beiden ritten sehr gerade und langsam und sahen sich nicht an. Doch als sie vor dem Tempel anhielten und absaßen, berührten sich ihre Hände kurz, während sie sich dem Wagen zuwandten, und ich sah das innige Vertrauen und die Zuversicht zwischen ihnen, und ich wußte, daß ich mich nicht irrte. Heliokleia würde weiterhin Königin sein, und diesmal würde sie glücklich werden. Ich rannte vor, sprang von der Terrasse und nahm den Zügel des Pferdes. Sie fuhr zusammen und drehte sich um, dann lächelte sie und küßte mich auf die Wange. »Tomyris«, sagte sie, und ihre Stimme war heiser vor Freude.

»Willkommen daheim«, sagte ich zu ihr und grinste und weinte gleichzeitig. »Willkommen daheim.«

Was danach geschah, weiß jeder. Als Mauakes angemessen bestattet worden war, fand eine große Versammlung des Stammesrates statt, in der entschieden werden sollte, wer das Königreich regieren würde. Einige meinten, das Tal solle das Geschlecht des Mauakes abwählen: Itaz, sagten sie, sei ein Eid- und Ehebrecher, und Goars Sohn sei noch ein Kind. Der Rat, sagten sie, solle Ferghana regieren, wie es vor langer Zeit gewesen war. Doch selbst die, die das vorschlugen, taten es ohne Überzeugung. Wir leben in einem Zeitalter der Könige, und darin schwimmt ein Rat gegen den Strom. Tasius schlug eine Regentschaft für Goars Sohn und sich selbst als Regenten vor. »Wollt ihr, daß die Yavana wieder Königin ist?« fragte er die Ratsmitglieder. »Wollt ihr euch vor einer Ehebrecherin aus dem Haus des Antimachos verneigen und die Gunst unseres Herrn, des Sonnengottes, verlieren?« Doch die Blicke der Ratsmitglieder waren auf Itaz gerichtet, auch als sein Schwager sprach. Dieser Mann hatte eines der Pferde des Sonnengottes geritten. Wer konnte daran zweifeln, daß der Sonnengott ihn begünstigte? Und falls Itaz und Heliokleia Eidbrecher waren, dann hatte Mauakes seinen Eid zuerst gebrochen. Er hatte seine Gemahlin nicht in Ehren gehalten, wie er bei der Vermählung geschworen hatte; er hatte sie verletzt und eingesperrt, und er hatte versucht, seinen Sohn ermorden zu lassen. So hatte ihn die Glorie der Sonne am Terek-Paß verlassen und war auf Itaz übergegangen. Sie würden sich vor dem Haus des Antimachos verneigen, und zwar mit Freuden. Sie wollten sich mit diesem Schatten, Geist oder Gott, aussöhnen und Frieden genießen. Als Spalagdama vorschlug, Itaz solle König werden, standen die meisten Ratsmitglieder für ihn auf, und der Rest fügte sich ihrem Willen. So wurde Itaz im Namen der Sonne zum König gemacht, und er heiratete Heliokleia an dem Tag, an dem er die Krone übernahm.

Sie regierten gemeinsam, und sie regierten mit so viel Weisheit im Frieden und so viel Mut und Kraft im Krieg, daß die Menschen sagten, das goldene Zeitalter sei zurückgekehrt. Für mich war es ganz gewiß ein goldenes Zeitalter. Durch die Frauengemächer des Palastes zog ein ständiger Strom von Leuten: Verwalter und Botschafter, Bittsteller, Gegenbittsteller und Anwälte, Stammesräte und Stadträte (die ständig miteinander stritten), Dammbauer, Brunnengräber und Architekten, Dichter und Maler, Bildhauer und Philosophen. Ich besaß große Autorität bei ihnen allen, da ich eine besondere Freundin der Königin und später ihrer Tochter Theodota war, der ich Reitunterricht gab. Als ich heiratete – natürlich Sarozi –, schenkte Heliokleia mir ein Dutzend Stuten aus der königlichen Zucht, ein Dutzend Wallache und etwas Land; sie und Itaz überließen uns auch ein eigenes Zimmer im Palast. Es hatte früher zu den Gemächern des Königs gehört, aber Itaz wollte nicht im Zimmer seines Vaters schlafen und richtete statt dessen das obere Stockwerk des Palastes neu ein, so daß sein Zimmer an das seiner Frau stieß. Sarozi und mir gefiel unser kleiner Raum, der auf den Hof hinausging, sehr gut, wenn er auch ein bißchen eng wurde, als die Kinder kamen; sooft wir konnten, suchten wir einen Vorwand, um auf unsere Ländereien im Terek-Tal zu reisen. Aber wir waren wirklich sehr glücklich. Man konnte nicht unglücklich sein in Eskati, solange Itaz und Heliokleia regierten. Unter den Bewohnern des Palastes herrschte eine Fröhlichkeit und Freundlichkeit, die nach außen strahlte und die ganze Stadt mit ihrem Glanz erhellte. Der Stadtrat genoß wieder seine angestammten Rechte, der Stammesrat seinen neuen Wohlstand, und wenn wir uns in Ferghana umschauten, schien das Tal den Glanz von Baktrien zu überstrahlen. Der König und die Königin waren so glücklich, daß man an der Wärme zwischen ihnen ein Feuer hätte entzünden können.

Ein goldenes Zeitalter, aber ein kurzes. Itaz und Heliokleia regierten nur sieben Jahre. Sie hatten ein Kind, eine Tochter, meine Herrin Theodota. Die Königin war zum zweiten Mal schwanger, als die Tochari eine neuerliche, massive Invasion unternahmen. Ferghana erlitt diesmal keinen großen Schaden, aber sie nahmen alles andere bis hinauf zum Fluß Oxus: alles Weideland der Sakaraukai und ganz Sogdia. Die Sogdianer und die Sakaraukai flohen in alle Himmelsrichtungen, vor allem aber nach Süden – in Richtung Baktrien. Das Yavana-Königreich fiel an sie; König Heliokles der Gerechte und sein Sohn, König Heliokles der Siegreiche, kamen zusammen bei der Verteidigung Baktras um. Die Stadt wurde geplündert, ihre Bewohner getötet oder versklavt. Die Sakaraukai und danach die Tochari drängten weiter vor an uns vorbei in Richtung Süden. Ich glaube, Indien wird es genauso ergehen wie Baktrien, wenn nicht zu meinen Lebzeiten, dann, ehe meine Kinder alt sind. Menander hätte es vielleicht gehalten, aber Menander ist tot, und sein Sohn Straton ist kein »König des Rades«.

König Itaz leitete die Verteidigung Ferghanas gegen die Tochari; dann ritt er mit seiner stehenden Armee, seiner Garde und Freiwilligen unter den Ratsmitgliedern aus, um unseren baktrischen Verbündeten zu helfen. Doch als er das Tal verließ, erfuhren das die Tochari; seine Streitmacht wurde angegriffen und eingekreist, ehe sie den Oxus erreichte. Die Ferghaner kämpften sich mit den Elefanten den Weg frei, aber der König wurde in der Schlacht tödlich verwundet und starb auf dem Rückzug nach Hause.

Als der Königin die Nachricht überbracht wurde, löste der Schock vorzeitige Wehen aus. Es war eine blutige und erschöpfende Angelegenheit und endete mit einem totgeborenen Sohn und einer Königin, die durch Trauer und Blutverlust so geschwächt war, daß sie sich nicht wieder erholte. Sie wandte ihr Gesicht von uns allen ab und starb, mit der Hand eine Silberbrosche umklammernd, um die ein einzelnes weißes Pferdehaar gewickelt war – die Brosche, die Itaz ihr als Ersatz für die verlorene geschenkt hatte.

Itaz wurde, dem Brauch seines Glaubens und seinem eigenen Wunsch folgend, im Himmel bestattet. Heliokleia wurde verbrannt, und ihre Asche wurde in einem steinernen Grab auf dem Marktplatz vor dem Tempel beigesetzt. Einige Leute jedoch haben mir geschworen, daß in der Nacht, in der sie beigesetzt wurde, ein weißes Pferd aus dem Norden lautlos in die Stadt kam und daß Itaz darauf ritt. Es hielt vor dem Grabmal an, erzählt man, und Heliokleia kam herausgelaufen, heil und lachend, und sprang auf seinen Rücken. Die beiden Reiter umarmten sich, während das Pferd in den Himmel flog und auf dem Wind fortgetragen wurde über die Brücke des Teilers zum Haus der Lieder. Das hat man mir erzählt. Aber ich hatte während des größten Teils der Nacht Wache am Grabmal gehalten und nichts bemerkt, und die Menschen erzählen oft Dinge, von denen sie sich wünschen, sie seien wahr – wenn die Geschichte auch trotzdem stimmen könnte. Vor etwa einem Jahr hatte ich einen Traum wie den, den ich vor meiner ersten Ankunft in Eskati geträumt hatte: der trockene Fluß, die Stille und meine tote Schwester, die nach mir rief. Ich hatte schon lange zuvor begriffen, was der Fluß war – die heilende Kraft der Götter, die den Paß von altem Haß reinigte und unser Leben erneuerte –, aber ich hatte nie verstanden, was Tistrya mit all dem zu tun hatte. Diesmal jedoch ging der Traum weiter.

Ich umarmte Tistrya lachend, hinter mir sang der Fluß, und ich sagte: »Tistrya, Liebling, warum bist du hergekommen? Warum du?« Grinsend antwortete sie: »Weil ich dich liebe. Hast du geglaubt, der Tod mache dem ein Ende? Er beendet die Dinge nicht, weißt du? Nur von dieser Seite der Brücke aus wirkt die Teilung vollkommen. Wenn du hoch genug kletterst, wird der steile Hügel ein Teil des Tales, und das Tal sieht aus wie eine Ebene.« – »Wie hoch bist du denn geklettert?« fragte ich, und Tistrya, noch immer lächelnd, wies mit der Hand auf den Himmel: Weit weg sah ich den Stern, nach dem sie benannt war, den glänzenden, silbergrünen Stern, den die Griechen Sirius nennen, jenseits des Himmelsblaus leuchten. »Noch weiter«, sagte sie.

Als ich erwachte, schien der Stern Tistrya vor meinem Fenster, und ich stand eine Weile da, den Nachtwind im Gesicht, und betrachtete ihn. Von dort aus muß diese ganze Welt nicht größer erscheinen als ein Staubkorn, und vielleicht ist von dort sogar der Unterschied zwischen Leben und Tod nicht wahrnehmbar. Ich werde jetzt alt, und dieser Gedanke war tröstlich.

Als Itaz und Heliokleia starben, ging die Thronfolge auf den Neffen des Königs, Mauakes, Goars Sohn, über, der mit fünfzehn nun alt genug zum Regieren war, wenn auch nur mit einem Stab von Beratern. Als Heliokleias Tochter in das entsprechende Alter kam, heiratete König Mauakes sie, und sie regieren gemeinsam und im großen und ganzen gut. Das Tal ist gediehen, und über den Terek-Paß haben wir den Handel mit dem Seidenland aufgenommen. Wie ich schon sagte, haben König Mauakes und Königin Theodota soeben befohlen, bei Heliokleias Grabmal einen Feueraltar zu errichten, denn das ganze Tal ist überzeugt, daß sie eine Art Gott war.

Sie war kein Gott. Sie war eine freundliche und großzügige Herrin, eine weise und gerechte Königin, eine hingebungsvolle Philosophin und schließlich eine liebende Ehefrau und entzückte Mutter. Sie war vielleicht eine Königin »des Rades« und ein Fels, den kein Wind erschüttern konnte – und sie war meine Freundin. Aber Wasser ist nicht Staub, und was ein Gott ist, übersteigt unsere Vorstellungskraft. Dennoch, wie der Yavana-Dichter sagt:

Das Göttliche zeigt sich in mancher Gestalt.
Es vollenden die Götter, was keiner geahnt.
Wovon wir geträumt, das verwirklicht sich nicht.
Was unmöglich uns schien, das ist möglich für Gott.

Epilog

Mehr ist wirklich nicht zu sagen, aber in Besprechungen einiger meiner anderen Bücher hat man mich irrtümlich einiger Anachronismen beschuldigt, deshalb dachte ich, diesmal sollte ich ein paar Quellen für Details anführen, die vielleicht unwahrscheinlich wirken. Ja, die hellenistischen Griechen haben tatsächlich Naphta verwendet (W. W. Tarn, *Hellenistic Military and Naval Developments* – oder besser, lesen Sie Polybius), und Katapulte wurden bisweilen unter den von mir beschriebenen Umständen benutzt (E. W. Marsden, *Greek and Roman Artillery*). Elefanten, sogar in kleiner Zahl, wurden mit verheerender Wirkung gegen untrainierte Reiterei eingesetzt (z. B. Seleukos' »Elefantensieg« über die Galater; siehe H. H. Scullard, *The Elephant in the Greek and Roman World*). Trotz allem, was in den Lehrbüchern über die Unmöglichkeit schwerer Reiterei ohne Steigbügel gesagt wird, war sie nicht nur möglich, sondern von der Zeit der Assyrer an üblich; wichtiger noch ist, daß sie von seßhaften Steppenbewohnern an den iranischen Grenzen und von den Parthern ausgeübt wurde (M. A. R. Colledge, *The Parthians*, T. Sulimirski, *The Sarmatians, Cambridge History of Iran*, Bd. II und III). Die herausragende Stellung der Frau in der Saka-Gesellschaft ist keine feministische Erfindung (wieder Sulimirski, dazu Herodot IV und VII), und auch die Königinnen der hellenistischen Griechen folgten nicht dem athenischen Ideal der zurückgezogenen Hausfrau (jede hellenistische Geschichte – oder schlagen Sie in einem Lexikon unter Arsinoë, Berenice oder Kleopatra nach). Für allgemeine Auskünfte über die baktrischen Griechen gilt W. W. Tarns *The Greeks in Bactria and India* als klassische Quelle, sowie A. K. Narains *The Indo-Greeks* (die beiden sind in fast allem verschiedener Meinung).

Aber G. Woodcocks *The Greeks in India* ist viel lesbarer und hat schöne Bilder.

Zu den Zitaten: Der zitierte »Philosoph« ist Heraklit – Fragmente lvi und cxix; »Gegen die Notwendigkeit« ist Simonides, Fragment 542, »Diones Tochter, Liebe« ist aus Euripides' *Helena* 1098–1106, und »Einer meint, Reiter ...« ist eine lockere, ergänzte Übersetzung von Sappho, Fragment 16; »Die Gottheit hat viele Formen« ist der Schluß von Euripides' *Helena, Medea, Die Bakchen* und, wie ich glaube, ein oder zwei anderer Stücke; die Mazda-Zitate stammen aus der *Avesta* in der Übersetzung von Spiegel und Bleeck (London, 1864), in einigen Fällen berichtigt durch Vergleich mit R. C. Zaehners *The Dawn and Twilight of Zoroastrianism*. Buddhistische Texte habe ich nicht unmittelbar zitiert, nur Teile aus der ersten Predigt und der Feuerpredigt paraphrasiert. Viele der religiösen Mutmaßungen der Gestalten beruhen ebensosehr auf griechischen philosophischen Ideen wie auf den entwickelten Religionen.

Buddhismus und Mazda-Religion schließlich sind, so wie sie in diesem Buch dargestellt sind, der Versuch, die Überzeugungen der damaligen Zeit zu rekonstruieren, wie sie von Menschen gehegt worden sein mögen, die in der Diaspora früher Formen beider Glaubensrichtungen und in einer polytheistischen Gesellschaft lebten. Sie unterscheiden sich von dem »klassischen« Bild beider Glaubenssysteme und gewiß von allem, was man heute finden würde. Sollte ich mit meiner Schilderung jemanden kränken, so geschieht dies versehentlich, nicht mit Absicht, und ich bitte den Leser aufrichtig um Entschuldigung.